Estrela do Mar

Joseph O'Connor

Estrela do Mar

Tradução de
MARIA BEATRIZ MEDINA

EDITORA RECORD
RIO DE JANEIRO • SÃO PAULO

2006

CIP-Brasil. Catalogação-na-fonte
Sindicato Nacional dos Editores de Livros, RJ.

O'Connor, Joseph, 1963-
O18e Estrela do mar/ Joseph O'Connor; tradução Maria Beatriz Medina. – Rio de Janeiro: Record, 2006.

Tradução de: Star of the sea
ISBN 85-01-07306-7

1. Viagens marítimas – Ficção. 2. Romance inglês. I. Medina, Maria Beatriz. II. Título.

06-2521 CDD – 823
CDU – 821.111-3

Título original britânico:
STAR OF THE SEA

Direitos exclusivos de publicação em língua portuguesa somente para o Brasil adquiridos pela
EDITORA RECORD LTDA.
Rua Argentina 171 – Rio de Janeiro, RJ – 20921-380 – Tel.: 2585-2000
que se reserva a propriedade literária desta tradução

Impresso no Brasil

ISBN 85-01-07306-7

PEDIDOS PELO REEMBOLSO POSTAL
Caixa Postal 23.052
Rio de Janeiro, RJ – 20922-970

Para Anne-Marie,
mais uma vez e sempre

[A Fome] é a punição de Deus a um país ocioso, ingrato e rebelde; um povo indolente e sem confiança em si. Os irlandeses estão sofrendo a agonia da Providência Divina.

Charles Trevelyan, Secretário-Assistente do Tesouro de Sua Majestade, 1847
(Feito cavaleiro em 1848 por supervisionar o auxílio aos famintos)

A Inglaterra é verdadeiramente uma grande criminosa pública. Inglaterra! Toda a Inglaterra! (...) Tem de ser punida; essa punição, segundo creio, cairá sobre ela através da Irlanda; e assim a Irlanda será vingada (...) O oceano Atlântico jamais será tão profundo quanto o inferno que se arrojará sobre os opressores da minha raça.

John Mitchel, nacionalista irlandês, 1856

O ELO PERDIDO: Uma criatura claramente entre o gorila e o negro pode ser encontrada em alguns distritos mais vis de Londres e Liverpool por exploradores aventurosos. Vem da Irlanda, de onde conseguiu migrar; pertence, de fato, a uma tribo de selvagens irlandeses: a espécie mais vil de Bronco Irlandês. Quando conversa com seus iguais, fala um tipo de patoá. Além disso, é um animal trepador e às vezes pode ser visto subindo uma escada carregando um balde de tijolos.

Revista *Punch*, Londres, 1862

A Providência mandou a praga da batata, mas a Inglaterra fez a Fome (...) Estamos cansados da cantilena dos que nos dizem que não devemos culpar o povo britânico pelos crimes de seus governantes contra a Irlanda. Mas nós os culpamos.

James Connolly, um dos líderes do Levante de Páscoa
contra o Domínio Britânico, 1916

PRÓLOGO

DE

UM AMERICANO NO ESTRANGEIRO:

Anotações de Londres e da Irlanda em 1847

G. GRANTLEY DIXON,

do *New York Times*

CENTÉSIMA EDIÇÃO LIMITADA

Comemorativa. Revista, sem Cortes e com Muitas Novas Inclusões.

O MONSTRO

UM PREFÁCIO; NO QUAL SE ESBOÇAM CERTAS RECORDAÇÕES DO *ESTRELA DO MAR*, DA SITUAÇÃO DE SEUS PASSAGEIROS E DO MAL QUE PERAMBULAVA ENTRE ELES.

A noite inteira ele percorria o navio, da proa a popa, do crepúsculo às primeiras luzes da aurora, aquele manco magro de Connemara, de ombros caídos e roupas cor de cinza.

Os marinheiros, os vigias, os seres esquivos perto do camarim do leme espiavam de suas conversas ou do trabalho solitário e viam-no deslizar pela escuridão vaporosa; cuidadoso, furtivo, sempre sozinho, o pé esquerdo se arrastando como se puxasse uma âncora. Um chapéu-coco amassado na cabeça, um cachecol gasto enrolado em torno do queixo e da garganta; o sobretudo militar surrado tão completamente sujo que era impossível imaginar que um dia já fora limpo.

Movia-se com uma deliberação que era quase cerimonial, uma cepa curiosa de imponência puída: como um rei numa história, disfarçado entre seus menores. Os braços eram compridíssimos, os olhos brilhantes como agulhas. Era comum ter um ar de perplexidade ou premonição, como se sua vida tivesse chegado a um ponto além de explicações ou como se ficasse cada vez mais próxima desse ponto.

O rosto entristecido era desfigurado por cicatrizes, entrecruzadas com as marcas de uma agonia muito exacerbada por seus ataques de coceira furiosa. Embora de compleição franzina, como a de um peso-pena, parecia carregar um fardo indescritível. Não era apenas devido à deformidade — um pé distorcido no tijolo de um tamanco de madeira, carimbado ou selado com um M maiúsculo —, mas ao ar de expectativa angustiada que portava; a vigilância perpetuamente assustada de uma criança agredida.

Era um daqueles homens que atraía muita atenção ao fazer o máximo de esforço para não atrair atenção nenhuma. Muitas vezes, embora não soubessem explicar, os marinheiros tinham a sensação de sua presença antes de vê-lo. Virou uma diversão apostar onde estaria em determinada hora. "Dez toques" significava perto do chiqueiro de estibordo. Às 11h15, lá estava ele na pipa d'água onde, durante o dia, as mulheres destituídas do porão preparavam a pouca comida que tinham — mas já na terceira noite, ao largo de Liverpool, a disputa perdera o poder de matar o tempo. Ele caminhava pelo navio como se seguisse um ritual. Para cima. Para baixo. Para um lado. Para o outro. Popa. Bombordo. Popa. Estibordo. Materializando-se com as estrelas, esgueirando-se para baixo com o nascer do sol, passou a ser conhecido entre os habitantes noturnos do navio como "o Fantasma".

Nunca conversava com os marinheiros. Os noctívagos errantes ele também evitava completamente. Nem mesmo depois da meia-noite falava com alguém, quando todos os que ainda estavam no convés conversavam com qualquer um; quando o convés escuro e molhado do *Estrela do Mar* via uma camaradagem quase nunca aparente à luz do dia. À noite no navio os portões ficavam abertos; as regras relaxadas ou quase ignoradas. Era ilusória, claro, essa democracia das horas embruxadas; a escuridão parecia obliterar posição e credo, ou pelo menos nivelá-los a um ponto em que não valia a pena reconhecê-los. Um reconhecimento por si só, talvez, da impotência axiomática de estar no mar.

À noite, sentia-se o navio como absurdamente fora de seu elemento, uma mistura rangente, vazante, incompetente de carvalho e piche e pregos e fé balançando numa vastidão de água cruelmente preta que poderia explodir à menor provocação. Todos falavam baixinho no convés depois do escurecer, como se temessem acordar a selvageria do oceano. Ou então retratava-se o *Estrela* como uma besta de carga colossal, as pranchas de seu costado se estirando como se fossem arrebentar; flagelada por um grande senhor numa última perseguição, o casco já semimorto e nós, passageiros, os seus parasitas. Mas a metáfora não é boa porque nem todos nós éramos parasitas. Os que éramos não admitiríamos.

Abaixo de nós, as profundezas que só podiam ser imaginadas, as gargantas e desfiladeiros daquele continente descomunal; acima de nós, a terrina negra e fúnebre do céu. O vento golpeava num desmando de gritos vindos daquilo que até o marinheiro mais cético tomava o cuidado de chamar de "os céus". E as ondas quebrando-se fustigavam e surravam nosso abrigo; como vento feito carne, incorporado e animado, um escárnio à arrogância daqueles que ousaram invadi-las. Mas havia uma tranqüilidade quase religiosa entre os que percorriam o convés à noite: quanto mais zangado o mar, quanto mais gelada a chuva, mais palpável a solidariedade entre aqueles que os suportavam juntos. Um almirante poderia trocar palavras com um assustado criado de quarto, um faminto do porão com um conde insone. Certa noite, um preso, natural de Galway, violento e enlouquecido, foi tirado da cela para fazer seu tristonho exercício. Até ele foi incluído nessa comunhão de sonâmbulos, conversando baixinho e dividindo um copo de rum com um ministro metodista de Lyme Regis, na Inglaterra, que jamais provara rum antes, mas muito pregara sobre seus males. (Juntos foram vistos de joelhos no convés de popa, cantando suavemente "Tolera-me".)

Novas coisas eram possíveis nesta República da noite. Mas o Fantasma não mostrava interesse pela possibilidade nem pela novidade. Era imune; um penhasco na vastidão que o cercava. Prometeu em farrapos, esperando os pássaros ávidos. Ficava de pé junto ao mastro principal, observando o Atlântico como se à espera de que congelasse ou borbulhasse sangue.

Entre o primeiro e o segundo toques, a maioria escapulia; muitos sozinhos, mas alguns acompanhados, já que a tolerância florescia sob a gentil capa da noite; natureza e solidão companheiras de cama no escuro. Das três até as primeiras luzes, pouco acontecia no convés. Subia e descia. Elevava-se. Mergulhava. Até os animais dormiam em suas gaiolas: porcos e galinhas, ovelhas e gansos. O toque do sino de vigia às vezes perfurava o sussurro incessante e amortecedor do mar. Um marinheiro talvez cantasse para se manter acordado; ele e um camarada podiam contar histórias um ao outro. Lá debaixo na cela o louco às vezes era ouvido, ganindo como um cão ferido ou ameaçando esmagar a cabeça do outro preso com um estoque. (Não havia, na época, nenhum outro preso.) Um casal podia ser avistado no corredor em sombras, formado pela parede de trás do camarim do leme e a base do funil da chaminé. Parado ele ficava, aquele homem de Connemara, fitando a escuridão assustadora; enfrentando-a como uma figura de proa na geada até que as teias das cordas surgiam da escuridão, tão negras contra o céu avermelhado da aurora.

Logo antes do amanhecer da terceira manhã, um marinheiro se aproximou para oferecer-lhe uma caneca de café. Gotículas de gelo tinham se formado em seu rosto, nas costas do casaco e na aba do chapéu. Não aceitou o ato de bondade, sequer o percebeu. "Pobre como um ajudante de médico da peste", observou o Oficial, observando-o a se arrastar em silêncio para longe.

Às vezes, os marinheiros se perguntavam se o ritual noturno do Fantasma era uma cerimônia religiosa ou uma autopunição exótica, como diziam que os católicos da Irlanda apreciavam. Uma mortificação, talvez, por alguma transgressão indizível, ou pela redenção das almas em chamas no Purgatório. Acreditavam em coisas estranhas, esses irlandeses aborígines, e um marinheiro cuja profissão o deixasse entre eles podia esperar que veria comportamentos estranhos. Falavam de um jeito sereno e prático sobre milagres; aparições de santos; estátuas que sangravam. O Inferno era tão real quanto a cidade de Liverpool, o Paraíso tão mapeável quanto a ilha de Manhattan. Suas orações eram como feitiços ou encantamentos de vodu. Talvez o Fantasma fosse um homem santo: um de seus gurus.

Em sua tribo, ele também provocava confusão. Os refugiados ouviam-no abrir o alçapão, mancando pela escada rumo à obscuridade das velas; o cabelo desgrenhado, as roupas molhadas, os olhos vidrados como os de uma cavalinha semimorta. Sabiam que amanhecia quando o viam chegar, mas ele parecia levar lá para baixo o frio pungente da noite. A escuridão agarrava-se em torno dele, uma capa com muitas pregas. Se havia barulho, como era comum até de madrugada — um grupo de homens cochichando, uma mulher entoando em delírio os Mistérios —, sua chegada fazia boa parte dele morrer. Observavam-no tremer pela extensão da cabine, a arrastar-se pelos fardos e cestas, flácido de exaustão, fungando e tossindo, um fantoche gasto cujas cordas tinham sido cortadas. Ele arrancava o casaco encharcado do tronco trêmulo, dobrava-o e enrolava-o na forma de um canudo sob a cabeça e caía sobre o cobertor para dormir.

Não importa o que acontecesse, dormiria o dia todo. Invulnerável aos barulhos de bebês e enjôos, às brigas e lágrimas e lutas e vitórias que formavam a azáfama da vida sob o convés, aos rugidos e juras e galanteios e raivas, ficava deitado nas tábuas como um cadáver. Camundongos corriam sobre ele; não contraía um músculo; baratas passavam debaixo da gola da sua camiseta. Em torno dele, as crianças trotavam ou vomitavam, homens arranhavam rabecas ou rugiam ou discutiam, mulheres brigavam por um restinho de comida (pois comida era a única moeda deste domínio sobre as águas e seu desembolso, causa de febril especulação). Do fundo do alarido vinham os gemidos dos doentes, elevando-se como orações de seus catres ordinários; os doentes e os saudáveis dormindo lado a lado, os gemidos atormentados e as invocações alarmadas fundindo-se ao zumbido das moscas incontáveis.

A fila para os dois únicos banheiros do porão se formava passando bem pela tampa de caixão de chão imundo que o Fantasma silenciosamente reivindicara como sua cabine. Um lavatório estava rachado, o outro entupido e vazando; os cubículos infestados de legiões de ratos sibilantes. Às sete da manhã, o fedor de amoníaco, constante como o frio e os gritos do porão, invadia a masmorra flutuante com força selvagem, enchia-a toda como um espírito em erupção. O fedor tinha uma presença quase corpórea; parecia uma coisa que dava para agarrar em punhados grudentos. Comida podre, carne podre, fruta podre ou intestino podre, sentia-se o cheiro nas roupas, no cabelo, nas mãos; no copo em que se bebia e no pão que se comia. Fumaça de tabaco, vômito, suor velho, roupas mofadas, cobertores imundos e uísque vagabundo.

As vigias que deveriam ventilar o porão eram abertas na tentativa de amainar a espantosa névoa putrescente. Mas a brisa parecia apenas piorá-la, soprando-a para os buracos e alcovas. Jogava-se água salgada nas tábuas duas vezes por semana, mas até a água doce fedia a diarréia e tinha de ser tratada com vinagre antes que se pudesse enfrentá-la. O fedor maligno escorria pelo porão, um vapor esfumaçado, nocivo, nauseante que feria os olhos e inflamava as narinas. Mas aquele eflúvio sufocante de morte e abandono não era pernicioso o bastante para acordar o Fantasma.

Desde o início da viagem, ele se mantivera imperturbável. Pouco antes das doze horas no dia em que deixamos Liverpool, um grande grito saíra de um grupo no convés principal. Avistara-se uma barquentina que se aproximava pelo sul, dirigindo-se à costa rumo a Dublin. *A Duquesa de Kent* era seu honrado nome. Levara os restos mortais de Daniel O'Connell, membro do Parlamento — o "Libertador" dos pobres católicos da Irlanda — do local de seu falecimento, em Gênova, em agosto daquele ano, para descansar em sua pátria.* Ver o navio era como ver o homem; assim pareceu pelas orações lacrimosas dos passageiros. Mas, longe de se unir às novenas pelo defensor caído, o Fantasma sequer subiu ao convés para espiar. Os heróis não lhe interessavam tanto quanto o sono; nem mesmo seus receptáculos vazios.

Às 8h, o pessoal da cozinha distribuía a ração diária: meia libra de bolacha de bordo e uma quarta de água para cada adulto, metade desse banquete para cada criança. A chamada era feita às 9h15. Os que tinham morrido na noite anterior eram removidos do porão para aguardar o descarte. Às vezes, o Fantasma adormecido era confundido com um deles e precisava da proteção de seus dilapidados companheiros. Os catres de compensado eram apressadamente lavados. Passavam um esfregão nas tábuas. Os cobertores eram recolhidos e fervidos em urina para matar os piolhos que espalhavam impingens.

Depois de comer, o povo do porão se vestia e subia até o convés. Lá caminhavam no ar limpo e frio; sentavam-se nos bancos e pediam esmolas aos marinheiros; observavam, pelos portões de ferro forjado com tranca dupla, nós, os passageiros da primeira classe, a tomar café com bolinhos sob o abrigo dos toldos de seda. O modo exato de manter o creme fresco para os ricos costumava ser discutido com todo o vigor pelos pobres. Alguns diziam que uma gota de sangue pingada na mistura era eficaz.

Os primeiros dias se passaram com lentidão agonizante. Para estupefação dos passageiros, souberam em Liverpool que o navio os levaria de volta à Irlanda antes de seguir para enfrentar o Atlântico. A notícia provocou bebedeiras frustradas entre os homens, o que, por sua vez, provocou brigas frustradas. Muitos do porão tinham vendido tudo o que possuíam para pagar a passagem até Liverpool. Muitos tinham sido roubados naquela cidade infeliz e violenta, induzidos a separar-se de suas poucas posses; venderam-lhes disquinhos de peltre mal estampados dizendo ser dólares americanos. Agora estavam sendo levados de volta a Dublin, de onde tinham fugido semanas antes, resignados — ou fazendo esforço para resignar-se, pelo menos — a nunca mais pôr os olhos na pátria.

*Na minha memória, as velas daquele navio eram negras, mas, ao consultar minhas anotações, vejo que me enganei. — G. G. Dixon

Mas até essa pequena bênção lhes seria negada. Tínhamos esgarrado por um mar da Irlanda de péssimo humor e atracado em Kingstown para carregar provisões; depois nos esgueiramos pelo encrespado litoral sudeste, rumando para Queenstown, no condado de Cork. (Ou "Cobh", como é conhecido no idioma gaélico.) Ver passar Wicklow ou Wexford ou Waterford pareceu a muitos um insulto amargo, a casca arrancada de uma ferida putrefata. Um ferreiro tuberculoso da cidade de Bunclody pulou da amurada do convés superior perto de Forlorn Point e foi visto pela última vez nadando debilmente rumo à margem; todos os últimos fiapos de força de vontade empregados para levá-lo de volta ao lugar onde a morte era certa.

Em Queenstown, mais uns cem passageiros embarcaram, num estado tão apavorante que fez os outros parecerem realeza. Vi uma mulher idosa, pouco mais que uma aglomeração de trapos, mal conseguir subir a prancha de embarque para morrer no convés de proa. Seus filhos suplicaram ao capitão que a levasse para a América assim mesmo. Não havia dinheiro disponível para pagar o funeral, mas não podiam suportar a vergonha de jogar o corpo nas docas. O marido velho e aleijado jazia no cais, afetado demais pela febre da fome para enfrentar a viagem, ele mesmo a poucas horas da morte. Não se podia exigir que testemunhasse aquela cena como uma de suas últimas visões na Terra.

O capitão recusara-se. Homem solidário, era da fé quacre, mas estava preso a um conjunto de regulamentos que não ousava transgredir. Depois de quase uma hora de choro e rogos, descobriu-se uma rota intermédia que foi cuidadosamente planejada. O corpo da mulher foi enrolado num cobertor do catre do próprio capitão e colocado no depósito até sairmos do porto, quando então foi discretamente jogado pela amurada. A família teve de fazer isso sozinha. Não se podia pedir a nenhum marinheiro que tocasse os restos mortais, por medo de infecção. Mais tarde, o Quarto Oficial de Máquinas, que, contra todos os conselhos, sentira-se obrigado a ajudá-los, contou que desfiguraram horrivelmente seu rosto com uma lâmina, temerosos de que a corrente a levasse de volta a Crosshaven, onde poderia ser reconhecida pelos antigos vizinhos. Entre aqueles tão pobres que não merecem vergonha, a vergonha dura mais ainda que a vida. Humilhação, sua única herança, e denegação sendo a moeda com que é paga.

O assédio das travessias recentes tinha enfraquecido o *Estrela*, embarcação que se aproximava do fim de seu tempo de serviço. Em seus oitenta anos de vida, transportara muitos carregamentos: trigo da Carolina para os famintos da Europa, ópio do Afeganistão, explosivo de "pólvora negra", madeira norueguesa, açúcar do Mississippi, escravos africanos para os canaviais. Os instintos mais elevados e mais hediondos do homem tinham sido igualmente servidos pela existência do *Estrela*; percorrer seu convés e tocar sua amurada era sentir-se em poderosa comunhão com ambos. O Capitão não sabia — talvez ninguém soubesse —, mas ele estava destinado às Docas de Dover quando a viagem terminasse, para ali acabar seus dias como prisão para condenados. O Oficial do capitão ofereceu trabalho a alguns do porão: consertar barris, calafetar, alguns serviços de carpintaria, costurar mortalhas com pedaços de velas. Estes eram invejados por seus camaradas que não tinham profissão ou cuja profissão na Irlanda fora cuidar de ovelhas: ocupação tão inútil a bordo do navio como seria com toda certeza nos cortiços e poleiros do Brooklyn. Trabalhar a bordo significava mais comida. Para alguns, significava sobrevivência.

Não havia nenhum padre entre nós no *Estrela do Mar*, mas às vezes, à tarde, o ministro metodista recitava algumas palavras indiscutíveis no convés de popa ou lia as escrituras em voz alta. Ele preferia o Levítico, Macabeus e Isaías. *Uivai, navios de Társis; porque está desolada vossa fortaleza.* Algumas crianças achavam assustador o estilo inflamado e imploravam aos pais que as levassem embora. Mas muitos ficavam para ouvir, fosse para matar o tédio, fosse por qualquer outra razão. Homem compassivo, garrido, de cabeça pequena, ficava na ponta dos pés e regia-os com a escova de dentes enquanto cantavam os hinos adamantinos da fé do pastor, as letras de majestade robusta como sepulturas de granito.

Oh, Senhor, nosso auxílio no passado,
Esperança no porvir;
Nosso abrigo na procela,
Nosso lar eterno a vir.

Lá no porão, o Fantasma dormia durante o canto.

E então a escuridão descia outra vez. Ele se levantava do monte de cobertores fétidos cheios de pulgas e devorava sua ração como um homem possuído. A comida lhe era deixada num balde ao lado do catre e, embora o roubo de alimentos não fosse nada estranho no *Estrela*, ninguém jamais roubou o Fantasma.

Bebia um gole d'água. Dia sim, dia não, fazia a barba. Então vestia o antigo sobretudo, como um guerreiro colocando a armadura da batalha, e bufava pelo caminho de subida até a noite.

Os alojamentos do porão ficavam diretamente sob o convés principal, as tábuas semipodres do teto tão quebradiças aqui e ali quanto a bolacha que mantinha seus habitantes a uma garfada da morte. Assim, às vezes, no porão, quando caía o crepúsculo, ouvia-se o *clugue* de seu sapato de madeira lá em cima. Uma batida e uma chuva de lascas empoeiradas, fazendo as crianças rir para o mingau ou sentir um tipo delicioso de pavor. Algumas mães aproveitavam sua apreensão: "Se não ficar bonzinho já e me obedecer, vou botar você lá em cima pro Lorde Feio te comer".

O Fantasma não era feio, mas seu rosto era incomum. Pálido como leite e meio alongado, seus traços podiam ter sido roubados de vários homens diferentes. O nariz era curvo e um pouco comprido demais. As orelhas eram um tiquinho salientes, como as de um arlequim. O cabelo, como um dente-de-leão preto, horrendo e gigantesco, poderia ter pertencido a um monstro de pantomima. Seus baços olhos azuis tinham uma clareza sobrenatural que fazia o resto do rosto parecer escuro, apesar da palidez. Um cheiro de cinza molhada envolvia-o, mesclando-se com o odor de quem viaja há muito tempo. Mas ele era mais cuidadoso que a maioria em seus hábitos e costumava ser observado a usar metade de sua ração de água para lavar o cabelo comicamente emaranhado, tão meticuloso quanto uma debutante preparando-se para o baile.

O tédio era o deus que reinava no porão, a comandar seus acólitos: inquietude e desânimo. O comportamento excêntrico do Fantasma logo começou a provocar especulações. Qualquer conjunto formado de seres humanos, qualquer família, qualquer grupo, qualquer tribo, qualquer nação se unirá não pelo que tem em comum, mas, em última instância, por aquilo que teme, com freqüência coisa muito maior. Talvez deteste o estrangeiro como camuflagem para seus próprios pavores, temendo o que faria a si mesmo caso os laços se despedaçassem. O Fantasma tornou-se útil como o estranho do porão, o esquisito entre os normais aterrorizados. Sua presença ajudou a cultivar a ilusão de unidade. O fato de ser tão estranho só lhe aumentou o valor.

Os boatos grudavam nele como cracas no casco de um navio. Alguns diziam que fora agiota na Irlanda; um *gombeen* na gíria deles; um personagem odiado. Outros o declaravam ex-mestre de uma oficina, agente de um grande proprietário de terras ou soldado desertor. Um fabricante de velas de Dublin insistia que o Fantasma era um ator e jurava tê-lo visto a representar o papel que lhe dava o nome numa produção de *Hamlet* no Teatro Queen's da rua Brunswick. Duas moças de Fermanagh que nunca riam tinham certeza que devia ter cumprido pena na prisão, de tão fria que era a expressão de seu rosto e tão calosas suas mãos pequenas. O aparente medo da luz do dia e o amor à escuridão levaram alguns dos mais imaginosos a chamá-lo de *cithoge*; um estranho ser sobrenatural da lenda irlandesa, filho de uma fada e um mortal, possuidor do poder de amaldiçoar e conjurar. Mas ninguém tinha certeza de quem era exatamente, porque ele pouco revelava na conversa. Até uma pergunta da mais vulgar desimportância só lhe arrancava um murmúrio à guisa de resposta, sempre evasivo ou baixo demais para ser entendido. Mas tinha o vocabulário de um estudioso e com certeza era alfabetizado, coisa que muitos do porão não eram. Abordado por algumas crianças mais corajosas, lia às vezes num sussurro estranhamente terno um minúsculo livro de histórias que guardava nas profundezas de seu sobretudo e nunca deixava ninguém tocar nem examinar.

Quando bêbado, o que era raro, tinha o hábito de seus conterrâneos de falar com ironias que não pareciam irônicas; de devolver a pergunta ao interrogador. Mas na maior parte do tempo não falava. Esforçava-se ao máximo para evitar completamente a conversa pessoal e, quando em grupo — o que muitas vezes era inevitável, dada a impiedosa realidade do porão —, baixava a cabeça e olhava para o chão, como se perdido em orações ou lembranças desesperançadas.

Algumas crianças que ele tolerava diziam que o Fantasma sabia o nome de um número espantoso de espécies de peixe. A música também parecia interessar-lhe um pouco. Um dos marinheiros, pelo que me lembro, natural de Manchester, afirmava tê-lo visto estudar um livrete de baladas irlandesas — e rir do conteúdo por alguma razão não revelada: "cacarejando feito uma velha na noite do Dia das Bruxas". Quando lhe perguntavam bem diretamente, dava sua opinião sobre um rabequista. Mas a opinião era sempre expressa rapidamente e quase sempre com voz aprovadora, como acontece com aqueles que só dão opiniões aprovadoras. Os outros logo se cansaram de perguntar.

Tinha alguma coisa de padre bem jovem; um mal-estar perto de mulheres. Mas era bem claro que não era nenhum tipo de padre. Não lia breviários, não dava bênçãos, nunca se unia aos outros no Glória. E quando o primeiro passageiro foi levado pelo tifo, dois dias depois da partida do porto de Queenstown, não compareceu às exéquias, por assim dizer; uma falha que provocou um certo volume de resmungos no porão. Mas aí ocorreu a alguém que o Fantasma podia ser um "judeísta" ou talvez algum tipo de protestante. Isso também explicaria seu mal-estar.

Não é que fizesse coisas imprevisíveis — na verdade, era o homem mais previsível do navio. Era mais que essa própria previsibilidade o tornava estranho.

Era como se tivesse certeza de que alguém o vigiava.

Até naquele interlúdio mais jovem e primaveril, eu encontrara homens que tinham tirado vidas. Soldados. Presidentes. Gângsteres. Carrascos. Desde aquela terrível viagem, conheci muitos outros. Alguns matavam por dinheiro, outros pelo país; muitos, acho eu agora, porque tinham prazer em matar e usavam o dinheiro ou o país como variedades de disfarce. Mas esse homenzinho desimportante era diferente de todos eles: esse monstro que assombrava o convés à noite. Observá-lo a arrastar-se por aquele barco de misérias, como ainda se arrasta por minha memória, mesmo nesse ínterim de quase sete décadas, era testemunhar alguém curioso em seu comportamento, com toda a certeza; mas não mais que tantos outros nas garras da pobreza. Não mais que a maioria, para dizer a verdade.

Havia uma coisa intensamente ordinária nele. Jamais se poderia adivinhar que pretendia cometer assassinato.

Adeus à velha Irlanda, terra de minha meninice,
Que agora e para sempre a deixar eu sou forçado.
Adeus a sua costa onde o trevo tem brotado.
Lugar de maior beleza, terra natural dos bravos.
Eu me lembrarei dos vales com terna admiração,
Ainda que não mais veja o verdor de seus outeiros.
Meu destino é atravessar o mar imenso e selvagem
Atrás de fama, fortuna e da doce Liberdade.

CAPÍTULO I

A DESPEDIDA

O PRIMEIRO DOS NOSSOS VINTE E SEIS DIAS NO MAR; NO QUAL NOSSO PROTETOR REGISTRA ALGUNS DETALHES ESSENCIAIS E AS CIRCUNSTÂNCIAS EM QUE OCORREU NOSSA PARTIDA.

VIII NOV. MDCCCXLVII
Segunda-feira, oitavo dia de novembro, mil oitocentos e quarenta e sete.
Ainda faltam vinte e cinco dias no mar.

O que se segue é o único registro de Josias Tuke Lockwood, Capitão do Navio, assinado e escrito de próprio punho; e afirmo pela minha honra solene que é a descrição completa e fiel da viagem, não tendo sido omitida nenhuma questão pertinente.

LONG: 10°16,7' O. LAT: 51°35,5' N. HORA REAL PADRÃO DE GREENWICH: 20h17 DIR. VENTO & VELOC.: SSO Força 4. AGITAÇÃO DO MAR: grande. RUMO: ONO 282,7°. PRECIPIT. ATMOSF. & OBS.: Névoa branda o dia todo, mas noite muito fria e clara. Cordame superior incrustado de gelo. Ilha Dursey a estibordo. Ilha Tearagh visível a 52°4,5' N, 10°39,7' O, extremidade oeste da Irlanda e, portanto, do Reino Unido. (Propriedade do Conde de Cork.)

NOME DO NAVIO: *Estrela do Mar* (anteriormente *Dama Dourada*).

CONSTRUTOR: John Wood, Porto de Glasgow (motores de propulsão de M. Brunel).

PROPRIETÁRIO: Estrela de Prata Navegação & Cia.

VIAGEM ANTERIOR: Porto de Dublin (Docas do Sul) — Liverpool — Dublin, Kingstown.

PORTO DE EMBARQUE: Queenstown (ou The Cove). 51°51' N; 008°18' O.
PORTO DE DESTINO: Nova York. 40°0,42' N; 74°0,02' O.
DISTÂNCIA: 2.768 milhas náuticas em linha reta; a serem cobertas aproveitando o vento oeste.
PRIMEIRO OFICIAL: Thos. Leeson.
AGENTE DO CORREIO REAL: George Wellesley, Esq. (acomp. de um criado, Briggs).
PESO DA EMBARC.: 1.154 ton. brutas
COMP. DA EMBARC.: 207 pés × 34 pés larg. seção mestra
GERAL: proa côncava, uma chaminé, três mastros com velame quadrado (aparelhado para velejar), casco de carvalho (com fixação de cobre), três conveses, castelo de proa com tombadilho e joanete, propulsão com roda lateral, velocidade máxima 9 nós. Em bom estado de navegação, embora precise de reparos substanciais; danos também aos revestimentos interiores etc. Vazamento grave no teto e nas paredes do porão. Casco a ser examinado em seco em Nova York e calafetado se necessário.
CARGA: 5.000 lbs de mercúrio para Alabama Mining Co. Correio Real (quarenta sacas). Carvão de Sunderland para combustível. (Suprimento de má qualidade, sujo e com escória.) Bagagem dos passageiros. Roupa sobressalente em estoque. Um piano para John J. Astor, Esq., em Nova York.
PROVISÕES: quantidade suficiente de água doce, cerveja, brandy, clarete, rum, carne de porco, frango e carneiro, bolachas, leite em conserva etc. Também aveia, farelo, melado, batatas, carne bovina seca ou salgada, carne de porco, toucinho, presunto, vitela salgada, frango em salmoura, café, chá, sidra, temperos, pimenta, gengibre, farinha, ovos, bom vinho do porto e cerveja preta de malte, repolho em salmoura, ervilhas secas para sopa; e finalmente vinagre, manteiga e arenque em conserva. Animais vivos (engaiolados) para serem mortos a bordo: porcos, galinhas, carneiros e gansos.

Um passageiro, um certo Meadowes, está trancado na cela por beber e brigar. (Um reincidente sem esperanças: terá de ser vigiado.) Caso suspeito de tifo levado ao isolamento no porão.

Registre-se que, neste dia, três passageiros do porão morreram, a causa em cada caso sendo a enfermidade provocada pela fome prolongada. Margaret Farrell, 52 anos, casada, de Rathfylane, Enniscorthy, condado de Wexford; Joseph English, 17 anos (anteriormente, dizem, aprendiz de carpinteiro), sem moradia fixa, mas nascido perto de Cootehill, condado de Cavan; e James Michael Nolan, de Skibbereen, condado de Cork, um mês e dois dias (bastardo).

Seus restos mortais foram lançados ao mar. Que Deus Todo-Poderoso tenha misericórdia de suas almas: "Porque não temos aqui cidade permanente, mas buscamos a vindoura".

Temos 37 tripulantes, 402½ passageiros comuns no porão (sendo, como de hábito, as crianças contadas como meio passageiro adulto) e 15 nos camarotes de Primeira Classe e nas cabines superiores. Entre estes últimos: o Conde David Merridith de Kingscourt e sua esposa a Condessa, seus filhos e uma criada irlandesa; Mr. G. G. Dixon do *New York Tribune*, famoso colunista e homem de letras; o Cirurgião Wm. Mangan, médico do Teatro de Anatomia, rua Peter, Dublin, acompanhado da irmã, Mrs. Derrington, viúva; Sua Alteza Imperial, o potentado Marajá Ranjitsinji, personagem principesco da Índia; Reverendo Henry Deedes, Doutor em Teologia, Ministro Metodista de Lyme Regis, na Inglaterra (promovido); e vários outros.

Quando zarpamos neste dia, chegaram notícias tristes do naufrágio do *Exmouth* ao largo de Liverpool no dia 4 último com a perda de todos os 239½ emigrantes a bordo e todos os tripulantes exceto três. Que Deus Todo-Poderoso tenha misericórdia de suas almas; e que demonstre maior clemência com nossa viagem, ou pelo menos a observe com benigna indiferença.

(...) jente que se Amostra muito em caza quando chegam aqui [na América] acham estranho a Classe umilde de jente ser tratada com tanto respeito quinem eles [mas] quando chegam aqui num dianta dizer qui eu tinha isso e era isso e aquilo em caza [pois] estranjeros aqui tem quiganhar respeito coa sua conduta e nao pela lingoa (...) sei de jente aqui [da Irlanda] que num falava comigo [lá] si me encontrase na rua [mas] aqui posso rir na cara deles quando vejo eles (...)

Carta de Patrick Dunny, imigrante irlandês na Filadélfia

CAPÍTULO II

A VÍTIMA

A SEGUNDA NOITE DA VIAGEM,
NA QUAL UM CERTO PASSAGEIRO IMPORTANTE
É APRESENTADO AO LEITOR.

12°49' O; 51°11' N.
20h15

O Mui Honrado Thomas David Nelson Merridith, nobre Lorde Kingscourt, Visconde de Roundstone, nono Conde de Cashel, Kilkerrin e Carna, entrou no Salão de Jantar com uma explosão de vidro quebrado.

Um camareiro negro tropeçara perto da porta, derrubado por um movimento súbito do navio, deixando cair uma bandeja sobrecarregada de taças cheias de champanhe. Alguém encenava um irônico aplauso lento à custa do homem caído. Uma salva zombeteira e inebriada veio do canto mais distante: "U-lalá! Bravo! Muito bem, rapaz!" Outra voz gritou: "Vão ter de aumentar os preços!"

Agora o camareiro estava de joelhos, tentando limpar os destroços. Corria sangue pelo seu magro pulso esquerdo, manchando o punho da jaqueta de brocado. Em sua ansiedade para recolher os cacos de cristal estilhaçado, cortara o polegar desde a parte gorda até a ponta.

— Olhe a sua mão — disse Lorde Kingscourt. — Tome. — Ofereceu ao camareiro um lenço de linho limpo. O homem olhou para cima com uma expressão de pavor. A boca começou a se mexer, mas nenhum som saiu. O Camareiro-Chefe viera correndo e ralhava com o subordinado numa língua que Merridith não entendia. Seria alemão, talvez? Português? A saliva voava de sua boca enquanto silvava e amaldiçoava o homem que agora se encolhia no carpete como uma criança surrada, o uniforme maculado de sangue e champanhe, uma paródia grotesca dos brancos do comodoro.

— David? — chamou a esposa de Merridith. Ele se virou para olhar. Ela começara a se levantar da banqueta na mesa do Capitão e acenava alegremente para ele com uma faca de pão, as sobrancelhas franzidas e os lábios contraídos numa caricatura de impaciência. As pessoas em torno dela riam loucamente, todas exceto o Marajá, que nunca ria. Quando Merridith olhou de novo para o camareiro, ele ia sendo levado aos empurrões para fora do salão pelo furioso superior, ainda rugindo na língua gutural, o transgressor apertando a mão ao peito como um pássaro ferido.

O céu da boca de Lorde Kingscourt tinha um gosto acre de sal. A cabeça doía e a visão estava enevoada. Há várias semanas sofria de algum tipo de infecção urinária e, desde que embarcara no navio em Kingstown, piorara bastante. Nesta manhã, sentira dor ao urinar; uma queimação escaldante que o fez gritar. Gostaria de ter consultado um médico antes de embarcar na viagem. Nada mais a fazer agora senão esperar por Nova York. Não podia ser franco com aquele bêbado idiota do Mangan. Talvez quatro semanas. Esperar e rezar.

O cirurgião Mangan, um velho chato e mal-humorado durante o dia, já estava com o rosto rosado de bebida, o cabelo untuoso brilhando como uma braçadeira polida. Sua irmã, que parecia a caricatura de um cardeal, arrancava sistematicamente as pétalas de uma rosa amarelo pálido. Por um momento, Lorde Kingscourt perguntou-se se ela as comeria; mas, em vez disso, ela as deixou cair uma a uma em sua taça d'água. A observá-los com expressão ressentida de calouro estava Grantley Dixon, colunista da Louisiana, com um *smoking* que claramente pedira emprestado a alguém maior que ele e que dava a seus ombros um jeito quadrado. Merridith não gostava dele e nunca gostara, desde que fora obrigado a suportar sua tagarelice socialista numa das noites literárias infernais de Laura, em Londres. Os romancistas e poetas até que eram toleráveis, mas os candidatos a romancistas e poetas eram simplesmente insuportáveis. Um palhaço, Grantley Dixon, um papagaio arrebatado, com suas palavras de ordem militantes e atitudes de segunda mão; como todos os radicais de mesa de bar, no fundo um tremendo esnobe. Quanto a seu arrogante palavrório sobre o romance que estava escrevendo, Merridith sabia reconhecer um diletante e estava olhando para um deles agora. Quando soube que Grantley Dixon estaria no mesmo navio, quase quis adiar a viagem. Mas Laura lhe disse que estava sendo ridículo. Sempre podia contar que Laura lhe diria isso.

Que coleção para agüentar no jantar. Uma das expressões prediletas de seu pai surgiu na mente de Merridith. *É coisa demais para pedir que um branco agüente.*

— Está tudo bem, querido? — perguntou Laura. Ela gostava do papel de esposa preocupada, ainda mais quando tinha uma platéia para apreciar-lhe a preocupação. Ele não se incomodava. Isso a deixava feliz. Às vezes deixava-o feliz também.

— Parece estar sentindo dor. Ou algum tipo de desconforto.

— Estou bem — disse ele, relaxando na cadeira. — Só com muita fome.

— Amém a isso — disse o Cirurgião Mangan.

— Desculpem meu atraso — disse Lorde Kingscourt. — Há dois camaradinhas que conheço que insistem que alguém lhes conte histórias na hora de dormir.

O Agente dos Correios, que era pai, deu um sorriso estranho e nefasto. A esposa de Merridith girou os olhos como uma boneca.

— Nossa criada Mary está doente outra vez — disse ela.

Mary Duane era a babá, natural de Carna, no condado de Galway. David Merridith conhecera-a por toda a vida.

— Não sei o que há com aquela moça — continuou Lady Kingscourt. — Ela mal deixou a cabine desde o momento em que embarcamos. E em geral ela é forte como um pônei de Connemara. E tão teimosa como um pônei também. — Levantou o garfo e fitou-o de perto, por alguma razão cutucando suavemente a ponta dos dedos com a extremidade dos dentes.

— Talvez esteja com saudades de casa — disse Lorde Kingscourt.

A esposa riu-se rapidamente.

— Não acredito.

— Notei alguns marinheiros de olho nela — disse o Cirurgião, afável. — Bem bonitinha, se não usasse tanto preto.

— Ela perdeu o marido não faz muito tempo — disse Merridith. — Assim, acho que é provável que nem tenha notado os marinheiros.

— Ah, querido, ah, querido. Coisa difícil na idade dela.

— É mesmo.

Serviu-se vinho. Ofereceu-se pão. Um camareiro trouxe uma terrina e começou a servir a *vichyssoise*.

Lorde Kingscourt estava achando difícil concentrar-se. Um verme de dor parafusava-se lentamente por sua virilha; uma larva cega de veneno perfurante. Podia sentir a camisa grudar-lhe nos ombros e no abdômen. O Salão de Jantar tinha um clima estagnado e cinéreo, como se lhe tivessem extraído o ar e enchido com chumbo pulverizado. Contra o odor enjoativo de carne e lírios no fim da floração, outro fedor pior tentava sobressair. Em nome de Cristo, o que era aquele cheiro imundo?

O Cirurgião estava claramente no meio de uma de suas histórias intermináveis quando Merridith chegou. Voltava a contá-la agora, com um riso expansivo, debilitado por estranhos cacarejos de auto-admiração ao olhar espantado em volta para os companheiros devidamente sorridentes. Alguma coisa sobre um porco que sabia falar. Ou dançar? Ou ficar de pé nas patas de trás e cantar Tom Moore. Seja como for, era uma história camponesa da Irlanda; como todas as histórias do Cirurgião. *Simsinhor. Disculp. Jisus salve Vosmicê.* Ajeitou a franja invisível e encheu as bochechas, com orgulho suculento de sua facilidade de imitador. Era uma coisa que Merridith achava difícil suportar, o jeito como os irlandeses prósperos nunca se cansavam de ridicularizar seus conterrâneos rurais; sinal, costumavam alegar, de sua própria maturidade nas questões nacionais, mas na verdade apenas mais uma forma de servilismo obsequioso.

— Vai me dizer agora — chilreou o cirurgião, os olhos claros escorrendo o excesso de alegria — onde mais isso poderia acontecer senão na véia e cara Irrlanda?

Disse as últimas palavras como se entre aspas.

— Um povo maravilhoso — concordou o Agente dos Correios banhado de suor. — Uma lógica maravilhosa só deles.

O Marajá nada disse por alguns longos momentos, o rosto grave e entediado nas roupas rígidas. Então murmurou algumas sílabas sombrias e estalou os dedos para seu mordomo pessoal que estava de pé como um Anjo da Guarda poucos passos atrás dele. O mordomo trouxe uma caixinha de prata, que o Marajá abriu com reverência. Dela tirou um par de óculos. Olhou-os por um momento, como se surpreso de encontrá-los ali. Limpou-os com um guardanapo e colocou-os.

— Ficará em Nova York por algum tempo, Lorde Kingscourt?

Levou um instante para Merridith perceber a quem o Capitão se dirigia.

— De fato — disse. — Quero dizer, para fazer alguns negócios, Lockwood.

Inevitavelmente, Dixon o olhou.

— Desde quando a nobreza se curva a trabalhar para viver?

— A fome avança na Irlanda, Dixon. Suponho que tenha tropeçado nela em sua visita, não é?

O Capitão riu apreensivo.

— Tenho certeza que nosso amigo americano não quis ofendê-lo, Lorde Kingscourt. Ele só achou...

— Sei muito bem o que ele achou. Como pode um Conde cair ao nível de um negociante? De certa forma, minha querida esposa costuma pensar a mesma coisa. — Olhou para ela do outro lado da mesa. — Não é, Laura?

Lady Kingscourt nada disse. O marido voltou à sopa. Queria comê-la antes que coagulasse.

— Pois é. Veja meu sofrimento, Dixon. Há quatro anos ninguém em minha propriedade me paga o arrendamento. A morte de meu pai deixou-me metade de todo o alagado ao sul de Connemara, um monte de pedras e turfa ruim, um monte ainda maior de contas vencidas e salários atrasados. Sem mencionar os consideráveis tributos devidos ao governo. — Partiu um pedaço de pão e tomou um gole de vinho. — Morrer é muito caro — sorriu tristemente para o Capitão. — Ao contrário deste clarete. Que é um lodo.

Lockwood passou inquieto os olhos pela mesa. Não estava acostumado a lidar com a aristocracia.

Uma moça começara a tocar a harpa ornamentada que ficava perto do bufê de sobremesas no meio do salão, ao lado da escultura de gelo de Netuno Triunfante que pingava. A melodia soava frágil e levemente desafinada, como costumava soar a Merridith a música de harpa, mas ela tocava com uma seriedade que ele achou tocante. Desejou que o Salão de Jantar estivesse vazio, com exceção dele e da moça. Gostaria de sentar-se ali e beber por algum tempo; beber e ouvir a música desafinada. Beber até não sentir nada.

Connors? Mulligan? Lenihan? Moran?

Mais cedo, através das barras de ferro que isolavam o povo do porão de seus melhores, notara um homem que vira com freqüência nas ruas de Clifden. O camarada estava a ferros, bêbado ou meio louco, mas ainda assim Merridith o reconheceu, não tinha se enganado. Era um rendeiro de Tommy Martin, de Ballynahinch. Parece — assim dissera o ministro metodista de Lyme Regis — que fora jogado na cela por estar bêbado e violento. Merridith ficara bem espantado ao ouvir isso. Não era assim que se lembrava dele.

Corrigan? Joyce? Mahony? Black?

Ia a Clifden nas manhãs de segunda-feira para vender couve e rutabagas com o pai, pequeno proprietário; um camaradinha briguento, nativo típico de Galway, cheio de cuspe e força e vigor. Qual era a droga de seu nome? Fields? Shields? Viúvo, de qualquer modo. A mulher morreu em 1836. Conseguia ganhar a vida para si e sete filhos com um poleiro de arenito quartzítico nas encostas de Bencollaghduff. Ridículo dizer, Merridith muitas vezes os invejou.

Ele mesmo sabia como isso era ridículo. Mas dava para ver que o pai se orgulhava muito do filho. Havia uma ternura entre eles, uma afeição encabulada, ainda que nunca parassem de implicar um com o outro. O fazendeiro acusava o filho de preguiça; o filho retorquia que o pai era um bêbado imbecil. O homem dava um tapa na cabeça do filho; o filho jogava nele uma rutabaga meio podre. As mulheres de Clifden se congregavam em volta da sua barraca esfrangalhada tanto para observá-los trocando impropérios quanto para comprar as parcas mercadorias que vendiam. Agredir-se entre si se tornara um tipo de pantomima. Mas Merridith sabia que não passava disso.

Meadowes?

Bem cedinho numa manhã de dezembro, conduzindo o faetonte para encontrar a irmã junto à cocheira dos Correios em Maam Cross, vira-os chutando uma bola velha de futebol no meio da praça vazia do mercado. A manhã estava tranqüila; um pouco nebulosa. A barraca fora armada perto dos portões da igreja, as rutabagas polidas como globos brilhantes. Toda a cidade dormia, a não ser pelo pai e pelo filho. Folhas esvoaçavam nas ruas desertas; os campos a distância estavam prateados de orvalho. Lembrou-se de tudo isso agora, sentado no Salão de Jantar, mergulhando na escuridão rolante do mar. A estranha beleza de tudo na manhã de Connemara. As formas sombreadas deslizando pela neblina como seres celestiais. O *tuque* quando um deles chutava a bola. Os gritos abafados. As ímpias obscenidades. A música extraordinária de seu riso irrestrito ecoando contra as paredes altas e negras da igreja.

Em toda a sua infância, Lorde David Merridith jamais chutara uma bola de futebol com o próprio pai. Não tinha certeza se o pai *reconheceria* uma bola de futebol. Lembrava-se de ter dito isso à irmã quando a encontrou perto do Bianconi aquela manhã, carregada de presentes de Natal e caixas de frutas cristalizadas; transbordando de notícias e fofocas de Londres. O jeito que ela riu e concordou com a observação. Provavelmente, dissera Emily, se Papai visse uma bola de futebol a teria socado num canhão e tentado atirá-la num francês.

Ele se perguntou onde estaria o pai agora. Seu corpo estava enterrado no pátio da igreja de Clifden; mas onde estaria *ele*? Haveria algum fiapo de verdade nisso, afinal de contas, o absurdo pietístico da vida após a morte? Seria essa história uma metáfora para outra realidade mais científica? Os sábios dos tempos futuros seriam capazes de decodificar a alegoria? E, se tal verdade existia, como funcionava? Onde ficava o Paraíso? E onde ficava o Inferno?

Sou eu todos os meus antepassados? Todos eles são eu?

Três semanas antes de embarcar no *Estrela do Mar*, Merridith trancara a casa em que ele, o pai, o avô tinham nascido, cerrou as janelas quebradas, fechou-a e trancou-a pela última vez. Entregara as chaves ao avaliador de Galway e andara um pouco em volta dos estábulos vazios. Nem um único rendeiro aparecera para vê-lo partir. Esperara até o crepúsculo, mas não viera ninguém.

Acompanhado por seu guarda-costas — o homem insistira —, afastara-se de Kingscourt a cavalo para visitar a sepultura do pai em Clifden, só para descobrir que fora profanada outra vez. O anjo do mar de granito fora quebrado ao meio, as palavras CANALHA PODRECE pintadas a cal na lápide, juntamente com o emblema dos que as puseram ali. As sepulturas de seu avô e de seus ancestrais tinham sido todas marcadas com o emblema respingado do seu ódio. O nome Merridith aparecia em várias lápides e essas também tinham sido desfiguradas. Somente o túmulo da sua mãe não fora tocado, um perdão que apenas fez com que a adulteração em volta parecesse mais completa. Mas, olhando a cena, não foi capaz de sentir nada. Somente a palavra escrita errada chamou realmente sua atenção. Queriam dizer que seu pai estava podre ou apodrecendo?

Pensou sobre isso agora: a inadequação horrível do modo como reagiu. E o que exatamente queriam dizer aqueles homens que tinham estragado a sepultura de seu pai? Seu símbolo era um H fechado num coração, mas que coração era aquele que conseguia violar os mortos? "Defensores Hibérnicos", explicara seu guarda-costas; o nome que os arruaceiros locais davam a si mesmos. Outro nome que usavam era "Os Confiáveis", principalmente porque suprimiam toda confiança; também podia-se confiar horrivelmente que o fariam. E Merridith fingira em silêncio já não conhecer essas etimologias e simulou o costumeiro interesse pelos costumes dos indígenas, como se o guarda lhe desse esclarecimentos sobre passos de quadrilha ou contos de fadas. Será que odiavam mesmo seu pai tanto assim? O que ele fizera para merecer sua repugnância? Sim, fora um proprietário inflexível, principalmente nos últimos anos; isso era inegável. Mas a maioria dos outros grandes proprietários da Irlanda também era assim, e na Inglaterra, e em toda parte; alguns muito piores e muitos deles mais cruéis. Não sabiam esses mutiladores que atacavam à noite o quanto seu pai tentara fazer por eles? Não conseguiam entender que era um homem de seu tempo, conservador tanto por instinto quanto pela política? Que política e instinto eram muitas vezes a mesma coisa, nos campos de seixos de Galway, nos salões cheios de estátuas de Westminster. Provavelmente em todos os outros lugares também. "Política", palavra educada para preconceitos antediluvianos, os trapos vestidos pela inimizade e pelo ressentimento tribal.

Por alguma razão, Merridith viu-se pensando nos filhos: uma lembrança do filho caçula quando bebê, soluçando à noite com a dor dos primeiros dentes. O quarto das crianças cheio de bonecos na casa de Londres. Tapinhas na cabeça da criança. Segurando sua mão. Um tordo negro saltitando no parapeito da janela respingada de chuva. Os dedos minúsculos engavinhando-se em volta dos seus, como se implorassem em silêncio "fica comigo". Como Cristo no jardim. Vigiai comigo por uma hora. As miudezas de cortar o coração que finalmente queremos. Estranho pensar que o pai de Merridith já fora um neném. E nos minutos antes de morrer pareceu ser neném de novo; aquele marinheiro vasto, indignado, de coração de ferro, cujo retrato pendia em corredores de todo o Império. Estendera a mão frágil e branca para David Merridith e apertara-lhe o polegar como se tentasse quebrá-lo. Havia medo em seus olhos; terror faiscante. E David Merridith quisera dizer: "Tudo bem. Ficarei com você. Não tenha medo." Mas não conseguira dizer nada.

Como se acordasse de um sono que durara demais, percebeu que as pessoas à volta estavam falando da Fome.

O Agente dos Correios discutia em voz alta com Dixon.

— Os proprietários não são tão maus, sabe, meu caro. Muitos deles ajudam seus rendeiros a emigrar.

O americano riu-se.

— Para livrar suas propriedades dos mais fracos e ficar com os melhores.

— Suponho que devam administrar suas propriedades como bons negócios — tentou o Capitão. — É difícil para todos, mas é o que é.

O olhar devolvido foi totalmente previsível.

— E é um bom negócio acomodar os passageiros do porão como fizeram neste navio?

— Os passageiros são tratados da melhor maneira que meus homens podem tratá-los. Preciso trabalhar dentro das restrições impostas por meus proprietários.

— Os seus "proprietários", Capitão? E quem são eles?

— Quero dizer, os proprietários do navio. A companhia Estrela de Prata.

Dixon concordou insensível com a cabeça, como se esperasse a resposta. Era um radical típico, assim supôs Merridith, que se sente secretamente aliviado com a existência de injustiças; é tão fácil atingir a virtude dizendo achá-las ultrajantes.

— Ele tem razão, Lockwood — disse o Cirurgião. — Afinal de contas, aquelas pessoas lá no porão não são africanos.

— Pretos são mais limpos — riu-se o Agente dos Correios.

A irmã do Cirurgião soltou um soluço de riso meio ébrio. O irmão lhe deu um olhar recriminador. Rapidamente ela rearrumou os traços numa expressão de tristeza.

— Trate um homem como um selvagem e ele assim se comportará — disse Merridith. Sua voz tinha um tremor que o assustou um pouco. — Todos os que conhecem a Irlanda deviam saber disso. Ou Calcutá, ou a África, ou seja que lugar for.

À menção de Calcutá, alguns do grupo olharam furtivamente para o Marajá. Mas ele estava ocupado soprando uma colherada de sopa. Coisa surpreendente a fazer, talvez, dado que a sopa já estava gelada.

Grantley Dixon agora fitava Lorde Kingscourt.

— Que beleza, Merridith, vindo de você. Não sei como alguém da sua classe consegue dormir à noite.

— Durmo muito bem, garanto-lhe, meu velho. Mas é que sempre leio seu último artigo imediatamente antes de me deitar.

— Sei muito bem que Vossa Alteza aprendeu a ler. Desde que escreveu ao meu editor para queixar-se do meu trabalho.

Merridith deu um sorriso franzido de desdém.

— Às vezes chego a roncar um pouco e deixo minha esposa acordada na cama.

— David, por favor. — Lady Kingscourt corava. — Falar nisso à mesa de jantar.

— Que beleza, a erupção periódica do Monte Dixon Menor. E quando seu tão esperado romance finalmente nos deliciar com sua publicação, sem dúvida o acharei tão propício à tranqüilidade quanto o restante de suas efusões. Ouso dizer que então dormirei como Endimião.

Dixon não se juntou à rodada de riso incomodado.

— Você mantém a sua gente numa penúria abjeta, ou perto dela. Quebra-lhes as costas de trabalho para sustentar sua posição e depois os expulsa da terra sem nenhuma indenização quando lhe apraz.

— Nenhum rendeiro meu foi expulso da terra sem indenização.

— Porque não resta quase ninguém para expulsar, já que seu pai mandou embora metade dos rendeiros. Condenou-os ao asilo de pobres ou à morte nas estradas.

— Dixon, por favor — disse o Capitão baixinho.

— Quantos deles estão no Asilo Público de Clifden esta noite, Lorde Kingscourt? Esposos separados como condição para lá ficar. Crianças mais novas que as suas arrancadas dos pais para trabalhar como escravas. — Meteu a mão no bolso do paletó e puxou um caderninho. — Sabia que têm nomes? Gostaria que eu os lesse? Já as visitou para contar a *elas* uma historinha na hora de dormir?

O rosto de Merridith parecia tostado pelo sol.

— Não ouse atacar meu pai em minha presença, senhor. Nunca mais. Entendeu?

— David, acalme-se — disse tranqüilamente a esposa.

— Meu pai amava a Irlanda e lutou por sua liberdade contra a escória cruel do bonapartismo. E usei o que o senhor chama de "minha posição", Mr. Dixon, para defender arduamente a reforma dos asilos públicos. Que nem chegariam a existir para oferecer a pouca ajuda possível se não fosse por gente como meu pai.

Dixon soltou um grunhido mal audível de desdém. O tom de voz de Merridith estava ficando mais estridente.

— Falei com freqüência sobre o assunto na Câmara dos Lordes e noutros locais. Mas não vou supor que seus leitores se interessem por isso. Preferem fofoquinhas e maledicências e caricaturas simplistas.

— Represento a imprensa livre da América, Lorde Kingscourt. Escrevo o que quero e sempre o farei.

— Não se iluda, senhor. O senhor não representa nada.

— Senhores, senhores — suspirou o Capitão. — Imploro-lhes. Temos uma longa viagem pela frente, logo, vamos deixar de lado nossas diferenças e permanecer bons amigos e companheiros.

O silêncio caiu sobre o grupo desconcertado. Foi como se um hóspede não convidado tivesse se sentado à mesa e todos ficassem embaraçados demais para mencionar o fato. Um pinga-pinga de aplausos sem entusiasmo soou pelo salão quando a harpista terminou uma sentimental melodia celta. Hesitante, Dixon afastou de si o prato e engoliu um copo d'água em três goles rápidos.

— Talvez devamos adiar a discussão política para mais tarde, quando as damas se retirarem — disse o Capitão, forçando uma risada. — Agora, mais vinho, alguém?

— Fiz todo o possível para melhorar as condições dos que estão nos asilos públicos — disse Merridith, tentando manter firme o tom de voz. — Insisti, por exemplo, no relaxamento das condições de ingresso. Mas esse é um problema muito difícil. — Permitiu-se enfrentar o olhar agora desmesurado de Dixon. — Talvez você e eu possamos conversar sobre isso noutra ocasião. — Acrescentou mais uma vez: — É um problema difícil.

— Com toda a certeza — disse de repente a esposa de Merridith. — Se não forem impostas condições estritas, eles se aproveitam da ajuda que lhes é dada, David. No mínimo as condições tinham de ser muito mais estritas.

— Não é assim, querida, como já lhe expliquei.

— Acho que é — continuou ela, calmamente.

— Não, não é — disse Merridith. — E já a corrigi nessa questão antes.

— Se não, só estaremos encorajando a mesma ociosidade e dependência que só levaram a seu atual infortúnio.

Merridith sentiu a raiva crescer de novo.

— Pro inferno se aceitarei aulas sobre ociosidade da sua boa pessoa, Laura. Eu disse inferno. *Está me ouvindo agora?*

O Capitão pousou os talheres e fitou desanimado o prato. Na mesa ao lado, o ministro metodista virou-se para dar uma olhada curiosa. Dixon e o Agente dos Correios estavam sentados bem rígidos. O Cirurgião e a irmã baixaram a cabeça. O Marajá continuou tomando tranqüilamente a sopa, um leve assobio entre os dentes enquanto a soprava.

— Por favor, desculpem-me — disse Lady Kingscourt asperamente. — Não estou me sentindo muito bem esta noite. Acho que é melhor sair e tomar um pouco de ar.

Laura Merridith levantou-se rígida da mesa, tocando os lábios e as mãos com o guardanapo. Os homens fizeram menção de levantar-se e curvaram-se quando ela se afastou, exceto o marido e o Marajá Ranjitsinji. O Marajá nunca se curvava.

Tirou os óculos, soprou cuidadosamente as lentes e começou a limpá-las com todo o escrúpulo com a bainha de sua echarpe dourada.

O Capitão fez sinal a um dos camareiros.

— Vá atrás da Condessa — murmurou depressa. — Cuide para que fique atrás dos portões da Primeira Classe.

O homem fez que entendeu com a cabeça e saiu do salão.

— Nativos inquietos, é? — sorriu superior o Agente dos Correios.

Josias Lockwood não respondeu.

— Diga-me uma coisa, Capitão — disse o Marajá com uma expressão perplexa. Todos na mesa arregalaram os olhos. Era como se tivessem esquecido que ele era capaz de falar.

— Aquela bela moça que está tocando harpa?

O Capitão fez uma cara sem graça.

— Precisa me explicar, eu sei, se estou falando errado.

— Alteza?

— Mas na verdade ela não é... o Segundo Oficial de Máquinas?

Todos se viraram ou se esticaram para espiar. As mãos da harpista voavam sobre o tear de cordas, tecendo um clímax de arpejos ardentes.

— Pelos santos poderes — disse sem graça o Agente dos Correios.

A irmã do Cirurgião tentou rir. Mas como ninguém a acompanhou, parou de repente.

— Não parecia correto ter um homem tocando — murmurou o Capitão. — Gostamos de manter as aparências no *Estrela.*

CAPÍTULO III

A CAUSA

No qual o Autor faz seu relato franco de certos ACONTECIMENTOS Controversos e CALAMITOSOS na IRLANDA, e defende-se da Difamação de um certo Lorde.

NEW YORK TRIBUNE,
QUARTA-FEIRA, 10 DE NOVEMBRO DE 1847

A CONVERSA DE HOJE

POR QUE HÁ FOME NA IRLANDA?

do assistente da nossa Sucursal de Londres,
Mr. G. G. Dixon

Este repórter pede para responder à carta recentemente publicada por este jornal de um missivista que se assina "David Merridith de Galway", mas que também é conhecido como Lorde Kingscourt de Cashel e Carna, sobre o assunto da Fome na Irlanda.

O Apocalipse que hoje devasta o campo irlandês foi deflagrado pela pavorosa conspiração de quatro Cavaleiros da Morte. Desastre natural, pobreza esmagadora, total dependência dos pobres a um produto frágil e a total indolência de seus Lordes e Senhores; as mesmas forças terríveis que provocam a fome por toda parte entre os destituídos. Não é "um acidente", mas uma conseqüência inevitável. O que senão o mal poderia brotar de solo tão pernicioso?

É de supor que qualquer um com a educação em Oxford recebida por Lorde Kingscourt — paga inteiramente pelos arrendatários de sua família — devesse conhecer este fato. Assim como toda Fome fatal, ela foi precedida por muitas outras. (Quatorze nos últimos trinta anos no caso da Irlanda e uma praga cataclísmica em meados do século XVIII.) Para essa caixa de fósforos, a fagulha foi o surgimento, há dois anos, de uma doença fúngica que aniquila a batata, alimento básico dos pobres irlandeses. O nome dessa doença não é conhecido.

O nome do sistema econômico em que ocorre a catástrofe na verdade é muito bem conhecido. Chama-se "O Livre Mercado" e é muitíssimo reverenciado. Assim como David Merridith de Galway, também tem apelido. Muitos criminosos o têm e a maioria dos aristocratas. Seu *nom de guerre* é "*Laissez-Faire*" e prega que a ânsia de lucro deve regular tudo, inclusive quem deve viver e quem deve morrer.

Essa é a Liberdade que permite aos comerciantes irlandeses de alimentos quadruplicar o preço nas áreas atingidas pela fome; que permite que carregamentos de produtos não atingidos pela praga sejam levados por fazendeiros irlandeses, sob proteção armada, para Dublin e Londres enquanto seus conterrâneos passam fome nos campos pútridos. (É notável que haja pouca Fome nas salas de jantar dos ricos de Dublin e no palácio de Milorde o Arcebispo.)

Não se pode permitir que nenhuma outra manifestação de humanidade intervenha nesse funcionamento magnífico da Liberdade. Nem a Imaginação do homem, que nos deu as glórias do Renascimento. Nem seu desejo de Liberdade, que nos deu a América. Nem sua Solidariedade natural pelo irmão que sofre; somente a faina da Máquina de Lucro, em primeiro e último lugar.

Isso não é exagero. A tese de que a única tarefa exigida da aristocracia desempregada seja impedir que aqueles a quem extorque morram de fome é considerada muito estranha pelos Milordes da Inglaterra e da Irlanda. Na verdade, é *de rigueur* censurar os pobres por sua pobreza, enquanto se consideram as próprias riquezas como questão de direito divino. Os que mais labutam possuem menos riqueza; os que nada fazem além de comer têm de tudo.

É coisa sabida que grande número dos poderosos que permitem a dizimação dos pobres irlandeses são britânicos; e também que muitos são irlandeses. Sobre os que são britânicos muito já se escreveu, mas sobre os que são irlandeses ainda não se escreveu o bastante. Alguns acham conveniente culpar a "Grã-Bretanha" por tal dizimação; embora não seja a "Grã-Bretanha" que a esteja infligindo, nem a "Irlanda" que a esteja sofrendo. O que está acontecendo é mais complexo, mas não menos violento.

Em sua maior parte, os poderes britânicos estabelecidos negam responsabilidade, enquanto milhões daqueles a quem governam na Irlanda são abandonados à mais cruel destruição numa história longa e cruel; enquanto isso, muitos irlandeses mais ricos, com quem as vítimas compartilham a nacionalidade (e praticamente só isso), olham tranqüilamente para o outro lado. Como afirma Lorde Kingscourt em sua frase memorável: "A fome mata os pobres. Não lhes pergunta sua bandeira". Sem dúvida, se a Fome devastasse Yorkshire, a reação do governo seria menos tristemente ineficaz. Mas quem acredita mesmo que o Mui Honrado Lorde John Russell (Primeiro-Ministro britânico, Primeiro Conde Russell, Visconde Amberley de Amberley, Visconde de Ardsalla, terceiro filho de Sua Graça, o Sexto Duque de Bedford) aumentaria os impostos de seus nobres "camaradas" para socorrer os famintos de Leeds precisa mandar o mordomo lhe preparar um bom banho frio.

Na verdade, o governo Russel mandou alimentos, como sustenta com tanto orgulho a recente epístola de Lorde Kingscourt. Mas com freqüência demasiada a remessa sofreu lamentável insuficiência: mal planejada, mal organizada, mal distribuída, de qualidade inadequada a ponto de ser inútil; nos lugares errados na hora errada; pouquíssima e atrasadíssima. E seus muitos admiradores irlandeses — muitíssimos mesmo — têm de dividir a culpa com Lorde Russell e seu governo.

Numerosos fazendeiros irlandeses da classe mais rica não fizeram absolutamente nada para ajudar os famintos; na verdade, aumentaram muito a sua riqueza cercando as terras abandonadas pelos pobres. Um exército de senhores de terras que afirmam amar o povo da Irlanda na verdade despejaram milhares de seus feudos herdados. A família do próprio Lorde Kingscourt é uma dessas. Ele diz ser "irlandês, nascido e criado em Galway". Será que ele diz isso em seu lar costumeiro em Chelsea?

Dizem que "o povo da Grã-Bretanha" é culpado pela Fome por ter apoiado governos que tampouco se esforçam para ajudar. Até certo ponto, isso é incorreto. Literalmente, ninguém da classe sem riqueza daquele reino votou no regime corrupto que vem piorando o sofrimento dos famintos da Irlanda. A prova é simples. O povo não tem direito de voto.

O direito de voto na pátria obscura da democracia (em cuja "Câmara dos Lordes" não-eleitos David Merridith tagarela contente) é concedido exclusivamente pela riqueza, não pela cidadania. Na verdade, nenhum britânico é realmente cidadão, mas sim súdito de Sua Majestade Imperial. Dezenove em cada vinte britânicos não têm nenhum direito de voto. As opiniões do "povo" têm total desimportância naquela ilha coroada de oligarcas que costumava nos dominar. Que bom que continuamos com seu costume antigo e pitoresco de não conceder o direito de votar àquela metade da nossa população que não tem talento para criar barba.

Recentemente, Lorde Kingscourt alertou neste jornal: "Tudo a respeito dessa Fome Irlandesa é mais complicado do que parece". E é mesmo. Ao contrário da legião de vítimas, Sua Excelência goza do luxo de estar vivo para discutir suas complicações.

É verdade que a divisão da rústica Irlanda em ricos e completamente destituídos não é inteiramente exata. Há pequenos fazendeiros e outros cujos parcos recursos os deixam a um fio daquela louvada Galé chamada asilo público. Muitos têm até o bastante para comprar um caixão; embora a maioria não, como verá Lorde Kingscourt caso se levante de sua escrivaninha e olhe pela janela. Há muita subdivisão não oficial de terra entre as famílias de rendeiros pobres (por nenhum aluguel, ou pequeníssimo), o que leva a um enorme excesso de cultivo num solo já exausto e, portanto, mais sofrimento e fome. Há também os miseráveis, que não têm absolutamente nada. Na falta dos oito dólares necessários para emigrar (o preço de uma ceia no clube de Lorde Kingscourt em Londres) ou de algum bem que possam vender para obtê-los, estão morrendo às dezenas e centenas de milhares enquanto trocamos interessantes perguntas complicadas. Já morreu um quarto de milhão só este ano. Mais que a população inteira somada de Flórida, Iowa e Delaware.

Tudo sobre a Fome é realmente complicado. Tudo, exceto a agonia daqueles que são suas vítimas: os velhos, os jovens, os indefesos e os pobres. Seu trabalho permitiu o gracioso lazer da nobreza da Irlanda que, como sua irmã da Inglaterra, prostra-se na cama metade do dia. Suas Excelências estão tão compreensivelmente cansados. Uma olhada nas *Notícias Ilustradas de Londres* dos últimos anos revela como caçadas, bailes e outras diversões fatigantes da vida requintada no campo continuaram alegremente na Irlanda atingida pelo desastre, enquanto os famintos têm a temeridade de morrer ao lado da estrada.

A quem agora pode pedir ajuda esse povo cruelmente abandonado por quem o extorquiu? Aos nossos estimados colegas do Quarto Estado britânico, talvez. Eis um editorial recente do *Times* de Londres (publicação da qual Lorde Kingscourt possui muitas ações): "Vemos a praga da batata como uma bênção. Quando os celtas deixarem de ser batatófagos, podem tornar-se carnívoros. Com o gosto da carne crescerá o apetite por ela. Com isso virá a firmeza, a regularidade e a perseverança".

Um esquema reforçado de emigração em massa foi defendido num número recente da revista *Punch* (um trapo antiamericano cujo editor é conviva freqüente da casa do próprio Lorde Kingscourt). "Acreditamos, se esse sistema for implantado da forma adequada, que será a maior bênção à Irlanda desde que SÃO PATRÍCIO expulsou as serpentes."

O êxodo na verdade está se realizando agora. Nos próximos trinta anos, mais irlandeses viverão entre nós na América do que no lugar cruelmente desigual onde nasceram para serem vistos como infestação.

Não é um ato calculado de homicídio nacional, apesar dos ensinamentos distorcidos de alguns. É outra questão na qual Lorde Kingscourt está bastante certo. (Profundo é o consolo da mãe que vê os filhos passarem fome e sabe que a fome não foi calculada.) Nem a Fome foi causada às vítimas pela preguiça e pela estupidez (não delas, de qualquer modo), apesar das declarações flagrantemente odiosas a respeito feitas com freqüência pelos jornais de Londres hoje em dia. Mr. Punch está longe de ser o único fantoche malevolente a comparar os irlandeses a animais e brutamontes. E essas imbecilidades são repetidas por todo lado. Muitos religiosos irlandeses já ensinam ao rebanho que o inglês, por definição, é um degenerado sem deus, privado de civilização, um pagão sedento de sangue. Outros também se equipam para a batalha, de forma um pouco mais secreta, mas não menos perigosa. O membro de uma sociedade revolucionária da Galway rural (um rendeiro expulso das terras do próprio Lorde Kingscourt) observou recentemente a este repórter:

— Desprezo os ingleses como desprezo Satã. São imundos. Eram selvagens e idólatras quando nosso povo era santo. Haverá uma guerra santa neste país para expulsá-los. Todos eles. Não dou a mínima para há quantos séculos estão aqui, este não é o país deles, eles só o conquistaram pela tortura. Serão mandados de volta com o rabo entre as pernas para aquela cloaca de onde vieram, os cães bastardos e suas cadelas também. Todos os da matilha que eu matar contarei como uma bênção em meu nome.

Muitos de nós têm amigos fiéis na Grã-Bretanha e na Irlanda e todos devemos a esses países boa parte de nossa herança. Assim, é imperativo que os Estados Unidos exerçam toda a influência possível sobre o governo de Londres nesta hora terrível. Se assim não for, a Fome envenenará as relações entre os povos decentes e moderados dessas ilhas pelos próximos séculos.

Um milhão morrerá com toda a certeza em conseqüência dessa Fome. Se algo não for feito com urgência para ajudar os pobres, milhares mais morrerão em seu horrendo amanhã: pela lâmina, pela bomba, pela baioneta e pela bala. Alguns dos Nobres Lordes podem até estar entre eles, o que, naturalmente, seria uma ocorrência muito infeliz. As páginas de cartas de muitos jornais americanos ficarão profundamente empobrecidas com seu total extermínio.

* * * * ANÚNCIO * * * *

VIAJE COM A ESTRELA DE PRATA

ACOMODAÇÕES LUXUOSAS
SERVIÇO ELEGANTE:
FINOS JANTARES NO MAR
DE NOVA YORK A LIVERPOOL:
PARTIDAS DIÁRIAS
BILHETE DE $120 NA CLASSE CHAMPANHE
FAÇA SUA RESERVA

* *

Uma pena que o padre tenha te passado uma penitência tão pesada. Terás de vir para o país onde há amor e liberdade. Combina muito bem comigo. Quem pensaria que tenho um namorado, mas tenho vários. Já arranjei meia dúzia até agora. Quase já virei ianque e, se estivesse em casa, os rapazes estariam todos à minha volta. Acho que não tenho mais nada a dizer.

Carta de Mary Brown à prima em Wexford

CAPÍTULO IV

A FOME

A QUARTA NOITE DA VIAGEM; NA QUAL SE FAZ A DESCRIÇÃO DAS TRAMAS DO ASSASSINO; SUAS CRUÉIS INTENÇÕES E ESPERTEZA IMPIEDOSA.

17°22' O; 51°05' N
17h15

O matador Pius Mulvey percorria o convés de proa encharcado, o pé morto se arrastando como um saco de parafusos. O mar estava cinzento como uma faca, pintalgado com remoinhos de negrume. O crepúsculo escorria sobre o quarto dia desde a partida de Cobh. Uma lua crescente fina como um pedaço de unha quebrada era visível através das nuvens de carvão que rolavam, algumas a meia distância despejando torrentes claras de geada.

Mulvey sofria. Suas pernas já estavam doendo. As articulações e as pontas dos dedos eram cinzas fumegantes de frio. Como o veneno de uma bruxa, o arrepio das roupas molhadas contra a pele molhada, matando toda força de vontade.

Durante vários dias depois de partirem de Cobh, airos e gaivotas vieram guinchando na esteira do *Estrela*, regirando e descaindo, mergulhando nas vagas, pousando em agudo uníssono na balaustrada do convés. Alguns homens do porão tentavam atraí-las com iscas e anzóis, mais sustança na rivalidade por trás da tentativa do que na carne fibrosa com gosto de peixe oferecida pela presa espantada. Cormorões e papagaios-do-mar foram vistos escumando a crista das ondas, até quando a Irlanda já sumira de vista; habitantes das ilhas rochosas e há muito abandonadas que iam se afastando do litoral sudoeste como pingos de tinta borrifados por um cartógrafo descuidado. Não havia pássaros agora. Agora não havia nada.

A não ser os incessantes grunhidos do navio e os rangidos de gelar o coração. O rufar alarmante das velas afrouxadas. Os berros dos marinheiros quando o vento corria do norte. O choro das crianças. Os rugidos dos homens. A música cacofônica que faziam à noite, as canções chorosas de amor e vingança, o mugido estrangulado das gaitas de fole. Os guinchos dos animais engaiolados no convés. O chilreio interminável da conversa das mulheres, especialmente as mais jovens.

Como seria Nova York? Que tipo de roupas usavam em Nova York? Que tipo de animais havia no zoológico de Nova York? Que tipo de comida? Que tipo de música? Os chineses eram mesmo amarelos? Os índios eram vermelhos? Era verdade que os negros tinham você-sabe-o-quê maior que os cristãos? As americanas mostravam o peito em público? Muitas vezes, principalmente nos dias de sua mocidade, Mulvey pensara que ir para o mar seria uma existência silenciosa, uma vida em que o homem poderia fugir de seu passado. Na verdade, era como estar no Inferno que merecia. Quanto a seu passado, estava grudado nele como um cabo de atracação. Quanto mais o navio viajava, mais ele lhe sentia o puxão.

Não conseguia ficar perto das mulheres, especialmente as mais jovens. Em parte porque lhe doía ver o seu rosto emaciado: os olhos sem luz e os braços esqueléticos. A estranha intensidade de sua esperança, a maneira como estava fixada a fogo: uma marca de absoluta destituição. Percorria o navio a noite inteira para evitá-las e dormia o dia todo para evitar os homens.

Os homens, em sua maioria, eram fazendeiros despejados de Connaught e West Cork, trabalhadores empobrecidos de Carlow e Waterford; um tanoeiro, alguns tratadores de cavalos, um mercador de carcaças de Kerry; alguns pescadores de Galway que tinham conseguido vender suas redes. Os mais pobres dentre os pobres tinham sido deixados no cais para morrer, não possuindo dinheiro para comprar a passagem nem força para implorar a misericórdia dos que possuíam.

E os homens sofriam de enjôo mais do que as mulheres. Mulvey não conseguia entender, mas parecia ser verdade. Dois pescadores vindos de perto de Leenaun é que ficavam mais enjoados. Tinham morado nas elevadas escarpas do Monte Delfos, catando caranguejos e lagostas nas águas profundas de Killary. Nenhum deles tinha se afastado mar adentro em toda a vida. Brincavam que estavam presos à terra, esses dois irmãos absurdamente simpáticos. Falavam sobre si na irônica terceira pessoa, como se achassem divertido sua própria impotência e medo. *Os pescadores que nunca foram pro mar.*

Entristecia o assassino vê-los representando seu papel com as moças, brigando entre si, apostando corrida de meias no convés. Até sua gentileza era um tanto entristecedora. Nunca deixavam de oferecer sua ração às crianças do porão; de cantar baladas patrióticas quando os camaradas estavam tristonhos. O mais novo logo morreria; isso era bem claro. Havia desespero em sua alegria. Ele não podia durar.

Mulvey conhecia a fome, seus logros e estratégias; seu truque de fazer a gente pensar que não está com fome e de repente cair sobre a gente aos gritos como um ladrão de olhos selvagens. Conhecera-a em Connemara, nas estradas da Inglaterra. Toda vida ela o perseguira, uma espiã furtiva. Mas agora mancava pelo convés ao seu lado. Quase podia ouvir seu riso de sereia e sentir o cheiro de seu hálito fétido.

Na noite anterior à noite passada, olhara para o alto da vela principal e vira seu pai morto a fitá-lo da gávea. Mais tarde, no castelo de proa, um pequeno pássaro feroz, um assassino de bico de águia com asas azuis-claras, quando não poderia haver nenhum pássaro ali tão longe mar adentro. E na noite de ontem, perto do crepúsculo, pelos portões de ferro que protegiam os passageiros da Primeira Classe, Mulvey vira outro fantasma. A figura de olhos escuros de uma moça a quem já fizera mal andando de mãos dadas com uma criança que chorava.

Fitando a visão, Mulvey percebera uma coisa estranha. Se naquele momento pusessem diante dele um banquete servido em pratos dourados, não seria capaz de comer um só bocado. Em vez disso, teria vomitado de nojo.

Precisava tomar cuidado agora. Era assim que a fome lançava seu feitiço. Não era quando a gente ficava faminto que corria o maior perigo. Era quando a gente parava. Era aí que se morria.

Minha Velha, Traga Meu Jantar, Sopa, Uva, Nozes

Começara na segunda noite depois de zarparem de Cobh. Pouco antes da aurora, Mulvey estava perto da escada do convés superior, fitando as estrelas moribundas. Pensava num escocês que conhecera quando menino, um engenheiro chamado Nimmo que trabalhava para o governo. Nimmo fora mandado para Connemara, em 1822, quando a quebra da safra atingira o litoral oeste. Mulvey e o irmão estavam entre os meninos locais ainda saudáveis o bastante para entrar na frente de trabalho, levando entulho para a nova estrada de Clifden a Galway. O escocês era um supervisor altruísta, que passava um bom tempo com os meninos, ajudando a carregar e quebrar pedras, às vezes explicando aspectos da ciência e da engenharia. Divertira-os explicando em termos da Segunda Lei de Newton por que nunca se podia fazer um rio correr morro acima. Na verdade, não precisavam da explicação do fato, mas vê-lo explicando era melhor do que trabalhar. "E não deveis tentar dividir por zero. Este, meus homens, é o décimo primeiro mandamento." Ensinara a Pius Mulvey uma frase sem sentido para lembrar a posição dos planetas em relação ao sol: Minha Velha, Traga Meu Jantar, Sopa, Uva, Nozes.

Mulvey ficara remoendo a frase na cabeça enquanto fitava o céu que clareava no oriente. As palavras o confortavam. Gostava do ritmo. Quando, de repente, achou ter visto uma baleia. Além da proa, a estibordo, talvez a uma milha e meia de distância — as costas volumosas e cinza-azulado de uma baleia, como já vira num bestiário na vitrine de uma livraria em Londres. O rabo surgira primeiro, estapeando as ondas. Um momento se passara. Mulvey estava surpreso. Então o volume obsceno deslizara da cabeça às nadadeiras da cauda; impossivelmente comprida, impossivelmente preta, um jorro de água espumosa cuspida das mandíbulas — tão lisa e vasta a ponto de ser antinatural; uma coisa horrível e assustadora saída das profundezas de um pesadelo.

O mergulho foi como uma montanha caindo no mar.

Incapaz de mover-se, ficara parado e observara, horrorizado com a imensidão do que vira. Incerto, na verdade, de que *vira*. Pois ninguém mais vira absolutamente nada. Nenhum passageiro. Nenhum tripulante. Se viram, não disseram uma sílaba a respeito. E com certeza teriam dito. Não conseguiriam guardar silêncio. A criatura tinha metade do comprimento do navio.

Ele ficou de vigia por uma hora — talvez mais — perguntando-se se finalmente estava perdendo o juízo. Vira isso acontecer antes com os famintos. Vira acontecer com o pobre irmão maluco. Enquanto observava as ondas imensas, veio a lembrança da última noite que passara em Connemara. Não conseguiu ignorá-la. Ela se chocou em sua mente como a culpa de um velho pelos crimes da mocidade.

Como ele tinha suplicado, mas não conseguira persuadi-los.

— Teremos homens no cais em Nova York. Teremos homens no navio. Se aquela escória inglesa descer aquela prancha, você vai estar morto e enterrado. Nem pense que estamos mentindo. E você vai ter a morte de traidor que merece, seu canalha do diabo. Vai ver o próprio coração ser arrancado e queimado.

Irmãos duros como pedra com punhos de carvalho. Implorara para ser poupado dessa tarefa patriótica. Quem o denunciara devia ter cometido um erro. Não era um assassino. Nunca matara ninguém. Esta, disse o capitão deles, era uma questão de opinião.

— Estou abandonando minha terra. Isso não basta?

Que bom que você tem terra pra abandonar.

— O homem tem filhos — disse Mulvey.

E nós? Não temos filhos?

— Qualquer coisa. Mas isso eu não vou fazer.

Foi aí que a surra começou de novo.

Ele recordou seus olhos; tão assustados e convencidos. O pano de saco manchado de preto das máscaras encapuzadas que usavam. Os buracos rasgados onde apareciam os lábios. Portavam as ferramentas de seu meio de vida, mas como armas — foices, enxadas, pás, podões. Agora não lhes restava mais nenhum meio de vida. Séculos roubados num momento atordoante. A labuta dos pais; a herança dos filhos. Num golpe de pena, sumiu tudo.

Solo negro. Campos verdes. O verde da bandeira desfraldada sobre a mesa, respingada de fitas de sangue de Mulvey. O brilho da arma que o fizeram levar, a faca de pescador apertada ao peito que tremia enquanto lhe rugiam sobre liberdade e terra e roubalheira. As palavras AÇO DE SHEFFIELD gravadas na lâmina. Podia senti-la agora, no bolso do sobretudo, abrigada perto da coxa lacerada. Lembrava-se das coisas que disseram que fariam com aquela faca se ele não parasse de gemer que assassinato era um fardo pesado demais para carregar. Quando o derrubaram e começaram a cortá-lo, Mulvey gritara que o deixassem matar.

Um homem que nunca conhecera, com quem jamais falara. Um proprietário de terras, um inglês; portanto, um inimigo do povo. Um proprietário sem terras; um inglês nascido na Irlanda — mas fazia bem pouco sentido procurar definições. Para sua classe, sua genealogia, os crimes de seus pais, para o *pedigree* do sangue em que nascera. Para a igreja que freqüentava e as orações que fazia. Tanto para seu nome quanto para o resto todo — uma única palavra que não ajudara a escolher.

Merridith.

Aquela trindade de sílabas condenara seu portador a ser chacinado, marcara-o como um dos culpados. A árvore genealógica se transformara em seu patíbulo. Não adiantava nada que nada tivesse feito; isso só traria complicações gratuitas. Os homens que surraram Mulvey também nada tinham feito, mas isso não os poupara quando veio a prestação de contas. Sua terra sumira. Eram homens sem objetivo. Famintos e surrados; finalmente vencidos.

Já tinham sido colhedores, agora eram eles os colhidos. Ainda cheiravam a terra quando o malharam até a semi-inconsciência. As luvas de lona e as botas de roceiros ainda tinham torrões de terra preta e morta agarrados. Dedos que tinham cuidado, plantado, protegido agora estrangulavam, torciam, rasgavam-lhe o rosto. Deixaram-no fugir e pegaram-no de novo — como se dissessem *não haverá escapatória*. Um tinha um vira-lata, o outro um cão de caça. Os latidos, os uivos eram as coisas piores de lembrar: o fôlego quente e úmido dos cães famintos, o raspar de suas garras e o incitamento dos homens. Um torrão de terra solta foi tirado de um buraco e enfiado em sua boca sufocada até ele engasgar. Pedras choveram sobre seu corpo e, ainda assim, a surra não parou. Sentiu o que eles mesmos devem ter sentido, em cada chute, em cada corte, cuspida, soco. Mesmo através do sangue que lhe pingava nos olhos, pareciam tão diminutos, tão completamente amedrontados. Tinham sido feitos para parecer pequenos, e eram, e sabiam disso. O que acontecera a seus atacantes foi um tipo de curra.

— Vai fazer, Mulvey, ou nunca mais verá a luz do dia. E vai ser vigiado naquele navio, pra ter certeza de que vai fazer. — Com os dentes quebrados, concordara. Faria.

As razões pelas quais as coisas são do jeito que são podiam ser de uma complicação feroz, Mulvey sabia, mas neste canto do império tinham se arrumado em cadências de inevitabilidade matemática. Um homem chamado X teria de morrer. E um homem chamado Y teria de matá-lo. É possível chamar isso de ditame do Livre Mercado do homicídio: os anseios e exigências da oferta e da procura. Seria fácil a equação arrumar-se do jeito inverso e, pelo que Mulvey sabia, qualquer dia isso podia acontecer.

Mas não desta vez.

Desta vez não.

Cristo derramara seu sangue para redimir as dívidas dos culpados, todos os herdeiros do pecado original. Pius Mulvey não era um Cristo aleijado. Não era um mártir inocente à espera dos cravos.

X é igual a Merridith e Y igual a Mulvey. Impossível lutar contra o poder da lei matemática. Não se pode fazer um rio correr morro acima.

Procurou a faca. Dura como gelo em seu bolso.

A noite toda esperaria uma oportunidade. A percepção era mais clara na ausência da luz do dia, no frio estrelado do convés depois do escurecer. Hábitos e movimentos das pessoas. Seus lugares para passear. Cantos sombrios. Como funcionavam as fechaduras. Que portas estavam acorrentadas. Que janelas podiam ficar abertas. Conversas sussurradas que não se deviam escutar: como aquela entre Lady Merridith e o americano simpático na outra noite.

Por quanto tempo mais vamos manter esse teatro infantil?

Pelo amor de Deus, ele é meu marido.

Um homem que fala com você como se você fosse uma criada?

Por favor, pare, Grantley.

Não me lembro de você dizer isso quando estava na minha cama.

O que aconteceu foi um erro e não vai acontecer de novo.

Você sabe que vai.

Eu sei que não pode.

Mulvey arrastou-se dali, puxando o colarinho molhado, apertando o sobretudo encharcado em volta do corpo a tremer. A lua ficara escarlate; as nuvens, um dourado de fogo. Pequenas luzes se acendiam nas janelas das cabines da Primeira Classe.

Nalgum ponto atrás do *Estrela* viu as velas de um navio que os vinha seguindo sem parar há vários dias. A imagem parecia uma intimação de violência próxima, como se a Vingança conduzisse o segundo barco. O conhecimento de que era observado pendia pesado à sua volta, como um feitiço lançado por um padre "podre". Esta era uma maldição da qual não era possível fugir: o anátema de um homem que já conhecera a santidade. Perguntou-se qual dos passageiros o vigiava até enquanto caminhava. As moças de Fermanagh, que nunca riam. Talvez um dos irmãos Leenaun. Até o americano — um simpatizante, talvez? Muitos americanos eram simpatizantes agora. Com certeza nunca deixava de se esgueirar em volta do porão, rabiscando como um guarda em seu caderninho de dedo-duro. E havia ainda a possibilidade de que fosse só um blefe, de que ninguém estivesse vigiando; de que Pius Mulvey estivesse sozinho. Mas ele não tinha certeza. Nunca dava para ter certeza.

Um grunhido fungado de doente o fez virar-se e olhar. Perto dele, pela porta semi-aberta da cozinha, uma pobre cadela preta cheirava seu vômito. Dentro da cozinha, um chinesinho rasgava a carcaça de um porco com um serrote. Mulvey observou por algum tempo, a língua encharcada de saudade. A fome rugiu dentro dele como uma luxúria sem esperança.

Caminhava pelo navio como se seguisse um mapa. Para cima. Para baixo. Para um lado. Para o outro. Proa. Bombordo. Popa. Estibordo.

O bater das ondas. As cordas chocando-se nos mastros. O biombo de água salgada. O vento rasgando as velas.

E as mulheres falando. Sempre falando.

Especialmente as mais jovens.

Não sei como lhe dizer como a gente tá sofreno é como estar passano Fome e nececidade sem amigo sem camarada para lhe dar um Tustão Mas eu de juelho e jejum eu pesso a deus que você e Nenhum dos seus passe por isso nem siquer sofre o que estamos Sofrenno agora.

Carta de mulher irlandesa ao filho em Rhode Island

CAPÍTULO V

OS PASSAGEIROS COMUNS

O QUINTO DIA DA VIAGEM, NO QUAL O CAPITÃO TOMA NOTA DE UM ACONTECIMENTO ALARMANTE (QUE TERÁ AS MAIS GRAVES REPERCUSSÕES).

Sexta-feira, 12 de novembro de 1847
Ainda faltam vinte e um dias no mar.

LONG: 20°19,09' O. LAT: 50°21,12' N. HORA REAL PADRÃO DE GREENWICH: 23h14 HORA AJUST. DO NAVIO: 21h53. DIR. VENTO & VELOC.: NO Força 4. MAR: Variável durante toda a noite passada, mas bem moderado agora. RUMO: SO 226°. PRECIPIT. ATMOSF. & OBS.: Frio extremo. Chuva pesada e trovões o dia todo. O *Kylemore* de Belfast duas milhas a ré. À nossa frente, o *Rabeca Azul* de Wexford Town.

Na noite passada, quatro passageiros do porão morreram: Peter Foley, de Lahinch (47 anos, trabalhador rural); Michael Festus Gleeson, de Ennis (idade incerta, mas muito idoso, meio cego); Hannah Doherty, de Belturbet (61 anos, ex-doméstica); e Daniel Adams, de Clare (19 anos; rendeiro expulso). Seus restos mortais foram lançados ao mar. Que Deus Todo-Poderoso tenha compaixão de suas almas e os receba naquele ancoradouro onde reina Sua paz.

O total dos que morreram desde o início da viagem é de dezoito pessoas. Cinco estão de quarentena esta noite, com suspeita de tifo. Dois com certeza não verão o amanhecer.

Dei ordens para que os funerais sejam realizados na proa a partir de agora, ao amanhecer ou depois de escurecer. É hábito de muitas mulheres do porão "carpir" nesses momentos tristes; uma variante peculiar de lamento ululante em que rasgam as roupas e puxam os cabelos. Alguns passageiros da Primeira Classe se queixaram do incômodo. Lady Kingscourt, especialmente, ficou um pouco preocupada com os filhos, que talvez se impressionassem com o estranho comportamento.

Muitos no porão com disenteria, escorbuto ou anasarca da fome. Menos (uns quinze) com os três. Um marinheiro, John Grimesley, bastante derreado com febre. Um camareiro, Fernão Pereira, com uma ferida infeccionada na mão, cortada pelo caco de vidro de uma taça de vinho quebrada. Ambos foram atendidos pelo Cirurgião Mangan, que aplicou sangria no primeiro e um emplastro opiáceo no segundo. É de opinião que se recuperarão rapidamente se ficarem fora da escala de serviço e assim foi feito. (Ambos são homens bons e honestos; nada de preguiçosos nem mandriões. Não proponho descontar nenhum pagamento.) O Marajá também não está bem, embora apenas com enjôo, e se retirou para seus aposentos para não ser perturbado. Eu mesmo fiquei ruim do peito hoje mais cedo e tomei um quarto de grão de ópio. Achei restaurador.

Foram dadas instruções para que os homens desistam de se referir aos passageiros do porão como "os lá de baixo", "porangueiros", "esfarrapados", "xavecos" etc. (Esses termos são empregados não só para depreciar certos passageiros que seria melhor tratar com educação, mas também usados entre os próprios homens como variedades de insulto.) Leeson informou-lhes que isso não será tolerado. Todo homem, mulher e criança neste barco será tratado com respeito, tanto a gente comum como a gente melhor. São Passageiros do Porão ou Passageiros Comuns e assim serão chamados.

Uma questão preocupante deve ser registrada:

Nesta tarde, o Primeiro Oficial Leeson trouxe à minha atenção que às altas horas da noite passada alguém, é de se supor um homem, serrou as barras do portão do convés de proa inferior, que leva aos compartimentos da Primeira Classe. A princípio fiquei perplexo, pois, de acordo com os regulamentos, todos os pertences dos passageiros do porão foram cuidadosamente revistados no embarque; itens como facas, serrotes, espadas, lâminas, espetos etc. foram confiscados até o desembarque em Nova York.

Mas Leeson, sendo um Oficial diligente e talentoso — que há muito merece promoção, embora não a tenha recebido —, interrogou Henry Li, o cozinheiro. Este último atestou que um pequeno serrote usado para carnear fora furtado da cozinha nalgum momento da noite passada, juntamente com algumas vísceras de porco e um jarro de água doce.

Alguns itens foram roubados da Primeira Classe: um relógio de prata pertencente ao Ministro Deedes, um par de abotoaduras do Agente dos Correios, George Wellesley, e certa quantidade de dólares em papel-moeda do Marajá. Todos concordaram que revistar todo o porão provavelmente seria infrutífero, se tal empreendimento fosse possível, e não o é neste momento. Prometi que os roubos serão cobertos pela política de seguros da Companhia e pedi às vítimas que guardassem para si o acontecido, já que não desejo causar mais alarme do que o necessário. Enquanto isso, coloquei mais vigias à noite e tomei outras providências.

Leeson disse que espalhará no porão que o Ministro ficou muito entristecido com a perda do relógio, presente de vários paroquianos agradecidos quando de sua aposentadoria. Veremos se esse estratagema tem resultado.

Esses pequenos furtos aconteceram anteriormente em viagens semelhantes e, pela minha experiência, acontecerão de novo. A Natureza Humana sendo o drama que é, um certo grau de ressentimento deve ser considerado inevitável; na verdade, posso arriscar, compreensível.

Por agora, o escritório de Londres já terá recebido minha notificação oficial do 8º relat. escrito em Queenstown sobre a eterna questão do excesso de passageiros. Repetidas vezes, nos últimos quatorze anos, insisti que os senhores, como diretores desta companhia, têm o dever legal e até mesmo moral de manter a proteção básica dos que confiam sua vida a este navio e à minha própria capitania. E mais uma vez, apesar dos meus intermináveis protestos, foram vendidas passagens demais no porão para esta viagem, num fator de no mínimo trinta por cento a mais.

Não consigo compreender por que meus passageiros e meus homens devem ser postos habitualmente a correr um risco de natureza tão imediata e absurda em nome simplesmente do lucro obtido por assim agir. Também não se pode apresentar causa satisfatória para a falta infeliz de um médico ou pelo menos uma enfermeira a bordo; sequer um lugar seguro para realizar os partos das mulheres. Talvez os acionistas pensem que as cegonhas trazem os nenéns. Posso lhes garantir que não, embora assim fosse bem mais fácil. É apenas uma bênção da Providência termos o Cirurgião Mangan entre nós agora; e, embora seus esforços sejam incansáveis e sua caridade irrestrita, ele não é jovem e já está sobrecarregado.

Assim que atracarmos em Nova York, insisto mais uma vez, devem ser tomadas providências urgentes para melhorar o alojamento dos passageiros do porão, se houver algum na viagem de volta. Se isso não for feito, será necessário outro Capitão. Não terei mais sangue inocente em minhas mãos nem na minha consciência.

Enquanto isso, pedi a Leeson que faça um conserto rápido; também que pinos, correntes, trancas e fechaduras rebitadas sejam colocados em todos os portões, janelas, portinholas, batentes, escotilhas etc., devendo esse programa ser realizado nos próximos dias. O custo de esvaziar completamente o nosso estoque desses itens sem dúvida será considerável para a Companhia. Maior, na verdade, do que a quantia necessária para dar a todas as almas do porão um prato diário de caldo ou às crianças do porão uma caneca de leite quente. Os que conhecem melhor as questões de contabilidade do que este humilde empregado podem refletir sobre isso para futura referência.

Afora isso, o navio parece bastante pacífico, embora inquieto; e continuamos a avançar no tempo previsto.

O mar parece estranhamente tranqüilo para esta época do ano.

Número maior de tubarões que de costume.

(...) Estamos todos sem ter onde botar a cabessa E hoje não temos nada pra comer e eu vou estar Morto nao demora munto sinão fosse dois Visinhos que me dão alguma coisa pelamor dideus Mas eu nem sabia que viria a minha vez de não Pedir Mais

Carta para um imigrante na América

CAPÍTULO VI

AS VISÕES DE DELFOS

NO QUAL O POBRE MARIDO DE MARY DUANE, BASTANTE ARRUINADO PELO MAL DA CARESTIA, REGISTRA SEUS ÚLTIMOS E TERRÍVEIS PENSAMENTOS

Véspera de Natal, 1845, Rosroe*

Querida Mary Duane, minha única e amada esposa,

A pena mal pode registrar o que sinto agora. Tudo se perdeu, minha mais doce Mary, e nunca poderá voltar.

Acabei de voltar da Pousada Delfos, em Bundorragha, perto de Leenaun, onde fui para tentar ver o Comandante. Depois de caminhar a distância toda do nosso atual abrigo até Louisburgh, no Condado de Mayo, um homem da cidade me disse que o Comandante não estava ali no momento presente, mas depois iria a Delfos com o Coronel Hograve e Mr. Lecky.

Centenas de pessoas estavam ali pela cidade e tentavam conseguir uma autorização para entrar no Asilo Público, mas todas eram rejeitadas pelo Encarregado do Auxílio, por estar cheio demais, e os guardas expulsavam as pessoas dos portões debaixo de pancada.

As vitrines brilhantes das lojas tinham mercadorias de Natal em grande abundância, gansos e outras aves e tudo o mais; mas, assim como em Clifden,

*Documento escrito (em irlandês) 22 meses antes do começo da viagem do *Estrela do Mar*. Encontrado por um policial de Nova York na cabine da criada dos Merridith, vários dias depois do fim da viagem. A tradução para o inglês é de Mr. John O'Daly, estudioso do idioma gaélico e editor de *Relíquias da poesia jacobita irlandesa* (1847) e de *Os poetas e a poesia de Munster* (1849). — GGD

os comerciantes multiplicaram muito os preços. Como podem fazer isso com seu próprio povo nesta época tão terrível eu não consigo entender. Tudo agora é culpa dos ingleses e dos proprietários, é o que todos dizem; e que Jesus nos ajude, boa parte é mesmo. Mas não é o homem comum da Inglaterra que está como um abutre rapinando o pobre povo que nada tem, mas o judas do mercador irlandês com olhos gananciosos para cada meio centavo que pode arrancar de seus miseráveis conterrâneos e eles assim o fazem.

A cidade era uma visão apavorante, jamais poderia esquecer; com uma multidão meio morta e chorando enquanto andava pelas ruas. Pior ainda ver aqueles para quem até chorar era um esforço grande demais, e eles sentados no chão gelado para baixar a cabeça e morrer, a melhor porção da vida já tendo partido deles. Vi John Furey, de Rosaveel, e pensei que estava dormindo, mas estava morto; e ver aquele homem grande e forte que certa vez pôde arrancar um moirão da terra com sua poderosa mão esquerda agora deitado ali tão parado foi uma coisa terrível. Mas testemunhar o sofrimento das criancinhas; ouvir o som que fazem em sua agonia. Não consigo escrever.

Nunca dá para escrever, Mary.

Ninguém acreditaria que permitiriam que coisas assim acontecessem.

Parti sozinho pela trilha da montanha que sai de Louisburgh. O sol já estava se pondo. Ao longo de toda a estrada havia imagens indizíveis. Cabanas e abrigos tinham sido derrubados e queimados. Numa casa em Glankeen, uma família inteira tinha morrido: os pais, todos os filhos e quatro pessoas idosas. Dois vizinhos me contaram que o último a morrer, um menino de 6 ou 7 anos, trancara a porta e se escondera debaixo da cama, com vergonha de sua gente ser encontrada daquele jeito. Os homens estavam derrubando a cabana em torno deles como túmulo, por não terem outro lugar para levá-los.

Mais acima na trilha, mal se encontrava vivalma. Onde alguns pobres tinham morrido, havia cães e ratos por perto. Os corvos carniceiros e as raposas também se regalavam. E então uma pobre velha miserável por cuja cabana eu passei me suplicou um restinho de comida; e quando disse que não tinha nada ela me implorou que desse fim à sua vida, pois todos os seus filhos já tinham ido e ela estava sem nenhum sustento. Tudo o que pude pensar foi em levantá-la e carregá-la comigo pelo caminho. Isso eu fiz. Que Cristo seja meu juiz, Mary, ela pesava como um travesseiro, mas mesmo assim mal pude com ela. Quando a levantei em meus braços, ela começou a murmurar o Rosário para que ela e eu vivêssemos aquela noite. Mas não demorou para que morresse e a pus no chão e cobri-a o melhor que pude com pedras. Gostaria de dizer que ajoelhei e rezei uma oração, mas que Jesus me perdoe, não fiz nada disso, pois senti que, se não me levantasse naquele momento, não me levantaria nunca mais na vida.

Enquanto prosseguia, ensaiei na cabeça algumas palavras que podia dizer ao Comandante: que era um rendeiro industrioso e de coração honesto que não lhe causara mal algum, apesar de nossas divergências anteriores. Que eu lhe pedia perdão por ter-lhe falado com desrespeito daquela vez em que estava zangado, que pela vida da minha filha a minha dívida para com ele seria paga com certeza se ele apenas desistisse do despejo e deste modo me permitisse ter os meios para pagá-la. Que apesar de todas as nossas situações de divergência ele, como eu, era de Galway, e não um proprietário estrangeiro vindo do outro lado do mar, e que poderia ajudar um conterrâneo que estava com pouca sorte. Que ele mesmo era pai, afinal de contas, e com certeza em Jesus teria piedade da minha situação, pois se se pusesse no meu lugar poderia imaginar o que é ver a filha única chorar de fome e não ser capaz de levar para casa alívio nem conforto.

A estrada era dura e horrivelmente fria. Perto de Cregganbaun, o lago tinha inundado a margem e, assim, tive de vadear pela estrada com água pelo peito com minhas roupas. A água estava gelada como um fogo corrosivo. Mas sentia um tipo de coragem por dentro sempre que pensava em você, Mary. Sentia realmente que você estava ali comigo.

Finalmente as luzes da Pousada Delfos apareceram a distância. Como fiquei feliz! Segui com pressa até a casa. Vinha música alegre lá de dentro. Uma copeira atendeu à porta. Tirei o chapéu e disse que era um rendeiro do Comandante Blake, muito sofredor, e que andava há três dias e três noites para vê-lo, e dei-lhe meu nome. Ela entrou, mas voltou logo. O Comandante estava jogando cartas, disse, e não viria me ver.

Com isso fiquei espantado.

Pedi novamente — Mary, eu implorei —, mas ele não veio. Mais uma vez dei meu nome, mas ela disse que já o dissera e que ele respondera com uma praga tão obscena que eu não vou sujar seus olhos escrevendo-a aqui para que você a leia.

Olhei pela janela da sala da frente. Estava havendo um tipo estranho de baile, com damas e cavalheiros elegantes de casaca e usando máscaras de duendes e anjos e bebendo ponche quente. Não consegui ver o Comandante em lugar nenhum lá dentro, mas seu cavalo e a charrete estavam no pátio.

Sentei-me no chão nevado debaixo de um pinheiro, na intenção de esperar. Estava escuro agora. Fazia muito silêncio em volta. Tinha pensamentos estranhos, todo tipo de pensamento. Não sei sobre o que estava pensando. Depois de algum tempo devo ter adormecido.

Sonhei que você, eu e nossa filha estávamos juntos no Paraíso, com calor e abundância à nossa volta. Tocava música. Seu pai e sua mãe estavam lá com os meus, tão sãos e jovens como seria de esperar; e muitos velhos amigos, e todos nós estávamos felizes. Nosso Senhor veio a nós, como pensei, e nos deu pão para comer e vinho para beber. Era estranho que Ele tivesse um leitão recém-nascido nas mãos ensangüentadas e quando lhe perguntei por quê, Nosso Senhor disse em nossa própria língua gaélica: *ele é sagrado*. Aí Nossa Senhora veio ao lugar onde estávamos — não era uma sala, mas um tipo de prado brilhante — e tocou nossos rostos um por um e ficamos cheios de luz, como água. E Nossa Senhora disse em inglês: *bendito o fruto do meu ventre.*

Quando acordei, estava muito escuro e a música já tinha acabado. Podia sentir o gosto do pão que comera no sonho, tão doce e perfumado como eu nunca provara. Mas aí a cólica voltou, mais forte que antes — que Cristo fique entre nós e todo o mal — como o ferro em brasa de um ferreiro em minhas tripas. Achei que chegara minha hora de morrer, mas aí ela parou e pude sentir que estava chorando de dor.

Todas as luzes estavam apagadas na casa. A parte mais baixa do meu corpo estava coberta de neve e mal podia sentir mais as minhas pernas. Havia um silêncio tão pavoroso sobre a terra gelada como nunca ouvi antes. Nem um grito de animal, nem um pio de pássaro. Só o negrume e o silêncio sobre os campos. Era como se o mundo inteiro morresse calado.

Alguém estava saindo e colocando o cavalo para dentro do estábulo e cobrindo-o. Fui e esperei atrás da charrete por algum tempo.

Mas ele nunca veio.

Finalmente fui e bati à porta de novo. Um dos outros criados, desta vez um velho lacaio, disse que eu teria de ir embora sozinho. Se não, ele tinha ordens de atiçar os cachorros sobre mim e seria colocar sua vida em risco me deixar entrar na casa porque Sua Senhoria o Comandante estava numa fúria de bêbado. Deu-me um copo d'água e insistiu para que eu fosse embora sozinho.

Com isso, uma raiva terrível e violenta me varreu como uma torrente. Tentei bater no homem — Deus me perdoe por levantar a mão para uma pessoa idosa —, mas ele bateu a porta na minha cara.

Rodeei a casa como um animal feroz por algum tempo. Mas todos lá dentro deviam ter ido dormir, pois as janelas agora estavam escuras e fechadas. A loucura então tomou conta de mim outra vez. Deixei um rugido sair de mim.

Amaldiçoei o nome de Henry Blake, e pedi a Cristo que nem ele nem os seus conheçam a paz enquanto viverem, todos os da sua família e do seu sangue que jamais vissem Galway. Que nunca mais consigam dormir à noite em toda a sua vida. Que morram em agonia e tenham uma sepultura desonrada.

Mary, eu o teria matado se ele saísse da casa. Cristo que me perdoe, mas eu teria prazer em vê-lo sofrer se assim fosse.

O vento do lago estava ficando forte e mordente. Então ouvi um lobo uivando nos morros lá atrás. Lá fui eu descendo a montanha para Leenaun, achando que poderia implorar um lugar para passar a noite nalgum sítio ou até um pedaço de pão ou um caldo de leite para a criança. Mas as pessoas não cederam, com medo da febre, e enxotaram-me dali com vergonha e desprezo. Alguns cavalarianos passaram na chuva, mas também nada me deram. Disseram que não tinham nada para dar.

Voltei aqui para encontrar sua irmã cuidando da criança que estava louca de fome. Ela disse que você tinha partido a pé pelo caminho todo até Kingscourt para pedir ajuda. Isso era fechar a porta do estábulo quando o cavalo está a ponto de sair correndo, Mary, porque sei que não há vivalma naquele lugar atualmente. Mandei-a embora agora, pois os gritos horríveis da criança a estavam deixando nervosa.

Logo vão parar.

Você se lembra, minha gentil Mary, como costumávamos passear juntos quando éramos jovens? A felicidade simples dos dias juntos e a doçura e a amizade das nossas noites. Que vida pensamos que teríamos, uma vida de leite e mel, como você disse um dia. Embora eu soubesse que não fora a sua primeira opção para ser seu companheiro na vida, não havia homem mais feliz que eu em toda a Irlanda naquela época. Nem eu trocaria de lugar com nenhum rei nem grande senhor, nem com o próprio Sultão da Índia. Nem todo o ouro do trono da rainha Vitória me atrairia nem me tentaria; nem todas as gemas da sua coroa. Ah, minha esposa. A minha Mary Duane. Sinto que o amor floresce se regado com consideração e ternura e acredito que floriu, pelo menos por algum tempo.

Há tantos tipos de amor no mundo. Se às vezes éramos mais como irmão e irmã, isso era mais que suficiente para mim, pois nenhum homem teve uma amiga e ajudante melhor que você e toda a minha felicidade era cuidar de você.

Mas aí um rato entrou no trigal.

Tudo parece ter perdido sentido ultimamente. Até o rosto de nossa filha inocente só parece escárnio agora.

Peço que você reze pela compaixão da minha alma por tudo o que fiz e pela coisa terrível que estou a ponto de fazer.

Perdoe-me por lhe faltar, quando você merecia muito mais.

Talvez, afinal de contas, você devesse ter se casado com aquela outra criatura de Satã que me fez decair tanto. Bem, agora você está livre.

Tenho tanto frio e tanto medo.

Ela não vai sofrer, Mary, vou agir depressa e não vou me demorar depois dela.

Reze uma oração por mim, às vezes, se conseguir se lembrar.

Seu marido amoroso

N

patt, pela onra de nossosinho Jisus cristo e sua Mãe Abensoada tira a gente logo daqui (...) [Seu irmãozinho] chora e solussa dia e noite que quer Ver os Subrinhos e as Subrinhas e (...) coitado do minino Diz Eu nao estaria com fome sistivesse Com eles.

Carta de mulher de Kilkenny ao filho na América,
implorando ajuda para emigrar.

CAPÍTULO VII

A MODELO

PRIMEIRO DE UM TRÍPTICO NO QUAL SE DESCREVEM ALGUMAS IMPORTANTES LEMBRANÇAS DA INFÂNCIA E MOCIDADE DE MARY DUANE, CRIADA; E EM ESPECIAL SUAS RECORDAÇÕES DE ALGUÉM POR QUEM JÁ SENTIU UM TERNO APEGO. AQUI ENCONTRAMOS MISS DUANE NA SÉTIMA MANHÃ DA VIAGEM.

24°52' O; 50°06' N
07h55

Lanças, talvez. Mosquetes? Talvez. Cinzento como a baía dos Cães de manhã cedo. E as balas devem ter sido grandes demais para furar seu couro. E o que usaram para esquartejá-lo? Uma machadinha, talvez. Um serrote. Trombeteando, urrando, arrastando-se. Árvores à toda volta quando foram trabalhar em suas presas. Uma caspa de sangue escorrendo pelas folhas lustrosas. Homens pretos, homens marrons com sangue nos pés. Homens vermelhos vigiando os homens pretos a cortar.

Mary Duane deu uma olhada pela vigia para a monótona paisagem matutina do Atlântico pulsante. Em seis longos dias não mudara. Ela sabia que não mudaria durante mais três semanas. Nunca sonhara, esta filha de pescador, que a visão da água pudesse ser tão detestável; se é que se podia chamar de água aquele deserto ondulante e sem cor.

Cinzentos os peixes que se esgueiravam até ali. Cinzentos os golfinhos; cinzentos os tubarões. Como alguma coisa conseguia viver em suas profundezas? Cinzento como uma mortalha. Cinzento como um morto. Cinzento e enrugado como uma pele fibrosa e arrepiada; como a pata de elefante que vira muitas vezes no vestíbulo da Mansão Kingscourt. Era exatamente tão mortal e repulsivo quanto aquilo.

— Poderia lavar as mãos de novo, Mary? Antes de tocar nas crianças.

— Sim, Lady Merridith.

— A pele delas é tão sensível, principalmente a de Jonathan.

— Sim, senhora.

— Cuide de trocar os lençóis depois do desjejum, está bem? As colchas e fronhas também, é claro. Se Robert não tiver um sono confortável, todo mundo sabe o que acontece.

— Não entendi, madame.

— Os pesadelos, é claro. O que mais poderia ser?

— Sim, senhora.

— E detesto dizer isso, Mary, mas poderia também lavar as axilas? Observei que você tem o hábito de colocar suas mãos ali quando está com calor. É realmente muito anti-higiênico.

Mary Duane se perguntou se devia dizer à patroa que quase todas as noites, nos últimos sete meses, o marido da dama fora ao seu quarto à meia-noite para sentar-se em sua cama e vê-la despir-se. Isso poderia aliviar a tosse dela.

Em geral, tudo o que ele queria era vê-la despir-se. Era esquisito, pensou, mas os homens costumavam ser assim. A maioria deles era esquisita como um cachorro de cinco patas. Quando tiravam a máscara, era tudo o que eles eram. O uivo de um bêbado na rua coberta de imundície não era tão rude quanto aquilo que alguns queriam.

A desonestidade de como tudo começara era coisa baixa demais para ele, pensou, um insulto à inteligência dela, tanto quanto à dele. Tarde da noite, em abril, ele batera à porta e se esgueirara para dentro com o bloco de papel dizendo que gostaria de desenhá-la. Um cheiro acre de uísque lhe tingia o hálito. Perguntou se ela poderia "permitir-lhe aquele privilégio". A escolha de palavras fora inesperada, pois raramente seriam ditas por um patrão ao falar com a empregada. Ela se sentara perto da janela e permitira-lhe aquele privilégio. Soltar o cabelo foi tudo o que ele pediu naquela noite. E na noite seguinte subira as escadas de novo. Não era a casa dele, mas a casa de amigos. "Um abrigo temporário", foi como explicou. Os amigos estavam na Suíça, caminhando na neve. Movia-se como um homem na casa de outro homem. Depois de dez minutos de desenho, outro privilégio foi requisitado.

Estou me perguntando, Mary, se seria possível. Se você não se sentir bem, não se incomode, não tem problema. Amigos desde os tempos de infância e assim por diante. Como irmão e irmã. Nenhuma insinuação de nada sórdido, talvez apenas os braços nus. A luz em seu ombro. Se você pudesse talvez desabotoar desenganchar desamarrar. Contraste de tons. Nada mais. Composição geral tão importante de conseguir. Caso não do próprio material, está vendo, mas do modo como o material se compõe.

Sem responder, ela removera o roupão e a camisola. Não suportava mais ouvir mentiras.

Fora a primeira vez que ele vira seu corpo nu mas nada dissera e o silêncio não a surpreendeu. Ele queria que a situação fosse considerada normal; uma mulher despida, um homem vestido a olhá-la, as roupas e a arte dele como um tipo de disfarce, tanto, talvez, quanto a nudez dela. Segurara um toco de carvão na altura dos olhos, franzindo-os solenemente enquanto avaliava as medidas dela, fechando um olho, depois o outro. Como se ela fosse um arranjo de garrafas num parapeito de janela. O fato de estar exposta não se devia mencionar; nem o modo cuidadoso como recebera as ordens. Não havia som nenhum, apenas a fraqueza da respiração dele e o raspar do carvão a mover-se no papel. Cinzento carvão; cinzento o seu rosto. E depois de algum tempo ele moveu silenciosamente o bloco da ponta do joelho para o colo. Ela olhara para longe, então; para fora da janela. Para a rua de Dublin coberta de imundície. E ele continuara desenhando. E continuara olhando. E a modelo continuou olhando para fora.

Na noite seguinte, ele voltou e na maioria das noites dali em diante. À meia-noite, ela ouvia os passos cambaleantes nos degraus nus que levavam ao sótão dos criados. A batida temerosa. O cheiro rançoso de bebida. Ah. Mary. Espero que eu não. Achei que podíamos. Se não estiver cansada demais. Talvez o divã. Ou com o travesseiro por baixo. Está firme agora, não está? Mais uma vez, se não for demais. Beleza natural do feminino despido.

Nada de que nenhum de nós deveria sentir a menor vergonha. Os maiores artistas de todos os tempos. Talvez com as costas viradas. O lençol em volta. Um pouquinho mais baixo se estiver confortável. Talvez se eu me aproximasse só um pouquinho. Não tem problema? Luz melhor.

Houve um tempo em que pensara em falar com a patroa a respeito. ("Patroa" era uma palavra tão interessante.) Mas sabia o que aconteceria se ousasse fazer isso. Não seria Lorde Merridith que seria expulso da casa para percorrer as ruas ou implorar um lugar para dormir. Nessas situações cotidianas de privilégio pressuposto, nunca era o senhor que seria mandado embora. Ela era um dos casos de caridade de Sua Excelência: a mocinha da terra que ele salvara da mendicância em Dublin. Ela conhecia seu papel e ele, o dele. Como se fossem personagens de um hino.

Bem, de vez em quando, se estivesse muito bêbado, ele pedia permissão para tocá-la. Ela teve a idéia de que ele meio que gostava de pedir; permitia-lhe fingir que o que estava acontecendo era por consenso. Isso parecia ser importante para ele: que ela não se importasse, ou pelo menos que guardasse silêncio, caso contrário. Alguns homens viam no poder motivo de excitação; outros se excitavam com a ficção da paridade.

Ele mesmo nunca pediu para ser tocado. Queria olhar e tocar; nada mais. Na maioria das vezes, parecia não achar o corpo dela realmente estimulante, mas um tipo de problema que não entendia; como se suas declividades e dobras e durezas e maciezas fossem enigmas geométricos que tinha de decifrar. Seus sussurros e murmúrios mal paravam por um instante. *Está tudo bem, não é, Mary? Por favor, diga se achar que não. Somos amigos, não é, Mary? Não tem problema?* Ele a acariciava com a ponta dos dedos, como coisa frágil e valiosa, uma posse preciosa que valia a pena proteger. Um objeto da coleção de animais raros e extintos de seu pai. Um ovo de pingüim, talvez; um crânio de dinossauro.

Às vezes dava pequenos miados de apreciação, como um gato queixoso metendo as garras em sua presa. Ela fechava os olhos enquanto ele a tocava e imaginava que estava noutro lugar. Isso ajudava-a a reprimir o desejo de chorar ou vomitar. Pensava no rosto de pessoas que conhecera, o som de um sino na manhã de domingo; o jeito que um sino dobrando provoca ondulações num lago. Dizia para si: *Vai acabar logo. Significa que não vou morrer de fome. É só o que significa.* Odiá-lo era coisa que ela tentava evitar. Já que ele não merecia parte nenhuma dela, tentava não sentir nada.

Certa noite, ele começara a beijar seus seios. *Mary, eu te amo. Sempre te amei. Tenha compaixão de mim, Mary; perdoe o que eu fiz.* Ela olhara para baixo quando os lábios dele se moveram para um de seus mamilos e disse baixinho sem se afastar: "Preferia que o senhor não fizesse isso, Milorde." Um momento se passou. Ela se perguntou se ele ia currá-la. Mas ele concordou com a cabeça sem dizer nada e se pôs de pé. Voltou ao bloco de desenho como se nada tivesse acontecido; como se só tivesse se ajoelhado para amarrar os cadarços.

Cada vez que ela se despia parecia uma revelação para ele. Ficava de queixo caído como um homem que acabasse de ser atingido no coração e soubesse, naquele instante, que a morte seria certa. Muitas vezes ela se perguntava sobre ele e a esposa. Ele era como um homem que nunca vira uma mulher nua. Quando com certeza já devia ter visto. Seria possível que não? Com certeza já devia ter visto o corpo de Lady Merridith. Não dormiam mais na mesma cama, ela sabia; mas tinham feito dois filhos, afinal de contas.

Há três semanas fora a última vez que ele fora ao quarto dela; a noite em que voltara a Dublin depois de fechar a casa em Galway. Fora um homem diferente naquela noite. Ela estava cansada naquela noite. Os filhos dele estavam muito travessos. Quando abrira a camisola do jeito que ele costumava querer, ele lhe pedira que parasse, que se sentasse e conversasse um pouco.

Havia nele uma escuridão que ela nunca vira antes; não a obscuridade da luxúria, mas a da culpa. Ele lhe jurara que o que acontecera não aconteceria mais; que estava envergonhado de sua conduta e queria se emendar. A expressão "o que acontecera" ele ficou repetindo, como se tivesse acontecido como o tempo acontece. O que acontecera era inteiramente imperdoável, disse; assim, não viera para ousar pedir-lhe perdão. Somente para dizer que estava arrependido e jurar pela vida dos filhos não incomodá-la de novo. Fora muito fraco. Sua vida privada era infeliz. Cedera à infelicidade e à fraqueza: que vergonha. A solidão o levara a ações de que agora se arrependia profundamente. Não havia desculpa nenhuma para um comportamento tão covarde, mas o passado não pode ser alterado pelo remorso, por mais necessário. Se havia alguma coisa de que ela precisasse — qualquer coisa — só teria de dizer o que era e ele a ajudaria.

— Não preciso da ajuda de ninguém — respondera baixinho.

— Todos precisamos às vezes, Mary.

— Não eu, Milorde.

Ele odiava quando ela o chamava de "Milorde". Lembrava-lhe realidades que preferia esquecer.

— Os meninos... ficariam muito tristes se você não quisesse ir para a América. Ficaríamos todos tristes, Mary. Você fez tanta diferença. Ultimamente eles não têm tido bons tempos.

— Não me resta nada aqui. Como Vossa Excelência bem sabe.

— Então você ainda virá. É uma notícia feliz. Vai trabalhar conosco lá?

— Vou deixar o serviço de sua família assim que chegarmos a Nova York. Só peço o salário que me devem e referências.

— Mary. — Ele abaixou a cabeça e olhou para as tábuas cheias de nós do assoalho. — Acha que sou um animal? Imagino que sim.

— Não cabe a uma criada pensar nada do seu senhor.

Ele não agüentou encontrar os olhos dela.

— Tanta coisa aconteceu entre mim e você, Mary. Talvez haja alguma forma de começarmos de novo. Talvez pensar numa época em que éramos mais jovens e mais felizes. Não suporto a idéia de que minhas ações desgraçadas dêem fim a nossa amizade.

— Já terminou, Milorde? Gostaria de dormir.

Ele levantou os olhos para ela, então, como se não a conhecesse. O relógio da cômoda bateu uma e meia. Levantou-se pesado da cadeira e olhou em volta pelo quarto; como alguém que pega o caminho errado num museu. Colocou o bloco de desenho no lavatório e em silêncio foi até a porta. Parado na soleira sem se virar, dissera:

— Apertaria a minha mão, Mary? Em nome dos velhos tempos.

Ela não respondeu. Ele balançou a cabeça algumas vezes. Fechou a porta atrás de si com o ruído mais suave. Ela o ouviu descer a escada bamba; o rangido da porta do patamar dos retratos.

Dentro da capa do bloco havia uma nota de cinco libras meio rasgada dobrada em quatro. Ela queimara o bloco sem mais olhá-lo e dera a nota para uma instituição de ajuda aos famintos.

Desde aquela noite ele mal dirigira a palavra a Mary Duane. Ela supôs que estivesse com medo de que contasse à esposa. Era a raça de homem mais triste do mundo dos vivos; o tipo para quem as mulheres parecem um tipo de crucificação. Mas as mulheres em torno dele seriam sempre mais tristes. Agora ele estava com 34 anos. Nunca mudaria.

Talvez tivesse algo a ver com a mãe. Ela o deixara na Irlanda durante os primeiros seis anos de vida e voltara a Londres para morar com a família, levando as duas filhas, mas não o filho. Ninguém sabia por quê. Não importava mais. Então a mãe da própria Mary Duane fora contratada para cuidar dele.

"*Buime*" em irlandês: uma ama de leite ou ama-seca. Uma mulher que protege crianças; uma mãe sazonal. "*Nanny*" era a palavra inglesa para a mulher que fazia esse trabalho. O mesmo nome da fêmea do bode. Apesar de toda a sua beleza, de sua magnificência clerical, o inglês às vezes podia ser uma língua estranha. Mary Duane, de Carna; filha da *nanny*. Ela agora também era uma *nanny*.

Ela achou que conseguia lembrar a primeira vez em que pôs os olhos no futuro marido de Laura Merridith. Em seu quinto aniversário, a mãe a levara até a grande casa em Kingscourt. As salas cheiravam a húmus e cera de assoalho. Estavam entupidas de prataria brilhante e estranhos animais empalhados; pinturas desbotadas de condes e viscondes, barões e condessas, generais e viúvas, todos mortos há muito tempo e enterrados em Clifden, mas que já tinham vivido ali, na Mansão Kingscourt. Um retrato de Lorde Merridith em seus trajes de magistrado pendia no patamar que dava para a sala de música. Outro, muito maior, ocupando uma parede inteira, mostrando-o em roupas do mar escarlates e chapéu de pluma negra, estava na biblioteca, como um cartaz de circo. Um piano ficava na sala de estar — a *drawing room*. (Uma *drawing room* não era lugar para ninguém *draw*, desenhar.) "Sébastien Erard" era o homem que fizera o piano — a mãe lhe mostrara as letras douradas gravadas. O tapete da escadaria era de um vermelho desbotado, estampado com um escudo de espadas cruzadas e um grifo. *Fides et Robur* era o lema da família Merridith. "Fé e Força", na língua latina. A família Duane não tinha lema e ela ficou pensando qual seria se chegassem a arranjar algum. Havia um suporte para guarda-chuvas no vestíbulo junto à porta da frente. Era feito da pata de um elefante.

Lorde Merridith esperava perto da lareira da sala de jantar com as mãos atrás das costas e os pés separados. Parecia um dos apóstolos de Cristo, de barba branca e bem aparada e a boca severa e olhos que pareciam fumegar na direção da gente. Era careca como um ovo e não tinha sobrancelhas. Uma bomba explodira ao lado dele em Trafalgar e lhe queimara o cabelo da cabeça, mas não a barba. Vira o Almirante Nelson receber um tiro na espinha. Ajudara a carregar o caixão do Almirante Nelson. As sobrancelhas e o cabelo nunca voltaram a crescer. Havia a maquete de uma torre em ruínas num pedestal ao lado do bufê. Ele planejava construí-la no prado de Lower Lock, perto do morro onde ficava a Árvore das Fadas. Por que alguém ia querer construir uma ruína era coisa que Mary Duane não conseguia entender, mas sua mãe lhe dissera para não fazer perguntas. Lorde Merridith interessava-se por ruínas e arruinação. Tinha o direito de se interessar por tudo o que gostasse.

A princípio ela o achou amedrontador demais para falar com ele. Mas logo ele sorriu e lhe despenteou o cabelo. Nalgum lugar dentro dele havia uma gentileza intensa; ela conseguia vê-la. Como achar que daria para tirar moedas do fundo de um rio lamacento.

Havia bolhas cheias de crostas do tamanho de folhas nas costas da mão dele, cobertas com uma camada de loção rosa pálido. Dera-lhe uma moedinha preta e contou-lhe uma piada que ela não entendeu, porque a contara em inglês e ela não sabia muito inglês naquela época. Serviu-lhe uma taça de limonada de uma jarra e lhe desejou os cumprimentos de um feliz aniversário. (Muitos Retornos Felizes. O que isso significava? Que ela poderia voltar à casa quando quisesse?) Então ele apontou para um menino de ar triste que estava agachado debaixo da enorme mesa de mogno, cantarolando baixinho e brincando com um aro: um tipo de padrezinho de calças de veludo.

— Eis o meu Almirante da Frota. Upa, upa! Levante-se e diga bom-dia, sim, David? Onde estão as boas maneiras, pelo amor de Deus?

(A mãe lhe dissera que Almirante da Frota era o nome de uma linda borboleta inglesa.)

Tinha cinco anos, como ela. Talvez quatro. Cruzara a sala e fizera uma reverenciazinha solene para Mary Duane e depois para a babá. Lorde Merridith e a mãe de Mary Duane riram. E o menino levantou os olhos para o pai com expressão intrigada, como se não conseguisse entender por que é que estavam rindo, como se ele mesmo, como Mary Duane, ouvisse uma língua que não conhecia.

Mary Duane conhecia bem esse olhar. Vira-o no rosto dele cinco mil vezes enquanto cresciam juntos nos campos em torno de Kingscourt. Às vezes o via ainda agora, como o relâmpago da impressão de alguma coisa escura à luz do sol. O olhar de um menino que precisa que uma coisa óbvia seja explicada.

Muitas vezes seu pai partira para a guerra. Havia sempre uma guerra num lugar ou noutro. Uma tia viera de Londres para ajudar a tomar conta dele. Era uma velha dama engraçada de coração mole, viúva, que tinha um bigode fino como uma lagarta cinzenta e peluda e costumava ficar tão bêbada que não conseguia andar em linha reta. Bebia aguardente Três Coroas "como um marinheiro grosso". Foi o que o pai de Mary Duane disse.

O Almirante Nelson foi enterrado em aguardente. A bebida impediu que o seu corpo apodrecesse. Os corvos nas ameias deixavam-na acordada à noite. Às vezes era vista jogando pedrinhas neles com uma atiradeira. Johnny deBurca cuidava dos pôneis em Kingscourt. Teve de impedir que ela usasse a atiradeira; estava quebrando as janelas do andar de cima. Estava rachando as calhas. Rachada era a cabeça dela. "Tia Eddie", era como David Merridith a chamava. (Ele disse que ela era "natural de Latindo, em Doidobury".) A mãe de Mary Duane disse que o nome verdadeiro da Tia Eddie era Lady Viúva Edwina.

O nome de David era Thomas David, mas todo mundo o chamava de David ou Davey. Seus outros nomes eram "Excelência", "Visconde" ou "Visconde Roundstone". Todos na família de David tinham pelo menos três nomes. Devia dar a maior confusão na hora do jantar.

Esmurraçado. Ossificado. Sob a influência. Um copo a mais. Três velas ao vento.

Às vezes, quando a tia estava na cama ou bêbada, a mãe dela levava-o por algumas horas para sua própria casa. Ele gostava de brincar no depósito de cinzas ou brigar com o cachorro. Gostava do jeito como a mãe dela esvaziava o grande caldeirão preto de batatas diretamente na mesa. Adorava comer batatas com as mãozinhas nuas, lambendo a manteiga dos dedos como um cãozinho. Certos dias, saía no caçuá com o pai e os irmãos dela, para lá da ilha Azul e de Inishlackan, onde as cavalas e os salmões do mar eram gordos como leitõezinhos. Voltava para casa com os homens no crepúsculo, tremendo de júbilo, cavalgando os ombros do pai dela; brandindo uma varinha de abrunheiro como machete. "*Tã-tará! Tã-tará!*" Certa noite chorou amargamente quando a mãe de Mary Duane levou-o de volta a Kingscourt para pô-lo na cama. Queria ficar onde estava, disse. Queria ficar para todo o sempre.

Mas não seria correto ele dormir ali, disse-lhe a mãe de Mary. Quando perguntou por quê, ela respondera baixinho: "Porque não."

Mary Duane achou que sua mãe era cruel. Outras crianças às vezes tinham permissão de ficar, ainda que tivessem suas próprias mães em casa. O pobre David Merridith não tinha mãe para cuidar dele. Na verdade, também não tinha pai, porque seu pai estava sempre longe na guerra. Estava inteiramente sozinho naquela grande casa escura, a não ser pela tia bêbada e bigoduda e os corvos. E devia ter fantasmas lá, se a gente pensasse nisso.

— Com certeza tem — observou o pai dela.

Olhara então para a mãe de Mary Duane, mas ela lhe fizera aquele sinalzinho com a cabeça que sempre usava quando não queria discutir alguma coisa na frente das crianças.

No meio da noite, acordaram com golpes frenéticos na porta dos fundos. Era David Merridith, chorando lágrimas de terror. Correra o caminho todo de touca e camisola, ainda que o trovão sacudisse o chão e os raios cortassem o céu em dois, e a chuva fosse tão torrencial naquela noite de novembro que as terras baixas de Galway ficaram inundadas durante semanas. Seus pés e panturrilhas estavam picotados de espinhos, o rosto apavorado respingado de lama. "*Por favor, me deixem entrar. Não me mandem embora.*" Mas o pai dela vestira-lhe um casaco e levara-o de volta à mansão.

O pai dela ficou fora um tempo enorme e, quando voltou para a cabana, parecia mais velho. Percorreu com os olhos a cozinha pequena e escura, como um homem que está perdido ou na casa errada ou que acorda de um sonho em que viu alguma coisa assustadora. O ferrolho chocalhou com o vento que soprava. Camundongos corriam pelas paredes da casinha. A mãe fora até ele, mas ele se afastara, como sempre fazia quando estava nervoso com alguma coisa. Pegou uma jarra de colostro no guarda-comida, o leite de uma vaca que acabara de parir, e bebeu-o em seis grandes goles. Mary Duane correra até ele e tentara acalmá-lo. Ele a puxou para perto e beijou-lhe o cabelo e, quando ela olhou para cima, viu que ele estava chorando, e sua mãe também, embora Mary não soubesse por quê.

Na manhã do Domingo de Páscoa de 1819, Mary Duane estava a caminho do poço em Cloonisle Hill quando viu uma linda dama numa capa com capuz azul celeste descendo de uma carruagem em frente à Mansão Kingscourt. Seu pai lhe explicou. Era a mãe de David Merridith. Devia ter vindo de Londres para cuidar dele.

Ele não foi mais com tanta freqüência à casa dela, mas sempre que ia parecia estar bem e feliz. Usava um terninho branco de marinheiro que a mãe lhe trouxera de Greenwich. Às vezes trazia docinhos macios chamados *marshmallows*. Greenwich era o lugar onde o tempo era inventado. O Rei da Inglaterra inventou o tempo. ("Não sei por que Jisus ele fez isso", disse o pai dela. "A gente seria bem mais feliz se não tivesse feito.")

A mãe dele era o ser humano mais gracioso que Mary Duane já vira. Imaculadamente vestida, delicada e de gestos tranqüilos, elegante como um botão de rosa English Bramley, parecia, a Mary e suas irmãs, deslizar pelo chão. "Verity" era seu nome de batismo: uma palavra inglesa que significa verdade. Era parente de outro Almirante: Francis Beaufort. Era o homem que descobrira o vento. Os sapatos dela eram sempre perfeitos. Seus olhos tinham o verde do mármore de Connemara nos degraus do púlpito da igreja de Carna.

Lady Verity era amada pelos rendeiros de Kingscourt. Quando uma mulher da propriedade paria pela primeira vez, a Condessa visitava a cabana com frutas e bolos. Insistia que o homem da casa saísse para que ela pudesse sentar-se e conversar em particular por algum tempo com a nova mãe. Deixava um guinéu de ouro para dar sorte ao bebê. Visitava os doentes, principalmente os velhos. Criou uma lavanderia para ser usada pelas rendeiras num estábulo abandonado às margens do riacho, para que até no mau tempo pudessem ter um lugar para lavar roupa. Todo ano, no seu aniversário, sete de abril, dava uma festa no prado de Lower Lock para as crianças da propriedade. A festa era chamada pelo povo de Verity Day — o Dia da Verdade. Os criados e roceiros sentavam-se com os nobres.

Quando a praga da batata atingiu Connemara, em 1822, Lady Verity cuidava pessoalmente da cozinha de sopa da Fazenda Modelo, com Mary Duane e David Merridith, com dez anos, ajudando a picar as rutabagas e bombear água. Ela pagava dois *pence* pelo balde de brotos de tojo às crianças de Kingscourt, que percorriam a propriedade catando-os em cestas e amassando-os para as porcas de Sua Excelência. David Merridith costumava roubá-los do chiqueiro e entregá-los, escondido, aos irmãos de Mary Duane, que o vendiam de novo e lhe davam meio *penny*. Os rendeiros de Lorde Merridith, o povo de Kingscourt, eram invejados pelo pessoal das propriedades vizinhas, como a do Comandante Blake de Tully. Ele não lhes dava a mínima, com praga ou sem praga; isso foi o pai de Mary Duane que disse. Não passava de um demônio ávido de sangue, igualzinho aos coletores de aluguéis que nem visitavam suas propriedades. Fora correndo para Dublin assim que a colheita gorou, aquele cafetão sujo e de mau coração. Roubaria o cuspe da boca de um órfão. Os Blake eram vira-casacas que tinham passado de católicos a protestantes. Se visse um inglês andando pela estrada sem calças, ele andaria sem cuecas para ser ainda melhor.

Noventa rendeiros seus já tinham morrido e os agentes dele estavam despejando as famílias que atrasavam o aluguel. Vinham homens mascarados, em geral de manhã cedo. Tinham de usar máscara, esses traidores nojentos, porque se fossem reconhecidos iam ter o que mereciam. Eram chefiados por um "expulsor", um bailio ou xerife, que lhes dizia quais cabanas derrubar e quais poupar. Subiam no telhado das cabanas condenadas e serravam as traves até que as paredes caíssem. Às vezes simplesmente punham fogo. As famílias teriam de morar no mato ou em "barranquinhos" de turfa seca ao lado da estrada.

Lady Verity mandou os homens de Kingscourt para a floresta procurá-los. Podiam vir comer na mansão, disse. Ninguém com fome seria rejeitado. Era hora de toda a Galway se juntar.

Às vezes, David Merridith chorava de medo ao vê-los se aproximando pelos trigais, o batalhão de fantasmas cambaleantes de rosto branco, e queria fugir. Mas a mãe não deixava. Ela sempre o obrigava a ficar. Nunca deixava de ser gentil, mas ainda assim era firme.

Certo dia, Mary Duane ouviu-a dizer ao pequeno Visconde:

— Aos olhos de Deus, aquele pobre homem é exatamente igual a você ou eu. Tem uma esposa e uma família. Tem um filhinho. E ama seu filhinho tanto quanto eu amo você.

Outro dia, quando a praga estava terminando, Lady Verity e Mary e a mãe de Mary Duane estavam limpando o gigantesco caldeirão de cobre da cozinha dos pobres quando, de repente, Lady Verity caiu sentada, como se tivesse sido empurrada por um menino implicante. Mary Duane riu ao vê-la no chão. A mãe disse-lhe irritada para não rir, mas Lady Verity também riu ao se levantar, batendo a sujeira de seu lindo vestido. Retirando as folhas de feno-do-mar do traseiro. Disse que estava com um pouco de dor de cabeça e ia subir para a casa para um cochilo.

Mais tarde, naquele mesmo dia, o Dr. Suffield, de Clifden, foi chamado e ficou na casa até bem depois do escurecer. Durante seis meses, ninguém na propriedade viu Lady Verity. O filho foi mandado para ficar com amigos dos pais num lugar chamado Powerscourt, no Condado de Wicklow. Ela não foi mais visitar os doentes. Nasceram bebês, morreram velhos e nem assim Lady Verity saiu da mansão. A lavanderia na margem do rio foi de novo abandonada. Começou a brotar capim no telhado de palha. Alguns rendeiros mais velhos, que se lembravam da fome de 1741, disseram que Lady Verity já devia ter sido atingida pelo beijo da morte nessa hora; que devia ter inalado o hálito de alguém que sofresse da febre da praga, ou olhado diretamente demais em seus olhos. A mãe de Mary disse-lhe que eram apenas superstições bobas. Não se pega febre de alguém que olha para você.

Certo dia, ao amanhecer, Mary Duane e seu pai e a irmã mais nova, Grace, foram colher cogumelos no prado de Lower Lock quando ouviram um grito vindo da Mansão. Passou-se um longo momento. O vento agitou a grama. Um coelho olhou de um tufo de mato. Veio outro grito; mais alto que o primeiro. Tão alto que fez os melros-pretos saírem voando da Árvore das Fadas.

— Isso é uma *banshee*? — perguntou Grace Duane, paralisada de medo com o terrível som. Nunca ouvira a *banshee* antes, mas sabia o que seu grito significava.

— Isso não é nada — disse o pai.

— A *banshee* está chamando Lady Verity?

— São só uns gatos velhos — disse Mary Duane. — Não é, Papai?

O pai virou-se como um catavento enferrujado. Fitou sem piscar os cogumelos encharcados de orvalho nos dedos manchados de lama. Era a primeira vez que via o pai parecer amedrontado.

— É isso mesmo, minha gatinha. É exatamente isso. Agora depressa, vamos todos voltar para casa.

Ela datou aquele instante como o começo da vida adulta. A primeira vez em que pôs uma máscara por uma razão que não fosse brinquedo.

Chegaram médicos de Dublin à casa. Um cirurgião famoso veio de Londres com um rebanho de enfermeiras em uniformes engomados cor de creme. Certa meia-noite, Lady Verity foi vista pelo jardineiro, passando por uma janela de cima com uma vela na mão. No dia de São Patrício de 1823, às seis da manhã, ela morreu.

Seu funeral foi o maior já visto em Galway. Sete mil enlutados se apinharam no cemitério de Clifden e encheram a rua num raio de meia milha;

protestantes e católicos, estrangeiros e nativos, os ricos e os esfarrapados lado a lado na chuva.

As duas filhas de Lorde Merridith foram trazidas de Londres. Mary Duane não conseguia se lembrar de tê-las visto antes. Uma era alta como um mastro, a outra baixa e gordinha. Natasha Merridith. Emily Merridith. Pareciam duas irmãs fugidas de uma canção de ninar.

Um prior de Sligo recitara as orações. Reverendo Pollexfen, nome que Mary Duane jamais escutara. Era um profeta de olhar zangado, cabelo louro, peito de barril, com mãos enormes e botinas pesadas e sujas e, quando pronunciava as palavras sombrias dos Salmos, tremia como um carvalho numa tempestade.

O caixão de Lady Verity fora baixado à sepultura. O sino tocara. Uma vaca soltou um mugido num campo próximo. Uma fivela solta retinia no cinto de Lorde Merridith. Gotas de chuva respingavam nas ombreiras de seu uniforme. O vento farfalhava calmamente nas folhas de castanheira.

E então começou outro som.

Uma única voz, da multidão atrás dela. Uma voz de velha. E depois outra.

Baixinho a princípio, mas ficando rapidamente mais alto, espalhando-se pela multidão aos dois e três. Homens, agora; e crianças pequenas. Crescendo conforme as pessoas se juntavam, como se uma nova parte da multidão começasse a se somar a ele. Aumentando de volume, inchando feito uma onda, ecoando pelas paredes de granito da igreja, até que pareceu a Mary Duane que o som saía da terra negra e molhada e nunca poderia parar.

A Ave Maria, rezada em irlandês.

Até o momento de sua própria morte, ela jamais esqueceria. David Merridith — o seu David — com a capa de chuva do pai, fitando a cova aberta, rezando em irlandês com seus futuros rendeiros, murmurando as palavras como se falasse dormindo, levantando o lindo rosto para a chuva, e a visão terrível de Lorde Merridith chorando.

Anois, agus ar uair ár mbáis: Amen.

Agora, e na hora da nossa morte.

CAPÍTULO VIII

A COISA NÃO DITA

NO QUAL SE CONTINUA O ESBOÇO DA VIDA PREGRESSA DE MISS DUANE: A DESCOBERTA DA GEOGRAFIA E ALGUNS ASSUNTOS RELATIVOS À LÍNGUA INGLESA.

Lorde Merridith começou a negligenciar sua aparência. A barba branca e bem aparada ficou desgrenhada e cheia de pontas, as unhas sujas, os dentes sem cor: amarelados e enegrecidos como teclas de piano antigo. As bolhas que Mary Duane vira nas costas de suas mãos agora apareciam no rosto e no pescoço. Pareciam tão dolorosas. Às vezes sangravam. Ela o viu percorrendo o prado de Lower Lock certa manhã, flagelando com sua bengala as pedras quebradas. Levantou os olhos e rugiu para ela sumir de sua vista. Alguns disseram que cheirava como uma vala de esgoto aberta. Outros contaram que passara a beber uísque. Agora suas roupas estavam quase sempre sujas.

Às vezes, à noite, na cabana da família, a um quarto de milha da mansão na direção da baía Cashel, podiam ouvir Lorde Merridith uivando no pátio. Estranhos boatos sobre ele começaram a correr pela propriedade; que batia no filho até o menino gritar-lhe que parasse; que fizera uma pilha de vestidos da falecida esposa e os queimara. Os homens que cuidavam de seus animais sussurravam que era cruel com os bichos; chicoteara até a morte um cavalo que pertencera a Lady Verity. Lorde Merridith fazendo isso era inimaginável para Mary Duane. Ele amava seus cavalos.

— Mais do que a sua gente — disse o pai.

Como magistrado, passou a ser temido em toda a Connemara. Antes muito admirado por ser escrupulosamente justo em seus julgamentos, por ficar do lado do direito contra a influência, agora era temido de Spiddal a Leenaun. Ficava furioso com os presos levados até ele. Se um homem se dirigia a ele como "Lorde David" ou até "Lorde Merridith", como sempre fora o costume local, levantava-se e urrava:

— Meu nome é Kingscourt! Dirija-se a mim corretamente! Mais uma falta de respeito e mandarei açoitá-lo por desacato!

Em quatro de maio de 1826, condenou à morte um homem da redondeza. O preso, um rendeiro despejado pelo Comandante Blake, de Tully, roubara um carneiro da pastagem do Comandante e ferira de morte o guarda-caça que tentara prendê-lo. O caso foi acompanhado de perto em Connemara. O acusado tinha cinco filhos; sua mulher tinha morrido. Até a mulher do guarda-caça implorara clemência. O que o homem fizera era uma coisa terrível, mas algum dia teria de enfrentar seu Deus. Algum dia todos nós teremos de enfrentar nosso Deus. Já houvera mortes demais na Irlanda. Ela não queria mais ver crianças sem pai. Mas o homem foi enforcado no Quartel de Galway uma semana depois de dada a sentença; o corpo jogado numa cova de cal viva no pátio. Seus filhos foram mandados para o orfanato de Galway, assim como, dali a um mês, os filhos do guarda-caça. E os sete filhos do matador e da vítima foram enterrados na mesma cova de cal virgem antes que o ano terminasse.

Compuseram uma balada sobre a crueldade de Lorde Kingscourt. Mary Duane ouviu-a certa manhã no mercado de Clifden.

Oh! Povo de Connaught, venha ouvir a nossa voz!
O vil senhor de Carna fere e esmaga a todos nós!
Humilha a quantos possa, não importa a dor sofrida;
Aumenta sua riqueza destruindo a nossa vida.

Ela foi até o cantor de baladas e lhe disse que parasse. Era um homenzinho feio com um olho lacrimejante. Lorde Merridith era um homem que tivera seus problemas. Na canção não havia nada sobre isso, disse. E essa merda e "*raiméis*" sobre "povo de Connaught"? Sua Excelência não tinha nascido a 13 milhas da estrada, como o pai dele e seis gerações de sua gente antes?

— Onde diabos *você* nasceu? — perguntou ao cantor de baladas.

Mas ele fez um muxoxo e empurrou-a com o cotovelo.

— Ele que faça suas próprias músicas de merda se quiser, aquele assassino.

Naquela noite, ela sonhou com a lavanderia à margem do rio. As mulheres lavando roupa e cantando um hino. Lady Verity esfregando o traseiro: rindo. Enquanto à volta dela os lençóis brancos adejavam como velas. Molhados de água e manchados de sangue.

✷

David Merridith foi mandado para um internato na Inglaterra. Quando voltou a Connemara para as férias de meio de ano, descreveu a escola com detalhes para Mary Duane. O lema era "As boas maneiras fazem o Homem". Ficava perto de um lugar chamado Water Meadows, Prados d'Água. Fora fundada há quase quinhentos anos, em 1382, três séculos antes que os tenentes de Cromwell chegassem a Connemara. Ela gostava de dizer as palavras bonitas do seu nome.

Winchester College, Hampshire.

Winchester.

Hampshire.

David Merridith vai para Winchester College, Hampshire.

Tinha onze "casas" e suas próprias regras especiais de futebol. A aldeia de Carna também tinha onze casas, mas a palavra "casa" significava coisa diferente em Hampshire. Uma casa era um prédio onde moravam muitos meninos, mas nenhuma menina e nenhuma senhora. Os meninos dormiam em dormitórios, como soldados ou lunáticos. Tinham "senhores", mas não como um criado teria um senhor. Quem morava numa casa odiava todas as outras casas. Defendia-se a honra da própria casa até o fim. Mas, se fosse preciso lutar, lutava-se com lealdade e coragem. Nunca se batia num camarada que estivesse caído ou ferido, e *nunca* se entregava ninguém ao seu senhor. Quem fizesse isso seria um dedo-duro, um delator, um alcagüete. Mesmo sob ataque, havia regras.

Hampshire era um condado no litoral sul da Inglaterra. Ela perguntou aos pais a respeito do local algumas vezes — quando jovem, o pai fora à Inglaterra durante o verão procurar trabalho agrícola —, mas não tinham nada a dizer. Certo dia ela escapuliu até a Mansão Kingscourt e pediu a Tommy Joyce, o valete de Lorde Merridith, que lhe mostrasse o atlas da biblioteca, que tinha um dicionário geográfico.

Hampshire ficava defronte da França, do outro lado do mar. Não era apenas histórico, estava "embebido na História". Era valorizadíssimo por suas escarpas calcárias, pelo caráter agradável de seu povo encantador e suas formações fascinantes de rochas fossilíferas. ("Nossa Senhora", disse Tommy Joyce. "Você vai torcer a língua.")

Winchester era a capital do condado. O Rei Alfredo morrera ali e Henrique III ali nascera. Muitos, no mundo das letras, sussurravam que a autora dos mui famosos e agradáveis entretenimentos *Razão e sensibilidade* e *Orgulho e preconceito* ("publicados com a misteriosa nota "escrita por uma dama") morava no condado de Hampshire. O famoso Mr. Brunel, inventor de motores, morava perto, em Portsmouth. Lorde Palmerston, Secretário da Guerra, era de uma família originária de Romsey. A távola redonda do rei Artur podia ser visitada em Winchester. Pendia no bastião oriental da Sede Municipal, aquele exemplar nobilíssimo de magnífica construção cujas portentosas pedras e traves de carvalho cantavam o estimulante hino da glória da Inglaterra; o gênio do seu povo, de plebeu a rei. ("Eis uma frase boa pra você", suspirou sonhador Tommy Joyce. "*O gênio do seu povo, de plebeu a rei.*")

Ninguém famoso vinha de Connemara. Não havia pedras que cantassem nem construções magníficas. Nenhum sussurro literário. Nenhuma mesa pendurada na parede. Nenhum rei nasceu ali nem morou ali nem morreu ali; se isso aconteceu, foi há tanto tempo que ninguém mais lembrava-lhe o nome. Nenhum inventor, nenhum escritor, nenhum Secretário da Guerra. Que lugar maravilhoso devia ser Hampshire.

As regras de Futebol do Winchester College eram complicadas. Os times tinham nomes misteriosos ou indecifráveis. Escolásticos contra Inferiores. Velhos Tutores contra Os Mundos. Ninguém jamais escrevera as regras, mas assim mesmo era preciso aprendê-las, ou os *shags* batiam em você. Iam furar você, picar você, lhe dar uma tunda. ("*Shag*" era o nome inglês do cormorão; também um nome amigável para um garoto inglês.) O *shag* tinha de ficar no meio do campo e segurar a bola no alto, gritando: "Vermes!" Esta, disse David Merridith, era uma das regras. Saber as regras era saber uma língua, embora não existisse nenhum livro onde estivessem reunidas.

A comida no Winchester College era horrível. "*Bloody ghastly*", pavorosa, segundo David Merridith; uma palavra maravilhosa que Mary Duane nunca ouvira antes, mas que ela achou que soava igual ao seu próprio significado. ("*Ghaarst*", a gente podia gemer quando estivesse doente, por exemplo.) Mas alguns camaradas eram decentes. Lá havia um monte de outros *shags* de Arland, e andavam sempre juntos, não importa o que acontecesse. Não eram *ghastly*. Eram tijolos que floriam.

As pedras cantavam em Hampshire. Os tijolos floriam.

Mas não David Merridith. Ele costumava voltar de Hampshire adoentado e pálido. Tirava as calças de lã bem passadas, a jaqueta do Winchester College e o boné de aluno e enfiava as roupas velhas que usava em casa, em Connemara: os calções de lona de camponês, a camisa larga ou "*bratt*" de flanela. Parecia achar que escondiam sua condição, mas por alguma razão tendiam apenas a ressaltá-la. Um menino num disfarce em que ninguém acreditava, um ator representando um papel que não entendia, percorria todos os campos pedregosos e charcos de turfa, todas as estradas esburacadas e veredas tortuosas, todas as treze aldeias da propriedade do pai falando o irlandês que aprendera com os criados do pai.

Os rendeiros achavam difícil afinar-se à mudança do seu sotaque; a música exótica do gaélico de Connemara falado nos tons da escola particular inglesa.

"*Ellorn*", dizia, querendo dizer *oileán*: uma ilha. "*Rark*" era como pronunciava *radharc*, uma vista. "*Rark. Rark.*" Soava como um *shag*. Ele era um *shag*. O mais *shag* de Galway. Muita gente simplesmente não conseguia entendê-lo. Mary Duane era uma das poucas pessoas de toda a propriedade que conseguia captar o que ele tentava dizer. Mesmo quando falava seu inglês nativo, agora o sotaque irlandês era difícil de decifrar. "*Wistpawt*" era sua palavra para "Westport". "*Arland*", dizia, quando na verdade queria dizer Irlanda. (Algumas pessoas achavam que estava dizendo "*Ourland*", nossa terra, e assim fazendo alguma afirmação política. Tendiam meramente a concordar com a cabeça e se afastar sorrindo.)

Adorava falar irlandês. Dirigia-se à mãe dela como "Mulher de Duane", ao pai dela como "Amigo" ou "Pessoa Estimada". Quando entrava na cabana deles, sorria e anunciava: "Cristo entre nós e todo o mal!" Dizia "o Senhor abençoe a todos aqui" no idioma gaélico e "Deus e Maria estejam convosco" em vez de alô ou bom-dia. O pai dela achava estranho e um pouco irritante.

— É muito chato o jeito como ele se comporta. E todo esse Deus-abençoe, ele é um maldito protestante. Nem mesmo *acredita* em Deus.

A mãe dela lhe disse para não ficar falando bobagens maldosas, mas o pai achava suspeito o comportamento de David Merridith.

— Ele quer ser uma coisa que não é — dizia. — É um peixe, aquele moleque, e quer ser frango.

— É só porque ensinam boas maneiras no Winchester College — disse Mary.

— "As boas maneiras fazem o Homem" — disse a mãe.

— Foi fundado em 1382 — disse Mary.

— Meu cu também — disse o pai mal-humorado.

As estações se passaram. Ele começou a desenhar. Às vezes, a caminho do mercado ou voltando do poço em Cloonisle Hill, ela o encontrava sentado com um bloco de papel e uma caixa de carvão. Tinha talento para representar principalmente a paisagem rochosa, seu clima de dramaticidade implícita e as mudanças súbitas de luz. Alguns rabiscos do carvão e a gente via tudo se materializar: terra, arenito, algas, basalto, o marmóreo dos seixos como balas nos campos. Construções ele também sabia desenhar, com uma exatidão que Mary Duane achava quase milagrosa. Suas pessoas eram sempre um pouco idealizadas demais; mais fortes e corteses do que em carne e osso. Mas as pessoas já eram seu tema predileto, os rendeiros e criados e trabalhadores da propriedade. Era como se os desenhasse como gostaria que fossem: não bem como eram, nem como jamais tinham sido. Talvez nem mesmo como eles mesmos queriam ser, porque isso ele nunca lhes perguntou. Simplesmente os desenhava.

Apesar de toda a palidez e delicadeza, estava ficando bonito, nem um pouco parecido com o pai de rosto de pedra. As pessoas costumavam dizer de David Merridith: "Sua mãe nunca estará morta enquanto esse rapaz viver". O caldo do pai. O cuspe da mãe. O talhe da irmã. O fantasma da tia. Suas maneiras eram gentis, amáveis com todos; embora só conseguisse olhar alguém diretamente nos olhos quando desenhava um retrato. Às vezes gaguejava um pouco e o rubor que isso lhe causava fazia-o parecer mais amedrontado e incapaz do que era. Embora, estranhamente, nunca gaguejasse quando falava irlandês; talvez, pensou Mary, porque tinha de pensar com mais clareza antes de falar uma língua que não era a sua.

Por alguma razão, abelhas e vespas o picavam com freqüência. Talvez fosse simplesmente mais descuidado que os outros, ou talvez houvesse alguma doçura em seu sangue que as atraía. Qualquer que fosse a causa, parecia acontecer todo dia. Ela o via às vezes num campo distante, batendo o ar em torno da cabeça, pulando e dando tapas numa dança maluca. Para alguns na propriedade, ele era vagamente divertido — "um grande trago d'água" ou "um grande dodô gago" —, mas para Mary Duane, sua companheira de infância, tinha a beleza angustiante de um anjo num livro de orações; o estranho encanto de uma coisa que se torna extinta.

Certa vez, no verão do seu décimo sétimo aniversário, saíram juntos para passear na floresta de abetos perto do Lago Glendollagh. Como sempre, ele falava sobre a escola. Explicava que o nome de um *shag* que freqüentara o Winchester College era "um velho *Wykehamist*"; mas não era preciso ser velho nem de Wycombe para ser um deles. (Dependendo de certas circunstâncias, na verdade, ser de Wycombe podia deixá-lo de fora.) Podia-se ser um velho Wykehamist com 18 anos e podia-se ser um velho Wykehamist nascendo em Connemara. O pai de David Merridith era um velho Wykehamist, por exemplo, e em breve David Merridith também o seria.

A Mary Duane, isso soava como um terrível insulto. "Cale essa maldita boa, seu véio Wykehamist, antes que eu lhe dê um tapa." Mas ela achou melhor não dizer nada. Dizer isso talvez fosse *ghastly*.

Alguns *shags* da escola tinham namoradas. Escreviam cartas para as namoradas e mandavam-lhes poeminhas. Um camarada chamado Millington Minor costumava escrever os poemas. Não, na verdade ele não era um *miner*, um mineiro (embora fosse engraçado que seu pai possuísse uma mina). Se você desse a Millickers Minimus um cigarro ou uma moedinha de seis *pence*, ou mandasse o garoto que lhe servisse de criado polir as polainas dele, ele lhe escreveria um poema que o deixaria vesgo.

— Acho que você tem uma porção de namoradas então, não tem?

— Bem, não sei — respondeu ele baixinho.

— Então você não sabe muita coisa, né? Sabe, senhor?

— Há uma garota de quem gosto muito. Não sei se ela sabe disso.

— E então, ela é bonita? Sua namoradinha.

— É a garota mais bonita daqui até Dublin.

— É mesmo? Que bom pra ela.

— A mais bonita de todo o mundo, eu diria.

— É melhor dizer para ela o que sente, não acha, senhor?

Ele deu uma risadinha, como se admitisse alguma coisa.

— Talvez. Nã-não me espantaria.

Seguiram caminhando por algum tempo, entrando mais fundo no bosque. Tudo estava em silêncio, escuro como uma catedral; escuro com o incenso de flor-de-noiva e pinheiro. "*To pine*", "pinheirar", era um verbo inglês que significava preocupar-se ou lamentar; mas aquele lugar era um refúgio onde ninguém conseguiria se preocupar. As gotas de resina jaziam vítreas na casca. O tapete de fetos e agulhas de pinheiro sob os pés. A reverência cobria o bosque de Glendollagh e parecia uma blasfêmia feri-la falando. Ela podia ouvir o som da respiração dele ao seu lado, o chilreio de um estorninho nos galhos lá em cima. Perambulavam pelo outro mundo, com medo de acordá-lo. E de repente ele tropeçara num tronco musgoso e caíra num barranco até um emaranhado de amoreiras-bravas e dedaleiras, cortando o lábio e as costas do pulso. Ao tentar levantar-se, escorregou outra vez e levantou a mão, pedindo ajuda. Ela o segurara pelo cotovelo e o puxara com força; os dedos dele, enlameados, segurando seu antebraço nu e bronzeado. Foi a primeira vez desde a infância em que se tocaram.

Ele conseguiu sair do buraco, ofegando com o esforço, e cambaleou desajeitado para os braços dela, um rubor profundo colorindo seu rosto mortificado. Olhos verdes como os da mãe. Como o lindo mármore. A gente podia pegar febre nos olhos dos outros.

Não sabia como acabaram de mãos dadas. Caminharam pelo bosque, agora com os dedos entrelaçados. Ele começou a falar sobre desenho, mas ela não estava mesmo prestando atenção, embora conseguisse responder às vezes. *Draw*: *desenhar; representar; amarrar; sugar; estar num impasse; atrair como se por magnetismo*. Logo chegaram a uma clareira que invasores usavam para colocar armadilhas. Um riachinho gorgulhava pelas pedras brancas de granito. Ela soltou a mão dele e foi até a água; fez uma concha com os dedos e bebeu. Quando se levantou de novo e virou-se, ele olhava para os Twelve Bens, os doze morros, a média distância, como se nunca os tivesse visto antes.

Nada era dito há vários e longos momentos. As regras eram complicadas. Por outro lado, ninguém jamais as escrevera.

Winchester.

Hampshire.

Winchshire.

Hampchester.

Ele abaixou a cabeça e começou a chutar uma pedra solta, olhando para ela às vezes através da franja comprida e despenteada, tão inquieto quanto um veado numa floresta cheia de caçadores. A queda lhe deixara uma marca de sangue no lábio superior, o açafrão de um lírio selvagem cortava sua bochecha. Colocou a mão no bolso e, sem pensar, puxou o forro, fingindo de repente que procurava alguma coisa. Os pássaros pararam de tagarelar. Ele passou o peso de um pé para o outro. O sol saiu detrás das árvores. Uma filigrana de ouro parecia brilhar em torno dele.

— Posso be-beijar você, Mary?

Eles se beijaram por alguns minutos e então começaram a se tocar. Depois de algum tempo, tinham afrouxado as roupas. Mary Duane percebeu que sempre se lembraria do que estava acontecendo ali. A profundeza do sulco onde ficava a clavícula dele. O cheiro do suor, como grama recém-cortada. A sensação extraordinária do pomo-de-adão dele entre seus lábios. O espetar chocante dos pêlos contra seu pescoço e seus ombros descobertos. Ela se lembraria das mãos nervosas dele tocando seu abdômen e seu umbigo, e depois encontrando a dureza pétrea das costelas. Então a umidade da boca dele em seus pequenos seios nus, seu punho contra a coxa dela; a maciez espantosa da palma da mão dele fazendo-a tremer de suave prazer e agarrar-lhe o pulso. A mão dele era como o ar. Ela quase podia sentir os sulcos de suas impressões digitais. Como ele beijava sua boca enquanto a tocava e acariciava. Os sons de prazer que saíam de sua boca para a dele. A língua dele como um *marshmallow*. O ranger dos dentes dos dois. O amassar dos lábios. As mãos dela no rosto dele. A camada macia de pêlos louros quando ela lhe beijou o peito. E a estranheza das coisas que ela queria fazer. Morder-lhe o ombro. Sugar-lhe os mamilos. O aroma dos corpos e o aroma dos fetos esmagados. O sabor acre do leite de dente-de-leão na pele bronzeada dele. Ele não quisera ser tocado — pelo menos, nada pedira. Mas, quando ela o tocou hesitante pelos calções semi-abertos — a angústia nos olhos dele, o laço dos dois nos dela —, ele começou a chorar baixinho e pediu-lhe num sussurro que não parasse. Agarrou-se a ela como hera quando o prazer o tomou, mediu o pescoço e os seios dela com beijos.

Depois, ficaram deitados um nos braços do outro. A luz cinzenta criava manchas pelas folhas verde-escuro. O ar tinha cheiro de húmus, de fumaça de turfa e de chuva. Uma codorniz deu seu grito estranho. Ela não sentia vergonha, nenhum tipo de remorso. Na verdade, não sentia nada, mas um tipo novo de nada: o tipo que lhe dava alegria de sentir. Começara a chover, mas parara também de repente. Depois de algum tempo, ela adormecera.

Quando acordou, ele estava deitado ao seu lado murmurando algumas palavras. *Tá grá agam duit, a Mhuire. Tá grá agam duit.* Um zumbir de abelhas podia ser ouvido na clareira. Por algum tempo, ela fingiu não perceber o que ele estava dizendo. "Amo você, Mary", em irlandês.

Tinham abotoado as roupas — ele se virara discretamente enquanto ela prendia a saia — e andado de volta juntos pelos campos até Kingscourt. Ao longe, os pescadores de tarrafa voltavam para passar a noite em Inisheer. Um bezerro corria atrás da mãe. Outro bezerro mugia, balançando a cabeça. A vaca desceu majestosa até o vau e começou a beber a água corrente. Duas figuras minúsculas espalhavam o feno para secar na encosta do morro. Homens cansados arrastando-se para casa vindos do charco, pás retas e pontudas nos ombros como espingardas. Coisa rara: ele não estava falando.

Ela se perguntou se ele estava sem graça ou chocado com a permissividade dela. Talvez pensasse um pouco menos dela agora. As garotas da aldeia diziam que era melhor se segurar com um rapaz, mesmo que você sentisse alguma coisa por ele; mesmo que você o amasse. Um rapaz decente a respeitaria por se segurar.

Ele parara em certo ponto e colhera para ela um punhado de salgueirinhas roxas. Tinham voltado para os braços um do outro e se beijado de novo; com menos ânsia agora, com mais cortesia do que antes, com o carinho sapiente dos adultos.

— Acho que agora você me odeia — disse ele, calmamente.

— Não posso odiar você mais do que odeio a mim mesma.

— Jura, Mary? Não suportaria que você me odiasse.

— É claro que juro, seu grande bobo. — Ela beijou sua linda boca e afastou-lhe a franja dos olhos. Poder tocá-lo parecia um tipo de bênção. — Não se preocupe. Está tudo bem.

— E-eu não consegui parar. Desculpe. Por favor, não pense mal de mim, Mary.

— Eu não queria que você parasse. Também não consegui parar.

— Existe alguma palavra? — perguntou ele. — Para o que aconteceu hoje?

— Futebol do Winchester College — disse ela. Principalmente porque não sabia o que mais poderia dizer.

Todo dia, naquele verão, eles foram passear no bosque perto do Lago Glendollagh. Era comum jogarem Futebol do Winchester College. Ela pensava em jogar quando acordava de manhã e como última coisa antes de ir para a cama. Certo dia, no final de julho, ele foi a Athlone com o pai. Lorde Kingscourt ia comprar uma nova égua reprodutora. Ela sentiu falta dele como se tivesse ido para a América. Tentou imaginar todas as coisas que ele veria na viagem: olhar o mundo pelos olhos de David Merridith.

Nos momentos do dia em que não estava perto dele, ela se surpreendia imaginando o que ele estaria fazendo. Imaginava-o a se vestir, tomando o café-da-manhã; despindo-se de novo para tomar banho. Que coisa linda, vê-lo inteiramente nu; mas isso nunca aconteceu; ele tinha vergonha do corpo. No Winchester College, explicara a Mary, um rapaz nunca podia ficar completamente despido. Até no banho tinha de usar cuecas. Quando ela lhe perguntou por quê, ele ficara ainda mais sem jeito. Algumas práticas bárbaras já tinham acontecido algumas vezes no Winchester College, e era melhor que ela não ficasse sabendo.

O comportamento protetor dele quanto aos segredos de Winchester emocionou-a. Entendeu-o como um sinal de coisas mais profundas, uma confirmação de sua feminilidade aos olhos de David Merridith. Ela vira o pai agir de maneira parecida com a mãe quando o assunto da Inglaterra em geral vinha à baila. Quando jovem, na Inglaterra, ele testemunhara comportamentos que nenhuma mulher casada gostaria de discutir. A mãe ria dele e balançava a cabeça. Ele ria de volta brincalhão e agarrava-a e beijava-a. E Mary Duane sabia que isso era amor. A coisa não dita.

O tema do silêncio.

CAPÍTULO IX

O MAPA DA IRLANDA

NO QUAL CONCLUÍMOS A NOSSA POBRE TRILOGIA DO INÍCIO DA VIDA DE MISS DUANE; O APROFUNDAMENTO DE SUAS AFEIÇÕES E ALGUNS EVENTOS CHOCANTES.

Certa tarde, enquanto passeavam pelos trigais de Kilkerrin, uma chuvarada viera da baía e pegara-os de surpresa. Abrigaram-se numa casa abandonada perto da beira de uma clareira; a cabana de uma família que emigrara para Liverpool. Examinaram por algum tempo os tristes quartinhos, as panelas de barro mofadas, os quadros nas paredes. O Sagrado Coração de Jesus. São Patrício expulsando as serpentes. Um calendário arrancado de um Almanaque do Pastor. Um prato de esmalte lascado estava na mesa, uma faca e uma colher colocados sobre ele como os ponteiros de um relógio, como se alguém fosse esperado de volta a qualquer minuto. Mas ninguém voltaria mais para casa.

Ele conseguira acender o fogo nas cinzas mortas da lareira e deitaram-se ali defronte para ficar juntos. A sala era fria como um túmulo, mas o corpo dele estava quente. Depois de se beijarem e se abraçarem por algum tempo, ele tocou sua coxa, mas ela suavemente afastou-lhe a mão.

— Hoje não posso, meu gatinho. Vamos só nos beijar.

O sorriso dele derreteu-se como neve numa corda.

— Está tudo bem, Mary?

— Fossilífero. Honestamente.

— Não lhe ofendi? Não queria tomar liberdades.

— E não tomou, seu bobo. — Ela o beijou de novo. — São os meus dias.

Ele sorriu benigno.

— O que isso quer dizer?

— Você não sabe o que acontece com uma moça todos os meses?

— Não.

— Pense.

Ele sacudiu os ombros.

— Um trocado?

Ela olhou para o rosto confuso dele.

— Está falando sério?

— O que quer dizer?

— Acontece uma vez por mês. Tem a ver com a lua.

— A lua?

— Ela recebe uma visita. Estou recebendo esta visita agora.

Ele fitou o espaço em torno dela como se procurasse um Anjo da Guarda.

— Eles nunca falaram disso no Winchester College Hampshire?

— Acho que não, Mary. Não que eu tenha escutado.

— Talvez você devesse perguntar a uma de suas irmãs.

— Acha que elas também fazem isso?

— Acontece com toda mulher.

— Tia Eddie?

— Jesus. Pare com isso.

— Isso tem nome?

— Alguns chamam de “Embaraço”. Tem outros nomes também.

— Parece muito inconveniente, seja lá o que for.

— Bem menos inconveniente que não ter, posso lhe garantir.

— O que quer dizer, Ma-Mary?

— Pergunte a uma de suas irmãs.

*

No final de setembro, ele voltou à escola na Inglaterra. Às vezes escrevera a ela o que ela sabia que deviam ser cartas de amor, porque ele desenhara corações e cupidos em sua margem. Ela tivera vergonha demais de contar a ele que não sabia ler. Os presbiterianos tinham um colégio simples perto da Ponte Toombeola, uma escola informal para os filhos dos rendeiros; mas o pai dissera que não queria vê-la se misturando com presbiterianos. Ela não sabia por que os presbiterianos eram considerados perigosos; o grande Wolfe Tone fora presbiteriano; lutara e morrera pela Irlanda como capitão dos revolucionários em 1798. Mas ela não queria vexar o pai. Assim, aprendeu sozinha a habilidade de ler naquele outono e inverno, com uma cartilha que pediu emprestada ao padre da paróquia; as manchas pretas de tinta nas folhas de linhas azuis do caderno aos poucos se revelando como declarações de fidelidade e amor.

Winchester. Hampshire. Inglaterra. Grã-Bretanha. Ele não desaparecera; dava para ver no atlas. Suas coordenadas eram mensuráveis, assim como as dela, mas a distância entre eles parecia mais vasta que os graus.

Ela *pinheirou*, Mary Duane: entendia a palavra agora. Seu menino mandou-lhe desenhos das flores selvagens da Inglaterra: amor-perfeito, amor-de-moço, amor-que-sangra. Ela mandou-lhe de volta flor-de-noiva e urze da montanha. Fetos do bosque deles na floresta de Glendollagh. Ela sentia tanto a sua falta que ficou deprimida e ranzinza. Connemara parecia estéril como um ninho seco sem ele. À noite, deitava-se na cama que dividia com duas irmãs, esperando que parassem de cochichar e dormissem, para que as pontas de seus dedos pudessem começar a deliciosa imitação das carícias de David Merridith. Perguntou-se se ele fazia a mesma coisa. Os garotos costumavam fazer, já ouvira cochicharem às vezes. Ela imaginava que suas mãos eram as mãos de David Merridith. E mandava a ele o pensamento de que as mãos dele eram as dela. Imaginava o pensamento voando sobre o mar até a Inglaterra, um pensamento como uma minúscula estrelinha dourada, elevando-se sobre a Irlanda, cruzando o mar escuro, descendo pelo País de Gales, deixando fagulhas em seu rastro, sobre as cidades faiscantes da noite inglesa, os tubos das chaminés e as fábricas, os palácios e os cortiços, até o quarto dele no Winchester College onde dormia numa cama com lençóis polvilhados de urzes. Os sonhos que tinha com ele ficaram mais loucos e estranhos. Logo tinham um ardor que começou a lhe dar medo. Contou-os — alguns deles — ao padre na confissão. Era um padre jovem e alegre, do tipo que canta em casamentos. Todas as moças gostavam dele. Era bonzinho com a gente na confissão. Mas não foi bonzinho com Mary Duane.

Ele disse que esse tipo de imaginação era o pior tipo de mal, uma afronta venenosa à Virgem Maria.

— Esse pecado faz Nossa Senhora chorar — insistira. — Toda vez que é cometido, o coração da Nossa Mãe é perfurado por uma espada ardente. Uma moça degradar o próprio corpo que Deus lhe deu é uma tremenda vitória de Satã.

Havia outra questão importante para as moças levarem em conta. Os rapazes não conseguiam se controlar. Tinham sentimentos que as moças não tinham. A mulher era uma geleira que se derretia devagar, mas o homem era um vulcão de paixões ferventes. Todo homem na Terra tinha de carregar essa cruz, até o próprio Papa Pio lá em Roma. Foi assim que Deus Todo-Poderoso quis, mas o diabo podia entrar em cena se fosse convidado. Pegar um rapaz numa ocasião de pecado mortal teria conseqüências desastrosas para sua alma e seu corpo. Os asilos de todas as cidades da Inglaterra estavam cheios de homens que tinham sido arruinados por mulheres. Melhor amarrar uma pedra de moinho no pescoço de uma moça e jogá-la na baía dos Cães do que atrair um rapaz à tentação da luxúria, à qual lhe faltava o equipamento mental para resistir. Quanto ao seu equipamento físico, quanto menos se falar, melhor. Quando Satã se levantava, era hora de fugir.

Ela achara as palavras do padre, no máximo, bastante excitantes. Sabia que era errado e provavelmente pecaminoso; e não queria fazer Nossa Senhora chorar, pelo menos não mais do que fosse absolutamente necessário. Mas era difícil arrancar da cabeça, pelo tempo que fosse, a imagem de David Merridith nas garras da excitação demoníaca.

Mas ela tentou. Tentou tirar completamente David Merridith da cabeça. Concordou em ir colher amoras-pretas com Noel Hilliard, um rapaz da sua própria classe da propriedade do Comandante Blake, mas não sentiu nada por ele apesar de sua afabilidade e força, suas piadas curiosas e seu talento para a mímica. Ficou tristíssimo na noite em que ela lhe disse que o único futuro deles seria como amigos. Implorara a Mary Duane que lhe desse outra oportunidade: a oportunidade de fazê-la feliz. Havia tantos tipos de amor no mundo; com certeza ela teria um tipo pra ele. Isso nem fazia sentido, dissera ela a Noel Hilliard. Não seria justo. Ele merecia uma moça que pudesse amá-lo de verdade. O coração dela pertencia a outro.

Certa manhã, naquele outono, ela fora com o pai comprar um facão de açougueiro na Feira de Ballyconneely. Na estrada, cruzaram com um grupo de homens que assistiam ao garanhão de Lorde Kingscourt cobrir uma égua num prado, seus quartos contraídos e levantados e as narinas tremulantes. Riso estranho entre os homens que assistiam. Passavam um cachimbo entre si. Riso estranho e poucas palavras.

Naquela noite, ela sonhou com a espada derretida, ardendo enquanto perfurava o coração nu da mãe de Cristo. Quando acordou com a aurora, estava tremendo e molhada.

A irmã mais velha, Eliza, agora estava namorando: um bom rapaz de Cushatrough que cultivava um *conacre* perto do Lago Barnahallia. Mary Duane perguntou se ela tivera intimidades com o noivo.

— Não — disse a irmã. — Olhamos as flores.

Como uma moça podia evitar a gravidez, perguntou Mary Duane.

— Por quê?

— Curiosidade.

— É melhor mesmo não passar disso, sua vadia. Você ainda não é crescida demais para a mamãe não deixar a sua bunda bem vermelha.

— O que quer dizer isso?

— Você sabe muito bem o que quer dizer. Tão inocentezinha.

— E daí? Qual é a resposta?

— Você apeia do cavalo em Chapelizod.

— O quê?

— Você sabe o caminho, se estiver indo de Galway a Dublin?

— Sei.

— Chapelizod fica logo antes de Dublin.

— É?

— Bem, você faz ele descer do cavalo em Chapelizod.

— Ah.

— Ou então você mesmo apeia. Depende.

Parece que geografia também era uma língua; sua sintaxe mais complicada que a do inglês.

Às vezes ela avistava o corpo nu dos irmãos. Certa noite viu também o do pai, quando ele se lavava no riacho depois de um dia tirando pedras da montanha. Ficou pensando se David Merridith teria aquela aparência flácida e pálida, como um pelicano desajeitado privado das penas, aquele monte de algas entre as pernas. Teria a barriga gorda ou esticada como um tambor? Seu traseiro seria caído ou como dois ovos de ônix? Os outros terrenos do corpo dele, onde gostava de ser tocado: como se chamavam? Será que havia palavras? Os lugares de seu próprio corpo onde as mãos dele davam-lhe tamanho êxtase que a faziam tremer e gritar seu nome: quais eram os seus nomes? Os beijos e suspiros desamparados que os dois soltavam em tais momentos eram algum tipo de língua secreta e indizível? Todos os amantes gritam o nome um do outro? Eliza e o noivo? Sua mãe e seu pai? A mãe de Jesus e seu marido carpinteiro: tinham gritado o nome santo um do outro como Mary Duane fizera com seu menino?

O cheiro da grama cortada trouxe à mente o corpo dele, o zumbir das abelhas começou a deixá-la fraca. Na igreja, surpreendia-se fitando o crucifixo, como se um novo sol tivesse nascido no céu de Connemara e banhasse a terra numa luz de vitral. Cristo nu não era apenas santo; também era bonito. Coxas de alabastro e ombros fortes. Os tendões dos músculos retesando os antebraços. Se o visse no Mercado de Clifden em vez de pendurado numa árvore, imaginaria ele sem cuecas. Talvez não conseguisse parar em Chapelizod. Teria de seguir em frente. Até chegar em Holyhead — no País de Gales. Ela vislumbrou significados ocultos nas rubricas e orações. Este é o meu corpo. O verbo se fez carne. Com meu corpo adoro-vos. Seria pecado pensar assim? É provável. Pobre Virgem Maria, ficaria praticamente histérica. Mas, ora, ela tivera muita prática em todos esses anos.

Certo dia, David Merridith ficaria velho e cansado. Seria tão bonito nessa época? Ou feio como a tia? Cresceria para ficar como o pai, um velho canalha malvado corroído de amargura e culpa? Era o que o pai dela dizia do pai de David Merridith. Um brutamontes devorado de rancor.

Lembrava-se da última vez que o vira antes que partisse para New College, Oxford. (New College, nem é preciso dizer, era muito velho.) O pai dele e Tommy Joyce tinham ido passar o dia em Clifden. A casa estava vazia. Era só deles. Ela tomara banho e vestira roupas limpas e amarrara uma fita no cabelo. Enquanto caminhava até a Mansão Kingscourt, seus anseios pareciam esvoaçar diante dela como uma congregação de pássaros. Estava pensando com todo o cuidado no mapa da Irlanda, a estrada que levava de Galway a Dublin; os desvios, excursões e delícias notáveis de que se podia gozar pelo caminho.

O próprio David Merridith abrira a porta da frente. Acabara de voltar do alfaiate em Galway e estava vestido de um jeito que o deixava difícil de reconhecer. Um barrete quadrado com uma borla e um longo vestido escuro, um elegante manto negro e um laço de gravata cor de creme, um colete verde esmeralda com botões de porcelana. "*Subfusc*" era o nome das roupas que usava. Tudo na vida dele parecia precisar de nome.

— Não estou com muita vontade de passear hoje, Mary.

— Então quer me beijar de novo?

— Seria bom. Mas, para ser honesto, prefiro que não.

— Você não seria capaz de se controlar?

— Desculpe?

— Você é um vulcão de paixões ferventes. Eu sei.

Ele tocou o rosto dela, a curva dos seus malares.

— Nunca lhe quis fazer nada de mau, Mary.

Ela beijara a ponta dos dedos dele. Podia ver que ele estava nervoso.

— Seria tão ruim se há amor entre nós? Podíamos ser cuidadosos.

— Cuidadosos?

Ela beijou-lhe o lado da boca do jeito demorado que sabia que ele gostava.

— Sei um jeito de ser cuidadosa. Tudo ficará bem. Não se preocupe.

Mas ele se afastou, os traços do rosto lavados de ansiedade, e andou lentamente pela sala como se estivesse meio tonto. Abriu a tampa do piano. Fechou-a de novo. Começou a mexer nos enfeites em cima do aparador.

— Algum problema, David?

Uma abelha circulava em torno da sua cabeça. Ele a enxotou com as costas da mão.

— Nós nos conhecemos há muito te-tempo, não é, Mary?

— Desde 1382 — disse ela. Mas ele não riu. — O que há de errado, David? Tem alguma coisa acontecendo?

— Meu p-pai me disse para não ser visto com você no futuro.

— Por que não?

— Ele diz que é uma questão de dever, Mary.

— Que dever é esse que interfere com a nossa amizade?

— Você não entende. Ele diz que é o meu dever. E se eu não concordar ele vai mandar você e a sua família embora.

— Ele não pode nos mandar embora — disse ela zangada. — Somos os Duane.

— O que isso quer dizer?

— A família do meu pai está nesta terra há mil anos. É ele que vai ser mandado embora se começar a falar desse jeito.

— Ele pode mandar vocês embora se quiser — disse calmamente David Merridith. — Poderia mandar vocês embora amanhã de manhã. E além disso, Mary, tem outra coisa.

— O que é?

— Foi o seu p-pai que pediu a ele que me dissesse isso.

Ela ficou chocada demais para dizer qualquer coisa por algum tempo.

— Parece que ele sente... é injusto, de algum jeito. Quando se vê o quadro todo. Mary, está ouvindo?

— Você disse que o que importava era o que você e eu queríamos.

— Eu sei. Eu sei. Mas, honestamente, Mary.

— Mudou de idéia? Não queria dizer o que disse? Todas aquelas dúzias de vezes que disse?

— Só pensei, Mary... quando a gente olha o quadro todo.

Ela pensou na abelha enfiando o ferrão na carne. Elas morriam quando picavam a gente. Só podiam fazer isso uma vez.

— Aceite isso, Mary. Por favor.

Ele enfiou a mão no bolso do colete de botões de porcelana e lhe ofereceu um punhado de moedas enegrecidas de meia coroa. Lágrimas corriam por seu rosto quando as entregou a ela.

Foi a única vez em que ela jamais bateu nele; talvez a única vez em que bateu em alguém. Ele ficou como uma estátua enquanto ela lhe estapeava o rosto, suportando os golpes sem dizer uma palavra. Ela não sabia quantas vezes deve tê-lo estapeado. Se tivesse uma faca, ela o teria matado então. Rasgando-lhe a garganta como um carniceiro derrubando um boi.

Ainda ficava chocada quando pensava nisso. A violência daquele momento.

Não o jeito como o estapeara. Mas o jeito como ele deixara.

Mesmo sob ataque, havia regras.

CAPÍTULO X

OS ANJOS

OITAVO DIA DA NOSSA VIAGEM: NO QUAL O CAPITÃO DE BOM CORAÇÃO TRAVA UM CONHECIMENTO PERIGOSO (EMBORA NÃO SOUBESSE DISSO NA ÉPOCA, NÃO ATÉ QUE FOSSE TARDE DEMAIS).

Segunda-feira, 15 de novembro de 1847
Ainda faltam dezoito dias no mar.

LONG: 26°53,11' O. LAT: 50°31,32' N. HORA REAL PADRÃO DE GREENWICH: 00h57 (16 de novembro). HORA AJUST. DO NAVIO: 23h09. (15 de novembro). DIR. VENTO & VELOC.: NE 47°. Força 5. MAR: AGITADO. RUMO: SO 225°. PRECIPIT. ATMOSF. & OBS.: Grande chuva. Pancadas fortes e intermitentes de chuva e neve desde a madrugada. Neste dia iniciamos nossa segunda semana desde que partimos de Cove.

Neste dia temível morreram quatorze passageiros do porão, perfazendo um total de 36 desde que começou esta viagem, e foram sepultados segundo o ritual do mar. Quatro dos que expiraram hoje eram bebês, um dos quais viveu apenas 21 dias sobre esta terra. Um décimo quinto passageiro, um pescador pobre de Leenaun cujo irmão adormeceu em Jesus ontem, perdeu a razão e tirou a própria vida afogando-se.

Que Deus em Sua misericórdia tenha compaixão de suas almas.

Oito suspeitos de tifo em quarentena esta noite. Um suspeito de cólera.

Hoje um leitão foi roubado das gaiolas do convés superior. Sem dúvida os passageiros da Primeira Classe conseguirão sobreviver à privação da sua carne. Ordenei que todos os animais sejam vigiados daqui para a frente.

Esta noite eu caminhava perto do castelo de proa ao anoitecer, oprimido por uma pesada sensação de melancolia. Todas as mortes são duras de suportar, mas a morte dos jovens, ainda mais das criancinhas, parecem zombar da nossa vida. Confesso que é difícil, em momentos tão dolorosos, acreditar que o Mal não governa o mundo.

Estava tentando fazer minhas orações em silêncio contemplativo, como há anos é o meu costume predileto, quando encontrei um dos passageiros do porão de gatinhas perto do portão da Primeira Classe e enjoadíssimo com o mar. É um personagem curioso e digno de nota, seu comportamento em geral estranho. Embora muito afligido por um pé deformado, gosta de percorrer o navio à noite e é conhecido entre os homens pela alcunha de "O Fantasma".

Ao ver que eu me aproximava, o pobre marinheiro de primeira viagem levantou-se depressa e foi até a amurada, onde se inclinou bastante para fora e logo estava num estado de sofrimento substancial, dizendo bom-dia e boa-noite outra vez ao seu jantar. Dei-lhe um gole de água fresca que por acaso tinha comigo num cantil e um observador poderia pensar que era o melhor champanhe, pela sua gratidão. Camarada mais agradável nunca conheci em minha vida, embora de aparência um tanto estranha, especialmente o cabelo.

Disse que estava achando a viagem problemática para a sua economia, jamais tendo saído antes em alto-mar. Seu pai era pescador no Condado de Galloway, na Irlanda, mas nunca se afastara muito da terra, as águas naquela região sendo tão abundantes em peixes e crustáceos que nunca fora necessário. O pai, disse esse divertido camaradinha, era conhecido no local como "*o pescador que nunca foi ao mar*". Isso me fez rir. E quando eu ri ele também riu, e começou a parecer mais aliviado em seu rosto.

Ele e eu conversamos por algum tempo sobre questões do tempo e isso e aquilo e ele foi agradável, nem um pouco taciturno, apesar do que os homens dizem dele; falava inglês de um modo muito melodioso e encantador. Perguntei se ele me ensinaria alguns exemplos do seu próprio idioma; por exemplo, "bom-dia, senhor", "desejo-lhe um bom dia, madame", "terra" ou "mar" e várias outras coisas ordinárias. E eu as anotaria de maneira fonética; pois muitas vezes quis saber algumas expressões daquela língua, para conseguir dizê-las aos passageiros como um pequeno sinal de amizade e assim deixá-los mais à vontade. "*Awbashe*" e "*murra*" são as palavras para o mar. "*Glumree*" significa "as ondas". "*Jee-ah gwitch*" é "bom-dia". Mas também têm mais de duas vintenas de palavras para *terra*, dependendo do tipo de terra de que se está falando.* "*Tear*" é uma delas (pronunciada de um jeito que rima com "*year*", ano). "*Tear mahurr*" é "terra do meu pai". Ele tirou do bolso do sobretudo um punhado de terra que me mostrou. Era um punhado da terra de seu pai em Connemara. "*Tear mahurr Conner-mawra*", ousei, e ele sorriu. Foi uma questão de boa sorte tê-la trazido junto com ele. Eu disse que achava este um costume agradável e esperava mesmo que lhe trouxesse boa fortuna (embora fosse melhor que confiasse na oração, em vez de em fetiches).

Então ele disse que já me vira antes no convés à noite, e às vezes pensara em se aproximar e me saudar, mas que eu sempre parecia preocupado com pensamentos difíceis. Expliquei que tinha o hábito de percorrer o convés à noite para dizer minhas orações em privacidade, que nós, irmãos da Sociedade dos Amigos, damos importância à reflexão silenciosa e à leitura das escrituras, em vez do ritual e das cerimônias. Com isso, tirou do bolso

---

**Aibéis*: o mar (arcaico, do inglês "*abyss*", abismo). *Muir* ou *Mora*: irlandês antigo: o mar. *Glumraidh*: fome, consumição, ondas fortes do mar. *Dia Duit*: uma saudação, "Deus esteja convosco". Mulvey falava a verdade sobre as palavras que significam "terra". O gaélico é uma língua de precisão lapidar. (*Rodach*, por exemplo, é a palavra irlandesa que significa "alga do mar crescida em madeira debaixo d'água".) Devemos a seguinte lista de palavras que significam terra, de forma alguma exaustiva, à generosidade de Mr. James Clarence Mangan, do escritório de Supervisão de Material Bélico em Dublin e à erudição de seus subordinados, senhores O'Curry, O'Daly e O'Donovan. (Às vezes discordam sobre a grafia ou os sotaques.) *Abar*: terra pantanosa. *Ar*: terra arada. *Banb*: terra não arada durante um ano. *Banba*: nome mítico da Irlanda. *Bárd*: terra de pastagem cercada. *Brug*: terra, uma propriedade. *Ceapach*: terra para plantar, terra não cultivada. *Dabach*: uma medida de terra. *Fonn*: terra. *Ithla*: uma área. *Iomaire*: uma cadeia de morros. *Lann*: um cercado de terra. *Leanna*: um pasto. *Macha*: terra arável, um campo. *Murmhagh*: terra passível de ser inundada pelo mar. *Oitír*: um promontório baixo. *Rói*: uma planície. *Riasg*: charneca ou lodaçal. *Sescenn*: terra alagada. *Srath*: um prado ou várzea ao longo das margens de um rio ou lago. *Tír*: terra, terra seca (em oposição ao mar), país (como em *Tír na nÓg*, terra mítica da juventude; um Paraíso). *Fiadhair* é a palavra gaélica escocesa para terra de pasto ou não cultivada. *Fiadháir* é o adjetivo irlandês para "pessoa selvagem ou não cultivada". — GGD

do sobretudo um livrinho encadernado em couro, que me mostrou. Imaginem minha humilhação quando vi que era uma pequena bíblia, tão perfeita e bem-cuidada.

— Talvez Vossa Honra e eu aqui possamos ler juntos por um instante — disse.

Com essas palavras, admito que fui pego de surpresa, em primeiro lugar que ele soubesse ler, e em segundo que quisesse ler comigo, mas como poderia discordar? Sentamo-nos juntos num canto e ele começou baixinho a compartilhar comigo a Primeira Epístola de Paulo aos Coríntios, sobre o tema da caridade cristã com nossos próximos. Fiquei emocionado até quase às lágrimas, ele lia com tanta simplicidade, mas com tamanha devoção pela Palavra. Realmente senti o Espírito de Luz descer. Durante esses poucos momentos, houve tamanha paz entre mim e esse estranho, sem nenhuma sensação estreita e mundana de eu ser o Capitão e ele um passageiro assustado, mas sim de ambos confiando no mesmo Almirante das Eras cuja providência guiará todos os bons peregrinos pelas tempestades da dúvida. Quão preciosos e notáveis são os caminhos do Salvador, que um homem infeliz tão descaído em sua sorte possa encontrar sustento e nutrição nas verdades imutáveis das Escrituras. Quando nós, que temos tanto a agradecer, tantas vezes faltamos em gratidão ao Nosso Pai que tudo nos deu. Que vergonha sentia agora da minha fraqueza e autopiedade, traços que são desgraçados nos homens.

"William Swales" é o nome desse pobre homem distorcido, percebi, pois estava escrito no frontispício de sua Bíblia.

Disse que nunca ouvira esse sobrenome num irlandês antes e perguntei se era comum em Connemara, essa pátria empobrecida agora deixada tão para trás. Ele sorriu suave e tristemente e respondeu que não. Os nomes mais freqüentes do povo de lá eram "Costilloe", "Flaherty", "Halloran" ou "Keeley". O nome "Nee" era bem conhecido num lugar chamado Cashel; o nome "Joyce", num distrito chamado Recess. "Cashel é para Nees e Recess para Joyces" era uma coisa dita com freqüência naquela localidade. Com efeito, sorriu ele de novo, podia-se com toda a correção dizer que todos naquele cantinho do mundo já tinham sido Nee ou Joyce nalgum momento do passado. (Todos esses sobrenomes eu já ouvira muitas vezes antes, e pronunciado as palavras fúnebres sobre dezenas de seus portadores, que tristeza.)

Ele me contou uma coisa interessante: que o sobrenome "Costilloe" deriva da palavra espanhola "castillo", castelo. E que na época da Armada um grande navio espanhol se perdeu e naufragou na costa do Condado de Galloway, ficando muitos marinheiros na Irlanda a partir daí, mas não sei se é verdade. De fato, acho que provavelmente não é, mas, pelo sim, pelo não, é uma anedota cativante. (Ainda assim, é visível que uma parte dos que estão na terceira classe têm mesmo os traços escurecidos dos povos ibéricos e em seu modo de pensar, são tão distantes da nossa própria raça inglesa quanto os hotentotes, watutsis, maometanos ou chinas.)

Quanto mais conversamos, mais amigos ficamos, e finalmente ele me perguntou se podia falar francamente comigo sobre um certo assunto. Eu disse que ficaria feliz em ajudá-lo se pudesse. Ele contou que seu pai idoso estava extremamente indisposto em casa, em Galloway, e esperava obter logo o necessário para levá-lo daquele lugar de privação para a América. Eu disse que era um plano admirável e cristão; o respeito pelos idosos confere dignidade a quem dá e quem recebe. Ele então exprimiu grande interesse por qualquer trabalho pago que pudesse estar disponível a bordo, como limpar as cabines da Primeira Classe ou as suítes maiores ou quaisquer outros serviços dessa natureza. Eu disse, triste, que não tínhamos nenhuma necessidade no presente, mas que não me esqueceria dele caso alguma oportunidade surgisse.

Com isso, ele pareceu muito cabisbaixo e disse que precisava mesmo de uma oportunidade. Não queria pedir caridade e desejava nunca precisar. Percebia que tinha o aspecto vergonhoso de um mendigo neste momento atual, mas que já fora um homem orgulhoso em outras épocas (antes de se ferir). Estava acostumado à companhia de gente fina, disse, e já fora criado de um barão em Dublin (um cavalheiro chamado Lorde Nimmo, de quem nunca ouvi falar). Não, não tinha referências dessa pessoa atualmente, seus documentos e sua carteira tinham sido roubados por vagabundos em Liverpool, mas tinha certeza de que seus talentos ainda poderiam ser úteis. Então chegou ao ponto principal.

Se, por exemplo, nosso estimado passageiro Lorde David Merridith precisasse de ajuda desse tipo (ou de qualquer outro tipo) durante a viagem, talvez eu pudesse recomendá-lo como um tipo honesto. Nenhum cavalheiro fino como Lorde Merridith deveria ficar sem seu criado pessoal, declarou. Talvez eu devesse acentuar que ele, Swales, era filho de Connemara, como o próprio Lorde David, que sempre estimara a família de Lorde Merridith, especialmente sua falecida mãe, uma santa entre as mulheres e muito reverenciada entre os empobrecidos daquela região. Será que, por favor, eu poderia dizer a Sua Excelência, pediu-me o pobre Swales, que ele era um homem que enfrentava dificuldades devido a seu acidente, mas nunca temera o trabalho nem a lealdade. Até aquela deficiência que lhe desfigurara o corpo servira apenas para fortalecer o valor que dava ao dom da vida. E agora, pela graça de Deus Todo-Poderoso, quase conseguira superá-la completamente e podia andar e trabalhar como um homem de mais sorte. Seria um imenso privilégio servir a Lorde Merridith, disse. Acreditava que poderia prestar-lhe muito bons serviços, se apenas lhe permitissem essa honra e esse favor. Somente estar perto dele já seria considerado uma bênção.

Eu disse que Lorde Kingscourt era realmente muito afortunado de inspirar tamanha devoção, ainda mais de alguém que não o conhecia, e com certeza o recomendaria, caso surgisse a oportunidade. Ele disse que não pretendia ofender, mas será que eu poderia jurar? Respondi que nós, quacres, evitamos fazer juramentos assim, mas que eu lhe prometia, de homem para homem.

Neste ponto, lágrimas de gratidão surgiram nos olhos do pobre homem e logo ameaçaram tomá-lo por completo.

— Que Deus e Maria Santíssima abençoem a gentileza de Vossa Honra — disse, humildemente, e agarrou minha mão. — Rezarei uma Ave-Maria pelo senhor esta noite, e em todas as noites da minha vida, e Deus é minha testemunha de que é verdade.

Então pediu-me que lhe desse conselhos sobre a que trabalho poderia dedicar suas mãos na América. Eu disse que a América era uma terra grande, um país da maior liberdade, a única nação de igualdade e de autogoverno federativo na face da Terra atualmente. Qualquer rapaz que seja industrioso e deixe de lado as peculiaridades nacionais encontrará ali a felicidade, assim disse a meu novo amigo, e terá sucesso e acabará tão confortável quanto uma professorinha. A melhor terra agrícola do mundo se podia conseguir lá por alguns dólares o acre; o solo tão fértil que um índio cherokee que encontrei certa vez em Charlestown, Carolina do Sul, me disse que uma vareta enfiada no chão crescia e se transformava em grandiosa árvore. Com isso, ele ficou tão espantado quanto um serafim que acordasse em Manchester. Mas aí disse que não tinha vontade de comprar terra, depois de ter vendido tudo o que possuía no mundo para sustentar o pai doente e vários sobrinhos e sobrinhas órfãos, e o resto fora levado pelo preço da passagem. (Tal é o desespero dessa pobre gente para escapar da sua situação.)

Eu disse ter ouvido contar que havia boas oportunidades para um homem que trabalhasse em serviços comuns, como na construção de estradas, na limpeza de pântanos e na mineração de prata e ouro, onde também se forneciam alojamentos rudimentares e refeições. Abrir canais, cavar fossas, construir muros de pedra e coisas assim. Aqui mencionei como exemplo o esplêndido Canal do Grande Eyrie, que percorre 219 quilômetros, de Albany a Buffalo, com suas 83 comportas e 18 aquedutos construídos na maior parte por seus próprios conterrâneos irlandeses; um adorno magnífico à civilização e ao Livre Comércio. E também que lenhadores eram sempre procurados, com territórios inteiros daquele continente pesadamente arborizados com florestas ainda maiores que toda a ilha da Irlanda. Ele ficou muito atento enquanto eu falava sobre esses assuntos e parecia ver a América como outro planeta, e não como parte da Terra. Era verdade, quis saber, que na América, no presente momento, ainda não era noite, e sim apenas tarde? E que no litoral do Pacífico daquele continente ainda era de manhã?

Expliquei que, para cada grau de Longitude oeste, estamos quatro minutos mais cedo do que em Greenwich e, para cada minuto de distância, ganham-se quatro minutos. Assim, já era amanhã em Londres, disse ele, e confirmei que sim.

— A-há, que milagre — suspirou. — Dizem que "o amanhã nunca vem", mas ele já está aí, com a bênção de Deus e de Maria. E assim dá para concluir — continuou dizendo — que se um homem passasse um ano viajando para oeste em volta do mundo chegaria em casa na Irlanda na véspera do dia em que partira. E se continuasse fazendo isso pelo resto da vida viraria um bebê recém-nascido em vez de um camarada caindo de velho. Que felicidade ser capaz de fazer o tempo voltar — observou — e assim desfazer as impiedades da tolice da mocidade.

A princípio, achei que o pobre simplório tinha entendido errado o que eu disse em sua inocência de criança, mas aí ele explicou que estava brincando, e rimos juntos alegremente até que eu lhe dei boa-noite. Ele ainda ria quando o deixei. E não faz um minuto ele passou pela minha cabine e olhou pela vigia, ainda rindo alegre e acenando.

— As escrituras ensinam que devemos ser como crianças — exclamou. — E agora sabemos como, senhor: é ficar viajando para oeste.

Ri de volta para meu professor:

— *Tear mahurr!* — E ele me desejou que descansasse em paz e seguiu humildemente sozinho.

Que exemplo é esse homem. Realmente os anjos vêm entre nós todos os dias. Nossa dificuldade, tantas vezes, é que em nossa vaidade e apego ao mundo deixamos tão completamente de reconhê-los pelo que são.

(...) os irlandeses nos Estados Unidos são especialmente bem rec. e considerados como republicanos patriotas, e se você disser a um americano que fugiu do seu país para não ser enforcado por traição contra o Governo, pensarão dez vezes melhor de você e tocarão todas as trombetas em seu louvor.

Carta de James Richey, imigrante de Ulster no Kentucky

CAPÍTULO XI

O COMPOSITOR DE BALADAS

EM QUE SE FAZ O REGISTRO DA INFÂNCIA MODESTA DE PIUS MULVEY, DO ESFORÇO DE SEUS HUMILDES PAIS PARA DAR-LHE O PÃO HONESTO; E, APESAR DISSO, SUA PRECOCE INGRATIDÃO E DEGENERAÇÃO.

Os pais de Pius Mulvey eram pequenos rendeiros paupérrimos, o pai, Michael Dennis Mulvey, natural da região, nascido na propriedade dos Blakes de Tully. Homem de cabeça grande, ossudo, feito um cavalo de tração, que firmara os alicerces de sua cabana com as lápides de seus ancestrais, casou-se com Elizabeth Costello, antes ajudante de cozinha do convento de Loughglinn, no Condado de Roscommon.

A mãe de Mulvey, uma enjeitada de refugiados católicos expulsos do Ulster, aprendera a ler com as freiras que a criaram e achava esse talento útil. Na verdade, via-o como mais que isso; como um sinal de que a pessoa via o mundo como basicamente passível de ser conhecido, nosso lugar nele passível de ser definido e aberto a mudanças. Ler, para Elizabeth Costello, era um sinal de decência. Seu marido considerava isso uma perda de tempo.

Não se pode comer um livro, como ressaltava o pai de Mulvey. Nem se pode vesti-lo nem usá-lo para cobrir a cabana. Ele não tinha nada contra a leitura quando praticada pelos outros. (De fato, tinha um certo orgulho da capacidade da mulher em fazê-lo e costumava deixar escapar para os vizinhos que ela sabia ler, daquela forma desculpável como os amantes se gabam das competências um do outro.) Era apenas que ele via a leitura como objetivamente inútil, como dançar quadrilha, atirar com arco e flecha e jogar críquete, divertimentos bobos para os filhos dos nobres. A esposa discordava. Ela ignorava o marido. Assim que tiveram idade para andar e falar, começou a ensinar aos filhos o talento da leitura.

Pius, embora mais jovem, era o melhor leitor dos dois. Sua mente era rápida e funcionava com uma lógica quase tão impressionante quanto estranhamente nada infantil. Quando estava com 4 anos, conseguia ler os parágrafos mais simples do missal; aos 6, conseguia decifrar as palavras de um recibo de aluguel. Ler se tornou a sua gracinha nas festas. Nas reuniões de família, nos dias de festa do santo padroeiro ou do Natal, as outras crianças se apresentavam, recitando versinhos ou dançando ao som da gaita de foles. Mulvey abria o velho dicionário de inglês que o pai resgatara de uma pilha de lixo nos fundos da casa do dono das terras e recitava as suas páginas mofadas para os adultos espantados. "Meu filho, o estudioso", ria-se o pai. E Pius explicava como se escrevia a palavra "estudioso". E a mãe chorava baixinho de alegria quando ele assim fazia.

As reações do irmão eram mais complicadas. Nicholas Mulvey era um ano mais velho que Pius; mais forte, mais bonito e muito mais agradável. Não tão dotado da inteligência da mãe, era inteligente o bastante para perceber a perda do seu poder e possuía suficiente determinação do pai para combater essa perda quando viu que ela o ameaçava. Levava muitas horas para aprender o que Pius conseguia aprender em minutos, mas não tinha medo de dedicar essas horas a isso. Era um menino sério, metódico, com tendência religiosa, com o senso de proteção intrometida dos irmãos mais velhos, que travava guerra constante com seu medo de irmão mais velho de ser silenciosamente superado. Batalhava com o caçula pelo maior quinhão do amor da mãe e a arma principal era a capacidade de ler.

Lento, persistente, com a obstinação dos sem talento, Nicholas Mulvey alcançou o irmão mais dotado. Com o tempo, começou a ultrapassá-lo. Seu vocabulário cresceu, sua pronúncia melhorou, seu conhecimento das sutilezas da gramática ficou impressionante. Talvez fosse apenas porque Pius não ligava mais, tinha confiança suficiente de já ter conquistado as honras para demonstrar um desprezo cansado pelo jogo. Nessa época, Nicholas Mulvey conseguia ler como um bispo. Não precisava de dicionário para explicar como se escreviam as palavras.

O pai morreu do coice de um cavalo quando Nicholas tinha 17 anos, a mãe um ano depois, muitos disseram que de tristeza. Voltando à cabana depois do funeral da mãe, os irmãos choraram nos braços um do outro e juraram, em sua memória, levar a vida decente que ela lutara a vida toda para lhes dar. Durante um ano, cultivaram a terra pedregosa do arrendamento do pai, passando um inverno trabalhosíssimo de labuta e pânico. Havia pouco dinheiro. Nunca havia dinheiro suficiente. As poucas peças de mobília que constituíam toda a propriedade foram rapidamente empenhadas para pagar o aluguel; tudo, exceto a cama dos pais. Vender a cama dos pais traria má sorte; ou assim afirmava o povo local. Os irmãos não precisavam de mais daquela mercadoria, mais do que já tinham recebido como herança.

Com bastante freqüência ficavam sem ter o que comer. Seus trapos viraram fiapos sobre as costas doloridas. Tentaram por algum tempo manter a cabana limpa; mas era a limpeza de jovens irlandeses solteiros, criados por uma mãe que tinha sido sua criada. Os lençóis eram virados em vez de lavados, as xícaras só lavadas quando não sobrava mais nenhuma limpa. Dormiam juntos na cama dos pais; a cama em cujo calor tinham sido concebidos e paridos, amamentados quando nenéns, consolados quando pequeninos, motivo de preocupação quando crianças, tema de orações quando rapazes e na qual seu pai e sua mãe tinham morrido.

Pius Mulvey começou a achar que também morreria nela.

Isso assustava-o mais do que ter-se transformado no que era; aquele personagem inimaginável para os jovens: um órfão. Mais do que a pobreza e a fome, começou a enfiar-lhe as garras: a imagem de si mesmo e do irmão tão dolorosamente corajoso envelhecendo e depois morrendo naquela cabana na encosta da montanha. Ninguém para chorá-los nem para notar que se tinham ido. Ninguém com quem dividir a cama, nunca, a não ser um ao outro. Os morros de Connemara abundavam de homens assim. Curvados, de olhos baços, irmãos antigos que se arrastavam pela vida com a cruz da solidão nas costas. Mancavam até Clifden, sob os risos das moças, para a Missa do Galo na véspera de Natal. Velhos burros de carga virgens com cara de mulher. Fediam ao seu isolamento, a urina velha e oportunidades perdidas. Pius Mulvey não os achava cômicos. Mal agüentava imaginar a vida deles.

Nunca sentir o que era segurar uma criança que precisasse deles; dizer a uma esposa que estava bonita hoje, que seu cabelo era lindo ou seus olhos um espanto; discutir com a esposa e depois fazer as pazes. Não segurar ninguém em seu abraço amoroso e sentir que era amado em troca. Mulvey era jovem demais para ter conhecido essas coisas pessoalmente, mas viraas e fora criado à luz quente que emanavam. O fato de que esse fulgor talvez não brilhasse sobre ele outra vez mergulhava-o numa escuridão que achava aterrorizante.

Ficou cada vez mais descontente com Connemara e suas ralas possibilidades, seus charcos estéreis e seus pedregais lunares, a desolação cinzenta de tudo à sua volta, o cheiro chuvoso e acidulado do ar. O vento do Atlântico açoitava como um chicote e as árvores cresciam do chão em todos os ângulos, exceto o perpendicular. Sentava-se durante horas à sua janela imunda e rachada observando-as a se curvar e retorcer num éolo; perguntando-se quando a fúria seria demasiada e elas se quebrariam em duas ou seriam arrancadas da terra. Mas elas nunca se quebravam. Apenas gemiam e se curvavam, e ficavam curvadas depois que a tempestade levava embora sua raiva. Submissas. Corcundas. Retorcidas. Deformadas: servas de um senhor que detestava sua devoção.

Seu pai se curvara a vida toda. A mãe também, e todo mundo que Mulvey conhecia; mas o destino não trouxera nenhum dividendo a sua lealdade. O irmão falava com freqüência dos mistérios de Deus. Como Deus nunca podia fazer nada errado; Deus nunca testava a gente além da nossa capacidade; o momento da crucificação era o momento do triunfo, bastava que o arrogante tivesse clareza para vê-lo. Mas Pius Mulvey não via. O que via no irmão era um escravo de joelhos, adorando a verdade de sua própria destituição, traduzindo esse fato numa ficção moralista porque não tinha coragem de lê-lo no original. Que fosse preciso ter coragem e não covardia para acreditar nalgum Deus era opinião que Mulvey nunca sustentara. Pensar assim era perda de tempo: como lavar os poucos pratos que ainda tinha entre suas posses quando sabia que estariam sujos de novo no dia seguinte. Isso se tivesse sorte bastante para ter alguma coisa com que sujá-los, e de modo algum ele podia mais ter certeza disso.

A ausência da mãe era tão aguda que parecia uma presença, não menos palpável por nunca ser mencionada. Mas corria entre os irmãos como água subterrânea. Trabalhavam juntos na terra do pai; desesperados, famintos, da aurora ao anoitecer; arrastando algas da beira d'água para alimentar as pedras; usando seus próprios excrementos sanguinolentos como fertilizante; lacerando as rochas com a força de seus esforços, mas nada crescia muito, a não ser sua própria sensação de isolamento. Não havia violência entre eles, não havia palavras zangadas. Tinham pouquíssimo a dizer um ao outro.

Nicholas passava as noites lendo à luz da vela quando conseguia comprar uma vela ou pedi-la a algum vizinho; quando não, ajoelhava-se e rezava no escuro, adjurações latinas que Mulvey não conhecia. O som da piedade do irmão tornou-se motivo de irritação; deixava Mulvey acordado ou afastado de seus pensamentos particulares.

Num dia amargo e violento do último mês de janeiro, quando o gelo transformara o solo num mármore branco cadavérico, um sargento recrutador de Liverpool aparecera pelo caminho contando histórias da vida aventurosa do soldado. Mulvey foi enfeitiçado pelo que ele tinha a dizer. O soldado raso mais humilde dos Rangers Irlandeses do rei podia esperar que seus dias fossem cheios de maravilhas. Podia ir parar no Egito, na Índia ou em Beirute, onde o sol faiscava sobre as vinhas e os abacaxis e as mulheres eram como deusas fantásticas. O vinho desses lugares era doce e refrescante. Todo o rancho que conseguisse comer e as melhores moças. A farda dava a um rapaz uma imagem melhor de si mesmo. "A gente cresce seis polegadas quando veste o vermelho, rapazes!"

Ser soldado era profissão para todos os rapazes de coragem que quisessem viver as maravilhas do mundo e que exigissem um bom pagamento pela experiência. Quanto ao perigo, claro que existia. Mas perigo era apenas outro nome para excitação; a emoção que punha sal no mingau da vida. E perigos existiam em qualquer lugar. O sargento olhara em volta para a vastidão ártica como se ficasse entristecido ao vê-la, como se ela fosse imoral. Como se ver os irmãos Mulvey tão profundamente envolvidos nela fosse causa de embaraço ou até de desgraça. Pelo menos no exército você era treinado para sobreviver ao perigo. Nenhum soldado da Coroa jamais conheceria a fome.

— Dez guinéus por ano na sua mão — disse o sargento, como se não conseguisse acreditar que tamanha munificência fosse possível. — E um xelim neste minuto para fechar o negócio.

Sua respiração saía em fiapos de vapor. Estendeu a palma da mão na luva de couro preto, a moedinha brilhando como o olho de um santo.

— Isso não compra nada aqui — disse tranqüilo o irmão de Mulvey.

— O que quer dizer, rapaz? Este é dinheiro do Rei.

— Então que o rei fique com ele, pois ninguém o quer aqui. Nenhum Rei nos governa além do Rei dos Céus. E ele queimará no Inferno com sua mãe abençoada antes que um Mulvey abandone a terra onde nasceu.

O sargento olhou para ele com uma careta perplexa.

— N-não entendo o jeito como fala.

— O que estou falando é a língua inglesa — respondeu Nicholas Mulvey. — Mas não duvido que o senhor não tenha entendido. Vocês não entendem nada deste lugar. Nunca vão entender.

Um monte de neve áspera caiu de um galho próximo. Dois ratos saíram correndo de um tronco caído e entraram num buraco.

— Não — disse o sargento muito sério. — Acho que nunca vou entender. — E deu de ombros e andou de volta pelo caminho por onde viera, as botas lisas escorregando na terra batida e gelada, o belo casaco escarlate como o peito de um tordo. Nicholas entrou na cabana sem dizer mais palavra. O irmão ficou no caminho ainda por um longo tempo, observando seu futuro se afastar lentamente; a brancura de tudo perfurando-lhe os olhos. Observando até que o sargento sumiu de vista, de volta à brancura da qual viera.

Durante semanas depois disso Mulvey ficou inquieto. Os pensamentos zumbiam em torno de sua mente como vespas num vidro de geléia. Tinha sonhos em que se via cochilando sob as Pirâmides, a barriga cheia e as botas quentes, tão feliz e confortável quanto a Esfinge sorridente. Dalilas piruetavam à luz dourada do fogo, suas longas pernas bronzeadas e umedecidas de mirra. A carne assando em seu próprio suco. Uvas explodindo em sua língua como as vogais de um idioma novo. Acordava tremendo ao lado do irmão, na escuridão sobrenatural de mais uma manhã de Connemara, com o fedor do penico subindo em volta da cama; um dia de dor e labuta se estendendo diante dele como uma estrada num pesadelo provocado pela fome.

Que nem a mulher da canção que espera a volta do amante do mar, vigiava o caminho para ver se o sargento voltava; mas, também como na canção, isso nunca aconteceu e de certo modo ele sabia que agora nunca aconteceria.

O irmão estava adoecendo, Mulvey podia ver. A pele dele tinha uma tonalidade pálida e amarelada; seus olhos costumavam ficar injetados de sangue e remelentos pela manhã. Um tipo de mudança de clima podia ser visto naqueles olhos, a passagem de uma nuvem por um céu descolorido e morto. Mulvey observava-o nos campos distantes de touceiras de capim enquanto procurava comida nos arbustos e engolia folhas aos punhados. Os corvos também observavam, como se o achassem estranho.

Embora ele mesmo estivesse meio morto de fome, Mulvey começou a fingir que não tinha apetite, na esperança de que Nicholas comesse o que sobrava, mas ele nunca comia. Gula era pecado, diria Nicholas Mulvey. O homem que não controlava o apetite não era um homem, e sim uma fera voraz que acabaria no Inferno. Nosso Senhor em pessoa mostrara que o jejum era coisa necessária; um ato que o levaria para muito mais perto de Deus. Ele pegava os restos e guardava-os no armário e servia-os de novo no dia seguinte, e continuava a servi-los de novo e de novo até que Pius finalmente os comesse ou começassem a se estragar. Virou um tipo de competição entre eles: quem agüentava passar mais fome.

Logo foi demais para Mulvey ficar ao lado dele o tempo todo. Começou a percorrer o campo à noite, arrastando-se até as bodegas ilegais ou os bailes de aldeia, as festas e sessões de bebedeira que às vezes se seguiam aos Dias de Feira nas cidadezinhas de Connemara. Se a gente esperasse até certo ponto da noite, às vezes conseguia pegar uma caneca meio vazia ou uma garrafa com algumas gotas sobrando no fundo e fazê-la durar até o final da noite. Muitas vezes uma cigana que passava ou um baladista ambulante cantava em troca de alguns centavos e isso era coisa de que Mulvey gostava. Derretia o gelo da solidão com um copo de ponche quente. Cantar lembrava-lhe tempos mais felizes de sua infância; a época quente da família antes que tudo mudasse.

As canções se entrecruzavam como as fontes das terras baixas. A gente via as sombras de algumas zunindo através de outras; versos emprestados, frases melhoradas, estrofes polidas e trocadas; eventos editados ou deixados intactos, mas contados de outro ponto de vista. Como se tivesse existido uma única grande canção que os compositores continuavam aproveitando, um oculto poço sagrado.

Raramente ele falava com alguém nessas congregações de cantores; mas passou a conhecer as pessoas que perambulavam pelas canções como personagens de uma saga que ainda estava sendo escrita. O tolo velho e fraco que se casou com a moça que não conseguia satisfazer. A moça expulsa da casa do pai só por seu amor pelo jovem falso. A mulher que era uma visão encontrada à beira de um lago. O ex-amante encontrado outra vez, quando o tempo e a experiência tinham revelado a profundidade do amor perdido. Os rapazes ambulantes do prazer e as damas de lazer fácil. O senhor cruel e flagelador e o rendeiro que lhe tirou a mulher. Os pescadores, fazendeiros, camponeses e pastores que enganavam os coletores de impostos que iam importuná-los.

Muitas vezes Mulvey sentia como se as canções fossem uma língua secreta: um meio de dizer coisas que de outro modo não poderiam ser ditas num país amedrontado e ocupado. Pelo menos, pareciam um meio de admitir disfarçadamente que o indizível era importante; que poderia ser dito de forma mais explícita noutro momento. Os fatos pareciam forçar a superfície da camuflagem, como as antigas árvores encontradas debaixo de uma camada de charco, a casca ainda viva depois de quinhentos anos. Para quem as olhasse coletivamente, pareciam um tipo de escritura, um relicário de verdades enterradas: o testamento sagrado de Connemara. Afinal de contas, o que era a própria Bíblia? Um monte de alegorias esfarrapadas e histórias semilembradas povoadas de pescadores, agricultores e coletores de impostos. Suas perambulações passaram a parecer-se com a observação de alguma coisa, mas exatamente o quê ele não sabia dizer.

Foi num desses eventos, uma reunião de rabequistas e cantores em Maam Cross, que Pius Mulvey começou a roubar. Um fazendeiro bêbado caíra inconsciente na latrina de uma estalagem e Mulvey, de cabeça leve com a fome de vários dias, aliviara-o das botas e do chapéu. Só levara um instante para cruzar a fronteira entre o estado de vítima e a opressão, e ele não se sentiu culpado por dar o passo. Empenhou as botas e o chapéu numa casa de penhor rua abaixo e voltou à estalagem para gastar o que a sorte lhe trouxera. A música soava mais doce com um uísque na mão, um prato de cozido na frente e um pito de fumo. Chegou a comprar uma bebida para o fazendeiro humilhado, quando ele finalmente cambaleou para fora da latrina com os pés descalços e molhados. Sentiu que tinha uma grande dívida de gratidão para com ele e pagou-a em cerveja e fervente comiseração.

Essa foi a primeira noite em que o próprio Mulvey cantou em público. O estalajadeiro estava cantando uma balada de amor rompido da qual só conhecia duas estrofes da letra. Pagaria um xelim inteirinho para saber o resto, disse, pois a peça era adorada por sua falecida mãe, uma mulher de Estersnowe, no Condado de Roscommon. Mulvey disse baixinho que sabia a letra; que sua mãe também viera de Roscommon. "Vamos ouvi-la, então", ordenou deliciado o taberneiro, e Mulvey entrara no círculo irregular e abrira a boca para cantar.

Foi no cruel inverno, quando a neve veste o chão
Meu grande amor partiu, pela várzea e o ribeirão
Então vi a donzela com seu olho marejado
Tinha um bebê no colo e seu pranto era salgado.

Meu pai foi bem cruel, pela porta m'enxotou,
Tal qual a minha mãe, que com isso concordou.
Pior foi meu amor, que por ouro fez traição
Tal como o vento frio que feriu meu coração.

A voz de Mulvey era medíocre, mas sua memória era excelente. Recordava cada estrofe da longa e complicada canção de amor, uma peça antiqüíssima que a mãe costumava cantar, com alusões clássicas e vários narradores. "Macarrônica" era a palavra certa para uma canção assim, a letra alternando irlandês e inglês. Mas mais do que apenas lembrar a letra, lembrava como a canção devia ser cantada: os lugares em que se espichavam um pouquinho os versos, os lugares onde se ficava em silêncio para deixar as palavras caírem como folhas. Era uma história triste e estranha sobre a sedução de uma serva por um nobre que prometera fazer dela sua esposa. Sua mãe costumava dizer que era um tipo de feitiço; se alguém a cantasse pensando num inimigo que lhe tivesse feito mal, este cairia morto quando o canto terminasse. Mesmo quando criança, Mulvey não acreditara nisso. (Testara várias vezes e o irmão não morrera.) Mas havia nela uma ambivalência de que sempre gostara. Às vezes era difícil saber pela letra qual amante falava e qual tinha sido traído.

Na manhã seguinte, antes que Nicholas acordasse, Mulvey percorreu todo o caminho até a aldeia de Letterfrack e voltou com um cesto de repolho, uma tira de *bacon*, dois pães frescos e uma galinha gorda. Interrogado sobre como conseguira o dinheiro para comprar tamanho banquete, Mulvey disse ao irmão que achara uma bolsa na beira da estrada. Nicholas desaprovava as tascas e seus freqüentadores e implorara a Pius que ficasse longe de ambos.

— Então você tinha de entregá-la aos guardas. Deve ter sido perdida por algum pobre infeliz. Imagine como deve estar se sentindo agora.

— Eu a levei aos guardas, Nicholas. Não é o que estou lhe contando? O senhor que a perdeu deixou uma recompensa com os guardas.

— Isso é verdade? Olhe para mim, Pius.

— É tão verdade quanto eu estar aqui. Que eu me engasgue se não for.

— Jura, Pius? Pela alma eterna de mamãe e papai?

— Juro — disse Pius Mulvey. — Pela alma deles, é verdade.

— Então Deus é bom, Pius — dissera o irmão. — É melhor não questionar Sua compaixão ou ela não virá de novo. Eu estava rezando por um milagre e ei-lo aqui.

E Mulvey concordou. Deus era bom. O Senhor ajudava a quem se ajudava.

CAPÍTULO XII

O SEGREDO

NO QUAL MULVEY COMEÇA A SE CONSIDERAR UM GÊNIO; O PRIMEIRO PASSO, INVARIAVELMENTE, NA ESTRADA DA INFELICIDADE.

Mulvey saiu na noite seguinte e acabou indo a uma reunião de músicos num baile de aldeia perto de Glassillaun. Mais uma vez cantou e gostou da experiência, embora desta vez por um conjunto diferente de razões. Agora as moças pareciam achá-lo atraente quando cantava, embora não soubesse por quê e achasse o fato inexplicável. Sabia que era feio, chupado e fraco, inteiramente privado da musculatura do irmão. Mas ainda o achavam atraente quando parava de cantar e este progresso não era coisa de se desprezar.

Nunca sabia o que dizer a elas, essas moças bonitas e risonhas. Juntavam-se em torno dele ou pediam-lhe para dançar. Quanto menos dançava, mais elas pareciam gostar dele. Por não ter irmã nem amiga, nunca conversara com uma moça mais do que dois minutos e estava inteiramente despreparado para ter de fazer isso agora. Mas elas eram tão lindas quando falavam e riam, tão diferentes dos homens; tão cheias de leveza. Achou algumas idéias delas estranhas como estrelas e era comum dizerem coisas para as quais simplesmente não tinha resposta. Mas pareciam considerar seu silêncio como mistério, em vez de reserva. O silêncio, aprendeu depressa, era coisa que podia funcionar a seu favor, uma carta que podia ser jogada com efeito útil, ainda mais quando combinado à vontade de cantar. Teve a idéia de que gostavam de suavidade, cortesia, gentileza; todas as coisas que os homens consideravam pouco masculinas. Sua feiúra não era mencionada nem sua pobreza. Não queriam ser varridas de seus pés. Só queriam que falassem com elas e que as ouvissem quando falavam. Não era muito difícil, ainda mais quando se estava interessado, e se a gente não quisesse falar às vezes, isso também não importava. Num mundo de fanfarrões oportunistas e rapazes e atletas barulhentos, havia um certo tipo de moça que achava um descanso a reticência e, ainda bem, este era o tipo de que ele mesmo gostava.

Nunca passava a noite com Nicholas agora. Assim que a escuridão começava a cair, descia o caminho e partia para a liberdade. Não importava muito para que aldeia iria; alguém estaria cantando ou tocando para os dançarinos. Haveria calor, luz, música e companhia; alguma coisa de que participar quando se sentia tão sozinho.

Certa noite, numa bodega de Tully Cross, um trovadorzinho caolho de algum buraco em Limerick mostrara uma peça de sua própria invenção, uma balada sobre a crueldade de um senhor de terras local, Lorde Merridith, que enforcara um pobre trabalhador por roubar um carneiro. A canção era grosseira e mal cantada; o cantor um baixote que não fazia jus às próprias calças, mas o povo o louvara com apreciação no final e o cantor acenara com a cabeça como um imperador que recebesse as devidas homenagens. "Pela minha alma, rapaz", chorava um homem, aproximando-se do cantor e beijando-lhe a mão nodosa. "Essa é a melhor canção já composta na Irlanda. *Usquebaugh*! Da melhor qualidade da casa!"

Mulvey começou a ponderar numa coisa que chegaria a obcecá-lo. Os cantores eram admirados por quase todo mundo: analistas, cronistas, guardiães, biógrafos. Num lugar onde a leitura era quase desconhecida, levavam consigo a memória local como livros ambulantes. Muitos afirmavam conhecer quinhentas canções; um número menor conhecia mais de mil. Sem eles, sentia Mulvey às vezes, ninguém se lembraria de nada e o que não fosse lembrado não teria acontecido de verdade. O cantor estava na mesma categoria dos curandeiros e adivinhos, da parteira que sabia aliviar as dores do parto com ervas secretas ou do cigano que podia domar pôneis simplesmente conversando com eles. Mas os que faziam suas próprias canções eram absolutamente reverenciados.

Todos caíam em silêncio quando eles entravam numa sala, aqueles homens e mulheres esquálidos dotados do dom assombroso de fazer canções; magistrados do que acontecera e do que não acontecera. Sequer precisavam cantar muito bem. Outros cantariam as obras que compusessem. Também não importava que raramente criassem melodias novas, que simplesmente usassem as antigas que todos conheciam; vinhateiros despejando as bênçãos deste ano nas lindas garrafas do passado. No máximo essa abordagem tornava-os ainda mais admiráveis. Seu vinho tinha um sabor mais rico quando misturado ao tempero da antigüidade.

Era como se tivessem sido tocados pela mão do Todo-Poderoso, como se parte do poder do próprio Deus de conjurar do nada a perfeição tivesse sido soprada em suas bocas mortais. Estar meramente em sua presença era considerado, em toda a Connemara, uma honra. Uma nova canção era saudada como o florescer da plantação; se fosse incomumente boa, como o nascimento de uma criança. Era comum que eles mesmos ridicularizassem o talento uns dos outros, mas ninguém mais ousava enxovalhá-los. Insultar um compositor era considerado má sorte. Havia medo na maneira como se viam esses mágicos; quem cruzasse o caminho de um deles podia acabar numa canção e ser largado ali para sempre para zombarem da sua tolice muito tempo depois que isso deixasse de ter importância.

Em seu dicionário rasgado e sem lombada, Mulvey olhou o verbo inglês "*to compose*" — *acalmar, produzir, alinhar caracteres tipográficos, decidir o que será impresso, escrever ou criar, ajustar ou acordar, juntar.* O homem que juntava também podia separar. Não havia nada que um mago desses não pudesse fazer.

Começou a se perguntar com uma certa excitação tranqüila se de algum modo conseguiria se incluir nesse sacerdócio venerado, se algum dia conseguiria imaginar uma canção só sua. Sempre sentira que devia ter algum propósito, que sua vida devia significar alguma coisa além da vassalagem e do congelamento. Logo sentiu a necessidade começando a fumegar dentro dele como uma febre. Versos lhe ocorriam com freqüência, e sempre tinham ocorrido; podia encaixar letras em melodias tão bem quanto qualquer um. Seu problema era a grande limitação de sua experiência. Nunca se apaixonara nem rompera uma relação, nunca lutara numa batalha, nunca conhecera uma mulher paradisíaca. Nem tinha se casado, nem cortejado, nem matado, nem gastado todo o seu dinheiro em uísque nem em cerveja, nem tivera *nenhuma* aventura como as que as pessoas punham nas canções. Pius Mulvey nunca fizera nada acontecer. Saber o que escrever era a coisa mais difícil na hora de escrever.

À noite, enquanto o irmão rezava no quarto dos fundos, Mulvey se agachava perto do fogo escasso e tentava compor. Mas abrir essa parte de si mostrou-se mais difícil que abrir a terra. Ansiava por issso, mas era tão difícil. Não vinha nada. Durante meses não veio nada.

Sentia-se como um pescador num lago de sombras; capaz apenas de avistar o movimento rápido nas profundezas, mas incapaz de pegar alguma coisa na rede por mais que tentasse. As idéias dardejavam por ele, imagens e metáforas; podia quase senti-las escorrer por seus dedos desesperados. Em sua mente, apelou para o espírito da mãe, a mulher que lhe legara o amor pelo canto. "*Ajude-me*", rezou. "*Se pode me ouvir, ajude-me*". Nunca, desde a sua morte, ele se sentiu tão dolorosamente perto dela quanto nas noites longas e irritantes em que tentava compor. Mas não vinha nada. Nunca vinha nada. Só o barulho dos ratos correndo no telhado e os murmúrios baixos e entrecortados do irmão a rezar.

E então, certa manhã, tudo mudou. Acordou de um sonho de folhas na brisa com uma parelha a se formar em sua mente meio sonada. Acontecera de um jeito tão estranho e simples assim; como acordar e encontrar um presente no travesseiro. Como se as folhas do sonho de repente caíssem para revelá-lo ali pousado como uma mariposa zonza.

Arávamos a terra, eu e meu irmão
Surgiu um sargento com moedas na mão.

Já ter ouvido a letra antes foi seu primeiro pensamento consciente a respeito. Era bom. Devia ter ouvido isso antes. Rapidamente levantou-se da cama e cruzou o chão de terra fria até a mesa. Uma borboleta de palavras que podia escapar. Rabiscou-a nas costas de um saco velho de açúcar, como se fossem voar pela janela se não o fizesse. Olhou os versos. É mesmo, eram bons. Obedeciam ao primeiro princípio da arquitetura das baladas: cada verso fazia a história avançar.

Arávamos a terra, eu e meu irmão
Surgiu um sargento com moedas na mão.

Um pedaço de carne sem um pingo de gordura. Absolutamente nada nos versos era desperdício. Todos os personagens foram apresentados, suas profissões ressaltadas, suas relações mútuas definidas. Até o fato de dizer que o sargento tinha moedas significava que o narrador e o irmão trabalhador não deviam ter. De repente, viu que, se mudasse "arávamos" por "rasgávamos" e a boba palavra "moedas" pela mais faiscante "ouro", o fato de sua relativa pobreza poderia ser apreendido com mais clareza. E se promovesse o subordinado sargento a "Capitão", teria uma agradável rima interna naquele verso. Apressadamente, fez as alterações e leu o resultado. Os versos pareceram explodir de vida, como uma fruta.

Rasgávamos a terra, eu e meu irmão
Surgiu um capitão tendo ouro na mão.

A alegria de Mulvey pareceu quase indecente, como a exuberância de uma criança que recorda alegrias durante uma bênção solene. Já tinha uma idéia de como a canção podia evoluir, mas ali também havia força dramática, pois não se podia ter certeza. Como todas as boas histórias, tinha a escolha no coração. Eles iriam com o capitão ou ficariam onde estavam? O que você faria se estivesse no lugar deles? Quem seria o herói, quem o vilão? Agora lhe ocorreu que "meu irmão" talvez fosse meio vago demais. Mas "Nicholas" era muito comprido para caber. Como se folheasse as páginas de um livro bem grosso, ficou a examinar o nome de todos os homens que conhecia. Quem tinha um nome que coubesse no mesmo espaço de "meu irmão"? Que tal John Furey, o fazendeiro de Rosaveel? Mulvey só o vira duas vezes e com certeza nunca raspara nem cavara nada ao lado dele, mas seu nome tinha o necessário trio de sílabas. Rabiscou-o e repetiu o novo verso para si.

Rasgávamos a terra, John Furey e eu.

Não. Não era tão bom quanto "meu irmão". Riscou o nome e devolveu o verso à forma original, e a candidatura passageira à imortalidade de John Furey de Rosaveel foi, assim, cancelada para sempre.

Naquela manhã, ele foi trabalhar no charco como se levasse a luta do mundo na cabeça; uma chama que poderia apagar-se caso fosse abandonada. *Mãe, eu lhe peço, não leve isso embora.* Em silêncio ele rezou o Rosário pela primeira vez em anos. Nunca mais cantaria; nunca mais roubaria; não cometeria impurezas sozinho nem com outra pessoa. Faria a Via Sacra todos os dias de sua vida se sua chama não se extinguisse. E mais tarde, naquele dia, enquanto cavava com o irmão, mais alguns versos surgiram do nada dentro dele.

Rasgávamos a terra, eu e meu irmão
Quando apareceu um feliz capitão
Contando bravatas, com ouro na mão;
Oh, o dia era encantador.

Mais uma vez ficou apavorado com medo de esquecê-los. Rabiscou-os na lâmina da pá, para o caso de mais tarde escorregarem para o nada. Ajoelhou-se perto das raízes de um carvalho caído no charco e chorou pela mãe e pela bondade de Deus. Chorou como nunca chorara na vida, nem no leito de morte dela, nem mesmo ao lado de seu túmulo. Pela perda da mãe; por si mesmo; por todas as coisas que nunca contara a ela. Quando o irmão se aproximou para ver qual era o problema, Mulvey deu-lhe um abraço e chorou como uma criança e disse-lhe que homem nenhum tinha um irmão melhor, e que lamentava a distância que viera a separá-los. O irmão encarou-o como se ele estivesse louco. Mulvey riu. Rugiu de riso. Dançou pelo charco como um bode montês.

Naquela noite, Pius Mulvey não saiu para perambular. Agachou-se no chão da cabana dos pais com uma pena na mão e loucura no coração. Os fatos que tinham acontecido naquele dia de inverno eram difíceis de fundir nos versos da balada, mesmo que alguém pudesse dizer com clareza que fatos tinham sido esses. Assim, mudou-os um pouco para caber no esquema das rimas. Não importava. Afinal de contas, ninguém jamais conheceria os fatos; e se assim mesmo alguém os descobrisse, não acharia que valia a pena cantá-los. O principal na composição era fazer uma canção cantável. Os fatos não importavam: *eis o segredo*. Escreveu e riscou; reescreveu, refinou. O efeito que queria era uma certa facilidade. Um forte movimento adiante e palavras fáceis de lembrar. As pessoas precisavam sentir que a letra tinha se escrito a si mesma, que o compositor que agora as possuía era apenas seu meio de ação. Ele não estava cantando a canção. Estava sendo cantado.

Ele nos dizia: meus bons fazendeiros
Vos trago fortuna! É muito dinheiro!
— Pra fora daqui! Farsante vermelho!
Suas palavras nos causam horror!

Carregue seu ouro, senhor capitão;
Seu traje escarlate nos dá aflição;
A nossa nudez preferimos então
A sermos escravos no horror.

A última estrofe foi a que levou mais tempo para compor. Numa canção assim, era questão de costume colocar no clímax alguma coisa sobre a Irlanda. Mulvey não dava a mínima bola para a Irlanda e suspeitava que boa parte da platéia daria menos ainda, mas as pessoas gostavam de protestar um pouco nos bailes. Deixar isso de fora seria como não terminar o serviço, como construir uma cabana sem telhado.

Se um dia espada ou mosquete altaneiro
Nas mãos nos cair não será por dinheiro
Jamais os ingleses! A Irlanda primeiro!
Sua cabeça cortada num andor!

Na primeira vez em que a cantou, na Feira de Cavalos de Claddaghduff, na noite de Hallowe'en, veio depois um rugir de aplausos que quase o assustou. E quando a chuva de moedinhas caiu a seus pés, o corpo de Pius Mulvey começou a se encher de luz. Descobrira a alquimia que transforma fatos em ficção, pobreza em abundância, história em arte. Pão era carne e vinho era sangue. Encontrara sua verdadeira vocação.

Tarde da noite, encontrou uma moça de olhos negros como um poço e quando se deitaram juntos numa vala perto da estrada sentiu um pouco daquilo a que o irmão se referia quando falava dos mistérios de Deus. Uma paixão que faria a gente querer sangrar até morrer e depois a paz que ultrapassava toda compreensão. Tinha 19 anos, um homem, um príncipe. A moça lhe disse que o amava e Mulvey acreditou. Sabia que finalmente merecia o amor.

Quando voltou para casa ao amanhecer, o irmão andava pelo campo, os pés nus sangrando ao tropeçar nas pedras. Cantava alegremente um hino que não era para ser cantado com alegria e a princípio Mulvey se perguntou se aquilo seria uma brincadeira. Embora a manhã fosse fria, o irmão estava sem camisa, o peito pálido todo arrepiado e respingado de orvalho. Estava se flagelando, explicou calmamente. Punindo o corpo para o bem da sua alma. Merecia a punição; era nojento e mau. Se todos soubessem a luxúria que infectava seu coração, o queimariam ou afogariam, disse e sorriu. Quando ele se virou para continuar a penitência, Mulvey viu uma coisa que o prendeu no chão. As marcas de um açoite de cavalo nas costas ensangüentadas do irmão.

Entrou na cabana e encontrou o açoite ainda carmesim jogado como um ponto de interrogação no chão de terra batida. Fiapos da carne do irmão estavam presos às tiras, e ele, tremendo, jogou-o no fogo. O cheiro daquilo queimando era como carne assada e, envergonhado, como se uma irmã o excitasse, Mulvey percebeu que o aroma enchia d'água o seu palato faminto. Enquanto observava o chicote se encolher até virar um negrume retorcido e disforme, ocorreu-lhe que agora, na verdade, trocara de lugar com o irmão; vencera a disputa calada pela primogenitura. E amaldiçoou-se por já tê-la desejado, pois trazia consigo responsabilidades das quais sentia medo.

Levou o irmão ofegante para casa e acomodou-o o melhor que pôde junto ao fogo. *Onde estava, Pius? Procurei e você tinha sumido.* Nicholas Mulvey ainda falava excitado mas baixinho, como um homem que sonhasse com os olhos bem abertos, tremendo sobre as pernas como um bezerro envenenado. *Por você, Pius. Fiz isso por você.* Depois de algum tempo, ele começou a se acalmar e caiu num sono inquieto e cheio de resmungos. Mulvey saiu e ficou junto ao caminho. Todo tipo de pensamento lhe passou pela cabeça. Aonde poderia ir? Que tipo de ajuda? Um padre? Um médico? Um vizinho? Quem?

Foi então que viu o papel deixado a descansar debaixo da pedra. Catou-o. Abriu suas dobras. "Aviso Final de Despejo" era a primeira linha, mas não era nenhuma balada de bravura nem canção de resistência. Os irmãos Mulvey tinham recebido um aviso prévio de quatro meses. Se não pagassem o aluguel atrasado, teriam de ir embora.

Um gemido apavorante veio da cabana atrás dele, o mugido angustiado de uma fera numa arapuca. O irmão tropeçava sobre as pedras negras e cobertas de limo com a mão esquerda estendida e bombeando sangue e a mão direita agarrada a um martelo de ferreiro. Quando Mulvey conseguiu alcançá-lo, Nicholas desmaiara no depósito de cinza, um sorriso beatífico no rosto vazio: do pulso acinzentado de sua emaciada mão esquerda sobressaía o toco de um cravo de 15 centímetros.

Nicholas Mulvey foi levado para o hospício de Galway, mas voltou depois de dois meses, afirmando estar curado. Não quis falar sobre o que acontecera naquela manhã; fora causado pela fome e pela exaustão, nada mais. Mas Pius Mulvey não se convenceu. Um novo clarão brilhava agora nos olhos do irmão; uma luz que de certa forma parecia o oposto da luz, embora também não se pudesse chamá-la de escuridão. Era como se outra pessoa tivesse se enfiado em sua pele. Um homem mais racional e evidentemente à vontade; mas não o irmão cuja irracionalidade e inquietação Mulvey conhecia de forma tão íntima quanto conhecia as suas e que, a seu próprio modo, passara a amar.

Um Natal escasso e frio aconteceu em Ardnagreevagh. O dia propriamente dito foi passado na cama, sem nada para comer além de algumas maçãs murchas. Mulvey nada disse sobre o Aviso de Despejo, temendo enlouquecer o irmão outra vez. Tempo bastante para partilhar esses horrores quando Nicholas estivesse em condições de partilhá-los. Mulvey não sabia que essa conversa jamais aconteceria. Já era tarde demais para a partilha do horror.

Nicholas tomara uma decisão. Ia dedicar-se ao sacerdócio. Durante algum tempo pensara numa ordem monástica fechada, mas optara, em vez disso, por ir para o seminário. Havia escassez de padres em Connaught agora. Isso causava sofrimento terrível aos pobres. Todos os sinais eram de fome no ano seguinte. Um exército de padres seria então necessário. Se não viesse no ano seguinte, a fome viria logo. Mas *viria*; Nicholas tinha certeza. Uma punição pavorosa seria imposta à Irlanda. Milhares morreriam de fome. Milhões, talvez. O povo seria flagelado até não agüentar mais e só quando se arrependesse a agonia cessaria. Pensara cuidadosamente sobre isso e se decidira. Às vezes considerara o sacerdócio um desperdício de vida, mas agora conseguia ver — desde a sua doença conseguia ver — que o desperdício verdadeiro seria ele fazer outra coisa. Nenhuma outra vocação lhe traria alívio. Sua loucura lhe fora mandada como um tipo de revelação.

— Fique mais um pouco. Por favor, Nicholas.

— Venho estudando as escrituras há mais de um ano agora. O padre Fagan lá de cima diz que logo me aceitarão. Serei ordenado o mais cedo possível.

— É aquele bêbado de papo cheio do Micky Fagan de Derryclare que não sabe distinguir o seu cu de um buraco no charco?

— Ele é um dos ungidos de Deus, Pius.

— Que diz que é pecado pensar numa mulher? E que os judeus deviam ser condenados por matar Cristo?

— Às vezes ele diz coisas duras. Já está velho.

— E a terra? A terra do seu pai.

— É a terra do meu pai que estou indo arar.

— Estou falando literalmente — disse Mulvey.

— Eu também — respondeu o irmão.

— Não me deixe aqui, Nicholas. Não posso cuidar disto aqui sozinho. Espere pelo menos a primavera chegar, pelo amor de Jesus.

— Por quê?

— Estamos afundados na merda. Eles vão nos mandar embora.

— Confie em Deus, Pius. Você não estará sozinho.

— Vai me ouvir ou não, homem? Não estou falando de Deus!

— Nem eu, Pius. Embora talvez devesse. — O irmão sorriu um sorriso tímido e belo. — Há uma moça, não é? Sei disso pelo seu jeito. Ultimamente você parece um cordeiro em abril.

— Um cordeiro em abril vira assado na Páscoa.

— Sabe o que quero dizer.

— É verdade, existe alguém. Não sei se isso tem importância.

— Bem, se esta não for a certa, logo, logo aparecerá outra. Isso é apenas a natureza. Sua vocação. São Paulo diz: "É melhor casar do que queimar."

— E você não vai querer se casar algum dia? Aqui há terra suficiente se a dividirmos.

— Meia jeira? Para duas famílias?

— Há muitos em Galway que vivem com menos. Podemos dar um jeito, Nicholas. Por favor, não vá.

Nicholas Mulvey riu-se em silêncio como se o que fora dito fosse absurdo.

— Essa vida não é concedida a todos, Pius. Não teria coragem para isso.

— Você não vê por aí moças de que gosta?

O irmão deu um suspiro estranho e fitou-lhe os olhos.

— Há noites em que eu queria tanto ter alguém que choro de luxúria. O diabo é esperto. Mas isso não é amor; é apenas o corpo. Eu não conseguiria amar uma mulher do jeito que você conseguiria. Você é o melhor de nós dois; sempre foi. Homem nenhum já teve um amigo mais fiel.

Uma erva daninha negra de ódio pareceu brotar no coração de Mulvey. Até a alegação de inferioridade parecia fazer com que parecesse superior a ele.

Era cinco de janeiro de 1832, véspera da festa da Sagrada Epifania, quando os reis do Oriente vieram seguindo a estrela. A última noite em que os irmãos Mulvey sentaram-se e comeram juntos, a última vez em que dormiram na mesma cama quebrada. Nicholas partiu de madrugada para o seminário de Galway com o livro de orações da mãe debaixo do braço e um punhado de terra no bolso para dar sorte; seu presente de despedida, o desjejum que se recusou a comer antes de partir e o par de botas de trabalho apodrecidas que disse não precisar mais.

Foi este o dia em que a moça de olhos escuros de Pius Mulvey, Mary Duane da aldeia de Carna, um lugarejo da propriedade de Lorde Merridith de Kingscourt, lhe disse que esperava seu filho para o verão. Chorava com o que ele achou que era felicidade. Agora teriam de se casar, disse ela. E isso era bom, porque afinal de contas ela o amava, e ele lhe dissera muitas vezes que também a amava. Morariam aqui, é claro; na terra da família dele. Não teriam muito, mas sempre estariam ali. Não importa o que acontecesse, enfrentariam tudo juntos. Viveriam aqui e morreriam aqui, o povo dele no passado.

Foram para a cama dos pais dele, despiram-se, deitaram-se e fizeram amor durante muito tempo até a tarde. O vento gemia pelos charcos. A geada batia nas janelas como o rufar de tambores. Havia uma selvageria na maneira como fizeram amor naquele dia. Era como se soubessem que nunca aconteceria outra vez.

Ele esperou até ela partir pela estrada de volta a Carna, fez uma trouxinha com suas poucas roupas puídas. E quando a noite caiu sobre os campos pedregosos e silentes, Pius Mulvey partiu da terra de seu pai, descendo o caminho e saindo de Connemara, resolvido a nunca mais, enquanto vivesse, pôr os olhos ali de novo.

Fui até [um possível empregador em Nova York] com meu chapéu nas mãos, tão humilde quanto qualquer outro irlandês, e perguntei-lhe se queria uma pessoa como eu. "Ponha seu chapéu", disse ele, "somos todos livres aqui, todos temos liberdade e privilégios iguais."

Carta de James Richey

CAPÍTULO XIII

O LEGADO

VOLTAMOS A NOSSA BRAVA EMBARCAÇÃO NA DÉCIMA NOITE DA VIAGEM, NA QUAL LORDE KINGSCOURT ESCREVE UMA CARTA CARINHOSA A SUA AMADA IRMÃ EM LONDRES, NELA REFLETINDO SOBRE SEU ATUAL SOFRIMENTO E INTENÇÕES; SEM SABER QUE ESTÁ CONDENADO A UMA PENA GRAVÍSSIMA.

Estrela do Mar
Quarta-feira, 17 de novembro de 1847

Minha queridíssima rolimãzinha, meu Toicinho*,

Perdoe a letra grande e horrorosa, mas só tenho um toquinho de vela ao meu lado agora e, seja como for, parece que minha vista não é mais o que já foi. (Recentemente, onde não sei, perdi toda a minha alegria, Willie S. Iac-Iac.) Como a droga de todos os outros pedaços de mim, aliás.

Diz o nosso fiel e perspicaz Capitão (que estuda as cartas e os horários dos navios como um *madji* místico e usa palavras cãããoooppprriiidas em sua cãããoooversa) que podemos encontrar daqui a uma semana ou pouco mais o vapor *Orvalho da Manhã* que vem de Nova Orleans e segue para Sligo carregado de Fubá; e assim rabisco estas idéias e saudações desorganizadas na esperança de que não demorem a chegar até você. (Só brincando sobre o Cap. Figura forte de todo jeito. Me explicou a viagem nas cartas a noite passada.)

*Carta legada a G. G. Dixon pela Professora Natasha Merridith do Girton College, Cambridge (a famosa sufragista), setembro de 1882. "Toicinho" era o apelido de família de Lady Natasha. Lorde Kingscourt tinha o hábito de referir-se tanto a Lady Natasha quanto a Lady Emily como suas "irmãzinhas" (ou, como aqui, "rolimãzinhas"), possivelmente como forma de afeição, mas na verdade as duas eram mais velhas que ele. (Lady E. dois anos, Lady N. treze meses.) — GGD

É esquisito; mas às vezes não sei o que acho de nada, quase, até que ponho no papel, mais ou menos. Já se sentiu assim, alguma vez, querida e bobinha Toicinho? Que irmão mais estranho você tem. Uma penna.

Como estão você e Emily e, claro, Tia Eddie? Aquele pedinte bobo do Millington já fez o pedido a Emily? Queria que ele andasse logo com isso, você não? (Nós, Velhos Wykehamistas, não costumamos ser tão atrasados para avançar. Diga-lhe que a honra da Casa dos Velhos Tutores está em jogo.) Se ela não ficar mais esperta, você pode lhe dar uma surra no corredor.* E como está nossa velha Londres? Eu me pergunto quando vou vê-la de novo.

[Um trecho foi riscado aqui.]

Nós nos sentimos muito isolados aqui no meio do grande oceano, posso lhe garantir. Guerras e revoluções podem acontecer em casa e não vamos saber de coisa nenhuma sobre elas. Veja bem que esta não é uma sensação inteiramente desagradável, ainda mais depois dos últimos dias e de tudo o que aconteceu desde a morte de Papai. Há uma certa paz sedutora aqui, principalmente à noite. De alguma forma, o mar *entra* na gente, como um tipo de droga. Eu me vejo falando (e até pensando) meio que num ritmo ondulante. Coisa estranhíssima. Todo mundo a bordo parece agir assim depois de algum tempo. À noite, especialmente, o oceano é bastante melancólico. O som das ondas no casco e tudo o mais. O céu é tão escuro que as estrelas parecem mais claras; até mais brilhantes e belas do que em Galway. Às vezes acho que gostaria de ficar aqui para sempre.

Foi muito triste ter de trancar a casa, mais triste ainda vê-la bem vazia de mobília e abandonada como se fosse um túmulo egípcio saqueado. Parecia tão grande e tão nua quando dei uma volta por ela. Hordas de antigos rendeiros vieram se despedir, como você pode imaginar, e estavam tristíssimos também, muitos em lágrimas. Levei quase uma hora para descer o caminho e a mão ficou doendo de tanto apertão. (Todos perguntaram por você e Em, é claro.)

---

*Depois de um longuíssimo namoro que foi "rompido" muitas vezes, Lady Emily realmente se casou com Sir John Millington, nono Marquês de Hull, mas o casamento dissolveu-se dali a quatro anos. Não houve filhos. A Professora Merridith não se casou. Suas muitas obras publicadas incluem *Ensaios sobre os direitos das mulheres* (1863), *A causa da erudição* (1871), *A educação e os pobres* (1872) e vários volumes de textos sobre matemática pura. Foi co-editora de *A educação superior das mulheres*, de Emily Davies (1866), de quem foi amiga íntima. — GGD

Mas entendem o que tivemos de fazer e nos desejaram o melhor para o futuro. Deram "três hurras ao nome de Merridith" quando parti. Parece que não ficaram maus sentimentos, portanto não precisa se preocupar. Muitos me pediram que mantivesse contato e que pensasse neles como nossos amigos, sempre, apesar do que aconteceu. Assim, pode ficar tranqüila sobre isso, honestamente. Detesto achar que você está preocupada.

Vickers, o avaliador da imobiliária, me garantiu que faria o máximo para vender as terras de uma vez só e não dividi-las mais. Então isso já é alguma coisa. Temo que Tommy Martin, de Ballynahinch, tenha dito não. Parece que a situação dele está bem precária agora e vem pensando em vender e mudar-se para Londinium. Pena, porque não é um ovo tão mau assim e, embora loucos como cobras, os Martin não foram os piores com seus rendeiros. Mas dizem que aquela velha fraude bêbada do Henry Blake talvez se interesse em aumentar seu feudo. Essa fome desgraçada está derrubando o preço da terra, é claro, e Blake, tendo fundos, está se aproveitando à larga. Parece interessado em comprar Connemara campo a campo. O Comandante de Tully logo comandará Kingscourt também, ou o que restou dela. Disse a Vickers que preferiria comer minha própria cabeça a deixar aquele valentão novo-rico dar um lance, mas ele mesmo disse que este é um Livre Mercado e que não estamos em condições de escolher. Não é esquisito, querida Nat, como as coisas ficaram? Mas é isso. Se soubéssemos o que nos esperava.

A maioria dos pobres queridinhos do Papai teve de ser destruída, o que é horrível. Tentei vários museus e sociedades zoológicas e também o Instituto Paleológico de Dublin, e consegui encontrar um lar para as peças mais valiosas, os esqueletos e alguns ovos e fósseis mais raros. Mas a maior parte deles ninguém queria, por estarem em mau estado devido à umidade da casa, e alguns muito infestados de vermes e traças, e de qualquer modo hoje há pouco interesse em taxidermia. Um romani de um daqueles parques de diversões ambulantes aconteceu de passar na manhã em que eu parti e disse que gostaria de ficar com o tigre de dentes de sabre, que avistara no monte de lixo no pátio em frente ao estábulo, perto do depósito de gelo. Ele me ofereceu um xelim, mas eu lhe dei de graça. Francamente, seria capaz de pagar-lhe para levar aquilo embora, o fedor da coisa era horrível, parecia carne de cavalo podre. Johnnyjoe Burke e o irmão cavaram um buraco enorme perto da praia e o enchemos com tudo o que sobrou, depois pusemos fogo e cobrimos de novo. Parecia alguma coisa pavorosa saída de Hieronymus Bosch. Esse *shag* do Darwin ia encontrar um quebra-cabeça bem sinistro se viesse cavucar Kingscourt com seus coleguinhas geólogos.

Quanto à casa propriamente dita, quem sabe o que acontecerá agora? É quase insuportável imaginá-la demolida, mas depois de dois longos séculos de tempestades de Galway, a pobre moça já passou por anos melhores. É melhor não me demorar nessas idéias horrendas, acho eu.

Depois fui visitar o túmulo de Papai, em Clifden. Parecia ótimo; o de Mamãe também. Flores frescas tinham sido colocadas nas lápides naquela manhã; abróteas do charco na dele, orvalhinhas selvagens na dela. Um gesto simples, mas admito que fiquei emocionado.

Perdoe-me por não ter conseguido responder a sua última carta, que recebi em Dublin menos de uma hora antes de embarcarmos. Como pode imaginar, as coisas estavam uma loucura, com as malas, a arrumação e sabe mais lá o quê. Ninguém poderia imaginar que duas crianças pequenas e seus pais cansados precisariam de mais bagagem e parafernália geral do que toda uma divisão de infantaria prestes a invadir o território inimigo.

Mary Duane, que sei que você vai recordar de antigamente, está nos acompanhando à América e Laura ficou muito contente de ter a sua ajuda. Eu também gostei muito. É meio como se levássemos um pouco dos dias de Kingscourt junto conosco.

Você pergunta, em sua carta, sobre meu esquema de negócios. Você está bem certa; mantive-o dentro da manga até agora. (Nem mesmo Laura sabe muita coisa a respeito e, impiedosa, costuma implicar comigo pela minha reticência.) Mas se não puder contar à minha própria querida Toicinho, então a quem vou contar, estou ouvindo você dizer.

Meu plano secreto é me envolver na construção de boas casas no estilo que está entrando na moda entre os novos-ricos de Nova York. Nem uma palavra a ninguém, olha lá. Não quero que cheguem ao baile na minha frente. (Ou é ao "primeiro golpe" que se chega na frente? Acho que é.)

Sei que não tenho diploma de arquitetura, mas me orgulho de saber desenhar um pouco e, seja como for, acredito que tenho coisa melhor e mais útil: experiência pessoal. Levo comigo o projeto e as plantas de Kingscourt, que encontrei entre os papéis de Papai na noite da véspera do dia em que fechei nossa velha casa. Estive procurando por eles há anos e não conseguia encontrá-los — você sabe o estado daqueles estranhos papéis velhos, empilhados até o teto da biblioteca como o Colosso de Rodes — e acho que finalmente eu tinha mesmo de encontrá-los. Foi como receber uma herança inesperada de Papai.

Também trouxe esboços e cópias do projeto de várias outras casas de campo irlandesas maiores — Powerscourt, Roxborough, Kilruddery, [ilegível] e muitas mais — e espero que logo muitas Kingscourts e Powerscourts estejam enfeitando aquela nova cidade e seus arredores. Estou completamente convencido de que não vou fracassar.

Sei que alguns dizem que a moda em Nova York, nas próximas décadas, será construir para cima, rumo às nuvens, mas depois de estudar o caso todo em considerável profundidade estou absolutamente certo de que essa é uma idéia maluca e sem sentido. Se há uma coisa que eles têm na América, é terra. Não que sejam apegados a ela do nosso velho jeito sentimental e ridículo da Irlanda. Sempre construirão para os lados, nunca para cima. Por que agiriam de outro modo, se pensarmos bem?

De qualquer modo, quando se dá uma olhada superficial na ciência envolvida, dá para ver que qualquer prédio que seja muito mais alto do que largo e fundo simplesmente não ficará de pé muito tempo. Ainda mais em cidades como Nova York e Boston, posicionadas junto ao Atlântico. É uma simples questão de física, nada mais. Eu e você sabemos, por experiência própria, como podem ser fortes os ventos do Atlântico. (Lembra como as telhas eram arrancadas do teto da leiteria todo inverno? Sem falar em todos os alfinetes de chapéu que você e Em tinham de usar. Ha-ha-ha.) Uma árvore com raízes profundas mal consegue se manter de pé em Connemara, e como é que dez andares se manteriam eretos no litoral castigado pelos ventos da América? Mesmo que conseguissem, por que nesta Terra alguém que não fosse um macaco ia querer morar tão alto acima do chão? E se essa loucura fosse hipoteticamente possível, qualquer pessoa sensata saberia que a idéia já teria ocorrido a alguém na Inglaterra e que Londres seria uma floresta de monstruosidades de doze andares.

Não, estou bem decidido a não vacilar no meu esquema. No passado, acho, cometi o erro de não seguir meus instintos e dei ouvidos demais às opiniões dos outros. Desta vez vou aparafusar minha coragem em seu lugar. E maldito seja aquele que primeiro gritar *Chega!*

Quanto às finanças, tenho um pouco guardado, mas é muito pouco, e assim precisamos esperar que a Providência favoreça os bravos. Espero que você e Emily não se importem, mas vendi alguns bricabraques que ficaram em Kingscourt. Quero dizer, um ou dois quadros, nada demais. Infelizmente, o piano pelo qual você perguntou já tinha sido levado pelos cupinchas do leiloeiro. Algumas jóias de fantasia de Mamãe eu mandei para você.

Suponho que vamos ficar num hotel quando chegarmos a Nova York, mas, sem nunca ter estado lá antes, ainda não sei qual. Arranjamos uma casinha na Washington Square, número 22, mas só vai estar vaga em março. Eu disse uma casa, mas na verdade é um tipo de coisa nova chamada um apartamento, portanto estamos mesmo entrando no espírito moderno. É cruelmente cara, mas acho que o investimento vale a pena, um lugar com estilo para receber clientes. (Clientes — meu Deus, se Papai ouvisse isso.) Laura vai procurar criados quando chegarmos lá. Acho que é provável que tenhamos apenas um mordomo, uma criada para todo o serviço, um valete e, é claro, uma cozinheira. Não há por que enlouquecer.

Enquanto isso, um tipo esquisito de príncipe indiano que está a bordo me disse que Nova York tem um restaurante quase decente, o Delmonico, na Williams Street, então não deveremos passar fome. (A decoração é Luís XIV, me disseram.)

Nossas acomodações aqui no navio não têm tanto estilo assim, mas estamos gostando de ter de "enrijecer" um pouco. Temos quatro quartos bastante bons numa parte separada do convés superior, um pouco afastados dos outros passageiros. A cabine minha e de Laura tem decoração agradável, embora pequena. Jonathan e Robert têm um pequeno palácio cada, com uma disputa bem flagrante sobre qual banheiro é maior. Os aposentos de Mary ficam no fim do corredor, subindo alguns degraus, e também podemos usar uma grande cabine desocupada na qual o Capitão gentilmente mandou colocar um tipo maravilhoso de mesa dobrável para que possamos todos tomar o café-da-manhã e jantar juntos. Assim, é um ninho bastante aconchegante, ainda que todos nós tenhamos de nos esgueirar para a cama, por assim dizer. A presença freqüente de camareiros e criados trotando como Yahoos torna difícil a privacidade e às vezes irrita Laura, mas suponho que devam ser tolerados. (Suponho que Houyhnhnms na verdade trotariam mais, mas você entende o que quero dizer.)*

A bóia grude é meio sem graça, mas não esperneamos.

O tédio é meio entediante, para dizer o mínimo. Temo que haja pouquíssimo para se fazer numa banheira. Más companhias, em geral. Às vezes passeio até o Salão de Fumar à noite para perder alguns xelins para o Marajá nas cartas. Mas não se encontra um único livro decente a bordo, não importa o quanto eu procure. No entanto, virei uma pilha de edições antigas do *Times* no salão e estou tentando hulificar† os editoriais num tipo de ordem cronológica. É um trabalho bem divertido, embora DANADO de cansativo, ainda mais agora que estou ficando cego como um bbbbarco. (Ha-ha.)

Os meninos estão bem e lhe mandam todo o seu amor. Estão muito contentes consigo mesmos por serem pequenos marinheiros, mas o velho problema de Jonathan continua. Acho que é apenas questão de nervosismo e agitação e espero que quando estiver acomodado com segurança em Nova York possa descansar melhor. E pare de aumentar a conta da lavanderia de tanto lavar lençóis! Pobre lingüiça, ele tem sido um relógio d'água ultimamente. Mas está animado de passar o aniversário no navio. Quanto a Robert, anda em bom estilo e come como um cavalo de tração. (Nosso Capitão diria que ele ultrapassou a desfaçatez.) Simplesmente não sei onde põe aquilo tudo. Como Johnnyjoe costumava dizer de vez em quando: "Aquele pequeno lordezinho deve ter uma perna oca, onde já se viu".

---

*A menção de "Yahoos" e "Houyhnhnms" por Lorde Kingscourt é uma alusão às *Viagens de Gulliver*, de Jonathan Swift. Os Yahoos são uma raça de selvagens degradados parecidos com macacos encontrados numa ilha rural que é colônia da Terra dos Houyhnhnms. Os Houyhnhnms são seres racionais parecidos com cavalos que escravizaram os Yahoos como bestas de carga. É interessante que Gulliver observa: "Os *Houyhnhnms* não têm Palavra em sua Língua para exprimir nada que seja *Mau*, exceto quando tomam emprestadas as Deformidades ou más Qualidades dos *Yahoos*" (IV: 9; 11). — GGD

†"Hulificar" é uma referência a "*doohulla*", um jogo com regras e um sistema de pontuação complicadíssimos e impenetráveis, inventado pelos irmãos Merridith na infância. Envolvia cortar palavras de jornais ou outros documentos imprestáveis e formar com suas letras uma grade em forma de losango de anagramas entrecruzados. Bastante parecido com o moderno "jogo de palavras cruzadas", diversão ainda desconhecida na década de 1840. "Doohulla" é o nome inglês de um distrito de Connemara. *Dumhaigh Shalach* em gaélico. "Morro dos Salgueiros". — GGD

Atualmente há uma certa distância entre mim e Laura, mas atribuo isso ao fato de que ela não queria estar longe de Londres no Natal, sua época favorita do ano, como você sabe, com festas, bailes e tudo o mais. Mas sem dúvida não há por que se preocupar, afinal de contas. Ela, como sempre, é um tijolo que floresce.

O clima tem estado inconstante ao extremo (muito tempestuoso esta manhã) e trouxe ao bobo do seu irmão lembranças de seus dias heróicos na marinha — quando ficou repetida, espantosa e bem vergonhosamente enjoado [sic!] em sua primeira e única viagem de verdade: uma ida e volta de treinamento às Canárias num clíper de três mastros chutado pelo Mediterrâneo por um certo Cavalheiro N. Bonaparte, e na época era mais ou menos tão à prova d'água quanto uma esponja de banho velha. Eu me recordo de um velho artilheiro de Longford que me confidenciou discretamente um remédio tradicional, *id est*: engolir uma bola de gordura de porco amarrada num barbante e então bem depressa puxar o barbante de volta. AIJISUS! Eu quase morri sufocado no processo e tive de receber ressuscitação boca a boca de um espanhol. Não é bem uma experiência que eu faça questão de repetir.

"Um beijinho, Hardy", passaram a me dizer os outros camaradas depois disso, à guisa de tormento. Acho que não sabiam que o cegueta do seu irmão era filho e herdeiro do "Brigador" Lorde Merridith, que pelejou ao lado de Nelson em Trafalgar. É claro que tentei nunca me aproveitar disso. Talvez devesse ter tentado. Hoje, quem sabe, poderia ser Almirante!

Fiquei triste de saber dos credores. Que chatos terríveis eles são. Diga-lhes que seu irmãozão falou que vai pegá-los se a incomodarem de novo e fazer picadinho deles. Falando sério, verei o que pode ser feito assim que chegarmos a Nova York. Acho que há uma filial do Coutts por lá, mas, se não houver, existirá algum outro banco que possa ajudar. Não importa para onde se vá, sempre existe um banco.

Falando de chatos, você não pode imaginar quantos desta espécie perambulam pela Primeira Classe: parecem gnus percorrendo as ruas secundárias de Timbuctu, só que duas vezes mais feios e três vezes mais patéticos. Você simplesmente morreria de rir se tivesse de suportá-los. Laura e eu rimos muito sobre isso toda noite juntos. Devo dizer que eu estaria perdido sem ela.

Aquele monte de merda americano, o tal Dixon que você conheceu num dos saraus de Laura, está a bordo e mostra-se tão desagradável como sempre. (Você o conheceu na noite em que Dickens veio. Lembra que tagarelava sobre o romance que estava escrevendo?) Acho que Tia Eddie descreveu-o como "charmoso" — Dixon, quero dizer, com certeza não Dickens —, mas gosto não se discute.

Gostaria de escrever mais, mas o tempo está piorando (*Hei-ho*, o vento e a chuva) e preciso ir pra cama procurar a gordura de porco. Só eu mesmo.

Não se preocupe, minha velha. Tudo vai ficar bem. Sei que nem sempre parece assim por enquanto, mas tudo vai ficar bem e tudo vai ficar bem e todo tipo de coisa vai ficar bem.

Gaudeamus igitur.

Tenho muitas saudades.

Seu irmonzim amoroso,

Davey

PS: Ouvi um velho marujo assoviando isto na noite passada. Johnnyjoe Burke não costumava cantar isso às vezes?

*

*Lorde Kingscourt talvez ficasse desconcertado se soubesse que a canção é uma marcha tradicional irlandesa intitulada "Bonaparte cruza os Alpes". — GGD

Em qualquer parte do mundo aonde vá o inglês, a situação da Irlanda lhe é jogada na cara; por qualquer filósofo detalhista e sem valor, por qualquer padreco estúpido e hipócrita.

The Times, março de 1847

CAPÍTULO XIV

O CONTADOR DE HISTÓRIAS

A DÉCIMA PRIMEIRA NOITE DA VIAGEM; DEPOIS ALGUNS DETALHES DA DÉCIMA; E DE VOLTA À DÉCIMA PRIMEIRA À GUISA DE CONCLUSÃO. SEQÜÊNCIA QUE, PODE-SE DIZER, TEM O PADRÃO DE UM CÍRCULO; EM QUE SE DESCREVEM DOIS ENCONTROS ENTRE O AUTOR E SEU ADVERSÁRIO.

32°31' O; 51°09' N
22h

Grantley Dixon parou à porta do Salão de Fumar. Um som estranho e penetrante como o guincho de uma gaivota o detivera assim que estendera a mão para a maçaneta. Mas lá em cima não podia ver nenhum tipo de pássaro. Veio de novo; um guincho leve mas mordente que de algum jeito retorcia seu caminho até ele. Andou até a amurada e olhou para fora. O oceano jogou-se contra ele, negro e espumoso.

Não vinha do porão nem de parte alguma do navio, mas Dixon estava ouvindo o som há dois dias. Perguntara aos outros sobre ele e todo mundo parecia ter notado, mas ninguém sabia dizer exatamente o que seria. Um espírito, riram-se alguns marinheiros, parecendo gostar da inquietação daquele marujo de primeira viagem. O fantasma de um feiticeiro, "John Conqueroo", que morrera de febre preso lá no porão na época em que o *Estrela* era um navio negreiro. Uma sereia gemendo para atraí-los para a danação. Uma sirena cavalgando o vento e esperando para atacar. O Oficial do Capitão expressara uma opinião mais racional. Ar no espaço entre os conveses do velho navio. Um truque do ar, senhor. A brisa nas calhas. Um balde velho da idade do *Estrela* tinha sido reformado várias vezes, em geral com pressa e não muito bem. Atrás de cada painel havia um emaranhado de conexões antigas, canos enferrujados, tábuas rachadas, vergas apodrecidas e escavadas por vermes e ratos. Às vezes, quando o vento entrava, dava para jurar que o navio estava cantando. Dá para pensar no navio como uma flauta flutuante, senhor: o órgão destruído de uma catedral que já foi grande. Era assim que o próprio Oficial gostava de pensar.

O homenzinho de pé de pau observava detrás das grades. Estava sempre vigiando, aquele pobre vagabundo manco. Esperando para pedir, supôs Dixon. O pobre coitado olhou para o céu e soltou uma tossezinha. Virou-se. Espirrou. Arrastou-se de volta para as sombras. Um camarada curioso de várias formas. Parecia não ter amigos; nenhuma necessidade de companhia. Parecia achar o navio um lugar de curiosidades. Dixon já o vira antes, no crepúsculo daquela noite, fitando a parede do camarim do leme a bombordo. Alguém rabiscara ali um estranho sinal. Um H maiúsculo dentro de um coração.

Dixon perguntou-se sobre o que Merridith queria falar com ele, mas sentia que já tinha alguma idéia. Talvez fosse esta a noite em que a verdade viria à luz. Já não era sem tempo. As mentiras tinham durado demais. As dissimulações e logros mesquinhos do adultério, os desvios e evasões e hotéis de estações ferroviárias. Talvez a altercação da noite passada entre ele e seu rival tivesse levado as coisas a um clímax ou isso estivesse a ponto de acontecer. Realmente, era hora de parar com essas discussões. Tinham se transformado numa ocorrência quase diária e provocavam embaraço a Laura e aos outros. Essas coisas podiam ser discutidas de forma civilizada. Ele só queria estar se sentindo menos exausto e deprimido.

Quinze dias antes de embarcar no *Estrela do Mar*, Dixon passara um dia inteiro visitando os editores de Londres. Hurst e Blackett. Chapman e Hall. Bradbury e Evans. Derby e Dean. Pareciam duplas de comediantes de teatro e, por tudo o que lhe ofereceram, bem que poderiam ser mesmo.

Três meses antes, com custo considerável, empregara um secretário para fazer várias cópias da sua coletânea de contos. Baseavam-se em sua recente viagem pela Irlanda e Grantley Dixon trabalhara neles com afinco.

Tarde da noite, em seus aposentos no Albany, refinara repetidas vezes o manuscrito. Tentara deixar seu estilo um pouquinho menos contrito, abrir mão da objetividade exigida do jornalista para permitir que seus sentimentos aparecessem um pouco mais. E quando terminou, leu um deles para Laura, certa tarde logo depois de estarem juntos na cama, garantindo-lhe que apreciaria qualquer avaliação honesta do seu esforço.

— Do seu esforço? — sorriu ela.

— Do conto — disse ele.

Mas ela não gostara.

Eles discutiram.

Ela o acusara de ter sido cegado pelo desejo de registrar os fatos. A arte dizia respeito à criação da beleza. Um pintor importante, um escritor realmente interessante, pegavam a matéria-prima da vida comum e transformavam-na noutra coisa. Mr. Ruskin dissera isso recentemente numa conferência a que ela fora em Dublin.

— Está dizendo que não sou um artista?

— Você tem um talento maravilhoso para a narração jornalística, é claro. Suas descrições de paisagens, por exemplo, são bem exatas. E seus temas polêmicos são mesmo muito fortes. Mas não sei como, um artista está num nível mais elevado. Não sei. Ele chega à realidade de um outro ângulo.

— Como seu marido, você quer dizer.

— Eu não disse isso. Mas sim, ele desenha bem.

— Melhor do que eu escrevo, é isso?

— Acho que isso não é justo, Grantley.

— Então, o que é justo? Termos de nos encontrar como ladrões?

— Ora, por que você não se contenta com o que tem? Volte para a cama, seu bobo.

Mas ele não quis voltar para a cama. De algum jeito, a crítica dela o emasculara. Talvez fosse simplesmente porque ele revelara a necessidade de ser apreciado e ninguém, desde a infância, conseguira levá-lo a fazer isso. O desentendimento manchara o resto da noite. Pouco foi dito no restaurante ou no recital. Mesmo quando a viu partir no trem para o barco noturno de Kingstown, aquilo ficou pendente entre eles como um pecado não aludido. Despediram-se com um cuidadoso aperto de mão, como sempre faziam em público, mas que parecera a Dixon um pouco mais cuidadoso que o necessário. Só depois que o trem se afastou ele sentiu que deveria ter pedido desculpas.

Estava determinado a provar que ela estava errada sobre o seu trabalho. Ela nunca amaria um homem que não fosse um artista; qualquer um que a conhecesse saberia disso. Talvez ela mesma não soubesse, mas algum dia descobriria. Dixon não agüentava pensar no que poderia acontecer então.

Aonde quer que fosse, seu livro era recusado. Comprido demais, curto demais, sério demais, superficial demais. Histórias pouco críveis. Personagens pouco reais. Como se para zombar dele, a caminho do último encontro, vira aquele idiota do Dickens passeando pela Oxford Street, tirando a cartola como um general vitorioso entre os plebeus. As pessoas corriam até ele e lhe apertavam a mão, como se fosse um herói em vez de um charlatão; aquele cheirador de selas e adestrador de bedéis imbecis, órfãos com cara de agonia e judeus com nariz de abutre. Meu Deus, era triste ver como o cercavam. *Por favor, senhor. Queremos mais.*

Dixon conhecera o editor Thomas Newby numa das noitadas literárias de Laura. Parecia um homem sensato e inteligente e era famoso por publicar com rapidez as suas edições quando queria. Mas sua empresa era pequena e não podia pagar muito. Ainda assim, pensou Dixon, pelo menos seria um começo. Mal sabia ele que se desapontaria outra vez.

— Não estou dizendo que é ruim ou coisa assim, meu caro Grantley. É extremamente bem escrito, a seu modo. Só achei meio proselitista. Uma coisa meio mórbida. Tudo aquilo sobre o pobre Pat e seu burro, sabe. Bom para jornais. A gente *espera* isso nos jornais. Mas o leitor de ficção quer outra coisa. Um cavalo de cor inteiramente diferente.

— E o que é essa outra coisa?

— Uma boa e velha trama em que o leitor possa enfiar os dentes. Uma coisa como a que você fez aqui vai deixá-lo deprimido. Você devia ler um pouco desse meu camarada aqui, Trollope. Já viu *Macdermots de Ballycloran*, dele? Veja, *ele* mostra os pobres, mas meio que de contrabando.

— Não somos todos Trollopes — disse Dixon amargamente.

— Sou um comerciante — disse Newby. — Tenho de ser.

Dixon pegou um livro que estava sobre a escrivaninha e leu as palavras da lombada dourada. "*Dezesseis anos nas Índias Ocidentais*, Tenente-Coronel Capadose. Volume Dois."

— O que há de errado nisso aí?

— É o melhor que você pode fazer, Tom?

— Uma leiturinha bem interessante, para dizer a verdade. É o tipo de coisa que você deveria tentar, se quer o meu conselho. Largue disso de ficção e mergulhe fundo nos fatos.

— Nos fatos?

— Coletânea de impressões da ilha Esmeralda. Névoa nos lagos. Porqueiros alegres com estranha sabedoria. Apimente com algumas camponiazinhas bonitas. Você faz isso dormindo. Não sei por que não faria.

— Você sabe que há fome na Irlanda, não sabe?

— Eu ficaria feliz de mandar seus *royalties* para um fundo de auxílio, se quiser.

Dixon pegou outro volume da escrivaninha e causticamente leu o título: *O grandioso cruzeiro do paxá pelo Nilo no iate do vice-rei do Egito.*

— Todos gostam de escapismo — disse Newby tranqüilamente. — Não seja tão duro com eles, meu velho. É apenas um livro.

Dixon sabia que estava certo. Quase sempre ele estava certo. Era uma das coisas mais incômodas dele.

— Falando em voar para climas mais alegres, um passarinho me disse que você agora vai voltar para as colônias.

— Vou passar alguns dias em Dublin primeiro.

— Ah! Vai ver *La Belle Dame Sans Merci.*

Ele se perguntou que informação ou fofoca estaria por trás da expressão. Newby era um homem que tendia a saber o que estava acontecendo.

— Talvez sim. Talvez não.

— Soube que ela estava na cidade semana passada.

— É mesmo?

— Despedindo-se do Papai, acho. Antes de partir para despedaçar os corações da América. Precisa de outra injeçãozinha de fundos, não há dúvida.

— O que quer dizer?

— Andam dizendo na cidade que o Nobre Merridith está falido. A fome o arruinou. Sem garantias para remir seus compromissos. Sem o lucro do papai dela, Milorde agora estaria no xadrez dos endividados. — Deu um suspiro profundo e esfregou o grande nariz. — Uma vergonha terrível para Laura. Uma em um milhão. Devo dizer que sinto demais a falta dela agora que se foi.

— Se encontrá-la em Dublin lhe darei lembranças suas.

O editor fez que sim com a cabeça e lhe entregou um pacote de livros.

— Entregue-os a ela, está bem? Histórias de paixão entre as ruínas. — Mirou Dixon e deu um sorriso malicioso. — Me disseram que Laura gosta de um toque de romance.

Dixon pôde sentir o rubor esquentar-lhe o pescoço. Olhou o livro de cima da pilha.

— Ele é bom? Talvez eu consiga publicar uma resenha.

— Para as damas, meu velho. Um vigário lá do norte. Quanto aos seus méritos, menos convencido que eu. Só pediu 250 exemplares.

Duzentos e cinqüenta exemplares, disse ele amargamente. Dixon daria uma das pernas por isso.

— Você não pode mesmo ficar com os contos? Nem mesmo se eu os revisar outra vez?

Newby balançou a cabeça.

— E o romance? Já está com ele há um ano.

— Não posso. Gostaria. Mas honestamente, não posso. Não é o meu tipo de coisa. Desejo-lhe sorte em outra editora. Tente Chapman e Hall.

— Tom. — Dixon tentou um riso de homem para homem. — O fato, Tom, é que tenho sido um tanto estúpido com tudo isso. Cometi alguns erros de avaliação, se você preferir.

— Em que sentido?

— Eu meio que já disse a todo mundo que seria publicado no início do ano que vem.

— Ah, isso. É verdade. Ouvi falar que você andou dizendo isso.

Dixon olhou-o.

— Parece que Laura mencionou isso a alguém quando esteve por aqui na semana passada. "Cheia de orgulho" pelo seu desempenho, assim me contaram.

A janela do escritório chocalhava com a brisa. Dixon viu-se fitando o tapete do chão; o desenho puído de coroas e unicórnios. Uma moça entrou e saiu com uma bandeja de café. Quando voltou a olhar para cima, Newby evitou-lhe os olhos.

— Grantley, espero que possa falar como amigo. Peço-lhe para ter cuidado. Merridith não é bobo. Ele finge quando é conveniente, mas eu não faria suposições.

Newby deu um sorriso silencioso e de estranho amargor.

— Eles aprendem isso, sabe, nas escolas particulares. Como se fazer de bobo alegre ao mesmo tempo em que põem as mãos em volta do seu pescoço. "Meu caro" isso. "Ótimo, ótimo" aquilo. Mas chacinariam meia Índia para conseguir o que querem.

— Às vezes gostaria de não tê-la conhecido. A vida seria mais fácil.

O mais velho levantou-se de trás da escrivaninha e estendeu a mão.

— E gostaria de poder publicar seu romance. Mas realmente não posso.

— Pode me dar algum tipo de sugestão?

— Só que muitos são chamados, irmão, mas poucos os escolhidos. Rabisque qualquer hora para mim as velhas observações e com certeza darei uma olhada. "Um americano na Irlanda." Alguma coisa assim. Aqui. Veja. Leve este também.

Era *Noites de um trabalhador*, de John Overs, com prefácio de seu amigo e mentor Charles Dickens.

— Não, obrigado.

— Você devia levar. Isso é que é um livro. Coisa danada de maravilhosa, especialmente o prólogo de Dickens. O jeito que aquele patife escreve faz a gente querer cantar.

— Achei que você não gostava de nada sobre pobres.

— Ah — disse Newby sério. — *Ele* mistura algumas piadas.

✷

Dixon desperdiçara todo o dia anterior com o terrível romance do vigário do norte. O vento era forte e o mar instável e Laura dissera que queria tempo para ficar sozinha. Estava muito estranha desde que tinham embarcado, arranjando desculpas para evitar falar-lhe ou estar em sua companhia. Talvez tivesse razão em querer ficar sozinha. A dissimulação o irritava; arrebentava-lhe os nervos.

A manhã começara com razoável calma: lantejoulas de sol frio no verde cinzento da água. Sentara-se do lado de fora da Sala de Desjejum com a intenção de matar algumas horas lendo. Uma única gota de chuva se esborrachara no frontispício quando abriu a capa. Dali a cinco minutos, o céu escurecera e ficara cor de chumbo.

— Coloquem as cordas salva-vidas. E mandem os passageiros para baixo.

Os marinheiros já estavam correndo. Relâmpagos piscavam na espessura bulbosa das nuvens; iluminavam-nas numa explosão estalada. Um sopro vigoroso golpeou o mastro principal, causando reverberações até o convés e sacudindo louça e vidros na Sala do Desjejum atrás dele. O navio deu uma ondulação nauseante; um adernamento; um balanço. As vigias estavam sendo fechadas, o toldo acorrentado. Um camareiro que passou correndo com uma pilha de cadeiras gritou-lhe que descesse, mas Grantley Dixon não se moveu.

A música do navio uivava em torno dele. Os assobios graves; os roncos torturados; as cuspidas fungadas de brisa que fluíam pelo barco. O bater dos painéis soltos. O clangor das correntes. Os grunhidos das tábuas. O bramido do vendo. Nunca antes sentira a chuva assim. Parecia vomitar-se das nuvens, não apenas cair. Observou a onda subir a um quarto de milha de distância. Rolando. Espumando. Correndo. Inchando. Começando a engrossar e aumentar de força. Agora era uma ameia de água negra como tinta, quase desmoronando sob o próprio peso; mas ainda subindo, e agora rugindo. Esmagou-se contra o lado do teimoso *Estrela*, como um soco dado por um deus invisível. Ele teve consciência de ser lançado para trás sobre a borda de um banco, o choque seco do metal contra a base da espinha. O navio estalou violentamente e mergulhou numa descida, afundando devagar quase até a ponta das vigas do convés. Um clamor de gritos aterrorizados subiu do porão. Uma salva de xícaras e pratos quebrados. O mugido de um homem: "Vai afundar! Vai afundar!" Um dos barcos salva-vidas de estibordo soltou-se da corrente e ficou pendurado como uma maça, esfacelando-se na parede do camarim do leme.

O bramido das vagas atingindo a proa uma segunda vez. Uma cortina de sal o açoitou; encharcou-o todo. Ondas sacudindo-se sobre seu corpo. O escorregar do corpo pelas tábuas rumo à água. Um *scrrrriiich* dilacerante de metal contra metal. O chiado do motor arrancado do oceano. O navio começou a endireitar-se. Estalos de madeira enchiam o ar como tiros. O lamento da sirene soando para esvaziar os conveses. O homem com o pé de madeira ajudava um marinheiro a agarrar uma mulher que estava sendo varrida de costas pela balaustrada quebrada. Ela berrava de terror; aferrava-se; cravava-se. Sabe-se lá como conseguiram agarrá-la e arrastá-la para baixo. De mão em mão, segurando a escorregadia corda salva-vidas como um montanhista, Dixon conseguiu voltar para o convés da Primeira Classe.

Dois camareiros estavam no corredor distribuindo vasilhas de sopa. Os passageiros deviam retirar-se para seus aposentos imediatamente. Não havia por que se preocupar. A tempestade passaria. Era inteiramente de se esperar. Característica da estação. O navio não viraria; nunca virara em oitenta anos. Os cintos de segurança eram apenas uma questão de precaução. Mas o Capitão mandara todo mundo ficar lá embaixo. Laura olhando apelativamente para ele no fim do corredor, os filhos aterrorizados ganindo em suas saias. Os três agarrados por um Merridith de cara zangada e arrastados para a cabine dela como sacos.

— Para dentro, senhor. Para dentro! Só saia quando for chamado.

Ele encontrou roupas secas e tomou toda a sopa. Dali a uma hora, a tempestade acalmou-se um pouco. O Camareiro-Chefe batera à sua porta com uma mensagem do Capitão. Todos os passageiros estavam estritamente confinados pelo resto do dia. Não seria permitida nenhuma exceção. As escotilhas estavam prestes a ser fechadas com tábuas.

Ele tentou se acalmar, voltar a ler, enquanto o piche do oceano lançava as ondas contra a vigia e o guinchar do vento subia e descia pelo telhado. Mas o romance não ajudara muito a melhorar seu estado de espírito.

Sim, tinha paixão, ou um tipo de paixão: o sentimentalismo de sempre, cansativo e ostentatório. Aqui e ali conseguia cambalear até uma vida de cansaço só para ser esmagado pelo peso do estilo da prosa. Como a maioria dos primeiros romances, como o do próprio Dixon, era uma tentativa de contar uma história de amor físico. Mas era de uma ambição louca e demasiada e povoado de fantoches. O jeito tão nítido como se esforçava para obter algum efeito o derrubava. Lê-lo era como se arrastar por um charco de turfa em Connemara. Algumas flores assustadas em meio a uma vastidão de lama.

Não tenho piedade! Não tenho piedade! Quanto mais se enroscam os vermes, mais anseio por esmagar-lhes as entranhas!

Cristo Jesus.

Como ainda mais desse lodo podia ser injetado no mundo quando suas próprias obras cuidadosamente construídas tinham sido rejeitadas? Newby estava certo ao pensar que fracassaria. Nenhum crítico de bom senso daria a essa eructação uma boa resenha. Era confuso, improvável, desconjuntado, vago. Aquela qualidade pela qual tanto se esforçara em seu próprio texto — o respeito pelo verdadeiro significado das palavras — estava inteira e calamitosamente ausente deste.

Ainda assim, sabia que Laura o adoraria. Ela, que execrava o menor elogio, adoraria essa monstruosidade floreada e juvenil; esse compêndio de adjetivos e neuroses infantis. Iria achá-lo "estético", elevado, emocionante. Era risível, às vezes, o jeito como ela tagarelava. Se não a amasse tanto, costumava pensar que a detestaria.

O livro descansou em sua escrivaninha: uma acusação silenciosa. O homem que cometera esse pequeno crime contra a beleza tivera sucesso enquanto Grantley Dixon fracassara. Não importava que os críticos, se viessem a notá-lo, lhe dessem a surra que claramente merecia; nem mesmo que ninguém o comprasse a não ser velhas solteironas solitárias. Seu romance era um fato. Não podia ser cancelado.

Como aquele vampiro do Merridith e seus ditos desenhos. Aqueles rabiscos das vítimas de sua família, pendurados no corredor como as cabeças empalhadas de um caçador. E as sanguessugas de Londres paravam e admiravam-nos. Que engraçadinhos, os irlandeses. Como são encantadores. Ele os representa maravilhosamente bem.

Dali a cem anos, aqueles desenhos existiriam. E também "*O grandioso cruzeiro do paxá pelo Nilo no iate do vice-rei do Egito*". Os absurdos de Dickens. As mentiras estúpidas de Trollope. Ninguém os leria, mas não era isso que importava. Muito depois que Dixon e suas ambições fossem pó, éons depois que Laura o evitasse como um fracasso, aqueles livros ainda existiriam para zombar de sua memória. Ainda seriam fatos quando ele se transformasse em ficção.

Dixon pegou a caixa que continha o manuscrito de sua coletânea de contos. Abriu-a, meio que desejando que tivesse desaparecido. Retirou a laje do bloco de papéis. Leu para si a primeira linha em voz alta.

Galway é um lugar apaixonado pela tristeza.

Agora via que, ao lado da frase, Newby fizera três pequeninos pontos de interrogação vermelhos. Talvez tivesse razão. A frase não era boa. É improvável que algum lugar pudesse mesmo ser "apaixonado" pela tristeza. Sabia o que queria dizer, mas essas palavras não o diziam. Na verdade, um lugar não podia ser descrito como se tivesse emoções. Newby estava certo. Isso era preguiçoso e sem graça.

Riscou-a e fez algumas novas tentativas.

Galway bem poderia ser rebatizada de "Tristeza".

"Tristeza" seria um nome melhor para Galway.

Galway. Morte. Tristeza. Connemara.

Rasgou a página e jogou-a fora. Abriu o caderno e tentou escrever.

A tarde toda ficou sentado à escrivaninha, bebendo uísque Bourbon County e tentando escrever. Bebeu até a garrafa estar totalmente seca, até a noite escurecer como uma mancha na vigia. Quando a vela começou a tremeluzir, acendeu outra no toco. Mas suas metáforas eram inúteis: gastas e ofensivas. Não vinha nada. Palavras que nem lama. Quanto mais intentava, mais inútil era o esforço. Dixon enfrentava uma realidade insuperável. A Fome não podia ser transformada em sorriso. A melhor palavra para morte era morte.

E o fato era sintomático de um problema maior. Sabia o que era e já sabia há meses; desde aquele momento avassalador em que entrara no Asilo Público de Clifden e olhara a vista à sua frente.

Não tinha recordação clara da meia hora seguinte. Somente a voz do velho guarda que o levara pelos patamares e corredores. Pela névoa de pestilência e desinfetante, as salas escurecidas onde as pessoas eram deixadas para morrer. Os homens morriam num alojamento, as mulheres noutro. Deixar que morressem juntos era quebrar as regras. Não havia alojamento para as crianças morrerem, e assim morriam numa casinha separada perto da margem do rio. Os bebês podiam morrer com suas mães e depois eram levados e enterrados. E quando as mães morriam, se fosse possível arranjar, eram enterradas na mesma cova que os recém-nascidos. O guarda explicou como funcionava o sistema; mas sua voz estava assustada, como se não quisesse falar. E Dixon lembrou-se de também não ter sido capaz de falar, e de pensar: *Isso nunca aconteceu antes; muitas coisas aconteceram, mas nunca isso.* Tentara se agarrar àquele único pensamento compreensível, sua própria obtusidade uma pedrinha num furacão. Tudo o mais vinha em imagens desconexas: tiradas da seqüência, misturadas e divididas. Uma mão. Um cotovelo. O coto de um membro humano. As costas nuas de um velho. Sangue nas lajes. Um rego nas lajes. Prateleiras de mortalhas. O cabelo raspado de uma moça numa pia de metal. Um rapaz se balançando num canto com as mãos no rosto.

Sons também faziam parte da lembrança, mas ele não gostava de recordar os sons. Somente a constante da voz do guarda, um homem de voz suave, como o avô de Dixon, mas a suavidade contaminada de medo e vergonha. Num portal, um artista estava sentado num banquinho, tentando desenhar o que acontecia lá dentro. Natural da Cornualha, de meia-idade, fora encarregado por um jornal de Londres de ir a Connemara fazer retratos da Fome. Chorava em silêncio enquanto tentava desenhar. Manchas úmidas de carvão lhe escureciam os olhos, como se chorasse óleo, e não lágrimas. Suas mãos tremiam enquanto tentavam criar formas. E Dixon teve medo de olhar o que acontecia naquela sala. No fim, não olhou; simplesmente se afastou.

Agora olhava alguns esboços que cortara dos jornais de Londres com uma certa idéia de dar um jeito de publicá-los na América. Os rostos emaciados e as bocas contorcidas. Os olhos atormentados e as mãos estendidas. Não estava acontecendo na África nem na Índia, mas no reino mais rico da face da Terra. Chocantes as imagens; mas nada diante do que vira. Não chegavam nem perto do que ele vira.

Nada o preparara para isso: o fato da fome. As covas rasas e os gritos. Os montes de cadáveres. O fedor da morte nas estradas minúsculas. A manhã gelada de sol em que caminhara sozinho da estalagem em Cashel até a aldeia de Carna — o sol ainda brilhava neste lugar de oportunidades extintas — e encontrara três velhas brigando pelos restos mortais de um cão. O homem preso nos arredores de Clifden acusado de devorar o corpo do filho. O vazio de seu rosto quando foi carregado para o tribunal, incapaz de andar de fome. O vazio quando foi declarado culpado e levado embora. O vazio de um homem que se transformara num intocável. Dixon não tinha palavras para isso. Ninguém tinha.

Mas, ainda assim, poderia haver silêncio? O que significava o silêncio? Seria possível permitir-se não dizer absolutamente nada sobre essas coisas? Ficar calado, na verdade, era dizer algo muito forte, que nunca acontecera: que essa gente não importava. Não eram ricos. Não eram instruídos. Não diziam frases elegantes de diálogo; muitos, na verdade, sequer falavam. Morriam bem quietos. Morriam no escuro. E os materiais da ficção — heranças de fortunas, grandes viagens pela Itália, bailes no palácio — essas pessoas jamais sequer saberiam o que eram. Tinham pago as contas de seus superiores com o suor de sua servidão, mas era aí que seu propósito terminava. Sua vida, seus namoros, suas famílias, suas lutas; até mesmo sua morte, sua morte terrível — nada disso importava, nem mesmo o mínimo dos mínimos. Não mereciam espaço nas páginas impressas, em romances belamente tecidos feitos para os civilizados. Simplesmente não mereciam ser mencionados.

Dormira algumas horas durante um fervor de pesadelos. Viu-se agarrado ao convés superior do *Estrela*. De repente, levantou-se até a cintura em sangue. Uma mão agarrara-o com força pelo cabelo, puxando-o para trás. Ele agarrou a manga encharcada. Um negro idoso num sobretudo puído, um cachecol esfarrapado em volta do pescoço. Nos braços, uma criança empalidecida com olhos brancos como papel. O apontar insistente do dedo do negro. A cela no fim do frio corredor de pedra: a sala que não conseguira olhar.

Às 11h, decidiu ir até o Salão de Fumar, achando que mais uma bebida poderia acalmar-lhe os nervos.

Desde sua visita a Connemara, costumava funcionar.

Merridith estava sentado sozinho no salão mal iluminado, folheando uma pilha de jornais velhos e amassados. Parecia estar cortando os títulos e arrumando-os nalguma ordem. A alcova em que estava amarfanhado era iluminada por uma vela; ele espremia os olhos bem de perto para ler as letrinhas menores. Havia uma garrafa de porto na mesa a seu lado. A julgar pela desordem de seu estado, já a tinha bebido quase toda. Ao ver Dixon por perto, fez um muxoxo de desprezo.

— O altivo bardo desceu entre os mortais.

— Não ficarei entre vocês por muito tempo, não se preocupe.

— De volta à velha Musa — disse, baixinho e arrastado. — Dama bem insaciável, não é?

— Disposto a uma batalha de ironias hoje, Merridith?

— Ah, eu não travaria uma batalha com um homem desarmado. Não é assim que fazemos as coisas na Inglaterra.

— Você já fez muito disso na Irlanda.

Ele deu um sorriso de ódio inebriado.

— Ah, a amada Irlanda do bardo. O único lugar nesta terra de Deus que os estrangeiros entendem melhor.

— E que raios você é? Um nativo leal?

— Bem, minha família morou lá talvez desde 1650. Um pouco antes de os brancos roubarem a América dos índios. Eu me pergunto se *você* acha que também devia ir pra casa. Suponho que sim. É lógico, claro.

Dixon olhou-o. Lorde Kingscourt olhou de volta, cansado.

— Para onde então, peregrino? Quando vai se repatriar?

— Seu argumento é tão ridículo quanto tudo o que diz.

— Falam a própria língua deles, de qualquer modo. Acho que isso é importante para qualquer bom entendimento. Deve ter aprendido alguma coisa antes de ir para lá, não é? Questão de orgulho profissional, espero. Não ir desarmado para o campo e coisas assim.

A luz da vela lançava sombras escuras em sua face, aprofundando as maçãs do rosto e o cavo dos olhos. Dixon nada disse. De repente, também se sentiu muito bêbado. Trêmulo. Enjoado. Com medo de vomitar. Uma queimação de uísque ácido lhe veio subindo pela garganta. Merridith riu para ele como um juiz enforcador.

— *Ar mhaith leat Gaeilge a labhairt, a chara? Cad é do mheas ar an teanga?*

— E como é fome em irlandês, Excelência?

— *Gorta.* Uma fome. Nem isso você sabe?

— Também não falo suaíli, mas reconheço a crueldade quando a vejo.

— Eu também, senhor. Fui criado a vê-la.

— Noto que o senhor não morreu disso.

— *É esse o meu último crime, senhor? Não ter morrido? Vai ser somado ao resto todo?*

O rugido fez os camareiros se virarem e olharem. Uma espuma de saliva escorria por seu queixo. O rosto estava roxo de raiva e ódio.

— Está bêbado, Merridith. E mais digno de pena que nunca.

— Quer que eu morra? Por que não me mata? Muito conveniente, não é?

— O que quer dizer?

— Minha própria mãe morreu da febre da fome, Dixon. Sua linda Musa já trouxe este pequeno fato à sua atenção? Pegou-a quando alimentava nossos rendeiros em 1822. Assim, não preciso de suas lições pomposas sobre crueldade.

O navio adernou e fez um som lúgubre, como se a força de algum impacto o fizesse balançar. A porta do salão abriu-se sozinha e fechou-se de novo com estrondo.

— Salvou muitos outros em Galway, também. Principalmente da propriedade de um verdadeiro irlandês, que prostituiria Santa Brígida por dois xelins a hora. Bem, é claro que isso não tem muita importância. Na verdade, não significa nada.

— Não quis ofender sua mãe. Agora vou lhe dar boa-noite.

— Não, não se incomode. — Chutou uma cadeira na direção do outro, mas Dixon não se sentou. — Vamos conversar sobre literatura. Conte-me uma história.

— Merridith...

— Então o famoso romance agora vai se passar na Terra dos Suaílis, não é? Que coisa maravilhosa. Que ousadia fabulosa. Enquanto todos esperávamos que a *magnum opus* desse fim à fome na Irlanda, parece que agora se transmigrou em outra coisa.

Neste ponto, o Marajá entrou no salão, acompanhado do Reverendo e de Wellesley, o Agente dos Correios. Seus olhos brilhavam com a excitação específica dos homens de terra que sobreviveram a uma tempestade no mar. Saudaram Merridith com a cabeça, mas ele não respondeu. Mais uma vez, a violência em sua voz crescia, como se jorrasse de alguma entidade que não conseguia controlar.

— Imagino qual será a palavra suaíli para um fingidor mimado. Um idiota afagado que papagueia sobre literatura enquanto outros têm garra para fazê-la. Que zomba das tentativas dos outros para dar fim aos sofrimentos do povo, mas não faz absolutamente nada para dar-lhes ele mesmo um fim de verdade. Acho que você deve conhecer esta palavra.

— Merridith, estou lhe avisando...

— *Você não me avisa nada, seu hipócrita nojento! Ponha as mãos em mim de novo e eu o mato como um cão!*

Nisso o Reverendo se aproximara nervoso.

— Lorde Kingscourt, senhor, o senhor está meio nervoso. Posso...

— Pode pegar sua piedade e sua pena e enfiá-las nas escrituras do seu cu. Ouviu, senhor? Suma da minha frente!

— Que belo herói — disse Dixon, quando o Ministro se afastou. — Agredindo corajosamente um homem com o dobro da sua idade.

— Diga, meu velho... conhece a palavra "negrinho"?

— Cale a boca. Agora mesmo. Sua escória bêbada.

— Uma palavra que você deve ter ouvido na sua infância, imagino. "Venha cá, negrinho. O pequeno Grantley quer o seu papá."

— Eu disse cale a boca.

— *Muitos* escravos da fazenda da sua família eram suaílis? Imagino que sim. Não lhe ensinaram a língua? Ou talvez buana achasse coisa muito baixa misturar-se a eles, não é?

— Meu avô se opôs à escravidão a vida toda. *Está me ouvindo?*

— *Ele se livrou das terras que a escravidão comprou para seus ancestrais?* Devolveu sua herança aos filhos daqueles que a criaram? Viveu como um miserável para limpar sua consciência ou as pretensões de mesa de bar do manhoso do seu neto? Que sente tanta vergonha daquilo que paga sua comida que *precisa* encontrar atrocidades maiores na conta dos outros?

— Merridith...

— O *meu* pai lutou nas guerras que deram fim à escravidão em todo o império. Arriscou a vida. Ferido duas vezes. A coisa de que mais se orgulhava. Não ficava só falando a respeito, foi lá e fez. Minha mãe salvou milhares da fome e da morte. Enquanto seus servos o chamavam de "Sinhozinho Branco". Escreva um de seus romances imaginários sobre isso, meu velho.

— Que diabos você quer dizer... romances imaginários?

— Você sabe muito bem o que quero dizer.

— Está me chamando de embromador, senhor?

— Embromador é um barbarismo americano bastante grosseiro. Talvez mais um mentiroso nojento.

— É isso mesmo?

— Estou errado? Se estou, deixe-me vê-lo, por que não?

— Ver o quê?

— Seu famoso romance. Sua grande obra de arte. Ou talvez simplesmente não exista. Como seu direito de doutrinar os outros sobre crimes que cometeram *para mascarar a culpa de seus próprios crimes nojentos.*

Dixon percebeu o Camareiro-Chefe a puxá-lo para trás. As mãos vigorosas de um homem treinado pelas dificuldades. Dois marinheiros também tinham chegado e estavam de pé atrás dele. A chuva escorria por seus capotes puídos. As luzes foram aumentadas até um branco pungente e ofuscante. O olhar de nojo de Merridith desbotou para um sorrisinho arrogante.

— Cutuquei sua petulanciazinha, não foi, Grantley, meu velho?

— Lorde Kingscourt, senhor — disse com firmeza o camareiro —, tenho de pedir-lhe que se divirta de um modo mais pacífico.

— É claro, Taylor, é claro. Nenhuma dificuldade. Somente uma discussãozinha amigável entre colegas opressores.

— Costumamos nos comportar com certa educação no salão. O Capitão dá muita importância aos padrões e coisa e tal.

— Ouso dizer que você tem razão. — Ele desmoronou de volta na alcova e voltou, descuidado, a encher a taça, derramando uma poça de porto no pé de cristal. — Falando nisso, o senhor me faria o grande favor de pedir ao Sinhozinho Dixon que se retire imediatamente deste aposento?

O camareiro fitou-o.

— Ele está desobedecendo às regras. É obrigatório usar gravata no salão à noite. Como qualquer cavalheiro já devia saber.

Lorde Kingscourt levantou o copo e bebeu tremendo, a mão livre tocando a mesa como se achasse que ela ia desaparecer. Talvez fosse apenas um truque da luz, mas Dixon podia jurar que havia lágrimas em seus olhos.

✷

Quando o homem com o pé de madeira mancou para longe, Dixon entrou no salão e fechou a porta contra as rajadas de vento. Merridith estava na mesa de jogo, cortando as cartas; contando uma piada ao Camareiro-Chefe, que não sorria. Estava sentado num banquinho de costas para a porta, mas quando viu Dixon entrar acenou pelo espelho, ainda perturbando o camareiro como um chato num trem.

— Está vendo — dizia quando Dixon se aproximou —, com um excelente jogo de palavras, está tudo no modo como o material se compõe. Para mim, um inventor de passatempos é um tesouro nacional. Venero-o como estimo Victoria Regina Magnifica.

Seu rosto estava amarfanhado e não se barbeara. Uma mancha de suor velho pendia pesada em torno dele, misturando-se ao odor de carne apodrecida. Um polvilhado de caspa jazia nos ombros do paletó. Mas estava de gravata, como o próprio Dixon.

— Boa-noite, Mr. Dixon, senhor — disse o Camareiro-Chefe. — Seu *bourbon* de sempre?

Lorde Kingscourt tocou o braço de Dixon para impedir a resposta e disse:

— Traga uma garrafa de Bolly, está bem, Taylor, meu velho? O de 39, se ainda restar algum. — Virou-se para Dixon. — O de 24 é preferível, mas parece que está em falta. Ainda assim, devemos nos virar da melhor forma possível.

Dixon sentou-se a seu lado e olhou para a mesa de jogo. Notou que Merridith não arrumara as cartas em mãos nem em naipes; mas havia claramente um sistema cuidadoso na arrumação.

— Estou meio que inventando um novo conjunto de regras para o pôquer. Um pequeno passatempo. Jogado com valores alfabéticos em vez de numéricos. Diversãozinha. Não espero que pegue como epidemia.

O silêncio se instalou. Ele espalhou as cartas.

— Recebeu meu bilhete, não é?

— É.

— Decente da sua parte vir. Esperava mais que não viesse. Achei que devíamos arranjar as coisas de homem para homem, por assim dizer. — Deu um suspiro tenso e olhou o teto. — Meio fora de controle a noite passada, meu velho. Excesso de suco da selva do demônio, creio. Gostaria de pedir desculpas por ter sido tão selvagem. Não queria ofender seu honrado parente. Muito desnecessário. Estou envergonhado.

— Eu também tomei uns goles, para dizer a verdade.

— Também pensei assim. Parecia positivamente pálido. Vocês maricas das colônias simplesmente não agüentam, é claro.

— Viu o Reverendo?

— Ele me viu, suponho. E foi pelo outro lado. Dizer a verdade, bem pouco remorso por isso. Não agüento. Nenhum deles. Em nome de Cristo, onde está a danada daquela bebida?

— O senhor não crê?

O rosto dele se torceu num bocejo cansado.

— Talvez um pouco, quem sabe. Só não me importo com as atividades deles na Fome indizível. Uns chatos saltitando pelo campo oferecendo comida aos rendeiros caso se convertam. O outro lado dizendo que vão queimar se aceitarem. Digo uma praga nas casas dos dois por uma confederação de *omadhauns*. — Deu um sorriso frio. — Palavra irlandesa. Desculpe.

O camareiro trouxe o champanhe, abriu-o e serviu duas taças. Merridith brindou na de Dixon — "pela confissão" — e deu um gole longo e luxuriante.

— O que pensa deste veneno? — perguntou, levantando o copo até os olhos e fitando-o com suspeitas.

— Prefiro *bourbon*.

— Hum. Sabe, às vezes me pergunto se apenas não colam um rótulo antigo em qualquer lixo velho. Meio que na confiança. Metade das vezes não saberíamos a diferença, acho. Gato por lebre, quero dizer.

— O gosto parece bom pra mim.

— Hum. Bom. Embora eu não tenha tanta certeza. — Deu um pequeno arroto de desculpas. — Ainda assim. Pedintes não podem escolher, afinal de contas.

Encheu de novo ambos os copos, tirou um charuto do bolso de cima do paletó; bateu-o com firmeza no feltro verde-ervilha da mesa. Por algum tempo, pareceu a Dixon que ele não diria mais nada. Perguntou-se se devia ele mesmo trazer o assunto à baila. Talvez fosse assim que se abordavam esses casos na Inglaterra; esperava-se que o adúltero abrisse a conversa com o marido. A Inglaterra era um lugar com muitas regras misteriosas. Até os chifres eram coreografados.

— Merridith, você disse em seu bilhete que tinha uma razão para me ver. Um certo assunto importante que queria discutir.

Lorde Kingscourt voltou-se para ele e sorriu com placidez, embora os olhos estivessem cansados e riscados de vermelho.

— Hem?

— Seu bilhete.

— Ah. Desculpe. A milhas de distância.

Meteu a mão no bolso e colocou um livro na mesa.

— Você o deixou no bar. Na noite passada. Quando partiu. Achei que gostaria de tê-lo de volta.

Abriu a capa e retirou do frontispício uma nota dobrada que servira de marcador.

O MORRO DOS VENTOS UIVANTES
Ellis Bell
T. C. NEWBY & CO.
1847

— O filho pródigo volta ao senhor — resmungou, através de uma densa baforada de fumaça cinza escuro.

— É tudo o que queria? Me dar um livro?

Merridith deu de ombros, inerte.

— O que mais você pensou?

— Fique com ele.

— Não quero privá-lo do prazer estético, meu velho.

— Já o li.

— Hum. Eu também. — Kingscourt balançou gravemente a cabeça enquanto embolsava o volume. — Metade dele de uma só vez. Noite passada. O danado quase me fez chorar às vezes. E depois me deixou tão nervoso que não consegui dormir. Fiquei sentado até quase amanhecer devorando o resto. Camarada danado de talentoso esse tal de Bell, não é? A soturnez e tudo o mais. É quase sobrenatural. Esfrega as palavras umas nas outras até voarem fagulhas.

— O que quer dizer?

Ele deu um olhar de curiosidade divertida.

— Bem, você sabe... é magnífico. Não achou? Trabalho de um danado de um gênio, se quer a opinião de um iletrado. — Tomou um gole longo e limpou a boca na manga. — Meu Deus, achei-o simplesmente... Não digo que todos os críticos vão lhe dar importância. É provável que não, aqueles roceirinhos invejosos. Um ou dois deles, alimentados pelo próprio fracasso, é claro. Conhece o tipo de que estou falando, espero. Mas não o ignorarão, nenhum deles de Londres. De Nova York também não, aliás.

Os olhos de Merridith fitaram-no por cima da borda do copo: sem piscar. Pousou-o lentamente e tragou o charuto. Mais uma vez, pegou as cartas e começou a distribuí-las.

— Cristo, o *jeito pétreo*, sabe? O nada. Bem, é tão, tão claramente Connemara, apesar do jeito esperto do disfarce. Connemara, Yorkshire, todos lugares pobres. E há mais uma coisa também. Um tipo de estado filosófico universal. Mais ou menos como Keats. Não sentiu? O tema insistente da paisagem quase senciente; o jeito como ele a *caracterizou*, quero dizer. Onde alguém de segunda classe meramente descreveria, como algum beberrão medíocre com talento para atacar um dicionário de sinônimos.

— Merridith...

— Você o conhece? O talentoso Mr. Bell?

— Não.

— Se vier a encontrá-lo, deve dizer-lhe que tem um fã. Pode fazê-lo, não pode? Em suas perambulações literárias?

— Me deram a entender que na verdade é um pseudônimo.

— Ah-há. Foi o que pensei. *In vino veritas.* — Ele deu uma risadinha e espanou a cinza do charuto das mangas do paletó. — Só esperava para ver se você ia assumir a criança.

— Assumir?

— Sei quando fui derrotado. Retiro tudo. — Lorde Kingscourt pousou o copo e agarrou a mão de Dixon. — O senhor é um homem melhor do que pensava, Mr. Bell. Minhas congratulações. O senhor é um artista. Finalmente.

— Merridith...

Ele deu um risinho curto e sacudiu a cabeça.

— E sabe, sempre achei que você era simplesmente um idiota, Dixon. Sabe, um daqueles amadores que só querem impressionar com contos medíocres e bobagens cheias de clichês. Um diletante que se rebaixaria o quanto fosse preciso para ser admirado, usando até a agonia dos moribundos para se promover. Mas agora... bem, agora vejo toda a verdade de quem você é exatamente. As nuvens se afastaram por completo dos meus olhos.

— Veja, Merridith...

— Uma compreensão tão extraordinária da psique feminina também. E, claro... ambos sabemos em quem se baseia sua heroína. Um retrato muito amoroso; pelo menos, assim pensei. Você a percebeu de um modo fora do normal. Não se incomoda se eu o der a ela, não é? Ou talvez prefira dar-lhe pessoalmente. Ela vai gostar ainda mais, ouso dizer.

— Merridith, pelo amor de Deus, não sou Ellis Bell.

— Não? — sorriu Lorde Kingscourt, frio. — Não é, meu velho, não mesmo?

Dixon sentiu o jorro de champanhe no rosto antes mesmo de vê-lo levantar o copo. Quando conseguiu limpar os olhos que ardiam, Merridith estava de pé ao seu lado enxugando os punhos com um guardanapo. Tentava não tremer, mas a raiva tornava isso difícil. Quando finalmente falou, a voz saiu rascante.

— Chegue perto da mãe dos meus filhos outra vez e corto sua garganta. Entendeu?

— Vá para o inferno. Se o aceitarem lá.

— Ir aonde, queridinho?

— Você ouviu, seu canalha.

O soco derrubou Dixon direto no chão, espalhando sangue e saliva pela frente do paletó. O Camareiro-Chefe veio correndo e Merridith o empurrou. Pegou o copo de Dixon e o esvaziou. Tremendo, colocou-o de volta no bar.

— Um pequeno conselho, se me permite, buanazinho. Da próxima vez que brincar com o diabo, tente conseguir uma boa mão.

E cuspiu; o Conde. Cuspiu no inimigo. E o inimigo limpou o cuspe do rosto.

Bom filho, sempre amei meu lar com orgulho e alegria
Mas a praga deu na plantação e o meu gado só morria
O aluguel e os impostos não pude pagar, enfim,
Mas não foi só por isso que saí de Skibbereen.

Veio o dono da fazenda com o xerife um certo dia...
Foi dezembro, não esqueço... Qu'eu saísse ele exigia.
A casa o fogo consumiu, eles a queimaram sim!
E foi também por isso que saí de Skibbereen.

Oh, meu querido pai; nalgum dia, não demora,
Os irlandeses bravos se unirão em boa hora.
Irei lutando à frente, juro que farei assim
E gritaremos forte:

"Pra vingar Skibbereen".

CAPÍTULO XV

O PAI E O FILHO

UMA DESCRIÇÃO DA MANHÃ DO DÉCIMO SEGUNDO DIA DA VIAGEM; NA QUAL SE CONTA UMA ENTREVISTA ENTRE LORDE KINGSCOURT E JONATHAN MERRIDITH; ENQUANTO ISSO, MULVEY CHEGA MAIS PERTO DE SEU TERRÍVEL PROPÓSITO.

33°01' O; 50°05' N
07h45

— *Gagueje mais uma vez e o açoitarei de novo. A escolha é inteiramente sua. Qual é a definição de uma leve brisa?*

Emaranhado ridente de teclasdepiano chamadevela espelhada em brilho negro queimando pouco torcendo traduzindo ouro em pérola dançando com irmão lembrado reflexo pianopreto; uma cópia. Falso? Esqueleto do magnífico e comum há tempos *Megaloceros hibernicus* Alce da Irlanda tocos esvaziados de galhadas asasdegrifo.

— *Mmmhéuma em que uma b-belonave b-bem-preparada, com todas as v-velas bem enfunadas, mmm-faria em ág-águas t-tranqüilas de um a dois nós, s-s-senhor.*

O magnífico e antes comum Daniel Hareton Erard O'Connell diverte-se frio como um corvo torvo. Era isso? Mamãe?

— *Certo, David. E um vento fresco.*

— *Mmmmhéum em que o mesmo n-navio poderia seg-seguir na bolina, senhor.*

— Um furacão? Depressa. E NÃO gagueje.

— Por favor, Papai. Estou com medo, Papai.

A mandíbula magnífica em mãos comuns, arrotodefogo cuspido de boca craniana. Pancadas em tampa de piano. Trovão de punhos dentro dela. A chamadevela titubeia e chiando morre.

David Merridith acorda de repente, o rosto chuviscado de arroios de suor, o pulso da jugular batendo como uma bomba a vapor.

— Papai. Papai. Estou com medo. Acorde.

Seu filho e herdeiro o sacudia com força pelo braço. Roupinha de marinheiro branca como leite e touca de dormir amassada. Boca toda ensangüentada com o suco de uma ameixa. Aquele corpo em Lowerlock. Meninomorte.

Merridith levantou-se com dificuldade sobre o cotovelo, estupidificado de sono, a boca amarga e escorregadia com o fumo da noite passada. O relógio sobre a arca marcava dez para as oito. Um copo d'água tinha virado sobre ela, derramando o conteúdo sobre as páginas de um romance.

Sem pena.

Moer suas entranhas.

O vento gemia e o navio rolava. Nalgum lugar lá fora, tocava um sino. Merridith teve a estranha sensação de estar debaixo da terra. Esticou o queixo, massageou o pescoço dolorido. Sentiu-se como se o cérebro tivesse se soltado das amarras.

A cabine cheirava quente ao cabelo de seu rebento, seu odor pessoal de roupa limpa misturado ao bafio do carbólico. Laura nunca parava de lavar-lhe o cabelo. Medo de piolhos. Vermes no pêlo.

— Como está meu capitãozinho?

— Acordou cedo.

— Molhou a cama?

O menino sacudiu a cabeça bem sério e limpou o nariz.

— Bom homem — disse Merridith. — Viu, eu lhe disse que ia parar.

— Mas tive um pesadelo. Homens estavam vindo.

— Bem, agora está tudo bem. Você está bem?

Ele fez lentamente que sim com a cabeça.

— Podo entrar na tenda?

— Espere só um minutinho. E fale direito.

A criança subiu até a cama e enfiou a cabeça entre os lençóis. Deu no antebraço do pai uma mordidinha leve e carinhosa. Merridith riu-se cansado e empurrou-o. Logo ele mordia o travesseiro como um cachorrinho, dando ganidinhos e latidos estrangulados enquanto mastigava.

— O que está fazendo, seu lunático danado?

— Caçando ratos.

— Nenhum rato aqui, meu Capitão.

— Por que não?

— Caro demais pra eles, acho.

— Bobby viu um ontem, do tamanho de um cão de caça. Subindo correndo uma corda onde estão os pobres.

— Não os chame assim, Jons.

— Mas é o que eles são, não é?

— Já lhe disse antes, Jonathan, droga, não os *chame* assim.

A voz saiu mais dura do que queria. A criança deu-lhe um olhar confuso e sofredor com a injustiça de ser punida por falar a verdade. Estava certo de se sentir ofendido; Merridith sabia. É claro que eram pobres e eufemismos não mudariam isso. Provavelmente nada mudaria isso agora.

Vinha explodindo com os meninos e com Laura. A tensão, supunha. Mas não era justo. Estendeu a mão e despenteou a franja já desarranjada do filho.

— O que ele fez com aquilo?

— Aquilo o quê?

— O rato, seu bobinho.

— Atirou nele e engoliu ele num pedaço de torrada crocante.

A criança jogou-se sobre as costas e deu um bocejo clamoroso. O teto da cabine era baixo o bastante para que conseguisse tocá-lo com os pés. Por algum tempo, fez isso e pouco mais: esticou-se e pedalou como um monociclista de cabeça para baixo. Então deixou-se cair de novo com todo o peso e deu um muxoxo de desprazer.

— Que tédio. Quando chegaremos na América?

— Duas semanas.

— Isso não é logo. Isso é pra sempre.

— Não é.

— É.

— Num é.

— É. Além disso, Mamãe sempre diz que *num é* vulgar.

Merridith nada disse. Tinha muita sede.

— Isso tá certo, pai?

— Tudo o que as mulheres dizem está sempre certo. Agora vamos, meu velho batedor, vamos tirar uma soneca.

O menino deitou-se relutante a seu lado e Merridith se enrolou por trás dele, sentindo seu calor animal. O sono veio suave: uma onda na areia molhada. Maresia espumando no ar salgado. Uma imagem de sua mãe tentava formar-se; viu-a como se de uma distância enorme, caminhando pela praia de Spiddal de costas para ele. Parando para jogar um embrulho nas águas rasas. Gaivotas desceram das algas e pipiaram em volta dela. E agora ela passeava pelo pomar na primavera; um confete de flores de macieira a decorar-lhe o cabelo. Um agarrão no peito o fez mover-se e a mandou embora. Podia sentir o bater do coração do menino vir de levinho pelos lençóis. De algum lugar no convés, ouviu o grito de um marinheiro.

— Pai?

— Hem?

— Bobs tá contando lorotas de novo.

— Não é justo delatar seu irmão, meu velho. O irmão de um *shag* é seu melhor camarada no mundo.

— Ele disse que um homem entrou na cabine dele ontem de manhã cedo.

— Bom.

— Tinha uma faca grandona como a de um caçador. E um tipo engraçado de máscara preta na cara. Com buracos cortados para os olhos e a boca. Dava umas batidas engraçadas quando andava.

— Imagino que também tinha chifres e um rabo comprido.

A criança riu-se divertida.

— *Não*, Pai.

— Você precisa dizer a Bobs para olhar com mais cuidado da próxima vez, não é? Todos os bons monstros têm rabo e chifres.

— Ele diz que acordou e o homem estava de pé ali, olhando para ele. Todo de preto. Ele perguntou: "Em que quarto dorme seu papai?"

— Isso foi muito educado da parte dele. O que Bobs disse?

— Disse que não sabia, mas que era melhor ele ir embora senão lhe daria uma pancada na cabeça. Então ele ouviu alguém chegando e pulou pela janela, veja só.

— Bom pra ele. Agora vamos dormir.

— Não consigo.

— Então vá correndo até Mary e ela cuida disso.

— Posso tomar cocolate fedorento no café-da-manhã?

— Fale direito, Jons. Não seja bobo.

A criança deu um gemido de falsa impaciência, como se tratasse com um imbecil que se aproximasse para pedir esmolas; o tipo de suspiro que Merridith ouvira várias vezes Laura soltar em Atenas quando discutia com um garçom que fingia não saber inglês.

— Tomar chocolate, pai. Posso tomar *isso*?

— Se Mary deixar, você pode tomar um uísque duplo.

O filho desceu para o assoalho e pegou uma camisa. Colocou-a sobre a cabeça e bateu os braços: um fantasma de meninice numa imagem de temperança. Quando o pai não reagiu, estalou a língua e jogou a camisa no encosto de uma poltrona.

— Pai?

— O quê?

— Você ficava triste quando era pequeno? Por não ter um irmão?

Ele olhou o filho. Sua linda inocência. Lembrou-lhe de como Laura costumava olhar em volta na época em que se conheceram.

— Bem, eu tive, meu velho. De certa forma, quero dizer. Antes que a velha cegonha me trouxesse, trouxe outro filhotinho. Meu irmão mais velho, ele teria sido.

— Qual era o nome dele?

— Na verdade, era David. Que nem o meu próprio nome, veja só.

O menino deu um risinho com a estranheza da revelação.

— Pois é — riu o pai. — Bem engraçado, não é?

— Onde ele está agora?

— Bem, ele ficou doente por algum tempo e foi morar no Céu.

— Ficou doente?

A criança sabia que ele estava mentindo, Merridith podia ver. Havia um traço penetrante em seu olhar às vezes; um olhar que era difícil ignorar.

— Sua mamãe acha que você ainda é pequeno demais para saber.

— Não vou contar a ela, pai. Palavra de honra que não vou.

— Bem, houve um acidente na casa. Coisa muito triste. Meu vovô devia estar meio que de sentinela, um dia. Só o camaradinha escapou, sabe? Preso no incêndio.

— Ele foi queimado?

— Sim, querido. Acho que foi.

— Ele ficou triste? O seu vovô?

— Ficou tristíssimo sim. Meu papai e minha mamãe também.

— E você?

— Bem, eu ainda não existia, é claro. Mas fiquei triste depois. Cercado da porcaria das meninas, veja só. Você sabe como elas são. Umas porcarias. Seria divertido ter outro camarada por perto. Para chutar uma bolinha. Coisas assim.

O filho aproximou-se meio sem jeito e beijou-lhe a testa.

— Fiquei triste, pai.

Ele despenteou o cabelo do menino.

— Pois é — disse baixinho. — Eu também.

— Vou desenhar o retrato dele depois. Pra você ver ele no Céu.

— Bom rapaz.

— Está chorando, pai?

— Não, não. Uma droga de uma pestana, só.

— Posso ser seu irmão, se você quiser.

Merridith beijou a mão suja do filho.

— Gostaria muito disso. Agora vá ficar com Mary.

— Posso me deitar na cama dela?

— Não.
— Por que não?
— Porque não.
— Por que não por que não?
— Porque não porque não.
— Pai?
— O quê?
— As senhoras fazem água sentadas?
— Pergunte à sua mãe. Agora vá andando.

Observou o filho sair se arrastando sem vontade da cabine. Era tarde demais para voltar a dormir. Uma dor de pena fincou-se em seu coração. Seus garotos tinham herdado sua própria tendência a terrores noturnos. Talvez fosse tudo o que viessem a herdar.

Levantando-se do catre, Merridith vestiu um roupão e caminhou melancólico até a vigia fechada, abrindo-a a ranger para o dia. O vasto céu estava cor de mingau velho, mas riscado de nuvens violetas e alaranjadas; algumas pálidas e esfarrapadas e manchadas de preto, outras pintalgadas como pele antiga de leopardo. Lá no convés, dois marinheiros negros se encolhiam junto a um braseiro e dividiam uma caneca. O Marajá caminhava perto do castelo de proa com o seu mordomo. Aquele pobre coitado com o pé de madeira mancava de cima para baixo, batendo os braços contra si para se aquecer. Um tipo de conforto, a normalidade de tudo. Estranhas as coisas das quais tiramos o nosso consolo.

Viu-se pensando sobre os dois marinheiros. Pareciam tão íntimos; como irmãos talvez. Havia outras variedades de intimidade entre homens; Merridith sabia disso e sabia por experiência. Uma ou duas vezes em sua velocíssima estada na marinha recebera propostas de outros oficiais, mas sempre recusara. Não é que achasse a idéia nojenta. Em Oxford experimentara, contente e não sem freqüência. Mas acharia nojento com aqueles que propuseram.

Saiu da cabine e desceu pela passagem fria como aço, parando para bater à porta da esposa. Não veio resposta. Bateu uma segunda vez. Tentou a maçaneta, mas a porta estava trancada. O cheiro de pão fresco vinha da cozinha como uma bênção não merecida. Estava precisando demais de uma de suas injeções.

Na noite de ontem ela fora à sua cabine e lhe contara sua decisão. Já se definira. A princípio ele rira, certo de que ela estava brincando, experimentando alguma nova tática para fazer o rato se encolher ainda mais. Não, disse ela, pensara a respeito com todo o cuidado. Considerara o quadro todo. Queria o divórcio.

Havia uma delicadeza assustadora na maneira como ela o disse. Estava infeliz, disse; estava infeliz há algum tempo. Sentia que ele devia estar terrivelmente infeliz também, mas achava a indiferença dele impossível de tolerar. A indiferença era um veneno num casamento com problemas. A tudo se podia sobreviver num casamento, menos a isso. Disse a palavra "tudo" como se fosse importante para ela, um convite oculto para que Merridith confessasse.

— Não sou indiferente — disse ele em vez disso.

— David, amor — respondeu a esposa suavemente. — Não passamos uma noite juntos há quase seis anos.

— Cristo, isso de novo. Você nunca se cansa?

— David, somos casados. Não irmão e irmã.

— Tenho coisas em que pensar. Você deve ter notado isso.

— Tive mais oportunidades que nunca para notar. E para me perguntar e me assustar sobre o que pode ser.

— O que isso significa, Laura?

Quando ela falou de novo, a voz estava tranqüila.

— Você não é um velho nem um garotinho, afinal de contas. Suponho que ainda tenha todos os sentimentos normais que já teve por mim.

— O *que* isso quer dizer?

— Alguma outra pessoa entrou em sua vida? Diga-me, por favor, se isso aconteceu. — Pegou a mão dele nas suas e segurou-a. Até para ele a mão parecia morta. — Se houve erros, eles podem ser perdoados, David. O perdão pode ser possível com amor e verdade. Nenhum de nós é santo; eu não sou, com certeza.

— Não seja ridícula.

— Isso é uma resposta ou outra evasiva?

Ele só conseguia pensar em reagir de duas maneiras: um grito de raiva fingida ou uma máscara de placidez.

— É claro que não existe mais ninguém — disse com calma, embora não se sentisse calmo, sentia vontade de sair correndo do quarto. Tinha medo de que, se ficasse, acabasse lhe contando tudo.

— Então não entendo. Pode me ajudar a entender?

Sempre que ela o abordara como uma mulher a um homem, ele a afastara ou dera alguma desculpa. Fizera-a envergonhar-se de querer o que era belo, as pequenas intimidades em comum da vida de casados: a proximidade que já tinha lhes trazido tanta alegria e amizade. Fizera-a sentir-se como uma meretriz por querer amá-lo. Tornara-se fechado, cheio de segredos; completamente inatingível. Isso começara bem antes da morte do pai dele, mas desde então ficara muito pior. Era como se ele mesmo tivesse morrido, disse ela, ou talvez estivesse com medo de viver.

Alguma coisa estava muito errada com ele; ela podia ver com clareza. Muitas vezes tentara ajudá-lo, mas é óbvio que fracassara. Estar casada com ele exigia uma passividade que ela não tinha mais; como ficar de pé num atracadouro e assistir a um navio afundar na baía, sabendo que é inteiramente impotente para salvá-lo. Mas ela não iria entrar mais na água e correr o risco de se afogar.

Havia questões práticas a considerar também. O fundo fiduciário dela se exaurira com o que acontecera em Kingscourt. Pagar a passagem para Quebec de sete mil rendeiros custara mais do que o necessário para sustentar a família durante dois anos. Também houve o custo de despejá-los: o pagamento dos expulsores. O pai dela tinha dito que estava preocupadíssimo com a situação e não poderia continuar a socorrê-los. Se descobrisse que ela também gastara seu capital, ficaria absolutamente furioso e cortaria todos os seus recursos. Logo descobriria que ela vendera as ações das crianças. Simplesmente não havia como dizer o que ele faria então.

— David, é bom que eu lhe diga: ele me aconselhou a deixá-lo.

— Ora, diabos, desde quando isso é da conta dele?

— Não é da conta dele, é claro. Mas ele se preocupa. Diz que andou ouvindo coisas que não o deixaram feliz.

— Essas charadas que você usa. O que quer que eu diga? Talvez se você me explicar os crimes de que me acusa eu possa apresentar minha defesa.

— Ele não foi específico. Diz apenas que eu devo ter cuidado. Às vezes ele diz que você não é o que parece.

— Bem, ele parece um asno e zurra como um asno. Pode dizer a ele da minha parte, eu o verei no tribunal por difamação se não aprender a fechar sua boca zurradora.

— David. Por favor. Precisamos ser corajosos. Fizemos o melhor possível. Precisamos saber a hora de parar.

Foi necessária toda a capacidade de persuasão de Merridith para convencê-la a dar-lhe uma última chance. A América seria boa para eles, o novo começo de que precisavam, um meio de deixar tudo o que acontecera para trás. Jonathan e Robert precisavam de tranqüilidade agora. Já tinham passado por coisas demais; mereciam ter ambos os pais.

— Se acha que eles têm tido ambos os pais ultimamente, está enganadíssimo, David.

— Por favor, Laura. Uma última chance.

Agora que era de manhã, a conversa parecia absurda: como se nunca tivesse acontecido ou tivesse acontecido com outra pessoa. Ele se perguntou se ela mencionaria alguma coisa. Fingiria que não tinham conversado? Talvez devesse levar-lhe uma reconfortante xícara de chá. Desceria à cozinha e organizaria tudo com o cozinheiro.

Quando passou pela porta aberta da cabine do filho Robert, viu que Jonathan estava lá; e preferiu não ter visto. O menino puxava um lençol manchado de amarelo, como as dobras de um vestido de noiva velho, e tentava cobrir com ele o irmão adormecido.

— O que está fazendo no quarto de Bobby, Jons?

O menino ficou paralisado e olhou para ele boquiaberto, o rosto brilhando de vergonha. Sua boca se abriu e se fechou. Largou o lençol.

— Nada — disse. Sugou as gengivas.

— Que tipo de nada? Responda agora mesmo.

— Eu só estava... — Ele deu de ombros e enfiou as mãos nos bolsos dos calções. — Eu não estava fazendo nada. Eu estava...

Caiu num silêncio culpado e olhou para o chão. Merridith suspirou. Não era justo montar-lhe uma armadilha. Podia ver o que a criança estava fazendo; não precisava ficar lhe perguntando. Entrou lentamente na cabine e pegou o lençol arruinado.

— Você me disse que não tinha molhado a cama, meu velho. Não há por que ficar mentindo sobre isso. Muito menos jogar a culpa em Bobs.

— Eu sei, pai. Eu não queria.

— Muito desapontado, Jonathan. Achei que não dizíamos lorotas um para o outro, você e eu.

— Me desculpe, pai. Por favor, não conte nada.

Talvez devesse lhe passar uma reprimenda, mas por alguma razão não teve estômago. De manhã tão cedo parecia uma péssima hora para a superioridade, e de qualquer modo a criança já recebera reprimendas suficientes.

— Então corra lá e pegue um pouco de água quente, como um bom batedor. Vamos lavá-lo juntos. Que tal?

O filho olhou para ele com tensa expectativa.

— Não vai me entregar, pai? Promete?

— É claro que não vou. — Esfregou a bochecha do menino. — Nós, colegas, não ficamos falando mal uns dos outros como as meninas, não é? Mas nada de bobagens no futuro, senão é o pelourinho.

O menino abraçou-lhe a perna e saiu da cabine agradecido e cambaleante. E naquele momento uma coisa deprimente chamou a atenção de Merridith. Junto da vigia, a marca de uma única palma suja; uma mão pequena, mas talvez de um homem; o tipo de marca que seria deixada por uma luva engordurada.

Pediria a Laura para falar com Mary Duane a respeito. É verdade que as coisas andavam difíceis agora, mas não havia razão nenhuma para não manter o lugar limpo.

A fome da Irlanda foi a punição por sua imprudência e preguiça, mas trouxe-lhe prosperidade e progresso.

Anthony Trollope, *América do Norte*

CAPÍTULO XVI

O PODER DAS COISAS DAS TREVAS

O DÉCIMO TERCEIRO DIA OU DIA DO MEIO DA VIAGEM; NO QUAL O CAPITÃO REGISTRA ALGUMAS CURIOSAS SUPERSTIÇÕES (BASTANTE COMUNS ENTRE HOMENS DO MAR) E TRATA DA PROTEÇÃO DAS MULHERES DA IRLANDA.

Sábado, 20 de novembro de 1847
Ainda faltam treze dias no mar.

LONG: 36°49,11' O. LAT: 51°01,37' N. HORA REAL PADRÃO DE GREENWICH: 23h59 HORA AJUST. DO NAVIO: 21h32. DIR. VENTO & VELOC.: NNO (342°). Força 4. MAR: Inquieto. Muitas ondas grandes com espuma. RUMO: SSE 201°. PRECIPIT. ATMOSF. & OBS.: Névoa pesadíssima. Visibilidade diminuída para 400 jardas. Reduzimos a velocidade a dois nós.

Na noite passada nove dos nossos irmãos e irmãs foram levados e esta manhã entregues ao descanso nas profundezas. Carmody, Coggen, Desmond (× 2), Dolan, Murnihan, O'Brien, Rourke e Whelehan.

Um grande iceberg foi visto esta tarde a uma distância de aproximadamente meia milha; do tamanho de uma casa grande de Londres, mais ou menos. Uma multidão de passageiros do porão subiu para olhar e espantar-se, nunca tendo visto coisa parecida antes.

O cozinheiro, Henry Li, veio até mim com um plano para que possamos aliviar o sofrimento de alguns no porão sem provocar despesas para a companhia. (Que o céu não permita.) É comum restar alguma coisa intocada nos pratos depois da ceia e do almoço no Salão de Jantar da Primeira Classe. Ossos, cartilagens, pelancas e que tais, mas às vezes gordura ou a pele do peixe. Ele propõe, em vez de jogar esses restos fora ou fazer lavagem de porco com eles (como costuma ser a prática), que os cozinhemos numa sopa para dá-la aos famintos, que seria como uma assistência a eles. Achei uma idéia de muita compaixão e concordei que ele assim agisse. (Na verdade, deveria deixar qualquer cristão triste que um pagão demonstre mais camaradagem do que muitos dos que serão salvos.)

Há um cheiro muito estranho e horrível no navio esta noite. Não estou falando do odor costumeiro que emana do porão onde os pobres têm de se arranjar como puderem; mas coisa muito pior, quase pestilenta. Amesquinha qualquer descrição.

Ordenei que toda a embarcação fosse esfregada com salmoura e vinagre, mas o fedor abominável continua enquanto escrevo. Nunca encontrei nada parecido antes; um mau cheiro avassalador de total putrefação como alguém esperaria encontrar no esgoto de um matadouro malcuidado. Não se encontrou nada apodrecido no porão de proa nem no porão de carga. Estou bastante perdido quanto ao que fazer; está incomodando muitíssimo os passageiros e alguns homens. Afinal, um fenômeno desses nos acontecer exatamente neste dia dentre todos os outros é uma circunstância muito desafortunada que só trará alarme.

O dia do meio de qualquer viagem é considerado de má sorte, como também, por direito próprio, o décimo terceiro dia. Quando ambos coincidem, como acontece hoje, isso é visto como especialmente sinistro pelos marujos. Um marinheiro, Thierry-Luc Duffy, de Porto Príncipe, recusou-se a sair do alojamento e vir para o turno de vigia esta manhã, insistindo que a combinação de forças indicava "vodu". (Hoje também é sábado, o dia do "sabá negro" naquela estranha superstição.) Ele disse a Leeson que ouvira um grito estranho, como o de um gato ou pássaro, à noite. Em geral é um homem muito agradável, quase da minha idade, e fizemos muitas viagens juntos; há uma amizade boa e antiga estabelecida entre nós; e assim desci até o alojamento dos homens para ver o que se podia fazer. Ele disse que este dia era mau e que não trabalharia. Eu lhe disse que era sacrilégio falar bobagens dessa maneira e que em seguida ele passaria a assar a mãe para ser comida na ceia por ele e o Barão Samedi. (Este senhor aristocrático parece ser o diabo dos homens do vodu; mas usa uma cartola para ocultar os chifres, como metade da Câmara dos Comuns.) Com isso ele riu, mas nem assim foi trabalhar.

Disse que, se era sacrilégio acreditar na vida após a morte, na existência do diabo e no poder das coisas das trevas, então todo o mundo cristão era sacrílego e praticamente todas as almas do navio. Cada homem deveria acreditar no que quisesse, disse ele; mas não sabia que tipo de Deus era aquele que conseguia mandar o próprio filho para ser assassinado numa árvore. E quanto ao canibalismo, os católicos romanos lhe diriam alegremente que engolem carne e chupam sangue, e talvez o próprio Papa Pio seja o zumbi de algum praticante de vodu. Eu disse que não era adequado falar com tamanho desrespeito quando tantos passageiros são dessa fé grande e majestosa (embora doutrinariamente falha). Ele se desculpou e disse que era apenas brincadeira, acrescentando que a esposa era católica (da ilha Elêutera, nas Bahamas) e a filha caçula candidata a freira. Ele estava bem além de toda persuasão e disse que ficaria contente de abrir mão de todas as rações e ir para a cadeia acorrentado, mas não cumpriria o turno neste dia. Dei-lhe o dia de folga, mas disse que teria de descontá-lo de seu salário. Ele compreendeu bem e pareceu contente.

Quando saí, ele murmurou algumas palavras que não entendi.

Esta noite tive necessidade de punir um dos homens, Joseph Cartigan, de Liverpool,* que vinha importunando algumas mulheres do porão e fazendo sugestões vergonhosas com as quais pretendia se aproveitar da atual condição infeliz delas. Parece que lhes oferecia comida em troca. Não gosto nem um pouco de punir os homens, mas eles sabem que não verei moças decentes serem arruinadas no meu navio. Convocando-o aos meus aposentos, perguntei-lhe se tinha esposa ou filha e ele disse que não. Então perguntei-lhe se tinha mãe, e o que acharia de vê-la transformada numa meretriz?

*Coisa rara, o capitão Lockwood comete um erro aqui. Cerca de doze tripulantes do *Estrela* eram de Liverpool, mas nenhum se chamava "Cartigan". Há um "Joseph Carrigan" no Registro da Tripulação e também um "Joseph Hartigan". Segundo perguntas feitas muito depois aos tripulantes sobreviventes, parece que Hartigan foi o marinheiro cuja punição o Capitão registra aqui. — GGD

Ele disse que ela já era meretriz, a mais procurada em Liverpool. (Juro que suas orelhas bem que abanaram de insolência.)

Chaucer afirma, em seu Prólogo do Capataz: "Até que apodreçamos não podemos estar maduros". Se for assim, então esse enlameado caçador de saias está tão maduro que é praticamente venenoso.

Sua desculpa foi que não tentara nada além do que é natural, dada a duração da viagem etc. Com isso, ordenei que a ração do coitado fosse reduzida à metade durante três dias e que a outra metade fosse dada a alguma moça pobre do porão. Muitas vezes observei a veracidade da observação do falecido Almte. Wm. Bligh (o primeiro capitão com quem servi quando garoto, no carteamento e na sondagem da Baía de Dublin) de que, quando um homem alega em sua defesa que as suas ações são "naturais", invariavelmente está se comportando muito pior que um animal, sem exceção com alguém muito mais fraco que ele.

O fedor agora se tornou realmente péssimo. É como se o próprio navio começasse a apodrecer ou atravessasse um esgoto bem real.

Se vocês vissem o velho Denis Danihy, ele nunca teve saúde tão boa e está com melhor aparência do que em casa. E podem ter certeza que tem bastante fumo e me disse para mencionar isso a Tim Murphy. Se vocês vissem Denis Reen quando Daniel Danihy o vestiu com roupas adequadas para este país, iam achar que ele era um chefe ou capataz, e assim mal temos palavras para afirmar a vocês como estamos felizes agora. E quanto às meninas que costumavam trotar pelos pântanos aí em casa, ouvi-las falar inglês seria um grande espanto para vocês.

Carta de Daniel Guiney, de Buffalo, estado de Nova York

CAPÍTULO XVII

O LITIGANTE

EM QUE SE CONTA UMA HISTÓRIA VERDADEIRA E SEM ACRÉSCIMOS DE CERTOS ACONTECIMENTOS DIFÍCEIS DA VIDA PREGRESSA DE DAVID MERRIDITH

Em casa durante a folga de Natal de 1836, uma trégua da qual jamais voltaria para a marinha, David Merridith fora forçado a ficar noivo da filha única de Henry Blake, o proprietário vizinho de Tully e Tully Cross. Já estava com 23 anos, observou o pai; uma boa idade para um camarada se enforcar. Não era bom deixar para muito tarde ou poderia acabar tendo de aceitar qualquer mula que aparecesse. Ali não era Londres. O estoque era limitado. As terras de Blake faziam divisa com Kingscourt em vários pontos. Blake tinha recursos, Kingscourt precisava de muito investimento. Uma feliz coincidência, dissera o pai de Merridith, e claro que isso não era o principal nem nada parecido. Mas as duas propriedades combinadas seriam uma força de respeito. Até os Martin de Ballynahinch teriam de se colocar em seu lugar; sem falar daquelas víboras metidas a besta, os D'Arcy de Clifden. E Miss Amelia, afinal de contas, era a mais bela do condado.

Simplesmente não passava pela cabeça de David Merridith casar-se; mas de certa forma, supôs, seu pai estava certo. Amelia Blake não era o pior partido. Tudo bem, eram primos, mas primos muito distantes, não do tipo que produziam crianças vesgas de dedos grudados. Conhecia-a há anos e dançara com ela algumas vezes em festas de casamento. Era agradável de olhar. Tinham o mesmo interesse por cavalos. Embora não se pudesse dizer com exatidão que fosse inteligente, também não seria justo descrevê-la como idiota.

David Merridith e Amelia Blake. Seus nomes tinham um ritmo inevitável e satisfatório. Era uma moça de traços suaves, brincalhona, animada, com um senso de humor muito zombeteiro, que às vezes tremeluzia através da sua costumeira indiferença como um rojão numa noite enevoada. Era comum ele achar incômodo o senso de humor da moça. O jeito dela de forjar uma aliança era descobrir de quem alguém não gostava e depois demoli-lo com a maior freqüência e vigor possíveis. Isso era difícil no caso de David Merridith; havia pouquíssimas pessoas de quem ele realmente não gostava. Ela também apreciava bastante bater nos outros como sinal de afeição. A reação a uma piada era um tapa grosseiro nos ombros. Se tomasse um cálice de *sherry*, passava a vergastar os outros. Logo Merridith percebeu que evitava contar piadas na presença dela (sem falar em dar-lhe *sherry*) porque achou muito estranho ser estapeado pela noiva.

Duas semanas depois do anúncio do noivado, foi sozinho ao festival de tiro anual do Visconde Powerscourt, no Condado de Wicklow. Não ligava para o esporte, já que não era um grande atirador; mas gostava de tentar entender exatamente como funcionavam as armas; o fedor de pólvora no ar fresco de maçã. No jantar, sentara-se em frente a uma linda mocinha inglesa cujo riso despreocupado fez com que quisesse olhar para ela o tempo todo. Era a primeira vez que ia à Irlanda e achara-a cativante. A melhor amiga dela, uma moça com quem estudara na Suíça, era a segunda filha mais velha da casa: uma das famosas Wingfield de Powerscourt. Ele e a moça inglesa dançaram um pouco. Ela implicara com ele pela falta de jeito ao dançar a quadrilha, por fazer uma confusão com os passos complicados. Passearam um pouco no terraço iluminado por tochas, admiraram a fonte rococó que decorava o lago ornamental. Ela lhe contou que a fonte fora comprada pelo pai da amiga na Itália e era cópia de uma peça do grande Bernini. Todos achavam que era original, mas ela sabia que era cópia. Tinha talento para perceber fraudes, disse. Gostaria de ir à Itália algum dia. Tinha certeza que acabaria conseguindo.

Havia uma eficiência atraente por trás da conversa, uma segurança que não estava acostumado a ver nas mulheres que conhecia. Não era como suas irmãs, com certeza não como a tia, e não ficava rindo sem parar como

Amelia Blake. Havia nela uma confiança quase ousada; lembrava-lhe alguém em quem raramente pensava então. Na noite em que conheceu Laura Markham, não conseguiu dormir muito. Sentia que de algum jeito sempre a conheceria, mas como exatamente não conseguia ter certeza.

No dia seguinte, viu-se a observá-la com os binóculos quando devia estar atirando ou assistindo aos outros atirarem. Ela e as outras moças passaram a manhã no terraço, enroladas em mantas, tomando café. Algumas jogavam xadrez e outras tocavam violão, mas Laura Markham passou a manhã lendo *The Times*. Merridith achou isso curiosíssimo. Achava nunca ter visto uma mulher lendo jornal. Manteve as esperanças de que ela encontrasse alguma razão para descer ao prado, mas ela não desceu; ficou só lendo lá sentada.

O almoço foi barulhento e um pouco bêbado. Os jogos de salão que se seguiram foram barulhentos também: uma cacofonia de flertes e desculpas para toques físicos. Naquela noite, todos foram procurar azevim antes da ceia. Ele e Laura formaram uma das equipes. Ousadamente ela lhe pegara o braço enquanto esmagavam os caminhos de pedrinhas, cruzavam o tapete do gramado de cima, inspecionavam as fileiras de majestosas árvores exóticas que precisavam de batalhões de jardineiros para mantê-las vivas em Wicklow. Mostravam pouco interesse de achar azevim ou de achar o que não fosse um lugar onde ficar em silêncio. Nas sombras que se alongavam, os arbustos repuxados e as sebes aparadas (podadas em forma de hipogrifos e outros pássaros) pareciam levemente macabros para o Visconde Kingscourt. Mas sentia-se à vontade na presença dela; um companheirismo tranqüilo. Olhando para trás em certo instante, vira as pegadas deles atravessando o gramado coberto de geada em paralelas irregulares. A visão pareceu a Merridith o sinal de algo pacífico. Logo chegaram ao Cemitério de Animais, onde os Wingfield davam aos bichos de estimação o funeral emocionante e respeitoso que não dariam a muitos de seus rendeiros.

Ela olhava os jardins elegantes de um modo que ele achou ilegível. As luzes da casa na distância enevoada eram como as de um navio num sonho magnífico.

— É assim em Galway?

— Não, é mais selvagem em Galway.

— Acho que eu prefiro desse jeito. Gosto do que é selvagem.

Ela sentou-se numa das ornadas lápides de pórfiro, no túmulo de um cavalo que vencera duas vezes o Derby, e cruzou os braços com um suspiro divertido. Uma corujinha saiu voando dos rododendros com um fragor espantado.

— Yorkshire, Bretanha e lugares assim. Acho que esses jardins enfeitadinhos me deixam um pouco triste. Um pouco como ver uma fada enfiada num espartilho. Não acha?

Merridith ficou um pouco espantado. As mulheres contidas que conhecia não diziam palavras como "espartilho" em público. Suspeitava que Amelia Blake não a diria nem em particular.

— Talvez você possa nos visitar algum dia. Em Galway.

— Claro. Talvez você me convide para seu casamento — ela sorriu. — Gostaria de observá-lo em seu habitat natural.

Ele não percebera que ela sabia que estava noivo e perguntou-se em silêncio como descobrira. Excitou-o que ela estivesse suficientemente interessada para perguntar a alguém.

— Você dançaria comigo se eu a convidasse? — foi a melhor resposta que conseguiu encontrar.

— Pode ser — disse ela, fitando o lago. Uma gôndola com tochas acesas deslizava por ele. — Mas acho que antes você vai precisar de mais aulas. Não concorda?

Ele se lembrou da primeira vez que sua mão tocara a cintura dela. Ela usava um vestido branco naquela noite de domingo, com uma faixa azul celeste que enfatizava a pequena curva dos quadris. Um crucifixo brilhava perto do oco do pescoço. A dança era uma valsa e os braços dele doeram de rigidez quando a segurou.

— Acho que não valsam muito em Galway — disse ela. — Você buscaria um pouco de *brandy* para mim? Vamos bebê-lo juntos.

Brandy deixava-o enjoado, sempre deixara, e sua popularidade entre os marinheiros tinha ajudado a arruinar-lhe a estada na marinha. Mas mesmo assim buscou-lhe uma dose e observou-a beber. Ela murmurava baixinho junto da música elegante, às vezes sussurrando um gracejo quando passava um dançarino desajeitado; às vezes tocando-lhe as costas da mão.

Admiraram os retratos dos ancestrais no patamar do terceiro andar, os olhares graves dos Wingfield há muito falecidos. Na porta do quarto dela, ela lhe apertara a mão. Um beijo na bochecha foi concedido como uma medalha. Antes que ele soubesse o que estava acontecendo, a porta se fechara e ele ficara só sob aqueles olhares com o copo vazio de *brandy*.

Ela era filha única de uma família de industriais de Sussex; a casa do pai ficava perto do litoral. Possuía várias grandes fábricas de louça e cerâmica. Era três anos mais nova que David Merridith, mas já ficara noiva duas vezes: primeiro de um tenente de cavalaria que morrera de tuberculose, depois de um negociante conhecido do pai. Foi ela quem terminou o segundo noivado. Não lamentava ter tomado a decisão.

Quando o fim de semana terminou e os hóspedes cansados partiram para se preparar para cansar-se de novo no fim de semana seguinte, o Visconde de Carna ficou em Powerscourt. Anos depois, costumava pensar naquela época como se houvesse uma carapaça à sua volta: o período mais feliz de uma vida não tão feliz assim. Com certeza o mais feliz caso tirasse Mary Duane do quadro, coisa que tendia a fazer na época.

Ele e Laura Markham foram com os Wingfield até Dublin, compareceram ao teatro e a vários concertos, foram a um baile de máscaras dado pelo Duque de Leinster. Ao vê-los valsar, o velho e borracho anfitrião veio cambaleando e congratulou-os pela excelente notícia.

— Ninguém me informou que sua nova noiva era tão supimpa, Merridith. Ouso dizer que eu a roubaria, se deixassem. Um puro-sangue numa sala cheia de pôneis de trote.

Depois que se afastou vacilante numa névoa de mau hálito e vapores de gim, riram-se juntos do que ele falara. Mas havia uma qualidade nova em sua dança depois disso. Era como se finalmente dissessem o que estava acontecendo entre eles. A intimidade permitida pela dança tornou-se um modo de admiti-lo.

Merridith acompanhara-a ao circo italiano; cavalgara com ela no Parque Fênix de manhã cedo. Ali, observaram os cavaleiros desfilando ao som dos guinchos dos macacos que acordavam no zoológico. No final da quinzena, eram quase inseparáveis. Na tarde em que ela partiu para Sussex, ele a levou até a balsa em Kingstown. A neve caía. Os emigrantes faziam fila no ancoradouro. Quando tentou beijá-la na ponte, ela se afastou em silêncio, embora o brilho de seus olhos lhe tivesse dado esperanças. Tentou de novo, mas ela se afastou outra vez. Sim, dissera ela gentilmente, é claro que tinha sentimentos por ele, mas não agiria de forma injusta com outra moça.

Ela não invejava a escolha que Merridith tinha agora diante de si, mas não o forçaria nem lhe pediria nada. Só ele podia saber quais eram seus verdadeiros sentimentos. Que fizesse o que achasse correto e nada mais. A felicidade de muita gente estava em jogo. Ferir uma pessoa a quem se deu a palavra era coisa séria e não podia ser feito com leviandade. Ele precisava pensar sobre isso com calma e cuidado, disse ela. Toda escolha envolvia uma rejeição. Ela entenderia a decisão dele, qualquer que fosse, e sempre a respeitaria e se lembraria dele com carinho. Mas só entraria em contato com ele de novo se ele a procurasse primeiro. Isso só deveria acontecer caso seu noivado com Amelia Blake se rompesse.

No coche de volta a Galway, Merridith soube o que aconteceria. Havia uma nobreza por trás da relutância de Laura que só o fazia querê-la mais; uma decência que sabia que provavelmente faltava nele. Ele, que afinal de contas estava comprometido, não achara nada estranho falar de amor a outra mulher. Teria ido avante se ir avante fosse possível. O que isso significava não era fácil de enfrentar, mas teria de ser enfrentado, senão se arrependeria para sempre.

O crepúsculo caía quando o coche cruzou o Shannon. Uma nevasca fizera o rio romper o gelo; agricultores com capas de oleado encharcadas empilhavam sacos de areia. Logo a paisagem começou a mudar, os prados prósperos das planícies férteis deram lugar aos arbustos cercados de pedra de Galway. O ar frio cheirava a mar e fumaça de turfa. Nunca esqueceria o medo que se lhe aferrara quando viu as luzes da Mansão Kingscourt a distância.

Seu pai estava sentado à mesa na biblioteca, examinando um ovo amarelo do tamanho de um punho com uma lente de aumento, fazendo anotações num livro de contabilidade encadernado em couro. Embora só fizesse três semanas que Merridith o vira, parecia ter envelhecido vários anos. Não fazia muito tempo do seu segundo derrame; o ataque o deixara com um tremor e com a vista muito reduzida. A luva de couro preto que costumava usar na mão direita estava torcida sobre o mata-borrão como uma aranha venenosa.

Merridith deu uma batidinha à porta. Sem levantar os olhos, o pai murmurou:

— Entre.

Ele deu um passo ansioso, mas na verdade não entrou.

— Gostaria de saber se podíamos ter uma conversinha, senhor.

— Eu estou bem, David. Obrigado por perguntar.

— Desculpe-me, senhor. É claro que eu devia ter perguntado.

O pai concordou com a cabeça, mas nem assim levantou os olhos.

— Essa... conversinha... que quer ter. Diz respeito ao seu uso da minha casa como hotel para descansar entre reuniões sociais?

— Não, senhor. Peço desculpas pela duração da minha ausência, senhor.

— Entendo. Então diz respeito a quê? Essa conversinha que você quer ter.

— Bem... a questões entre mim e a senhorita Blake, senhor.

— E quais são?

— Eu... Parece que eu... Quero dizer... — Ele se recompôs e começou de novo. — Criei apego a outra pessoa, senhor.

Com toda a calma, o Conde pegou um pincelzinho minúsculo de uma gaveta e começou a limpar o ovo com um movimento instável.

— Bem — disse baixinho, como se para si mesmo —, então é melhor descriá-lo com o dobro da rapidez. Não acha? — Levantou o objeto na pálida luz dourada; passou o dedo pela circunferência, como se o ajudasse a chocar.

— Parece que eu me lembro — ele quase sussurrou — que alguns "apegos" que você criou no passado também não eram sensatos. Também tiveram de ser descriados.

— Acredito que este é diferente, senhor. Na verdade, tenho certeza disso.

Agora o pai olhou para ele. Os olhos eram como pedras. Depois de algum tempo, levantou-se da mesa e calçou a luva.

— Aproxime-se — murmurou. — Na luz.

Merridith tremia ao se mover na direção do pai.

— Há algum problema nos seus ombros, David?

— O que... o que quer dizer, senhor?

Lorde Kingscourt piscou devagar, como uma vaca com sono.

— Talvez você me fizesse a honra inestimável de ficar de pé ereto quando fala comigo, por favor.

Ele fez o que lhe mandavam. O pai fitou-o. O vento sacudia as janelas; gemia na chaminé. As telhas batiam no telhado da leiteria.

— Está com medo, David? Reponda-me honestamente.

— Um pouco, senhor.

Passou-se um longo momento antes que Lorde Kingscourt assentisse com a cabeça.

— Não se envergonhe. Sei o que é ter medo.

Ele se afastou pesada e lentamente até o aparador de mogno, onde procurou uma decantadeira de pedra e meio sem jeito a destampou. Com cuidado, serviu um cálice de *brandy*, embora o tremor de sua mão tornasse difícil servi-lo. Sem se virar, perguntou:

— Bebe comigo, David?

— Não, senhor, obrigado.

A mão com a decantadeira flutuava sobre um segundo copo, como se a ponto de fazer uma avaliação capaz de ter conseqüências duradouras.

— Um homem não pode mais beber com o próprio filho sem ter de ir a Dublin para ter o privilégio?

O relógio do avô deu um clique e um rangido. O tempo que marcava estava errado por muitas horas. Nalgum lugar da sala outro relógio mais leve batia, como se numa discussão desagradável com seu solene ancestral.

— D-Desculpe-me, senhor. Beberei, claro. Obrigado. Talvez um calicezinho de vinho.

— Vinho — disse Lorde Kingscourt — não é bebida. É lavagem para rins de franceses e janotas saltitantes.

Serviu o segundo cálice de *brandy* até a boca e colocou-o na mesinha ao lado do piano. Merridith foi e pegou-o. Estava frio ao toque.

— À sua saúde, David. — Lorde Kingscourt esvaziou meio copo num só gole.

— E à sua, senhor.

— Vejo que não bebeu. Talvez seu brinde não seja sincero.

Merridith tomou um golinho. A garganta revoltou-se.

— Mais — disse o pai. — Quero ter saúde.

Ele tomou uma golada, os olhos úmidos de enjôo.

— Tudo — disse Lorde Kingscourt. — Sabe que estou muito doente.

Ele terminou o copo. Seu pai o encheu de novo.

— Pode sentar-se agora, David. Ali, por favor.

Merridith cruzou a sala até o sofá estofadíssimo e sentou-se, e o pai arrastou-se dolorosamente até a poltrona de couro escuro, o rosto distendido com o esforço de mover-se. Usava chinelos descombinados, sem meias. O eczema de que sofria enchera de bolhas os tornozelos ossudos, as cicatrizes lívidas riscadas com os traços irregulares das unhas.

Mais uma vez, nada disse. Merridith perguntou-se o que aconteceria. De algum lugar a distância um burro deu um zurro zombeteiro. Quando afinal o pai voltou a falar, foi do jeito exageradamente deliberado e articulado que usava para ocultar a dificuldade arrastada que tinha desde os derrames. Um bêbado tentando disfarçar a bebedeira.

— Às vezes tinha muito medo do seu avô quando estava com a sua idade. Eu e ele não tínhamos a relação íntima de nós dois. Na verdade, ele podia ser quase um tirano. À moda antiga e coisa e tal. Ou eu pensava assim, pelo menos. Foi só nos últimos anos que vi que ele tinha boas intenções. Que percebi que a rigidez, na verdade, era carinho amoroso.

Engoliu com dificuldade; glótico, como se engolisse um pedaço de cartilagem.

— Mas, quando somos jovens, sempre sentimos isso sobre nossos pais. É natural que um rapaz se sinta assim.

Inquieto, Merridith se perguntou como deveria reagir.

— E na batalha também; muitas vezes tive medo. — Franziu os lábios pálidos e fez um gesto sóbrio e triste com a cabeça. — Pois é. Você parece surpreso, mas é verdade. Na batalha de Baltimore, eu tinha certeza que morreria, David. Certa hora ficamos isolados. E então eu tive medo.

— Medo de morrer, senhor?

O pai fitou ausente o copo como se pudesse ver estranhas figuras nos vapores que dele subiam. Embora a sala estivesse fria, sua barba parecia respingada de suor.

— Pois é. Acho que sim. Da dor, acho. Quando um rapaz já viu outros rapazes morrerem... quando teve o dever de mandá-los para a morte certa... saberá que a morte não é uma coisa nada gloriosa, e sim detestável. — Deu de ombros levemente e espanou a poeira da manga de um jeito meio à toa. — Todas as mentiras que cuspimos sobre morrer pelo próprio país. É isso o que são, sabe, David? Barbaridades e mentiras.

— Senhor?

— Sou da opinião de que esses absurdos são um jeito de impedir que fiquemos com medo. Esmagar o medo que poderia nos unir se assim não fosse. Religiões. Filosofias. Até os próprios países também são um tipo de mentira. Na minha opinião.

Merridith estava confuso.

— Em que sentido, senhor?

— Quero dizer que somos todos comparáveis sob a aparência externa. Humanos, suponho. Se alguém nos furar etc. — Assentiu de novo com a cabeça e tomou um longo gole de *brandy*. — Com exceção dos franceses, é óbvio. Selvagens comedores de alho.

— Claro, senhor.

O pai franziu a testa.

— Isso foi uma piada.

— Desculpe, senhor.

— Pois é. Também estou arrependido. Mais do que você pensa.

Deu uma risadinha amarga.

— Para falar a verdade, às vezes acho que o velho Sapo tinha razão. Liberdade, igualdade, fraternidade etc. — Olhou boquiaberto a sala triste e friíssima como se a desprezasse. — Não diria não a uma fatia de liberdade. E você? — As palavras tinham uma sombra de ironia que David Merridith não conseguiu entender.

— Bem... não, senhor. Acho que não.

— Não mesmo. Não mesmo. Nem eu.

O relógio do avô bateu do fundo do peito: um som triste, desgastado, uma tosse de cronometria. As sombras moveram-se. O fogo chiou. Os dentes das engrenagens reajustando-se à rotina. O pai levantou os olhos para o teto marrom empenado; depois para o relógio; e depois para o filho.

— O que eu lhe dizia, David?

— O senhor estava falando sobre a morte, senhor.

— Estava?

— Sim, senhor. Sobre a batalha de Baltimore.

Lentamente o pai começou a falar de novo.

— O que eu temia. Mais ainda. Que essa possibilidade — e os olhos de Lorde Kingscourt pareceram dissolver-se em lágrimas.

Merridith ficou tão horrorizado como se o pai tivesse perdido o controle dos intestinos. Por um momento ficou rígido, a cabeça muito baixa, a mão esquerda agarrada ao pedaço de galão prateado que tentava decorar o braço da cadeira. Então seus ombros começaram a se convulsionar, enquanto chorava em silêncio. Os soluços sacudiam-lhe o peito e ele ainda tentava não se mexer. Pequenos sons de resistência. Um sacudir da cabeça. A respiração vinha em soluços que pareciam perfurá-lo.

— O senhor... está bem, senhor?

Lorde Kingscourt fez que sim com a cabeça, mas não levantou os olhos.

— Quer que lhe traga um copo d'água?

Não se fez resposta. Ouviu-se um cachorro latindo; um insistente ganido repetido em duas notas, e o assovio de um pastor mandando-o calarse. Os dedos trêmulos de Lorde Kingscourt foram até a testa; cobriram-lhe os olhos como um homem com vergonha.

— Precisa me desculpar, David. Não estou me sentindo muito bem esta noite.

— Está tudo bem, meu pai. Há alguma coisa que eu possa fazer?

— A sua mãe... foi a melhor pessoa que já viveu.

— É mesmo, senhor.

— A compaixão que tinha pelas pessoas. Capacidade de perdoar. Não se passa uma hora sem que eu sinta a sua perda. Como um aleijado sentiria falta da perna.

As lágrimas corriam de novo por seu rosto e Merridith agora estava com medo de falar. Achou que também choraria se falasse.

— Saiba que tivemos tempos bons e tempos ruins, David. Deus sabe que eu estava muito aquém do que ela merecia. Falhei tantas vezes com ela. Por raiva e estupidez. Desperdicei tanta coisa que não agüento pensar nisso. Mas nunca pense que não havia amor entre nós.

— Nunca pensaria assim, senhor.

— Porque. O que eu temi naquela noite em Baltimore, David. Não foi só a dor, a dor física. Mas que eu nunca. Visse você e sua mãe de novo. Principalmente você. Não abraçar. O meu único filho. Sentimento mais terrível nunca conheci.

— Senhor, peço-lhe que não se torture pensando no passado.

A boca do pai estava contorcida de tristeza.

— Sou eu quem peço. Por favor, nunca tema vir a mim com alguma pequena dificuldade que possa estar passando na vida. Nunca, David. Tudo pode ser superado. Nunca sinta que está sozinho. Vai me fazer esta promessa?

— É claro que sim, senhor.

— Apertaria a minha mão por isso?

Merridith foi até o pai e apertou a mão estendida e sem vida. Nunca se sentira tão próximo dele; uma proximidade animal e visceral que não conseguia lembrar ter sentido por ninguém. O pai chorara como uma criança órfã e David Merridith lhe apertara a mão. Quisera envolvê-lo, cobri-lo como uma armadura, mas o momento passara enquanto ainda tentava imaginá-lo. Talvez fosse melhor. Seu pai nunca gostara de ser tocado.

Lorde Kingscourt secou os olhos e deu um sorriso pequeno e corajoso.

— Então você se apaixonou. Uma confusão digna de registro.

— É mesmo, senhor. Parece que é isso mesmo.

— E você tem certeza?

— Tenho, senhor.

Seu pai de repente riu e deu-lhe um tapa no ombro.

— Acha que o velho ogre deste seu governador nunca pegou essa febrinha, não é?

— Claro que não, senhor.

— Mas peguei. Muitas vezes. Nem sempre fui o destroço arruinado que sou hoje. Dei a algumas mocinhas um bom susto no meu tempo, estou lhe dizendo. Assim, acho que entendo seu problema, meu garoto.

— Obrigado, senhor. Senti de verdade que o senhor entenderia quando expliquei a situação.

— Claro. É tudo perfeitamente compreensível. Bastante natural, na verdade.

Serviu-se de outro cálice de *brandy*.

— Carinha bonita. Brilho no olho. Um bom estofamento, não duvido. — Tossiu apertado e virou-se para limpar a boca. — Agora está tudo muito bem, não vê? Nenhum de nós aqui sem isso. Mas há mais coisas num casamento, afinal de contas.

— É claro, senhor, eu sei.

— Há o dever a levar em conta. O casamento é um contrato.

— Claro, senhor.

— Muita cena e falação sobre amor hoje em dia. Sabe qual é a definição de amor?

— Qual, senhor?

— Determinação de manter a própria palavra, David. Nada mais, nada menos. Cumprir seu dever sempre, quer queira, quer não.

— Claro, senhor.

— Os animais agem como sentem. E um animal pode ser belo. Essa, na verdade, é a natureza de sua beleza. Mas nós, homens, temos moralidade.

Esta é a única diferença. A única coisa que faz valer a pena continuar a vida humana.

— Com certeza pretendo manter minha palavra a Miss Markham, senhor. Acho que manter minha palavra será um grande p-prazer. Quando o senhor a conhecer, tenho certeza de que concordará.

O sorriso moribundo do pai fez David Merridith pensar num carvão que se apagava. Quando falou de novo, a voz estava murcha, fria e baixa.

— Eu falava da sua palavra a Miss Blake e ao pai dela.

O fogo deu uma cuspida e estalou na lareira. Uma acha vermelha caiu e chiou na base da grade.

— Você também tem obrigações para com o povo desta propriedade. Isso lhe passa pela cabeça por um segundo pelo menos?

— Senhor...

— Eu dei minha palavra de que as terras serão melhoradas quando os recursos do seu acordo matrimonial estiverem disponíveis. Agora vou lhes dizer que minha palavra não significa nada? Como a sua nada significou para sua noiva e o pai dela?

— S-Senhor... Eu escrevi hoje a Miss Blake para explicar a situação, e também ao Comandante. Quanto aos rendeiros...

— Entendi — interrompeu o pai. — Você escreveu. Que corajoso. Então toda esta conversa, na verdade, foi apenas formal.

— Achei que seria melhor avisar o Comandante da nova situação, senhor.

O pai sorriu sem nenhuma alegria.

— E o Comandante foi o idiota que o criou, senhor? O Comandante foi o idiota que pôs o pão em sua boca?

— Eu... eu fiz o possível para lhe explicar tudo também, senhor.

— Está dizendo que vai me contradizer? É sua última palavra? Pense bem, senhor. Suas ações têm conseqüências. — Lorde Kingscourt fora até a campainha e segurava o cordão na mão enluvada. — Sua vida agora chegou a uma encruzilhada, David. A escolha é só sua. Precisa escolher como um homem.

— Estou di-dizendo que minha situação mudou, senhor. Meus sentimentos.

Lorde Kingscourt assentiu abruptamente com a cabeça e puxou o cordão da campainha. O sino tocou nalgum lugar bem longe.

— Então está tudo bem. Pois que seja. — Virou-se e mancou pesadamente de volta à mesa.

— Pai?

— Saia desta casa antes que eu me levante amanhã de manhã. Não volte.

— P-p-pa...

— Sua mesada será cortada imediatamente. Agora vá.

— Pai, por favor...

— *Por favor o quê, senhor?* Por favor, continue a ceder ao meu último capricho? Por favor sustente-me para eu me sacudir pelo país como um mestre de dança? Acha que eu nada escuto, senhor, é isso? Restam-me poucos amigos, mas ainda tenho alguns que me trazem notícias da última vergonha. Bem, o senhor não vai mais vadiar com meu dinheiro, senhor. Juro-lhe pelo túmulo de sua mãe.

— Não é uma questão de dinheiro, senhor, com certeza...

— Ah, "não é uma questão de dinheiro, senhor". É isso, seu pelintra insolente? E como pretende sustentar essa suposta esposa sua? Com o salário de primeiro-tenente?

— Não, senhor.

— Sim, senhor! Fique de pé quando eu falar com você! Pelo que me dizem do danado do seu esforço miserável, é quase impossível que chegue a Comandante.

— Na verdade, acho que vou pedir baixa do posto, senhor.

O pai deu um muxoxo.

— Suponho que não se refere ao posto que meu dinheiro suado teve de comprar para você.

— Miss Markham tem recursos próprios, senhor. Sua família fez sucesso nos negócios.

Lorde Kingscourt parou de andar. Um brilho de repugnância arregaloulhe os olhos.

— Agora você está brincando.

— Não, senhor.

— O senhor me odeia tanto assim? Está querendo me matar?

— Senhor, eu lhe imploro...

— Será que eu o criei e eduquei e patrocinei sua inutilidade para que você viva do produto do comércio como um lojista?

— Eu-eu não vejo a questão nestes termos, senhor.

— Ah, você não vê. Que conveniente. Que tocante, que moderno. E não acha isso inadequado? Um homem ser sustentado por uma droga de mulher?

— Senhor...

Lorde Kingscourt apontou vagamente na direção da janela. Seu rosto parecia quase sujo de raiva. *Salach* era o adjetivo irlandês que queria dizer sujo; palavra que soava como o significado.

— Nem um único homem desta terra, nem o mais pobre dentre eles, jamais sonharia em permitir que a mulher o sustentasse. — Ele bateu o copo na tampa do piano com tanta força que o conteúdo lhe respingou na luva. — Já ouviu falar de responsabilidade, dever, lealdade? Já teve pelo menos um mínimo de hombridade, senhor?

David Merridith nada disse. As cordas do piano reverberavam. Absurdamente, o metrônomo clicara para a vida, mas parecia que Lorde Kingscourt não notara seu despertar.

— Suponho que vai amamentar e limpar bundas também, não é? Enquanto sua dama está fora ocupada cuidando da loja?

— Senhor, sei que o senhor está um pouco nervoso agora, mas o senhor me obriga a dizer que me ofendo com sua escolha de...

O pai levantou de repente e o braço e atingiu-o com força no rosto.

— Ofende-se, você, seu vagabundo inútil e desprezível? — Ele fechou a própria mão, o golpe fora tão violento. — Por Cristo esse dia ainda não nasceu nem nascerá. Vou surrá-lo daqui até Clifden num minuto, seu cão danado e libertino. *Está me entendendo agora? Está me entendendo, senhor?*

David Merridith chorava com o choque.

— *Fique de pé quando eu falar com o senhor! Ou vai passar por aquela parede!*

— P-peço desculpas, meu pai.

— Derrame mais uma lágrima na minha frente e vai chorar como uma cadela chutada, seu gago imbecil.

— Está bem, pai.

— Já fiz isso antes e faço de novo. Sua vida foi fácil demais até agora. Tudo de que precisou sem nenhuma condição. Como meu único filho, eu tinha sentimentos naturais, mas vejo com vergonha que praticamente estraguei você.

Neste ponto, Tommy Joyce, o valete do pai, entrou. Parou junto à porta com ar apreensivo. Era claro que ouvira parte da discussão.

— Vossa Excelência tocou.

— Arrume as roupas e outros pertences do visconde. Ele partirá pela manhã com as primeiras luzes. Vai lhe dar o endereço para onde quer que tudo seja enviado.

Devagar, o criado fez que sim com a cabeça e virou-se para sair.

— Pensando melhor, arreie o cavalo e prepare o faetonte. Ele vai nos deixar esta noite, meu suposto filho. Assim que seus pertences sejam embalados.

— Peço perdão a Vossa Excelência — tentou Tommy Joyce —, mas está uma noite gelada demais para sair na estrada.

— Está surdo?

— Senhor, eu só pensei...

— É tão surdo quanto petulante, seu idiota ignorante como um porco?

— Senhor...

— Obedeça às suas ordens e obedeça depressa se quiser continuar a meu serviço por mais um minuto.

— Pai, eu lhe imploro...

— *Não ouse usar a palavra "pai" quando falar comigo.* Fracassou em Oxford. Fracassou na marinha. Em cada pequena prova que a vida lhe apresentou, você fracassou. E agora quer fracassar mais uma vez e com isso lançar meu nome na lama desta merda de condado.

— Pai, por favor, se acalme. O senhor vai acabar passando mal.

— Saia desta casa antes que eu use o chicote em você. Você me dá nojo.

— Pai...

— *Fora!*

David Merridith saiu da sala. Fechou a porta atrás de si o mais silenciosamente possível. Vomitou no corredor quando o faetonte apareceu no pátio. Vomitou enquanto suas malas eram arrastadas pelas escadas. “Fora” foi urrado mais uma vez no escritório.

A última palavra que os dois Merridith diriam um ao outro.

Características mentais gaélicas. — *Rápido na percepção*, mas deficiente na profundidade do poder de raciocínio; teimoso e excitável; tendência a se opor; *forte no amor e no ódio*; em um momento, entusiasmado, logo após, triste; de imaginação viva; extremamente sociável, com *propensão para se aglomerar*; extrovertido e autoconfiante; deficiente na aplicação ao estudo profundo, mas possuidor de *grande concentração em ocupações monótonas ou puramente mecânicas*, tais como colher lúpulo, segar, tecer etc.; falta de prudência e previsão; antipatia pelas ocupações marítimas.

"Antropologia comparativa", de Daniel Macintosh,
The Anthropological Review, janeiro de 1866.

CAPÍTULO XVIII
O TRADUTOR

O DÉCIMO QUINTO DIA DA VIAGEM: NO QUAL O CAPITÃO TEM UM ENCONTRO ESTRANHO COM DETERMINADO PASSAGEIRO (E REFLETE SOBRE AS LOUCURAS DO AMOR JUVENIL).

Segunda-feira, 22 de novembro de 1847
Ainda faltam onze dias no mar.

LONG: 41°12,13' O. LAT: 50°07,42' N. HORA REAL PADRÃO DE GREENWICH: 02h10 (23 de novembro). HORA AJUST. DO NAVIO: 23h26. (22 de novembro). DIR. VENTO & VELOC.: E (88)°. Força 5. MAR: Turbulento. RUMO: O (271°). PRECIPIT. ATMOSF. & OBS.: Neve pesada à tarde. Céu carregado o dia todo. Um corpo humano foi avistado na água às quinze para as cinco, 300 jardas a estibordo. Sexo indeterminado. Muito decomposto e sem os membros inferiores. O reverendo Deedes e alguns outros fizeram uma oração quando passamos.

Sete passageiros morreram na noite passada e esta manhã foram entregues à misericórdia das profundezas. Seus nomes foram devidamente riscados da Lista de Passageiros.

O estranho fedor do navio continua muito forte e angustiante. Ordenei que o madeirame fosse esfregado três vezes por dia até que ele diminua. Leeson afirma que uma coisa incomum vem acontecendo no depósito de carga. Parece que foi quase abandonado pelos ratos; mas um grande número desses animais foi observado a correr pelos conveses como se estivessem num estado de total frenesi. Uma criança do porão foi mordida hoje e todos foram avisados para não se aproximarem caso os vejam. O cirurgião

Mangan está preocupadíssimo com a infestação crescente nas áreas públicas. Ordenei que se pusesse veneno.

Vários relatos de gritos misteriosos pelo navio à noite; ou choro ou "gemidos". Sem dúvida a confusão e o clamor de sempre que nós, matusaléns veteranos do *Estrela*, já conhecemos tão bem: o "canto de John Conqueroo"; mas mais alto e ainda mais assustador que antes, dizem. Parece que o reverendo Deedes foi procurado por alguns passageiros do porão que lhe perguntaram se realizaria um rito de exorcismo. Ele disse achar que tal procedimento seria bastante desnecessário, mas realizou um serviço na tolda esta noite. Enorme comparecimento.

Só pode ser que atingimos alguma grande criatura do mar, talvez um tubarão ou cetáceo muito grande, e o matamos; partes dos fluidos ou da membrana tendo de algum modo aderido ao casco da embarcação. Afinal, o fedor é claramente o de algum animal morto em decomposição. (Não é preciso dizer que King Duffy do Haiti tem suas próprias teorias macabras, mas para um homem racional é melhor procurá-las no mundo racional.)

Por algum tempo venho dedicando meia hora por dia a qualquer passageiro que queira me ver — mas, obviamente, somente em questões da mais profunda urgência. (Leeson separa o joio do trigo, separação muito necessária dadas as necessidades mais urgentes.) Esta tarde, um casal do porão apresentou-se em meus aposentos durante este período e anunciou que desejava casar-se. Por não falarem inglês, trouxeram consigo Wm. Swales, o aleijado que mencionei previamente, como intermediário. E é uma coisa excelente que tenham pensado nisso; pois, se não fosse assim, eu não teria noção alguma do que estavam dizendo em sua língua estranha mas não de todo desagradável. Ele me deu boa-tarde e declarou ser uma coincidência agradável me ver de novo. E eu tentei saudar os jovens em seu próprio vernáculo gaélico — "Jee-ah gwitch" — com algum sucesso, fico feliz de contar, pois fizeram que sim com a cabeça, alegres, e repetiram o mesmo para mim. "Deus seja louvado este dia", riu-se Swales de leve e olhamos um para o outro como parceiros à espera que o baile começasse; mas... infelizmente, não começou.

Através do meu pedagogo esfarrapado, os jovens explicaram que já tinham ouvido muita gente dizer que o Capitão pode realizar um casamento no mar. Avisei-lhes (novamente através de Swales) que na verdade não é assim (apesar do romantismo da ficção para damas). Na verdade, não posso realizar nenhum tipo de cerimônia legal (com exceção de funerais e da execução de prisioneiros em tempo de guerra) e aconselhei-os a esperar até chegarmos a Nova York e lá procurar obter uma Certidão das autoridades da cidade. (Como costumava dizer o Capitão Bligh, "um casamento no mar só é legal até que o navio volte ao porto".) Seja como for que Swales explicou, ficaram muito entristecidos de saber. Eis uma aproximação das palavras que ele disse: "Shay dear on budduck knock will bresh beah lefoyle"*.

Perguntei há quanto tempo se conheciam. Responderam que há uma quinzena, tendo se encontrado no navio. (Ele é das ilhas Blasket, ela das ilhas Aran.) Perguntei então se já tinham ouvido o velho ditado, "a pressa é inimiga da perfeição", e disseram que sim, como atestou Swales, mas que tinham se apaixonado loucamente. O rapaz tem dezoito anos, a moça é um ano mais nova; uma "colleen" de cabelo escuro com os olhos mais bonitos que já vi. Dá para imaginar com que facilidade o pobre rapaz caiu enlevado; ela me lembrou minha própria esposa, na verdade, quando mais nova.

Mais uma vez expliquei que não tinha autoridade para realizar a cerimônia e disse que deviam ser pacientes por mais onze dias; acrescentando que não era esperar muito, especialmente para um casal feliz que queria passar toda a eternidade juntos. Foram embora, parecendo bastante entristecidos, mas Swales pediu para ficar mais um instante.

Brincamos um pouco sobre a tolice do ardor juvenil. Se eu ganhasse um guinéu, disse eu, a cada moça bonita com quem quis me casar depois de duas semanas de beijos e bobagens infantis, seria o homem mais rico da Grã-Bretanha hoje em dia. Ele deu uma risada e tapinhas nas minhas costas de um jeito bem familiar, de que não gostei. Depois disse que esperara me

*Uma observação curiosa. É possível, segundo alguns estudiosos do gaélico, como Samuel Ferguson, de Belfast, membro do Conselho da Rainha: "*Sé deir an bodach nach bhfuil breis bia le fail.*" Traduzindo: "O bobão [o velho tolo] está dizendo que não vai ter comida extra". A palavra "*bodach*" (que se pronuncia "buddok") pode ter a ver com "*bod*", coloquialismo irlandês de baixo calão que significa a genitália masculina. O uso não é desconhecido em Connemara. — GGD.

ver no convés nos últimos dias ou noites e esperara bastante, mas não conseguira encontrar-me até que a coincidência fortuita surgira nesta manhã com o jovem casal etc. Expliquei-lhe que estava bastante ocupado com problemas lá embaixo, meu alegre passatempo de administrar o navio interferindo às vezes com meu emprego de trocador-mestre de tagarelice com os passageiros, mas esperava que logo pudéssemos ter uma conversinha agradável.

Swales disse que, na verdade, estava muito ansioso para conseguir emprego com Lorde Kingscourt se fosse possível; e não havia tanto tempo assim sobrando na viagem. Seu medo, explicou, era que, logo que chegássemos a Nova York, Lorde Kingscourt e sua família começassem a viajar de novo e ele perdesse a oportunidade.

Eu disse que mencionara o assunto há umas duas noites, mas Lorde Kingscourt não tinha necessidade, a família já possuía uma criada. Mas me dera cinco xelins para dar a Swales, com a sua bênção. Isso eu lhe entreguei devidamente. Mas o ingrato não pareceu muito feliz de recebê-los. Quando lhe perguntei qual poderia ser o problema agora, ele respondeu que não podia comer cinco xelins, nem mesmo dez mil. Com isso, dei-lhe bom-dia. São muitas e grandes as obrigações da capitania, mas arranjar emprego para gente cabeça-dura e presunçosa não é uma delas (ainda).

Quando ele saiu (e outros entraram), Leeson me disse que ele o vinha importunando há vários dias para entrar; anunciando que ele e eu éramos amigos de bordo etc. Eu disse que era uma pena que não pudesse me dividir em réplicas para que todos os falastrões do navio pudessem ficar com uma. Como um verme, disse Leeson. (Mas acho que ele não quis ofender.)

Mais tarde, à noite, enquanto fazia as leituras no convés de proa, observei o jovem que queria casar, agora trocando carinhos com uma deusa bem diferente; uma linda Helena com uma auréola de tranças louras. Assim, parece que o Páris do Lamaçal se recuperou de todo o desapontamento que sentiu! Mas é assim o amor juvenil. Quente como o siroco quando começa a soprar; mas esfria com a mesma rapidez ou muda de direção.

Achava já ter ouvido falar de Bonaparte; não sabia quem era; achava já ter ouvido falar de Shakespeare, mas não sabia se estava vivo ou morto, e isso não lhe importava. Um homem com nome parecido tinha uma quenguinha [uma prostituta] e se deu muito bem; mas era um tipo tão duro que se estivesse morto não faria diferença. Vira a Rainha, mas não recordava seu nome naquela hora; sim, tinha ouvido falar de Deus, que fez o mundo. Não conseguia lembrar-se exatamente de quando tinha ouvido falar dele. Nunca tinha ouvido falar na França, mas tinha ouvido falar dos franceses; tinha ouvido falar da Irlanda. Não sabia onde ficava, mas não podia ser muito longe, senão aquela multidão não podia vir de lá até Londres. Queria dizer que vieram a pé, uau, cada pedacinho do caminho.

Vendedor de rua de Londres ao jornalista Henry Mayhew
Nome desconhecido

CAPÍTULO XIX

O LADRÃO

EM QUE SE OFERECE AO LEITOR, PARA SUA EDUCAÇÃO MORAL, UMA CRÔNICA ESCANDALOSA DA QUEDA DE PIUS MULVEY NUM PÂNTANO DE RUFIANISMO E VILANIA; E DAS CONSEQÜÊNCIAS INEVITÁVEIS QUE TÊM DE DERIVAR DESTE CAMINHO.

Na noite em que Pius Mulvey partiu de Connemara, um furacão atingiu o litoral oeste da Irlanda, derrubando vinte mil árvores em menos de seis horas (de acordo com o *Times* de Londres do dia seguinte). Os ventos foram assustadores, mas as árvores causaram os danos. Bloquearam as estradas e caíram nos rios; pulverizaram casas da roça, cabanas, igrejas. O tornado castigou de cima abaixo o litoral ocidental, desde as ilhas Skellig ao largo da costa de Kerry, no sul, até a extremidade norte do Condado de Donegal. Dezenas de pontes caíram ou foram levadas. Dois homens em Sligo foram mortos por um deslizamento de terra, uma mulher em Clare por um raio. Um aristocrata de Cashel, lá em New College, Oxford, escreveu numa edição do jornal dos alunos que o país nunca mais seria o mesmo.

Mulvey caminhou as duzentas milhas de sua casa até a grande cidade de Belfast, no Condado de Antrim, viagem que lhe custou a maior parte de um mês. Jamais pusera os pés numa cidade antes, quanto mais numa tão magnífica e cômoda quanto esta. Tão próspera, tão graciosa, tão grande era Belfast que as pessoas às vezes discutiam sobre onde ficava exatamente; parte dela em Antrim, outra parte em Down, todos querendo ficar com um pedaço. O rio era tão belo que escreviam canções em seu louvor: o amorável velho Lagan que corta a cidade em duas. Os vastos alcáceres de granito que guardavam a praça pareciam maravilhas aos olhos de Mulvey, fortalezas de mármore e colunas imperiais; as filas inumeráveis de casas de pedra vermelha construídas especialmente para as classes trabalhadoras também coisa de fazer cair o queixo. Davam-lhe uma casa. Davam-lhe *vizinhos*. Se Connemara era a Antártida, Belfast era Atenas. Assim pareceu a Pius Mulvey. A vasta bandeira do império na torreta da Prefeitura era do tamanho do campo de seu pai em casa.

Seguiu seu caminho até a agitação das docas, onde encontrou emprego por algum tempo num grupo de trabalhadores que ampliavam e aprofundavam o porto. Era trabalho de que gostava, descomplicado e saudável; ao contrário da labuta de Connemara, dava para ver o resultado. As costas podiam doer na hora em que a gente parava, os músculos pulsar, a pele descascar com o frio, as mãos com bolhas como as de um ermitão com estigmas; mas no fim da semana a gente recebia um punhado de xelins e eles pareciam um doce bálsamo para a dor. A comida era abundante e barata na cidade. Para quem queria bebida, era fácil encontrar; não o uísque venenoso do norte de Galway, mas cervejas suaves e doces e maltes que aqueciam.

Ninguém no porto se incomodava se alguém ia ou vinha. Em sua maioria, todos estavam indo ou vindo. Criado na intimidade praticamente incestuosa de Connemara, Mulvey achou uma bênção o anonimato da cidade grande. A liberdade de conversar com um estranho afável: o camarada que só falava com a gente para matar o tempo. Um companheiro que não queria nada e não oferecia nada em troca. Talvez nunca mais pusessem os olhos um no outro e isso significava que podiam falar sem medo de cobranças. Ou a liberdade de não conversar com ninguém, mas de pelo menos ter opção no caso, coisa que em geral não se tinha nas encostas de Galway. O maravilhoso silêncio da cidade tarde da noite. Perambular pelos caminhos da metrópole adormecida; ouvir o eco dos próprios passos na pedra preta e molhada; avistar as colinas distantes iluminadas pela lua numa brecha no fim de uma rua com degraus e patamares, antes de seguir de volta à cabana nas docas com uma garrafa. Parecia a Pius Mulvey a vida de um deus.

Sua mãe passara uns quinze dias em Dublin quando garota. Sempre que falava dos costumes da cidade grande observava com desaprovação e profunda suspeita que era um lugar onde se podia realmente ser você mesmo. Mas parecia a Pius Mulvey que podia ser quem quisesse; que a cidade era uma pasta vazia onde seu passado poderia ser refeito. "Palimpsesto" era a palavra para um documento escrito no lugar criado pelo apagamento de outro. Ele veio a pensar em Belfast como Palimpsestia, no Condado de Antrim. Não havia razão para confinar-se a ser ele mesmo. E logo, logo, descobriu que, em Palimpsestia, havia muitas razões para ser outra pessoa.

Foi ali que começou a viver com nome falso. Um bondoso camarada protestante com quem dividiu acomodações confidenciara-lhe discretamente algumas regras. Belfast estava mudando. As pessoas falavam "antigas bobagens". Ele não tinha nada a ver com fanatismo e nunca tivera. A religião de um homem só era da conta dele; o mundo seria bem mais feliz se continuasse assim. Mas para um católico romano era importante ter cuidado agora. Alguns territórios da cidade não deviam ser percorridos por quem tivesse um nome tão ricamente sugestivo como Pius.

Por algum tempo, tornou-se o próprio irmão, mas ser Nicholas Mulvey parecia quase uma indecência, um ato de colonização grave demais. E de qualquer modo "Mulvey" ainda era meio papista demais para que a maioria dos empregadores engolisse. Encontrar o nome certo mostrou-se difícil ao extremo. Como John Adams, foi estivador durante quase quatro meses; como Ivan Holland, ajudante de vaqueiro; como Billy Ruttledge, auxiliar no rebocador de um prático. A vida à beira d'água era variada o bastante para permitir esses batismos freqüentes.

Como William Cook, foi parceiro de um trabalhador da estiva que amava o Senhor e que, persistente, encorajava Mulvey a amá-lo também. Mulvey tinha tão pouco interesse em encontrar Jesus quanto esperava que Jesus tivesse em encontrar Mulvey; mas adorava ouvir a poesia extraordinária falada por seu superior. Dançar era "fornicação por trás das pernas"; uísque ou cerveja, "o soro de leite do diabo". As pessoas não morriam, "adormeciam". O Papa Pio era "Capitão do Chapéu Vermelho" ou "Johnny Meia Longa".

Era um protestante justificado da Bíblia, dizia o estivador, separado no evangelho pelo Poder do Espírito Santo. Mulvey não sabia o que "justificado" e "separado" significavam nesse contexto espiritual, por que a justificação era uma meta necessária, nem de que pesadas imposições podia ser necessária a separação. Mas ser capaz de falar assim sobre a própria religião parecia uma coisa que poderia lhe dar uma força maior. Foi batizado como evangélico numa tenda em Lisburn e foi à missa em Derriaghy no caminho de casa na mesma noite, as roupas ainda molhadas da imersão anterior. Nenhum dos ritos revelara-lhe muito do Poder do Espírito Santo; mas, como seu pai costumava dizer quanto tomava alguns goles, não dá para esperar milagres terríveis quando se fala de Deus.

Com o tempo, Mulvey começou a se cansar da vida do porto, suas novas desconfianças, a suspeita mútua que agora crescia entre os homens, e decidiu tentar a sorte noutro lugar. Foi Daniel Monaghan que se engajou no barco de transporte de gado que seguia para Glasgow. Foi Gabriel Elliot que voltou no mês seguinte, sem encontrar nenhum trabalho naquela cidade empobrecida, mas tendo achado muitas das mesmas tensões que em Belfast pulsavam em silêncio.

O trabalho braçal agora o entediava e perguntou-se de que outro modo poderia ganhar a vida. Começou a circular pelos *pubs* da beira do cais à noite, cantando a balada que compusera para os que bebiam. Aprendeu a ajustá-la às exigências do público, a cruzar com cuidado as várias fronteiras de Belfast. Se os bêbados eram protestantes, fazia do sargento insultado um católico irlandês preguiçoso pedindo alguma coisa; se eram católicos, moldava-o como um pastor a sacudir a Bíblia em busca de convertidos entre os que reverentemente passavam fome. Quando finalmente descobriram, como ele sabia que acabaria acontecendo, que no fundo vinha cantando a mesma música para os dois lados adversários, ambos se uniram numa fugaz coalizão para surrá-lo até a inconsciência e expulsá-lo da cidade.

Ele acordou sob uma lona no convés de um barco de carvão com os bolsos vazios e as roupas em farrapos. Os homens falavam uma língua que não conhecia; uma língua curiosa e vocálica que supôs ser alemão. Levou algum tempo para perceber que na verdade era inglês, mas falado com um sotaque que nunca ouvira antes. Abandonavam os "hh" e exageravam as consoantes. "Ed" era "*head*", cabeça. "Gored" era *God*, Deus. Noruegueses, talvez. Víquingues dos dias de hoje. Ou talvez fossem americanos, pensou Mulvey. Os americanos eram famosos por aquela arrogância e pretensão. Foi só quando o Capitão propôs um brinde "ao elfo bonzinho do rei Willum" (*Gored blissim*, God bless him, que Deus o abençoe) que Mulvey entendeu quem eram as estranhas criaturas. Os seres cujo nome a língua recebera.

Ficou em seu esconderijo mais um dia e só se aventurou a sair quando a terra ficou visível. Os nativos saudaram seu surgimento com gritos de surpresa alegre, mas não o surraram nem o chutaram nem o jogaram n'água, embora ele esperasse que adotassem pelo menos um desses comportamentos. Em vez disso, alimentaram-no e deram-lhe de beber, animaram-no e chamaram-no de "*good'un*" — um bom camarada. Foi tratado de "*my covey*", "*my chum*" ou "*my china*", todos os termos parecendo conotar o companheirismo entre eles. Explicaram ao viajante exatamente onde estava, o nome das terras não descobertas que podia discernir a distância. ilha Foulness — ilha da Podridão. Southend-on-Sea — a ponta sul junto ao mar. O povoado de Rochford, Vau da Pedra, cujo povo era belicoso. A pátria antiga e tribal de Basildon, o Senhor da Alfavaca, Essex.

A lendária Sheerness, Pureza. A ilha de Sheppey, Peixe-Luz. Subiram o estuário do Tâmisa, passaram por Purfleet (Estreito que Ronrona) e Dagenham (Campo da Lã Suja), Woolwich (Salina de Lã) e Greenwich (Salina Verde), Isle of Dogs (a ilha dos Cães), Deptford (Vau Profundo) e Limehouse (Casa de Calcário), Stepney (Roda Sobressalente) e Shadwell (Poço de Peixe), pela neblina amarelada e espiralada que jazia sobre as docas. Até que a neblina amarelada se abriu como as cortinas de algum teatro gargantuesco e lá estava Londres, a cidade das cidades. Majestosa no crepúsculo, biblicamente colossal, apesar de todos os seus milhões de luzes cintilantes, solitária como uma prima-dona decadente com jóias emprestadas. Estupefato, Mulvey não conseguiu nem falar. A diva podia ter origem duvidosa, mas ele já fora conquistado.

Para as docas o lento navio seguiu, por Wapping (Surra) e Pennington (Lugar Cercado), até St-George-in-the-East; a superfície do rio como um lençol de ouro batido; a cúpula da catedral de São Paulo, uma igreja de

Croagh Patrick de cobre. Seus salvadores lhe desejaram boa sorte quando atracaram nas docas. Ele saiu do vapor e cambaleou para longe. Os marinheiros riam com suas esposas que estavam à espera e punham seu cambaleio na conta de pernas moles no mar. Mas o diagnóstico estava errado. O viajante estava bêbado de amor. Esperava nunca mais ficar sóbrio outra vez.

Dois moleques, como pintos na lama, jogavam dados junto ao cais, cantarolando uma balada sobre bandoleiros destemidos.

O meu nome é Fred'rick Hall
Roubo a todos sem ver qual
Se me pegam, não faz mal
Se eu morrer, se eu morrer.

Pius Mulvey fez o sinal-da-cruz. Nunca mais precisaria ser batizado.

Durante dois anos, Frederick Hall morou no East End da cidade, ganhando o pão com trapaças e roubos. Era mais simples que cantar e muito mais lucrativo, e com muito menos probabilidade de acabar em surra, pelo menos quando se usava o bom senso. Cavalheiros iam ao bairro tarde da noite para achar moças e eram presa tão fácil que Mulvey mal podia acreditar na sua sorte. Se você surgisse num beco e dissesse que tinha uma arma, a vítima entregava a carteira sem dizer palavra. Se você puxasse um cassetete, fazia tudo o que lhe pedisse. E se ficasse ao lado dele assim que saísse do bordel — assim que estivesse abotoando a braguilha e pensando com seus botões que conseguira outra vez — e dissesse baixinho bem neste momento: "Sei onde você mora e vou contar à sua mulher", ele praticamente imploraria para você levar tudo o que tivesse e lhe agradeceria por ter aceitado.

Logo Mulvey descobriu uma coisa interessante: que a forma mais fácil de conseguir dinheiro era simplesmente pedir. Escolhia um cavalheiro que parecesse pouco à vontade na rua — um noviço, talvez, na etiqueta do East End; algum pobre otário com a chibata em tal estado que praticamente se podia vê-la a se contorcer dentro dos seus calções de Savile Row. Mulvey ia tranqüilamente até ele com o sorriso mais simpático que conseguia arranjar e segurava seu braço a saudá-lo como um *maître d'hôtel*. "Tenho uma garota linda logo ali na esquina, senhor. Coisa linda que ela é; os seios parecem pêssegos. Quer que eu vá buscá-la para o senhor? A casa dela fica aqui perto. Limpa e discreta. Ela faz qualquer coisa que o senhor quiser." Às vezes havia um instante de hesitação nervosa e Mulvey repetia baixinho as palavras "qualquer coisa". O cavalheiro lhe entregava algumas moedas quentes e Mulvey lhe agradecia e ia direto para o *pub* mais próximo, certo de não ser seguido até lá pelo cavalheiro. E com certeza, caso estivesse errado, nenhum homem perguntaria publicamente pela marafona que ele prometera. Pelo menos nenhum cavalheiro. Eles tinham de seguir as regras. Dava para torcer as regras deles em benefício próprio; este era o segredo em que se baseava a existência de Londres. Os imigrantes viviam ou morriam de acordo com seu conhecimento daquele segredo e Frederick Hall o comprendia melhor que a maioria.

Amava a cidade de Londres como muita gente ama a esposa. Seus habitantes ele achou decentes, justos, tolerantes; conversadores quando sóbrios e generosíssimos quando bêbados; muito mais hospitaleiros com os de fora do que lhe tinham feito acreditar. O que ajudava é que a maior parte deles também era de fora; muitos viviam sabendo que podiam voltar a sê-lo. Caminhar pelas ruas de Whitechapel era caminhar pelo mundo. Judeus com cachos negros e quipás e barbas; mulheres de olhos puxados em sáris fabulosos; chineses com rabinhos ou chapéus cônicos; trabalhadores braçais com a pele tão ricamente preta que, com a luz certa, parecia azul como o Atlântico ao amanhecer. Muitas vezes soou-lhe profundamente certo que a expressão irlandesa para um homem negro fosse *fear gorm*: um homem azul.

Debaixo das vigas empenadas do sótão onde se abrigava, contava as estrelas pelos buracos das telhas e ouvia as músicas entrechocantes que vinham da rua. Se não conseguia dormir — e era freqüente não conseguir —, sentava-se à janela com sua roupa de baixo esfarrapada e observava os marinheiros perambulando vindo das docas, filtrando-se pelos bordéis, bares, espetáculos de horrores e sexo e comédias de rua. Nalgumas noites, descia e caminhava entre eles, por nenhuma razão além de estar no meio de gente. Ser empurrado; apinhado; não estar sozinho.

Marroquinos de turbante; indianos de rosto escuro; belos texanos com um bronzeado de um alaranjado tão vivo que, quando Mulvey viu um deles pela primeira vez, achou que o pobre camarada estava com icterícia. Franceses; holandeses; espanhóis com cheiro de tempero. Mercadores de vinho da Borgonha. Acrobatas de Roma. Certa noite assistira, de seu poleiro no sétimo andar, um grupo de cantores de ópera de algum lugar da Alemanha vir em procissão do Cais do Fumo, subindo o East End como um desfile de juízes. Cantavam em coro o "Messias" enquanto seguiam majestosos, distribuindo falsas bênçãos aos passantes que os saudavam. Fitando maravilhado, lá do seu cortiço de dar vertigens, Mulvey cantou de volta para eles como um escravo libertado.

Rei dos reis!
E grande Senhor!
E Ele reinará para sempre!

Acima de tudo, amava as línguas de Londres, a fanfarra clamorosa da cidade em conversa consigo mesma. Ouvir italiano ou até árabe não era raro; português e russo, shelta e romani; as súplicas e louvações lamentosamente belas que escapavam das sinagogas no anoitecer de sexta-feira. Às vezes ouvia línguas que sequer sabia nomear; línguas tão estranhas e resistentes à compreensão que era difícil acreditar que eram línguas; que quaisquer dois falantes no mundo pudessem conhecê-las. Corruptela de córnico; *pidgin* de viajantes; a gíria rimada dos garotos de estábulo; o "código-relâmpago" dos criminosos; o blablablá de *bookmakers* e espertalhões; o patoá arrastado de jamaicanos graciosos e o cantochão monótono de galeses e crioulos. Faziam empréstimos uns dos outros como crianças trocando flâmulas; uma ousada língua franca que poderia ser de qualquer um. Era como se a Torre de Babel esvaziasse sua multidão nas ruas fedorentas de Whitechapel. Mulvey vinha de um lugar onde o silêncio era constante como a chuva, mas nunca mais conheceria tal horror.

E os *cockneys* falavam como se falassem em cores. Bandeiras impetuosas e despenteadas de palavras. Escutava-os durante horas enquanto tagarelavam nos mercados, enquanto perambulavam pelo parque de diversões da Praça Paternoster. Como desejava poder falar com tamanho brio e garra. Praticava à noite, repetidamente; fazia reverentes traduções para a língua deles.

Chefia nossa
que pousa em Lewisham.
supimpa seja o vosso nome.
Venha a nós seu cambalacho;
seja feito o seu ganho,
aqui em Bow como em Lewisham.
O grude nosso de cada dia descola hoje.
Livrai a nossa cara
assim como nos livramos dos meganhas e esbirros
que vêm atrás de nós. (Filhos da mãe.)
Não nos deixeis cair em truques e roubadas
Mas livrai-nos depressinha das furadas.
Pois vossa é a mansão, a lanterna e o buduá
Até mamãe escapar da gaiola. Amém.

O léxico do crime tornou-se sua contemplação favorita. O inglês possuía tantas palavras para roubar quanto o irlandês para alga ou culpa. Com rigor, com precisão e, mais que tudo, com poesia, tinham *categorizado* a língua da ladroagem em subespécies, como velhos diáconos fossilizados a batizar borboletas. Cada tipo de roubo tinha um verbo só seu. Tipos de latrocínio que nem sabia que existia chegaram-lhe primeiro como palavras bonitas. *Beak-hunting*, ou caçar o bico; *bitfaking*, fingir um tiquinho; *blagging*, bagunçar; *bonneting*, passar o boné; *broading*, alargar; *bug-hunting*, caçar insetos; *buttoning*, abotoar; *buzzing*, zumbir; *capering*, pulular; *playing the crooked cross*, fazer a cruz gamada; *dipping*, mergulhar; *dragging*, arrastar; *fawney-dropping*, dar uma bajulada; *fine-wiring*, o bom arame; *flimping*, roubar com alguém ajudando; *flying the blue pigeon*, soltar o pombo azul; *gammoning*, enganar; *grifting*, levantar uma grana; *half-inching*, ir devagarzinho; *hoisting*, levantar algum; *doing the kinchen-lay*, pôr a criança pra dormir; *legging*, passar a perna; *lifting*, levantar algum; *lurking*, esconderse; *macing*, arrancar algum; *minning*, garimpar; *mizzling*, chuviscar; *mug-hunting*, caçar focinho; *nailing*, pregar; *outsidering*, catar alguém de fora; *palming*, palmear; *prigging*, gatunar; *rollering*, enrolar; *screwing*, parafusar; *sharping*, afiar; *shuffling*, enganar; *smatter-hauling*, dar uma puxadinha; *sniding*, enganar; *toolering*, ferramentar; *vamping*, inventar; *yacksnatching*, ouvir conversas; e *doing the ream flash pull*, beliscar o creme. Roubar em Londres soava como dançar e Mulvey dançou seu caminho pela cidade como um duque.

No princípio era o Verbo e o Verbo era Deus. Ele amava aqueles verbos, sua magnificência efervescente; a majestade de sua música com o sotaque de Connemara. Roubou um caderno e começou a colecioná-los. Quando o primeiro ficou cheio, roubou outro maior. Como o dicionário da sua infância, estudava-o constantemente. Era Bíblia, enciclopédia, passaporte e travesseiro.

Percorria a cidade barulhenta como Adão no Éden, estendendo a mão grata para colher os frutos. Mas não cometeria o pecado previsível, a cupidez que o lançaria fora do Paraíso para a Prisão de Newgate. Roubava o que precisava — nunca mais que isso. Não havia por que ser ganancioso, nem necessidade nenhuma disso.

E adorava roubar. Deixava-o feliz. Dava-lhe o que nunca sentira a não ser quando cantava: uma sensação estonteante de sua própria maestria. Viver de roubar era manter-se pela esperteza, o livre-comércio de um empresário do beco e da feira.

Vestia-se com as roupagens principescas do janota de East End; os coletes escarlates, as polainas e gravatas, os fraques de gola de veludo e calções abotoados; uniforme que anunciava ao mundo sua gatunagem e dizia ao mundo que era melhor prestar atenção a sua chegada. A única coisa que nunca roubou foram suas roupas. Não dava para ter certeza que eram boas mesmo se fossem roubadas. A conta no seu alfaiatezinho judeu era mais da metade do arrendamento semestral que pagava em Connemara. "*Schmatta*" era a palavra iídiche que significava roupas bem cortadas; "*schmuck*" (literalmente, pênis) o homem que usasse qualquer coisa menos boa. Os dias de schmuckaria de Pius Mulvey tinham terminado. Ser ladrão no East End não era passar vergonha nem ser rejeitado, mas sim ser exibido aos jovens como exemplo de carreira. Em Londres, eram os criminosos que apareciam nas canções; os bandoleiros, assaltantes, punguistas, larápios que corriam pela cidade como um veio de ouro num monte de lixo. Seus nomes eram pronunciados com reverência como uma comunhão de santos. Sal Trapaça. Joe, o Velhaco. O receptador Ikey Solomons, que fugiu de Newgate em 1831. Vestiam-se como se parodiassem a classe que os governava. *Cuidado*, parecia dizer sua aparência. Um dia podemos tirar suas roupas e vesti-las. Um dia o imperador não terá mais roupas. Seremos vocês. E vocês serão nós. E se vocês fossem nós, durariam cinco minutos?

Até na derrota a nobreza agarrava-se a eles. Desfilavam para a forca em coches prateados puxados por parelhas de dezesseis garanhões, atendidos por frotas de criados de libré e mulheres em lágrimas com vestidos cravejados. O importante não era estar prestes a morrer, mas prestes a "morrer firme", altivo e desdenhoso. Uma partida assim exigia a consciência do momento que a maioria deles treinara anos para demonstrar. Na primeira vez que Pius Mulvey foi a um enforcamento, voltou com inveja da vítima pendurada, que lançara uma braçada de rosas à multidão enquanto subia os degraus do cadafalso como um ator. Uma das mãos no quadril, outra na orelha, como se não conseguisse ouvir direito o aplauso enlouquecido e fosse interromper a encenação caso ele não aumentasse.

Enquanto limpava os bolsos da multidão que rugia à sua volta, Frederick Hall disse a si mesmo que um belo dia seria tão amado quanto aquele cadáver desdenhoso e fascinante.

Sempre que se entediava com a facilidade do furto, tentava a sorte como cantador das ruas. Tentou cantar algumas antigas canções de Galway, mas parece que o povo de Londres não gostava delas. Parece que as achavam cansativas ou levemente incômodas e não precisavam pagar para se cansarem ou se incomodarem. Canções soturnas não funcionavam bem em Whitechapel. Talvez ali já houvesse soturnez suficiente.

Começou a experimentar a canção que compusera, a balada do sargento recrutador maltratado em Connemara. Não dava para cantá-la na forma original, mas se lhe mudasse a farda ou a camuflagem podia ser forçada a pagar a ceia do compositor. Alinhavou o texto durante algumas noites, prendendo fitas de nomes de ruas e plumas de gíria londrina; descosturando tudo o que fosse inquietante ou irlandês demais. Não se incomodou nem um pouquinho de alterar o conjunto. Estava ajustando os restos de Galway aos farrapos inchados do East End. Na manhã em que terminou de costurar e coser, correu para o Bethnal Green Market e cantou-a 14 vezes sem parar, com o sotaque do East End que então começava a dominar. "Que trapo esse cockney", murmurou um guarda ao passar. Frederick Hall entendeu isso como um momento de apoteose.

Eu e meu parceiro descia o Strand
E surge um major de espada na mão
Falava das tropa na empolgação;
E o dia era encantador.

Dizia ele a nós: se alistem agora
É dinheiro fácil que vem sem demora
E tem um trocado que pago por fora
Pro brinde ao Rei e Senhor.

Cai fora, Major, some dessa esquina
A gente não cai nessa conversa fina
Correr pela noite, brincar com as menina
Fazemos isso com amor.

As lindas que brincam na noite co'a gente
São livres e não lhe botamos corrente
Vem você nos querendo levar de repente
Pra ganhar um tiro? Que horror!

Vamo ficar aqui pra vida gozar
Nosso doce rio corre devagar
E assim despachamos o vil militar
Cai fora, nos faz o favor!

Certa noite, em Limehouse, assim que terminara de cantá-la, um *gentleman* de barba assustadora, casaca e cartola aproximou-se dele com toda a educação e perguntou se podiam conversar. Mulvey já o notara antes na vizinhança, esgueirando-se pelos becos à meia-noite como um ladrão. Uma ou duas vezes chegara a pensar em roubá-lo, pois parecia estar sempre pouco à vontade em Whitechapel. Seu nome era Dickens, explicou o *gentleman*, mas preferia que os amigos o chamassem de Charlie ou Chaz. Na mesma hora Mulvey sentiu que estava mentindo. Ninguém jamais chamara de Chaz este janota mariquinhas, a não ser talvez em seus sonhos ou fantasias regadas a zurrapa.

Charlie ou Chaz ou Charles ou Dickens era um escritor de novelas que saíam em revistas literárias. Tinha muita curiosidade pela cultura do trabalhador, disse ele, pelas canções e ditados da classe trabalhadora de Londres. Tudo o que fosse autêntico lhe interessava muito e achara a canção de Mulvey interessantíssima. Era muito antiga? gostaria de saber. Como Mulvey a aprendera? Havia esperança no modo como fazia suas perguntas e Mulvey percebeu que talvez houvesse ali uma oportunidade; uma abertura que a honestidade talvez fechasse.

Confidenciou a Charlie que estava com fome demais para falar e o escritor o levou até uma casa de pasto do outro lado da rua e encomendou um jantar que satisfaria uma convocação de bispos. Enquanto comiam e bebiam, Mulvey falou-lhe da canção. Aprendera-a com um velho larápio que vivia em Holborn, mentiu, um judeu que dirigia uma escola para jovens ladrões e fugitivos. Era realmente muito velha e extremamente autêntica. Charlie ficou fascinado; não parava de escrever as respostas de Mulvey e, quanto mais rápido escrevia, mais rápido voavam as mentiras. A capacidade de mentir de Mulvey espantou até a ele mesmo. Não demorou para quase acreditar que estava falando a verdade, tão viva era a imagem do israelita risonho e sagaz, de seus pequenos e engenhosos discípulos e das mundanas que lhe tinham amizade. Quando perdeu a inspiração, começou a misturar detalhes das baladas de Connemara: a donzela traída pelo aristocrata mal intencionado, a moça de virtude fácil assassinada pelo amante, o malandrinho pobre mandado para o asilo público. Era como se tivesse vivido em meio a essa gente imaginária, como se tivesse se transformado num de seus próprios personagens de ficção. Logo Charlie perguntou se poderia escrever a letra. Mulvey disse que ficaria contente de cantá-la de novo, se a garganta não estivesse tão extremamente seca. Uma jarra de cerveja logo foi pedida e Mulvey cantou mais duas vezes. Charlie estava tentando escalpelá-lo, mas tudo bem. O próprio Charlie estava sendo inteiramente escalpelado. A canção era um ato de mútua ladroagem. Dava para ganhar a vida manufaturando o autêntico.

— E o nome dele? — perguntou Dickens. — O nome do judeu?

Um rosto feio surgiu na memória de Mulvey: a cara horrenda de um gárgula vivo. O mais cruel odiador de judeus que já conhecera. O padre da paróquia de Derryclare. O ladrão que lhe furtara o irmão. Eis uma pequena mas abençoada oportunidade de vingança; transformar o velho canalha naquilo que ele mais detestava.

— Fagan — disse ele.

Charles Dickens sorriu.

— Acho que você já me deu o bastante — disse.

CAPÍTULO XX

O HOMEM DE MÁ SORTE

EM QUE AS AVENTURAS ESCANDALOSAS DE MULVEY CONTINUAM; MAS SOFREM UMA SÚBITA INTERRUPÇÃO.

Numa noite de calor impiedoso, em julho de 1837, a casa de cômodos em que ele se abrigava foi incendiada (pelo proprietário) e Frederick Hall decidiu seguir para o sul do rio e tentar a sorte em outro lugar. Tentou Southwark por algum tempo, mas sem muito sucesso; os nativos eram cautelosos e, no fim das contas, não havia nada que valesse a pena roubar. Greenwich também se mostrou um desperdício de tempo. Havia soldados demais e policiais atentos. Em Lambeth, arranjou-se com um vadio e punguista de Glasgow chamado Right McKnight (ou assim afirmava ele de modo muito improvável) que roubara uma batina de vigário de uma lavanderia em Ealing e procurava um parceiro com quem pudesse dar-lhe bom uso.

"*Prating*", tagarelar, era o nome do que ele propunha: a apropriação indébita realizada por um falso pregador, em geral com a ajuda de um cúmplice disfarçado. Foi um acréscimo útil ao dicionário de Mulvey e um caso que fez crescer ainda mais sua admiração pelos povos da Grã-Bretanha. Como alguma língua digna de ser falada podia não ter um nome para isso?

Mulvey esfregava suas partes visíveis com negro de fumo e vestia uma túnica de sacos de carvão. Assim transformado em "africano convertido" e acompanhado por seu salvador, Reverendo McKnight, rolava os olhos e pulava na frente dos espectadores encantados, balbuciando uma torrente incessante de irlandês de Connemara. McKnight mugia e apontava para os céus, brandindo um crucifixo e enfatizando trovejante os erres: "*Oh, ouvi o pagão falarrr, irrmãos e irrmãs. A verrdadeirra língua do prróprrio Lúciferr. Quem doarrá alguns centavos pela converrsão dos outrros da sua trribo, que agorra se rrefastelam na lama da idolatrria.*" E nem sabiam que o falastrão infiel costumava recitar o Triste Mistério do Rosário ou uma lista aleatória de aldeias do condado de Limerick; região cujos indígenas sempre achara maçantes.

No clímax da encenação, Mulvey, o bárbaro, era levado a ajoelhar-se numa reverência de cortar o coração e cuspir copiosamente num "ídolo pagão". (Na verdade, uma estatueta de suvenir do rei Leopoldo da Bélgica, roubada de uma loja de bricabraque na estrada de Charing Cross e decapitada pelo escocês com uma colher.) Um beijo no crucifixo e outro jorro ameaçador de irlandês gutural convenciam os últimos desconfiados a meter a mão na bolsa. Sabiam muito bem que ele não era negro. Mas o que quer que fosse, era selvagem.

Com esse artifício, podiam-se recolher cinco ou até dez libras por dia, tanto quanto um trabalhador braçal ganharia em seis meses. O escocês gastava a maior parte de seu quinhão em gim e mulheres, mas Mulvey gastava a maior parte do seu em roupas. Gim não lhe interessava, muito menos mulheres. Nada mais lhe interessava além de sobrevivência e roupas, e colecionar novas palavras que significassem roubar.

Às vezes, quando tinha algum dinheirinho sobrando — o que acontecia com freqüência, pois suas necessidades eram poucas — mandava algumas libras para Mary Duane, em Carna. Mas nunca escreveu. Não havia nada a escrever. Simplesmente não conseguia pensar em nada para dizer.

McKnight acabou bebendo seu caminho até o hospício de Bethlehem e, assim, Mulvey foi forçado a continuar sozinho. Não se incomodou. Já era hora de uma mudança. Sempre achara os escoceses um povo atraente, livresco e deliberado como ele mesmo, mas McKnight não era um dos seus melhores embaixadores: um estúpido quando sóbrio e de imprevisível violência quando bêbado. Mulvey sempre suspeitara que ele o furtava na surdina.

Tornou-se um ator solista, a calçada o seu teatro, com uma nova peça a cada novo dia. Orgulhava-se da sua abrangência e da sua energia ilimitada, da falta de necessidade de parceiros ou adereços. Pela rua perambulava toda manhã, um jogador numa terra de apostas altíssimas, nada portando além da imaginação. Às vezes era um marinheiro empobrecido que lutara com os franceses; um viúvo angustiado com sete filhos famintos; um mineiro que sobrevivera a uma terrível explosão; um homem que já possuíra uma floricultura em Chelsea antes de ser enganado sem mercê pelo sócio inescrupuloso. As mulheres choravam quando ele lhes contava as histórias. Os homens lhe imploravam que levasse seus últimos centavos. Com freqüência as histórias eram tão absolutamente convincentes que ele mesmo chorava.

Os outros homens de má sorte que trabalhavam na área acusavam-no de ser ganancioso e não lhes dar uma chance. Quando se recusou a aceitar suas propostas para regulamentar o mercado, um deles "*ratted him in*", entregou-o à polícia. O juiz mostrou-se uma platéia menos receptiva que as outras que Mulvey conhecia. Frederick Hall foi considerado culpado de defraudação e condenado a sete anos de trabalhos forçados em Newgate. Foi despido no portão e cuidadosamente revistado, sendo obrigado a se curvar para que pudessem lhe investigar o reto, depois teve a cabeça raspada e foi lavado com uma mangueira de incêndio e examinado por um médico que o considerou saudável. Foi polvilhado com um pó que diziam matar piolhos; depois convidado a engolir uma porção de salitre, que os guardas disseram que reduziria seus desejos naturais. Ao negar-se a engoli-lo, foi amarrado numa cadeira e teve-o bombeado em sua goela com a ajuda de um funil. Nu, com exceção de uma toalha manchada de sangue, foi preso a uma correia e levado para a prisão; passou por portões de ferro fundido, por patamares caiados, pela escadaria de metal até o escritório do Diretor. Lá o Prisioneiro Hall e dois outros recém-chegados ouviram um sermão do ajudante do Diretor, um homem com o sorriso gentil de um tio pedófilo. Havia uma placa em sua escrivaninha que mostrava as discutíveis palavras: DEVEMOS DEIXAR DE PRATICAR O MAL & APRENDER A FAZER O BEM. Provavelmente já tinham ouvido falar muito de Newgate, disse ele, mas não deviam acreditar nessas histórias exageradas. A instituição só existia para ajudá-los. A punição podia ser um ato do mais profundo amor.

A cela em que o abrigaram era um cubo de dois metros de lado com uma janela gradeada e opaca do tamanho de um lenço. O luar era vagamente perceptível através das grades engorduradas. Mulvey sentou-se no chão e começou a contar os tijolos pretos. Quando chegou a cem, gritaram "apagar luzes" e o que ele achara que era a lua rapidamente se extinguiu. Ouviu o bater da porta das celas se afastando do seu andar como as portas de um trem que se prepara para deixar a estação. Alguma coisa pequena com rabo correu por seus pés nus. Não demorou muito para começarem os gritos; ele os ouviu ecoar vindos dos andares de baixo. Mulvey não entendeu; não fazia muito sentido gritar. Foi só no dia seguinte que soube o que estava por trás daquilo. Os presos tinham mais a enfrentar além do mero encarceramento. O Diretor de Newgate tinha idéias progressistas.

A solidão da cela à noite era coisa para a qual Mulvey tivera tempo de se preparar. A solidão fazia parte das condições de vida em Connemara. O que o espantou foi que este isolamento também era imposto de dia. O companheirismo era ruim para os homens na prisão, assim dizia a política idealista do Diretor; o mal dos empedernidos contaminaria os meramente confusos. Nenhum tipo de contato era permitido; nem mesmo com os guardas e com a Comissão Visitante. Todo relacionamento humano era inimigo da reforma, um ato de crueldade não cristã com os já desafortunados presos e, por extensão, com a civilização à qual eles podiam ter esperanças de voltar um dia. Quando tirado da cela para os exercícios ou para o turno de trabalho, cada preso era trancado num capuz de couro preto antes de poder entrar no pátio. A máscara tinha fendas minúsculas pelas quais se podia ver e um arranjo de furinhos pelos quais se podia respirar e era fechada no pescoço com um cadeado e uma coleira que estrangularia quem levantasse os braços acima da cabeça. O importante é que tornava cada homem igualmente irreconhecível; absolutamente idêntico a todos os camaradas, quando quebravam pedras ou giravam o moinho e deixavam de praticar o mal e aprendiam a fazer o bem.

Os guardas mais entusiasmados e progressistas deixavam escapar que eles também às vezes usavam máscaras; assim, nunca se sabia exatamente quem estava trabalhando ao lado, quem estava gritando e atacando o ar.

Sua agonia era real ou apenas encenação? Para quem estava sendo reformado, não importava. Sabia-se que a conversa era proibida, sob pena de açoitamento. Se um guarda ouvisse um preso falar com outro, este receberia cinqüenta chicotadas a cada palavra que tivesse dito. Se fosse pouco reformado ou sábio para fazer de novo, seria colocado em confinamento solitário pelo resto da pena. Havia homens nas profundezas sem janelas de Newgate que não viam outra forma de vida há quinze anos. Nem preso, nem guarda, nem mesmo um rato; pois suas celas eram tão grossas que nada conseguia penetrar nelas, e além disso ficavam na escuridão todas as horas de todos os dias. Até na capela o isolamento se mantinha. Cada preso se ajoelhava em seu próprio nicho, de onde nada era visível a não ser a cruz acima do altar. Mas tinham permissão de cantar e responder às orações; assim, o comparecimento à capela, embora voluntário, era generalizado.

Mulvey era considerado um preso excelente. Não criava problemas e não se queixava e a única vez em que teve de ser punido — duzentas chicotadas por dizer "Eu não te escutei" — suportou o açoitamento como homem. Sozinho em sua cela, chorou naquela noite, as costas e as nádegas queimando de dor, a base da espinha um nó de pura agonia; mas discerniu uma pequena vitória no que acontecera. Assim que abriram as algemas e lhe ordenaram que se levantasse, ele puxou as calças e a camisa de pano de saco e andou em linha reta até o carcereiro que lhe arrancara a carne com o açoite e estendeu-lhe a mão num gesto de agradecimento. Estava tão tonto de dor que mal conseguia ver seu torturador. Mal conseguia ficar de pé. Mas se obrigou a assim fazer.

O carcereiro, um escocês sádico que costumava estuprar presos insanos e estuprara Mulvey duas vezes e ameaçara castrá-lo, pareceu espantado ao aceitar a mão estendida da vítima. Mulvey adotou uma expressão penitente e fez uma série de pequenos assentimentos humildes com a cabeça. Sabia que o Diretor e a Comissão Visitante estavam assistindo da galeria e queria causar uma impressão duradoura. Ao sair da Sala de Correção, passou diretamente debaixo deles e neste momento fez o sinal-da-cruz. Uma das damas visitantes chorava baixinho com a cena, como se a reforma que acabara de observar fosse demais para ela. Frederick Hall parou e curvou-se para a dama. Quando ela soluçou e caiu nos braços do Diretor, Mulvey soube que vencera esta batalha. Permitir-se ser açoitado sem conseguir nada em troca era mais que falta de hombridade; era estupidez.

Nunca mais foi chicoteado nem punido. Pelo contrário, começou a receber pequenos privilégios. Notou que os guardas abriam sua porta antes das outras, deixando-a aberta depois que as luzes se apagavam. Certa noite, deixaram totalmente de fechá-la e, assim, ele mesmo a fechou quando passava um carcereiro, assegurando-se que o guarda visse o que estava fazendo. Quando descobriu que ele sabia ler, o Diretor conseguiu que lhe fossem dados alguns livros. Primeiro uma bíblia, depois as *Obras completas de Shakespeare*. O Prisioneiro Hall escreveu ao Diretor para exprimir seu agradecimento, tomando o cuidado de dizer que não merecia tais luxos e não pedia mais nada. Uma semana depois, chegaram mais livros, juntamente com uma lamparina para que ele pudesse ler à noite. Com isso ele aprendeu uma coisa importante sobre a autoridade inglesa. Quanto menos se pede, mais se ganha.

Leu a bíblia completamente, depois todo o Shakespeare, depois as fábulas de Esopo e as vidas dos poetas. Milton rapidamente se tornou seu favorito; leu todos os doze volumes do *Paraíso perdido*. A descrição do Inferno no primeiro livro — onde "nunca vem a esperança que vem para todos" — lembrou-lhe bastante a atormentada Newgate. *Oh, quão diverso o lugar de onde caíram.* Mas o trovão da linguagem foi o que mais o emocionou: a marcha fogosa dos ritmos imperiais. Sua diversão secreta passou a ser batizar os carcereiros com os estranhos nomes dos demônios de Milton. Moloque e Belial, Asmadai e Baalim. Pensava em silêncio no Diretor como Mulciber, o arquiteto do Pandemônio.

Ficou mais forte e musculoso que nunca. O regime incluía alimentação e sono regulares, ambos impostos pelo temor da punição. (Prisioneiro Recusou a Ceia: trinta chicotadas. Ficou Acordado Depois das Luzes Apagadas: uma semana na solitária.) Fumo, rapé e álcool eram proibidos e, assim, seus pulmões ficaram mais limpos e seu pensamento mais claro. O trabalho endurecera-lhe os músculos como protuberâncias de pedra. No final do segundo ano de Mulvey em Newgate, conseguia levantar pedras quebradas que pesavam o mesmo que ele. Até a solidão raramente o incomodava mais. "A mente é seu próprio lugar", defendia Milton, "e em si mesma pode fazer o Céu ou o Inferno." Se isso não fosse verdade, com certeza valia a pena o esforço. Mulvey passou a pensar na porta da cela como coisa que deixava de fora as loucuras, em vez de prendê-lo ali dentro.

Com o tempo, foi transferido para uma cela maior, cuja janela dava para o Portão. À noite, conseguia ver os guardas conversando e brincando com o pequeno exército de pedintes que se congregava do lado de fora, implorando abrigo para a noite. Era bem sabido entre os pobres de Londres que os guardas de Newgate às vezes os deixavam entrar em troca de um pêni, permitiam-lhes dormir em celas desocupadas.

Ele levou algum tempo para perceber como poderia usar a paisagem em seu proveito, mas não demorou muito e a resposta lhe chegou. Se vigiasse a janela de manhã cedo, conseguia ver os presos sendo soltos quando sua pena expirava. Os nomes eram lidos em voz alta pelo Chefe da Guarda no portão e, se prestasse bastante atenção, conseguia distingui-los. Mesmo quando não conseguia, dava para notar no caminho do pátio quais celas tinham sido esvaziadas naquela manhã e agora estavam no processo de desinfecção. Quem juntasse esses fatos e esperasse o momento certo gozaria de uma situação de considerável poder sem correr perigo.

Nenhum homem em Newgate podia dar informações sobre os outros e ter esperança de viver até o final da semana. Mas era possível dizer o que se quisesse sobre quem não estava mais lá sem medo de punição. Mulvey começou um programa cuidadoso de contar coisas ao Diretor, sempre dando informações sobre um preso que acabara de ser solto. Não dava para fazer isso com freqüência ou despertaria suspeitas; mas de vez em quando o faria parecer diligente, ainda mais se usasse um tom de remorso. "O preso C34 falou na noite passada, senhor." "B92 me propôs uma indecência, senhor." "F71 me disse o seu nome, senhor. Temo que ele possa estar interferindo com minha reforma, senhor." A atitude de Mulvey de cooperação com a autoridade foi notada; começou a lhe trazer ricas recompensas.

Ele sentiu os outros presos se voltarem contra ele. No pátio, pararam de olhá-lo e de lhe passar ferramentas. Mulvey não se importou. No máximo, ficou contente. Quanto maior seu ostracismo, mais as autoridades o considerariam um de seus sucessos. Pediram-lhe que comparecesse diante da Comissão Visitante, onde fez um discurso vigoroso a favor do sistema de isolamento. Começou a aparecer cocô de rato em sua ração; um caco de vidro enfiado num pedaço de sabão cortou-lhe o braço. Viu essas tribulações como formas de promoção, ritos de passagem para um grau mais alto. Começou a cortar a própria pele sempre que possível, relatando ataques a sua pessoa que nunca tinham acontecido. Toda vez que o fazia era transferido para uma cela mais confortável, até que finalmente foi levado para a própria casa do Diretor, onde só os criminosos mais ricos ficavam guardados e as celas tinham colchões de pluma e papel de parede.

No meio do quadragésimo mês da pena, recebeu uma missão especial como recompensa por seu progresso. Precisavam de um preso para limpar o pátio inferior à noite, passar graxa nas engrenagens e limpar a corrente do moinho, raspar a titica de pombo das lajes e dos frades-de-pedra. Esse homem, disse o Diretor, seria um homem de muita sorte mesmo, pois teria de realizar esse importante trabalho sozinho e, assim, não precisaria usar a máscara. Também teria permissão de falar com o carcereiro encarregado, mas somente sobre assuntos de trabalho. As minutas oficiais da reunião registram que o Prisioneiro Hall foi visto chorando de gratidão. "Que Deus o abençoe, senhor, pois não mereço isso."

O pátio inferior era cercado por três lados pelo alojamento dos guardas e por blocos de celas. O quarto lado era fechado por um muro de seis metros e cimentada em cima havia uma barreira de espetos giratórios; um *cheval-de-frise* no dicionário de inglês, o "cavalo da morte" no vernáculo implacável de Newgate. No ângulo em que o muro se juntava ao alojamento dos guardas, mais ou menos um metro e meio abaixo do cume eivado de espinhos, havia uma pequena cisterna de metal mal presa; e num espacinho estreito acima dela não havia espetos.

A Mulvey pareceu curioso que um espaço assim ficasse desprotegido. Era como se o *cheval-de-frise* tivesse sido feito com vinte centímetros a menos, ou talvez tivessem construído o muro largo demais. Com todo o respeito, chamou a atenção de um dos carcereiros para isso. Seria com certeza uma tentação para os mais ímpios de Newgate; para aqueles infelizes menos reformados que o próprio Mulvey. O guarda riu baixinho e olhou para o cavalo da morte. O último pobre coitado que tentara fugir ficara tão inteiramente empalado que a única forma de descê-lo fora cortar aquele pedaço. Morrera numa agonia tão atroz que ninguém tentara de novo. Seus gritos foram ouvidos a meia milha de distância.

O muro e suas possibilidades começaram a interessar Mulvey.

Enquanto trabalhava, posicionava-se de tal forma que sempre pudesse vê-lo; pudesse notar as rachaduras e pequenas protuberâncias, os pedaços em que o reboco caíra. Tornou-se um hábito seu estudar aquele muro com a atenção de um detetive a examinar uma nota falsa. Mentalmente, dividiu-o em dezesseis seções e impôs-se a tarefa de memorizar os detalhes de cada uma. Com migalhas, fiapos, pedacinhos de reboco, esboçou-o no chão de sua cela. Uma migalha era a ponta de tijolo onde a mão poderia agarrar; um fiapo era a rachadura minúscula onde um dedão poderia se enfiar. Com pó de reboco tentou uni-los, traçar uma trajetória escalável das lajes até a cisterna. Mas por mais que tentasse, não podia ser feito; a menos que lhe brotasse uma mão a mais.

Começou a se apresentar para a tarefa mais cedo do que lhe exigiam, para ficar no pátio o máximo que o carcereiro permitisse. Com freqüência, enquanto trabalhava, pensava na mãe, um velho ditado que ela usava quando as coisas estavam difíceis em casa. Não existe montanha que não possa ser derrotada. Jesus lhe mostrará o caminho.

Durante dois meses, pensou no problema do muro sem perceber que já tinha à mão os meios de resolvê-lo. E então lhe ocorreu. Em silêncio; simplesmente. Como o clique de uma chave numa fechadura complicada.

Era uma noite de domingo de fevereiro de 1841. A maior parte do império estava em paz. A Rainha comemorava o primeiro aniversário de seu casamento e para este caso de feliz incesto o Padre realizara uma cerimônia de ação de graças. Quase todas as almas culpadas de Newgate compareceram. A capela ressoava com a gratidão a Deus.

Uma rubra fonte há
Com o sangue de Emanuel
E quem nela se banhar
Sem pecado irá pro céu.

Ele esperou, o ladrão, e ouviu o canto: os presos assassinando o hino. O guarda de serviço naquela noite era o escocês açoitador. Foi uma bênção que o Prisioneiro Hall sinceramente não esperara.

Moloque abriu o portão com uma chave pendurada numa corrente e Mulvey seguiu-o até o pátio. O crepúsculo caía; tudo estava dourado. As janelas das celas faiscavam de fogo. Um passarinho preto bebia numa poça nas pedras do calçamento e levantou a cabeça para os invasores como se eles o incomodassem.

Na manhã anterior, o moinho emperrara, como Pius Mulvey sabia que aconteceria. Um prego jogado no mecanismo cuidara disso. Com cuidado, abriu o painel de bordo que abrigava as engrenagens e roldanas na base. Soltou a corrente imunda dos dentes das engrenagens. Era mais pesada do que imaginara. Uns três metros e meio de comprimento.

— O que pensa que está fazendo?

Mulvey levantou os olhos para seu agressor de papo gordo. Uma idéia esquisita lhe passou pela cabeça. Perguntou a si mesmo se de algum jeito o homem sabia o que ia lhe acontecer, se naquela manhã talvez tivesse acordado com uma vaga premonição de dor e fado. Será que pensara, quando deu adeus à esposa, que essa seria a última vez que dava adeus a alguém? Será que sentira, quando entrara na Prisão de Newgate, como suas centenas de vítimas alquebradas devem ter sentido, como Mulvey sentira em inúmeras ocasiões, que o sol já estava se pondo em sua vida, que chegara a hora de abandonar toda esperança?

— Senhor, o Diretor me pediu que lubrificasse a corrente, senhor.

Com essa única mentira, a fuga de Mulvey se concretizou. Sua sombra já se libertara do corpo e batia as asas sobre o muro tão estudado. Mentir para um guarda era passível de dois meses no porão, numa cela um pouco maior que um caixão. A única coisa que sabia é que jamais veria aquela cela. Passaria por cima do muro ou teriam de desempalar dali o seu cadáver. Mas não acordaria em Newgate amanhã.

— Lubrificar, você disse?

— Senhor, sim, senhor. Tem de ser lubrificada, senhor. Senão não funciona, senhor.

— Ele não me disse nada sobre lubrificar.

— Senhor, eu não farei nada se o senhor quiser, senhor. Se o senhor esclarecer isso com o Diretor, senhor. Não quero problemas, senhor. Ele parecia muito resoluto, senhor.

— Resoluto?

— Senhor, sim, senhor.

— O que isso quer dizer?

— Senhor, significa firme, senhor. Ele queria que fosse feito, senhor.

— Esperto você, não é, Mulvey?

— Senhor, eu não sei, senhor. Se o senhor está dizendo, senhor.

— Esperto para o bastardo rastejante de uma cadela irlandesa sarnenta. O que que você é?

— Senhor, um bastardo rastejante, senhor.

— Quem era sua mãe?

— Senhor, uma cadela irlandesa sarnenta, senhor.

— Bem, pare de vadiagem, sua bolha de pus, se ele está tão danado de resoluto. Todos nós sabemos que você nunca pára de lhe lamber o cu.

Moloque se afastou e olhou para o céu. Mulvey rapidamente descalçou as botas. O passarinho subiu com um volteio até uma beirada. Os homens na capela cantavam uma nova música.

Oh, Deus, nosso apoio no passado,
Esperança no futuro;
Na procela, vens nos acudir,
O lar eterno nos tem dado.

Ele pegou uma pedra e andou em silêncio até o carcereiro escocês e bateu-lhe com toda a força atrás do crânio. Quando ele desmoronou no chão como um saco de merda maduro, Mulvey passou a bater-lhe com toda a força com a pedra, martelando-lhe o rosto até que os ossos da face se desfizeram e o olho esquerdo explodiu como um ovo esmagado. Ele tentou gritar e Mulvey pisou-lhe no pescoço, girando o pé como se esmagasse uma cobra. Ele começou a gorgolejar e sussurrar misericórdia. Era tentador não ceder, deixá-lo sofrer antes da morte, mas Mulvey disse a si mesmo que isso seria uma indecência desnecessária. Ficou de cócoras, murmurou um Ato de Contrição no ouvido do seu estuprador moribundo e demoliu o que lhe sobrava de rosto com a pedra.

Mergulhou o dedo no sangue de sua vítima e rabiscou dois versos de Milton numa laje empoeirada.

Fazer o bem nunca será o nosso encargo,
Mas fazer sempre o mal o nosso único prazer.

Desafivelou o cinto do guarda e o tirou; amarrou-o num laço na ponta da corrente. Lançou-a com cada fiapo da sua força. Ela subiu vigorosa e bateu no muro. Caiu com um clangor nojento. O segundo lance fez o laço do cinto passar do topo. Mulvey puxou-a. Começou a deslizar. Prendeu-se nas protuberâncias do *cheval-de-frise.*

Ele deu uma corrida e, sem saber como, conseguiu chegar até a ponta da corrente. Subiu pelos elos grossos, os dedos dos pés nus se agarrando a ela. Segurou-se com força nos suportes do cavalo da morte. Uma brisa pegou os espetos e os girou lentamente. Imediatamente suas mãos se encheram de cortes, mas ele agüentou, movendo-se — balançando-se — em torno do muro alto do pátio até chegar à cisterna corroída que vazava. Plantou o pé na beirada cor de cinza. Ela cedeu guinchando ao receber seu peso. Os braços tremiam. As mãos pareciam barras de ferro. Um impulso o pôs no alto quando a cisterna se esfacelou no pátio. Ele cruzou o muro e se jogou no chão, o corpo todo encharcado de suor e água enferrujada.

Pingando sangue como um porco ferido, começou a cambalear na direção do rio. Quando o avistou, estava quase desmaiando. Não adiantava. Deste jeito, nunca ia conseguir. Quando o assovio dos apitos da polícia surgiu ao longe, deslizou de volta pelos becos e ruelas na direção de Newgate, cruzando os quintais e roubando roupas de uma corda. Um vestido de mulher. O sobretudo de um soldado. Enrolou as mãos bem apertadas para estancar o sangue e seguiu vacilante, com a cabeça leve de medo. Ocorreu-lhe então que ainda havia um jeito. Se conseguisse ficar de pé mais cinco minutos, não seria pego. Nunca seria pego. Para a frente se esgueirou, de volta para a prisão. O pretume dela se elevou acima dele como a sombra de um fantasma numa história. De volta à prisão. Somente a prisão. Quando estava perto o bastante para ver as grades das janelas, Frederick Hall soube que era agora um homem livre.

Passou a noite no portão embolado com os mendigos, batendo às vezes à porta e implorando para entrar. Ficou por lá uma semana até os ferimentos começarem a sarar.

Quanto mais batia à porta, mais lhe diziam para ir embora.

CAPÍTULO XXI

O MESTRE-ESCOLA

NOVAS MÁS AÇÕES DE PIUS MULVEY, TAMBÉM CONHECIDO COMO O MONSTRO DE NEWGATE; SEU DESDÉM PELA LEI E OUTROS ASSUNTOS SINISTROS.

A notícia da atrocidade foi publicada nos jornais. A maioria foi cortada ou muito censurada, os detalhes atenuados por serem horríveis demais para serem postos onde mulheres e crianças poderiam lê-los. Algumas notícias descreveram a vítima como "um homem casado, com família"; outros como "um guarda de muita experiência" ou "um metodista devoto e abstêmio que entrou para o serviço público para socorrer os infelizes". Sem dúvida, pensou Mulvey, ele foi todas essas coisas, assim como muitas outras ao mesmo tempo. As numerosas menções ao seu trabalho caritativo dificilmente surpreenderiam. Havia muitos canalhas de má índole que lhe jogariam uma moedinha só porque gostavam de ver os outros se curvarem.

Sua própria descrição também foi publicada e, assim como a do morto, era certeira, embora incompleta: *Um bandido esperto e frio*; *irreversivelmente corrompido*; *um lobo solitário que devorará os desprevenidos.* Não se ofendeu por ser descrito nesses termos. Não era nada que já não tivesse pensado sobre si mesmo em algum momento e, de qualquer forma, toda história precisava de um vilão e de um herói. Só que, neste caso, a história tinha dois vilões, e não um só. A descrição se aplicava tanto ao assassino quanto à vítima.

Cartazes se materializaram nas ruas de Londres oferecendo uma recompensa de vinte libras por sua captura ou morte. O esboço que usaram neles mostrava o rosto de um assassino, um Belzebu sorridente de olhos estreitos e queixo de macaco, mas Mulvey conseguia ver nele um fantasma seu. O artista meramente fizera o que faz o compositor de baladas; o que faz o historiador, o general e o político, e todos os que querem dormir com a consciência tranqüila. Aprimorara alguns detalhes e esmaecera outros. Não dava para condená-lo por fazer seu trabalho.

Notícias sobre "Frederick Hall, o Monstro de Newgate" passaram a aparecer em todo o país — em qualquer conurbação com exceção do East End, onde a agressão a um guarda da cadeia lhe daria a Liberdade de Whitechapel. Foi para o velho bairro turbulento que o assassino voltou, deslizando de volta aos labirintos e catacumbas. Seu pseudônimo agora era Pius Mulvey de Ardnagreevagh.

Todo dia roubava os jornais para saber da mais recente aparição do Monstro. Diziam que fora visto nas terras selvagens do norte da Escócia; nos guetos de Liverpool; num cemitério perto de Dover, tentando esmagar as algemas com a talhadeira de um ferreiro. Seis pobres foram presos pelo seu crime e, de modo vergonhoso para a polícia, que já era odiada pelos pobres, cinco deles confessaram tê-lo cometido sob vigoroso interrogatório (o sexto ficou famoso por fugir da Prisão de Manchester disfarçado de amante do capelão).

Aos poucos os detalhes do que acontecera naquela noite passaram a "vazar" para a imprensa sensacionalista. Fingindo condenar seus concorrentes mais lidos, os diários de qualidade também os publicaram. O detalhe assustador dos versos poéticos escritos com o sangue da vítima encorajou especulações frenéticas, como seu escriba cuidadosamente calculara. Que homem mais ou menos normal, ao fugir da cadeia, perderia tempo fazendo uma coisa dessas? O que o estranho dístico queria dizer? Essa parte da história era verdadeira ou inventada? Começaram a sussurrar pelo East End que "Frederick Hall" devia ser um *nom de guerre*. O crime fora cometido por outra pessoa. O guarda fora assassinado por um colega que chifrara. O assassino era um membro da Família Real em visita, um duque menor e sifilítico que de repente enlouquecera. O homicídio fora obra de um estranho culto maçônico ao qual o guarda massacrado já pertencera. (Este último boato teve sua circulação aumentada quando a viúva pareceu confirmar, numa entrevista ao jornal, que o marido pertencera mesmo a uma loja maçônica. Quando isso foi negado pelo capitão da Loja numa entrevista posterior, a história passou a ser vista como verdade evangélica.)

"Freddie Hall" era um agente provocador da Coroa. Um fanático religioso. Um agente secreto dos cartistas. "Freddie Hall" tinha sido abrigado na casa do Diretor. Tivera permissão de trabalhar sem a máscara. Recebera livros. Deixaram que falasse. Andava por Newgate como um hóspede num hotel. Boatos mais sinistros começaram a circular. Os jornais populares atiçaram as brasas. Diziam agora que a prisão era um ninho de satanistas. Quando se dava a cada letra do nome do monstro o seu valor numérico correspondente e se somavam os números resultantes, obtinha-se o total de 66. E caso se acrescentasse o 6 obtido com o F maiúsculo, resultava o número da besta bíblica. Foi a revista *Tomahawk* que primeiro destacou que "Freddie Hall" era um anagrama de "Hellfire Dad", o pai do fogo do inferno!

Encorajado pelo fato de sua própria fuga, Mulvey começou a usar o nome agora famoso como verbo; como um garoto de escola arranha as iniciais numa moedinha para ver quanto tempo leva para que volte até ele. Não demorou muito para voltar. "Frediar" uma pessoa era surrá-la até que desmaiasse. Homens eram frediados em todo o país. Oxford frediara Cambridge na corrida náutica anual. Qualquer dia desses aqueles irlandeses ingratos e desgraçados teriam a boa frediação que tanto mereciam.*

Toda vez que ouvia um boato relativo ao monstro, Mulvey tentava ao máximo mostrar a falsidade dele, sabendo que isso encorajaria o boateiro a contá-lo de novo e a contá-lo com mais imaginação ainda da próxima vez. Os homens nos bares confiavam-lhe baixinho que sabiam *com certeza* quem cometera o terrível crime. Tinham-no conhecido, ou eram aparentados com ele, ou já tinham bebido juntos. A mulher tinha um irmão que tinha um colega, um maluco em Newgate, e *ele* disse que a coisa toda

*Ver a monografia de Henry Mayhew, "A fala e a língua dos pobres de Londres" (1856). "'*Freddie*' (subst.): um ataque violento e fatal. '*To Freddy*' (verbo): atacar ou assassinar. '*Freddying*' (adj.): qualificativo comum entre criminosos e mulheres de certo tipo." Logo a palavra entrou no léxico da literatura. Frediar um escritor era fazer-lhe uma crítica desnecessariamente dura. — GGD

era para encobrir os judeus e, se não acreditava, podia *você mesmo* lhe perguntar.

Quando finalmente, no liberal *Morning Chronicle*, um jovem repórter escrupuloso que entrevistara muitos ex-cativos da prisão sugeriu que Frederick Hall, o Monstro de Newgate, era na verdade um irlandês esperto chamado Murphy ou Malvey que fizera o crime parecer coisa de maluco, Pius Mulvey saiu da cidade e logo dirigiu-se para o norte. A revista *Punch* pegou o gancho e zombou dele. Nenhum irlandês seria inteligente o bastante para pensar num plano assim. A maioria deles só há pouco tempo descera das árvores.

Dezoito meses ele passou perambulando pelo norte da Inglaterra e pela fronteira da Escócia, de Berwick a Gretna Green; depois as *midlands* e a parte oriental do País de Gales; depois descendo para o oeste de Devon e para a Cornualha, onde Lancelote e Merlim tinham caminhado com os eleitos. Várias vezes o fugitivo encontrou emprego na colheita; a época do plantio às vezes também era boa para ele. Colher maçãs ou segar trigo era um disfarce agradável; fácil misturar-se às hordas de irlandeses migrantes que enchiam os prados da Inglaterra nessas épocas do ano. Seus sotaques despertaram lembranças que ele tentava com força afastar. As velhas noites de cantoria. As noites com Mary Duane. Pensar nela trouxe-lhe uma culpa que achou difícil agüentar. Não podia suportar a companhia deles quando começavam a cantar.

Durante um mês foi trabalhador braçal, cavando a acamação dos trilhos da ferrovia. Passou um inverno inteiro nos arredores de Sheffield, onde um comerciante de cereais construía um castelo gótico, um enorme celeiro sem teto do tamanho da igreja de Westport. O mercador e a família dormiam em sua mansão atual, Mulvey e os outros trabalhadores numa choupana no local da obra. Com a primeira agitação da primavera, foi silenciosamente embora. Nunca ficava no mesmo lugar muito tempo.

Por algum tempo se empregou no Circo Ambulante de Lorde Johnny Danger e trabalhou na montagem e desmontagem da tenda. Era um trabalho de que gostava, simples e agradável, e ainda assim exigia uma cabeça racional. A tenda era um teorema tridimensional de geometria, um vasto conglomerado de cordas e ganchos, de mastros e presilhas e parafusos e rebites; com um único jeito certo de juntar tudo. Mulvey conseguiu ver um modo de montá-la mais depressa e foi encarregado de cuidar dos rapazes da montagem pelo agradecido mestre do picadeiro. Sob a direção deste ciganinho irlandês, aprenderam a pôr de pé toda a estrutura em menos de duas horas. Ele adorava sentar-se observando a tenda nua; o esqueleto do dragão que o Rei Artur furaria com a lança.

Sentia-se estranhamente à vontade com os deformados e as mulheres barbadas, os palhaços homúnculos e os lutadores com cara de porco. Ganhar a vida com a inadequação visível parecia a Mulvey coisa corajosa; um esforço que exigia um quinhão de verdadeira adaptabilidade, que era agora a qualidade que ele mais estimava. Depois do espetáculo havia muitas garotas, às vezes uma sessão de bebedeira que ia até o amanhecer. Mas os tempos felizes não durariam. Certo dia, quando desmontava uma jaula, foi mordido por um leão e perdeu a maior parte do pé esquerdo. A ferida foi cauterizada pelo arlequim que cuidava dos animais e um sapato de madeira esculpido para ele por um dos trapezistas, com um pedaço quebrado de cartaz onde já se lera A FERA MAIS FEIA DO MUNDO. O grande M maiúsculo "é de Mulvey", sorriu o trapezista.

Ficaram com ele por uns dois meses, mas ele sabia que se tornara um fardo. Não conseguia mais fazer o trabalho com a tenda e não era mais necessário para dirigi-lo. Os outros tinham aprendido com ele como fazê-lo e, na verdade, tinham encontrado maneiras de melhorá-lo. E ele não podia usar a pá, a vassoura nem o esfregão; e tinha medo de se aproximar do velho saco de pêlo que o aleijara. Um acrobata piemontês ajudou-o a reaprender a andar, mostrou-lhe como mudar o equilíbrio do corpo e alterar o centro de gravidade. Deram-lhe o cargo de panfleteiro por algum tempo; sua tarefa era ir à frente da caravana até a cidade seguinte e distribuir folhetos ou entradas de cortesia. Certo dia, em York, já cumprira sua tarefa e sentou-se numa ponte que dava para o Ouse, esperando que os outros chegassem. Ao anoitecer, não tinham chegado e ele soube que não chegariam mais. Não tiveram coragem de dizer-lhe que não era mais necessário e por isso, pelo menos, sentiu algo parecido com gratidão. Mas isso não podia ajudá-lo muito, e também sabia disso. Mais uma vez estava sozinho num mundo de estranhos.

O inverno de 1842 foi terrivelmente duro, de longe o pior de que podia se lembrar. A neve começou a cair no início de novembro, seguida por múltiplas tempestades de gelo que deixaram as poucas folhas das árvores que nem lâminas duras de aço. As estradas da Inglaterra rural transformaram-se em contrafortes de barro, enterrados debaixo de metros de gelo e lama congelada. Mulvey tentou pedir esmolas, mas isso não era fácil para ele e a gente do campo não se impressionava com sua pobreza nem com o fato de ser coxo. Um coxo não era nada no inverno de 1842. Eles mesmos meio mendigos, não tinham nada para ser roubado.

O ano-novo chegou, mas o clima não mudou. Logo veio fevereiro. O tempo piorou. Certo dia, perto de Stoke, ele encontrou um galês amável, um espantalho assustadoramente emagrecido cujas pernas pareciam prestes a se quebrar se alguém lhes desse um peteleco. William Swales era um pobre mestre-escola da mesma idade de Mulvey a caminho de ocupar um cargo na aldeia de Kirkstall, perto de Leeds. Tinha pouco para comer ou beber, mas o pouco que tinha estava surpreendentemente disposto a dividir. Gostava dos irlandeses, contou a Mulvey, porque sua mãe tivera uma pensão em Holy Island, perto de Anglesey, porto bem em frente a Dublin, e sempre achava os irlandeses limpíssimos. O próprio Swales não estava assim tão convencido, mas os irlandeses tinham pago sua comida e sua educação, então achava que tinha para com seus conterrâneos uma certa dívida, qualquer que fosse sua higiene ou sua conduta.

Passaram dezenove dias juntos caminhando pela estrada rumo ao norte e dezenove noites frias em celeiros ou estábulos. Muitas vezes, quando cruzavam com dificuldade as estradas secundárias cheias de barro, conversavam sobre assuntos escolares. Mulvey achou essas conversas um prazer surpreendente. Embora seu colega recém-conhecido fosse erudito e eloqüente, Mulvey conseguia acompanhar o discurso geral e às vezes até superá-lo.

Swales era um classicista, um homem da velha escola. Sabia música e geografia, poesia e história: todo tipo de lendas e contos antigos. Mas seu maior amor era a matemática. Os números eram tão misteriosos e ao mesmo tempo tão simples e belos.

— Por exemplo — dizia —, onde a gente estaria sem o Nove? Quando a gente pensa nisso, Mulvey, onde a gente estaria? A beleza, rapaz. A total perfeição. Ainda não é Dez, isso eu lhe garanto. O Dez, afinal de contas, é o imperador dos números. Mas é muito mais que o pobre Oito, uma gracinha de número com toda a justiça, é claro, e um número bem agradável, mas não é Nove. Você pode ir pra cama com o Oito, mas se casaria com o Nove. A *novicidade* dele, pura, inteligente, maravilhosamente tesuda e milagrosamente danada.

Mulvey achou curioso esse tipo de declamação, mas várias vezes tentou miná-lo só para fazer as horas passarem. Sustentava que o Nove era um número como outro qualquer, mas bem menos útil que a maioria. Não podia ser usado para contar os dias da semana, os meses do ano, os pecados capitais, as dezenas do rosário, os condados da Irlanda nem mesmo os dentes da sua densa cabeça galesa. Swales dava um muxoxo e revirava os olhos. O Nove era mágico. O Nove era *Divino*. Dava para multiplicar o Nove por qualquer outro número e os algarismos da resposta, se a gente fosse somando, sempre dariam Nove. (Um dia inteiro se passou, de Woodhouse a Doncaster, com Mulvey tentando de forma infrutífera refutar esta tese sem recorrer a frações ou percentuais, entidades que Swales considerava como realmente más. "As frações são ilegítimas", costumava arrazoar. "As bastardas da Matemática Exterior.")

Tinha uma voz muito grave, coisa que Mulvey achou espantosa em um homem tão magro; quando cantava, parecia retumbar como um violoncelo antigo. Ensinou a Pius Mulvey sua canção predileta, uma música de marinheiros sem sentido nenhum que se podia entoar na marcha, e juntos a cantavam enquanto esmagavam as sendas nevadas, a sonoridade do acadêmico dando uma gravidade bem necessária ao tenor incerto e suave de Mulvey.

Certa vez em meio ao sono, ele d'uma febre ardia;
Em meio ao seu delírio, a si mesmo ele elogia.
Mas a vela, à meia-noite, foi morrendo até sumir;
Um fantasma surge então e diz:
"MISS BAILEY ESTÁ AQUI!"

Eles mugiam as quatro últimas palavras o mais alto que podiam. Tornou-se uma disputa ver qual deles rugia com mais ferocidade. Várias vezes Pius Mulvey deixava o outro ganhar, simplesmente porque gostava dele e queria agradá-lo. Não tinha ferocidade nenhuma, o magro professorzinho. Nunca ganhara nada na vida.

Cantar era um modo de manter o bom humor, mas Mulvey estava achando mais difícil manter a compostura. O pé destruído pulsava de agonia. As dores nas costas pioravam a cada dia. Certa manhã, acordou banhado em suor, as pontas dos dedos dormentes, o nariz e os olhos escorrendo. Uma estranha sensação de coceira irritava-lhe o couro cabeludo. Quando coçou, as unhas vieram negras de sangue. Uma flecha de horror perfurou Pius Mulvey. Seu cabelo estava cheio de piolhos.

Chorou de vergonha e ódio quando Swales raspou-lhe o cabelo, quando mergulhou a cabeça no riachinho gelado ao lado da estrada. Se houvesse um jeito fácil de morrer, era o que teria preferido naquele momento. Não disse uma só palavra nos dois dias seguintes.

— Estamos chegando a Leeds — sorriria Swales. Tudo estaria bem quando chegassem a Leeds, como se estivessem caminhando pela estrada de ouro rumo ao Paraíso. O homem de Yorkshire era o chapa mais decente da Inglaterra; sempre dava a um colega o quinhão mais justo. Era um homem de palavra, o homem de Yorkshire, nem finório nem grosseirão como alguns que Swales podia citar. Haveria trabalho para Mulvey quando chegassem a Leeds.

— Quem sabe a gente não arranja um par de boas moças, hem, Mulvey, minha flor? Se acalme. Vamos viver como príncipes. Vinho e bolo e costeleta de porco no café-da-manhã. E a Rainha dos Pudins no almoço, por Cristo!

Enquanto isso, comiam tudo o que fosse comestível encontrado à beira da estrada: raízes, folhas, ervas e couves selvagens, as poucas frutinhas dos arbustos enegrecidos não colhidas pelos pássaros. Às vezes comiam os próprios pássaros ossudos; às vezes tinham sorte bastante para encontrar um faisãozinho faminto. Certa manhã, perto de Ackworth, encontraram um gato morto no caminho e fizeram uma fogueira e acenderam-na num recesso abrigado antes que cada um deles dissesse o que o outro estava pensando: preferiam ficar com fome a comer um gato.

Para Mulvey era uma maravilha que para Swales falar sobre comida parecesse quase a mesma coisa que comer. Parecia dar-lhe genuíno sustento e, estranhamente, Mulvey nunca achou isso irritante. Com o tempo, começou até a esperar pelo festim de hoje: o banquete de palavras que o companheiro cozinhava enquanto trilhavam os campos congelados e os caminhos escorregadios dos canais.

— Um cisne assado, Mulvey, e uma travessa de bifes escorrendo. Tiras de aipo e aspargo cozido. Batatas do tamanho da sua cabeça irlandesa. Queijos, meu Jesus, e azeite aromático da Toscana e um jarro de sidra quente para empurrar tudo isso pra dentro.

— Isso é só a entrada — diria Mulvey. — E o prato principal?

— Tô chegando lá, tô chegando lá. Güenta a mão, colega. Um danado dum javali selvagem com uma maçã Bramley na boca. Uma banheira de molho e outra de clarete. Laranjas de Sevilha com molho de *brandy*. Servidas por Helena de Tróia. De tanga!

— Bem, pra mim isso é bastante, acho. Mas você não vai comer nada não, Willie?

E assim ia, de um dia de fome a outro. "Comer as próprias palavras" era uma expressão da gíria inglesa; retirar alguma coisa tola ou desaconselhável que se disse. Mas o pobre William Swales parecia literalmente comer suas palavras. Seu aluno aprendeu a fazer isso também.

Havia vezes em que Mulvey suspeitava que o professor estava tão mal que não duraria a noite toda nem muito menos veria Leeds. Tossia espumas de sangue aguado. Calafrios sacudiam-no tanto que não conseguia segurar um copo. Em meio a tudo isso, mantinha uma torrente de piadas e ventriloqüismo, como se soubesse que morreria se parasse de rir mesmo que um só instante.

No primeiro dia de março de 1843, saíram da vila de Gildersome às cinco da manhã. Três horas depois veio a aurora e quando o sol frio amarelou os campos nevados, William Swales começou a cantar um Hosana. Cutucou Mulvey, que se arrastava, e apontou para a frente, para as chaminés e torres negras de Leeds a distância. Era a Festa de São Davi, ressaltou o Professor Swales. O herói sagrado dos galeses em toda parte.

Durante o dia inteiro caminharam como soldados cansados, mas a estrada era difícil e o progresso lento. Em certo ponto se perderam e pareceram estar voltando; às quatro da tarde o crepúsculo começou a ensombrecer a terra. Um vagabundo com o nome curioso de Bramble Prunty (Amoreira Ameixosa) encontrou-os perto de Castleford e aconselhou-os a ter cuidado. Os guardas locais eram verdadeiros filhos-da-puta, disse ele. Jogavam a gente na cadeia por vadiagem assim que olhavam pra gente; talvez até dessem uns pontapés na gente só pra se divertir. A melhor opção para uma soneca era entrar bem fundo na floresta. As árvores eram grossas e o chão da floresta seco e os guardas nunca se davam ao trabalho de procurar ali. Dois camaradas com um litro de gim podiam tomar uma boa bebedeira sem nenhum intruso aparecer sem ser convidado para criar problemas. Supondo que o homem procurava uma bebida, Mulvey disse que lamentava não terem nada a oferecer. O vagabundo sorriu e tirou um frasco de cerâmica do casaco. "Dez xelins", disse com um olhar ganancioso. Era nove xelins e seis pence acima do preço de mercado, mas conseguiram pechinchar até baixar para um par de sapatos.

A noite caía na hora em que encontraram um lugar para acampar. A madeira do chão estava úmida demais para queimar, então Swales acendeu o fogo com algumas de suas camisas e Mulvey foi procurar água. O ar estava tão frio que as árvores estalavam. Quando voltou ao acampamento, o companheiro tiritante jogava os textos de filosofia nas chamas.

— Heráclito disse que cada porcaria de cada coisa do mundo é feita de fogo. Agora ele sabe, aquele sodomita grego maluco.

— Willie, isso é horrível. Você vai precisar dos seus livros.

— O Doutor Fausto queimou os dele. Não lhe fizeram bem nenhum. É melhor eu e você arranjarmos um pouquinho de calor com os meus pras nossas santas bundas, não acha? — Olhou pra dentro da bolsa e deu uma risadinha. — O que preferis, vassalo? Shakespeare ou Chaucer?

— Shakespeare vai queimar mais tempo — disse Mulvey.

— Ah, tio — suspirou Swales —, mas Chaucer vai queimar *mais doce*. — E jogou *Os contos de Canterbury* nas chamas crepitantes. — Queima tua alma, ó bastardo!

A zurrapa que tinham trocado com o vagabundo foi dividida irmãmente, embora Mulvey cedesse um bom gole do seu quinhão. Foram os sapatos de domingo de Swales que ajudaram a consegui-la. Além disso e de um punhado de chá e de um pãozinho roubado por Mulvey em Dewsbury, não havia nada para protegê-los do frio inclemente.

Queimaram o caminho pela história da literatura inglesa, desde *O sonho da Cruz* até o *Endimião*, de Keats, poupando apenas Shakespeare da execução pelo fogo. (Embora o Terceiro Ato do *Rei Lear* tenha sido usado com um propósito não previsto pelo autor quando o gim encontrou o forro do estômago faminto de Swales. "Sopra, vento, sopra", riu-se ele miseravelmente ao se agachar. "E racha tuas bochechas", riu-se Mulvey em troca.)

À meia-noite, toda a bebida acabara, mas não teve o efeito que Mulvey esperava. Ainda estava sóbrio o bastante para conseguir pensar e seus pensamentos ficaram negros, como sabia que ficariam. Era a última noite que ele e William Swales passariam juntos. Apesar de todas as belas palavras sobre a glória de Leeds, Mulvey sabia que o lugar não teria nada a oferecer-lhe. Estivera naquele canto da Inglaterra antes; observara o que era preciso para sobreviver em cidades assim. O trabalho nas fábricas ou o trabalho braçal exigiam força física, um vigor que ele simplesmente não tinha mais. Vira os batalhões de homens de rosto fechado que se reuniam nos portões das fábricas pela manhã, na esperança de serem chamados pelos encarregados para um turno de trabalho. Homens fortes, com famílias famintas em casa. Homens que labutariam doze horas ininterruptas sem nem parar para um gole d'água. Os capatazes andavam de um lado para outro da fila como cabos, escolhendo os candidatos mais carnudos com um aceno de cabeça, rejeitando as súplicas aflitivas do resto. Não eram todos uns insensíveis; eram apenas realistas. Não havia um único chefe, de Brighton a Newcastle, que daria a um aleijado coxo uma oportunidade.

Leeds não passaria de outro punhado de tribulações, num clima mais frio e mais chuvoso que o de Londres. Swales iria para seu cargo em Kirkstall; Mulvey seria lançado de volta a sua desgastada esperteza numa cidade cujo funcionamento não conhecia. Reviver a vida de ladroagem parecia-lhe agora coisa intransponível, um muro que não tinha mais vontade de escalar. Ocorreu-lhe soturnamente, quando olhava para a fogueira estralejante, que estaria em melhores condições neste momento se tivesse ficado em Newgate.

— Um centavo por eles, tio — indagou Swales.

— Zero — disse Mulvey.

O acadêmico olhou para cima, o rosto avermelhado pelas chamas.

— Nove vezes zero — disse Mulvey. — Dá zero.

Swales concordou tristemente com a cabeça, como se admitisse alguma coisa.

— É mesmo, meu velho soldado da Irlanda. É uma pena.

— Vou lhe dizer adeus amanhã, Willie. Acho que você sabe disso.

— Não seja bronco, homem. Estamos aqui para fazer fortuna.

— Não há fortuna para mim em Leeds, Mestre Swales.

— A amizade é uma fortuna. Somos amigos agora, não somos?

— Somos amigos, mas... não sei. Estou me sentindo péssimo por dentro, Willie.

— As coisas vão parecer melhores depois de uma boa noite de sono. Você vai ver.

Enrolaram-se juntos debaixo do abrigo de um freixo, Swales em seu cobertor, Mulvey em seu sobretudo, e cantaram juntos baixinho até dormir na chuva.

Mulvey acordou ao amanhecer e encontrou William Swales refervendo os restos do chá da noite passada. A manhã estava calma; um pouco enevoada e fria. Ele mancou até um regato que corria sobre as pedras pretas, ajoelhou-se, lavou o rosto e as mãos. A neve começara a cair quando terminou; flocos gordos e úmidos de brancura lanosa. *Não tem escolha* era a frase em sua cabeça. Já estivera perto da morte antes, mas não tão perto assim. Morreria se tentasse andar de volta a Londres. A neve caía; cristais brancos de leite. Não havia pedras no regato, nenhuma que conseguisse carregar, e assim usou o galho quebrado de um carvalho.

Nove foi multiplicado por zero.

Ele enterrou William Swales numa cova que abriu no solo da floresta; cobriu-o com ramos e fetos quebrados; encheu o túmulo da forma mais respeitosa possível e chorou pelo único homem da Inglaterra que já lhe demonstrara uma gentileza totalmente descomplicada. Sem saber a que fé a vítima pertencera, se é que pertencera a alguma, rezou uma Ave-Maria e uma dezena do Rosário e cantou a única estrofe que conseguia recordar do *Tantum Ergo*. Quando chegou a hora de colocar a pequena cruz de madeira, gravou nela as palavras PIUS MULVEY, NATURAL DE GALWAY E LADRÃO. Então tomou o chá, fez sua trouxa e pegou a estrada até Leeds.

Durante 18 meses, Mulvey viveu a vida de outro homem. Achou que ser mestre-escola era uma vida pacífica e satisfatória. As crianças tinham entre cinco e onze anos, e assim nenhum Doutorado em Divindade era necessário para instruí-las. Contanto que agisse com certeza discreta, ninguém notaria as falhas do seu conhecimento. De qualquer forma, estava lhes ensinando lições importantes: a capacidade de ler, contar e escrever; os conhecimentos que iluminaram seus dias mais soturnos. Mulvey também estava aprendendo uma lição importante. As pessoas só vêem o que querem ver. O melhor lugar para se esconder é em campo aberto.

Foi a época mais feliz de sua vida adulta, assim pensou várias vezes; talvez a única vez em que realmente se sentiu feliz. A casinha de pedra de cantaria que acompanhava o cargo era quente no inverno e fresca no verão. Ele tinha cama, teto, cinco xelins por semana e toda a comida que pudesse desejar, pois o povo da região lhe dava infindáveis presentes de alimentos. A solidariedade tantas vezes sentida pelo homem solitário.

Às vezes, à noite, olhava em torno de sua bela casinha. Só uma coisa faltava e teria sido um paraíso. Mas a coisa que faltava ele não gostava de nomear.

O assassino descobriu que gostava da companhia das crianças. Achou sua curiosidade e sua candidez tocantes, seu deslumbre sincero com as coisas comuns. Uma pedra, uma pena, um fragmento de pano de vela rasgado — eram esses os ingredientes de uma história maravilhosa. Dos mais pobres é que ele gostava mais, os menininhos catarrentos e as menininhas esfarrapadas que arrastavam os pés até a escola com os sapatos velhos dos irmãos maiores. Tinham pouco interesse em aprender e Mulvey detestava culpá-los por isso, mas sempre insistia que participassem das aulas. Tudo o que realmente queriam era um lugar para se aquecer por algum tempo, um descanso das tribulações e da fome em casa, a xícara de leite quente que recebiam de manhã; talvez uma palavra carinhosa do mestre de mentirinha. Uma lição que pareceu a Mulvey tão útil quanto qualquer outra foi que às vezes era preciso enganar para conseguir a autoridade de que se precisava; que todos os mestres, em certo sentido, eram de mentirinha, mas precisavam ter sua mestria confirmada de vez em quando. Nisso não sentia superioridade nenhuma em relação às crianças. Por ser pobre também, aprendera tudo com a experiência e só queria passá-la adiante.

Podiam ser turbulentos e exigentes quando queriam e alguns deles tinham um prazer maldoso de provocá-lo. Mas nunca usou a vara pendurada na parede da escola e certa noite quebrou-a e jogou-a no fogãozinho barrigudo. Bater numa criança parecia a Mulvey um mal bem grotesco, uma confissão de total desajuste e falta de firmeza moral. Ele era desajustado, já sabia disso; mas existiam alguns limites que nunca deviam ser transgredidos. Uma criança não era capaz de ferir alguém deliberadamente. Reagir a essa realidade infligindo dor era declarar que ser adulto não fazia sentido.

Começou a roer o matador por dentro o fato de que ele mesmo era pai, que seu sangue corria nas veias de outro ser vivo que ele não tivera coragem de amar. Esses pensamentos o tinham perseguido antes na Inglaterra, mas ele sempre conseguira afastá-los. Cercado de crianças, ficava mais difícil. Cada criança aos seus cuidados parecia o fantasma da sua.

Seu filho faria treze anos no próximo aniversário: uma idade terrível, uma época em que é preciso um pai para nos guiar. Cada vida continha momentos em que a verdadeira natureza é posta à prova. Quando esse momento se apresentou a Pius Mulvey, ele fugiu como um vampiro foge da luz. As lembranças da fortaleza de seu próprio pai lhe atormentavam os sonhos, da lealdade e do trabalho interminável de sua mãe pelos dois filhos. As pragas vieram e passaram e seus pais nunca o abandonaram. Como ele retribuíra à sua memória por todo o seu amor? Desertara o único neto que jamais usaria o nome deles. Como retribuíra a Mary Duane pelo amor dela? Não apenas traição, seu abandono também fora condenação. Sabia como funcionava; tinha visto isso com bastante freqüência; a vergonha da mãe solteira, uma variedade de viuvez.

Nenhum homem da Irlanda seria pai do filho de outro. ("Quem compraria um ovo rachado?", ouvira um padre dizer certa vez.) Arruinara para sempre as chances dela de casar-se e ter companhia. Fora desgraçado o que ele fizera; sem perdão. Mas essa culpa também era uma mentira covarde, e ele sabia disso. A idéia de vê-la casada com outro era insuportável.

Por que partira? Do que fugia? Era o medo da fome ou quisera feri-la? Será que em sua alma se escondia alguma coisa realmente tão monstruosa? Perguntou-se se era pai de uma menina ou de um menino. A idéia de que podia ser uma menina fazia sua espinha eriçar-se de medo. Uma menina sem pai para aconselhá-la e protegê-la. Uma moça num mundo de Pius Mulveys. "Bastarda", murmurariam quando a vissem nas ruas de Clifden. A bastarda feita por Pius Mulvey. Filha da meretriz que ele também fizera.

Era comum que sonhasse com a noite em que partira a pé de Connemara, aquela noite terrível do furacão destruidor. Tantas vezes quisera voltar, mas de certo modo cada passo tornara isso ainda menos possível. Não podia passar fome. Não podia morrer. Amava Mary Duane, mas tinha tanto medo. Um certo egoísmo em seu ser vencera o amor, mas ele deixara acontecer; desse fato vergonhoso não havia fuga possível. Via-se correndo pelas florestas derrubadas, entre sabugueiros que caíam e uma tempestade de folhas. Pontes desmoronando; sendo levadas embora. Fizera uma coisa grave com o filho e sua mãe. Haveria algum modo de voltar atrás de um pecado de tamanha magnitude? Poderia uma ponte, depois de caída, ser levantada outra vez? Estariam as ruínas ainda lá, logo abaixo da superfície fria? Será que essas ruínas serviriam pelo menos de pontos onde pisar?

No primeiro dia de setembro de 1844, sentou-se à mesa e escreveu-lhe uma carta. Foi o documento mais comprido que já escreveu, 21 páginas de desculpas e súplicas, e estava decidido a não sujá-la com a inclusão de nenhuma mentira. Quando jovem, amara-a e esperara que tivessem futuro; em todos os seus anos na Inglaterra, não amara nenhuma outra mulher. Não tinha desculpa para a crueldade do que fizera. Simplesmente entrara em pânico e sucumbira à covardia. Se ela apenas o aceitasse de volta, ele nunca mais a feriria. Tinham-lhe acontecido coisas na Inglaterra; coisas terríveis. Ele mesmo fizera coisas terríveis na Inglaterra. Os piores horrores que já fora obrigado a enfrentar só tinham sido suportáveis porque sabia que ela o tinha amado. Pensara nela todos os dias durante quase treze anos; em seus momentos mais negros lembrara-se de como já tinha sido amado.

À meia-noite, parou de escrever e releu a carta. Mas sabia que estava errada; estava tudo completamente errado. As palavras não podiam disfarçar a verdade do que acontecera. Desertara a única mulher que já desejara, apenas em razão de sua própria fraqueza doentia. Rasgou a carta e observou-a a queimar-se.

Certa manhã da semana seguinte, o Presidente da Comissão Administrativa estava à espera no pórtico quando Mulvey saiu de sua casinha para destrancar a escola. Disse que tinha surgido um probleminha delicado. Recebera uma carta da mãe de William Swales perguntando por que seu filho nunca respondia à sua correspondência. Estava passando bem? Alguma coisa tinha lhe acontecido? De algum modo, o monstro conseguiu ficar em silêncio enquanto examinava as páginas ansiosas da viúva. Uma obra de excessivo entusiasmo maternal, acabou concordando. As lágrimas em seus olhos foram interpretadas como amor filial.

— Mande-lhe algumas linhas, William, como um bom rapaz, está bem? Afinal de contas, mãe nós só temos uma.

— Com toda a certeza, senhor. Obrigado, senhor.

Naquela noite, encheu uma bolsa de pano grosso e foi-se embora de Kirkstall, partindo para Liverpool, onde chegou em quatro dias. Lá vendeu os livros que roubara da escola e o cavalo que roubara do lado de fora da estalagem de Manchester.

Seus dias de perambulação tinham terminado. Voltaria a Carna, para Mary Duane e o filho. Diria a ela o que acontecera; tivera medo de ficar. Se dissesse cara a cara, talvez fosse possível o perdão. Se não fosse possível agora, poderia tornar-se possível com o tempo. Trabalharia; labutaria como escravo por ela e pela criança. Estar perto do filho era tudo o que queria agora. Provar que não era um animal, só um homem que tivera medo.

Embarcou num vapor nas docas de Wellington, furtou a carteira de um duque sonolento; chegou a Dublin na manhã seguinte. A diligência do correio estava partindo do porto para Galway e ele pagou ao condutor para levá-lo junto. Caminhou da cidade até o sul de Connemara e antes do anoitecer chegava à aldeia de Carna.

Por algum tempo, achou que tivesse se enganado; não sabia como, mas devia estar no lugar errado. Olhou a cabana enegrecida e arruinada. As paredes quebradas. O teto de palha cheio de erva-piolheira. Pedacinhos de mobília desmembrada jaziam no chão, como se tentassem transformar-se nalgum instrumento de tortura.

Montes de cinzas molhadas. Marcas de fogo nas lajes. O cabo de uma pá enfiado numa vidraça cheia de liquens.

A brisa do lago surpreendia de tão quente e trouxe a leve fragrância dos juncos e do verão. Mas agora ele via uma coisa que o fez sentir frio. A porta da cabana fora serrada ao meio. Ele sabia o que isso significava. A corja do despejo.

Não havia ninguém por perto. Os campos estavam desertos. O barquinho de couro de um pescador mofava perto dos montantes do portão, a estrutura de madeira desbotando onde a lona apodrecera.

Saiu da cabana em ruínas com a intenção de ir até a mansão. Perguntaria o que acontecera. Para onde fora todo mundo? Enquanto caminhava, percebeu que estava quase em pânico. Outra cabana destruída. Um chiqueiro queimado. Arame farpado cruzando o alagado. Uma tíbia de ganso com uma crosta. A estrutura esmagada e enferrujada de uma cama de cabeça para baixo numa vala divisória. Um tampo de mesa pintado como um cartaz, pregado numa esterqueira.

ESTAS TERRAS SÃO PROPRIEDADE
DE HENRY BLAKE DE TULLY.
INVASORES SERÃO ALVEJADOS
SEM AVISO PRÉVIO.

Um velho surgiu no caminho levando um pônei maltratado.

— Deus esteja contigo — disse Mulvey em irlandês.

— E Maria contigo — respondeu o velho.

— O senhor é daqui, senhor, se não se importa que eu pergunte?

— Johnny deBurca. Já trabalhei lá em cima na mansão.

— Estou procurando Mary Duane, que morava perto da baía.

— Não há mais Duanes aqui, senhor. Não há mais ninguém aqui.

Inundou-o de repente, como uma náusea, que ela podia ter emigrado com a criança. Mas o velho disse que não, que ela ainda estava morando em Galway. Pelo menos achava que sim, se estavam falando da mesma mulher.

— Mary Duane — disse Mulvey. — A família dela é de Carna.

— Quer dizer Mary Mulvey, que mora lá perto de Ardnagreevagh.

— Como é?

— Mary Mulvey, que casou com o padre, senhor. Faz doze anos agora, acho que é isso.

— O padre?

— Nicholas Mulvey, ué. Ele é que era o padre. O irmão dele embarrigou ela e arribou para a América.

O modo como o prisioneiro e o imigrante são tratados pelo governo, como os pobres são tratados e aqueles sem influência: eis secretamente o modo como o governo gostaria de tratar a todos nós.

David Merridith

De notas para um livreto sobre a reforma penal. 1840. Inacabado.

CAPÍTULO XXII

A LEI

DÉCIMO SÉTIMO DIA DA VIAGEM; EM QUE O CAPITÃO REGISTRA O RESGATE DE MULVEY DE UM ENCONTRO PRECÁRIO COM A PUNIÇÃO.

Quarta-feira, 24 de novembro de 1847
Ainda faltam nove dias no mar.

LONG: 47°04,21' O. LAT: 48°52,13' N. HORA REAL PADRÃO DE GREENWICH: 02h12 (25 de novembro). HORA AJUST. DO NAVIO: 23h04. (24 de novembro). DIR. VENTO & VELOC.: NNE (38°). Força 5. MAR: Turbulento. RUMO: SSO (211°). PRECIPIT. ATMOSF. & OBS.: Queda de grandes pedras de granizo à tarde. Vento frio e forte. O mau cheiro recentemente citado no navio parece estar diminuindo.

Na noite passada, dois passageiros do porão morreram: Paudrig Foley, trabalhador rural de Roscommon, e Bridget Shouldice, *née* Coombes, criada idosa, depois interna do Asilo Público de Birr, em King's County. (Insana.) Seus restos mortais foram lançados ao mar.

O total dos que morreram nesta viagem é agora de 41. Dezessete isolados na quarentena devido à cólera.

Sou obrigado a relatar uma série de incidentes inquietantes, que surgiram neste dia e muito perturbaram a paz dos que estão no porão, com resultados angustiantes e quase calamitosos.

Às três da tarde aproximadamente, estava eu em meus aposentos estudando as cartas e cuidando de alguns problemas de cálculo fascinantes quando Leeson entrou. Disse que, uma moça do porão lhe contara que havia considerável agitação em meio aos passageiros comuns e que se eu não me apressasse a descer com ele, poderia haver um homicídio antes que terminássemos. Não era nenhuma rixa inofensiva, mas um verdadeiro carnaval de brutalidade. Insistiu que levássemos duas peças do cofre, pois os passageiros estavam num verdadeiro frenesi de raiva. Então fomos.

Em nosso caminho pelo convés principal, encontramos o reverendo Henry Deedes em meditação, e eu o convenci a nos acompanhar até lá embaixo. Pois, embora a maioria dos passageiros do porão seja da fé romana, vêem todos os homens da Igreja com respeito e aprovação e considerei que poderia ser vantajoso tê-lo conosco.

Quando descemos as escadas até a porta (Deedes e Leeson e eu), uma cena pavorosa estava sendo encenada. O infeliz aleijado, William Swales, estava encolhido no chão perto dos banheiros. Sua aparência era de dar muita pena. Pelas marcas em sua pessoa, era fácil deduzir que fora vítima de um ataque ou de vários ataques prolongados. Suas roupas estavam rasgadas e ele tremia de medo, o rosto uma massa de sangue e de sujidade indizível de excrementos.

A princípio, os passageiros se recusaram a dizer como isso tinha acontecido e até o próprio pobre coitado ficou muito relutante de falar nisso, insistindo que caíra enquanto bêbado e que logo estaria bem. Deve-se notar que, em meio à classe comum de irlandeses, existe o costume geral e curioso de não informar a ninguém que percebam ser uma autoridade nada das falhas e dos crimes de seus companheiros, por mais covardes que sejam. E enquanto não prometi que as rações seriam reduzidas à metade imediatamente e que as regras da companhia sobre beber a bordo seriam cumpridas de forma mais estrita do que até então, o silêncio se manteve. Foi só quando fiz estas últimas ameaças que toda a concatenação de eventos começou a se manifestar.

Foi revelado que houve um roubo de uma xícara de farinha de milho de um passageiro chamado Foley e que suspeitaram deste aleijado. Isso foi citado como a causa de sua punição. Eu disse que a embarcação navegava sob a lei da Inglaterra e aos olhos desta lei *fazia parte do território da Inglaterra*; e sob esta mesma lei benigna um homem era inocente até prova em contrário, fosse ele grande ou pequeno. E se qualquer homem ousasse criar problemas no meu navio ou tomar a lei nas próprias mãos, seria confinado e acorrentado pelo resto da viagem para ponderar melhor sobre sua filosofia. O bom Ministro então falou, dizendo que não era cristão agredir um infeliz sem mal conhecê-lo e sendo ele um aleijado, e que Nosso Redentor não tinha piedade disso etc.

— Eu o conheço — soou então uma resposta do fundo.

A multidão se abriu para revelar um certo Shaymus Meadowes, passageiro violento muito dado a roubos e absurdos do pior tipo e a exibir-se. É bastante dado à bebida e à série de degradações rufianescas que a acompanham e tem uma cara de cachorro ladrão. Só foi libertado da cadeia esta manhã e mesmo assim apenas devido à grande intervenção do Ministro Deedes que fez amizade com ele e intercedeu gentilmente a seu favor.

— Seu nome é Pius Mulvey — disse ele. — Você tirou a terra de um vizinho quando ele estava na pior.

(Entre esses irlandeses da classe baixa, não há homem mais vil que aquele que tenha tirado as posses de outro em tais circunstâncias. Eles preferem que a terra fique ociosa e nua do que seja plantada por alguém que não tenha nascido nela.)

— O senhor está me confundindo com outra pessoa — disse o aleijado. — Meu nome não é Mulvey.

Com isso começou a mancar para longe, sua aparência muitíssimo alarmada.

— Acredito e sei que é — disse o outro. — Já o vi muitas vezes com essa perna sua.

— Não viu — disse o aleijado.

— Seu vizinho foi mandado embora... despejado, quero dizer... por aquele metido f.d.p. do Blake de Tully, que morra engasgado com a própria merda. — (Outras observações que se pode imaginar foram então feitas, em relação a um certo Comandante Henry Blake, personagem nada popular entre os pobres de Connermara.) E ele continuou: — Invez de ficar longe daquele f.d.p. daquele proprietário, você conseguiu dele o arrendamento da terra do seu vizinho, e barato também.

Com isso elevou-se um grande clamor de insultos e cuspidas.

— Eu quebraria a cabeça dele se tivesse forças — disse um.

— Nunca houve homem pior sob o sol — disse outro, uma mulher, e ela pediu que fizessem uma forca. (É angustiante observar que nessas situações as mulheres às vezes são mais agressivas que os homens.)

— O nome dele é William Swales — disse eu.

— O diabo tem muitos nomes — gritou Meadowes. — Ele é Pius Mulvey de Ardnagreevagh, tanto quanto eu estou vivo e respirando. Que levou à morte um outro homem com seu roubo cruel.

Alguns começaram a rugir de novo. Mais uma vez, o Reverendo Deedes tentou uma intervenção, mas foi ele mesmo agredido e chamado de nomes horríveis que atingiam sua orientação religiosa. Tive de afirmar que a santidade judiciosa e sincera não é herança de nenhuma facção específica, mas que a bandeira da verdadeira religião, embora contenha um conjunto de linhas diferentes, confere ornamento e orgulho ao mundo todo por sua íntima coalescência. Eu mesmo fui alvo de zombarias neste ponto.

Nisso Meadowes dominava a cena e gozava por inteiro sua celebridade com bastante determinação (como serão os homens assim, sempre improdutivos em todas as esferas, a não ser na fanfarronada e na agressão.)

— Conto a eles a melhor parte? — perguntou.

Nenhuma resposta veio do aleijado. Ele estava com tanto medo!

— Implore pr'eu não contar — disse o primeiro, um sorriso horrível nos lábios.

— Imploro que não conte — suplicou o aleijado.

— De joelhos, implore pr'eu não contar — disse Meadowes.

O pobre aleijado lançou-se no chão e começou a chorar em silêncio.

— Me chame de Deus — disse Meadowes. — Seu babaca de rabo de fora.

— Você é o meu Deus — exclamou o aleijado em meio às lágrimas.

— Está certo agora — disse Meadowes, o vil canalha. — E fará tudo o que eu mandar.

— Farei — disse o aleijado. — Mas tenha pena de mim, eu lhe imploro.

— Lamba a sujeira das minhas botas — ordenou Meadowes, e a pobre vítima começou a fazê-lo. Com essa demonstração de vergonhosa crueldade, muitos passageiros riram-se em zombaria; embora muitos também, mais gentis dentre eles, gritaram para que parasse.

— Por favor — disse o aleijado —, não me delate, eu imploro.

Meadowes se abaixou e cuspiu em seu rosto.

— O vizinho que você arruinou era seu próprio irmão — disse ele.

— É mentira! — gritou o aleijado.

— Nicholas Mulvey, que era o padre em Maam Cross. Conheci ele bem. Um homem bom e decente, que Cristo dê paz à sua alma. E seu sangue está em suas mãos, com toda a certeza. Você o matou! Você matou seu irmão!

— Isso nunca aconteceu! — gritou o aleijado, e depois: — Pareço um homem que tem terras?

— Você foi expulso da terra que roubou pelos vizinhos decentes e pelos Rapazes Confiáveis de Galway, toda a sorte a eles! — insistiu o primeiro. — E isso aconteceu. Eu costumava vender verdura com meu "velho" em Clifden. E ouvi falar disso tudo na cidade! Ladrão de terras! Assassino! Destruidor de padres! Judas!

— Esse não sou eu. O senhor está acusando o homem errado, eu juro!

Foi só porque eu e Leeson mostramos nossas armas de fogo que se impediu uma total calamidade e mesmo então tive oportunidade de temer por minha própria vida enquanto tentávamos tirar o miserável aleijado daquele lugar.

Ele está atualmente abrigado na cadeia, em razão das ameaças contra ele. E sejam quais forem as transgressões que jazem em seu passado — como jazem no passado de todos os homens e mulheres, ou pelo menos em seus corações e na profundeza de sua consciência —, rezo para que ninguém ponha as mãos naquele pobre homem outra vez; pois sua vida estará acabada neste navio se o fizerem.

Acredito que isso é tudo o que tenho a dizer.

Neste dia encontrei-me com o servo do Mal, cujo nome é Shaymus Meadowes.

Se eu vê minha garota falando com outro chapa eu ia lhe dar um soco bem praguente* no nariz que ia acabar depressa com a semvergonhice. As garotas, é engraçado eu pensar nisso agora, na verdade gosta do cara que bate nelas. Enquanto as pancada dói, ela fica pensando no chapinha que bateu (...) Quando a garota é de família, os cara costuma mandar elas pra ficar no asilo público e só vai lá às vezes pra levar um pouco de chá e açúcar pra elas. Já ouvi os rapaz muitas vez se gabar pro mundo todo de acabar com as garota, como se fosse os maiores nobres da terra.

Vendedor de rua de Londres ao jornalista Henry Mayhew
Nome desconhecido

*"Praguente", tentativa de traduzir a gíria inglesa "plaguy", corruptela de "plaguily", isto é, tão rápido e violento quanto a praga. — GGD

CAPÍTULO XXIII

O HOMEM CASADO

QUE CONTÉM REVELAÇÕES FRANCAS E NUNCA ANTES PUBLICADAS DA VIDA SECRETA DE LORDE KINGSCOURT, ALGUNS HÁBITOS E ASPECTOS OCULTOS SEUS; SUAS VISITAS NOTURNAS A ALGUNS ESTABELECIMENTOS OS QUAIS SERIA MELHOR QUE CAVALHEIROS NÃO FREQÜENTASSEM.

"Aqueles cujas ambições excedem o talento estão fadados ao desapontamento, pelo menos até que cresçam. Aqueles sem ambição também estão condenados. Um homem sem iniciativa está perdido (...)"

David Merridith, carta a *O Espectador* (7 de julho de 1840), sobre o tema do "Crime em Londres".

✷

Emily e Natasha Merridith arriscaram-se a provocar a raiva do pai quando viajaram até Londres para o casamento do irmão. A ausência de Lorde Kingscourt fora explicada por uma fortuita coincidência. A coroação da Rainha Vitória aconteceu na mesma manhã e todos os integrantes da Câmara dos Lordes tinham recebido ordens de comparecer à cerimônia. Os pais de Laura compreenderam. Na verdade, pareciam bem orgulhosos do fato e o pai dela fez questão de mencioná-lo em seu discurso. "O Conde, todos vocês devem saber, está ocupado noutro lugar."

John Markham mostrou-se um benfeitor muito generoso. Seu presente de casamento foi o aluguel durante cinco anos e meio de uma casa na cidade, na rua Tite, no bairro chique de Chelsea. Nada abaixo do melhor era suficiente para sua mui amada filha única e o marido dela. Durante todo o tempo que os recém-casados passaram em Londres, nunca precisaram dos

18 quartos nem da cocheira em Chelsea, mas o Sr. Markham insistia que o caso não era esse. A casa deles estaria à disposição quando quisessem.

Durante dois anos viajaram, o Visconde e sua noiva, por Paris, Roma, Grécia, Florença, mais além pela Turquia e pelo Egito, colecionando bibelôs e obras de arte por onde fossem. Veneza tornou-se um lar fora de casa; moraram ali numa suíte do Palazzo Gritti durante o duro inverno de 1839 e foi ali que o primeiro filho nasceu, em dezembro daquele ano. Os amigos de Londres vieram visitar. Houve viagens até Amalfi e para o norte até os lagos. Lady Kingscourt tinha bom gosto e conhecimentos de especialista, um olho imperturbável para pechinchas. Sabia tudo sobre quadros, esculturas, livros. Recebia da família onze mil guinéus por ano. Comprava um monte de livros.

Marrocos, Tânger e Constantinopla foram visitadas; Atenas de novo; um verão em Biarritz. Quando ficaram sem mais destinos, voltaram a Londres e mudaram-se para a casa grande e confortável. Foi imediatamente remodelada segundo o projeto da Viscondessa, com os melhores e mais recentes papéis de parede e ornamentos de gesso dourado. Penduraram-se os quadros; puseram-se em exposição os objetos; um afresco do Renascimento que ela comprara em Fiesole foi instalado no teto do quarto por algum tempo e depois desmontado e removido para o escritório. (Seus maliciosos demônios e os pecadores contorcidos tendiam a piorar os pesadelos do marido.) Um regimento de criados logo foi contratado para cuidar dos Merridith e seus tesouros. Especialistas da National Gallery vieram fazer esboços. O Guardião dos Quadros da Rainha escreveu um artigo sobre a coleção. Laura começou a receber em seus famosos saraus.

Poetas, ensaístas, romancistas, críticos apareciam aos magotes nas noites de quarta-feira: em geral com fome e sempre atrasados. Ficavam em volta do bufê como gnus num poço. Dinheiro ou a falta dele era o tema predileto, não a beleza nem a arte nem os lagos misteriosos. A lista de convidados era como a lista de chamada da Londres beletrista. Ser convidado para a casa dos Merridith era saber que se tinha chegado lá. G. H. Lewes, da *Fraser's Magazine*, Thomas Carlyle, o jornalista Mayhew, Tennyson, Boucicault, o editor Newby; até o famoso e invejado Mr. Dickens, que se sentava num canto parecendo morbidamente deprimido, roendo as unhas quando achava que ninguém estava olhando. Saiu uma ilustração cômica na revista *Punch* com dois senhores literários de turbante e *smoking* atingindo um ao outro com penas manchadas de sangue. A legenda dizia muito sobre o cuidadoso esforço de Laura: "Por Júpiter ou por Alá! Só chegou um convite para o 'sarau' na casa de Lady Kingscourt. Basta isso para fazer um acadêmico se comportar como um afegão."

Laura comprou o original e mandou montá-lo e emoldurá-lo. Pendurou-o ao lado do espelho no banheiro dos hóspedes no andar de baixo, localização cuidadosamente escolhida que oferecia vários benefícios. A maioria dos convidados o veria pelo menos uma vez no decorrer da noite, mas achariam que ela tinha estilo demais para se preocupar muito com isso. Caso se preocupasse, o penduraria no *hall* de entrada ou na sala de estar, lugares onde estavam pendurados os desenhos de Connemara do Visconde. A Viscondessa entendia a natureza do estilo.

Por algum tempo, gozaram de uma certa felicidade tranqüila, um contentamento cotidiano que não era questionado com freqüência. O filho era um lindo bebê, rosado e forte; do tipo que faz os policiais pararem na calçada e balbuciar para os carrinhos como freiras velhas. Mas logo depois que a nova família voltou da Itália para Londres, alguma coisa estranha começou a acontecer com David Merridith.

Um desconforto se insinuou em seus dias como uma comichão; a inquietude e a ansiedade que conhecera quando criança. Casar-se com Laura Markham tinha afastado aquele sentimento, mas de algum modo *estar* casado vinha permitindo que voltasse. Começou a sentir-se insatisfeito, com tendência à depressão. Todos começaram a notar aos poucos que ele estava perdendo peso. A insônia que o incomodava desde a infância piorou. Quanto mais numerosas as congratulações por sua vida invejável, maior o obscuro descontentamento do Visconde.

Parte disso era tédio, a falta total de objetivo. A vida de lazer dos nobres não lhe servia, fazia-o sentir-se inútil e vagamente ingrato: a ingratidão tornando a inutilidade mais pungente. Seus dias eram inteiramente vazios de coisa importante. Enchia-os de planos para aperfeiçoar-se: ler todo o Plínio em ordem cronológica, aprender grego antigo ou dedicar-se a algum passatempo; fazer algo de bom pelos pobres, talvez. Visitou enfermarias, filiou-se a comissões filantrópicas, escreveu um monte de cartas a editores de jornais. Mas parecia que as comissões nunca conseguiam fazer nada nem as cartas intermináveis e repetitivas. Fazer planos consumia boa parte do seu tempo, mas nunca parecia haver tempo para seguir nenhum deles. Seus diários desses anos revelam inícios inumeráveis; longos passeios pelo parque; livros inacabados; projetos abandonados; desígnios não concretizados. Uma vida desejando que os dias passassem. Esperando, talvez, que seu futuro começasse.

A esposa era uma boa mulher; bonita, educada, com um talento para a alegria que muitas vezes ele achava inspirador. Se pudesse optar ela preferia ser feliz e, com uma infância como a de Merridith, isso era uma coisa atraente. A casa deles era elegante; o filho, feliz e saudável. Perfeita como uma farda colocada sobre a cama, a vida de David Kingscourt de Carna; mas muitas vezes ele sentia que seu casamento era como um baile de máscaras. Não conversavam tanto quanto costumavam antes; quando o faziam, o assunto era sempre o filho. O pai do menino ficou ranzinza, mais inflamável que antes. Viu que se transformava num homem de quem não gostava: corrigindo os criados em questões de gramática, provocando brigas com garçons, com hóspedes da casa. Opiniões que nunca tivera começou a defender com fúria. Logo nenhum sarau estava completo sem alguma discordância.

Romperam com alguns amigos mais antigos. Ele foi aconselhado pelo médico a parar de beber, e parou por algum tempo.

Os casais que formavam seu círculo mais íntimo também eram pais recentes, enlouquecidos pelos filhos. Tão obcecados pelos filhos, com tanta felicidade e dedicação, quanto Laura era por Jonathan e quanto Merridith não era. Nas mesas de jantar e nos camarotes da ópera, punha-se a sorrir com a última citação do gênio neonato, com o entusiasmo do apetite, com a firmeza no penico, enquanto desejava secretamente estar noutro lugar. Não se sentia superior; era mais como um fracasso. Que maravilhoso ser um pai tão ébrio assim, bêbado do vinho do amor paternal. Examinar o conteúdo das fraldas de sua progênie como um vidente romano a fazer profecias com as runas. Amava seu garoto mas não conseguia amá-lo tanto assim. Muitas vezes, um fato vergonhoso, achava a paternidade um fardo. O barulho das babás conversando pela linda casa tinha a tendência irritante de interferir com seus planos.

Passou a ter uma imagem de si e de Laura como atores numa peça que outra pessoa escrevera. Havia cortesia no texto, era bem educado e contido. Um crítico lhe faria uma resenha elogiosa. Ela dizia suas falas, ele as dele; raramente um ator interrompia ou errava o texto. Mas não parecia um casamento de verdade. Em vez disso, passou a parecer que viviam num cenário, perguntando-se onde é que estava mesmo o público além da ribalta; e se não estivesse ali, exatamente para quem era o espetáculo.

Os saraus literários continuaram, mas Merridith achava-os uma prova de paciência e acabou ordenando que queria que parassem. Ficou surpreso com a intensidade da oposição de Laura. Ele podia decidir se comparecia ou não a eles, mas com toda a certeza não parariam; era errado da parte dele pedir isso. Ela não era um objeto sem vida para decorar sua existência. Tinha se casado com um marido e não teria um senhor.

— Um homem deve ser contestado em sua própria casa?

— É minha casa também.

— Eles são um desperdício de tempo e um desperdício de dinheiro.

— Meu tempo é meu. E meu dinheiro também. Vou desperdiçá-los ou gastá-los exatamente como achar melhor.

— O que isso significa, Laura?

— Você sabe muito bem.

— Com certeza que não. Por favor, esclareça.

— Quando você puder dizer o mesmo a seu respeito, faça seus discursos. Enquanto isso, farei exatamente o que eu quiser.

Às vezes, quando discutiam, e começaram a discutir com freqüência, ela dizia não saber por que ele se casara. Nenhum dos dois dizia, mas ambos sabiam a razão. Tinha bem pouco a ver com Laura Markham.

Várias vezes, à noite, no meio de um dos saraus ou depois que a esposa já se retirara para o quarto, ele escapulia da casa e descia a Rua Tite; aquelas poucas centenas de metros que levavam até o rio. Ficar em silêncio sozinho na margem do Tâmisa — isso trazia o alívio que só a água dá. Londres naquela época ainda podia ser tranqüila à noite; aquele tipo de paz beatífica encontrada às vezes nas cidades quando tudo em volta parece não passar de barulho ardente. Havia perdizes às margens nas longas noites de verão, cisnes deslizando em seu avanço para Richmond. A água e as perdizes recordavam-lhe a Irlanda, lugar de sua infância; talvez seu único lar.

E várias vezes, quando estava naquele rio lamacento e pacífico, via-se recordando uma moça que conhecera. O som da água correndo parecia despertá-la como um espírito. Perguntou-se se ela pensava nele. Provavelmente não. Pelo amor de Deus, por que ela pensaria? Coisas melhores a fazer.

Quando jovens, tinham passeado pelos prados de Kingscourt, pelas florestas e charcos, subindo os rochedos de Cashel Hill. Ele levava consigo o mapa feito por um de seus ancestrais, um traçado perfeito de "A Propriedade de Merridith". Apesar de todos os detalhes meticulosos e do belo desenho, seu criador, um marinheiro, fizera-o como um tipo de brincadeira. As terras da propriedade de Kingscourt tinham sido desenhadas como água; o mar em sua extremidade desenhado como terra seca. Mostrava rotas para navegar nos Montes Maumturk, os caminhos mais seguros para marchar pela Baía Roundstone. Um louco, disse ela, enquanto ria com a perfeição subvertida. E ela lhe mostrara coisas que ele possuía que não apareciam em nenhum mapa. Um teixo cujas frutinhas diziam que curava febre. Uma pedra onde um santo deixara a marca de seus joelhos. Um poço em Tubberconnell que costumava ser visitado por peregrinos. As poucas vezes em que ela apontou para alguma coisa que ele já conhecia, fingia não conhecê-la, porque gostava de ouvi-la explicar.

Ela amara aquele estranho mapa. No fim, teve de dá-lo a ela. E amou suas exegeses de pedregulhos e penedos. Tinham percorrido as braças de profundeza das encostas, os contornos e os planos, os trigais que levavam ao mar em Kilkerrin. A crueldade e o sangue derramado andaram junto com as cartografias; com os deuses também, e seus santos soldados. Essas tramas pareciam distantes das escarpas de Kilkerrin. Era aquele o lugar onde ele a imaginava agora: fitando a distância na direção da ilha Inishtravin —

"Lago Inishtravin", no mapa de seu ancestral — como se tivesse aparecido aquela noite. Parecia encontrar beleza nas coisas comuns: o cheiro de coco de um arbusto de zimbro, a espiral de uma concha, o piscar do farol na Ponta Eeragh. Seu riso escumava as ondas da Baía Ballyconneely, refletindo rumo ao horizonte como uma pedra achatada que se joga n'água. O mundo todo parecia novo para ela, como pareceria a uma criança. Ela não era criança nem santa. Mas ele nunca a vira cometer um ato de crueldade deliberada.

Teria 28 anos agora. Sua aparência teria mudado. Podia já estar grisalha e com o rosto enrugado, pois elas envelheciam cedo, as mulheres de Connemara: a chuva e o vento salgado curtiam-lhes a pele. Ou podia ser como a mãe, mais bonita com a idade; escura como a turfa, pétrea, forte pela posse de si mesma e forte pela posse de tudo a que sobrevivera. Perguntou-se se estaria casada; se chegara a permanecer em Kingscourt. Se ele tivesse nascido mais pobre, poderia ter-se casado com ela. Tudo o que possuía viera a despossuí-lo; mas isso era julgar-se com leviandade e ele sabia disso. Não tivera coragem de fugir de sua prisão. Era jovem demais para isso, tinha medo demais. Assassinara a confiança dela tendo como única razão a obediência; o desejo aleijado e aleijador de agradar. Por fome de amor, jogara o amor fora. De certo modo, usara-a como isca.

E quando a isca não funcionou, quando seu pai não a mordeu, usou Laura Markham como arma. Casara-se com ela principalmente porque não podia ser impedido de casar-se com ela. Não era um menino acovardado, estava fora de controle; pagaria qualquer preço para provar que era um homem. O casamento, para Merridith, fora um ato de vingança, mas um ato que só aprisionara seu chutado autor, embora parecesse ter-lhe dado a libertação. O que o deixara livre também o escravizara: escravidão ainda pior por ter sido imposta por si mesmo.

O láudano que lhe receitavam para a insônia raramente funcionava; quando funcionava, dava-lhe sonhos quase tão insuportáveis quanto os pesadelos. Nevascas de cor opalescente e brilhante que o faziam sentir-se como se nadasse em alcatrão. Tinturas e pastilhas de ópio foram sugeridas pelo farmacêutico, mas ainda assim os sonhos eram ofuscações pavorosas;

exaustões de imagens que ele não entendia. Finalmente o médico da família lhe mostrou como dar uma injeção; como usar um torniquete para fazer a veia inchar, como segurar exatamente a seringa e fazer o grau certo de pressão no êmbolo. Injetar-se, disse o médico, era o melhor remédio para a insônia, além de ser um modo mais seguro de usar o remédio. Era bem sabido que não se podia ficar viciado em ópio quando ele era injetado. A injeção era o método dos cavalheiros, aconselhou; o método que o próprio médico sempre usava.

Em fevereiro de 1841, a Rainha Vitória comemorou o primeiro aniversário de seu casamento. Um ladrão fugiu da cadeia, depois de bater num guarda até a morte. Um jornalista da Louisiana começou a aparecer nos saraus de Londres. Um aristocrata de Galway acabara de tornar-se pai de um neném cujos genitores mal trocavam uma palavra há meses. Nascido seis semanas mais cedo, ainda assim era saudável; mas o casamento em que nascera estava agora às portas da morte. Certa ocasião, os guardas vieram bater à porta de sua casa, alertados pelos vizinhos para o som de uma discussão furiosa. Na noite de seu batismo, não há nada escrito no diário. As opções dos que fazem diários quanto ao que vão incluir nos dizem muito, assim pensamos, sobre a época contemporânea. Talvez o que é excluído diga mais.

Os diários de Merridith registram que foi em fevereiro de 1841 que ele começou a percorrer o East End de Londres à noite. Saía de sua linda casa e caminhava para leste descendo a margem do rio até um mundo que a imaginação não poderia ter criado. E às vezes, enquanto seguia pelas ruas ensurdecedoras, pensava numa canção que aprendera quando criança; uma balada que a mãe de Mary Duane lhe cantara tantas vezes, sobre a moça que veste as roupas de um soldado e vai entre os soldados para encontrar seu amor.

Os diários ficaram difíceis, até caóticos neste ponto, muitas vezes escritos num código fantasticamente meticuloso, uma combinação do gaélico de Connemara com "escrita espelhada". Semanas inteiras ficaram vazias ou foram preenchidas com detalhes falsos, que deve ter levado horas para inventar. Outros registros abundam de ódio violento a si mesmo; esboços febris a carvão do bairro que viria a se transformar em seu fantasma.* O sabor que brota dessas páginas terríveis é realmente assustador: inesquecivelmente assustador. As ilustrações rabiscadas são inesquecíveis: a obra de um homem atormentado. Lembram o afresco das *Punições do inferno* que já tinha olhado para a cama de casal de seu criador.

Exibições de aleijados e deformados, parques de diversões, cães matadores de ratazanas; palácios do gim, casas de penhores, "bares de suicidas"; barracas de livros e teatros improvisados de curadores da fé; tendas de evangélicos e cabanas de reuniões de revivescência; nichos de médiuns e fortalezas de videntes, onde gente que tinha pouco tipo de futuro pagava o que não tinha para que lhe garantissem que tinha. O mito local era a previsibilidade da vida, mercadoria buscada com mais constância pelos pobres. Cura, salvação, uma experiência inesquecível pode ser sua. A libertação estava à venda ou com certeza podia ser ganha, bastava ter o bom senso de comprar um bilhete da rifa. Aquela apostazinha que você não quis fazer bem que podia ser o milagre que o deixaria rico. "Quem sabe?", diziam os parasitas. Pode ser você.

Tudo no East End podia ser adiado pagando-se o preço. Tédio; pobreza; sede; fome; frustração; luxúria; solidão; perda, até a própria morte e a inevitabilidade da morte. Era ali a terra dos espelhos onde seus entes queridos nunca morriam, apenas sumiam no quarto invisível. Dali podiam lhe garantir o constante carinho, bastava cruzar a palma do vidente.

A libertação era gritada dos portais e das sombras, um grito que o atraía como a gravidade. Ali nos becos de Cheapside e Whitechapel ficavam as casas irregulares dos cochichos em seu clube tarde da noite. Muitas vezes

*Na época da revisão da edição atual deste livro (1915), os executores de Lorde Kingscourt ainda insistem que os desenhos nunca sejam publicados e que só citações selecionadas dos diários podem ser usadas. (Misteriosamente, um de seus desenhos saiu numa obra pornográfica publicada anonimamente em Londres no final da década de 1870. Na verdade, não é um de seus esboços de "Whitechapel", mas uma cópia de "As três Graças" do livro de símbolos *Emblematum Liber* (1531), de Andrea Alcation, que Lorde Kingscourt fez quando passava a lua-de-mel na Itália.) Os diários em que foram feitos os desenhos de Whitechapel estão guardados a sete chaves no "Secretum", ou Museu Secreto de Obras Obscenas do Departamento de Antigüidades da Biblioteca Britânica, em Londres. — GGD pensou nesses porões e quartos dos fundos onde as mulheres agradavam aos homens ou lhes causavam dor. Alguns homens gostavam da dor, Merridith sabia; serem surrados, estapeados, açoitados, degradados. E outros preferiam ministrar a degradação. Encontrara brutos assim em sua carreira na marinha; certa vez se arriscara a uma corte marcial por ousar intervir.* A violência era afrodisíaca para certos homens: achavam excitante infligir tortura. Que horrível a queda antes de recorrer a isso; quão bestial e isolado o homem de suas emoções. Merridith era grato por não ser um desses monstros, por sua própria fome frenética ser pelo menos tão comum.

Por um punhado de moedas, fariam qualquer coisa que lhes pedissem. Não que ele sonhasse em pedir que o tocassem. Era por demais um cavalheiro para pedir coisa assim e, de qualquer modo, como sempre mal suportava ser tocado. Vê-las a se despir era o que preferia e havia estabelecimentos que atendiam a esse desejo, como a todos os outros. Sentar-se nas sombras com o olho num buraquinho e ver aquilo acontecer, de novo e de novo. Um homem normal em seu lazer normal. Um homem com gosto pela beleza.

Em alguns estabelecimentos, eram jovens demais: eram crianças. As crianças ele sempre mandava embora. Então as madames mandavam mais, ou mandavam velhas vestidas de crianças. Ele parou de ir a lugares assim.

Mas havia outros lugares. Sempre havia outros. Encontrou um lugar que lhe servia melhor e logo estava indo lá quase toda noite. Era um lugar para homens, disse a madame. Homens normais, masculinos, civilizados. Não havia crianças assustadas nem velhas; nada de chicotes, nada de degradação, apenas belas damas. Frescas e naturais, colhidas à mão como orquídeas: do

*"Perto do fim do turno aconteceu um incidente desagradável, cuja recordação quase nunca me deixou: um camareiro negro, ex-escravo, estava sendo cruelmente atacado por um Comodoro bêbado quando um jovem Tenente irlandês, Visconde Kingscourt de Carna, surgiu em cena. Contra todas as regras, o comodoro despira o rapaz. Seguiu-se uma briga durante a qual o Visconde atingiu o oficial superior. O primeiro fora campeão peso-médio na Universidade de Oxford, o que o segundo logo descobriu. Foi só com a intervenção do pai do Visconde que incômodos mais profundos foram evitados." De *Quatro toques para o turno da noite: uma vida no mar*, do vice-almirante Henry Hollings, KCMG (Hudson & Hall, Londres, 1863).

tipo que se vê no quadro de um Mestre. Realmente não havia diferença, afirmou a madame, entre seu próprio estabelecimento refinado e a National Gallery.

Ele tremia de desejo enquanto observava no escuro, a respiração enevoando o vidro que separava observador da observada. Às vezes, se injetava enquanto observava a mulher que se despia. Uma picada de dor. Uma pequena convulsão da carne, como um ataque de agulhas e alfinetes mas muito mais súbito, e então o alívio lhe inundava a medula dos ossos; gelo moído num deserto.

Se sua esposa perguntava onde estava indo à noite, coisa que agora ela raramente se incomodava de fazer, dizia que era um jogo de cartas no clube. Outros álibis inventados estão incluídos nos diários, quase sempre com minúcias de hora e local; várias vezes com longas descrições de conversas inteiramente fictícias. Uma reunião dos Amigos do Asilo de Belém. A reunião do comitê de uma instituição para "Moças Descaídas".* Um jantar para Velhos Wykehamistas que nunca aconteceu. No início do outono de 1843, ela disse que gostaria de levar os meninos para passar algumas semanas em Sussex. Ele não fez objeção e isso foi ótimo, porque ela já fizera as malas e chamara a carruagem. O Visconde Kingscourt disse a um amigo que não tinha certeza se ela voltaria, acrescentando, talvez sinceramente, que já não se importava mais.

Certa noite, era irlandesa a moça que se despiu na cabine: olhos escuros, de Sligo, com cabelos negros que brilhavam, e quando ela perguntou baixinho se ele queria dela mais alguma coisa, David Merridith viu-se dizendo que sim. Ela abriu a tranca e puxou a divisória. "Então venha, *alannah*", sussurrou ela ao beijá-lo. "Entre em mim, querido, e mostre-me como você me ama." O que aconteceu acabou em menos tempo que o necessário para pensar numa mentira quando ela lhe perguntou o nome. Depois a moça se levantou do sofá e lavou-se rapidamente numa bacia de

*Embora nunca tenha sido membro do comitê de nenhuma entidade, parece que fez contribuições financeiras regulares a uma delas: uma sociedade criada por Dickens e sua amiga Angela Burdett-Coutts (da família de banqueiros) "para salvar moças traídas e desafortunadas". — GGD

metal no canto e saiu do compartimento sem dizer palavra. Ao voltar para a Rua Tite pouco antes do amanhecer, seu cliente olhou para baixo da Ponte Chelsea e pensou em jogar-se no Tâmisa. Foi só a lembrança dos filhos que o impediu.

Quando o sol nascente avermelhou seu quarto solitário, ele enfiou tanto láudano no bíceps que dormiu quase o dia todo. Os criados não se intrometeram. Sabiam que não deviam. Ele sonhou que era o pai quando recém-casado: a manhã em que encontrara o corpo do próprio pai pendurado na Árvore das Fadas no prado de Lower Lock. Quando finalmente acordou, injetou-se de novo, de modo tão angustiadamente profundo que a agulha quase tocou o osso; então levantou-se e se vestiu e foi para o clube jantar e voltou a Cheapside quando a noite caía no East End. (Embora, como ele mesmo explica num dos diários "[A] noite não cai lá. Em vez disso, ela se levanta; suspendendo a pedra de luz do dia sob a qual rasteja Whitechapel".) O estabelecimento que preferia fora invadido pela polícia; a madame presa e mandada para a Prisão Tothill. Mas havia outros estabelecimentos. Sempre havia outros.

Veio a conhecer cada ruela e cada beco de Whitechapel como um preso conheceria cada tijolo de sua cela. Levava o mapa na cabeça e andava por lá como um peregrino numa fábula invertida, condenado a saber menos quanto mais andasse. Nalgum lugar do labirinto esperava aquilo de que precisava. A moça irlandesa. Outra moça. Duas moças juntas. Um homem e uma moça. Dois homens, talvez. Muitas vezes entrava num estabelecimento ao acaso: sempre descobria depressa que não conseguiria ficar. Assim que o que sugeria estava disponível, parava imediatamente de querer e tinha de ir embora.

O que procurava exatamente nunca se saberá; e se uma anotação espantosa dos diários pode dar uma pista, é possível que ele mesmo não tivesse muita idéia. Ouvira dizer com freqüência em sua carreira na marinha que um enforcado tem uma ereção no momento da morte. Era como David Merridith passara a se sentir agora. "Sufocado, estrangulado; uma dureza mortal."

Começou a correr mais e maiores riscos. Logo nem Whitechapel era suficiente para ele. Spitalfields. Shoreditch. Mile End Road. Vagueou até Stepney, onde os divertimentos eram mais sinistros; para leste até Limehouse, onde as crianças andavam armadas; descendo para a margem do rio, em torno de Shadwell e Wapping, onde até a polícia tinha medo de se aventurar à noite. Pelo menos uma vez descreveu-se como um jornalista da Irlanda; outra vez, como professor de criminologia de Oxford; dono de um bergantim; empresário de boxeadores; um homem em busca da noiva fugida. Muitos anos depois ainda era lembrado nas docas; o aristocrata feroz conhecido como "Lorde Léria".

Uma cidade encoberta nas sombras de uma cidade. Nos escoadouros e armazéns, meninos lutavam com cães; mulheres drogadas podiam ser alugadas pelo preço de um jornal. Mas as mulheres não eram mais o interesse do predador. "A mulher não me delicia, nem o homem", escreveu, parafraseando Hamlet no fingimento da loucura. O ópio que se encontrava ali era forte e bruto, direto do navio vindo da China ou do Afeganistão, ilegal comprá-lo sem licença do governo, mas distribuído pelo cais como arroz num casamento. Um único meio grão fazia as estrelas explodirem; um pacotinho de grãos fazia pensar que o coração ia explodir. David Merridith mastigava-o em suculentos bocados até que a língua se enchia de bolhas e as gengivas e o céu da boca sangravam, e ele voava como um anjo da morte pelas nuvens sobre Londres. Passou a gostar do sabor do sangue da própria boca. Às vezes achava que não tinha mais coração para explodir.

Entre a Doca Sutton e a Rua Lucas ficava o Bairro do Carrasco, um trecho de terra devastada, cheia de escombros e ratos onde as moças estavam meio mortas de fome e doença. Várias vezes tentou conversar com elas, darlhes dinheiro ou comida, mas elas não entendiam que agora ele só queria conversa. Algumas de suas imagens aparecem em seus desenhos maníacos; o rosto como mortalhas penduradas em punhos, enegrecido pelos porretes e botas de seus cafetões. Tornou-se seu lugar de último recurso. Toda noite terminava no Bairro do Carrasco. Nunca chegava perto das mulheres agora;

observava das ruínas elas brigarem e atraírem clientes. E desenhava essas mulheres derrotadas como uma faca tira sangue.

Talvez observá-las e estar lá trouxesse o risco de que precisava agora. O risco como narcótico. Fazia com que sentisse que existia.

Certa noite, um guarda abordou-o na estrada de Mile End e disse que aquele não era lugar para que um cavalheiro se deixasse ver. Merridith tentou parecer ofendido com o que chamou de impertinência, mas o guarda — um irlandês — calmamente insistiu. A forma como chamava o aristocrata de "senhor" deixava claríssimo quem tinha poder ali.

— Um cavalheiro pode até ser chantageado, senhor.

— Não me incomodo com o tom de suas insinuações, Guarda. Apenas me perdi no caminho de casa quando saí para passear. Estava jantando com meu pai na Câmara dos Lordes.

— Então que Vossa Honra encontre o caminho, senhor. Da próxima vez, talvez o senhor me acompanhe até a delegacia. Posso mostrar-lhe um mapinha que o sargento guarda nas celas.

Através da névoa intoxicada de sua queima neural, ficou vagamente desapontado quando o policial se afastou. O que queria, percebeu naquele momento vertiginoso, não era o segredo, mas ser descoberto e desgraçar-se. Ser chutado na sarjeta e cuspido pelos respeitáveis. Reconhecido como o intocável que sabia que era.

Naquela noite escaldante voltou à sua casa na cidade tremendo com uma emoção que achava que devia ser medo. Sabemos que passou a maior parte da tarde seguinte falando em particular com um ministro da religião, embora não saibamos o que foi discutido. Seja o que for, parece não ter mudado nada. No crepúsculo daquela noite, foi visto em Whitechapel.

Foi esta a noite em que tomou consciência de que estava sendo seguido. Perto da Igreja de Cristo, em Spitalfields, notou-o pela primeira vez: aquela lâmina alta, cadavérica, com roupas esquisitas, a jaqueta curta de caçador e o esfregão de pregas de pano rústico. Não fosse a cor de sua pele, poderia ser um gondoleiro. Fumava charuto e fitava a lua. Alguma coisa nele chamou a atenção de Merridith. Durante algum tempo, não soube direito o que era. Mas então lhe ocorreu num momento de clareza feroz "como aquele imediatamente antes que o ópio traga o sono ou a estupefação". Era a própria despreocupação do homem, seu ar à vontade. Isso o marcava como um dedo acusador. Era o único homem no East End à meia-noite que não parecia estar vendendo nem comprando.

Viu-o outra vez na Travessa King David, outra vez no fundo da Estrada Ratcliff, de pé na luz da porta de um bar, lendo um jornal dobrado ao meio. Um som de canto estridente vinha lá de dentro: uma canção sobre a beleza das moças de Whitechapel. Merridith observou uns quinze minutos. O homem nunca virou a página do jornal.

Duas mulheres passaram na direção do Visconde e rapidamente tentaram atraí-lo. Um acendedor iluminou os globos de nafta na esquina. Uma janela se abriu. Uma janela se fechou. Um coche passou num entrechocar de rodas. Quando olhou de novo, o homem sumira.

Talvez apenas paranóia: algum tipo de alucinação; como o barulho de passos atrás dele na fuligem quando atravessou a rua perto da fábrica de fósforos para procurar uma sege. Mas três manhãs depois viu o homem defronte da casa, espiando curioso a área do andar térreo. Como se sentisse o olhar da janela da sala, olhara para cima lenta e firmemente para encontrá-lo. Uma cara de raposa. Suíças louras. Sorriu e tocou o chapéu e foi embora andando à vontade, tão sem pressa como se fosse o dono da Rua Tite e de todos os seus habitantes e tivesse terminado de fazer o inventário das suas posses.

Durante semanas depois disso, Merridith temeu a chegada do correio, certo de que traria a mensagem de um chantagista. Ficava sentado à noite acordado com uma camada escorregadia de suor frio, amaldiçoando-se por sua fraqueza, mas principalmente por sua estupidez. Laura o deixaria. Os meninos iriam embora. Seriam Laura e os meninos que teriam de suportar sua desgraça.

Na manhã de seu trigésimo aniversário, percebeu que contraíra uma infecção. Um médico clínico discreto, ex-colega de Oxford, cuidou da questão de modo rápido e eficiente. Não fez acusações nem perguntas. Provavelmente não precisava perguntar. Mas Merridith teria de ser cuidadoso, aconselhou. Tivera sorte desta vez, mas talvez não de outra. A gonorréia podia provocar insanidade. A sífilis podia matar. Essas doenças pavorosas seriam passadas para a esposa. Dado o arranjo dos quartos na Rua Tite, isso teria sido impossível, mas parece que ele se decidiu a abster-se do East End.

Chegou dezembro. Laura e os meninos voltaram de Sussex. O Natal foi bastante pacífico no lar Merridith naquele ano. Ele começou a se acalmar, a tomar menos láudano. Em abril, a família contratou um novo médico controvertido, pioneiro do hipnotismo e outros métodos pouco ortodoxos: receitou cigarros de cânhamo para aliviar os nervos do paciente. Pareceu funcionar, pelo menos por algum tempo. Bom nadador desde a infância no litoral do Atlântico, Merridith passou a banhar-se no Serpentine de manhã cedo. Os diários começam a mostrar um toque mais leve: um homem saindo de uma noite longa e assustadora. No verão, tornou-se freqüentador dos Banhos Turcos perto de Paddington, onde era "vergastado por gorduchos com ramos de árvores". Exercitou-se no ginásio do clube em Mayfair e "jogava de um lado para o outro a *medicine ball* como um baita pugilista campeão". As relações com a esposa evidentemente melhoraram um pouco, embora o uso de quartos separados permanecesse. Sextinas e vilanelas surgem nos diários, sonetinhos bastante femininos, mas não inteiramente vazios. (Um deles, coisa talvez importante, intitula-se "Reparação".*) O fato de ter feito mal aos "desafortunados do East End de Londres" talvez tenha lhe dado motivo para muito pensamento cuidadoso; assim parece por suas doações grandes e numerosas aos grupos da igreja e instituições de caridade que trabalhavam naquela área. Em outubro de 1844, escreve numa margem: "Certos acontecimentos dolorosos dos últimos anos vieram a parecer aqueles da vida de outro homem qualquer; uma criatura com pouca coisa a ver comigo".

E então, certa manhã, no desjejum, o que temia finalmente aconteceu. Seu prêmio da rifa foi entregue em sua porta.

*A permissão para reproduzi-lo não foi concedida pelos executores. — GGD

CAPÍTULO XXIV

OS CRIMINOSOS

NO QUAL DAVID MERRIDITH SOFRE UMA SÉRIE DE GRAVES REVESES.

Ele a olhou por algum tempo na salva. *Kingscourt. Rua Tiet. Chelsea. Londres.* Não era o erro de grafia que denunciava o conteúdo, mas a letra cuidadosamente anônima com que o envelope fora endereçado. Nenhuma letra de forma que se pudesse identificar: a perfeição exagerada da pena venenosa.

— Algum problema? — perguntou a viscondessa.

Ela não vira a carta, Merridith sabia. Seria fácil colocá-la no bolso e esperar para lê-la mais tarde. Mas ele não tentou escondê-la, nem ao seu medo. Em vez disso, ordenou aos criados que saíssem imediatamente da sala e esperou até que a esposa voltasse à mesa. Só se pode imaginar seus pensamentos naquele momento. Sabemos de suas ações; e talvez pareçam estranhas.

Ele disse a Laura Markham que sempre a amara, que sempre a amaria, enquanto ela quisesse estar com ele. Mas o que havia na carta não poderia trazer-lhes felicidade. Mudaria as coisas entre eles, talvez para sempre. Suspeitara que viria. Agora chegara. Talvez ela achasse que tinha de ir embora; ele compreenderia se assim fosse. Ele mesmo deixaria a casa se fosse essa a decisão dela. Mas qualquer que fosse o conteúdo da carta, não podia mais fingir. Fingira tempo demais; chegara a hora de enfrentar as coisas. Ela entendia o que ele estava pedindo? Podia agüentar que ele pedisse? Ela disse que sim — ou pensava que sim — e que ficaria ao lado dele agora, não importava a que custo.

Ao abrir o envelope, ele cortou a ponta do dedo. Uma mancha delatora de sangue ainda pode ser vista na primeira página.

Onze de novembro de 1844 Dia de São Martinho

Lorde David Merridith

filho do ASSASSINO

nós home somo arguns dos rendero do seu Pai nos distrito de kilekierin carna glinsk e ailencally nos urtimo seis meis ele vem subino os aluguer pro dobro e mais poraqui

quem atraza o aluguer uma cemana é logo avizado que vai ser espurso nao importa suas condissao nem familha

ele já tá tentano vender algumas terra

uma tersa parte de nois seus rendero tem ordi agora de pagar aluguer praqueli canalia Blake em Tully paoduro maior nunca existiu e ele quer espulsa muintos agora

quinhentos foi posto na rua muitos passa fome aqui sem esperansa de Alivio

nao se espera NADA aqui so a fome já

seu pai já foi avizado mas nao parou entao eu agora avizo vosse para aconselha ele pra deixar os alugel do geito que era uma ajuda ao povo nesse tempo tristi ou sinão ele e a sua familha vai ter o dispraser de conhece eu e meus irmao

eu e meus home nao goenta mais NAO SEMO CACHORRO

eu vou fase ele parar ou entao vai-pagar

a gente e homem que prefere trabalhar e nao brigar mas por Cristo vamo briga se a gente tiver de briga

si ele continua a esmagar a jente vamos te necicidade de matar argueim da sua familha a lus do dia porque podemo perde a vida mas nao perdemo o nosso apoio

ningueim vai ter pena nem doce nem sua Mulhe nem seus Filio nem de ningueim ou nossas mulhe e filios so teim fome e friu

prefiro morre na forca que de fome

nao temos nenhum praser discreve essas palavra mas falamo

seriu juramo a Jesuis Cristo Crussificado um juramento solene
com sange entao ajude a jente
este e o seu destino David Merridith
e se quizer deicha
seu pai continuar a tirania
logo vai tê dipaga por isso voce ja viu por esta carta
que nois sabe onde e sua caza
Fiqe avizado — Londres nao e tao lonjeacim de connemara
ISTAMO DE OLHO EM VOCE E PODEMO ATACAR CUALQUE HORA

eu sou

seu humirde e lear criado (nao mais)

Cap LusdaLua dos Defensores Hibérnicos Vaipagar

Que Jesus lhe de discanso mas a sua falessida Mãe teria VERGONHA hoje do nome PODRE de Merridith

O sorriso do homem-raposa passou-lhe queimando pela mente: a imagem dele descendo a rua.

Segurou a carta de leve, como se o papel queimasse.

— Como sabia? — perguntou-lhe Laura entre lágrimas.

O marido respondeu baixinho que era uma questão de intuição.

✷

Escreveu imediatamente ao pai, mas a carta voltou fechada. Mandou-a de novo, mas não houve resposta. Laura disse que ele devia ir a Galway sem mais demora, mas Merridith sentiu que isso talvez piorasse as coisas. Quase oito anos tinham se passado em silêncio entre pai e filho. O Conde nunca sequer respondera à notícia do nascimento dos netos; ignorara as tentativas periódicas de reconciliação de Merridith. Não poderia simplesmente ir entrando na casa sem aviso.

— Então escreva e diga que vai, quer ele queira, quer não — disse Laura.

Mas o filho rechaçado não seria capaz de fazê-lo.

Em vez disso, escreveu ao Reitor de Drumcliffe, Richard Pollexfen, nada revelando sobre o bilhete que recebera dos rendeiros, mas pedindo apenas notícias da propriedade. Uma longa carta chegou na semana seguinte. Agradecia a Merridith a doação generosa que enviara e garantia que o Reitor iria fazer bom uso dela entre os pobres do local. As coisas em Kingscourt não estavam lá muito boas ultimamente. A ala norte fora fechada; o teto desmoronara. As tempestades de novembro último, que tinham danificado a mansão, também destruíram os atracadouros da baía. Os pescadores não tinham mais onde desembarcar o pescado. Muitos mendigavam. Alguns estavam no asilo de pobres. Desde que o último criado pedira demissão ao seu pai, a mansão se arruinara. Somente o tratador de cavalos, um certo Burke, permanecia na propriedade e morava nas ruínas da casa queimada do porteiro junto ao portão. Agora o Conde raramente saía de casa.

O aluguel dos rendeiros fora aumentado em um terço em fevereiro e depois dobrado no início do verão. Todas as três mil famílias tinham recebido a visita de um agente contratado dizendo que os aluguéis teriam de ser pagos em dia dali por diante ou os despejos aconteceriam em poucas semanas. Muitos observadores acharam inexplicável o que aconteceu. Lorde Kingscourt, embora fizesse as coisas à sua própria moda, sempre fora considerado justo com os rendeiros. Mas agora isso mudara. Alguns atos seus estavam bem além da compreensão. Ele, o Reitor, tentara intervir, mas Sua Excelência recusara-se a recebê-lo e até a responder às suas cartas.

Era verdade que cerca de um terço da propriedade parecia ter sido vendido a Blake de Tully. Imediatamente o Comandante despejara setecentas famílias pelo não-pagamento dos arrendamentos. A situação estava ficando crítica. Uma gangue de agitadores que se intitulavam "Os Defensores Hibérnicos" ou "Vai-Pagar" — faça o que eles ordenam ou terá de pagar — vinha atacando os campos periféricos das propriedades de Connemara, mutilando o gado e queimando a plantação. Percorriam a região com capas e capuzes. A marca deles era um H dentro de um coração. Se alguém era acusado de colaboração por algum vizinho, logo recebia uma visita desses selvagens incréus. Sete proprietários de terras de Connaught tinham sido atacados este ano. Era apenas questão de tempo até que um deles fosse assassinado. "A antiga obediência está se desgastando com subitaneidade assustadora, como as margens da baía depois das tempestades de novembro." Os clichês começavam a adquirir nova força, pois agora se podia dizer com triste exatidão que Connemara estava chegando à beira do precipício. Onde tudo isso iria acabar ninguém poderia adivinhar, mas a revolta declarada devia ser contada entre as possibilidades. "Se Vossa Excelência conseguir pensar nalgum modo de dissuadir seu pai do recente modo de agir, isso seria de grande serviço para ele e para o povo."

Emily voltou de suas viagens pela Toscana. Natasha saiu de Cambridge, onde estava estudando particularmente na esperança de conseguir ser admitida para se formar. Ambas foram para Galway na Páscoa de 1845 e lá ficaram. As cartas de Emily para Londres eram assustadas e confusas. A pobreza do povo era chocante, escreveu; parecia muito pior do que tudo o que recordava. Vinha lendo notícias de jornal sobre uma nova e estranha podridão da batata que surgira na Europa; se chegasse à Irlanda, uma coisa pavorosa aconteceria. Seu pai recusava-se a discutir tudo o que fizera. Não era da conta de ninguém o jeito como administrava suas próprias terras. Sua saúde estava se deteriorando com uma rapidez apavorante. Mal conseguia sentar-se e precisava de ajuda para tudo. No mercado de Clifden, uma mulher cuspira nos pés de Natasha. Um garotinho gritara: "Cadela do proprietário!" Certo dia, num passeio, fora seguida pelos campos por um trio de homens de capa e capuz.

Em setembro, ficou claro que a estranha praga chegara. O cheiro dos tubérculos apodrecidos manchou o ar de Connemara: uma doçura doentia e sufocante, como perfume barato. Os pobres não tinham nada. Muitos já passavam fome. Lady Emily escreveu ao irmão e implorou sua ajuda. Ele enviou uma doação de duzentas libras.

E então o pai morreu. E tudo mudou. Ele recordava as palavras do telegrama de Emily. "Sofrimentos papai quase acabados. Chama você, Davey."

Ele e Laura viajaram para Dublin naquela noite. O pai morreu na noite seguinte nos braços do herdeiro que expulsara. Sob o travesseiro havia um bilhete que deixara, numa letra angulosa e quase ilegível. Pela data, fora escrito há mais de um ano e Merridith não sabia que possibilidade era mais terrível: se o pai perdera a compreensão do tempo ou se realmente o escrevera um ano atrás, sabendo que estava prestes a partir para o vazio. "Perdoe-me, David. Enterre-me ao lado de Mamãe. Faça o possível pelos rendeiros, sempre."

A bandeira da União desfraldada em sua última belonave foi colocada sobre o caixão pelo Lorde-Tenente da Irlanda. Em cima foi deixado um par de luvas de pele de gamo que o falecido recebera de presente de Nelson em Copenhague. A conselho do Sargento da guarda local, batedores armados de espingarda foram contratados para acompanhar o caixão, caso os Vai-Pagar viessem atacá-lo. Um cavalo sem cavaleiro trotou à frente da procissão até Clifden; um toque levemente ridículo, pensou Merridith, e perguntou-se quem insistira nisso.

As estradas estavam pesadas com aquele fedor de sacarina, os prados antes verdes agora pântanos de túrbida imundície. Uma cabana queimava numa encosta salpicada de pedras. Pequenos montes de roupa jaziam nos campos.

A maioria dos proprietários residentes do condado esperava na capela escura e seleta. Amelia Blake e o marido, o Barão de Leinster. Tommy Martin de Ballynahinch. Hyacinth D'Arcy de Clifden. O catafalco ao lado do altar fora coberto com uma bandeira verde-esmeralda com uma grande harpa dourada. Instruções do falecido Conde, explicou o Reitor; a bandeira padrão fora colocada sobre o caixão do seu próprio pai. Nenhum dos rendeiros ou ex-rendeiros de Kingscourt apareceu. Muitos, nas ruas de Clifden, deram as costas enquanto o cortejo passava. Certo homem que fora despejado foi visto a cuspir no chão. Outro gritou: "Que o canalha apodreça". Mas os pranteadores fingiram não ver.

Houve uma tentativa corajosa de cantar, e até com harmonia, mas as dezenove vozes que formavam toda a congregação não faziam volume bastante para serem ouvidas acima do órgão.

Oh, Jesus, meu salvador
Me conduz no mar de dor
Onde as ondas da traição
Fogem ao leme e ao timão.
Diz-me o rumo, meu Senhor,
Oh, Jesus, meu salvador.

O Lorde-Tenente jogou a primeira pá de terra na sepultura. Fez uma continência como se o Toque de Recolher estivesse sendo tocado, mas não houve discurso nem salva de tiros, tendo o Conde deixado claro que não queria nada disso. O Reitor leu os versos do início do Gênese: a criação do mundo, os nomes dados aos animais. O Capitão Helpman, da Guarda Costeira, deixou uma guirlanda de lírios brancos. No instante em que as Orações de Adeus terminaram, Merridith disse que precisava de alguns momentos para ficar sozinho. Todos compreenderam. Disseram-lhe que ficasse à vontade. Difícil ser o pranteador que desapontou o falecido.

Ele caminhou até os fundos da igreja de pedra preta, abriu o punho da camisa, arregaçou as mangas. Improvisou um torniquete com sua gravata New College. Tirou o que precisava do bolso do sobretudo.

A ponta perfurou-lhe a pele com uma queimadura pequena e limpa. Uma conta brilhante de sangue surgiu do buraquinho e ele a secou um um lenço monogramado do pai. A obtusidade o inundou: um peso soporífico. Virou-se para ir embora.

E foi então que a viu.

De pé no portão enferrujado com um bebê no colo.

Usava um colete preto e uma saia verde-escuro; botas pretas de cadarço que lhe chegavam aos tornozelos; e passou-lhe pela mente, sem razão nenhuma, que não conseguia lembrar-se de vê-la usando nada nos pés.

Uma fita estava amarrada em seu pescoço branco como a neve; um torçal de juncos secos em seu pulso frágil. Murmurava uma balada de amor infeliz: calma, fria, com esculpida serenidade. Corvos subiam dos arbustos atrás dela como fragmentos de papel queimado levados pela brisa. Seus olhos tinham uma expressão derrotada, fechada, mas, afora isso, não mudara nada, pelo que podia ver. Chocou-o como tinha mudado pouco. Um pouco mais magra, era tudo. Um pouco mais pálida. Mas o cabelo ainda era lindo: lustroso e negro.

Tentou sorrir. Ela não sorriu de volta. Desabotoando o corpete, colocou o bebê no seio direito e continuou a murmurar a antiga canção. Ele conhecia a música. Tinha-a ouvido muitas vezes. Diziam que, se fosse cantada para um inimigo, ele morria.

— Mary?

Ela deu um passo rápido para longe dele, mas não parou de cantarolar. Ele observou a pequena criancinha que mamava, as pontas dos dedos dela a tocar a cabeça veludosa em torno da moleira. A criança se mexeu e, cansada, golfou. A fraqueza fez tremer as pernas do homem que observava. Queria sentar-se. Queria correr. Uma sede forte e quente salgava-lhe a boca.

— Está tudo bem, David?

Ele percebeu a esposa e Johnnyjoe Burke de pé atrás dele. Sem dizer palavra ela se virara e saíra do portão, ninando a criança bem pertinho enquanto abria caminho pelos arbustos. Ele a observou andar pelo brejo espinhoso e lamacento, a bainha da saia derrubando esporos do cardo morto.

— Excelência? Está passando mal, senhor?

Ele conseguiu rir.

— Por que eu estaria passando mal?

— Seu rosto está com uma palidez terrível, senhor. Quer que chame o Doutor Suffield?

— Não, não. Só me deu um troço. Ver Miss Duane depois de tanto tempo.

A esposa o olhava curiosa.

— Não se incomode com ela, senhor. Ela ficou esquisita, como amaldiçoada.

— Qual era mesmo o nome dela, Johnny? Mary, não é?

— Ah, aquela não era Mary, senhor. Era a irmã dela. Grace Gifford.

Merridith virou-se para ele devagar.

— Quer dizer, a pequena Grace?

— Casada agora, senhor. Morando lá em Screeb.

Os cavalos de plumas negras relinchavam enquanto o coche fúnebre era levado embora: descendo a colina marcada de rodas rumo à cidade faminta de Clifden.

— E os pais dela? Espero que estejam bem.

— A mãe se foi já faz um ano, senhor. O pai, seis meses. Que descansem em paz.

— Oh, céus. Eu não sabia. Que notícia tristíssima.

— Pois é, senhor. A velha Mrs. Duane, Deus tenha piedade dela, gostava muito do senhor. Sempre falava sobre o senhor, falava mesmo.

— Eu também gostava muito dela. Era uma pessoa muito genuína. — Suas palavras soaram tão vazias que ele se odiou. Queria dizer a Burke que Margaret Duane fora como uma mãe para ele, mas era como se fosse a coisa errada a dizer.

— E... qual é mesmo o nome... Mary também deve estar casada, suponho.

— Sim, senhor, há mais de dez anos. Mora perto de Rusheenduff. Acho que já tem seu próprio bebezinho. Uma menininha, acho.

— Ela mantém contato conosco de vez em quando?

— Eu a vi no Mercado de Galway na semana passada, acho. — Burke fez um gesto de desdém e olhou para o chão pedregoso. — Mas ela não vem mais para estes lados, senhor. Não, faz mais de um ano. Ela tem o próprio clãzinho dela por lá.

— Eu me pergunto... seria possível visitar o túmulo de Mr. e Mrs. Duane? Só para prestar uma homenagem. Acha que dá para arranjar isso?

— O senhor não tem muito tempo, eu sei. Vai querer voltar a Londres o mais cedo possível.

— Só vai levar uma hora. Suponho que seja em Carna, onde mais? Na capela católica?

— Acho que o senhor não me entendeu, senhor. Já está fora há muito tempo.

— Qual é o problema, Johnny? O que quer dizer?

Burke falou bem baixinho, como se tivesse vergonha de um crime.

— O túmulo deles... ninguém sabe onde está, senhor. Morreram no asilo de pobres de Galway.

CAPÍTULO XXV

A CONTA NÃO-PAGA

NO QUAL DAVID MERRIDITH TOMA POSSE DE SEU REINO.

O claque constante do relógio da janela, o cheiro de poeira e couro antigo tão aromático do escritório do diretor em Winchester.

Ele construiria um novo atracadouro e mortos-de-atracação para os pescadores, talvez uma escola-modelo para os filhos dos pequenos proprietários. Arranjaria um administrador adequado para a propriedade para ajudar os rendeiros; alguém do local, um jovem que fosse esperto e decente. Talvez mandá-lo para a Escola Agrícola na Escócia. Ensinar às pessoas sobre sujeira e higiene. Dar-lhes o benefício das idéias modernas. Encorajá-las a abrir o pensamento antiquado, a mudar seus costumes ultrapassados e seus modos de agir pouco sábios. Esse apego àquela variedade de batata, por exemplo, quando era claramente tão propensa à infestação pela praga — tudo isso poderia acabar agora. Merridith daria fim a isso. Kingscourt seria a propriedade mais bem administrada da Irlanda, aliás, de qualquer outro lugar do Reino Unido.

A pesada porta se abriu, acabando com seus pensamentos privados. O advogado entrou majestoso na câmara de lambri escuro como um carrasco que entra na cela do condenado. Sentou-se à escrivaninha sem dizer palavra; rompeu o selo do rolo de pergaminho.

"Este é o último desejo e testamento de Thomas David Oliver Merridith, da Marinha Real, portador da Comenda de Cavaleiro Comandante da Ordem do Banho, Almirante da Insígnia Branca da Frota da Rainha, nobre Lorde Kingscourt, Visconde de Roundstone, oitavo Conde de Cashel e Carna."

— O quê, tudo isso? — A tia viúva de Merridith riu-se baixinho; sob o olhar desaprovador do tabelião.

Começava com vários pequenos legados. Cinqüenta guinéus para um fundo em prol de marinheiros indigentes, sessenta para criar uma bolsa no Wellington College "para um rapaz das classes trabalhadoras que queira servir ao seu país mas cujos recursos de sua família não cheguem ao nível do seu talento". Duzentas libras por ano para o novo asilo de pobres de Clifden "a serem utilizados em benefício apenas das mulheres e crianças, sendo meu amado filho David o Principal Curador e único executor de toda a minha propriedade".

Seu sortimento de amostras zoológicas raras e extintas foi deixado "para alguma instituição respeitada de estudo animal, de preferência aberta aos pobres e aos jovens; que os frutos de uma vida de catalogação e classificação possam ser compartilhados e plantada a semente do prazer do aprendizado solitário". Insistia-se que a coleção devia ser exposta intacta, com seguro adequado ao seu valor total e batizada em memória da falecida esposa: "Coleção em Memória de Verity Kingscourt". Emily, irmã mais velha de Merridith, ficava com a biblioteca do pai e também a sua coleção de cartas e mapas antigos. A outra irmã, Natasha, receberia alguns quadros, os instrumentos náuticos do pai e seu piano Erard. Pequenos fundos fiduciários foram criados para as duas filhas do Conde, "a serem anulados, naturalmente, por ocasião do seu casamento". Vinte libras iriam para Mrs. Margaret Duane de Carna, "como agradecimento pelos seus serviços ao cuidar dos meus filhos". Os dois melhores cavalos de Lorde Kingscourt foram deixados para o responsável pelo estábulo, um rendeiro local chamado John Joseph Burke: "como sinal de gratidão a um amigo fiel e leal".

Com esta última frase, Emily começou a chorar em silêncio. "Pobre papai." Merridith foi rapidamente até ela e pegou-a pela mão. Isso só pareceu deixá-la mais nervosa.

— O que faremos sem ele, Davey?

— Devo continuar, meu Lorde? — perguntou secamente o advogado.

Merridith fez que sim com a cabeça. Pôs o braço em torno da irmã.

— A terra, a residência, as construções externas, o pesqueiro, a leiteria e várias outras terras hoje cedidas a rendeiros em Kingscourt no Condado de Sua Majestade de Galway são deixados inteiramente à Companhia de Seguros Lei e Vida, de Londres, à qual as ditas propriedades foram inteiramente hipotecadas.

O sólido tiquetaque do relógio: como parecia encher a sala. Lá na rua, uma carroça passou rodando. Ele pôde ouvir o clope-clope dos cascos dos cavalos de tração, o grito solitário do vendedor de frutas e hortaliças. A tia e as irmãs nem mesmo olharam para ele. Sabiam que o momento era vergonhoso demais para olhares diretos. Tinham baixado a cabeça, ou fitavam as mãos, enquanto a voz do advogado continuava sua sombria enumeração. As cadências alatinadas das leis da Inglaterra. As antigas expressões francesas da poesia própria da lei. A precisão de faca da deserdação de Merridith.

Quando a leitura terminou, o advogado deu seus pêsames. Discretamente, pediu a Merridith que ficasse por um instante. Surgiram alguns problemas que precisavam ser discutidos. Não era necessário incomodar as damas com preocupações tão pequenas nesta época em que o luto era tão natural e fresco.

De uma gaveta, tirou uma pasta do tamanho de uma bíblia de família, cheia de cartas de bancos e companhias de seguros relativas à hipoteca de Kingscourt. O pai cedera a propriedade como garantia há quinze anos para levantar fundos para investir numa mina de bauxita no Transvaal. Mas fora mal aconselhado e o empreendimento desmoronara. Era profundamente de se esperar que a venda da propriedade cobrisse pelo menos o capital. O valor da terra na Irlanda vinha caindo muito ultimamente. Mas vamos nos preocupar com isso quando chegar a hora. Suficiente até então era o mal já feito. E havia problemas com que era preciso se preocupar agora.

Na escassez de alimentos de 1822, 1826 e 1831, Sua Excelência tinha gastado quantias consideráveis importando cereais com propósitos caritativos. Aparentemente por sugestão da falecida Lady Verity, contratara um bergantim, a um custo altíssimo, para levar um carregamento de milho da Carolina do Sul para Galway. Se esse foi um procedimento inteiramente judicioso (ou não) talvez não fosse o caso de o advogado avaliar. Com certeza na esteira daqueles eventos infelizes a renda prometida da propriedade tenha deixado de se materializar. Na verdade, as terras tinham se deteriorado muito e não eram mantidas de forma adequada há várias décadas.

Todas as contas do falecido Conde no banco estavam com saldo negativo há alguns anos. Havia alguns outros empréstimos não pagos, alguns consideráveis e devidos há muito tempo, tendo como garantias numerosos investimentos volumosos que não se tinham concretizado ou foram desapontadores ao extremo. Hesitava em empregar palavra tão indelicada, mas o falecido Conde estava na verdade falido em tudo, exceto no nome. Grandes somas eram devidas a vinhateiros e negociantes de cavalos; também a encadernadores e mercadores de curiosidades animais. Uma quantia bastante substancial fora tomada como empréstimo de um certo Blake de Tully já fazia quatorze anos, a juros moderados mas ainda assim significativos. A dívida estava sendo cobrada sob ameaça de processo na Justiça. O Comandante desejava ampliar suas propriedades e era impedido de fazê-lo pelo não-pagamento da dívida. Parecia, pelo menos *prima facie*, um caso de descumprimento de uma obrigação. Como único executante, Merridith era pessoalmente responsável. Um processo na Justiça seria caro e muito desagradável.

Havia também o pequeno problema da conta do próprio advogado que se acumulara há mais de trinta anos e nunca fora paga. Talvez agora fosse um momento oportuno para arrumar as coisas, por assim dizer. Empurrou muito contrito o pergaminho cheio de brasões cruzando a escrivaninha, como se entregasse uma peça pornográfica da qual tivesse vergonha.

A soma compraria para David Merridith uma mansão na Sloane Square.

— O senhor aceitaria uma nota promissória, espero?

— Bem, não acho que haja alguma... — O advogado fez uma pausa. — Quero dizer... — Parou e começou outra vez. — Quando o senhor tiver tempo para cuidar do assunto será suficiente, meu Lorde. Terá outros assuntos para pensar por agora.

Merridith puxou o talão de cheques e preencheu um de trinta e cinco mil guinéus, sabendo que tinha menos de duzentas libras no banco. O advogado aceitou-o sem olhar e guardou-o num arquivo.

— Suponho que Vossa Excelência esteja se sentindo um pouco surpreso com as novidades.

— De que forma?

— Quero dizer, a situação relativa às terras na Irlanda e tudo o mais. Vossa Excelência talvez tivesse algumas expectativas.

— Naturalmente papai me explicou a situação há alguns anos. Tivemos uma boa conversa. Entendi bem a posição dele.

— Eu não tinha idéia de que Vossa Excelência e o Almirante eram tão íntimos. Devo imaginar que isso agora seja um grande conforto para o senhor.

— E é.

— O senhor esteve com ele no final, é claro?

— Naturalmente.

O advogado, com todo o tato, concordou com a cabeça e baixou os olhos.

— Se me permite dizer isso, senhor, seu pai foi um grande homem. Um homem que merecia mais do que a providência lhe concedeu. Nós que estivemos destinados a entrar em sua órbita fomos mesmo muito afortunados. Se soubéssemos disso antes...

— É verdade.

— Mas é isso. Mas é isso. Nem demos atenção à hora, senhor.

— É mesmo.

— Mas... o senhor receberá o que é mais importante, é claro. O tesouro que nenhuma vicissitude jamais poderá depreciar.

— E qual é?

O advogado fitou-o como se a pergunta fosse ridícula.

— Bem, o seu título, é claro, meu Lorde. O que mais?

O primeiro discurso do nono Conde na Câmara dos Lordes foi sobre uma proposta de mudança da Emenda à Lei dos Pobres (1834), que tornara o trabalho braçal condição para internação nos asilos públicos. O discurso foi noticiado no *The Times* da manhã seguinte com o título NOVO PEDIDO DE DECORO NA CÂMARA. Laura recortou-o e colou-o num álbum.

> Agradeço ao Meu Nobre Lorde pelo calor de suas observações, mas confesso-me envergonhado de estar nesta Casa esta noite. Este lugar que deu sua bênção a uma das manobras mais ignominiosas jamais

> nascidas de um parlamento civilizado; esse artifício repulsivo para arrancar a tristeza da viuvez desolada; para recusar a mão da amizade à idade necessitada; para encarcerar o enjeitado em Bastilhas de negligência e para condenar à mendicância os pobres traídos e abandonados.

Trezentas milhas a noroeste do ponto onde estava, uma mulher cruzava um marco miliário rumo a Chapelizod. Tinha fome, essa vagabunda ociosa; essa matéria-prima dos asilos. Seus pés sangravam muito e as pernas estavam fraquíssimas. Não fazia muito tempo dera à luz num campo; mas o contribuinte não podia ser sobrecarregado com a obrigação de manter a criança viva. Caminhava para leste, bem devagar, na direção de Dublin, e ao lado dela corria o Liffey em seu caminho para o mar. No mar devia haver um navio que pudesse levá-la a Liverpool. Glasgow ou Liverpool. Não importava muito. Tudo o que importava agora era manter-se sobre os pés feridos: manter-se caminhando, sabe-se lá como, pela cidade de Chapelizod. Seu nome não seria mencionado na Câmara naquela tarde ensolarada; nem no *The Times* do dia seguinte.

Quando chegou a uma elevação e viu o mar a distância, os que debatiam a seu respeito do outro lado do mar observavam uma coisa curiosa. A paixão extraordinária com que o novo colega falava; como era esquisito o seu ardor, a sua clara sensação de ultraje, quando a galeria estava quase tão vazia quanto a própria câmara. O *Hansard* registra a existência de uma gentil intervenção.

> SENHOR PRESIDENTE DA MESA: Devo aconselhar respeitosamente Vossa Nobre Excelência que, embora alguns Nobres Lordes tenham alguma dificuldade de escutar, e embora o vosso timbre hibérnico seja agradável ao extremo, na verdade não há necessidade alguma de elevá-lo num grau tão operístico. (Risos da Casa. Gritos de "ouçam, ouçam".)*

**Hansard*, vol. 234, col. 21 (1846).

Foi como se ele não estivesse fazendo discurso nenhum, disseram muitos. Como se gritasse com alguém na sala, algum inimigo que vinha esperando há muito tempo para atacar. Ainda mais estranho quando se examinavam os registros e se via que o homem que apresentara o projeto original fora Thomas David Kingscourt de Carna, Visconde de Roundstone; pai do Conde calouro.

*

O Diretor-Geral da companhia aceitou um acordo. Quarenta mil guinéus teriam de ser pagos imediatamente, os restantes trezentos mil no final do ano. Eram os melhores termos que podia oferecer. Só foram possíveis devido à posição de Lorde Kingscourt. Ninguém queria levar à bancarrota um colega da realeza; leiloar as terras que eram suas por direito de nascença seria totalmente impensável. Nós, os Velhos Wykehamistas, tínhamos de nos unir agora.

Os saraus literários terminaram. As esculturas foram vendidas, depois os quadros e finalmente toda a biblioteca. O afresco do Renascimento foi comprado por um mercador de cereais de Yorkshire que estava construindo uma mansão gótica nos arredores de Sheffield. O total apurado ficava pouco abaixo de dezenove mil guinéus. Não era suficiente, disse a companhia.

Laura vendeu as jóias que herdara da mãe, tendo antes mandado fazer cópias em massa de todas as peças. Temia que o pai descobrisse o rumo que estava seguindo ou as circunstâncias que a levaram a isso. Se ele descobrisse, teria um ataque de raiva. Apuraram-se seis mil guinéus num leilão na Sotheby's, quantia desapontadora dado o seu valor real. Ainda não era suficiente, disse o tesoureiro da companhia. A prestação necessária era de quarenta mil, senão as terras seriam vendidas.

O aluguel da casa da Rua Tite era de oito mil por ano. Se desistissem dela e tirassem as crianças da escola, podiam juntar os quarenta mil. O plano foi mostrado aos garotos como uma grande aventura; e da mesma forma ao pai de Laura. A família se mudaria para Galway por algum tempo. Ar limpo. Campo aberto. As terras ancestrais.

Chegaram a Kingscourt em agosto de 1846 e encontraram uma floresta de barracos no prado de Lower Lock, onde os rendeiros despejados por Blake tinham ido acampar. A fumaça de suas fogueiras podia ser vista a quilômetros de distância. Falava-se de um surto de febre tifóide. Quando Merridith foi até o povo de Kingscourt, muitos recusaram-se a falar com ele e até a olhar para ele; embora algumas mulheres rugissem para ele que sua família era uma desgraça.

À noite, ele podia ver os homens conversando zangados nas sombras. Grupos de cinqüenta ou cem se congregavam debaixo das árvores. Ele fez saber através da polícia que não toleraria problemas. Não expulsaria ninguém da terra numa época tão difícil, mas havia algumas regras que tinham de ser obedecidas. Quem fosse visto com uma arma de fogo seria preso e expulso. Mandou Johnnyjoe Burke colocar grades nas janelas.

A casa tinha muitas goteiras; apodrecia de umidade. Seus anúncios pedindo criados não tiveram resposta. Mudaram-se para os aposentos dos empregados nos fundos da mansão, onde os gritos do povo à noite não podiam ser ouvidos. Viam os rostos enfurecidos espiando pelas janelas. O rosto faminto de crianças chorando. Seus filhos ficavam apavorados de sair do quarto. Laura não saía de casa sem um guarda-costas armado ou uma pistola. Merridith passou a ter medo de abrir as cortinas pela manhã; mais uma dúzia de barracas teria aparecido durante a noite. Em setembro, o prado inteiro estava cheio de sem-terras e sua colônia se espalhava para os campos distantes.

A polícia veio falar com ele e insistiu que as terras tinham de ser limpas. O acampamento já estava do tamanho de uma cidadezinha e constituía um grande perigo tanto para a saúde quanto para a segurança. Três mil pessoas estavam acampadas na propriedade, todas elas simpatizantes dos Confiáveis. Disse aos guardas que fossem embora e não voltassem. Não jogaria famílias famintas na estrada.

Escreveu cartas a Londres e insistiu que era preciso haver mais ajuda. Essa conversa de "obras de auxílio do governo" tinha de parar. O povo precisava de comida; estava fraco demais para que lhe exigissem que trabalhasse em troca dela. Era verdade que a safra deste ano não tinha gorado inteiramente; mas era pequeníssima, pobre demais em nutrientes; plantada com as sementes apodrecidas pela praga do ano anterior. E muitos não tinham onde plantar nem isso. Dezenas de milhares estavam sendo despejados.

Em outubro, os primeiros acampados morreram. Quatro no primeiro dia; nove no seguinte. Em novembro, oitenta morriam a cada semana. Ele mandou Burke pintar a janela dos quartos dos meninos com verniz preto.

Passaram o Natal na casa dos Wingfields em Dublin. Os meninos imploraram para não serem levados de volta a Galway na Véspera de ano-novo. Os Wingfields iam passar alguns meses de férias na Suíça; quando se ofereceram para levar os meninos, os pais concordaram. Laura também foi convidada, mas declinou com bravura. Teria de ficar com o marido agora.

Na noite de ano-novo, voltaram a Kingscourt e encontraram um cordão de guardas armados cercando a casa. Um informante lhes dissera para esperar um ataque dos Confiáveis. Quase duzentos rendeiros tinham morrido na semana do Natal. O Sargento só permitiria a entrada dos Merridith na mansão se permitissem estacionar cinqüenta soldados dentro do próprio prédio.

Em seis de janeiro de 1847, Merridith voltou a Dublin sozinho. Laura estava doente, com suspeita de pneumonia, e não tinha condições de enfrentar a viagem. Implorara para que ele não fosse; a viagem era perigosa. Agora se falava que senhores de terras e seus agentes vinham sendo atacados na estrada de Dublin. Mas ele tinha pouca opção. Não tinha nenhuma opção. Chegara um documento durante sua ausência no Natal. Era uma ordem de despejo da Propriedade Kingscourt.

A atitude do homem da companhia o chocou. Esperara reunir-se com o Diretor-Geral, Lorde Fairbrook de Perthsire, nono Duque de Argyle. Mas foram-lhe transmitidas desculpas pelo gerente do Escritório de Dublin. Sua Excelência fora detido por uma sessão tardia da Câmara. Em seu lugar, mandara Mr. Williams, do Escritório de Cobrança de Dívidas: um londrino baixinho, careca, que suava furiosamente e parecia que chutaria um cão até a morte se ele latisse.

— Trouxe o que é necessário?

— Perdão?

— Tem o que é necessário para quitar sua dívida, senhor?

— Não neste momento. Pensei que poderíamos chegar a um acordo. Lorde Fairbrook e eu discutimos o assunto anteriormente.

Williams fez que sim com a cabeça e escreveu em seu livro contábil.

— Achei que três anos seria um período adequado — disse Merridith.

Williams não respondeu. Limpou a boca com um lenço.

— De preferência cinco; mas acho que três anos podem trazer resultados. Meus planos estão explicados no documento que lhe entreguei. O senhor encontrará os custos e tudo o mais. Garanto-lhe que está tudo em ordem. Uma questão de administrar a tempestade por algum tempo.

Williams fez que sim com a cabeça outra vez sem levantar os olhos do livro. Passou os dedos no bigode ensebado enquanto escrevia. Finalmente, apôs um selo na página terminada e fechou o livro tão de repente que se ouviu um baque empoeirado.

— O senhor não pagou a hipoteca. A propriedade será vendida assim que possível. As terras que ainda tiverem rendeiros terão de ser esvaziadas.

— Temo não haver a menor possibilidade disso.

— Será feito, meu Lorde, quer seja o senhor ou não que o faça. Terras com rendeiros que não pagam não produz renda. Além disso, se continuarem como invasores, o preço vai cair ainda mais.

— Invasores?

— Como o senhor chama isso, milorde?

— Alguns moram naquelas terras há quinhentos anos. Desde muito antes de minha família chegar a Connemara.

— Isso não interessa à companhia.

— Conheço a companhia muito bem, obrigado. O Diretor-Geral é amigo há muito tempo da minha família.

— Lorde Fairbrook tem pleno conhecimento da situação, Lorde Kingscourt. Posso lhe garantir que estou agindo sob ordens diretas dele. As terras serão esvaziadas e ponto final.

— Como espera que eu esvazie as terras? Quer que jogue gente faminta nas estradas?

— Sabemos que há profissionais que fazem esse tipo de trabalho.

— Brutamontes contratados, quer dizer? Os homens da expulsão?

— Chame-os como quiser. Eles fazem cumprir a lei.

— Nenhum meirinho jamais pôs os pés na terra de Merridith. Não em duzentos anos da presença da minha família em Galway.

— Não é “terra de Merridith”, senhor. Ela pertence à companhia. O senhor deu garantias de que os pagamentos seriam feitos e não o foram. O senhor não cumpriu com suas obrigações, senhor. Não cumpriu nada. Seria de se pensar que fosse uma questão de honra para o senhor cumpri-las, mas obviamente sua palavra não serve de garantia.

— Como ousa falar comigo deste modo, senhor? Não aceitarei palavras assim de um usurário presunçoso.

— Parece feliz de aceitá-las quando lhe serve, milorde. Está morando como hóspede numa propriedade que não é sua.

— Então eu também sou um invasor?

— O senhor é um invasor há muito tempo, senhor. Pelo menos eles pagaram alguma coisa para morar no lugar.

— Jamais entregarei o título da minha terra.

— Os títulos já estão em nossas mãos, garanto-lhe. Qualquer outra documentação pode ser obtida por uma ordem do tribunal. Os advogados da companhia já estão cuidando do problema.

— Com certeza... alguma indenização pode ser paga às famílias.

Williams deu um riso lúgubre.

— Está brincando, senhor?

— Não entendi. O que o senhor quer dizer?

— Não foi a companhia que lucrou com o trabalho dos seus rendeiros durante duzentos anos. Então por que a companhia deveria indenizá-los?

— Eles não têm absolutamente nada. Com certeza o senhor consegue ver isso.

— O senhor pode despejá-los e indenizá-los da maneira que quiser. Ou nós os despejaremos sem indenização. A escolha é toda sua. O senhor tem até primeiro de junho. Os despejos começarão nessa data. As terras serão vendidas o mais cedo possível depois disso.

— Um pequeno prazo, é tudo o que eu peço. Dois anos, nada mais.

— O tempo já terminou. Bom dia, Lorde Kingscourt.

— Um ano, então. Por favor. O senhor pode esperar um ano.

Williams indicou a porta com a pena molhada.

— Bom-dia, milorde. Tenho outros compromissos. Meu navio volta a Londres às sete da noite.

O crepúsculo já baixara quando ele saiu do escritório. A chuva gelada caía com barulho nas ruas cobertas de lixo. Uma moça que parecia arrumadeira beijava um soldado na soleira de uma loja. Um trio de garotos de escola observava e ria. Caminhou algum tempo em meio à multidão e aos pedintes, sob as graciosas colunatas do Parlamento que dava para o parque de College Green. Desceu rumo ao rio e depois à rua Sackville. O Liffey tinha uma aparência negra e escabrosa. Um navio alto estava atracado nas docas do sul, seus três mastros nus uma teia de aranha de cordame. Barris eram descarregados pelos esquadrões de estivadores e empilhados nas lajes cinzentas e molhadas.

Raios estalaram com violência acima da cúpula da Alfândega. Ele começou a andar de novo, através da pungente névoa do granizo. Uma página de jornal bateu-lhe no peito. Disse a si mesmo que não sabia para onde ia; mas esta era uma coisa que sabia. A única, talvez.

Empurrava agora a placa do vento ao cruzar a ponte escorregadia num voejar de juncos. A figura austera de Nelson olhava lá de cima de seu pilar; um ídolo da ilha Oriental numa farda de granito. Os comerciantes em torno do pedestal estavam guardando suas barracas. Uma colônia de gaivotas esvoaçou baixo e vasculhou seus restos, subindo em assuadas de dois e três. Logo estava em Faithful Place; depois, Little Martin's Lane. Os terraços ficaram mais escuros, seus habitantes mais dilapidados. Como crânios o olhar das residências sem janelas. O fedor de carvão molhado e roupas não lavadas. Uma rodinha de moleques de cara suja se encolhia em volta de um braseiro quando se esgueirou pelos becos que levavam até o Diamond; e o bater do Ângelus de umas vinte capelas.

O estalar do trovão. O guincho de um canto de pular corda. Um velho com jeito de soldado se arrastava pela rua com um cartaz no qual estava pintado ARREPENDA-SE; mas as letras começavam a escorrer com a chuva. Um ambulante apoiado num barrilete sujo de metal declamava as propriedades milagrosas da poção que estava vendendo. Dois marinheiros correram por baixo do guarda-sol cor-de-rosa de uma moça. As mulheres se preparavam para começar o trabalho da noite.

Algumas sentavam-se no parapeito das janelas, sugando goles de chá; outras ficavam na porta de suas casinhas escuras, chamando baixinho os passantes.

— Oi, maridinho.

— Boa noite, patinhos.

— Tenho o que você precisa, amor. Novinho e gostoso.

Ele atravessou a Rua Mecklenburgh com as botas encharcadas e desceu o beco minúsculo que ligava as ruas Curzon e Tyrone; tão estreito que dava para encostar em ambas as paredes enquanto andava. Um vagabundo estava agachado num portal fedorento, cantarolando bêbado uma canção de cabaré. Chegou a uma casa. Parou. Olhou para cima. Uma lâmpada vermelha ardia na janela de um sótão, como o brilho diante do tabernáculo de uma igreja católica. Tirou a aliança de casado e enfiou-a no bolso; e bateu à porta cravejada de pregos.

A portinhola se abriu. Olhos mortiços o fitaram. A portinhola fechou-se batendo e a porta se abriu.

O porteiro usava um capuz preto de pano de saco, uma capa preta comprida debaixo de uma jaqueta trespassada de couro grosso. Um cassetete estava pendurado no cotovelo pelo cabo uma pulseira de corrente.

— Cinco — murmurou, espichando a mão enluvada. Merridith lhe entregou duas meias coroas. A porta bateu e trancou-se atrás dele.

Foi levado por um lance de degraus muito íngremes; por uma porta atrás da qual um piano tangia "Os touros de Oranmore". Outra porta mais adiante estava entreaberta; três moças cadavéricas de espartilho estavam sentadas nos joelhos de cavalarianos.

A madame era de Dublin, bem vestida e musculosa, e falava com o antigo sotaque do subúrbio pobre de Liberties. Fumava um cigarro turco numa piteira de marfim; em seu peito, um colar extravagante de brilhantes moedas de ouro. O visitante foi recebido com hospitalidade profissional. Aceitaria uma xícara de chá? Uma boa dose de ponche? Falava como um estalajadeiro com um pouco de tempo sobrando.

— O senhor não é de Dublin, meu senhor. A julgar por sua bela forma de falar. É inglês, Excelência? Comércio ou prazer? Bem, o senhor é realmente bem-vindo, e mil vezes bem-vindo. Não há estranhos aqui, senhor: só amigos que ainda não conhecemos. E Vossa Excelência vai gostar de uma diversãozinha numa noite fria, como espero, senhor. Esqueça todas as preocupações e cuidados do dia. Haverá tempo bastante para tristezas amanhã, como dizem.

Merridith fez que sim, tremendo com a corrente de ar. Ela deu um risinho, como se apreciasse seu desconforto.

— E por que não, não é? Não ficaremos um bom tempo mortos? Diabos, o jogo nunca deu muito prejuízo. Vamos levantar a sua proa, senhor; o senhor vai ver só.

A mão dele tremia muito quando entregou o dinheiro. O homem de máscara aparecera outra vez e indicava um corredor que Merridith não tinha notado. Alguns degraus, um patamar meio bambo. Entrou no quarto escuro e se despiu rapidamente. Percebeu que estava chorando quando se deitou no colchão imundo; mas secou os olhos. Não queria chorar. O ar fedia a suor, putrefação e gatos, mas encharcado de uma névoa de perfume enjoado de doce. Lá de fora, da rua, conseguia ouvir risos estridentes, o passo fatigado dos cavalos das carroças palmilhando as pedras do chão.

Um longo tempo pareceu se passar antes que a porta preta se abrisse. A moça entrou em silêncio, como se estivesse cansada. Tinha uma vela numa das mãos, uma toalha esfarrapada na outra. A camisa de baixo fora aberta para revelar-lhe os seios. O rosto encovado e morrediço era uma caricatura de ruge.

— Boa noite, senhor — disse ela. E então nada mais foi dito.

A chama da vela tremeu.

Era Mary Duane.

Palavra alguma pode descrever essa aparência peculiar das crianças famintas. Nunca vi olhos tão brilhantes, azuis, límpidos olhando tão firmes para o nada. Poderia até imaginar que os anjos de Deus foram enviados para descerrar a visão dessas criaturinhas pacientes e fenecíveis para a beatitude do outro mundo.

Elihu Burritt, *Diário de uma visita de três dias a Skibbereen*
Londres, 1847

CAPÍTULO XXVI

OS RELATÓRIOS DO NAVIO

O DÉCIMO NONO DIA DA VIAGEM:
NO QUAL O CAPITÃO RECEBE UMA INFORMAÇÃO
MUITO PREOCUPANTE.

Sexta-feira, 26 de novembro de 1847
Ainda faltam sete dias no mar.

LONG: 48°07,31' O. LAT: 47°04,02' N. HORA REAL PADRÃO DE GREENWICH: 02h31 (27 de novembro). HORA AJUST. DO NAVIO: 23h19. (26 de novembro). DIR. VENTO & VELOC.: E (92)°. Força 6. MAR: encapelado. RUMO: O (267°). PRECIPIT. ATMOSF. & OBS.: Rajada de vento máxima registrada de 51 nós. A vela da mezena soltou-se. Muito borrascoso na direção dos Grandes Bancos ocidentais da Terra Nova.

O aleijado está abrigado na cadeia. Dormiu quase todas as últimas 36 horas. O cirurgião Mangan limpou os ferimentos do seu rosto, pequenas lacerações e inchaços. Nenhum osso quebrado. Parece que seu nome é mesmo "Mulvey", como foi dito; o erro de chamá-lo de Swales sendo meu. (Devido ao nome em sua bíblia, mas ele a ganhou de um amigo.) Leeson é de opinião que ele é extremamente indigno de confiança, mas nunca houve um homem tão inteiramente mau que tivesse excluído de si toda a bondade.

Na noite passada, morreram sete passageiros do porão e seus restos mortais foram entregues às profundezas. Seus nomes eram John Barrett, George Fougarty, Grace Mullins, Denis Hanrahan, Alice Clohessie, James Buckiner e Patrick Joseph Connors. Deus tenha misericórdia deles.

Pouco depois do amanhecer, avistamos o brigantim *Orvalho da Manhã* vindo de Nova Orleans rumo a Sligo e devidamente avisado para parar. O sinal, ao ser recebido, foi devolvido.

Lançamos âncora em 47°01,10' O, 47°54,21' N e nos preparamos para a abordagem. Fui na lancha com Wellesley, o Agente dos Correios, e alguns homens (também alguns passageiros mais fortes e um menino) para carregar e receber várias bolsas de correspondência. Também para embarcar Eliza Healy, sete anos, criança cuja mãe e pai morreram a bordo e que não tem parente para cuidar dela na América.

Tomei café e um pouquinho de aguardente de vinho para o meu peito com o Capitão Antoine Pontalba de Shreveport em seus aposentos. Ele tinha informações muito preocupantes a passar.

Primeiro, perguntou se nos destinávamos a Quebec e, quando eu disse que não, observou que esta era uma coisa ótima. Discutimos os horríveis acontecimentos ocorridos no último verão,* que ainda eram o assunto em seu navio; mas fiquei alarmadíssimo quando ele disse que a catástrofe ainda não encerrou seu curso apavorante e ainda cobra centenas de vidas toda semana. Eu pensara que a temível crise tinha terminado, mas, oh, não terminou. Na verdade, alguns dizem que o pior ainda está por vir.

Mestre Pontalba confidenciou que seu Primeiro Oficial conhecera um homem em Nova Orleans que viera recentemente de Quebec, tendo este último afirmado que um grande trecho do rio São Lourenço, que forma naturalmente o principal canal para entrar no Canadá, está inteiramente congelado, e também uma área enorme nas margens, compreendendo muitas dezenas de milhas à toda a volta. Esse homem, um russo comerciante de peles, tinha muitas histórias sobre o sofrimento suportado pelo povo

*O Capitão Lockwood alude à tragédia de Grosse Île, no verão de 1847, quando a Estação de Quarentena do rio São Lourenço ficou abarrotada com um número enorme de imigrantes doentes e famintos, muitos da Irlanda. Milhares morreram; Quebec e Montreal sofreram epidemias de febre devastadoras. Na época da viagem do *Estrela*, o rio na verdade estava fechado a todas as embarcações e as autoridades tinham pelo menos começado a controlar a crise; mas claramente, pelo dito acima, relatos terríveis do que acontecera ainda podiam estar circulando entre os viajantes. — GGD.

infeliz daquele lugar. Pelo que dizem, não sabia falar inglês muito bem, mas o teor do que disse era assustador.

Parece que quarenta ou mais navios estão esperando para entrar no Canadá, enfileirados por muitas milhas descendo o rio, com mais de quinze mil imigrantes a bordo, quase todos da Irlanda; muitos deles com cólera e tifo e inteiramente sem meios de tratamento, sequer de serem postos em quarentena. Contam que em algumas embarcações nem um único homem, mulher ou criança está são, nem os passageiros nem a tripulação. Em dois navios, dizem, todos morreram; todas as almas humanas a bordo. Agora não se pode esperar nada menos que uma calamidade descomunal, com enorme perda de vidas.

Em acréscimo a essas tristes notícias, tem havido boatos de que as autoridades de Nova York e Boston podem mandar de volta todos os navios vindos da Irlanda, estando agora aqueles portos entupidos de navios incapazes de ir para o Canadá, e as autoridades de Nova York com muito medo de epidemias.

Implorei-lhe que não deixasse nenhum dos meus passageiros saber disso, mas temo que seja tarde demais, pois ao voltar na lancha observei que vários deles pareciam muito assustados e deprimidos. Mandei o mestre levantar os remos por um momento e disse a todos que tínhamos o dever solene de não alarmar nossos companheiros, que o melhor amigo do viajante é a mente tranqüila. Todos concordaram em seguir esse conselho, até o menino, que estava muito assustado. Mas, assim que voltamos ao *Estrela* e desfraldamos as velas, notei que muitos deles estavam se congregando no convés de proa, parecendo extremamente angustiados. Agora começaram a rezar em voz alta, daquele modo cantado e fervente que usam, os muitos nomes estranhos que dão à Mãe de Jesus.

Sei há muitos anos que esse é um sinal de seu temor mais profundo.

Deitei-me em meus aposentos na intenção de descansar por um instante, mas caí num sono profundo e muito agitado. E sonhei que via o navio de uma altura terrível, o casco implorando misericórdia à Rainha dos Céus.

CAPÍTULO XXVII

Sábado, 27 de novembro de 1847
O Vigésimo Dia
50°10,07' O; 43°07,01' N

Oh,
Terra
inculta.
Ora pro nobis.
Fonte Selada.
Ora pro nobis. Parto de Adão.
Ora pro nobis. Defensora de Eva.
Ora pro nobis. Aqueduto da Graça.
Ora pro nobis. Noiva do Cântico. *Ora*
pro nobis. Pelego da Chuva dos Céus. *Ora pro*
nobis. Portal do Oriente. *Ora pro nobis.* Flor da
Raiz de Jessé. *Ora pro nobis.* Poço Fechado. *Ora*
pro nobis. Esposa de Deus. *Ora pro nobis.* Lírio entre
Espinhos. *Ora pro nobis.* Rosa Sempre Aberta. *Ora pro*
nobis. Jardim Fechado. *Ora pro nobis.* Tenda da Encarnação.
Ora pro nobis. Casa de Ouro. *Ora pro nobis.* Esposa de José.
Ora pro nobis. Prado sem Cultivo. *Ora pro nobis.* Torre de
Marfim. *Ora pro nobis.* Trono de Ouro. *Ora pro nobis.* Imaculada.
Ora pro nobis. Virgem Vestida de Luz. *Ora pro nobis.* Trono da
Redenção. *Ora pro nobis.* Mais que os Serafins. *Ora pro nobis.*
Tesouro de Santidade. *Ora pro nobis.* Mais que os Prados do Éden.
Ora pro nobis. Espelho da Pureza. *Ora pro nobis.* Catedral
Inatacável. *Ora pro nobis.* Pomba Imaculada. *Ora pro nobis.*
Navio da Devoção. *Ora pro nobis.* Fonte da Virgindade. *Ora*
pro nobis. Virgem Mais Pura. *Ora pro nobis.* Livre dos
Modos de Eva. *Ora pro nobis.* Vitória sobre a Serpente.
Ora pro nobis. Esperança dos Exilados. *Ora pro nobis.*
Cidadela de Davi. *Ora pro nobis.* Rainha da África. *Ora*
pro nobis. Mãe Fraterna. *Ora pro nobis.* Maria
Imaculada Estrela do Mar.
Ora pro nobis. Ora pro nobis.
Mea maxima culpa.
Ora pro nobis.

CAPÍTULO XXVIII

A DENÚNCIA

EM QUE UM DOCUMENTO DESCOBERTO POR AGENTES DO AUTOR É TRANSMITIDO AO LEITOR (QUE VERÁ O QUE SIGNIFICA).

JUÍZES DE SUA MAJESTADE IMPERIAL

DOCUMENTO 7B/A/II*

*Documento descoberto cinco anos depois da viagem pelo detetive contratado por GGD em Dublin. Cópia fiel. Original perdido. Incluído como prova pela promotoria no processo do tribunal do juiz-visitante em Galway, 6 de junho de 1849. "Sendo relativo ao julgamento de James O'Neill, trabalhador braçal, anteriormente de Kilbreekan próx. Rosmuck (despejado), apelido "Capitão Luz da Lua" ou "Capitão Escuro", de uma sociedade de agitadores conhecida como "Os Homens Hibérnicos", "Defensores Hibérnicos", "Os Confiáveis" ou "Vai-Pagar"; acusado de Destruição de Propriedade, Lesão Corporal, Desacato a Policial, Conspiração de Homicídio, Incitar ou Subornar Outrem para Matar e Formação de Quadrilha em Organização de Nome Conhecido e Proibida. Documento encontrado por policiais em revista realizada no abrigo do acusado na ilha de Hayes." (Ele foi enforcado no Quartel de Galway, em 9 de agosto de 1849. Dois filhos seus foram mais tarde transportados para a Baía Botany em prisão perpétua por se filiarem à "Irmandade Republicana Irlandesa" ou "Fenianos".) Nomes excluídos pelo Relator do Tribunal.

Abril de 1847.
Galway,
ao cap dos homens vai-pagar.

*meu nome é Mary D**** e sou de boa família. fui cazada com N******* M****** de A'nagcraomha durante treze anos e cinco meses até ele destruir a própria vida e a vida de nossa filha pequena, A**** M*** M*****, na véspera de natal de 1845 se afogando.*

entrego isso a um certo homem que sei que vai saber a quem entregar. deus permita que o senhor receba porque precisa de vingansa.

vou para a america daqui a pouco e nunca voltarei de novo e assim quero dizer o que se segue e espero que o senhor e seus homens vão agir. conheço gente nesse condado cristão de gente falsa que fala mal de mim e espalham calúnias e fofocas com meu nome e eu vou embora e assim não me importa mais que "isso" seja dito mas eis a verdade e a verdade toda.

*quando eu tinha dezenove anos fui prometida a um certo p**s M****** de A'nagcraomha, único irmão de N******* M****** que então era o padre. e pela minha vida, nenhum homem jamais me conheceu antes dessa época. o mesmo p**s M****** me deixou num certo estado e então escafedeu-se para meu grande sofrimento. ele me traiu. fui expulsa de casa pelo meu pai pela vergonha e por algum tempo fiquei pela estrada e depois fui morar com meu cunhado e minha irmã em screeb. e aquele que me arruinou um alegre vagabundo.*

*seu irmão N******* era padre em ********* quando soube do estado em que eu estava veio me ver e disse que estava muito sentido com isso e com vergonha da baixeza do irmão e falsidade para comigo. disse que deixaria de ser padre e casaria comigo e seria pai do meu filho se eu o aceitasse. primeiro eu disse que não mas ele insistiu e não queria que nenhum moleque filho de um M****** fosse bastardo com a mãe desgraçada. eu disse que seria errado ele fazer isso e não era a vontade de deus mas ele não se deixou convencer sobre deixar de ser padre e fez isso de qualquer modo e ficou comigo. casamos legalmente na capela de C**** (a minha aldeia) em nove de julho de 1832 e fui para tully morar com ele na terra da família dele.*

meu filho nasceu sem vida um mês depois (que descanse em paz) mas então já estávamos casados e, nada podia ser feito para cancelar isso nem na lei nem na religião.

*N******* M****** era um homem honesto e sóbrio mas não vivemos como marido e mulher durante muitos anos. em parte é que o meu marido ficava muitas vezes passando mal e bastante fraco por dentro e em parte porque os sentimentos naturais não existiam entre nós. às vezes havia infelicidade entre nós em casa por causa disso mas às vezes não havia. no final eu procurei um padre Padre Fagan e minha irmã e conversei sobre isso e eles disseram que eu não estava sendo justa com o meu marido por lhe negar o que era certo e também não haveria ninguém para cuidar da terra dele e também não tínhamos nenhuma briga. então começamos a viver como marido e mulher. em 1843 soube que estava esperando um filho e nossa filha nasceu em janeiro de 1844. estávamos muito bem juntos nessa época. meu marido tinha grande desejo de ser pai e era do tipo mais carinhoso e gentil de todos. ele me estragou com tantas flores e pentes, as fitas que me deu dariam a volta ao mundo. com o neném era como uma mulher. fazia tudo o que podia pela criança e nem isso bastava. os que chamam ele de maluco ou idiota não são nem um pouco justos. ele nunca foi assim até ser levado a isso pela crueldade dos outros.*

*em setembro de 1844 o seu irmão p**s M****** voltou de onde estava e começou a nos torturar. embora tivesse me abandonado e não tivesse direito nenhum sobre mim estava ciumento demais agora. a primeira coisa que fez foi voltar para a nossa terra e dizer que metade dela era dele pela lei e pelos costumes e não podia ser expulso dali ou diria ao condado que estávamos roubando ele de sua terra natal e nos caluniaria. escreveu uma carta ao cmte blake e disse que tinha o direito de ficar na terra e seria capaz de pagar um aluguel melhor por ela do que nós. fez uma cabana pra ele na terra e não foi embora de lá. sempre que eu saía da casa ele ficava lá e olhava para mim de um jeito indecente e olhava com ódio para o próprio irmão e a criança inocente. ele subia e olhava pela janela da nossa casa à noite e eu me despindo o seu rosto aparecia na janela. certa vez vi ele espiando nós quando meu marido e eu estávamos juntos de modo natural. toda a infelicidade voltou à casa. ele matou uma vaca que era nossa, é o que acho. encheu de ervas daninhas* *nossa plantação de batata e acabou com ela. destruiu um canteiro que meu marido fez e um muro que ele fez para separar a nossa parte da terra da metade dele. a gente não tinha paz. quando o seu irmão meu marido estava fora trabalhando ele vinha até mim e dizia que ainda me desejava e me amava com palavras doces. ele é o mesmo mentiroso convincente e falso enganador que sempre foi antes com a língua macia mas o coração de pedra. se pudesse ele convenceria a chuva a não molhar ele.*

*uma vez e uma vez só quando o meu marido estava longe de casa e não estávamos bem juntos eu fui fraca e vou me arrepender a vida toda e cedi a ele p**s M****** quero dizer para a minha vergonha. ele me deu uísque antes. disse que me ajudaria com um trocado para a criança se eu cedesse e pararia de perseguir meu marido. a culpa é toda minha e foi pecado o que fiz mas também ele se aproveitou do sentimento que havia entre nós antes quando jovens. depois ele me torturou por isso e disse que podia me ganhar sempre que quisesse. ele destruiu a minha vida, mau pasto para aquele judas rastejante.*

ele sempre dizia que ia contar tudo ao meu marido. falava comigo sobre isso com indecência. algumas coisas que ele fez nem consigo contar. esperava até saber que meu marido estava lá e aí dava gemidos como aqueles que acontecem entre uma mulher e seu homem em certas ocasiões e ele olhando pra mim. certa vez pegou umas roupas de mulher minhas da corda onde estavam secando e esperou até meu marido vir do charco para tirar elas do bolso. andou falando na cidade e disse aos vizinhos que meu filho não era do meu marido de jeito nenhum mas de algum mascate ou de um inglês. a verdade verdadeira é que é mentira o que ele disse. meu marido e ele brigaram por causa disso. meu marido quase mandou ele pro túmulo e é uma pena que não tenha mandado mesmo.

quando a praga veio na safra do verão antes do verão passado ele não nos ajudou. ele mesmo estava bem porque tinha dinheiro leór que não sei como ganhou nas suas viagens e até mesmo acho que ele é um rato ladrão que nunca*

*Irlandês: "suficiente, bastante". Origem da palavra inglesa "*galore*" — muito, em abundância. — GGD.

*esteve sem dinheiro e boa roupa ou talvez em segredo seja um cupincha dos senhores de terra ou sabujo de algum castelo. eu não duvido de nenhuma esperteza nem fraude daquela raposa então não duvido. ele é o jesus Cristo da esperteza. há quem diga que em segredo ele é um expulsor ou um bailio. ele tinha comida aos montes quando minha filhinha passava fome. a alguns ele diz que é um confiável e a outros um amigo dos senhores e xerifes. ele conta qualquer mentira. ele juraria por uma panela furada se achasse que isso ia pôr dinheiro no seu bolso. fomos despejados pelo agente do cmte blake em outubro de 1845 porque não pagamos o aluguel. um expulsor veio de Galway com quinze guardas para nos arrancar do lugar a pancada. surraram meu marido na minha frente e da própria filha enquanto o irmão assistia. acabaram com ele. o tempo todo enquanto batiam nele o homem da expulsão ficava dizendo está vendo agora, M*****. está vendo isso, seu porco sujo de uma figa. essa surra você não vai esquecer em toda a sua vida. está tudo certo agora. responda seu porco. e obrigaram ele a dizer sim, que estava certo, e que era um porco, e não largaram dele enquanto ele não disse isso. nunca mais foi o mesmo depois da surra que levou daquela vez. eram demônios aqueles lá, não eram homens normais. acabaram com ele naquele dia.*

*não pudemos pagar nada devido a praga e porque p**s M****** matou nossa vaca. blake não nos deu crédito mas nos colocou pra fora nos jogou na estrada. aí foi p**s M****** que ficou com a nossa terra e quase quebrou o queixo rindo de nós quando fomos despejados. descemos para rossaveel e moramos num abrigo que meu marido cavou lá em cima na floresta, eu e meu marido e minha filhinha na lama enquanto p**s M****** tomou nossa terra e manda nela. ainda está lá agora como o rei da inglaterra.*

o povo cuspiu e jogou pedras nele no funeral do seu próprio irmão e foi rejeitado mas ninguém fez nada para me ajudar.

foi difícil o que eu passei depois que meu marido e minha filha morreram. fiquei no asilo de pobres até que não consegui agüentar mais. andei a estrada toda até dublin e perdi outro filho no caminho. tive de pedir esmola na rua sem ganhar nada durante um ano e fazer o que mulher nenhuma deveria fazer naquele lugar. hoje sou babá e estou indo para a américa. estou trabalhando *de babá para a família de Lorde e Lady *********. nunca mais volto a galway nem que viva cem anos. não tem lugar em galway para uma mulher decente.*

*tudo o que o povo diz de p**s M****** é verdade. eu o acuso de ladrão de terras, sedutor e moleque. ele atormentou até o túmulo o próprio irmão e minha única filha e eu quero que o senhor e seus homens façam alguma coisa com ele. sei muito bem que ele fez isso com outras pessoas antes.* vocês o conhecerão porque ele tem um jeito* camath† *de andar por só ter um pé e um pé de madeira marcado M (de matador, deve ser). ele vai merecer o destino que o aguarda. enquanto deixarem gente vil como ele fazer o que quer não espanta que a gente seja tão desprezada hoje em dia. não sei como os chamados irlandeses podem permitir isso.*

que a filha do meu ventre vá pro inferno hoje se estou contando alguma mentira aqui. é só um pé que ele tem e uma bala de canhão no lugar do coração.

os cães de Connamara conhecem a verdade do que eu digo.

eu o condeno de todo jeito que posso, o corvo mais negro que já usou sapatos de couro e apodrece a terra de galway quando anda nela.

deus permita que morra com gritos de vergonha

*Mary M***** (nascida D****)*

---

*Esta frase foi sublinhada e marcada pelo Gabinete do Promotor da Coroa, Castelo de Dublin.

†"Camath": talvez um erro de grafia numa palavra de dialeto que significa mancar, ou uma fusão de "*cam*", aleijado em irlandês, e "*gyamyath*", em celta "inclinado", querendo dizer "manco". — GGD

Não esperai sem glória alguma que a fome vos leve embora; se deveis morrer, morrei gloriosamente, servi a vosso país com vossa morte e espalhai em torno de vossos nomes a auréola da fama de patriotas. Ide; escolhei em toda a ilha dois milhões de árvores, e ali *ide e enforcai-vos.*

John Mitchel, "À população excedente da Irlanda", 1847

CAPÍTULO XXIX

OS ESTRANGEIROS PERDIDOS

QUE TRATA DO VIGÉSIMO SEGUNDO DIA DA VIAGEM; NO QUAL UMA TRISTE DESCOBERTA É REGISTRADA PELO CAPITÃO; (COM UMA SOMBRIA REFLEXÃO SOBRE AQUELES QUE TÊM DE DEIXAR SUAS TERRAS; E OUTROS ASSUNTOS RELATIVOS AO CARÁTER DO POVO IRLANDÊS).

Segunda-feira, 29 de novembro de 1847
Ainda faltam quatro dias no mar.

LONG: 54°02,11' O. LAT: 44°10,12' N. HORA REAL PADRÃO DE GREENWICH: 03h28 (30 de novembro). HORA AJUST. DO NAVIO: 23h52. (29 de novembro). DIR. VENTO & VELOC.: SSO. Força 7 (na noite passada, Força 9). MAR: Ainda muito agitado. RUMO: NO (315°). PRECIPIT. ATMOSF. & OBS.: Chuva forte na maior parte do dia. Neblina ao norte.

"Porventura não há bálsamo em Gileade?" Jer. 8:22

Na noite passada, morreram quatro passageiros do porão; e esta manhã foram sepultados de acordo com o rito do mar, que descansem em paz. Seus nomes: Owen Hannafin, Eileen Bulger, Patrick John Nash e Sarah Boland; os quatro do condado de Cork na Irlanda.

Neste dia, fez-se uma descoberta pavorosa.

O mastro do gurupés quebrou na tempestade da noite passada e seu cordame se embaraçou nas correntes da linha d'água. O contramestre Abernathy desceu pelo cordame até o casco com alguns tripulantes quando viu uma infestação enorme de ratos monstruosos que tinham se congregado no canal da calha de esgoto que vem das cabines da Primeira Classe: uma abertura de pouco mais de um metro de diâmetro.

Pensando em descobrir a fonte do odor recente do navio, aproximou-se com alguns homens para fazer uma investigação. Uma visão tristíssima logo foi encontrada.

Os restos muito apodrecidos de um rapaz e uma moça estavam no canal; lado a lado, ainda abraçados. O cirurgião Mangan foi chamado para declarar a morte. O rapaz tinha uns dezessete anos, a moça talvez quinze. A moça estava com vários meses de gravidez.

Confesso que há lágrimas amargas em meus olhos, mesmo agora quando escrevo estas palavras.

Não falta ninguém na Lista de Passageiros; assim, é de supor que esses pobres assustados tenham se escondido ali quando partimos de Cork; ou, que os Céus os ajudem, até mesmo de Liverpool. Devem ter descido pelas correntes e entrado na calha, pensando em se esconder ali até que chegássemos a Nova York. Como Leeson destacou, os muitíssimos passageiros a mais que embarcamos no Cove estão nos fazendo calar n'água bem mais que o habitual.

Algumas crianças estavam brincando no convés e ordenei que as mandassem descer.

Tiramo-los e demos-lhes o melhor rito cristão que foi possível; mas não tinham nada consigo para que pudéssemos lhes descobrir os nomes. Muitos homens ficaram sentidíssimos, até aqueles que já viram muitas coisas duras no mar. Eu mesmo fui vencido quanto tentei dizer as palavras e tive de ser ajudado pelos homens. O reverendo Henry Deedes também me ajudou e fez uma pequena oração. "Que esses filhos de Deus; da Irlanda ou da Inglaterra; cada um deles filho de uma mãe, e cada um deles amado pelo outro, encontrem um lar seguro nos braços do Salvador." Depois, os homens e eu cantamos um hino. Mas foi dificílimo cantar hoje.

Como pensei em minha querida esposa e nossos amados filhos; desejei tê-los ao meu lado agora. Como refleti que toda briguinha da vida de casado pode ser atribuída à própria contigüidade que aquele estado traz, assim como as que existem entre reinos limítrofes. E o mais doloroso — como pensei em meu próprio e queridíssimo neto e desejei poder abraçá-lo nem que por um instante.

Para mim, deixar minha própria situação feliz e partir para o mar é coisa tão dolorosa; mesmo depois de todos esses muitos anos. Que angústia, então, tem de ser suportada pelos que estão a bordo, que nunca mais em suas vidas verão seus entes queridos que tiveram de ficar para trás? O homem que nunca mais caminhará à noite para sua cidade natal com o irmão, refletindo tranqüilo sobre os assuntos do dia. Ou a moça que tem de dar adeus a pais respeitados, que sabe serem fracos demais para suportar uma viagem tão árdua. O casal jovem e feliz que tem de separar-se, o pai apartado da esposa e dos filhos, para viajar para a América sozinho quando só existem meios para pagar uma única passagem. Para perambular sozinhos entre estranhos, eles arriscam tudo.

E esses, que Deus nos ajude, estão entre os mais afortunados do seu povo. Não são os mais pobres dos pobres da Irlanda, que estão quase inteiramente sem nenhum tipo de recurso. "Os mais vis mendigos são das mais pobres coisas ricos", diz o bardo; mas não é assim no torturado país de Connaught. Muitos da parte ocidental daquele lugar possuem quase e com freqüência literalmente nada. Alguns conseguem arranjar meios de chegar a Liverpool ou Londres. Lá são seduzidos por "agentes de imigração" inescrupulosos que, como ladrões e parasitas, andam à caça entre eles; roubam-lhes as próprias roupas às vezes; ou a um homem as ferramentas com as quais poderia trabalhar de modo natural e digno para a família; e em troca enfiam-nos nalgum navio à noite, fazendo falsas promessas de riqueza na nova terra.

As condições em que viajam são horrendas ao extremo e fariam as privações que têm de ser suportadas no *Estrela* parecerem um Paraíso. Às vezes, o navio sequer vai para a América, mas para qualquer outro país ou território fora da Grã-Bretanha; não importa o quanto seja frio ou inamistoso.

E isso é tudo tão amargamente imerecido. Porque, de forma tão verdadeira como cai a noite todos os dias, se o mundo fosse não sei como virado de cabeça para baixo; se a Irlanda fosse uma terra mais rica e outras nações hoje estivessem em apuros; tão certo quanto sei que a aurora virá, o povo da Irlanda receberia de braços abertos o estrangeiro assustado com aquela gentileza e amizade que tanto enobrece seu caráter.

Não posso mais escrever. Não há mais nada a escrever.

Estou triste de ter nascido para ver este dia.

Se alguma classe merece ser protegida e auxiliada pelo governo, é aquela classe que foi banida de sua terra natal em busca dos meros meios de sobrevivência.

Charles Dickens, *Notas americanas*

O LEÃO BRITÂNICO E O MACACO IRLANDÊS

CAPÍTULO XXX

O PRISIONEIRO

A VIGÉSIMA TERCEIRA NOITE DA VIAGEM (ESTA SENDO A ÚLTIMA NOITE DE NOVEMBRO); NA QUAL MULVEY RECEBE UM VISITANTE MUITO INDESEJADO.

57°0,01' O, 42°,54' N
21h

O matador foi acordado de um sonho de dicionários pelo clangor do sino de vigia tocando no convés superior; um tilintar frio de ferro cujo gosto quase podia sentir. Sentou-se exausto na semi-escuridão molhada. Pedras num cartucho. Pedras como balas. Olhou para o sorriso de rato das grades.

A lua cheia era visível no centro da moldura; em volta dela uma auréola que a fazia parecer santa; mais além algumas estrelas, mas muito poucas para poder lhes dizer o nome. Observou por algum tempo. Cassiopéia, talvez. Mas sem o quadro todo as estrelas eram anônimas. Um espirro sacudiu-o inteiro. Dor no abdômen. Tudo dependia de quanto se conseguia ver.

O vento aumentou numa rajada súbita e assoviada, chacoalhando as tábuas soltas e batendo uma porta. Morreu de súbito também. Mudou de idéia. Pareceu a Mulvey que outra tempestade talvez viesse. Esperou estar enganado. Não agüentaria outra tempestade.

De algum lugar atrás dele, passando pelo corpo do navio, vinham os lamentos amortecidos de rabecas e gaitas de fole. A canção tinha vários nomes, uma ciranda de Leitrim, mas não conseguia se lembrar de nenhum deles, embora já a tivesse ouvido cem vezes. Tentou ficar de pé ou pelo menos se agachar, mas uma espantosa costura de dor correu-lhe pela perna abaixo.

O gosto em sua boca agora o desagradou. Metálico, adstringente: o toque de sangue. Os dentes tinham se quebrado na surra no porão; sempre que dormia, moíam-lhe a língua. Tinha medo de dormir de novo, a dor era tanta. Não tinha mais pesadelos; só dor física. Nenhum sonho mau nem íncubos desde que Nicholas morrera. Mas o afiar de dentes quebrados contra língua e gengivas.

Arrastou-se até o canto da cela pequena e escura e bebeu um gole de água engordurada da jarra acorrentada. Uma panela com uma papa mole tinha sido empurrada pela abertura da porta. A comida estava gelada, mas já tinha comido coisa pior. Um congelado de batata com restos de porco amassado e bolachas secas, uma mistura que os marinheiros chamavam de "Lobscouser Boxty", pocilga de Liverpool ou coisa parecida. Comeu depressa e lambeu o prato. Era melhor que tudo o que havia no porão.

Por algum tempo, olhou os rabiscos feitos nas paredes úmidas. Palavras inglesas e palavras irlandesas: nomes, obscenidades. Mais estranhos os pictogramas rabiscados como emblemas. Leões e símios. Talvez uma girafa. Um diagrama que parecia o mapa de uma floresta. Caracteres de alguma língua para a qual ele não tinha nome.

≈ ℵ # ψ ℑ Ψ Ξ Φ

Algemas e argolas tinham sido presas nas anteparas. Uma grade de ferro batido nas tábuas do assoalho servia de latrina; nove metros abaixo, descendo pelo oco de um tubo de chumbo, estava o negrume repetido do mar agitado. E dava para observá-lo, também; mas não por muito tempo. Subindo, afundando. Como a fervura de um caldeirão. O tipo de dissipação que podia enlouquecer qualquer um. Na noite passada, pensara em tentar fugir pelo buraco; pensara em maneiras de desaparafusar a grade. Prender a respiração e mergulhar na água: sentir o duro raspar da quilha nas costas. Mas mesmo enquanto pensava, sabia que só estava passando o tempo. Esses dias já tinham acabado há muito tempo. Sua força se fora.

Num quartel em Halifax, morava um capitão
Que uma donzela seduziu e ela matou-se então.

Ouviu lá do corredor de carvalho o guarda da Nortúmbria cantar.

De remorso não mais saiu, sem comer passava o dia,
A beber passava a noite, por Miss Bailey sofria.

Estranho o apelido do nortumbriense miúdo; um homem-passarinho que chilreava ao cantar. Explicara várias vezes ao seu interessado prisioneiro. Scrimshaw: palavra usada pelos marinheiros para nomear enfeites feitos de marfim ou destroços marítimos. Conversava às vezes, quando alguém queria que conversasse. Mas em termos gerais deixava a gente em paz.

Mulvey foi até a porta e gritou por Scrimshaw. Quando ele apareceu na portinhola, o preso lhe disse que estava morrendo de sede. O guarda se afastou sem dizer palavra e voltou um minuto depois com uma jarra de sidra. O cativo engoliu-a, mas ela não lhe aliviou a sede. Arrastou-se até o catre e deitou-se amontoado.

Destroço marítimo. Ossos e madeira. Mais escuro agora: o vento soprando e parando, como trocas de tiros num campo de batalha quando há pouca munição. Tudo tinha um ar azulado e sombrio. Tentou se encolher na sinistra frialdade e calar seus pensamentos o máximo que pudesse. O cobertor era um alívio numa noite como esta.

O fato de que ninguém poderia matá-lo parecia um cobertor menos ordinário; de que nenhuma morte teria de ser causada por ele. O navio balançava e a água batia e ele não enfiaria nenhuma adaga em nenhuma vítima soluçante. Nenhum barulho de costelas estilhaçadas, nenhum torcer de cartilagem. Nenhuma frouxidão do corpo quando se puxava a lâmina.

Doze madrugadas antes, ele poderia ter agido facilmente. O alvo estava dormindo quando Mulvey se esgueirou para dentro da cabine. Quando seus olhos aos poucos se ajustaram à escuridão estagnada e fria, conseguiu perceber que a presa estava deitada de costas. A inquietação baixa e murmurada do sono bêbado. O gemido de um homem que pesca em suas próprias profundezas. E Mulvey se aproximara de sua cama furtivo como um amante, tão perto que conseguiu sentir o cheiro do suor tingido de uísque da vítima. A estrela da manhã logo subiria; o sonhador não iria vê-la. Tudo ficou em silêncio. Até o mar parecia em silêncio. O matador sentiu que a dilatação de suas pupilas talvez fizesse barulho suficiente para denunciá-lo.

Pensou no sussurro do filho do alvo, o menino mal visível e tonto de sono que meio que acordara no negrume da noite atlântica e encontrara uma sombra passando pela porta aberta. O menino se mexeu. Mulvey nada disse.

— Grantley? — murmurou o menino. — Já estamos na América?

Mulvey não se mexeu. O navio deu uma balançada pacífica.

— Vá dormir — disse baixinho. — É só o camareiro da noite.

A respiração do menino ficou mais sonolenta, ele bocejou no travesseiro.

— Em que quarto dorme seu papai? — sussurrou o personagem de sonho. E o menino fez um gesto vago e rolou de volta para o vazio.

O pai estava morto para o mundo, os braços cruzados no peito, como se já estivesse num caixão ou numa mortalha de pano de vela. Um cadáver, David Merridith. E um matador olhando para ele. O Monstro de Newgate ressuscitou do passado, levantando-se com o primeiro brilho pálido a leste.

Faca na mão. Faca levantada para golpear. Mas a mão tremia. Não conseguia se forçar a isso. Não era uma questão de moralidade, mas de nojo visceral. Matar era questão de ângulo e propulsão, o movimento do aço de uma coordenada a outra, mas ele que matara sem nenhuma razão além da sobrevivência achara impossível usar a equação de novo. Não sabia por quê, só que era impossível. Soube no momento em que lhe deram a tarefa, desde muito tempo antes disso: desde Leeds, talvez. Matara dois homens. Nunca conseguiria matar mais um. Pode chamar de covardia; ele não se importava com o nome que dessem. Ali na cela estava a salvo de definições. Seu único problema iminente era a ameaça de libertação.

Cochilou por algum tempo, mas sem profundidade nem calma. A música abafada estava ficando mais alta, aguda; através dela conseguia perceber as palmas obscuras dos dançarinos. Meu amor está na América? Nome da canção. As docas de Nova York. Como seriam? Como as docas de Liverpool ou Dublin ou Belfast. *Dock: docas; o lugar onde fica o preso.* Seus assassinos estariam esperando? Falatório e blefe. *Bluff: um monte, uma margem, um precipício. Um blefe no pôquer. Fanfarronada vazia. Talvez do Holandês Médio: blaffen; gabar-se.* Agora seu irmão estava sentado com ele na penumbra. O Diretor de Newgate. Uma moça que não conhecia. Seu pai à luz do fogo. Dickens. Moloque. Michael Fagan de Derryclare. A voz veio de perto dele, mas não sabia de onde. Soou de novo; uma lâmina em rubro, mas mergulhando ferozmente no rio Corrib coberto de gelo; o sussurro sibilante: *Ssseu amigo esssstá aqui, Mulvey.*

Ele abriu os olhos para a escuridão de caverna. Olhou para a grade no alto. Uma sombra se movia.

— Quem está aí? — gritou.

Não houve resposta.

— Tem alguém aí?

Ouviu-se baixinho um passo nas tábuas do convés ao lado da grade. Achou ter ouvido o peso de um homem grande respirando. Um bater de botas quando se sentou nas tábuas.

— Venha até a janela — murmurou a voz com urgência. — Há um amigo aqui que só quer ajudá-lo.

— Qual é o seu nome?

— É o reverendo Henry Deedes. Seja rápido. Meu tempo é curto.

Mulvey se levantou do cobertor podre e se aproximou com cuidado. O vento elevou-se como uma fúria fanfarrã e parou como antes; como se tivesse sido morto por coisa violenta. Podia perceber a respiração com mais clareza agora.

— Já disse, véio Pius. Chega um pouco mais perto. Não tenha medo. *Sou* um hômi de deus, afinar de conta.

A risadinha veio baixa, como a de quem assiste a uma surra escondido.

— Diga quem é de verdade ou não vou me mexer nem um centímetro.

A voz lhe voltou, selvagem de angústia.

— *Sou seu irmão. Nicholas Mulvey. Estou atormentado esta noite! Estão assando a minha alma, Pius! Estão me flagelando no espeto!*

— Em nome do inferno, quem é?

Nenhuma resposta. Ele deu mais um passo. Esticou o pescoço. Subiu no banco. Um punho passou pela grade e agarrou-lhe o cabelo. Mulvey se jogou para trás e caiu no chão molhado. Um risinho lúgubre veio da janela. O riso de estranho remorso de um homem viciado em torturar.

— Aproveite bem o seu tempo, seu Morto. Mas o dia está chegando. Não demora muito e você vai ver aquele bobo do seu irmão.

A mão enfiou-se pelas grades mais devagar desta vez e deixou cair uma coisa encharcada no assoalho viscoso.

— Tá aí o seu coração, seu Morto. Estou querendo arrancar ele de você.

O preso empurrou-o com cuidado com a ponta do pé: a coisa vazou. Um bolo glutinoso de algas pretas e amarelas.

— Consegue ler isso, garoto?

Mulvey nada disse.

— Está bom, seu Morto. Estamos chegando à terra. Só mais três dias e estamos na doce Nova York.

— Quem é?

— Ele recebeu a tarefa, rapazes, mas não fez nada. Vejam só, achou que ia escapar se trancando aí.

— Quem é você?

— Disseram pra você que ia ser vigiado no navio. E está sendo vigiado. — Uma tosse seca. O raspar de um fósforo. — Talvez eu dê um jeito de ser trancado também. Faremos uma linda festinha, nós dois juntos. Vou lhe ensinar uns truquezinhos que você não vai esquecer.

— Como é que me conhece?

— Não se lembra de mim, garoto? Pense bem, pense com força agora.

— Não conheço mesmo você.

Não houve resposta. Só o chiado do riso. A tempestade de aplausos no compartimento do porão.

— Dê seu nome como um homem.

— Você pode me dedurar.

— Não sou um rato, um dedo-duro.

— Você é as duas coisas, e ainda pior, seu covarde, tem mais é que ir pra forca. Mas isso não tem importância, porque há muitos outros como eu. Todos eles têm sua descrição, também cuidamos disso.

— Mostre seu rosto em nome de Jesus.

— Não adianta. Estava com uma linda máscara da última vez que você o viu.

— Uma máscara?

— É, seu Morto. Eu fui um dos que fizeram a festinha de despedida da sua última noite em Ardnagreevagh. Eu e meus camaradas fizemos você guinchar como uma mula numa armadilha. Mas você vai dar gritos piores quando a gente terminar.

— Mentiroso — gritou Mulvey. — Isso é loucura. Vá para o inferno.

O raspar dos pés. Um movimento na aragem escura. Um rosto apareceu na grade iluminada pela lua, uma cara malvada que o prisioneiro reconheceu.

— Você está enterrado, seu Morto. É vigiado a cada minuto. E se aquele traidor Merridith sair desse navio, há quinhentos em Nova York que vão fazer fila pra lhe surrar. E se falar de mim a qualquer um, só vou torturar você mais devagar.

Seamus Meadowes deu um sorriso pelas grades enferrujadas.

— Vou rifar você, Mulvey. Pra ver quem tira a primeira fatia.

Características Físicas Gaélicas. — Protuberância volumosa da parte inferior da face, mais extrema no maxilar superior; queixo mais ou menos retraído (na Irlanda é comum o queixo estar ausente); testa retraída; boca grande e lábios grossos; *grande distância entre nariz e boca*; nariz curto, freqüentemente curvado para fora, e arrebitado, com narinas dilatadas; ossos malares mais ou menos proeminentes; olhos em geral fundos e sobrancelhas projetadas; crânio estreito e muito *alongado para trás*; *orelhas afastadas do crânio*, de forma bastante acentuada; audição muito aguda. Notável principalmente pela boca aberta e protrusa, com dentes protuberantes (ou seja, maxilares prognatas — o tipo negro), pelos malares projetados e nariz achatado etc.

"Antropologia comparada", Daniel Macintosh
The Anthropological Review, janeiro de 1866

CAPÍTULO XXXI

O CONVIDADO DE HONRA

VIGÉSIMO QUARTO DIA DA VIAGEM (SENDO ESTE QUARTA-FEIRA, PRIMEIRO DE DEZEMBRO); NO QUAL SE OFERECE AO LEITOR ALGUNS DOCUMENTOS CONTEMPORÂNEOS; TAMBÉM AS RECORDAÇÕES FIÉIS DE ALGUNS PASSAGEIROS RELATIVAS AOS ACONTECIMENTOS IMPORTANTÍSSIMOS DAQUELE DIA; E O RELATO DO PRÓPRIO AUTOR SOBRE UMA COMEMORAÇÃO DE ANIVERSÁRIO MUITO INQUIETANTE (QUE MAIS TARDE ELE JAMAIS ESQUECERÁ ENQUANTO VIVER).

CAMAROTE DO CAPITÃO LOCKWOOD
09H38
NOTA DE EMERGÊNCIA NO REGISTRO

CALENDAS DE DEZEMBRO DE 1847

Não faz cinco minutos que terminei uma conferência entre mim, o Primeiro Oficial Leeson, o prisioneiro Pius Mulvey e Lorde Kingscourt. As circunstâncias em que aconteceu o colóquio foram as seguintes:

Duas horas mais cedo, no alvorecer desta manhã, recebi a notícia de que minha presença era necessária na cadeia. O prisioneiro Mulvey esteve a noite toda num estado de profunda angústia. Disse que precisava urgentemente conversar comigo e com Lorde Kingscourt sobre um assunto realmente muito grave. Não o revelaria ali e naquele momento, mas anunciou que soubera de informações extremamente preocupantes relativas à segurança de Lorde Kingscourt e de sua família a bordo deste navio.

Dei ordens para que fosse levado ao meu camarote. Ali ele se recusou a soltar uma sílaba sequer até que Lorde Kingscourt fosse trazido até ele em pessoa. É claro que fui contrário a conseguir-lhe isso, mas ele disse que nada revelaria (e na verdade voltaria para a cela, levando consigo as informações) caso não pudesse ver Sua Excelência, nem falar-lhe em pessoa.

Inventei um pretexto para não causar alarme e mandei uma mensagem aos aposentos de Lorde Kingscourt perguntando se tomaria comigo o desjejum. Quando ele entrou, Mulvey ficou bastante alterado. Caiu de joelhos e começou a gritar, beijando as mãos e as roupas de Lorde Kingscourt, invocando o nome de sua falecida mãe como se fosse um personagem santo. Sua Excelência pareceu desconcertado com tamanha efusão e pediu ao outro que se levantasse. Expliquei a Lorde Kingscourt que era este o homem de quem lhe falara antes, que asseverara uma grande fidelidade à família Merridith.

Mulvey nos contou que, na noite passada, por volta da meia-noite, estava olhando pela grade da cadeia quando percebeu dois homens do porão passando pelo convés. Pararam por perto e começaram a murmurar e cochichar.

Um confidenciou ao outro que pertencia a uma sociedade secreta revolucionária chamada "Os Homens Vai-Pagar", de Galway. E revelou que fora colocado a bordo do navio para assassinar Lorde Kingscourt e sua esposa e filhos como vingança pelos despejos e outros feitos cometidos pela família Merridith naquele infeliz distrito.

Lorde Kingscourt ficou extremamente chocado; mas disse então que realmente recebera mensagens de ameaça da mesma quadrilha de malfeitores no passado. Além disso, mencionou que tinha razões para acreditar que a sepultura do pai fora profanada por esses mesmos bárbaros e que fora aconselhado pela polícia irlandesa a não viajar pela Propriedade sem uma guarda armada. Estava preocupadíssimo com a proteção de sua esposa e filhos no navio. Garanti-lhe que ordenaria guardas pessoais dali para a frente. Implorou-me que o fizesse de tal modo que sua esposa e filhos não percebessem a situação, já que não queria deixá-los nervosos. Eu disse que seria melhor se ficassem em seus camarotes pelo resto da viagem; e ele respondeu que veria o que seria possível fazer a respeito.

Um dos conspiradores Mulvey não foi capaz de distinguir; mas o outro que falara do covarde homicídio ele disse ser Shaymus Meadowes, natural de Clifden.

Imediatamente mandei Leeson e alguns homens descerem ao porão para prendê-lo. Uma investigação meticulosa foi feita em seus pertences e ali foi encontrado um item de literatura revolucionária, ou seja, a letra de uma balada odiosa sobre senhores de terras que alguns homens o tinham ouvido cantar tarde da noite quando bêbado. Foi colocado na cadeia até chegarmos a Nova York, quando então será entregue à custódia das autoridades.

Lorde Kingscourt agradeceu a Mulvey pelo que fizera com a máxima sinceridade e declarou-se muito endividado com este último. Disse que compreendia que deve ter sido difícil, sabendo muito bem que o informante era considerado um pária pelos plebeus irlandeses. Ofereceu a Mulvey uma recompensa por sua coragem, mas esta foi insistentemente recusada. Mulvey disse que não fizera nada além de seu dever cristão, que não conseguiria dormir à noite caso se comportasse de outra maneira. Mais uma vez, a lembrança da mãe de Lorde Kingscourt foi mencionada, com Mulvey revelando que seus próprios pais tinham sido beneficiados por sua gentileza certa ocasião e oravam muitas vezes por seu repouso e uma vez por ano visitavam seu túmulo em Clifden. (Estranho; eu tinha pensado que sua mãe já tinha falecido.) Que um retrato da falecida Condessa estava pendurado até hoje em sua humilde cabana, com uma vela votiva sempre acesa sob ele. Que uma de suas irmãs fora batizada "Verity" em homenagem à memória da mãe de Lorde Kingscourt. Que permitir que o filho de Lady Verity fosse assassinado por um réprobo como Shaymus Meadowes seria impensável para ele. E que a idéia de os dois menininhos serem feridos ou pior era simplesmente mais do que ele seria capaz de suportar.

Neste ponto, Lorde Kingscourt ficou muito angustiado. Mulvey implorou-lhe para não ficar triste, mas que acreditasse que a grande maioria dos habitantes de Galway sentia-se do mesmo modo que ele, Mulvey, mas que sempre havia uma maçã podre no pomar que estragava a reputação de todas as outras. Disse que a pobreza e o esquecimento da fé tinham criado tantas dificuldades em meio ao povo que a violência infelizmente tinha brotado naquele campo estéril onde antes havia a amizade natural existente entre o servo humilde e o senhor que o protege. Lorde Kingscourt agradeceu-lhe novamente e refez-se um pouco.

Neste ponto, ocorreu a Lorde Kingscourt que, estando Meadowes na cadeia, e o porão não sendo de modo algum um abrigo possível, não havia lugar seguro no navio para Mulvey ficar.

— Suponho que seja verdade — respondeu Mulvey. — Não tinha pensado nisso. Mas está tudo nas mãos do Salvador, que Sua vontade seja sempre cumprida. Ele me protegerá, eu sei. — E acrescentou: — Se eu for assassinado pelo que estou tentando fazer hoje, pelo menos posso morrer com a consciência limpa. E sei que verei sua mãe no Paraíso nessa noite.

Eu disse que talvez pudesse lhe oferecer um catre entre os homens, mas Lorde Kingscourt não quis ouvir falar nisso de forma alguma. Disse que não era todo dia que um homem tinha a vida salva e queria mostrar pelo menos algum tipo de gratidão por isso. Sua Excelência e Mulvey concordaram comigo que ele fosse acomodado nos camarotes da Primeira Classe pelo resto da viagem, num depósito perto do camarote do próprio Lorde Kingscourt que é usado para guardar roupa de cama e coisas semelhantes. Combinamos um subterfúgio pelo qual esse arranjo pudesse ser encoberto.

Ele, Lorde Kingscourt, disse que precisava de um pouco de tempo para discuti-lo com a esposa. (Parece que é Lady Merridith quem usa as calças.)

*

Cabine da Condessa de Kingscourt
por volta das 10h da manhã

— Você não está falando sério — disse Laura Merridith.

— É irritante, eu sei. Mas Lockwood insiste que o pobre homem está às portas da morte.

— Exatamente, David.

— O que significa "exatamente"?

— Ele pode estar com cólera ou tifo, algum tipo de infecção imunda. E você propõe permitir que durma perto dos nossos filhos?

— Não é perto deles, por piedade.

— Na cabine ao lado, então. E defronte à minha. Que conveniente, se ele precisar de um trio de companheiros para o bridge.

— Você nunca vai entender que temos responsabilidade por essa gente?

— Eu não fiz nada a "essa gente", David. E eles fizeram muita coisa comigo.

— Eu ajudarei um infeliz que está sem sorte. Com ou sem a sua bênção, Laura.

— Então será sem! — gritou ela. — Como você faz tudo mesmo.

Ela foi até a vigia e olhou firme para fora, como se esperasse ver a terra de uma distância de oitocentos quilômetros.

— Laura, com certeza podemos nos comportar sem levantar a voz.

— Ah, claro. Esqueci. Nunca devemos levantar a voz, não é? Nunca devemos ter uma única emoção humana sobre nada. Temos de insistir na mesma falta de sangue e vida dos malditos esqueletos do seu pai.

— Eu preferiria que você não transformasse estes aposentos num alojamento de quartel com a sua linguagem, Laura. E o que precisamos é pensar nos garotos. Você sabe como ficam nervosos quando discutimos.

— Nem tente me dar instruções sobre os meus filhos, David, estou lhe avisando.

— Nunca farei isso. Mas você sabe que estou certo.

Ela falava por cima do ombro, como se ele não merecesse o esforço de ser encarado.

— Como você sabe o que deixa eles nervosos? É para você que eles correm quando estão nervosos? O pai deles, que se preocupa mais com indivíduos que não conhece do que com sua própria esposa e com a família.

— Isso não é justo.

— Não é? Você sabia que hoje é aniversário do seu filho mais velho? Não iria doer muito se você mencionasse isso a ele, caso soubesse.

— Desculpe. Você está certa. Esqueci por um momento.

— Você devia pedir desculpas à pessoa ferida pela sua falta de atenção. Quando tiver acabado de salvar o mundo, é claro.

— Eles estão morrendo às dezenas de milhares, Laura. Não podemos fazer nada.

Ela não respondeu.

— Laura — disse ele, e fez menção de tocar-lhe o cabelo. Como se sentisse o gesto, ela se moveu para evitá-lo. — Não vai nos atrapalhar se ajudarmos um pouco, Laura. Com certeza você vai concordar. Estaremos em Nova York em apenas três dias.

Ela falou bem baixinho, como se lhe doesse falar.

— Eles nunca vão amá-lo, David. Por que não consegue ver isso? Aconteceram coisas demais para que isso fosse possível.

Ele deu uma risada insensível.

— Que coisa estranha de se dizer.

Ela se virou.

— É mesmo?

— O único amor que eu já quis foi o seu. O seu e o dos meninos. Se eu o tiver, tenho tudo.

— Você deve achar que sou ainda mais cega do que sou. Não acha?

Uma onda bateu na vigia e escorreu pelo vidro. Pelas paredes conseguiam ouvir os filhos a gritar. Uma batida soou à porta: o chilreio do camareiro da limpeza.

— Posso ter sua concordância e ajudar aquele homem, Laura?

— Corra pra eles, David. Como você sempre faz.

✷

A cadeia
10h41

> Eu [...] *John Lowsley* [...] marinheiro oficial encarregado, afirmo que às [...] 10h41 [...] deste dia um preso [...] *P. Mulvey* [...] foi liberado da minha responsabilidade e todos os seus pertences sem exceção a ele devolvidos, pelo que assinou; por extenso [...] uma bíblia, seis *pennies* e um *farthing*.

✷

Depósito de Pius Mulvey por volta das 11h

(Trechos de uma carta de George Wellesley, Agente do Correio Real, a G. Grantley Dixon, 11 de fevereiro de 1852)

Na manhã de quarta-feira, primeiro de dezembro [...] um camareiro veio aos meus aposentos e disse que precisavam do Depósito ou Guarda-Roupa de Cama no qual eu colocara dois baús [...] Um homem do porão, supostamente adoecido, seria ali abrigado, disseram. Fiquei um pouco irritado ao ouvir isso, reconheço; mas o camareiro disse que tinha recebido ordens e que não havia o que discutir [...] Eu tinha alguns papéis que precisava guardar comigo num dos baús, mas não conseguia me lembrar em qual. O bronco do meu criado, Briggs, vomitava como um gêiser de tanto enjôo naquela manhã e assim eu disse que eu mesmo iria buscá-los. [...]

Tinham colocado guardas nas acomodações da Primeira Classe naquela manhã, um homem em cada porta. O camareiro não sabia por quê, mas eu pensei um pouco a respeito. Minha opinião é que devíamos estar sendo guardados desde o momento em que partimos de Queenstown e que era uma desgraça horrorosa que isso não tivesse sido feito, dada a formação moral da maioria de nossos companheiros de viagem. [...]

Quando cheguei ao quartinho — talvez dois metros por dois e meio, com prateleiras à toda volta e sem vigia —, Lorde Kingscourt e seu filho mais velho, Jonathan Merridith, ajudavam um homem a montar um leito improvisado com almofadas e cobertores no chão. Eu diria que o homem em questão tinha mais ou menos um metro e sessenta de altura, muito magro, com soturnos olhos azuis. Estava esfarrapado e emaciado e era obviamente daquele tipo que a qualquer tempo preferiria ficar à toa a trabalhar. O costumeiro odor desagradável o cercava. Talvez se pensasse que seu desfiguramento seria a coisa *mais visível — tinha um pé aleijado e mancava muito em conseqüência disso —, mas seus olhos eram, na verdade, sua característica mais memorável. Ser olhado por ele era como ser olhado por um vira-lata que tivesse sido chutado para a chuva à noite.*

Não posso dizer que tenha visto alguma coisa violenta ou criminosa em seus traços faciais. Longe disso; parecia ser alguém em quem a inocência era forte, no grau talvez até de uma leve idiotia. Era mais como num negro caucasiano, se é que existe tal centauro horrendo. Mau não, apenas infantil e estúpido.

Também não consigo me lembrar, depois de tanto tempo, se houve alguma conversa, mas se houve foi totalmente inconseqüente. Mas recordo que em certo momento levantei os olhos dos meus baús e percebi um tipo de silêncio tenso na cabine. Lorde Kingscourt e o homem — não sei se consigo me expressar — pareciam pouco à vontade de estarem juntos num lugar tão pequeno. Mesmo assim, ficavam sorrindo um para o outro como idiotas esquisitos. É difícil explicar. Talvez mais ou menos como uma debutante que tem de dançar com um barão bem feio senão Mamãe lhe passa uma descompostura e a família vai à falência. Nada foi dito, mas havia ali um profundo mal-estar; na verdade, comum aos dois lados.

Voltei a minha busca e encontrei os documentos de que precisava. O rapazinho começara a remexer os lençóis nas prateleiras e o pai lhe disse que se comportasse. Tudo estava tranqüilo e bem-humorado; nada de estranho na cena. E foi bem neste momento que a moça entrou.

Ela ficou bem parada na porta, tão imóvel quando uma madona de estuque. Nunca vi uma mulher ficar tão parada assim em minha vida, nem antes nem depois. Sabe como elas se agitam e se alvoroçam como leprosos. Mas era a imobilidade de um sentinela. A moça podia ter modos decididamente estranhos e possuía a atitude desleixada comum a sua nacionalidade e a sua classe ingrata; sem nenhuma graça nem bom humor, e olhava para os outros como as adagas do diabo se alguém lhe fizesse um simples cumprimento; mas, pelo menos para mim, isso pareceu algum tipo novo de excentricidade ou esquisitice. Foi como se a visão do aleijado a tivesse chocado profundamente. Quanto ao aleijado, ele pareceu igualmente assustado.

Havia dois travesseiros nos braços dela, que suponho que a tivessem mandado buscar. Mas ela simplesmente ficou de pé ali na porta sem soltá-los. Não empalideceu nem demonstrou nenhum sentimento. Apenas não se moveu por um tempo longo demais.

Então Merridith começou a fazer apresentações, como se algum tipo de estranha festa estivesse para começar.

— Oh, Mulvey. Não sei se você conhece a babá dos meus filhos. Miss Duane.

— É você, Mary — disse o irlandês bem baixinho.

Kingscourt pareceu um pouco confuso.

— Vocês se conhecem?

Novamente ninguém disse nada por um período considerável.

— Vocês se esbarraram aí pelo navio, suponho?

Com voz muito fraca, o manco disse:

— Miss Duane e eu, senhor, nós nos conhecemos quando éramos jovens, senhor. Nossas famílias já foram amigas. Quero dizer, em Galway.

— Entendo. Bem, isso é bom. Isso não é bom, Mary?

Nenhuma palavra ou sílaba veio da criada.

— Devo deixá-los sozinhos por algum tempo para conversar? — perguntou o seu infeliz patrão.

Ela colocou os travesseiros numa prateleira e saiu sem dizer palavra. Merridith deu um risinho insatisfeito, como de confusão, com esse comportamento.

— Mulheres danadas, hem?

— Pois é, senhor.

— Ela perdeu o marido não faz muito tempo. Anda meio perturbada. Por favor, perdoe-a.

Ele respondeu com o sotaque feio e ridículo:

— Entendo, sinhor. Brigado, sinhor. Bênçãos de Deus e de Sua mãe ao sinhor, sinhor.

Eles assassinam o inglês da Rainha, como tudo o mais.

E isso é tudo o que tenho a lhe contar. Tranquei meu baú e fui embora.

Agora a moça estava de pé no fim do corredor de costas para mim. Os guardas olhavam para ela, mas parece que ela não notou. Não pensei mais sobre isso e voltei aos meus aposentos. [...]

Dava para pensar que estar em presença de assassino e vítima causaria uma impressão maior, mas, para ser bem sincero, não causou. Eu estava mais preocupado por ter de deixar meu baú em presença de alguém que o abriria com os dentes se achasse que continha uma garrafa, uma pistola ou as contas de um rosário.

✷

Corredor Principal dos Camarotes de Primeira Classe por volta de 13h

De um depoimento feito sob juramento ao Guarda Daniel O'Dowd e ao Capitão James Briggs do Departamento de Polícia de Nova York, 20 de dezembro de 1847, quinze dias depois do homicídio. John Wainwright, marinheiro jamaicano de guarda nos camarotes da Primeira Classe, recordou a seguinte troca de impropérios vinda do camarote ou sala principal, que supôs a princípio ser uma discussão entre Lorde e Lady Kingscourt. "Estão sempre brigando e discutindo", explicou, "mas o Capitão ordenou que os deixássemos em paz."

MULHER: Saia da minha frente, seu canalha vil.

HOMEM: Eu lhe imploro. Cinco minutos.

M: Se eu soubesse que você estava neste navio eu tinha me jogado no mar. Fora!

H: Nenhuma desculpa será capaz de me desculpar. Estou muito envergonhado do que fiz.

M: Você nunca vai se envergonhar o bastante. Nunca! Está me ouvindo, seu excremento de cadela? Se queimar no Inferno por toda a eternidade isso não será nem um minuto do que você merece.

H: Eu amava você. Estava enlouquecido.

M: Minha própria filha inocente? Morrer afogada como um vira-lata?

H: [nervoso] Não fui eu que fiz isso com ela, Mary.

M: Foi você que fez e você também sabe disso. Foi como se você a colocasse dentro d'água e espremesse a vida do corpo dela com suas próprias mãos assassinas.

H: Mary, perdoe-me, pelo amor de Jesus.

M: [gritando] A filha do seu próprio irmão! Corria nela o sangue da sua própria família! Que diabo de cadela de Satã você é? Que tipo de desculpa rastejante para um verme?

H: Mary, nunca pensei que ele faria o que fez. Pela vida que há em mim, nunca pensei. É verdade, como eu poderia saber?

M: Você sabia muito bem quando viu a gente ser posto na estrada que nem lixo.

H: Não sabia que acabaria dando nisso. Não sabia que iam lhe dar aquela surra. Se eu estivesse ali naquele dia, teria impedido, juro.

M: É mais provável que tivesse batido também.

H: Mary, eu não faria isso. Jesus é testemunha, eu teria impedido. Fui denunciado por isso aos Vai-Pagar [?], Mary.

M: Que ótimo pra você. Tomara que o matem. Vou morrer de rir.

[O homem que falava "deu um grito bem alto e penetrante".]

H: Olhe, então! Olhe o que eles querem fazer comigo. Gosta disso? Consegue ver com bastante clareza? Mereço isso, Mary? Você empunharia a faca que fez isso?

[A mulher não disse nada.]

H: Caminhei cada centímetro de Connemara procurando você, Mary. Você e Nicholas e a pequena também. Caminhei por todos os campos, de Spiddal [?] a Westport, até a pele se soltar dos meus pés de tanto andar.

M: [gritando] Seu mentiroso esperto, infame, nojento. Amaldiçôo o dia em que deixei você se aproximar de mim. Seu bastardo de uma puta, seu farrapo de homem.

H: Não... não combina com você falar assim, Mary.

M: Ele amaldiçoou você antes de morrer. É bom que saiba disso. A maldição de um padre está sobre a sua cabeça e jamais será suspensa.

H: Mary, não diga isso.

M: Que você nunca mais possa olhar para a água sem ver o fantasma dele em chamas. Que você nunca mais consiga dormir à noite em sua vida. Que você morra em agonia. Está me ouvindo? Que você morra!

Houve um barulho de luta. A mulher então deu um grito bem alto.

Neste momento, o marinheiro bateu com força à porta. Não houve resposta. Seguiu-se uma discussão furiosa numa língua que o marinheiro não conseguiu entender. Alguma coisa se quebrou no quarto. O homem então desobedeceu às ordens e abriu a porta, com medo de que o distúrbio terminasse em violência fatal.

Mulvey, o passageiro do porão, estava no quarto com Miss Mary Duane, criada da família Merridith. A camisa dele estava aberta e ele chorava.

O marinheiro perguntou a Miss Duane se estava tudo em ordem. Ela não respondeu, mas saiu do camarote, num estado claro de grande aflição.

Foi pedido a Mr. Mulvey que saísse da cabine e voltasse aos seus aposentos. Quando ele se virou, a testemunha ficou horrorizada ao ver uma grande cicatriz "em forma de coração com um H dentro" que fora cortada no peito e na área abdominal superior de Mulvey. A cicatriz supurava muito e a pele estava enegrecendo de gangrena. "Podia sentir o fedor daquilo do outro lado da porta."

Ele saiu do cômodo sem dizer mais nada.

✷

Área de Jantar da Primeira Classe no Convés Superior
por volta de 14h

— O que está acontecendo?

— Agora, almoço. Embora talvez já tenha acabado.

— O Capitão Lockwood me disse que as crianças e eu temos de ficar detrás dos portões daqui para a frente. Por quê?

— Você vai ter de perguntar a Lockwood. Não sou eu quem manda no navio.

— Grantley diz...

— Não dou a mínima para o que seu precioso *Grantley* diz. Nem ninguém. Está me ouvindo, Laura? Você e seu precioso Grantley podem se afogar, pelo que me diz respeito. Na verdade, seria muito conveniente.

Ela se sentou à mesa.

— David... É verdade?

— O que é verdade?

— Que estamos em perigo?

Ele virou a página do jornal.

— Não seja tão ridícula.

— Trancas? Travas? Ordem de recolher? Guarda-costas? Havia sete homens armados de guarda no corredor quando saí um instante atrás. Agora qualquer tipo de conversa particular nos camarotes da Primeira Classe parece totalmente impossível.

— Que coisa tão inconveniente, Laura, a remoção da sua privacidade.

— Não é da minha que estou falando, mas da dos seus filhos. Não foram criados para viver numa prisão. — Ela parou antes de acrescentar: — Nem é justo com Mary.

— Mary fará o que lhe mandarem e vai gostar.

Dois camareiros entraram e recolheram os pratos. Um respingo de espuma suja caiu nas tábuas do convés.

— Eu pensava que você teria um pouco mais de respeito pela moça. Devido às circunstâncias.

— Tenho certeza que não sei do que você está falando.

— Você sabe muito bem. Como eu, também.

— Ela é uma velha amiga da família, como já lhe contei.

— A sua consciência é só sua, David. Não espero nem exijo explicações. Também não espero hipocrisia na hora de me julgar.

Nisso ele olhou para ela. Ela fitava o mar.

— Estamos em perigo neste navio, David? Tenho o direito de saber.

— Isso não passa de uma droga de conversa ridícula. Um boato, nada mais.

Calma, ela concordou com a cabeça.

— E os garotos também são alvos?

Merridith nada disse.

— Como você descobriu?

— Se quer mesmo saber, fomos alertados por Mulvey. O homem que você não levantaria um precioso dedinho para ajudar. Mas ainda bem que nem todo mundo é tão horrivelmente esnobe quanto você, senão já teríamos sido mortos em nossas camas.

Nisso o reverendo Deedes se aproximou e saudou os Merridith. Tinha um presente de aniversário para Jonathan, que entregou à Condessa: um exemplar dos *Hinos de Olney*, de John Newton. Talvez ao notar que havia uma disputa doméstica em andamento, não ficou em sua companhia e ocupou outra mesa, mais distante do que aquela em que estivera sentado previamente. Lorde Kingscourt voltou ao jornal. Quando levantou os olhos outra vez, a esposa chorava em silêncio.

— Laura.

Lágrimas enchiam os olhos dela e escorriam pelo rosto.

— Desculpe-me — disse ele. — Perdoe-me, Laura. Foi cruel da minha parte falar com tanta rispidez.

Ela deu um soluço contorcido e agonizante que lhe torceu o rosto. Era a primeira vez em anos que se tocavam deliberadamente. Os dedos dela se prenderam com força aos dele enquanto ela chorava. Engoliu com força e olhou em volta do convés; um olhar de indizível incompreensão esvaziando-lhe os traços do rosto.

— Nada vai acontecer, Laura. Nada. Prometo.

Ela concordou com a cabeça outra vez; beijou-lhe os nós dos dedos. Levantou-se e caminhou depressa pelo convés.

✷

Depósito de Pius Mulvey
por volta de 16h

(Como recordado muitos anos depois por Jonathan Merridith; com oito anos na época dos acontecimentos.)

— Tudo está bem, não é?

Mulvey pulou de pé quando eles entraram na pequena cabine. Uma crosta de pão e um pedacinho de queijo estavam num pedaço de morim sobre a cama.

— Está, senhor. Obrigado, senhor.

O pobre homem parecia tão petrificado como se estivesse prestes a ser preso.

— Bom homem, bom homem. Gostei da camisa que está usando.

— Lady Kingscourt trouxe ela há pouco, senhor. Eu não queria ficar com ela.

— Bobagem. Fica muito melhor em você do que ficava em mim.

— É muita bondade sua, senhor. Obrigado, senhor. Foi uma grande honra conhecer Sua Excelência, a Lady, senhor. Ela é uma dama muito gentil, senhor, é mesmo.

— Também lhe trouxe uma merenda, estou vendo, não é?

— Obrigado, senhor; sim, senhor.

— Bom. Sabe, Mulvey, queríamos ter uma conversinha. O Capitão e eu.

— Senhor?

Ele mostrou o filho. O menino deu um passo à frente e falou do jeito atonal do relutante, um discurso que fora obrigado a decorar.

— Senhor Mulvey, eu gostaria muito de convidá-lo para o meu chá de aniversário esta tarde se o senhor não tiver nenhum compromisso anterior nem urgente.

— E? — disse Lorde Kingscourt.

— E teremos um bolo se eu e meu irmão formos bonzinhos pelo resto do dia.

— E?

Ele franziu a testa.

— E se formos maus não haverá bolo.

Merridith piscou intencionalmente para o seu ato de caridade.

— O que diz, Mulvey? Parece um bom tipo de aventura?

— Eu... não tenho roupas adequadas para vestir, senhor. Só esta que estou usando.

— Ora, a Condessa pode pedir a Mary que dê uma olhada nas minhas coisas. Talvez alguma peça a rigor antiga com que possamos vestir você.

— Talvez fosse melhor não, se Vossa Honra não se importar. Eu só vou atrapalhar.

— Bobagem. Ficaremos mortalmente ofendidos se você não for. Não é, Jons?

— Ficaremos?

— Sim, é danado de claro — disse o pai.

— Podemos convidar Mr. Dixon também?

— Imagino que ele esteja ocupado, meu velho.

— Não, não está não, pai. Já lhe perguntei. Disse que adoraria. Acho que ele podia nos contar uma história depois. Ele conta umas histórias ótimas, papai. Quase tão boas quanto as suas.

O pai de Jonathan Merridith não pareceu contente.

— Você não quer ter apenas a família e os amigos, velho Capitão? Não achei que íamos ter um monte de estranhos conosco.

— Nem eu — respondeu o filho. — Mas aí você e mamãe disseram que devíamos convidar Mr. Mulvey.

Lorde Kingscourt deu um suspiro e disse que achava que tudo bem.

— Vossa Honra — tentou Mulvey, agora pálido e parecendo muito ansioso. — Acho que vou atrapalhar. É muita gentileza de Vossa Honra, mas é demais.

— Que nada. É uma ordem da Condessa e minha. Acho que vai ser bom para os garotos, se entende o que quero dizer.

— Excelência?

— Misturar-se a uma grande variedade, esse tipo de coisa. Não queremos que eles pensem que todo mundo é uma droga de aristocrata metida a besta, não é?

— Senhor.

— Minha mãe, que você foi bastante gentil ao mencionar antes, costumava dar uma grande festa em seu aniversário todo ano. Rendeiros, trabalhadores. Sem pretensões nem favores. Todos andavam juntos e se divertiam juntos. Nada desse maldito absurdo de senhor e servo. Todo o povo de Galway junto, sabe. Tradição que queremos manter.

— Senhor.

— Então apareça lá pelas sete horas, está bem? Bom homem. Bom homem. Ah, tem isso também.

Entregou a Mulvey uma navalha afiadíssima.

— Idéia da Condessa — disse Lorde Kingscourt. — Verá que é boa e está afiada.

✷

Camarote usado pela Família Merridith para Jantar
por volta das 19h

Mulvey entrou se esgueirando, com cara de quem tomou remédio, numa roupa de noite vários números maior que ele. O cabelo fora grudado no couro cabeludo com algum tipo de graxa e a pele brilhava como gelo sobre um cadáver.

Pois ele é um bom companheiro
Pois ele é um bom companheiro
Pois ele é um bom companheiro
Ninguém pode negar.

A um lado da mesa sentavam-se Robert Merridith com a mãe; entre eles estava Jonathan, o Visconde de 8 anos, com uma coroa mal feita com uma folha de jornal. A mãe e o irmão também usavam chapéus de papel. No lado que Mulvey não podia ver, de costas para a porta, estavam Mary Duane e Grantley Dixon, ambos sem graça com bonés de cartolina. À cabeceira, perto da vigia, sentava-se Lorde Kingscourt de Carna. Fez um aceno de saudação. Não usava nenhum chapéu.

— *Failte* — gritou. Bem-vindo em irlandês.

— Meninos? — disse Laura Merridith, levantando-se rapidamente. — Eis o nosso convidado de honra. Mr. Mulvey.

— Boa noite, Mr. Mulvey — sorriu Jonathan, abençoando-o expansivamente com uma brilhante colher de sobremesa.

— Quem diabos é esse? — perguntou Robert Merridith com desdém.

— Mr. Mulvey é um amigo que veio se unir a nós para a ceia.

— Foi muito gentil de Vossa Excelência me convidar, senhora — murmurou o intruso.

— A gentileza foi sua de ter aceitado, Mr. Mulvey. Por favor, não quer sentar-se? Guardamos seu lugar.

Ele mancou até a única cadeira vazia à mesa, entre Grantley Dixon e Mary Duane. As crianças diante dele riam baixinho com a mãe. Fitou o arsenal de brilhantes talheres de prata, a falange de copos de cristal e as pilhas de belos pratos. Quatro camareiros entraram depressa trazendo bandejas de comida. Gritos e uivos vieram das crianças.

— Pão de mel! — berrou uma.

— Bolo! — proclamou a outra.

— Não se esqueceu de nada, Mulvey? — Lorde Kingscourt levantou a mão direita e estalou com firmeza os dedos. Um gorro de jornal foi levado até à mesa pela Condessa e colocado na cabeça do convidado com uma pequena demonstração de cerimônia.

Ela deu uma risada suave e envergonhada.

— O senhor não se importa, não é?

— Claro que ele não se importa, sua boba. Nunca conheci ninguém em Galway que não gostasse de uma festa.

Os camareiros ainda arrumavam a comida nas mesinhas laterais. Travessas de batatas e cenouras fumegantes. Pratos brilhando com gotas de umidade. Jarras de limonada e leite batido e creme.

— O que aconteceu com seu rosto?

— Me cortei fazendo a barba, sinhozinho.

— Você quase tirou uma fatia desse seu cabeção.

— Jonathan — disse a mãe.

Mais carrinhos e bandejas de comida chegaram. Mary Duane levantou-se da mesa para ajudar os camareiros a descarregá-los. Jonathan Merridith sorria para Mulvey.

— Meu vovô lutou com Lorde Nelson. Matou um monte de franceses. Já matou um francês, Mr. Mulvey?

— Não, sinhozinho.

— Um alemão?

— Não, sinhozinho.

— Ele vai matar você num minuto se não calar a boca — disse Lorde Kingscourt. — Bebe alguma coisa, Mulvey?

— Eu não bebo, senhor, obrigado.

— Vamos, só um pouquinho. Clarete ou chablis?

— Vinho... eu não conheço bem, senhor.

— Ah, mas você deve ter alguma preferência. Vamos, diga lá.

Sentindo seu embaraço, Laura Merridith disse:

— Sabe, Mr. Mulvey, eu também não tenho preferência. Sempre achei que o tempo gasto nessas coisas é um desperdício completo. O senhor não acha?

— Sim, senhora.

— Talvez preferisse experimentar um pouco de *sherry* comigo. É do que eu gosto.

— Obrigado, senhora. Então aceito. Obrigado.

— Não vejo nenhum maldito *sherry* aqui — disse Lorde Kingscourt.

— Está ali, David. Bem ao lado da sua mão.

— Ah, é mesmo. Desculpem o pobre cego. Tateando por aí como um imbecil esta noite.

A bebida foi servida e levada à mesa por Lorde Kingscourt.

— Gostaria de matar alguns franceses quando crescesse. Talvez alguns alemães também, acho. Acertar bem na cara feia deles com uma bala de canhão.

— Jonathan, por favor — disse a mãe.

— Bem que gostaria.

— Sabia que o marido da Rainha Vitória é alemão, meu velho? — perguntou o pai.

— Isso é uma mentira horrível.

— Claro que não é. Tão alemão quanto as salsichas.

— Talvez você queira dar as graças hoje, Jonathan.

— Prefiro que seja Mr. Mulvey. A voz dele é bonita.

— Que grande idéia — disse Lorde Kingscourt. — Não se incomoda, Mulvey? Quando quiser, é claro.

Ele disse as palavras da oração numa voz bem baixa, vazia até do menor sentimento.

— Abençoai-nos Senhor e a esses vossos dons, que de vossa abundância estamos prestes a receber, por Cristo, nosso Senhor.

— Amém.

Lady Kingscourt e Mary Duane começaram a servir os pratos de salada. O aniversariante engolia o copo de limonada.

— O senhor é wesleyano, Mr. Mulvey?

— Não, sinhozinho.

— Metodista?

— Não, sinhozinho.

— O senhor não é um danado dum judeu, é?

— Mr. Mulvey é católico romano, Jonathan — disse Lorde Kingscourt. — Pelo menos acho que é. Estou certo, Mulvey?

— Sim, Vossa Honra.

— Ah, é — disse Jonathan Merridith. — É claro. Tinha de ser.

— Sempre pensei no catolicismo como uma religião muito agradável — disse Laura Merridith vacilante. — Um sentimento dramático bem maravilhoso. Temos alguns amigos muito íntimos que são católicos romanos.

— Sim, senhora.

— Mr. Dixon é judeu — disse Lorde Kingscourt baixinho. — Essa também é uma religião agradável.

Jonathan Merridith pareceu espantado.

— É mesmo, Grantlers?

— Minha mãe era judia, sim.

— Pensei que os judeus usavam barba. — Ele falava de boca cheia. — Sempre estão de barba nos jornais.

— Talvez você não devesse acreditar em tudo que vê nos jornais.

Alguns adultos à mesa compartilharam um riso educado.

— Isso — disse Lorde Kingscourt — é uma questão com a qual todos podemos concordar.

— E no que os judeus acreditam, Grantlers?

— Acreditam em muitas das mesmas coisas em que nós acreditamos — disse Lorde Kingscourt. — Que devemos dar a cada um o que é justo. Nunca agredir um camarada em maus lençóis. Em geral são gente muito gentil e humana.

— Não é isso o que alguns professores de Winchester costumavam dizer.

— Bem, isso é muito triste e estúpido da parte daqueles bodes velhos e tontos.

O menino ficou quieto e olhou para o prato. Por algum tempo, todos comeram num silêncio inquieto, rompido apenas pelo raspar dos garfos na porcelana. Era como se cada conviva esperasse que outro alguém começasse um assunto. Mas ninguém o fez por vários minutos.

Os candelabros de cristal, os pilares polidos de teca davam ao camarote o ar de um restaurante em Paris. Só o chacoalhar de uma corrente do lado de fora da vigia quebrava a ilusão.

— Oh, Dixon — disse Lorde Kingscourt, espetando a comida com o garfo. — Queria lhe dizer que vi aquele texto seu. No *New York Trib*. Aquele que você mesmo teve a gentileza de mencionar. Sua resposta àquela minha velha carta boba. Um dos colegas trouxe para mim naquela banheira com que cruzamos outro dia.

— Eu talvez estivesse um pouco irritado demais quando o escrevi.

— Na verdade, achei que era um bom tema para pensar. Se me permite. Você está certo. Temos coisas demais. Parece mesmo injusto. Meio que cristalizou algumas das coisas que eu penso.

Dixon olhou para ele, esperando o muxoxo de sempre. Mas não houve muxoxo. Ele parecia exausto e pálido.

— Hum. — O Conde balançou a cabeça e esfarelou um pãozinho. Seus olhos percorreram o cômodo e adotaram uma expressão estranhamente perplexa, como se de repente não soubesse mais como tinha chegado ali. — O melhor mundo todo, se quer saber. O povo irlandês, quero dizer. Sempre me senti muito à vontade lá antes que tudo desse errado. — Deu um sorriso melancólico. — O mundo é um lugar velho e injusto, não é?

— É exatamente do jeito que o fizemos, creio eu.

— É mesmo. É mesmo. Bem colocado. — Mastigou outra garfada por um longo tempo. — Eu costumava pensar, sabe, se eu tivesse posto as mãos na velha Kingscourt. Podia ter conseguido cuidar dela um pouco melhor. Melhor do que no passado, quero dizer. Desenvolvê-la, de um jeito qualquer. — Serviu-se de um copo d'água, mas por um momento não bebeu. — Agora de qualquer modo num vai dar. Pena.

— Pai — disse Jonathan Merridith. — *Num* é vulgar.

— Talvez devêssemos falar sobre alguma coisa um pouco menos sem graça — disse Lady Kingscourt intencionalmente.

— Desculpem. Estou sendo um maldito chato outra vez. — Virou-se para o filho. — A palmatória para o papai que foi um chato. Qual será minha punição?

O menino levantou o copo.

— Mais limonada para o Rei!

Seu pai riu-se alegre e foi até o bufê. Pegou uma jarra e começou a servir. E o que aconteceu em seguida a David Merridith foi tão chocante que ele levou um momento para perceber que era dor.

— David? — disse a esposa. — Qual é o problema?

Dixon levantou-se depressa e chegou até ele quando ele caiu. Um prato foi derrubado do bufê, derramando o conteúdo no tapete. O rosto estava coberto de gotículas de suor. Um tremor perpassou-o; abriu a boca para respirar.

— Está bem, Merridith? Você está pálido.

— Estou ótimo. Não é nada. Droga de azia.

Dixon e a Condessa ajudaram-no a se levantar. Ele tremeu de novo; apoiou as mãos na mesa.

— Pai?

— Devemos chamar o Cirurgião, David?

— Não seja tão burra. É só uma cólica de indigestão ou algo assim.

— Jonathan, querido, pode dar um pulinho no camarote do doutor Mangan e ver se ele está lá?

— Laura, estou mesmo bem. Vamos continuar nossa ceia sem fazer nenhuma maldita opereta. Sinceramente.

Voltou dolorido a sentar-se e tomou um longo gole de água gelada. Fez um gesto tranqüilizador com a mão para a Condessa. Enxugou a testa com um guardanapo amassado.

— Droga de ração de bordo — riu-se. — Enche de merda um morto.

Os filhos riram-se com alívio e prazer ao ouvi-lo falar assim.

— David, por favor.

— Desculpem. Risquem essa frase dos anais, vocês dois.

— Posso lhe servir mais verdura, Jonathan? — perguntou Grantley Dixon.

— Não, obrigado. Só como bolinhos.

— É claro que não, senhor — disse Laura Merridith, franzindo a testa.

A criança aceitou uma colherada de vegetação murcha. Espetou-a com a faca, franzindo o nariz.

— Haverá uma dose dupla de aulas amanhã para senhores petulantes que não comem verdura — disse Lorde Kingscourt. — Depois terão de andar na prancha.

— Odeio aulas. Mais do que odeio garotas.

— Já ouviu coisa assim em sua vida, Mulvey? Um menino que não gosta das aulas?

— Não, senhor.

— O que acha que acontece com um menino quando ele não se corrige?

— Não sei, senhor.

— Claro que sabe; você só está sendo gentil de não dizer. É de se esperar que não tenha os melhores resultados na vida, não é?

— É, senhor.

— Exatamente. Talvez tenha de trabalhar como limpador de chaminés, não é?

— É, senhor.

— Em que mais você acha que ele poderia trabalhar? Um ocioso que não cuida das lições.

Todos, menos Mary Duane, olhavam para ele agora.

— Talvez um camelô de frutas, senhor.

Lorde Kingscourt deu uma boa risada com a idéia.

— Ouviu isso, seu preguiçosinho indolente? Um camelô de frutas é o que será se não se cuidar. Maçãs bem doces aqui, moça! Um centavo a dúzia, meujisus!

O garoto fez cara feia e se afastou repentinamente do pai.

— A aula de hoje foi de astronomia — disse Lorde Kingscourt, despenteando o cabelo do filho. — Mas acho que não colou, não é? Caramelo e melado são as únicas coisas que colam. Mas pelo menos tentamos mostrar boa vontade. Não foi?

A criança cortou um ovo em quatro partes desiguais. Seu rosto estava da cor do vinho do pai.

— Jons — disse a mãe baixinho. — Papai só estava brincando.

Ele fez que sim com a cabeça, mal-humorado, mas nada disse. Merridith olhou para a esposa. Ela o fitou de um jeito difícil de ler. O Conde fez que falava algumas vezes, mas finalmente nada disse.

— Tem para onde ir em Nova York, Mr. Mulvey? — perguntou Grantley Dixon.

— Não, senhor.

— Suponho que tenha família lá.

— Não, senhor.

— Amigos, então.

— Não, senhor.

Mulvey continuou a comer, a cabeça baixa. Comer como um homem que conheceu a vida da fome, um homem para quem comer tornou-se questão de oportunidade: com ritmo, determinação, feroz concentração, como se as areias corressem sem parar nalguma ampulheta da providência e o prato lhe fosse tirado assim que o último grão desaparecesse. Sem avidez, sem se entupir — isso era muito menos eficiente: na pressa, poderia esquecer de comer algum pedacinho. Suas mãos se elevavam e se abaixavam como as de um boneco tamborileiro, do prato à boca, da boca ao prato, e engolia quando se abaixavam, para que a boca estivesse vazia no instante em que o garfo subisse para espantá-la mais uma vez. Mastigava depressa e mecanicamente: a questão não era o gosto. Gosto era coisa que há anos não tinha importância. As mãos às vezes tremiam; seu rosto estava úmido de resolução. Descrever por escrito é difícil; lê-se como se fosse ridículo. Mas testemunhar era ainda mais difícil e nada engraçado. Até aqueles meninos alegres pararam de rir quando notaram; minha própria sensação foi de que nenhum de nós jamais riria de novo. Se o cômodo rompesse em chamas ou o navio batesse num iceberg, ele continuaria comendo, implacável como se a morte estivesse sentada à mesa.

— Talvez... — disse Laura Merridith, e sua voz sumiu. Nunca antes vira um homem faminto comer. — Talvez o senhor nos dê a honra de ficar conosco algum tempo. Acha que seria uma boa idéia, David?

Ela tentava não chorar.

Lorde Kingscourt olhou para a esposa com uma expressão de confusa gratidão.

— Que bela idéia. Não sei por que não me ocorreu.

Mulvey parou de comer e fitou o teto. Havia uma sensação estranha de que o ar à sua volta adquiria alguma cor.

— Não posso fazer isso, senhor.

— Gostaríamos que aceitasse. Até que esteja melhor.

A Condessa tocou-lhe as costas do pulso emaciado.

— É nosso dever. O senhor nos fez uma gentileza tão grande.

Lágrimas apareceram nos olhos do convidado, mas ele as engoliu. Inclinou ainda mais a cabeça, para que seu rosto não pudesse ser visto. A mão pegou um copo e ele tomou um gole de água nublada.

— Que gentileza foi essa, hem? — perguntou Jonathan Merridith.

— Mr. Mulvey me ajudou com um probleminha, é tudo — disse o pai.

— Mas qual?

— Cuide do que é da sua conta antes de cuidar do que não é, senhor.

— Perdoe-me, senhora — disse Mary Duane de repente. — Mas a senhora permite que eu me levante?

A Condessa olhou para ela.

— Não está se sentindo bem de novo?

— Sim, senhora.

— Você não parece estar passando mal. Tem certeza?

— Sim, senhora.

— Qual é o problema, então, por piedade? Eu lhe avisei três vezes, mais cedo, esta é uma ocasião especial.

— Em nome de Cristo — suspirou Merridith —, se a moça diz que não está se sentindo bem é porque não está se sentindo bem, Laura. Quer que a cabeça dela caia e saia rolando pela mesa?

Robert Merridith fungou de riso com a idéia. O pai se inclinou até ele e fez uma cara de palhaço.

— Sua mamãe é meio doidinha às vezes, não é?

— Só quis dizer que é uma pena estragar o aniversário de Jonathan — disse a Condessa. — Mas, se Mary quer sair, então é claro que pode sair.

— Não pode ficar mais um pouquinho, Mary? — perguntou Jonathan meio triste. — Preferia muito mais que você ficasse.

Passou-se um longo momento. Ela voltou à comida.

— Posso lhe servir um copo d'água, Miss Duane? — ofereceu Grantley Dixon.

Ela agradeceu com a cabeça. Ele lhe encheu o copo. A salada terminou sem mais nenhuma palavra dos convivas.

Os pratos foram retirados e uma travessa com três frangos foi colocada na mesa. Lorde Kingscourt pegou uma faca de trinchar e estendeu-a para Mulvey.

— Uma pequena tradição — explicou. — Sempre pedimos ao convidado de honra que corte a carne.

— David, em nome dos Céus, vamos deixar pra lá toda essa formalidade.

— Ora, não consegue se calar, mulher. Isso é mais da metade da diversão. Atenção à ave, Cabo Mulvey, e cumpra seu dever senão será açoitado.

Mulvey pegou a faca, levantou-se desequilibrado e começou a fatiar a carne. A Condessa e Dixon lhe passaram os pratos. Cortou com surpreendente habilidade, como se estivesse acostumado a isso. Sempre que alguém dizia "obrigado", fazia um leve aceno de cabeça, mas não falava.

Os pratos cheios, voltaram a comer. Pratos de legumes e molhos foram rapidamente passados de mão em mão. Copos se encheram. Mais vinho se abriu. Somente o silêncio de Mary Duane trabalhava contra a tentativa de festividade — o dela e o de Mulvey, o assassino. Sua falta de palavras pendia sobre a mesa como uma pergunta não dita.

— Não é agradável? — disse Lorde Kingscourt depois de alguns minutos. — Todo mundo enchendo a pança junto. Devíamos combinar isso mais vezes.

Sons baixos e vagos vieram dos meninos. Nenhum dos adultos respondeu.

— Como é que o bardo diz isso, Dixon? Alegre festa *etcetera*?

— Alguma alegria e grandes saudações fazem uma alegre festa.

— É mesmo. E como é verdade. É o velho *Otelo*, Jonathan.

— Na verdade — disse Dixon suavemente —, é *A comédia dos erros*.

— É claro; que tolice a minha. Antífolo, não é? O vagabundo de Éfeso.

— Baltazar, na verdade. Ato Três, cena um.

— Mas que droga — suspirou Merridith para o filho —, é o chapéu dos burros para seu pai imbecil hoje. Ainda bem que Mr. Dixon está presente entre nós.

Dixon riu-se cauteloso.

— Representei o papel nos meus tempos de escola, é só isso.

— Ah, eu diria que você foi muito bem — sorriu Lorde Kingscourt.

O navio se inclinou. O candelabro retiniu. O Conde quebrou um pedaço de asa de frango e começou a comê-lo com as mãos.

— Com licença, Mr. Mulvey? — disse uma vozinha que mal falara uma sílaba desde o início da ceia.

O convidado olhou para o outro lado da mesa, para o rosto de Robert Merridith. Um garotinho ossudo. O cuspe do pai.

— O senhor não entrou no meu castelo outro dia?

Mulvey balançou a cabeça.

— Não, sinhozinho. Não entrei.

— Outro dia o senhor foi ao meu castelo. Com uma máscara preta engraçada na cara e um facão enorme...

— Bobby, chega — interrompeu Merridith com um suspiro. — Por favor, desculpe-nos, Mulvey, temos a imaginação fértil.

— Ele só está contando uma história, senhor, está tudo bem.

— Eu não estou contando uma história. — O menino deu um risinho apreensivo. — Era o senhor, Mr. Mulvey, não era?

— Bobby, eu disse que já chega. Agora cale-se e coma sua maldita ceia.

— Acho que estamos um pouco cansados, David — disse a Condessa suavemente. — Sabe como ficamos mais imaginosos quando estamos cansados.

— Podemos nos cansar o quanto quisermos. Não há razão para ser rude.

— Eu não queria ser rude, pai, só achei que era ele.

— Está tudo bem — disse a mãe. — Todos nós cometemos erros. — Ela se voltou para o convidado de honra. — Tenho certeza que Mr. Mulvey entendeu.

Robert o fitava agora. Mulvey tentou rir.

— Um homem grande como eu nunca caberia numa janelinha como aquela, sinhozinho.

— Mas ele andava engraçado. Exatamente como você. Era um aleijado. Ele...

O próximo som foi o tapa. Fez a cabeça do menino cair para trás. O navio deu um mergulho. Ninguém disse nada.

— Peça desculpas ao nosso convidado agora mesmo.

— Senhor, não há necessidade — disse Mulvey.

— Claro que há. Agora mesmo, não ouviu?

— D-desculpe, Mr. Mulvey.

— Agora peça desculpas ao seu irmão por estragar o aniversário dele.

— David, por piedade...

— Não *ouse* me interromper, Laura, quando falo com meu filho. Entendeu, mulher? Quer que eu escreva com meu próprio sangue? *Precisa exibir seu desrespeito e desprezo por mim em todas as ocasiões possíveis?*

Ela não respondeu. Ele se virou de novo para o menino.

— Estou esperando, Robert.

— Desculpe, J-Jons.

— *Use o nome dele, seu idiota ridículo.*

— Desculpe, J-Jonathan.

— Aceita as desculpas dele, Jonathan?

— Aceito, senhor.

— Apertem as mãos.

Fizeram o que fora ordenado. Robert chorava em silêncio.

— Agora vá para a cama neste minuto. *Você me deixou de estômago virado.*

A criança escorregou da cadeira e saiu cambaleando da cabine. Dali a um instante, Mary Duane levantou-se e seguiu-o.

Merridith encheu o copo e tomou um longo gole de vinho. Voltou a seu prato como se nada tivesse acontecido. Um ar amortecido e confuso invadira-lhe o rosto e cortou a carne com atenção cirúrgica.

— Gostaria de acrescentar minhas próprias desculpas, Mulvey. Minhas e de minha esposa. Minha esposa acha que as crianças deviam fazer tudo o que quiserem. Sem dúvida foi assim que ela mesma foi criada.

— Vossa Honra...

— Nem mais uma palavra. Não me incomodo com uma brincadeira. Mas maus modos são intoleráveis. Não estamos numa pocilga.

Dixon sentou-se muito rígido. Jonathan Merridith estava pálido. A Condessa foi até o bufê e começou a empilhar os pratos sujos. John Conqueroo deu um gemido e se aproximou mais da América.

— Agora — sorriu o Conde. — Alguém quer bolo?

CAPÍTULO XXXII

DE "A PRAGA"

FRAGMENTO DE UM ROMANCE ABANDONADO
DE G. GRANTLEY DIXON

DETALHES DO TRECHO A SEGUIR TIRADOS DAS ANOTAÇÕES DO CIRURGIÃO WILLIAM MANGAN (COETÂNEO DOS ACONTECIMENTOS AQUI DESCRITOS) E DE UMA LONGA ENTREVISTA REALIZADA COM ELE POUCO ANTES DE SUA MORTE EM 1851.

62°08' O; 44°13,11' N
23h15

— Não estou incomodando, Monkton? — perguntou Lorde Thomas Davidson.

O cirurgião de rosto cansado se afastou da porta e franziu os olhos de surpresa.

— Lorde Queensgrove. De jeito nenhum. Entre, senhor, entre.

Dentro da cabine confinada mas ordeira estava sentada a irmã do cirurgião com um quimono japonês. Um bule de chá e xícaras de porcelana tinham sido colocados numa mesa de carteado, perto de um tabuleiro de xadrez cujas peças também eram japonesas. Ela se levantou para recebê-lo com expressão preocupada.

— Boa noite, Mrs. Darlington. Desculpe minha intromissão a esta hora absurda.

— Por favor, não se preocupe. Está tudo bem? — O cabelo solto estava molhado. — É alguma das crianças?

— Ambas dormem como Endimião. Tivemos uma festinha de aniversário mais cedo, esta noite.

O lampião queimava baixinho pendurado nas traves acima da mesinha de jogo, de modo que os cantos do cômodo estavam perdidos nas sombras. Um espelho escuro pendia sobre a escrivaninha apertada numa alcova e nele podia-se ver o reflexo de uma gravura de caça.

— O senhor toma chá conosco? Talvez alguma coisa mais forte? Tenho uma bela garrafa de Madeira guardada nalgum lugar.

— Não, obrigado, Monkton. O fato é que eu queria vê-lo como profissional por um instante, se possível.

O cirurgião concordou com um meio aceno de cabeça.

— Fico honrado, Lorde Queensgrove. Apenas uma sensação de cansaço geral, não é?

— Bem, isso... pois é. E há outro probleminha.

— Está tudo bem, está tudo bem. Na verdade, estávamos mesmo dizendo, Mrs. Darlington e eu, como o senhor anda um pouco pálido ultimamente.

— Talvez seja um pouco delicado.

— Ah! O senhor prefere que Mrs. Darlington nos deixe a sós por um instante?

— Não, não, de jeito nenhum. Não é o que eu queria dizer. — Era o que ele queria dizer, mas não desejava ofendê-la. Parece que o cirurgião entendeu.

Virou-se para a irmã.

— Marion, querida, poderia dar uma olhada naquele recadinho que mencionei há pouco?

Ela sorriu.

— Eu ia mesmo fazer isso, querido.

Monkton deu uma risada tranqüila e bem-humorada quando ela saiu da cabine.

— Nós, homens, às vezes temos dificuldade de cuidar direito de nós mesmos e nos aparece alguma coisa. Não como os *mensahibs*, não mesmo. Mas, o senhor sabe, é preciso.

— Realmente — disse Lorde Queensgrove. Já sentia que fora um erro ir até lá. Detestava os modos faladores do cirurgião tentando agradar, os tapinhas nas costas e a presunção que havia por trás.

— O senhor se incomodaria de me contar um pouco mais? Oh, desculpe meus modos estúpidos, por favor, sente-se, meu Lorde, sente-se. — Buscou uma poltrona ao lado da pequena escrivaninha com tampo de puxar e sentou-se num banquinho próximo.

— É bem desconcertante falar nisso. Eu... fico um pouco sem graça.

O cirurgião abriu uma gaveta e pegou um caderno.

— Norte ou sul? Por assim dizer.

— Sul.

Concordou diplomaticamente com a cabeça e molhou a pena.

— Pequeno problema digestivo? Esse tipo de coisa?

— Não é isso.

Molhou os dedos na língua para separar as páginas; fez outro aceno de cabeça e começou a escrever.

— Sul-sudoeste, então. Meu senhor Nabucodonosor.

— Como?

— O velho encanamento, por assim dizer.

— Suponho que se possa explicar desse jeito, é isso.

— Falta de vigor?

— Não, isso não.

— Inflamação? Dor?

— Um pouco de cada.

— Hum. Vazando água ultimamente, não é?

— Não muito. Aí fica extremamente doloroso.

Mais uma vez, o cirurgião fez que sim com a cabeça, como se não estivesse surpreso. Por um momento não houve nenhum som exceto o raspar da pena no papel.

— Alguma descarga?

A palavra atingiu o paciente como um tapa na boca. Surgiu um rubor; seu rosto quase ardia.

— Às vezes — disse.

— Ah, entendo. — O cirurgião escreveu em seu caderno por um tempo que pareceu bem longo. Então sugou os lábios pálidos e deu um suspiro fatigado. — As condições a bordo de um navio não são o que deveriam ser, é claro. Higienicamente falando. Mesmo aqui na Primeira Classe. É a minha implicanciazinha, devo confessar. Minha e também de Mrs. Darlington. Ah, Lorde Queensgrove, os sofrimentos que podemos evitar com a simples limpeza. Mrs. Darlington trabalha muito junto aos pobres.

Por um instante, Davidson não soube o que dizer. Perguntou-se se estava sendo convidado a defender as políticas higiênicas do navio ou as suas; ou a comentar o misterioso trabalho de Mrs. Darlington junto aos pobres. Mas agora o cirurgião mexia numa bolsinha de couro.

— Gosta de beber, meu Lorde?

— Talvez demais, às vezes.

O médico riu.

— Está longe de ser o único neste aspecto.

— É mesmo.

— Mas todos nós precisamos tomar cuidado com nosso consumo geral. Não é bom para nada que tenha a ver com os encanamentos ou o fígado. É uma questão de acúmulo de toxinas, o senhor entende. Pode provocar dor lombar e também nas áreas particulares em geral. Suores noturnos também.

— Compreendo.

— O senhor se banha regularmente, é claro, senhor? — Ele pegou um estetoscópio e alguns pequenos instrumentos de metal na valise.

— Duas vezes por semana, sim.

— Hum. Bom rapaz. Bom para o senhor. — Voltou ao caderno e retomou a escrita, pronunciando em voz alta as últimas palavras, como um professor primário contente de terminar um relatório. — Banhos. Duas vezes. Toda. Semana. — Com um floreio, fez um movimento forte de sublinhar e depois um vigoroso ponto final, como se tentasse matar um inseto com a ponta da pena.

— Provavelmente eu passaria a tomá-lo dia sim, dia não. Ou todos os dias, se possível.

— Está bem.

— É esse o estilo. Agora, venha até aqui e vamos dar uma olhada no velho campo de batalha, hem?

O cirurgião acendeu uma lâmpada de mesa e aumentou o pavio, levando a chama a um rico brilho dourado. Roupas úmidas e lençóis estavam pendurados pela sala; nas cadeiras, no sofá, num biombo dobrado.

Davidson abriu as calças e a roupa de baixo e baixou-as até as coxas. Soltou os três últimos botões da camisa. O cirurgião pegou o que parecia ser uma fronha de uma pilha de roupas passadas e colocou-a rapidamente sobre as costas de uma cadeira.

— Apóie a velha ferramenta aqui, por favor.

Ele fez o que lhe pediam. Monkton ajoelhou-se e começou a examiná-lo.

— Um pouco sensível aqui?

— É.

— E aqui, imagino?

Davidson se encolheu.

O cirurgião estalou a língua com solidariedade fraterna.

— Só mais um minutinho ou dois, como um bom homem. Acho que temos o inimigo à vista.

Um dos instrumentos de aço estava tão frio que seu toque o fez tremer. Por algum tempo depois disso não houve sensação nenhuma além do calor da lâmpada na pele arrepiada; as pontas dos dedos do médico sondando o seu escroto e o períneo. Então centelhas de dor faiscaram pelos quadris e baixo ventre, um tremor que lhe abalou as coxas.

— Hum. É o que pensei. — Monkton levantou-se, gemendo com o esforço. — Um parasitazinho. Um tipo de infecção bastante leve; nada mais. Um incômodo doloroso, mas é fácil de vencer. Sempre vejo um pouco dele em situações de confinamento fechado. Prisões. Quartéis. Coisas assim. — Ele parou e inspirou. — Asilos de pobres.

— Pode me dizer como é que o peguei?

Ele olhou por um instante os olhos de Davidson.

— Talvez o senhor mesmo tenha alguma idéia, senhor.

Lorde Queensgrove sentiu-se quente. Levantou os ombros.

— Não.

O médico concordou com a cabeça. Foi até uma bacia sobre um suporte e começou a lavar cuidadosamente as mãos e os pulsos.

— Roupas ou toalhas mal lavadas. Talvez um banheiro. Pode piorar com o atrito das coxas ou da roupa de baixo. Mas um bom banho quente vai deixá-lo bom. Não use sabão, apenas água muito quente. O mais quente que agüentar. Diga a sua esposa para pedir àquela sua criada bonitinha que arranje um bom punhado de alho na cozinha e coloque no banho também. — Deu um sorriso amigável. — O senhor vai cheirar como um francês, mas isso não dura muito.

O navio balançou suavemente e se acertou devagar, fazendo com que o lampião do teto oscilasse na corrente. As sombras dançaram pelo cômodo sem ar.

— Ah, e provavelmente será melhor abster-se de tudo o que for muito cansativo por uma ou duas quinzenas. Maritalmente e assim por diante.

— Compreendo.

Monkton baixou a voz e falou de um jeito esquisito, com pena.

— Essas coisinhas podem ser passadas às damas. E com as damas, é claro, é muito mais difícil. O velho encanamento, o senhor entende. Não está tão exposto.

— É mesmo.

Davidson puxou as calças e começou a abotoar a camisa. Um guincho lamentoso veio das tábuas do assoalho, como se a própria madeira estivesse sofrendo. Agora ele notou que o cirurgião parecia fitá-lo. Sorria outra vez, mas não com os olhos.

— Quem é esse camaradinha? Ali, em seu abdômen.

— Ah, isso. — Ele olhou para baixo. — É só algum tipo de pereba.

— Dói, não é?

— Não, não. Até me esqueci dele, na verdade. Tenho isso de vez em quando.

— Posso dar uma olhada nele também, já que o senhor está aqui. Pode abrir um pouco mais a camisa?

— Afirmo-lhe que não é nada.

— Mesmo assim. Já que o senhor está aqui. É bom ser prudente.

Havia uma insistência em sua voz à qual era difícil se opor. Lorde Queensgrove abriu a camisa e ficou de pé, as costas apoiadas no espaldar da cadeira. O cirurgião puxou o banquinho e sentou-se à sua frente.

— Maldição — murmurou. — Está muito escuro aqui.

— Posso ajudar de alguma forma?

— Talvez o senhor possa segurar a lâmpada, como um bom camarada? O senhor não se incomoda?

Davidson pegou-a e segurou-a no nível da cintura, a pungência do óleo subindo até as narinas. O cirurgião agora usava as pontas dos dedos, esticando levemente a pele em torno da pequena crosta da bolha. Estava perto o bastante para o paciente sentir o fôlego quente no umbigo e ocorreu a Davidson a idéia das intimidades extraordinárias permitidas aos médicos. Foi-lhe pedido que ficasse parado e ele fez o que lhe pediram. Monkton estendeu o braço e puxou a valise gasta; tirou uma lente de aumento e um molho de gaze.

Durante vários minutos, nada disse enquanto continuava o exame. Quando falou de novo, sua voz estava calma.

— O senhor não tem tido outras lesões? Urticária? Coisas assim?

— Há alguns anos, talvez. Herança, suponho.

O cirurgião levantou os olhos com expressão intrigada.

— Pele de abacaxi — disse Davidson. — Meu falecido pai sofria da mesma coisa. É claro que passou muitos anos no mar. Em geral atribuía o problema à falta de frutas nas rações.

— Já teve lesões na palma das mãos ou na sola dos pés?

— Agora que o senhor mencionou, já. Mas faz muitos anos.

— Quantos anos?

— Cinco ou seis, acho. Ficaram boas sozinhas.

— Tem dor de garganta? Tonturas e coisas assim?

— De vez em quando.

— A vista anda boa?

Davidson deu uma risada repentina.

— Já me disseram que preciso de óculos. Em geral, a boa Lady minha esposa. Acho que é outro probleminha que venho negligenciando.

Monkton sorriu.

— Abençoadas as damas, elas tendem a implicar conosco, não é?

— É verdade.

— Mas gostamos delas assim mesmo, essas velhas chatas e rabugentas.

Ele se levantou e lavou as mãos na bacia outra vez, secando-as com cuidado num novo pedaço de gaze. Quando terminou, segurou o pano sobre a chama do lampião com um par de pinças até que ele se queimou inteiramente. Seu cuidado incomodou Davidson. Por que cuidado tão grande?

— Há um tipo de loção para as bolhas — disse Davidson. — Meu pai usava às vezes. Smithsonita, acho que era esse o nome. Meio cor-de-rosa.

— É isso mesmo. Zinco e óxido férrico.

— Isso aí. Aposto como esqueci de trazê-la comigo, que nem um idiota. Talvez o senhor tenha um pouco na sua mala de truques.

O cirurgião virou-se e olhou-o muito sério.

— Lorde Queensgrove, vou precisar da ajuda da minha irmã para tomar algumas notas e fazer um pequeno exame. É quase certo que não é nada, mas eu gostaria de ter certeza. Agora, asseguro-lhe que não há a menor necessidade de sentir vergonha. Ela é uma pessoa da maior discrição e muito bem treinada.

Davidson sentiu uma gota de suor descer-lhe pela coxa.

— Está bem.

Monkton saiu rapidamente da sala.

Lorde Queensgrove ouviu o som de homens correndo no convés. Foi até a parede, até o espelho de vidro escuro. No canto superior direito da moldura de mogno tinham enfiado um recorte de jornal. Detalhes da próxima temporada de ópera em Nova York. *A Estréia Americana da Obra-Prima do Signor Verdi.* Suavemente, levantou a bainha da camisa. Um inchaço levemente elevado mais ou menos do tamanho de uma moedinha de seis *pence.* Tocou-a com a ponta dos dedos, depois com o polegar. Tinha uma superfície áspera, mas não doía.

Gritos de alegria soaram do lado de fora, no convés. Foi até a vigia e olhou para o negrume. A distância, podia-se ver uma luzinha vermelha minúscula. Farol Halifax. O litoral da Nova Escócia.

Nisso o cirurgião e a irmã entraram. Monkton tinha uma expressão grave e incomodada.

— Preciso que o senhor se dispa completamente e venha até aqui.

— Mas por quê?

— Não há nada com que se preocupar — disse Mrs. Darlington com um jeito pacífico. — Venha quando estiver pronto. Está tudo bem.

Entraram num compartimento que Davidson podia ver que era uma pequena alcova de dormir. Despiu-se rapidamente e seguiu-os, levando suas roupas e sapatos. O cômodo estava muito frio; cheirava levemente a seiva de pinheiro. As tábuas pareciam grudentas contra seus pés nus. O cirurgião tirava os lençóis da cama e pendurava um lampião num gancho nas traves.

— O senhor pode deitar-se como um bom homem. Não vamos demorar muito.

Monkton ficou de um lado do catre, a irmã do outro. Começaram a examiná-lo com atenção, cada centímetro da pele. O peito e a virilha. As axilas e coxas. Atrás das orelhas. Umbigo e couro cabeludo. Debaixo da língua. Em torno da gengiva. Apareceu um instrumento para manter abertas suas narinas; acenderam uma vela para que as passagens nasais pudessem ser investigadas. Às vezes o médico dizia uma palavra e a irmã a escrevia no caderno. Lá fora, no convés, homens entoavam uma canção de trabalho. O cirurgião fez um gesto em espiral com um dos dedos, indicando que Davidson devia rolar de bruços.

— É esse o procedimento, meu Lorde. Agora tente relaxar completamente.

Sentiu as mãos deles examinarem suas costas; os ombros tensos como cordas, as pernas e pés, entre os artelhos, entre as nádegas. Como se olhasse a cena de cima, imaginou que agora podia ver o próprio corpo: a cabeça abaixada dos examinadores sussurrantes, suas mãos voláteis como passarinhos brincalhões.

Havia murmúrios como orações na cabine minúscula; palavras que Lorde Queensgrove não entendia: Tísica. Urticária. Descamação. Febre. O sussurro tinha um efeito calmante, soporífero, e estava tão cansado que começou a cochilar. O balanço do navio o vez flutuar para o fundo; rumo à sua mãe. Então teve total consciência do peso da sua compleição; o catre que sustentava seu corpo desgastado. O mar se acalmou um pouco. A dor se acalmou. E ele percebeu, então, que ninguém o tocava. Quando abriu os olhos, o cirurgião sumira.

Mrs. Darlington disse suavemente:

— Pode vestir-se agora, Lorde Queensgrove. Obrigada.

Davidson levantou-se do catre e fez o que lhe diziam. De repente sentiu-se arrasado, completamente exausto. Tinha vontade de sumir do camarote do cirurgião, caminhar pelo convés e sentir a maresia do ar frio. Olhar as luzes douradas de terra.

Entrou na sala em mangas de camisa e disse com vivacidade:

— Vai me dizer o quanto eu lhe devo, Monkton, não vai?

Mas o cirurgião não parecia estar ouvindo o paciente. Fora até a mesa onde havia um globo terrestre e girava-o de forma ausente. Os marinheiros cantavam. O globo chiava. Acabou parando com as pontas dos dedos apoiadas na África.

— Willie? — disse a irmã. — Sua Excelência está falando com você.

Monkton virou-se. O rosto estava branco.

— Lorde Queensgrove — disse baixinho. — O senhor está com sífilis.

Michael, estou com uma saúde de primeira. Nunca estive tão bem em toda a minha vida. Este ar das Montanhas Rochosas combina muito bem comigo. Tenho tudo de que preciso para deixar a vida confortável. Mas à noite, quando me deito, minha mente ainda viaja pelo continente e cruza o Atlântico até as colinas de Cratloe. Apesar de tudo, nunca vou me esquecer de casa, assim como todo irlandês em terra estranha jamais consegue esquecer a terra onde foi criado. Mas ai! estou bem longe daqueles velhos lugares.

Carta do sargento Maurice H. Woulfe em Wyoming
ao irmão no Condado de Limerick.

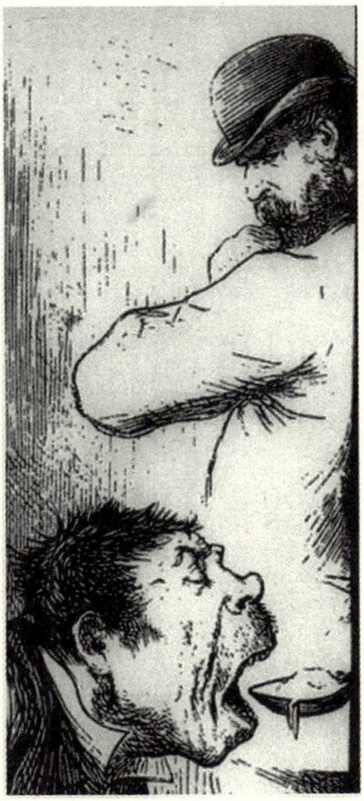

CAPÍTULO XXXIII
A FRONTEIRA

QUE TRATA DE VÁRIAS CONVERSAS OCORRIDAS NA MADRUGADA DE QUINTA-FEIRA, 2 DE DEZEMBRO; SENDO ESTE O VIGÉSIMO QUINTO DIA DA VIAGEM. (RELATOS NUNCA PUBLICADOS EM EDIÇÕES ANTERIORES.)

A Boreste perto da Proa
por volta de 1h15

— Está observando as estrelas, Mr. Mulvey?

— Senhor? É o senhor. Boa noite, senhor. Deus o abençoe.

— Vê alguma coisa interessante lá em cima?

— Nada, senhor. Só estava pensando na minha casa.

— Posso me unir ao senhor por um momento?

— Eu ficaria honrado, senhor.

Dixon se aproximou e ficou de pé junto ao assassino. Os dois se apoiavam na balaustrada da borda do convés, como dois companheiros num bar ordinário.

— Ardnagreevagh, não é?

— *Ard na gCraobhach*, é como o chamamos. Ou os velhos chamavam.

— Lugar pequeno, não é?

— Um fiapo de lugar, senhor. Lá perto de Renvyle. Se o senhor for andando vai passar direto e nunca vai saber que esteve lá.

— Estive em Connemara, mas não tão para o norte. Dizem que é uma pena, que a paisagem de lá é bonita.

— Ah, é... não muito agora, senhor. Já foi bonita.

— Antes da Fome?

— Muito antes disso, senhor. Antes do meu tempo. — Fechou o colarinho para se proteger do vento que guinchava. — Pelo menos é assim que dizem. Os mais velhos. Mas também, se a gente examina todas as histórias nem chega a saber direito. Metade talvez seja fingimento.

— Fuma?

— Muita gentileza, senhor, mas não quero privar Vossa Honra quando restam tão poucos pro senhor.

Dixon começou a perceber uma coisa estranha em seu companheiro. Estava forçando um sotaque mais irlandês que o normal. Falando como um ator num esquete de revista.

— Tenho mais na minha cabine. Sirva-se, se quiser.

— Muita bondade sua, senhor. Estou muito agradecido a Vossa Honra.

O Fantasma aceitou uma cigarrilha da cigarreira de prata de Dixon e abaixou a cabeça para aceitar o fogo. O toque nas mãos em concha de Dixon foi surpreendentemente suave e o brilho do fósforo fez seu rosto parecer uma cara de palhaço. Tragando fundo, a fumaça entrou-lhe nos olhos e começou a tossir furiosamente. Era como se fosse alguém que não fumava mas que aceitara a cigarrilha porque lhe fora oferecida. Assim tão de perto parecia ainda menor e mais frágil. Às vezes sua respiração virava um chiado beligerante. Cheirava a frio e sapatos velhos.

Por algum tempo, os dois homens ficaram juntos na balaustrada sem nada dizer. Dixon pensava na vida sem Laura Markham, as palavras que poderia empregar quando chegasse a hora do adeus. Antes, naquele mesmo dia, ela lhe contara sua decisão: tudo o que houve entre eles terminara. Iriam se separar em Nova York e nunca mais se veriam. As cartas dele foram devolvidas e alguns presentinhos. Não, amizade não seria possível. Era insincero, para não dizer desonesto, fingir que seria. Que não tentasse convencê-la; a decisão era imutável. Merridith deixara claro que nunca lhe daria o divórcio. Absolutamente nunca; era inimaginável. Ela fizera a cama; agora teria de deitar-se. E mentiria, como vinha mentindo há anos. Mas às vezes é preciso viver mentindo. O resto não importava, o homem era seu marido.

A estranheza das estrelas era seu outro pensamento agora: o modo como coisas ordinárias ficam misteriosas tarde da noite. Alguns discerniam nelas a prova de um Criador; um ímpeto que pilotava a Terra através da nulidade iluminada e que sempre o faria até aniquilar até mesmo aquele nada. E outros não viam prova de nada em sua organização: uma aglomeração celeste, bela, com certeza, mas na qual não se podia projetar nenhum padrão nem propósito e para a qual a palavra "organização", portanto, não servia. As estrelas não tinham sido organizadas por nenhuma força além do acaso e daqueles que as fitavam como macacos abobados da estrela solitária que chamavam de Terra. Era nisso que Grantley Dixon passara a acreditar: que os descendentes dos macacos tinham olhado os cocozinhos de Deus e decidiram chamá-los de estrelas. Fora a humanidade e não o Todo-Poderoso que dera ordem ao universo; somente um homem poderia olhar um acidente e chamá-lo de criação com Ele no centro.

E perguntou-se se algum dia os macacos aprenderiam a voar, se construiriam barcos que navegariam entre os planetas como aquele em que estava no presente momento navegara pelos mares. Supunha que isso aconteceria. Provavelmente seria inevitável. Iriam se embasbacar em suas vigias e arranhar-se de espanto e trocar grunhidos macacais de congratulação. E tudo isso seria visto como coisa a ser comemorada.

Grace Toussaint, a velha iorubá que ajudara a criá-lo na fazenda do seu pai, dizia-lhe com freqüência o segredo que achava ser o mais importante da vida: que todos os nossos sofrimentos eram causados pela inquietude, pela recusa em aceitar o fato de que existem limitações. Ela foi a pessoa mais terna que Dixon conheceu na Louisiana, lugar onde o povo podia ser ardente como o sol impiedoso, mas nessa discussão ela mesma era ardente. O avô de Dixon, judeu que odiava a escravidão, discutira com ela várias vezes sobre o problema. Homem que conhecia a malvadez sussurrada dos vizinhos, cruzara muitas vezes as fronteiras: para o Mississippi, o leste do Texas, o sul de Arkansas. Lá comprava os escravos mais alquebrados e levava-os de volta à Louisiana. Caminhava pelos prados bem tratados enquanto o sol fazia crescer a plantação e calculava quantos poderiam ser salvos naquele ano. Um bom campo seriam dez escravos, um ruim talvez dois. Cada safra preciosa de seus cinqüenta mil acres era vendida com o propósito de redimir os que tinham sido roubados.

O Mississippi era um Inferno para o negro, dizia ao neto; e embora a Louisiana estivesse longe de ser o Paraíso, pelo menos não era igual ao Inferno. O *Código Napoleônico* cuidara disso. Ele comprara Grace Toussaint e seu irmão cego e torturado para recuperar uma versão de sua liberdade; discutira com ela freqüentemente sobre uma coisa chamada livre arbítrio. Ele dizia que ser humano era não aceitar nenhuma proibição, viver apenas de acordo com os limites do que ditava a própria consciência. Mas Grace Toussaint não concordava. Era fácil fazer afirmações grandiosas na posição vantajosa da riqueza. Se tivesse passado a vida toda no país onde nascera, ela mesma também poderia fazê-las, disse a seu comprador; pois sua família já fora realeza por lá.

As discussões eram estranhas. Dixon não as entendia. Certa noite, quando menino, parou no corredor, junto à porta entreaberta do escritório do avô, e escutou a briga que fervia lá dentro:

— Acha que Deus tem cor? Acha mesmo isso, Grace? Jesus Cristo provavelmente era negro, Grace! A pele dele era da cor do fumo, Grace!

E ela respondera amargamente que, se o velho realmente pensava assim, era o idiota mais digno de pena que jamais vira a Louisiana; pois Cristo era tão branco quanto todos os poderosos.

Costumava levar Dixon para passear nas manhãs de verão, ao longo do caminho de faias e círios-de-nossa-senhora que levava ao pasto; passavam pelos casebres caiados do prado de cima e depois pelo calor enevoado da plantação de fumo. Doce o ar quente com o aroma das folhas molhadas; espesso com o barulho dos grilos. O irmão dela, cujo nome era Jean Toussaint, embora fosse conhecido entre os moleques da fazenda como "Belo John", às vezes caminhava atrás deles com a ajuda de uma bengala. Na maior parte do tempo, não fazia questão de companhia. Pela manhã, nunca fazia questão disso.

Apesar da idade avançada, era um homem fortíssimo, com mãos enormes, veias protuberantes nas têmporas, a pele da cor de ouro velho. Costumava tocar alguma coisa no violão surrado de dois dólares que carregava nas costas compridas e retas, como um cavaleiro empoeirado de um livro de histórias levando o escudo; mas Dixon jamais o ouvira cantar ou sequer falar. Certo dia, perguntou ao avô por que era assim. Tinha 12 anos na época e lhe disseram que, quando Jean Toussaint tinha metade da sua idade, sua língua lhe fora cortada como punição pelo dono, o filho de uma puta irlandesa do Mississippi que merecia queimar no inferno por toda a eternidade. Que Jean Toussaint não era o nome verdadeiro do Belo John; que Grace Toussaint não era o nome de Grace Toussaint; que até seus nomes lhes tinham sido roubados quando foram roubados da África. Foi neste instante da infância de Dixon que tudo mudou. Mais que a percepção de que seus pais tinham morrido. Mais do que o momento em que a polícia veio lhe contar que houvera um acidente em sua casa, um terrível acidente; que sua casa tinha se queimado e seus pais estavam mortos e agora ele teria de deixar New Haven e morar com o avô em Evangeline. Isso se alojou nele como uma bala que nunca poderia ser arrancada.

— As coisas são o que são — costumava dizer Grace Toussaint a Dixon. — Nunca se junte a nada. Não faça perguntas. O mundo vai continuar existindo quando você o deixar para trás. Aquelas árvores, esses campos, ainda serão árvores e campos. — E mais tarde, quando estudava, vira uma versão daquela idéia expressa pelo sábio Pascal em sua louvada obra *Pensées*. "Todas as dificuldades do homem são causadas por uma só coisa. Sua incapacidade de sentir-se à vontade numa sala." E não é que Dixon necessariamente discordasse, mas o que se podia *fazer* com um pensamento desses? Era possível olhar um mundo onde línguas eram arrancadas, onde seres humanos eram marcados como gado, estampados com o nome dos selvagens que os tinham comprado, e dizer que isso não tinha nada a ver com ele? As roupas em suas costas, as belas botas em seus pés, os próprios volumes de filosofia nos quais a igualdade era dissecada, tudo isso tinha sido comprado com a renda da subjugação, com o fundo fiduciário criado pelos mercadores de escravos, seus ancestrais. "Dinheiro limpo agora", garantia-lhe o avô. Mas não havia dinheiro limpo num mundo sujo.

Mesmo agora dependia do dinheiro sujo. O jornalismo pagava pouco e quase sempre atrasado. A vida em Londres fora cara e sem lucro e só acontecera porque o avô a subsidiara. Esperara pela "bolada" que lhe daria a liberdade, a história que ninguém mais poderia contar; mas em seis longos anos ela nunca se materializara. Tudo o que aconteceu foi uma dependência ainda maior. Os envelopes gordos e registrados com o carimbo da Louisiana. Os maços de dólares engordurados que ele nada fizera para ganhar. As cartas do avô tão transbordantes de solidariedade pela vida difícil do jovem homem de letras. *Você tem talento, Grantley. Não pode esconder esse dom. Não importa o que faça, precisa continuar escrevendo. Nunca perca a coragem. Faça o que tem de fazer. Não é questão de o fim justificar os meios; mas da criação de novos meios e novos fins.* A odiosa posição defensiva sempre presente nas linhas escritas pelos dois. A culpa furiosa da dúplice acomodação. Agora havia um jeito de fugir disso tudo.

Outras idéias ferviam como veneno em sua mente e ele se perguntou se este seria um bom momento para revelá-las. De certa forma, seria mais conveniente não dizer nada; ficar ali numa imobilidade companheira com outro da sua espécie e perguntar-se o que o outro poderia estar pensando e em que categoria de devaneio deveria ser colocado. Mas Grantley Dixon já sabia a resposta. Todos os assassinos têm de ser incréus, não importa a que seita pertençam.

— Sabe, seu rosto me parece bem conhecido, Mr. Mulvey.

Mulvey levantou a cabeça espantado, como um cachorro que ouve um intruso, e depois concordou balançando a cabeça algumas vezes e espanou a cinza da lapela.

— Sem dúvida o senhor já me viu andando pelo navio, senhor. Costumo passear pelo navio tarde da noite. Pensando meus pensamentos, sabe.

— Sem dúvida. Mas, sabe, é a coisa mais esquisita; da primeira vez que o vi, na noite em que partimos de Liverpool, achei que reconhecia o senhor. Até anotei isso em meu diário.

— Não consigo compreender como o senhor acha isso, senhor. Acho que nunca nos encontramos antes.

— Parece meio esquisito, não é?

— Dizem que todo homem tem seu duplo, senhor. Talvez tenha mesmo. — Ele riu, como se a idéia o divertisse. — Talvez o meu esteja lá na América, senhor. No seu próprio país, senhor. Quem sabe eu mesmo me encontro por lá, se Deus quiser. E lhe aperto a mão. O que acha, senhor?

— Ah, ele não está na América. Acho que está em Londres.

— Londres, senhor? É isso o que está dizendo? Isso não é um espanto? — Ele deu uma longa tragada na fumaça úmida, como um homem prestes a ser levado à forca que quisesse terminar de fumar antes de ir. — Mas aí, quando a gente pensa nisso — uma tragada ainda mais longa e um exalar mais profundo —, há confusões mais estranhas no mundo do que sonha a filosofia. Como dizia Shakespeare.

— Já esteve lá?

— Onde mesmo, senhor?

— Londres. Whitechapel. Perto do East End.

Um fiapo de fumo grudara em sua língua. Ele levou um tempo para tirá-lo.

— Não, senhor, nunca fui lá, me desculpe. E acho que agora não vou nunca mais. Belfast é o mais longe de casa que já fui.

— Tem certeza?

Ele riu com leveza inesperada e fitou sonhador a escuridão.

— Eu diria que Londres é uma cidade que um homem se lembraria de ter visitado, senhor. Acredito que seja um lugar grandioso mesmo, foi o que me contaram. — Ele se virou e olhou diretamente nos olhos de Dixon. — Dizem que é cheia de oportunidades, senhor. É isso mesmo? Dizem que um cam'rada pode ter todo tipo de diversão em Londres.

— É bem isso para quem nunca foi a Londres, mas não posso deixar de notar que o senhor fala como se já tivesse estado lá.

— Peço desculpas, senhor, mas não entendo o que quer dizer.

— Veja, por exemplo, o modo como acabou de pronunciar a palavra "cam'rada". Uma pronúncia bem curiosa para um irlandês, não acha? Um irlandês a diria de modo diferente.

— Não sei dizer exatamente o que Vossa Honra esperaria, senhor.

— E no jantar hoje o senhor usou uma expressão que não pude deixar de notar. "Camelô", acho que foi. O nome londrino de um mercador de rua, não é?

— Não me lembro de jamais ter dito essa palavra em toda a minha vida, senhor. Talvez Vossa Honra tenha entendido errado. Ou interpretado errado o meu sotaque.

— Ah, mas o senhor disse sim, Mr. Mulvey. Deixe-me ajudar a sua memória. Não se importa?

— Se eu me importasse, não insultaria Vossa Honra dizendo que me importava.

Dixon puxou o caderninho e leu baixinho algumas linhas. "Hoje jantamos com Mulvey de Connemara; cujo padrão específico de fala achei muito interessante, polvilhado de coloquialismos claramente adotados em Londres. Entre eles: "Camelô". "*Chum*" para amigo.

— Deve ser um trabalhão para o senhor escrever tudo.

— Hábito da minha profissão, acho que se pode chamar assim. Descobri que esqueço as coisas se não as escrevo.

— Uma profissão honrada, também, senhor, a profissão de escrever. Dizem que a pena é mais poderosa que a espada.

— Dizem isso. Não tenho certeza de que seja verdade.

— Ainda assim, é uma grande bênção que o senhor recebeu, senhor. Gostaria de tê-la também. Há muitos que a querem, mas é dada a poucos.

— Que bênção é essa?

— O dom que o senhor tem de explicar uma coisa em inglês, senhor. A língua dos poetas e do próprio Nosso Senhor nas escrituras.

— Acho que o senhor vai descobrir que o Senhor em questão, na verdade, falava aramaico.

— Talvez para Vossa Honra, senhor. Para mim, falava inglês.

— Ou talvez falasse *cockney*. Como fazem os camelôs.

O Fantasma riu-se de repente e fez que não com a cabeça.

— Devo ter ouvido um dos marinheiros usando a palavra, senhor. Não posso nem contar a Vossa Honra o que significa salvar a minha vida.

— Ah, sua vida dificilmente precisaria ser salva, Mr. Mulvey. Não por enquanto, de qualquer modo.

Cansado, ele soprou e fez um rápido muxoxo de perplexidade.

— Confio que o senhor vai explicar isso pra mim, senhor. O senhor tem um jeito meio complicado de falar às vezes.

— Quando cheguei a Londres, havia um caso nos jornais. Fiquei muito interessado, não sei por quê. O caso de um ladrãozinho da Prisão de Newgate que assassinou um guarda e fugiu. É provável que o senhor se lembre. O nome dele era "Hall". Conhecido como Monstro de Newgate.

— Acho que nunca ouvi falar no caso que o senhor mencionou.

— Não. Não ouviu falar. Estava em Belfast na época.

— É verdade, senhor, estava. A doce cidade à beira do rio Lagan.

— O senhor não se lembra de ter ouvido falar no caso, mas se lembra de onde estava quando não ouviu falar dele.

Mulvey olhou-o friamente.

— Passei muito tempo em Belfast.

— E eu passei muito tempo em Londres.

— Que bom para o senhor. Agora devo lhe dar boa-noite.

— Eu escrevia para um jornal de Londres na época. O *Morning Chronicle*. Um jornal liberal. Bom, dei a mim mesmo a tarefa de saber mais sobre o famoso Mr. Hall. Fui à prisão e estudei as fichas. Conversei com alguns velhos condenados nos covis daquela parte da cidade. Depois fui ao East End e investiguei por lá durante algumas semanas. Conheci um senhor muito conversador chamado McKnight. Um senhor escocês. Um tanto bêbado. Bem, ele conta que costumava dar uns golpes em Lambeth com um irlandês chamado Murphy ou Malvey. Parece que de Connemara. Um lugar perto de Ardnagreevagh. Coisa estranha, pois ele usava o nome Hall.

— Deve ter sido bem fascinante para o senhor.

— Pois é. Ele pegou sete anos em Newgate, esse Murphy ou Malvey. Já mencionei isso?

— Eu diria que há muitos irlandeses naquele lugar, senhor. As coisas têm sido bem difíceis pros conterrâneos lá na Inglaterra.

— Não foram muitos os presos ali no mesmo dia que o Monstro. Dezenove de agosto de 1837. Com as mesmíssimas acusações. Talvez até o mesmo rosto.

Dixon folheou o caderninho e tirou um recorte já com orelhas. O papel esburacado estava amarelo como um retalho de renda velha, dobrado e vincado vezes demais. Abriu-o com todo o cuidado para que não voasse.

Um contorno preto. Letras de 22 pontos. O olhar monstruoso de carvão de Frederick Hall: Assassino.

— Como diz — disse Grantley Dixon. — Todo homem tem seu duplo.

Mulvey piscou lentamente, mas não havia sinal visível de perturbação. Nunca tirou as mãos do ponto em que descansavam na balaustrada. Eram pequenas e brancas, como as de uma menina. Era difícil imaginá-las fazendo o que tinham feito.

— O que quer? — murmurou bem baixinho.

— Isso depende do que o senhor quer.

— O senhor não gostaria de saber o que quero neste momento. Iria provocar-lhe um pesadelo que o senhor talvez não esquecesse.

— Talvez devamos contar ao Capitão que há um assassino em seu navio.

— Então corra até ele. E boa sorte.

— Acha que eu não faria isso?

— Acho que uma cadela covarde como o senhor faria qualquer coisa neste mundo. E há todo tipo de coisa que se pode contar ao Capitão. E a outras pessoas também, se quiser que sejam contadas.

— Perdoe-me, Mr. Mulvey, não entendo o que quer dizer.

Ele deu uma risadinha rápida e desdenhosa.

— Se um navio afunda, parceiro, todos os navios podem afundar. Espero que sua Condessa saiba nadar tão bem quanto balança o barco.

— Ninguém é enforcado por adultério, Mr. Mulvey. Mas por assassinato sim.

— Então diga a ele, se tem coragem. Sabe onde estou. — Seus olhos faiscavam de ódio enquanto sorria. — Vá lá, garoto. Antes de receber o que merece.

— Não quero lhe fazer mal.

— Vá pro inferno, seu bofe de cadela. E vá tomar no cu enquanto isso. Já tirei coisa melhor que você da sola da minha bota.

— Sei sobre o guarda. O que você sofreu nas mãos dele.

— E acha que o que está fazendo agora é diferente.

— Não tenho nenhuma arma.

— Só a sua pena.

— Não causa o mesmo dano que uma pedra esmagando um rosto. Mas você pode discutir isso com o juiz em seu julgamento, se quiser.

Mulvey cuspiu-lhe nos pés. Dixon virou-se para ir embora. O chicote das palavras foi atrás dele, frio como uma faca:

— Já lhe perguntei. O que você quer?

Ele voltou lentamente para a sua presa e parou ao seu lado.

— Sou um repórter, Mr. Mulvey. O que eu quero é a história.

O matador não disse nada. As mãos estavam no bolso.

— Sua vida em Londres. Por que fez o que fez. Como fugiu exatamente. Aonde é que foi. Seu nome não precisa ser incluído, só o resto. Senão irei ao Capitão neste instante.

— Este é o preço hoje em dia. Uma história em troca da vida?

— Se assim quiser.

— E quando chegarmos a Nova York?

— Vi o senhor por último em Belfast há dezoito meses. Estavam colocando seu corpo na sepultura. O senhor me deu a entrevista uma semana antes de morrer.

O Capitão apareceu no convés superior, passeando com o cozinheiro. Pareciam rir enquanto olhavam para as velas. Ele se virou e fez uma saudação alegre através de um frágil fiapo de névoa. Chamou-os agora. Acenou-lhes com a mão.

— A decisão é sua, Mr. Mulvey. Seja como for, eu consigo a minha história.

— Não em Belfast — murmurou, e fechou mais o casaco. — Estou sepultado em Galway. Ao lado do meu irmão.

✷

A bombordo perto da popa

3h15

— Que tipo de homem eu sou?

— Um homem doente, Merridith. É só isso.

— Um homem mau, o senhor quer dizer. Mais vil que um animal.

O cirurgião tocou o braço de Lorde Kingscourt com gentileza profissional.

— Não se vê o mal no microscópio. O que se vê tem nome. *Morbus gallicus.* Não é uma praga e não é uma punição. Faz o que nós mesmos fazemos todos os dias.

— O q-quê?

— Tudo o que precisa fazer para sobreviver.

A bandeira tremulou com barulho e se enrolou no mastro. Ali perto, duas mulheres idosas do porão com seus rosários saudavam o brilho abençoado do farol da ilha Coffin.

Ave maris stella, Dei Mater alma;
atque semper Virgo, felix caeli porta.

— O que me espera?

— Dividimos a sífilis em quatro estágios distintos. O senhor está se aproximando do final do terceiro estágio. A última fase latente, é como a chamamos.

Merridith jogou a guimba do charuto pela balaustrada.

— E o que isso significa?

— Agora a coisa já se alojou em seus tecidos. Nos gânglios linfáticos também. Pode haver envolvimento ocular. Uveíte. Vasculite. Papiledema.

— O senhor pode falar claro. Não precisa de panos quentes.

O cirurgião suspirou e olhou as mãos como se estivesse ofendido com elas.

— Quase com certeza o senhor perderá a visão. Vai acontecer bem depressa. Já está acontecendo.

— Continue.

— Depois da invasão, ela tende a formar colônias e multiplicar-se rapidamente. O senhor apresentará lesões gomatosas... úlceras... em toda a pele. Também nos ossos e órgãos vitais. Achamos que infecciona a própria substância do revestimento arterial. Em termos básicos, ela a come.

— Come, o senhor disse?

— É um modo metafórico de falar.

— E depois?

— Lorde Kingscourt, o senhor está nervoso. É claro que isso é preocupante. Na verdade, eu...

— Eu quero saber, Mangan. Estou bem preparado.

— Bem, então... os sistemas nervoso e cardiovascular são atacados. No primeiro caso, pode haver mudanças bem graves de personalidade. Talvez até PGI.

— O que é isso?

— Paralisia geral do insano.

Uma lembrança da infância assomou-lhe como um espectro. Uma louca na cidade de Galway, gritando e rasgando a roupa, exibindo-se para os passantes. Sua babá, mãe de Mary Duane, tentara protegê-lo da visão; empurrara-o para longe pela rua enlameada. Uma inebriação de terror. Geléia em suas mãos.

— Não há tratamento?

— Podemos fazer pouquíssimo para aliviar os sintomas com mercúrio. Com certeza precisamos que seu estado não se deteriore antes de chegarmos a Nova York. O senhor deve descansar completamente nas próximas 48 horas.

— O que há em Nova York?

— Um hospital particular para pessoas que sofrem da sua doença. Posso conseguir que seja internado assim que desembarcarmos.

— Um leprosário, acho que é o nome desses lugares.

— Não importa o nome, as irmãs de lá são gentis. Também há especulações na literatura, apenas especulações, veja bem, sobre a evolução esperançosa de uma nova substância, o iodeto de potássio. Mas isso ainda está por vir. E os resultados não permitem tirar nenhuma conclusão.

— Então nada mais pode ser feito?

— Se estivesse no primeiro ou mesmo no segundo estágio, poderíamos tentar lutar. E devemos, é claro. Mas a probabilidade não é boa.

— Quanto tempo o senhor calcula que ainda tenho? Na pior das hipóteses?

— Talvez seis meses. Um ano, pode ser.

Solve vincula reis, profer lumen caecis,
mala nostra pelle, bona cuncta posce.

A crista de uma onda jogou um punhado de espuma amarela por sobre a balaustrada. Linhas densas de espuma chocavam-se com a barreira. Ele secou rapidamente os olhos com as costas da manga.

— Gostaria de agradecer-lhe por sua coragem, Mangan. Não deve ser fácil. Uma situação assim.

— Sinto muito, senhor. Gostaria de poder oferecer-lhe mais esperança.

— Não, não. Sinto que devo lhe apertar a mão. Não é culpa do carrasco se ele tem de cumprir seu dever.

— Posso perguntar se o senhor já teve um problema dessa natureza antes, senhor?

Lorde Kingscourt nada disse. O médico falava baixinho.

— Sou um velho, Merridith. É difícil me chocar.

— Quando eu era mais novo peguei g-gonorréia. — A palavra boiou no ar como uma pedra flutuante.

O cirurgião fez um aceno de cabeça e olhou para bem longe da balaustrada, como se tentasse perceber alguma coisa a se mover na escuridão.

— O senhor freqüentou certos lugares, suponho?

— Uma ou duas vezes. Há muitos anos.

— Hum. É claro, é claro.

— Uma vez quando estava em Oxford. Uma noite fora com os colegas. Outra vez na marinha. Uma terceira vez em Londres.

— Costumávamos achar que gonorréia e sífilis eram tipos diferentes da mesma doença. Relações de sangue, se preferir. Agora sabemos que não são. O professor Ricord descobriu a diferença faz alguns anos. Em 1837, acho. Um francês muito brilhante.

— E a minha esposa?

— Posso lhe dar a notícia, se o senhor preferir. Ou talvez possamos pedir a Mrs. Derrington que ajude. Mas naturalmente seria melhor se viesse do senhor.

— Ela não pode saber, Mangan. Não neste momento.

— Merridith, ela também pode estar contaminada. Ela...

— Não somos íntimos — interrompeu ele baixinho. — Já faz anos.

A lua ensombrecida deslizou de trás de uma vasta nuvem.

— Nada?

Ele balançou a cabeça.

— Nosso casamento é inteiramente celibatário. Eu queria protegê-la. Depois que me contaminei da primeira vez.

— Ainda assim — suspirou o cirurgião. — A fase de latência pode durar de um mês a uma década. Às vezes bem mais. Ela corre um perigo bem real. Assim como qualquer outra mulher com quem o senhor tenha tido contato íntimo. Há alguma mulher assim, Merridith? Imploro-lhe que seja franco.

O médico entendeu o silêncio como permissão para continuar.

— Há uma moça entre nós neste navio que o senhor não consegue mencionar sem desviar os olhos. Nós logo notamos, Mrs. Derrington e eu. E observei que essa moça parece nunca falar com o senhor. Bastante incomum entre uma criada e seu patrão.

— E daí?

— Os senhores tiveram relações sexuais? Por favor, seja franco.

— Não.

— Mas, contatos?

— Houve... um tempo em que eu costumava ir a seus aposentos à noite.

— O que acontecia quando o senhor estava lá? Preciso saber de tudo.

— Se o senhor precisa mesmo... ela me deixava vê-la preparando-se para dormir.

— Despindo-se?

— De que outro jeito ela se prepararia para dormir?

— Tocou o corpo dela, Merridith? Ela tocou o seu?

Ele mirou o rosto do inquisidor, mas não havia emoção ali. De repente, pensou no confessionário católico romano. Era assim que eram interrogados naquela caixinha parecida com um esquife? Ele sempre achara aquilo uma idéia estranha, contar suas falhas e ânsias a outro homem, os desejos mais secretos de seu corpo e coração. Agora podia ver nisso um tipo de libertação. Mas nada de divino. Bem pelo contrário.

— Toquei-a algumas vezes. Não do modo que o senhor está falando.

— Não no sentido íntimo?

— Toquei o corpo dela. Ela não tocou o meu.

— Teve congresso íntimo com a moça?

— Já lhe respondi.

— Nunca? De verdade? O senhor me dá sua palavra?

Ele estava chorando de novo: bem baixinho e com medo. O cirurgião lhe ofereceu o lenço, mas ele negou com a cabeça e se recompôs.

— Falo como seu amigo, Merridith; não como seu juiz.

— Quando éramos jovens, costumávamos passear juntos pelo campo. Em casa, quero dizer. Em Galway. Acho que houve uma ou duas ocasiões em que nos comportamos de modo pouco sensato.

— Quer dizer que tiveram intercurso sexual?

— Não.

— O que quer dizer, então? Intimidades, coisas assim?

— Em nome de Cristo, Mangan. Nunca foi um rapaz apaixonado?

Virgo singularis, inter omnes mites,
nos culpis solutos, mites fac et castos.

— Ainda a ama?

— Tenho sentimentos muito fortes. Os sentimentos que sempre tive. Não estou em posição de viver de acordo com esses sentimentos.

— Não é isso que quero dizer, como acho que o senhor deve saber. Falo de amor no sentido físico.

— Nada da natureza a que o senhor alude aconteceu em mais de quinze anos.

— E mais recentemente? Tem sido questão de carinhos e coisas assim?

— É.

— Exploração?

— Se preferir.

— Penetração?

— Não.

— Não houve nenhuma automanipulação enquanto estava na companhia dela nem nada dessa natureza? Nenhuma emissão de fluidos?

— Mangan, não consegue deixar isso pra lá? Que diabos pensa que eu sou?

O cirurgião falou com suavidade, mas com gelo na voz.

— O que penso é que o senhor é um homem numa posição de poder. Como todos os homens em relação às mulheres.

Vitam praesta puram, iter para tuum.

— Não aconteceu nada que pudesse colocá-la em perigo.

— Não deve mais se aproximar dela desse modo. Entendeu?

— Há pouquíssima possibilidade disso, posso lhe garantir.

— Posso perguntar por quê? Preciso insistir na sua garantia. Caso contrário, é meu dever retirar imediatamente a moça dos seus aposentos.

— Mangan, eu lhe imploro...

— Cumprirei meu dever e isso é definitivo. O senhor precisa me dar uma razão para acreditar que a moça está a salvo de seus avanços, ou irei ao Capitão e pedirei que a coloque imediatamente em outra cabine.

— Por favor, não faça isso. Eu lhe imploro, Mangan.

— Então fale, Merridith; por piedade.

Ele fez que sim com a cabeça. Virou-se lentamente. Olhou para o oceano. O espaço negro de tão escuro onde deviam estar as ondas.

— Há um fato sobre a minha vida que recentemente vim a conhecer. Uma questão de enorme dificuldade e vergonha. Nunca o discuti com ninguém antes.

— Então faça isso agora.

— Suponho que nossa conversa seja confidencial.

— Naturalmente.

Ele deixou a cabeça pender de repente, como se fosse vomitar. O ventou pegou-lhe o cabelo e desarranjou-lhe as roupas.

— Merridith, eu lhe imploro, livre-se do fardo do que quer que queira me contar.

Mea maxima culpa et maxima culpa.

— Não sou o primeiro membro da minha família a me apegar do modo que mencionei antes. O casamento de meus pais foi infeliz devido à infidelidade por parte do meu pai. Eles se separaram durante alguns anos quando eu era bem pequeno.

— O que isso tem a ver com este problema?

— O apego do meu pai foi a uma rendeira da nossa propriedade. Descobri toda a sua natureza na noite em que fechei nossa casa em Galway. Alguns documentos pessoais vieram à luz. Houve um filho daquela ligação. Uma filha.

— E?

— Ela passava por membro da família da própria mulher. Acredito que o marido dela nunca soube. Creio que minha falecida mãe também não sabia.

— Merridith, me desculpe, mas não entendo aonde quer chegar.

— Não. Nem eu, durante muitíssimo tempo. Mas a mãe era a minha babá. Uma senhora chamada Margaret Duane.

Sit laus Deo Patri, summo Christo decus,
Spiritui Sancto, tribus honor unus.

CAPÍTULO XXXIV

O MÉDICO

MAIS SOBRE O PENÚLTIMO DIA DA VIAGEM: SELEÇÃO *VERBATIM* DAS ANOTAÇÕES DE CASOS DO CIRURGIÃO DR. WILLIAM JAMES MANGAN, REAL COLÉGIO DE CIRURGIÕES DA IRLANDA.

Dies Iovis II Dec. XLVII

Esta manhã e tarde, auxiliado por Mrs. Derrington, atendi a um grande número (67) de passageiros do porão. Muitos portadores de escrófula, resfriado, diarréia, febre, tosse, náusea severa, má digestão e cólicas estomacais; pediculose da cabeça e do corpo, escorbuto, raquitismo, frieiras, infecções de olhos, ouvidos, garganta, nariz e peito e várias outras enfermidades menores.

Homem com caso muito grave de colite disentérica. Já o vi antes e dei bicarbonato de potássio, mas agora sofre de dor profunda no epigástrio. Espírito de terebintina para o abdômen com citrato de amônia e duas gramas de morfina. Pouquíssima chance. Com certeza vai morrer.

Homem com carbúnculo inflamado na região dorsal do pênis. Removi-o com bisturi. Mulher de 25 anos perto do parto. Gêmeos. Marido fraquíssimo. Tem dado a ela suas rações inteiras. Disse a ele que ela precisava mais de um pai para os filhos do que de alguns gramas de bolacha. Vou tentar arranjar leite. Disse a ele que, se ele não conseguir, eu mesmo pego um pouco no desjejum de amanhã. Homem (cerca de 20 a.) com paralisia facial gravíssima. Não fala inglês. Criança (3 a.) com suspeita de fratura de tíbia. Gangrenosa. Menina mto angustiada (14 a.) disse a Mrs. Derrington estar com medo de morrer. Na verdade começou a menstruar, mas nada sabia a respeito, sendo que a mãe morreu há dois anos. Número significativo (uns 25, entre eles várias criancinhas) com necessidade urgente de hospitalização.

Disenteria generalizada. Cólicas intestinais também. Lesões descamativas na garganta. Gengivas moles e ulceradas. Todos os que vi com sintomas de grave desnutrição e extremamente emagrecidos, alguns perigosamente. Dieta de bolachas e água inteiramente inadequada. Pouquíssimo estoque de cobertores limpos. Nenhum lugar limpo e seguro para guardar ou preparar alimentos que trouxeram consigo. Nenhum lugar limpo e seguro para a higiene pessoal e outras necessidades. Nenhuma privacidade, causa de óbvia angústia especialmente para as mulheres. Acomodações no porão muito escuras e desprovidas de ar fresco. Alguns homens infelizes bastante dados à bebida. Sem instalações adequadas para lavar roupas.

Mais tarde, fiz a "chamada de rotina" da Primeira Classe com a qual insisti que Lorde K. concordasse. Examinei o Hnrdo. Robert e Mui Hnrdo. Jonathan Merridith de Kingscourt (Rob. 6a. 10m., Jnthn 8a.). Dentes, olhos, garganta normais. Cabelo limpo. J. foi várias vezes tratado de "coceira insuportável da pele" pela enfermeira residente do Colégio Winchester em Hampshire, onde ficou internado. (Receitado ungüento balsâmico.) Clavícula rachada certa vez jogando futebol. Os dois têm várias pequenas inflamações cutâneas no pescoço, rosto e torso superior; secas, avermelhadas ou cinza-amarronzado, levemente escamosas ou endurecidas. Algumas dessorando muito fluido. Rob. tem grande área assim no alto das costas tbém. Preocupante. Com crostas amareladas e escamosas, mas nada alarmante quanto à possibilidade de S. congênita. Crianças com casos tão graves de pai infectado costumam nascer sem sintomas, passando a desenvolver rinite grave (e outros problemas) mais tarde; mas minha impressão geral é que ambos são saudáveis.

Gostaria que os dois passassem por exames mais completos com um venereologista quando chegarmos a NY (recomendei Freddie Metcalf, no Misericórdia, que é sempre discreto), mas o diagnóstico por enquanto é que não passa de simples eczema seborréico atópico. Mrs. D. concorda.

R. um tanto gorducho; precisaria de alimentos mais fibrosos e óleo de fígado de bacalhau. J. queixou-se de irritação eruptiva e incômoda na área superior da coxa direita. Claramente provocada por enurese noturna e complicada pelo eczema. Pareceu envergonhado de discutir o assunto abertamente até que lhe confidenciei que um certo Cirurgião W. M. do Teatro de Anatomia, Peter Street, em Dublin, sofreu com gravidade desse sintoma até os doze anos. Pediu-me para explicar o funcionamento maravilhoso da confidencialidade entre médico e paciente e do juramento de Hipócrates. Isso foi feito. Pareceu interessado. Bom menino, atento. Eu lhe disse que um médico não pode revelar a doença do paciente, assim como um general não revela seus planos de batalha nem um mágico chinês seus segredos. Queria saber se outros médicos lhe dariam uma surra se ele violasse as regras. Respondi que bateriam nele que nem um tambor, o jogariam na fogueira e depois iam ficar cuspindo nele e gritando Aleluia. (Mrs. Derrington fora da cabine nesta hora.)

Examinei a criada da família, Miss Duane, num camarote desocupado, sendo pequenos demais os seus aposentos pessoais; pouco mais que um guarda-louça. É uma viúva de 35 anos e modos bastante tranqüilos. Abaixo do peso. Um pouco assustada. De inteligência bem acima da média. Inglês muito fluente. Entranho sotaque chauceriano. Observadora. Grande semelhança física, agora se vê.

Fora examinada por um médico apenas uma vez na vida antes; onze meses atrás, quando foi trabalhar na casa de Lorde e Lady K. Passara tempos difíceis depois da morte do marido (e da filha) afogados num acidente, disse ela. Foi internada no Asilo de Pobres de Galway, em janeiro de 1846. Percebeu naquele lugar que estava com dois meses de gravidez. Fugiu do asilo e caminhou 290 quilômetros até Dublin. Sofreu um aborto no caminho. Morou ali numa pensão para mulheres e mais tarde num convento onde trabalhou na lavanderia. (Não conseguiu recordar o nome do convento nem o da pensão, sequer os endereços.) Disse que Lorde K. a encontrara "perdida" nas ruas de Dublin em janeiro deste ano e insistiu para que voltasse com ele a Galway. Lady K. ficara preocupada com sua saúde e chamou um certo Doutor Scolfield ou Suffield, de Clifden. Ele diagnosticou desnutrição grave. Foi contratada por caridade; babá e criada da família. Mudou-se com a família para Dublin, em abril.

Quando comecei o exame, pareceu um pouquinho apreensiva; tentei conversar um pouco para deixá-la mais à vontade. Pretende se afastar dos Merridith quando chegarmos a Nova York. "Nenhuma razão, senhor." É só que não deseja continuar a trabalhar como doméstica. Nunca foi criada até recentemente; sente que não é vida para ela. Talvez vá para Cleveland, Ohio. Nenhum parente lá, ninguém que conheça, mas ouviu dizer que muita gente de Connemara estabeleceu-se ali, coisa que até então eu não sabia. Ou então talvez vá para Quebec ou New Brunswick. O cunhado tinha uma tia que já morara em Cabo Breton, mas agora deve ter morrido ou se mudado. Eu disse que devia ser friíssimo naqueles lugares de esquimós e ela deu uma breve risada. Belíssima quando ri; não uma beleza boba ou superficial. Na verdade, não é bonita; mas genuína e profundamente bela. Mas não se riu por muito tempo e não consegui fazê-la rir de novo. Tem um dinheirinho que economizou do salário. Gostaria de trabalhar como costureira ou balconista, talvez, mas aproveitará qualquer oportunidade, "a não ser serviço doméstico". Brinquei, dizendo que poderia conhecer um criado ou mordomo bonito se fosse trabalhar nalguma casa de família e acabar trocando seu sobrenome pelo dele. Respondeu que não pretende casar-se outra vez. Nenhuma amargura no modo como falou; simples constatação. Uma triste perda para os pretendentes da América, ousei dizer. "Talvez sim, senhor; talvez não."

Possibilidade de artrite ou tendinite incipiente no pulso esquerdo. Unha do pé encravada que exige atenção. Queimadura com o ferro de passar, pequena mas em mau estado, na face interior do antebraço. Tendência a infecção pulmonar e dificuldade de respirar em invernos severos como o atual. "Facilidade de contágio", disse ela. Herdada do falecido pai. "Fazendeiro e pescador, senhor."

Algumas cicatrizes curadas mas visíveis no abdômen, alto das costas, nádegas, coxas e outras áreas, mas não deu explicação para elas além de brincadeiras mais violentas com os meninos de que cuida. Tendência a leves afecções cutâneas ocasionais, disse, mas novamente supôs que simplesmente pegou-as dos meninos. Cuidou sozinha da urticária com uma decocção emoliente de extrato de colmeia (!), coisa recomendada pela mãe há muitos anos. Disse a ela ter lido recentemente um artigo especializado sobre aquele mesmo tema, recomendando uma substância extraída da *Apis mellifera*, a abelha comum. Sem resposta.

Nenhum exantema atualmente. Nenhuma lesão nem inchaço subcutâneo e não se recorda de nenhum. Nenhum corrimento nem dor. Mostrei-lhe várias ilustrações de sintomas, mas ela disse que nunca tivera nenhum. Perguntou-me, enquanto eu guardava o livro, se era S. que eu estava procurando. Surpreendi-me com a pergunta (e com seu conhecimento); mas admiti que sim. Nunca tivera nada do tipo, disse. Saberia se tivesse.

Nenhuma dificuldade feminina, a não ser dores normais às vezes naqueles dias, uma leve melancolia na ovulação e uma vez mastite depois de uma gravidez anterior com 20 a. (1832), tratada por uma mulher local com ervas e cataplasmas quentes para retirada do leite. (Filho natimorto.) Tem uma veia varicosa na panturrilha esquerda. Alguns dentes traseiros em péss. estado. Gengivite grave em ambos os maxilares. Molar ventricular muito corroído e ulcerado deve estar causando dor fortíssima, mas ela não se queixou de nada. Em termos gerais, nada percebi que justificasse diagnóstico de S., mas ainda assim mto perturbado quanto à razão para as evasivas ou desculpas quanto às cicatrizes. Nenhum arranhão nem machucadura que pudesse resultar de brincadeiras, mas abrasão severa, vergões e estrias na pele. Diria que têm entre um ano e dezoito meses; anteriores a começar a trabalhar como babá. Disse espontaneamente que o patrão e a patroa nunca a açoitaram. (Não lhe perguntei isso nem usei a palavra açoite, embora fique bem claro o que provocou essas cicatrizes.) Minha suspeita é que a pobre moça tenha ganhado a vida durante algum tempo de certa maneira. Possui conhecimento muito maior de questões relativas à concepção e a como evitá-la, na verdade sobre os mistérios do funcionamento feminino em geral, do que de costume.

Quando fiz menção de sair, ela disse uma coisa que muito me chocou. "Obrigado, senhor. O senhor é muito gentil. O senhor é um homem muito bom."

Como resposta, só pude pensar em dizer que era meu dever ser gentil, afinal de contas. E ela balançou a cabeça do jeito mais estranho. "Sua esposa tem muita sorte, senhor. A gentileza é um dom."

Disse que minha esposa tinha morrido há vários anos; e na verdade nem sempre ela achava que tivera sorte por casar-se com um médico bobo com pacientes demais. Mas ela não riu, sequer sorriu. "O senhor foi feliz?", perguntou-me. Disse que sim, muito feliz.

— Tiveram filhos, senhor? O senhor e sua esposa, que Deus a tenha. — Respondi que sim; duas meninas e um menino, todos casados agora, com seus próprios filhos. Ela perguntou os nomes, eu lhe disse e ela fez um gesto de aprovação com a cabeça.

— Vou rezar por sua família, senhor. Obrigada. Foi bondade de sua parte pensar em mim. Nunca esquecerei a gentileza que o senhor me fez hoje.

As palavras quase me fugiram durante vários momentos. Então disse que a honra do encontro fora inteiramente minha, o que é verdade; e desejei-lhe muito boa sorte. Dei-lhe meu cartão com o endereço de Dublin e disse que, se algum dia precisasse de um amigo, só precisava mandar me dizer. Apertamos as mãos e ela saiu, voltando ao trabalho. Mas notei que deixou o cartão na mesa. Senti que estivera na presença de uma pessoa excepcionalíssima.

Examinei a Condessa Laura Kingscourt por último. Tem 31 a. e saúde perfeita; ainda mais para uma dama em estado de gravidez.

Assim como no caso de seu filho mais velho, discutimos a confidencialidade, embora talvez de modo mais concentrado e intenso.

CAPÍTULO XXXV

OS SINAIS DE ALERTA

UM INCIDENTE INCOMUM NO
ÚLTIMO DIA DA VIAGEM.

Sexta-feira, 3 de dezembro de 1847
Esta a última noite que resta no mar

LONG: 72°03,09' O. LAT: 40°37,19' N. HORA REAL PADRÃO DE GREENWICH: 02h47 (4 de dezembro). HORA AJUST. DO NAVIO: 22h17. (3 de dezembro). DIR. VENTO & VELOC.: 42° Força 7. MAR: agitado. RUMO: SO 226°. PRECIPIT. ATMOSF. & OBS.: Temperatura do ar em queda. Vento nordeste muito forte o dia todo. Ganhando boa velocidade. Avistado o Farol Principal da ilha de Nantucket esta madrugada às 3h58. O vigia registrou faróis em Newport, Rhode Island, visível por telesc. a estibordo ao meio-dia.

Nossa intrépida embarcação está mal de saúde esta noite e range cansada e triste com o vento forte; mais sobre isso a seguir.

Esta tarde, logo depois das duas horas, um barulho alto e trovejante foi ouvido em todo o navio, seguido vários momentos depois por outro, este último transmitindo grande reverberação pelos conveses de modo que os mastros balançaram como árvores na ventania. Quando saí do camarim do leme, olhei por cima da amurada e a água estava cheia de sangue grosso e borbulhante de espantosa vermelhidão, vários metros à toda a volta. Ficou imediatamente óbvio que tínhamos sido atingidos por uma baleia, e um espécime grande, a julgar pela força do choque e pelo volume de sangue.

Vários momentos depois, minha suspeita se confirmou, pois o grande corpo inchado foi visto na água escarlate a setenta metros a estibordo, ainda a contorcer-se ferozmente e cuspindo e fazendo sons terríveis como gritos humanos, o pobre animal magnífico. Era uma baleia macho, *Balaenoptera physalus*, com mais de oitenta pés de comprimento, sua cauda do tamanho de uma lancha, o corpo coberto de grandes tufos de algas e pequenas criaturas de concha e a nobre cabeça quase cortada pelo choque com o casco. Seus jorros torturados tinham mais de 15 pés de altura. Alguns passageiros surgiram no convés e ficaram alarmadíssimos. Outros me pediram que desse um jeito de pescá-la d'água para ser esquartejada e comida, mas eu disse que não seria possível. Tentei mandá-los embora, mas o Marajá apareceu no meio deles e disse-lhes que descansassem os olhos sobre o oceano por um instante se queriam ver uma coisa que jamais esqueceriam em toda a sua vida. Logo os tubarões vieram pegar a presa, a pobre criatura agora enfraquecida até quase a morte, e a água pareceu ferver à toda a volta. Gostaria muito que Sua Imbecilidade Imperial tivesse pensado com um pouco mais de cuidado em seu conselho, dado o principal uso que demos ao oceano nesta viagem.

Eu e Leeson e alguns mecânicos descemos correndo até embaixo e vimos que surgira uma fissura de quase três pés de comprimento a estibordo, e a água entrava rapidamente e logo estávamos com água pela barriga. Rapidamente um grupo se mobilizou para retirar a água e reparar a avaria, embora não sem esforços hercúleos dos homens, com as bombas enferrujadas e até quebradas em alguns casos e com o porão bem cheio de grandes ratos.

Os reparos foram executados, foi feito um exame da carga. Treze bolsas do Correio Real foram destruídas sem possibilidade de recuperação e chamei George Wellesley, o Agente dos Correios, para conferir o relatório. (Um homem parvo e presunçoso, com arrogância de enlouquecer.) Dois barris enormes de carne de porco apodreceram no porão e estavam infestados de vermes, e assim dei ordens para que fossem jogados ao mar. Foram levados do porão, mas, nos dez minutos em que ficaram no convés enquanto os homens iam buscar as cordas, foram quebrados por pessoas que ninguém viu e completamente esvaziados de seu conteúdo.

Essas não foram todas as aventuras que vivemos no dia de hoje, pois mais tarde houve um pequeno incêndio no porão de passageiros que pegou por pouco tempo as vergas de cima e ameaçou alcançar o convés principal. Sete passageiros e dois tripulantes se feriram ao apagá-lo, sem gravidade. O cirurgião Mangan examinou todos eles e tratou com opiáceos as queimaduras. Houve danos consideráveis principalmente às anteparas de cima e de bombordo, mas podem ser reparados.

O mais perturbador foi-me trazido à atenção pelo Primeiro Oficial Leeson, depois de sua inspeção: alguns dos passageiros do porão vinham quebrando tábuas do revestimento interno e removendo partes das divisórias e do convés no setor de estiva para usá-las como combustível em suas fogueiras. Num setor perto da popa, quase todo o revestimento interno foi arrancado com vários buracos grandes abertos também nas tábuas externas, através dos quais agora os elementos têm acesso irrestrito.

Ao ser informado disso, mandei Leeson descer de volta ao porão e reunir todos os passageiros no convés de popa, onde lembrei-lhes, nas palavras mais duras possíveis, os regulamentos sobre fogo, velas e outras chamas nuas abaixo dos conveses. Além disso, a destruição de qualquer parte do navio era crime gravíssimo sujeito à pena de prisão. Podemos ter apenas um diazinho no mar, mas as regras a respeito serão cumpridas com o máximo vigor, pois um navio pode se perder a meia légua do porto com a mesma rapidez em que se afunda no oceano.

Mr. Dixon estava ali perto com Lady Kingscourt que, apesar da minha insistência para que permaneça nos camarotes da Primeira Classe, adotou ultimamente o hábito de visitar os passageiros do porão para entre eles fazer suas boas obras. Ele fez várias intervenções infelizes, perguntando-me em voz alta e ouvida por todos se as pessoas deviam suportar o frio e a umidade à noite e assim por diante, estimulando em geral a sua desafeição já substancial.

— Que diabos o senhor faria na situação deles? — exclamou.

Eu disse que profanidades dificilmente ajudariam a melhorar a situação, assim como execrações grosseiras não os manteriam secos nem aquecidos; o que quer que eu fizesse, não *destruiria a embarcação que impedia nossa própria destruição*, pois isso seria agir como o *imperador do hospício*.

Ele subiu com uma verdadeira fanfarra de blasfêmias e voltou logo depois com um cobertor do seu camarote e outro de Lady Kingscourt, insistindo que eu os aceitasse para dá-los a alguns passageiros do porão. Isso eu fiz. Mas achei curioso, não posso impedir, que ele se sinta tão à vontade tirando as cobertas do leito de uma dama casada, aparentemente sem muita cerimônia.

Nossos amigos americanos têm realizações admiráveis em muitos campos, mas no setor de boas maneiras costumam estar bem atrasados.

23h53. Faróis acesos na ponta mais oriental de Long Beach, perto da baía de South Oyster. Tempestade chegando.

“O falso americano”

CAPÍTULO XXXVI

A ANCORAGEM

NOSSA CHEGADA A NOVA YORK; E AS DIFICULDADES INESPERADAS QUE ALI NOS AGUARDAVAM; E CERTOS ACONTECIMENTOS INFAMES DOS DIAS SUBSEQÜENTES.

Sábado, 4 de dezembro de 1847
Nosso vigésimo sétimo dia de partida

LONG: 74°0,02' O. LAT: 40°0,42' N. HORA REAL PADRÃO DE GREENWICH: 04h12 (5 de dezembro). HORA AJUST. DO NAVIO: 23h17. (4 de dezembro). HORA DO OBSERVATÓRIO NACIONAL DOS ESTADOS UNIDOS: 23h12 (4 de dezembro). DIR. VENTO & VELOC.: E (88°). Força 2. PRECIPIT. ATMOSF. & OBS.: Frio extremo com vento cortante. Lançada âncora no Porto de Nova York.

Esta manhã, às quinze para as cinco, passamos pela Baía Jamaica e por Coney Island e chegamos ao canal Scotland Light, na Lower Bay, que leva ao Canal Sul do Porto de Nova York. Ali fizemos sinais com bandeiras para que um prático viesse nos buscar. O reverendo Deedes realizou uma rápida cerimônia de agradecimento pela chegada em segurança enquanto esperávamos que os timoneiros e o encarregado do porto chegassem; e nunca em todos os meus anos no mar senti-me mais feliz e mais grato ao Todo-Poderoso do que nesta manhã. Lorde Kingscourt se uniu a nós em oração; coisa muito incomum. Disse que ultimamente vinha tendo dificuldade para dormir.

Não veio nenhum sinal durante mais de duas horas, mas nada pensei a respeito, já que o porto esteve ocupadíssimo nos últimos anos. Voltei ao camarote e comecei a empacotar minhas coisas. Às onze horas, nenhum prático chegara, então comecei a ficar um pouco apreensivo. Voltei ao convés superior e esperei com a tripulação.

Finalmente, pouco antes do meio-dia, os rebocadores apareceram a distância e um grande grito de alegria subiu dos passageiros. Muitos se abraçaram e começaram a cantar hinos e canções nacionais. Mas a alegria logo seria amortecida por uma necessidade maior de paciência. A bordo do principal rebocador estava um funcionário da Divisão de Quarentena da cidade encarregado de me entregar uma ordem, sob as Leis da Alfândega, de não desembarcar, e sim ancorar e esperar novas instruções. Recusou-se a fornecer mais informações; eu deveria simplesmente fazer o que me mandavam e manter o navio em paz. Eu nada disse aos homens nem aos passageiros; somente a Leeson. Nós dois sentimos que a notícia talvez não fosse bem recebida.

O capitão-piloto Jean-Pierre Delacroix veio a bordo e assumiu o timão, um acadiano da Louisiana. Parecia falar pouquíssimo inglês e assim chamei Mr. Dixon, que conhece um pouco do idioma francês. Mas Delacroix nada disse sobre o que estava acontecendo no porto, meramente observou que tinha trabalho a fazer.

Muitos passageiros estavam num estado de tremendo júbilo quando prendemos cabos aos rebocadores e começamos a nos deslocar pelos Estreitos e entrar na Baía. Depois de quase um mês no mar, estar tão perto da terra sempre parece uma bênção. E na verdade a terra parecia tão bela e verdejante à luz fria do sol; a ilha Staten e Nova Jersey a oeste, as fazendas e cidadezinhas do Brooklyn a leste. Às vezes, os marinheiros dizem que a terra tem um certo cheiro e, neste dia, isso realmente parecia ser verdade, um aroma maravilhoso de vegetação e forragem. Podia-se ver a vila de Red Hook pela neblina que subia e vários vaqueiros no contorno dos morros tiraram o chapéu e acenaram ao passarmos, para grande regozijo de todos os passageiros.

Foi só quando os práticos nos levaram até o Canal Buttermilk que percebi que havia algo muito errado, pois em quatorze anos fazendo esta viagem isso nunca tinha acontecido. Tive uma sensação pesadíssima de mau pressságio. Dali fomos rebocados em torno da ilha e entramos no porto para enfrentar uma situação muitíssimo preocupante.

Cena assim eu nunca vi em minha vida. Pela minha estimativa, umas cem embarcações estão ancoradas agora no porto, todas sem permissão de atracar. Fomos levados pelos rebocadores até um ponto a cerca de quatrocentos metros das Docas de South Street, entre o *Kylebrack*, de Derry, e o *Rosa de Aranmore*, de Sligo, com o *Penacho Branco* de Dublin a ré. Lá recebemos ordens de lançar âncora e esperar novas informações. Quando acabamos de ancorar, estivar e escrever o relatório para a alfândega, mais duas embarcações tinham vindo atrás, o *Kylemore* de Belfast e o *Sir Giles Cavendish* de Mobile, no Alabama, que ia para Liverpool, mas tivera a vela principal arrancada dos cabos ao norte da Pensilvânia.

Considerei a situação geral que agora enfrentamos. Se eu disser que tenho muitos doentes a bordo, e tenho mesmo, isso pode tornar muito menor a possibilidade de permitirem o desembarque dos passageiros. Dificílimo saber que rumo tomar. Enviei uma mensagem ao porto dizendo que estava praticamente sem provisões e água e com bem mais de trezentas pessoas a bordo, entre tripulantes e passageiros; mas voltou um bilhete da Capitania mandando-me esperar. Forneceriam água doce e um médico, se necessário, mas qualquer tentativa de entrar com o navio seria considerada um ato ilegal e assim tratada; com a custódia ou queima da embarcação, se necessário, e a prisão de todos os tripulantes e passageiros a bordo. Pedi que um representante da companhia fosse enviado para me orientar, mas até a hora em que escrevo ninguém apareceu.

Às duas horas da tarde, recebi a visita do cirurgião Wm. Mangan, que disse estar muito preocupado com a situação do navio. Alguns passageiros estavam gravemente enfermos e precisavam ser levados a um hospital imediatamente. Expliquei-lhe as circunstâncias e disse que não havia nada que eu pudesse fazer. Ele perguntou se era verdade que levávamos um carregamento de mercúrio. Quando eu disse que sim, perguntou se poderia obter algum para preparar este ou aquele medicamento. É claro que concordei. ("Algum sedutor lá do porão deve estar precisando", brincou Leeson comigo, quando o médico saiu. E acrescentou: "Uma noite com Vênus, a vida toda com Mercúrio". Mas não achei graça nenhuma na observação. Já vi homens morrerem daquela doença cruel e não desejaria essa morte ao pior inimigo.)

A situação está ficando alarmante, para não dizer precária. Muitos passageiros jogaram as roupas de cama no mar, na crença de que seria inspecionada pelos responsáveis pela quarentena atrás de piolhos; e assim ficaram sem proteção contra o frio da noite. Não entendem que, apesar de todo o frio do dia, o frio da noite pode ser fatal nesta latitude. Estamos tão perto do *Ferrytown* e do *Clipper* que os passageiros conseguem chamar os que estão nos outros dois navios. Todo tipo de boato está agora se espalhando; por exemplo, que todos os que vieram da Irlanda serão mandados de volta na alfândega; que todos os imigrantes europeus precisam apresentar a quantia de mil dólares americanos antes de serem admitidos; que os homens estão sendo separados das esposas e filhos etc. e repatriados.

Mandei Leeson reunir todos os passageiros e informei-lhes que não havia nenhum motivo de alarme, mas minhas observações não foram bem recebidas. Fizeram-se muitas perguntas e observações zangadas. Ordenei que todo o estoque remanescente de vinho, cerveja e bebidas dos passageiros de Primeira Classe fosse distribuído entre os passageiros do porão. Talvez tenha sido uma tolice, mas agora é tarde demais.

É de se esperar que chegue alguma notícia amanhã, pois muitos estão num estado de extrema agitação.

✷

Primeiro dia, 5 de dezembro, o sabá.*
Nosso vigésimo oitavo dia de partida

LONG: 74°0,02' O. LAT: 40°0,42' N. HORA REAL PADRÃO DE GREENWICH: 23h14. HORA DO OBSERVATÓRIO NACIONAL DOS ESTADOS UNIDOS: 18h14. PRECIPIT. ATMOSF. & OBS.: Temperaturas baixíssimas durante o

*"*Primeiro Dia*": expressão quacre que significa domingo. — GGD

> dia todo, caindo a –16,71°C esta noite. Conveses e escadas escorregadios devido ao gelo. O cordame está congelado. Pontas de gelo pendem dos mastros, lanças e brandais, representando um perigo para os passageiros; mandei quebrá-las com vergas. Turbulência na noite passada, com ventos fortes e muitos passageiros enjoados.

Ainda ancorado na maré baixa no Porto de Nova York. Céu escuro e carregado o dia todo. Estimo que o número de embarcações na mesma situação seja agora de 174, aumentando a cada hora. As águas do porto muito cheias de fezes e todo tipo de imundície. Centenas de grandes enguias negras na água imunda. Uma criança do porão, na noite passada, pescou o que pensou ser um grande balão roxo com linha e anzol. Foi gravemente queimada por uma água-viva. Pode morrer.

Mandei uma mensagem ao meio-dia com o pedido urgente de uma reunião com alguém da Capitania do Porto, mas ainda não recebi resposta. Há cerca de uma hora, mandei Leeson fazer sinais com bandeiras à administração do cais para que pelo menos possamos desembarcar as mulheres e crianças, muitas das quais estão agora em estado lastimável, mas novamente não houve nenhuma resposta.

Dois passageiros do porão morreram na noite passada, John James McCraghe de Lee, nat. de Portarlington, Condado de Queen, e Michael Danaher de Caheragh, Condado de Cork. Ordenei que os restos fossem colocados na quarentena, já que os funerais estão estritamente proibidos no porto. (De qualquer modo, esses passageiros que professam a fé católica consideram profanação ser enterrado no dia do sabá.) Um marinheiro, William Gunn, de Manchester, está com um caso gravíssimo de febre e não se espera que dure mais que esta semana.

Esta manhã, o marinheiro John Grimesely veio a mim e disse que foi encarregado (na verdade, escolhido pelo voto) por seus camaradas de me procurar. Disse que os homens estão perturbadíssimos com os acontecimentos recentes e não seria possível pedir-lhes que agüentassem por muito mais tempo.

Na noite passada, várias discussões explodiram no porão, algumas delas com violência bastante considerável. Oito passageiros do sexo masculino foram colocados na cadeia, dois deles imobilizados com algemas ou ferros. Ele me disse que havia boatos de uma conspiração entre os passageiros do porão para arrebentar o casco do navio ou atear-lhe fogo caso não recebamos permissão de desembarque imediato.

Com essa observação, perdi a paciência e disse que eu mesmo acenderia a primeira tocha; que fiz-me ao mar para ser marinheiro, não para ser um realizador glorificado, e que se ele não voltasse imediatamente ao serviço eu poria o voto da ponta da minha bota em seu buraco democrático.

Pouquíssima comida. Água quase no fim. A que temos está congelada.

✷

Segunda-feira, 6 de dezembro
Vigésimo nono dia de partida

LONG: 74°0,02' O. LAT: 40°0,42' N. HORA REAL PADRÃO DE GREENWICH: 00h21 (7 de dezembro). HORA LOCAL: 19h21 (6 de dezembro). PRECIPIT. ATMOSF. & OBS.: Frio extremo com rajadas de neve. A temperatura às 14 horas era de –17,58°C. Fumaça e fuligem no ar.

Nosso camarada William Gunn partiu desta vida hoje de manhã, uma tristeza terrível, pois era um rapaz bom e honesto. Tinha 19 anos e era da cidade de Manchester, amigo leal de todos os que o conheceram.

Cai neve forte agora. Porto cheio até a ilha do Governador. Muitos boatos de que o porto foi fechado pela Marinha; todas as embarcações detidas e levadas por fragatas até ao largo de Coney Island e Rock'way Beach. Multidões imensas de pobres congregam-se no cais à nossa frente à espera de notícias de entes queridos a bordo dos navios. Muitos guardas e soldados mandam-nos embora.

Por sugestão de Lorde Kingscourt, dei ordens para que todas as provisões ainda a bordo sejam divididas igualmente entre passageiros do porão, tripulantes e passageiros da Primeira Classe. Recebi queixas enérgicas de Wellesley, o Agente dos Correios, que diz que jamais viajará de novo com a Companhia Estrela de Prata. Eu disse que lamentava profundamente a decisão (coisa que não lamento), mas não podia deixar os passageiros morrerem de fome para manter seus hábitos.

Mr. Grantley Dixon começou a enviar de barco para o *Tribune* de Nova York alguns relatos e artigos que escreveu sobre nossos sofrimentos. Se isso vai ajudar ou não, não me aventuro a opinar. (O homem destila um conhecimento tão íntimo da retidão que dá para jurar que vê um arcanjo no espelho quando se barbeia.)

Súcias de repórteres de jornais têm se aproximado em esquifes e botes, e também grandes grupos de "turistas" comuns. Embora estejam estritamente proibidos de embarcar em qualquer navio e de se aproximar a menos de vinte metros, chamam os passageiros e fazem-lhes perguntas, o que só pode espalhar alarme e inquietude. Soube que um repórter foi preso por tentar induzir um passageiro a pular do *Slieve Gallion Brae*, de Wexford, e assim fabricar uma notícia interessante.

Grupos de irlandeses residentes em Nova York também têm vindo, remando em todo tipo de embarcação, de botes de couro a escaleres, alguns pouco melhores que banheiras flutuantes, para perguntar sobre os parentes ou amigos que esperam. Às vezes, trazem cestas de comida e embrulhos de roupa e, embora não devêssemos aceitá-los, costumamos fingir que não vemos. É uma cena tristíssima ver pessoas chamando os nomes e cidades de origem dos entes queridos — "Mary Galvin, de Sligo, está aí com o senhor?" "Michael Harrigan, de Ennis, está aí? Sou seu irmão" etc. — e às vezes ter de descobrir que os familiares, na verdade, faleceram e foram sepultados no mar. Um pobre homem foi atendido pelo reverendo Deedes, chamando alegremente o nome do pai, como se lhe desse as boas-vindas, dizendo que preparara um bom lugar para ele na casa do filho no Brooklyn, onde nunca mais passaria necessidade. Só para ser informado de que seu parente jamais embarcara no navio, tendo morrido no cais de Derry um mês atrás. Outro homem trouxe a filha ainda neném no barco, nunca vista pelos avós, e segurava a pequenina bem alto com tanto orgulho, só para receber a terrível notícia de que sua mãe e seu pai tinham morrido no mar. É um som assustador, ainda mais à noite, ouvir todos os nomes sendo gritados na escuridão.

Esta manhã, eu mesmo fui abordado no convés por um grupo de irlandeses humildes que estavam num bote. Eles mesmos pareciam bem pobres e famintos. Gritaram para perguntar se um passageiro de nome Pius Mulvey de Ardnagreevagh estava a bordo e eu disse que sim. Então perguntaram se tínhamos um certo Lorde Merridith a bordo também. Mais uma vez senti-me feliz de confirmar que sim. Queriam saber se Lorde Merridith estava são e salvo. Disse que estava com saúde, embora meio cansado da viagem, o que é compreensível, e acabara de vê-lo há uns quinze minutos.

Com isso, uma pequena discussão secreta aconteceu entre eles. Pediram que eu dissesse a Mulvey, da próxima vez que o visse, que o comitê de recepção aguardava para saudá-lo. Esperavam que ele não os tivesse esquecido. E que eu apenas dissesse que "os rapazes hibérnios" tinham lhe mandado boas lembranças. Estariam no cais, observando e à espera. Preparavam uma festança para ele, disseram. Uma festa que ele jamais esqueceria enquanto vivesse. O bezerro gordo estava sendo preparado para a matança agora que o filho pródigo em pessoa chegava à América. Assim que pusesse os pés pela alfândega estariam esperando, foi o que disseram.

Estou certo de que o pobre homem ficará satisfeitíssimo; pois é sempre agradável, no final de uma viagem longa e difícil, ver um grande número de rostos amigos.

CAPÍTULO XXXVII

O ASSASSINATO

Só se pode especular sobre os pensamentos que devem ter torturado Pius Mulvey na terça-feira, sétimo dia de dezembro de 1847; último dia que passaria no *Estrela do Mar*.

De manhã cedo, foi visto brincando de cara ou coroa com Jonathan e Robert Merridith no convés superior perto da proa e depois ensinando-lhes a letra de uma balada sem sentido. Os dois, por sua vez, pareciam estar lhe ensinando os mistérios de algum estranho entretenimento mais tarde identificado como Futebol do Colégio Winchester. Foi visto no convés, segurando uma bola feita de trapos acima da cabeça e gritando "Vermes!" — aparentemente um dos elementos importantes daquele jogo.

Por volta das dez horas da manhã, visitou a cozinha e perguntou ao *sommelier* se seria possível fazer algum tipo de trabalho e receber em troca uma garrafa de vinho. Explicou que desejava dar um presentinho a Lorde e Lady Kingscourt, que tinham lhe demonstrado tamanha gentileza. O cozinheiro do navio, um chinês, mandou-o quebrar um pouco d'água congelada e realmente recebeu meia garrafa de borgonha pelo esforço, que presenteou a Lady Kingscourt com um bilhete de gratidão. Ela achou que ele agia de modo realmente muito estranho: todo sorrisos num minuto e com grande temor no seguinte. "Parecia estar falando meio de lado", disse ela mais tarde; "como se sobrecarregado por algum grande peso do qual quisesse se libertar." Ficava dizendo que Jonathan e Robert Merridith eram "bons meninos", que o marido de Lady Kingscourt era "um homem decente". Que era uma pena que todas as dificuldades na pátria tivessem causado tanta "separação" entre as pessoas. Não havia necessidade de nada disso, ainda mais numa época tão difícil. Todos fizemos no passado coisas que não deveríamos ter feito, mas "olho por olho todo mundo fica cego". Quanto mais ela concordava com ele, mais ele se repetia. Parecia estar tentando convencer-se de alguma coisa.

Sabemos que teve uma conversa curiosa com o Capitão naquela manhã, na qual perguntou se seria possível engajar-se na tripulação do navio e voltar a Liverpool. Lockwood achou a pergunta espantosa. Nunca em todos os anos no mar teve um passageiro que fizesse tal pedido. E o fato de ser feito quando a América estava a praticamente um braço de distância pareceu-lhe coisa tão esquisita a ponto de ser absurda, mas creditou-a à ansiedade tantas vezes sofrida por emigrantes somada à vitimização de Mulvey a bordo. Disse que o navio não voltaria imediatamente a Liverpool, pois precisava de muitos reparos em um estaleiro, em Nova York, e talvez ficasse ali até depois do Natal. Além disso, contou a Mulvey um incidente curioso que acontecera na manhã anterior, quando um grupo de irlandeses aparentemente amigáveis remou até o *Estrela* e perguntou sobre o seu bem-estar. A notícia foi dada para tentar tranqüilizá-lo; mas ele não pareceu nada tranqüilo. Pior, disseram que ficou muito pálido e momentos depois passou fisicamente mal; problema que creditou a alguma coisa ruim que tivesse comido.

Nalguma hora daquela manhã, desci até a cadeia para tentar uma entrevista com o prisioneiro Seamus Meadowes, mas não o encontrei ali. Com febre muito alta devido à umidade e ao frio da cela, fora solto sob custódia do Capitão, que lhe avisou que seria fuzilado caso criasse algum problema. Ficou abrigado na cabine do Primeiro Oficial Leeson, trancado a chave, e ali se recusou a me conceder a entrevista. Jornais de nada lhe serviam, disse; menos ainda quem os escrevia. Além disso, fingia falar pouco inglês, embora eu soubesse que sabia falá-lo com bastante fluência quando queria. De fato, quando saí do camarote, ouvi-o perguntar distintamente ao guarda se tinha permissão de subir e pegar um pouco de ar.

Então passei cerca de uma hora no porão, fazendo o pouco que podia para ajudar o Cirurgião Mangan a cuidar dos passageiros. Muitos estavam num estado de temor exausto e imploravam-lhe que usasse sua influência para tirá-los do navio. No caminho de volta, vi Mulvey nos camarotes da Primeira Classe. Parecia nervoso quando o encontrei no corredor e nada disse quando passamos. Já que sempre parecia nervoso, nada pensei a respeito.

O que ele encontrou em sua cabine deve ter-lhe aumentado bastante a ansiedade.

Sabemos que deve ter sido colocado ali um pouco mais para o fim da manhã ou durante a tarde, pois um camareiro entrara para buscar alguns cobertores guardados por volta das dez horas e descreveu o depósito, num depoimento mais tarde à polícia, como "completamente vazio; quero dizer, não havia nada de estranho nele". O mesmo homem entrou de novo pouco antes das quatro horas e viu o bilhete fechado sobre a cama. Achando ser coisa particular, não olhou com atenção.

A inicial de Mulvey — M — estava cuidadosamente desenhada a tinta no envelope, na letra fria e cuidadosa de quem quer anonimato. As letras grossas que formavam o bilhete tinham sido cortadas de uma página impressa. Para muitos seria incompreensível. Para Pius Mulvey, as palavras inglesas só podem ter sido apavorantes.

GET HIM
RIGHT SUNE
Els Be lybill

PEGA ELE. LOGO. OU VAI PAGAR. Era nada mais nada menos que a recusa da comutação da pena. David Merridith ou Pius Mulvey: um deles jamais poria os pés em Manhattan.

Quanto à vítima pretendida, é impossível determinar com exatidão o que fez pela manhã e à tarde do mesmo dia.

Pouco antes do alvorecer, às quinze para as sete, chamou um camareiro e disse-lhe que não estava se sentindo bem. Pediu que buscasse o Cirurgião Mangan imediatamente, mas, quando o médico chegou, Merridith parecia um pouco melhor. Queixou-se apenas de dor de cabeça, causada por ter bebido muito e pelo frio intenso, e mandou o Cirurgião de volta ao camarote dizendo que pretendia dormir um pouco.

Por volta das oito e meia, chamou o camareiro outra vez e pediu-lhe um leve desjejum. Quando o homem voltou com o café e o mingau de aveia, Lorde Kingscourt pediu-lhe que lhe preparasse um banho. Estava aparentemente de bom humor, embora silencioso.

Depois de banhar-se, pediu ao camareiro, um brasileiro de nome Fernão Pereira, que o ajudasse a se barbear e se vestir. Mencionou que não estava enxergando bem e não queria cortar o rosto. Disse ao camareiro que deixasse a navalha, explicando que tinha o hábito de se barbear duas vezes por dia, uma pela manhã e outra antes do jantar. Ele foi "muito insistente" a esse respeito, declararia mais tarde o camareiro.

Lorde Kingscourt permaneceu em seus aposentos até cerca de onze e meia; a esposa e o filho Jonathan viram-no ao passar. Procurava alguma coisa numa pequena pasta onde guardava documentos. Saudou-os de modo normal.

Ninguém o viu até por volta de uma da tarde, quando almoçou com o Marajá na sala de jantar pequena ao lado do Salão de Fumar. Foram pedidos vários petiscos para depois da refeição. Jogaram algumas mãos de *gin rummy* apostando xelins e com freqüência bastante incomum Lorde Kingscourt ganhou. Seguiu-se então uma conversa sobre variantes das regras do pôquer, do bilhar e de outras diversões masculinas. O Agente dos Correios no navio, George Wellesley, recordou-se, vários anos depois da viagem, que Merridith o entediara tentando explicar-lhe um jogo de palavras chamado "doohulla", que ele e suas irmãs tinham inventado na infância, e tomou um calicezinho de porto com o grupo enquanto isso. Quando a conversa terminou, Merridith pediu uma garrafa do mesmo porto e voltou ao camarote, dizendo que pretendia ler.

No caminho de volta, por volta das quinze para as três, foi visto no convés, fora dos camarotes da Primeira Classe, jogando futebol com os dois filhos. Parecia "bastante feliz", segundo uma testemunha, um marinheiro inglês chamado John Grimesley.

O filho mais novo, Robert, comera demais no almoço e não estava se sentindo muito bem e, assim, Lorde Kingscourt acompanhou-o de volta ao camarote. Houve uma conversa sobre a desarrumação do cômodo e Robert foi repreendido pelo pai pela confusão generalizada e pela falta de ar fresco. Não admirava que o menino estivesse doente, foi o que disse. Também foi dito que não devia se aproveitar da gentileza de Pius Mulvey e fazê-lo jogar futebol a manhã toda, quando os conveses estavam tão cobertos de gelo a ponto de serem perigosos. O defeito do pobre Mulvey era grave e era importante ser gentil com alguém naquela situação. Lorde Kingscourt foi até a vigia, puxou a cortina e abriu-a. Naquele ponto, Robert Merridith disse uma coisa que teria profundas conseqüências.

— Sabe quando ficou zangado comigo no outro dia, papai? Sobre Mr. Mulvey?

— Eu não queria ficar zangado, meu velho. É que não devemos deixar a imaginação nos levar longe demais, só isso.

— Por que ele disse que não caberia na janela?

— O que quer dizer?

— Na ceia. Ele disse que um homem grande como ele nunca caberia numa janelinha como aquela.

— E?

Robert Merridith disse ao pai:

— Eu nunca falei nada sobre a janela a Mr. Mulvey. Então como é que ele sabia?

— Sabia o quê, Bobs?

— Bem, que a pessoa que eu vi entrou pela janela.

Durante vários minutos, Lorde Kingscourt evidentemente não disse nada. Muitos anos depois, o filho recordou que foi o mais longo período de silêncio absoluto que conseguia recordar ter passado em companhia do pai. O pai parecia "completamente distraído", disse. "Como alguém num transe ou num tipo de hipnotismo". Sentou-se no baú e fitou o chão. Parecia totalmente inconsciente de que havia mais alguém com ele no quarto. Finalmente o menino se aproximou do pai e tocou-lhe o braço. Lorde Kingscourt levantou os olhos para o filho e sorriu "como se tivesse acabado de acordar naquele momento". Despenteou-lhe o cabelo e disse-lhe para não se preocupar com mais nada. Tudo ia ficar bem agora.

— Você acha que Mr. Mulvey estava fazendo alguma brincadeira?

— Claro, Bobs. Acredito que sim. Fazendo uma brincadeira.

Robert Merridith voltou ao convés, deixando o pai sozinho na cabine. O que o Conde estava pensando não podemos saber. Mas devia estar brigando com um fato inevitável e chocante: Pius Mulvey realmente entrara no quarto do filho com uma faca. Queria cometer um crime naquele navio.

Neste ponto, o quadro fica confuso. O Cirurgião Mangan recordou ter visitado Lorde Kingscourt duas vezes durante a tarde, e ministrando-lhe duas doses fortíssimas de mercúrio em forma de injeção e uma porção de láudano para ajudá-lo a dormir. Aparentemente, ele sentia uma dor terrível, quase incapacitante. Mas vários passageiros do porão declararam mais tarde tê-lo visto ir até seus camarotes nas horas seguintes. Outros insistiram têlo observado a caminhar sozinho perto da popa, olhando para a linha do horizonte ao sul da ilha de Manhattan, que na época era um amontoado de casas de cômodos e residências pobres. Um grande incêndio destruíra um dos cortiços naquele dia; as chamas e a fumaça podiam ser vistas com clareza do lado do *Estrela* que dava para o porto. Uma viúva idosa, natural da região da cidade de Limerick, jurou ter visto Lorde Kingscourt sentado junto a seu cavalete pintando um quadro dos prédios em chamas. Nevava muito então e ele não usava casaco, mas ela não se aproximou, achando-o "muito endemoninhado".

Havia um clima carregado de perigo no *Estrela* aquela noite. O estoque de comida estava quase inteiramente esgotado; neve derretida era agora a única fonte de água potável. A esta altura, todos no porão acreditavam piamente que o navio seria mandado de volta à Irlanda nos próximos dias. Muitos da Primeira Classe também acreditavam nisso. Também havia muitos boatos de que alguns passageiros planejavam pular do navio e tentar nadar os quatrocentos metros até o porto. Muitos tinham vendido até a última posse para pagar a viagem. Muitos podiam literalmente ver seus entes queridos à espera no cais. Tendo chegado tão longe, e a um custo tão alto, não queriam voltar.

Por sua vez, os marinheiros estavam preocupadíssimos. Representar o papel de carcereiros combinava com pouquíssimos deles; também não queriam ser enfermeiros de passageiros doentes, sem treinamento nenhum para isso. Cochichava-se até que alguns dos próprios tripulantes estavam a ponto de desertar, com medo de pegar febre com a piora das condições a bordo e irritados por terem de policiar passageiros famintos para cujo aprisionamento prolongado não viam razão. Um marinheiro me disse que, se os passageiros tentassem fugir, não faria nada para impedi-los e, em vez disso, lhes desejaria boa sorte. Outro, escocês, disse que, se lhe mandassem usar armas de fogo contra os passageiros, recusaria e jogaria sua arma no mar. Perguntei o que faria se recebesse as ordens sob a mira de outra arma. (Havia o boato de que a polícia de Nova York poderia dar uma ordem dessas.) "Eu mato o filho-da-puta que me apontar uma arma", respondeu. "Ianque ou inglês, vai receber uma bala."

Às sete horas da noite, vi Merridith no Salão de Jantar. Estava bem vestido, como sempre, e parecia bastante forte. O frio estava bem selvagem no navio aquela noite; quase todo mundo no salão usava sobretudo, mas não Merridith, um seguidor da etiqueta. Não trocamos muita conversa, mas recordo que tudo o que ele disse foi muito claro. Como sempre, fez algumas piadas à minha custa, mas isso não era nada fora do comum.

Jantei aquela noite na mesa do Capitão, com Wellesley, o Agente dos Correios, o Primeiro Oficial de Máquinas, o Marajá, o reverendo Deedes e Mrs. Marion Derrington. Mangan, o cirurgião, estava completamente exausto, agora muito mal de saúde com uma infecção estomacal, e transmitiu suas desculpas por meio da competente irmã.

Os Merridith sentaram-se sozinhos numa mesa para dois. Não disseram muita coisa, mas não houve discussão. Lorde Kingscourt pareceu comer uma ceia bastante substancial, embora até na Primeira Classe estejamos reduzidos agora a bacalhau seco e bolachas; e deu boa-noite ao nosso grupo quando saiu do salão. Uma conversa sobre literatura estava em andamento nessa hora. Ele contribuiu com algumas observações, nada de muita importância. E me lembro que apertou minha mão logo antes de sair — coisa que nunca fez antes, a não ser, talvez, na primeira vez em que nos vimos, em Londres, há seis anos.

— Continue com seu trabalho, meu velho — disse. — O importante não é o material, mas o modo como o material se compõe.

De volta ao camarote, fez alguns desenhos: pequenos estudos bastante bons de casas aristocráticas; um esboço de um menino camponês das colinas de Connemara, no qual os observadores viram alguns traços de si mesmo. Outros ficaram espantados com a semelhança com seus filhos; principalmente, dizem, com Jonathan. Desenhar de memória deve ter sido difícil aquela noite. Mas a imagem não é intranqüila. Está claro que o menino é pobre; mas está claro que não está morrendo. Ninguém está morrendo. Seus pais devem estar em casa. Se é a imagem de um de seus rendeiros, e muitos dizem que é, deve ter-se baseado numa lembrança realmente bem distante.

Mais ou menos às quinze para as dez, pediu um copo de leite quente, mas o camareiro de serviço lhe disse que não havia mais leite a bordo. Pediu então um copo d'água quente ou de sidra adoçada. Também perguntou ao camareiro se seria possível lhe arranjar uma bíblia emprestada, talvez do capitão ou do cirurgião. O camareiro foi ao camarote de Lockwood, mas o Capitão não estava lá e não havia bíblia em sua estante. Então o homem foi ao camarote do reverendo Deedes e ali conseguiu o que era necessário. Ao levá-la a Lorde Kingscourt, recebeu uma bela gorjeta. Teve ordens de não ficar de guarda do lado de fora da porta. Parece que Merridith brincou que não conseguia dormir sob guarda ("nem dar uma mijadinha com outro camarada por perto"), duas coisas que tinham estragado seus dias na marinha. O homem disse que preferiria ficar de guarda, por segurança. Lorde Kingscourt pegou a navalha e abriu a lâmina.

— Atenção, Macduff — disse ele, e sorriu. — Não há ninguém neste navio que seja páreo para um Merridith.

Um marinheiro no tombadilho notou que ele abriu a vigia mais ou menos às dez e meia. Por ser uma noite tão fria, o homem achou estranho. A luz estava baixa, mas não apagada. Colocou os sapatos do lado de fora da cabine para serem engraxados. Despiu o terno de cerimônia e pendurou-o com cuidado no guarda-roupa. E vestiu as roupas antigas e roídas de traça que deve ter trazido da Irlanda: as calças de lona de um camponês e um "*bratt*" de flanela tecido à mão: o blusão de um fazendeiro, do tipo usado em Connemara.

Leu e sublinhou as seguintes linhas do Evangelho de Marcos, capítulo doze:

1 E ele começou a falar-lhes por parábolas. “Um homem plantou
uma vinha, depois arrendou-a a uns lavradores e ausentou-se do
país. **2** No tempo próprio, enviou um servo aos lavradores para que
deles recebesse do fruto da vinha. **3** Mas estes, apoderando-se dele,
o espancaram e o mandaram embora de mãos vazias. **4** E tornou a
enviar-lhes outro servo; e a este feriram na cabeça com pedras e o
ultrajaram. **5** Então enviou ainda outro, e a este mataram; e a outros
muitos, dos quais a uns espancaram e a outros mataram. **6** Ora, tinha
ele ainda o seu filho amado e este lhes enviou por último. E disse:
“A meu filho sei que terão respeito”. **7** Mas aqueles lavradores dis-
seram entre si: “Este é o herdeiro; vinde, matêmo-lo, e a herança será
nossa.”

✷

Pouco antes das 11h daquela mesma noite, alguns marinheiros que teoricamente estavam de vigia foram dominados por um grupo de cerca de vinte homens do porão, liderados por Seamus Meadowes, de Ballynahinch, que conseguira arrombar o camarote do Primeiro Oficial meia hora antes. Quando chegou ao congelado convés superior, Meadowes estava "enraivecido e coberto de sangue" e "rugia que naquela noite fora dado um golpe pela liberdade". Arrebentaram as correntes de dois barcos salva-vidas; desceram-nos até a água gelada e pularam atrás. Um homem ficou na água e começou a nadar. Os outros subiram no menor dos dois barcos e começaram a remar com força para a margem. Nenhum era um barqueiro experiente; o pânico logo se instalou. Em breve perderam os remos e os fugitivos desesperados foram vistos tentando remar com as mãos.

Momentos depois, Pius Mulvey surgiu no convés muito agitado e implorou para que o deixassem ir com o segundo grupo. Foi empurrado e violentamente agredido. Nesse ponto, um grupo maior, formado de mais umas cinqüenta pessoas, surgiu de várias partes do navio. Entre elas estava Mary Duane.

Nisso, alguns passageiros estavam pulando a bordo. Muitos viram-se em imediata dificuldade; a água devia estar gelada a ponto de paralisar e a maioria não sabia nadar. Parece que começou uma discussão no convés sobre quais passageiros restantes ocupariam os lugares do segundo barco. As poucas mulheres e crianças foram acomodadas primeiro; depois os maridos das mulheres, ou homens seus parentes ou noivos. Ofereceram a Mary Duane, última mulher presente em cena, um dos dois últimos lugares. Ela negou por pouco tempo e depois disse que aceitaria. Ofereceram a um homem muito velho de Galway chamado Daniel Simon Grady o lugar ao lado dela. Ele era muito admirado pelos passageiros do porão, um velho muito bondoso.

Mulvey deu um passo à frente e disse que tinha mais direito por pertencer à família de Mary Duane.

Ela respondeu:

— Pode apodrecer.

Então ouviram Mulvey proferir as palavras:

— Tenha pena de mim, Mary. Não me negue minha única chance, por piedade.

Começou a chorar e a agarrar as mãos dela. Parecia absolutamente convencido de que sua vida estava em perigo. Não parava de dizer que não podia sair do navio e passar pela alfândega com o resto dos passageiros, que tinha fortes razões para acreditar que seria assassinado se assim fizesse. E não podia se arriscar a ser mandado de volta à Irlanda, pois destino igual o aguardava lá, e de qualquer modo ele não agüentaria enfrentar a viagem.

Ela disse que ele merecia esse destino e coisa pior.

— Já não houve tortura bastante, Mary? Bastante sangue derramado? *Bastante* até agora?

O velho de Galway perguntou a ela se o que Mulvey dizia estava certo. Ele era mesmo seu parente? Ela devia dizer a verdade. Renegar alguém da própria família era uma coisa horrível de se fazer. Muitíssimos na Irlanda tinham feito isso antes. Tantos agora tinham se voltado contra o próprio sangue. Ele não condenava ninguém; era tão cruel o que acontecera ao povo. Era coisa de partir o coração ver aquilo acontecer. Vizinho contra vizinho. Família contra família. Para um homem, virar as costas ao próprio irmão era o pior dos pecados. Mas os homens eram fracos. Tantas vezes sentiam medo. Para uma mulher, assim agir jamais teria perdão.

— Seu nome é Duane, meu amor? — perguntou-lhe o velho.

Ela disse que sim.

— De perto de Carna?

Ela concordou com a cabeça.

— Este nome é um tesouro para você! Sua família foi grandiosa.

Quando ela não respondeu, perguntaram-lhe de novo se deixaria para trás, sofrendo, alguém de sua própria família. Talvez para morrer. O que, na verdade, um Duane faria? O velho disse que não poderia ocupar o lugar naquelas circunstâncias. Nenhuma bênção viria de um ato desses; nem haveria nenhum mérito. Ele mesmo só estava ali por causa do amor familiar natural; seus filhos em Boston tinham lhe mandado a passagem. Tinham pouco, mas economizaram cada centavo para isso. Muitas vezes passaram fome só para salvá-lo. Não havia a menor necessidade de assim agirem, além da simples misericórdia humana. "A única coisa que torna nossa vida aqui suportável." Não podia desgraçar o nome deles ficando no caminho de outra família. Sua esposa no Céu choraria por sua honra se ele assim fizesse.

— Entre no barco — disse Mary Duane ao velho de Galway.

A neve começou a cair. Ele colocou a mão no ombro dela.

— Nada me resta — contaram que ele disse. E alguns afirmaram que ele continuou, em irlandês: — Nada neste mundo. Só o meu nome.

Mais uma vez, Mulvey se adiantou e implorou por mais uma oportunidade. Mais uma vez, ela o acusou de não merecê-la. Tinham cuspido nele, suas roupas estavam rasgadas. Parecia quase invulnerável aos chutes e socos que lhe davam. Disseram que tremia de medo ou dor, mas não levantou a mão para proteger-se.

— Em você não há dúvida, Mary? Nem um grama de dúvida? Está dizendo que é disso que Nicholas gostaria? Agir assim vai remendar os erros cometidos? Isso vai fazer o tempo voltar? Vou morrer, se é o que você quer. *Já estou morto.*

Acho que sei a resposta que eu daria. Acredito que sei até que palavras usaria, cada maldição, cada cusparada, cada última acusação. Ouvi o anátema que despejaria sobre Pius Mulvey. Vi minha adaga afundar em seu coração de traidor; o êxtase estonteante do ódio candente que eu sentiria. Ou talvez dissesse simplesmente: "Não o conheço". Nunca o vi. Você não tem nada a ver comigo.

Mas não foi essa a resposta de Mary Duane.

Faz quase setenta anos desde os acontecimentos daquela noite e nem um dia se passou nessas sete longas décadas — quero dizer literalmente nem um único dia — sem que eu rebusque minha mente atrás de alguma explicação para o que aconteceu em seguida. Conversei com todas as pessoas vivas que testemunharam o acontecido; todos os homens, todas as mulheres, todas as crianças e todos os marinheiros. Discuti a questão com filósofos, doutores da mente. Padres. Ministros. Mães. Esposas. Durante muitos desses anos, vi a cena em sonhos; às vezes ainda a vejo mesmo agora. E acredito que quando minha própria hora chegar a verei de novo; um acontecimento que nunca vi, mas só contei. Pius Mulvey de joelhos, implorando por sua vida. Mary Duane acima dele, tremendo com as lágrimas; pois ela chorou naquela noite no *Estrela do Mar*, como talvez só a mãe de uma criança assassinada pudesse chorar. Ninguém jamais salvou Alice-Mary Duane, cujo pai arruinado deu-lhe fim à vida agoniada. A mãe chorou quando murmurou seu nome. "Como uma oração", como disseram muitas testemunhas.

E quando o nome foi pronunciado, alguns começaram a rezar; e outros começaram a chorar em solidariedade. E outros que também tinham perdido seus próprios filhos começaram a dizer o nome das crianças. Como se o ato de dizer seus nomes — o ato de dizer que já tinham tido nomes — fosse pronunciar a única oração capaz de ter importância num mundo que afasta os olhos dos famintos e moribundos. Eles foram reais. Existiram. Foram levados nestes braços. Nasceram e viveram e morreram. E vejo-me no convés com um grito de vingança; como se fosse minha própria esposa que fosse flagelada até o desespero; meu próprio filho indefeso tão cruelmente destruído.

Foi perdão? Ingenuidade? Poder? Perda? Algum congregado obscuro de todas essas coisas, ou alguma outra coisa ainda mais obscura? Talvez nem mesmo Mulvey soubesse a resposta. Talvez a própria Mary Duane não a conhecesse.

Se era misericórdia — e simplesmente não posso dizer o que era —, só se pode tentar adivinhar o que fez Mary Duane demonstrá-la. Onde é que a encontrou nunca se poderá saber. Mas ela a demonstrou. Ela a encontrou. Quando o momento da desforra desdobrou-se da História e apresentou-se como a espada de um carrasco, ela virou as costas e não o aproveitou.

Em vez disso, ainda chorando e agora auxiliada a ficar de pé, confirmou que Pius Mulvey de Ardnagreevagh era irmão de seu falecido marido, seu único parente vivo em cinco mil quilômetros.

Perguntaram-lhe se ela queria ficar no navio e se arriscar a ser mandada de volta à Irlanda com ele. Ela hesitou por um instante e depois disse que não, não queria.

Entraram juntos no segundo salva-vidas, ocupando os dois últimos lugares, e foram vistos pela última vez afastando-se na direção do cais.

CAPÍTULO XXXVIII

A DESCOBERTA

Trigésimo primeiro dia de partida

LONG: 74°0,02' O. LAT: 40°42' N. HORA REAL PADRÃO DE GREENWICH: 00h58 (9 de dezembro). HORA LOCAL: 19h58 PRECIPIT. ATMOSF. & OBS.: Porto de Nova York. Maré baixa.

†

Neste oitavo dia de dezembro, no ano de Nosso Senhor de mil oitocentos e quarenta e sete, é meu pesaroso dever registrar a notícia do cruel assassinato de Lorde Kingscourt de Carna, nosso amigo David Merridith, o nono Conde. Seu corpo foi descoberto pela Condessa de Kingscourt esta manhã, pouco depois do amanhecer, nos camarotes da Primeira Classe. O cirurgião Mangan atendeu imediatamente, mas declarou que a morte aconteceu por volta das onze horas da noite passada. A causa foram sete profundas perfurações no alto das costas e uma na parte de trás do crânio. Mas o mais horrendo é que a garganta foi cortada tão fundo que a cabeça estava quase completamente separada do corpo.

Nenhuma arma foi encontrada e a busca continua. Sua Excelência deve ter sido horrivelmente surpreendido, pois não havia marcas de defesa nas mãos nem nos braços, nem se ouviu nenhum grito vindo da cabine.

Foi feita uma revista completa nos camarotes da Primeira Classe; tendo sido encontrado um estranho bilhete rasgado em pedaços na lata de lixo da área de desembarque inferior, como que um tipo de carta de chantagem. Foi guardado e será entregue à polícia de Nova York.

Como Capitão, toda a responsabilidade pela segurança do navio recai exclusivamente sobre mim e, portanto, apresento aqui minha demissão do comando desta embarcação e também do emprego na Estrela de Prata Navegação & Cia., a contar do desembarque dos passageiros e da carga em Nova York.

Mandei um barco até o cais e expliquei o fato assustador e pedi permissão para atracar devido às circunstâncias; mas a permissão foi negada pelas autoridades com todo o vigor. Um grande grupo de policiais e funcionários do serviço de imigração veio e tomou o depoimento de grande número de passageiros do porão e outros. Foi confirmado que Shaymus Meadowes, originário de Ballynahinch, no Condado de Galway, um dos que fugiram do navio na noite passada, realmente ameaçara com extrema violência Lorde Kingscourt e outros proprietários de terra da Irlanda no passado e, assim, deve ser considerado o principal suspeito, ou no mínimo o mandante do mal. O senhor Mulvey não era o único a considerá-lo um perigo. Muitos passageiros acreditam que seja membro dos "Confiáveis" de Galway e parece que muitas vezes ele afirmou que o era; gabando-se em várias ocasiões de que sabia com certeza que Lorde Kingscourt jamais sairia vivo do navio.

Os passageiros da Primeira Classe podem ter permissão de desembarcar daqui a poucos dias; mas os do porão terão de esperar até que todos sejam interrogados e examinados e não se encontrem enfermidades.

Expliquei ao Capitão Daniel O'Dowd, da Polícia de Nova York, que tínhamos alguns restos humanos guardados, com as conseqüências inevitáveis que seriam de se esperar, e estava preocupado com a saúde daqueles a meu cargo. Sugeri que talvez uma grande quantidade de veneno contra ratos possa ser fornecida, mas me disseram que isso não seria possível, pelo menos não no momento, mas que seriam tomadas providências para o sepultamento dos corpos.

Duas balsas se aproximaram pouco antes do meio-dia e os restos mortais que tínhamos lá embaixo foram nelas embarcados, inclusive os de Lorde Kingscourt. Não tínhamos bandeira para amortalhá-lo e portanto arriamos a bandeira da União do mastro principal e a usamos. Para grande angústia de Lady Kingscourt e seus filhos, ouviu-se um pequeno número de passageiros dar vivas quando as cores foram arriadas. Apelei para que atentassem ao simples respeito aos mortos, e desistiram. Disseram que não era do morto que estavam zombando, apenas da bandeira. Quando eu disse que era a bandeira sob a qual ele servira ao seu país, um homem respondeu que muitos irlandeses também o serviram e não tinham sua própria bandeira para serem enterrados, como nenhum daqueles que morreram no *Estrela*. Nem bandeira nem cerimônia para eles, disse. No mesmo dia em que embarcara no *Estrela do Mar*, novecentos corpos dos que tinham morrido de fome tinham sido jogados numa vala comum em sua cidade natal de Bantry. Nenhuma cruz. Nenhuma lápide. Nenhum caixão. Nenhuma bandeira. Respondi que entendia seus sentimentos a respeito, como realmente entendo, mas que aquela não era hora para uma discussão dessas, já que o luto de todas as viúvas com certeza é igual, como deve ser igual a tristeza de todas as criancinhas privadas do pai. Apertamos as mãos e ele tirou o chapéu quando o corpo de Lorde Kingscourt foi baixado, embora tenham-se visto outros que deram as costas.

A balsa sendo pequena, havia pouco espaço para os enlutados. Permitiram o embarque de Lady Kingscourt e seus filhos, de Mr. G. Dixon como amigo da família, do Ministro Deedes e de mim como Capitão do navio. Os passageiros do porão que tinham perdido seus entes queridos ficaram muito irritados, mas o Prático disse simplesmente que não havia capacidade a bordo. Mr. Dixon disse que cederia seu lugar, mas os meninos pareceram muito angustiados e imploraram-lhe que ficasse. O Prático fez menção de afastar-se, mas foi afetado pelo pranto dos enlutados a bordo. Era um homem gentil, um escocês das Hébridas, e podia-se ver que sentia-se solidário com o povo. Finalmente, disse que levaria mais um enlutado como representante de todos os outros, se escolhessem depressa. Tiraram a sorte para decidir quem seria o representante e Rose English, uma mulher casada de Roscommon, foi escolhida, estando o marido entre os mortos.

Fomos rebocados de volta algumas milhas pelo Canal de Gedney, a pouca distância para oeste do Farol de Sydney; e mais adiante passando pelo Estreito de Verazano e entrando na Baía Inferior. Ali recebemos ordens de esperar a subida da maré. Aos sete minutos para as treze horas, o Prático nos deu o sinal. Mrs. English perguntou se podíamos esperar mais alguns minutinhos. A pobre senhora estava agora muito angustiada, mas tentava falar com calma. Uma da tarde em Nova York seriam seis horas da tarde em casa, disse ela. Os sinos tocariam o Ângelus em toda a Irlanda. O Prático concordou que podíamos esperar.

Mrs. English, católica romana, começou a recitar baixinho o Rosário em latim e a ela se uniu o oficial do Prático, um italiano de Nápoles. Nós outros ficamos juntos de pé numa oração silenciosa por algum tempo e acrescentamos um amém no final. Os dois meninos tentavam mostrar-se corajosos, mas como conseguir em circunstâncias tão terríveis? Lady Kingscourt começou a chorar e notei que Mrs. English, também chorando, pegava-lhe a mão.

Com o sinal do Prático à uma da tarde, entregamos às profundezas os restos mortais de David Merridith e também os de nove homens, mulheres e crianças da Irlanda, e os de nosso gentil camarada William Gunn, de Manchester. Com a concordância de Mrs. English, o reverendo Deedes leu baixinho um trecho do Livro de Orações: que esperamos pela Ressurreição do corpo (quando o mar entregará seus mortos) e a vida do mundo que virá, através de Nosso Senhor Jesus Cristo; que Sua vinda mudará nosso corpo vil, que será igual ao Seu corpo glorioso; por todo o poder com o qual Ele submete a Si todas as coisas.

Que Deus Todo-Poderoso lhe dê paz. Ele deixa uma esposa, Lady Laura, e dois filhos pequenos: Robert e Jonathan, o décimo Conde. Acredita-se que ficarão em Albany, Nova York, por algum tempo, na casa de uma irmã casada de Mr. Grantley Dixon.

O nome dos outros companheiros perdidos, para cujas almas pedimos neste dia a misericórdia do Salvador:

Michael English, agricultor; Peter Joyce, agricultor; James Halloran, filho pequeno de um agricultor; Rose Flaherty, costureira; John O'Lea, aprendiz de ferreiro; Edward Dunne, pequeno proprietário; Michael O'Malley, trabalhador itinerante; Winnifred Costello, casada; e Daniel Simon Grady, um senhor idoso de Galway, que morreu no porão esta manhã bem cedo e pretendia encontrar-se com os filhos em Boston. O total dos que morreram na viagem é de 99.

O registro completo dos que fugiram do navio na noite passada ainda não foi feito, mas entre eles estavam Shaymus Meadowes, Grace Coggen, Francis Whelan, Fintan Mounrance, Thomas Boland, Patk. Balfe, Wilm. Hannon, Josephine Lawless, Bridget Duignan, Mary Farrell, Honor Larkin e entre 25 e 50 outros; e também Pius Mulvey, o pobre aleijado, e Mary Duane, babá da família Merridith.

Os destroços que enchem o porto sendo muito numerosos, ambos os barcos salva-vidas se perderam nalgum momento da noite passada. A maior parte dos corpos foi recuperada na Baía de Gravesend perto do amanhecer; mas alguns ainda devem jazer no fundo do porto. Outros podem ter boiado para mar aberto. Foi feito um relatório completo para a Polícia de Nova York, mas há pouca esperança de que sejam encontrados sobreviventes, já que a correnteza destas águas é impiedosamente forte.

Quanto a mim, não voltarei ao mar. Há muitos anos não vivo muito satisfeito com esta vida e me dilacerei pensando como poderia substituí-la, por saber apenas duas coisas na maior parte desses anos: que sou um grande pecador, mas que Cristo é um grande Salvador. Agora, por Sua graça tantas vezes terrível, sei mais alguma coisa.

Quando voltar a Dover, pretendo dedicar o resto dos meus dias a alguma atividade que auxilie os pobres sofredores de algum lugar, seja a Irlanda, a Inglaterra ou alguma outra nação. O que será, não sei; mas alguma coisa eu farei. A terra dos pobres não pode mais ser abandonada.

Pois temo o que vem crescendo agora nessa terra. Temo que venhamos a colher uma safra venenosa.

CAPÍTULO XXXIX

De
Miscelânea de Canções Antigas da Irlanda

(Boston, 1904)

Prefácio do Capitão Francis O'Neill, do Departamento de Polícia de Chicago. Desconhecido o autor do texto a seguir.

♣ NÚMERO TREZENTOS E SETE ♣

"A Pedra do Moinho" ou "Vingança para Connemara"
(Cantada com a música de "Skibbereen")

Eis outra jóia faiscante dos antigos menestréis da Irlanda. Como o grande número das canções que compõem esta antologia, a que se segue foi registrada por escrito pela primeira vez num navio que viajou para cá, para os Estados Unidos da Liberdade, vindo daquela terra verde mas enlutada do outro lado do oceano, onde a liberdade, ai, ainda não passa de um sonho. Foi ouvida por um homem com o nobre nome de John Kennedy de Ballyjamesduff, condado de Cavan, já há quase seis décadas, em seu vigésimo aniversário; no terceiro dia de dezembro do ano de 1847. O nome do navio-féretro era *Estrela dos Oceanos*.

Todo irlandês de coração leal abaixará a cabeça ao ouvir mencionar o "Negro 47", o ano mais odioso daquela era cruel em que dois milhões dos nossos conterrâneos foram martirizados pela fome; quando o velho inimigo, temeroso do aço da Irlanda, preferiu matar com a arma dos covardes. Todas as mulheres e moças honestas da Irlanda correrão aos portões do Paraíso com súplicas a Nossa Mãe Abençoada. Oh, que época mais negra. Como Satã deve ter-se deliciado ao ver os filhos católicos de Erin dizimados como escravos em sua própria e linda terra; banidos como hebreus pelos crimes do faraó idólatra.

Houve alguma disputa amigável entre os editores e os sagazes senhores do Clube da Música Irlandesa de Chicago quanto a sua verdadeira antigüidade e procedência; mas é evidente para qualquer homem sensato que a balada vem dos antigos tempos sangrentos da resistência, quando padres e povo se uniam contra a matança e a rapina estrangeiras. Não pela primeira vez nem pela última! Se é que os editores conhecem alguma coisa do temperamento de seus conterrâneos. O ódio pode ser uma coisa santa e purificadora. Que Deus do Céu permita que não demore muito para que o rosto pálido da violada Mãe Irlanda seja restaurado à beleza anterior pelo vinho tinto da vingança.

Este belo lamento foi cantado naquele navio de mártires por um menino patriota de cerca de seis anos. Que Maria o abençoe! É melhor interpretá-la bem lentamente e sem nenhum acompanhamento, com respeito atencioso ao padrão literário da letra; portanto, ela não é adequada para cantar em grupo nem para festas.

♣

Todo povo de Galway, venha ouvir minha canção;
A voz da gente de Erin a lutar contra a opressão.
O tirano saxão rouba tudo o que é nosso
Pra manter o seu poder vai moendo nossos ossos.

Seus impostos, seu terror, não lhe importa a dor sofrida
Vai bebendo o nosso sangue, destruindo a nossa vida
Esses príncipes das trevas nos assaltam sem remorso
Quanto tempo ficaremos a contar nossos destroços?

Foi essa vil quadrilha que matou Eoghan O'Neill;
E que trouxe sua tropa pra roubar sem ter receio.
Agora decidimos: vai murchar seu coração
Quem roubou nossa colheita pagará sem ter perdão.

E a terra de Sarsfield? E a cabana de Wolfe Tone?
Lembraremos os heróis que honraram o nosso nome.
As sementes da revolta que deixaram em nossa mão
Vão agora germinar para punir o saxão.

Meus bons homens de Connaught, venham todos nesta hora
Liberdade é a bandeira, temos de lutar agora.
Safra nova vai surgir, cabe a nós dela cuidar
O inimigo destruir, os seus ossos torturar.

E os heróis de antigamente nunca vamos esquecer
Cuchulainn, Maeve e tantos que lutaram até morrer.
São Patrício nos protege, ganharemos a batalha
Com o nosso grito, avante!

"VINGANÇA POR CONNEMARA!"

EPÍLOGO

O HOMEM PERSEGUIDO

"A História acontece na primeira pessoa, mas é escrita na terceira. Eis o que faz da História uma arte completamente inútil."

David Merridith, num ensaio escrito quando estudava em New College, Oxford, primeiro trimestre letivo de 1831, sobre o tema "Por que a História é útil?"

✷

Esta foi a história de três ou quatro pessoas. O leitor há de saber que houve muitas outras histórias. Uma investigação encomendada pelas autoridades da cidade calcula que, entre maio e setembro daquele ano horroroso, 101.546 imigrantes paupérrimos entraram no país pelo movimentado porto de Nova York. Daquele total, 40.820 eram irlandeses. Na verdade, não se sabe quantos perderam a vida quando já podiam avistar o que eles mesmos costumavam chamar de "Terra Prometida". Alguns dizem que o número pode chegar a dois terços.

Muitos anos se passaram, mas algumas coisas não mudaram. Ainda dizemos uns aos outros que temos sorte de estar vivos, quando estar vivo quase nada tem a ver com sorte, mas com geografia, pigmentação e taxas de câmbio internacionais. Talvez este novo século veja uma nova ordem das coisas, ou talvez continuemos a permitir a fome dos sem sorte e continuemos a chamá-la de acidente, não de conseqüência lógica.

1847. *Pobreza da filosofia* de Marx. *Macbeth* de Verdi. *Cálculo do raciocínio dedutivo* de Boole. *O morro dos ventos uivantes* de Emily Brontë. *Jane Eyre* de Charlotte Brontë. *Poemas* de Ralph Emerson. *Princípios do comunismo* de Engels. Duzentos e cinqüenta mil pessoas morreram de fome na terra de ninguém daquele ano: anônimos na amplidão da fome.

Nós, passageiros de Primeira Classe do *Estrela do Mar*, fomos levados a Manhattan na noite de sábado, 11 de dezembro, quatro dias depois do assassinato de David Merridith. Como gesto de desculpas pelo incômodo que sofremos, a Estrela de Prata Navegação cancelou nossas contas e convidou-nos para uma recepção com champanhe num hotel elegante. Foi a única vez, em meus 96 anos, que ouvi um pastor metodista praguejar. O reverendo Deedes disse coisas ao Diretor que este último não esqueceria durante muito tempo. Como muita gente tranqüila, tinha uma coragem notável, Henry Hudson Deedes, de Lyme Regis, em Dorset. Voltou ao *Estrela* na manhã seguinte e foi o último homem a deixá-lo, com exceção do Capitão.

Os do porão tiveram de ficar no navio quase sete semanas, onde eram regularmente interrogados por grupos de policiais e funcionários do Escritório de Estrangeiros. Por terem pago a passagem antes da viagem, nada receberam à guisa de indenização. E também, pelo que sei, não lhes serviram champanhe.

Em janeiro começou um programa para limpar o porto entulhado, que então se tornara uma fábrica flutuante de gripe; mas nem assim os imigrantes tiveram permissão para entrar em Manhattan. Casas de fazenda e celeiros de Long Island e da ilha Staten foram alugados como estações de quarentena ou centros de triagem; mas o medo de contágio assustou a tal ponto a vizinhança que muitos prédios foram atacados e queimados pelos moradores locais. Uma grande propriedade na ilha de Ward, no porto, foi alugada pelo governo da cidade como lugar seguro para manter os imigrantes enquanto seus pedidos de entrada eram examinados e suas doenças, tratadas. Não demorou muito para transformar-se em instalação permanente, este pedaço de basalto varrido pelos ventos que o Atlântico golpeia como um martelo. Talvez uma medida do estado de pobreza de seus habitantes seja o fato de 10.308 artigos de "vestimentas básicas" estarem listados como requisitados por eles num período de cinco meses. Com certeza é uma medida do impulso mais genuíno do nova-iorquino o fato de que aqueles itens, tão tristemente necessários, terem sido fornecidos tão depressa.

Quando os sobreviventes do *Estrela* finalmente tiveram permissão de entrar em Manhattan, todos os hospitais, abrigos e asilos da ilha estavam superlotados. O sentimento contra os imigrantes era forte e crescia. Milhares de novos imigrantes estavam sendo simplesmente pagos pelas autoridades para sair da cidade e mudar-se para o oeste. Sem dúvida alguns deles estavam entre os 80.000 irlandeses que lutariam pela União na Guerra Civil. E outros entre os 20.000 dos seus conterrâneos que pegaram em armas pela causa da Confederação; pelo direito legal de um branco amante da liberdade ver um preto como mercadoria.

Alguns irlandeses fizeram fortuna e, em conseqüência, acumularam poder. Outros escorregaram para os guetos e foram temidos e desprezados. Mary Duane talvez fosse bastante forte para agüentar uma vida assim, mas Mulvey não, pelo menos assim creio. Já agüentara desprezo suficiente. Seus crimes eram muitos, mas ele foi bode expiatório de outros mais e ser desprezado ajudou a acabar com ele. O gueto de David Merridith era de um tipo inteiramente diferente; mas ele também suportara mais do que seu quinhão de ódio.

O que aconteceu teve lugar em 1847, ano importante na história das ficções; quando surgiram histórias nas quais pessoas passavam fome, esposas eram enjauladas em sótãos e senhores casavam-se com criadas. Um mau tempo para o lugar que essas três pessoas violentadas chamavam de lar. Uma época em que foram feitas coisas — e não foram feitas outras — cujo resultado foi que mais de um milhão de pessoas morreu; a morte lenta, dolorosa, não registrada daqueles que nada significavam para seus senhores.

O que aconteceu é uma das razões pelas quais ainda morrem hoje em dia. Pois os mortos não morrem naquele país atormentado, naquela ilha amargurada de ódios incestuosos; tão agredida durante séculos pelos poderosos da ilha vizinha, assim como por seus próprios poderosos nativos. E os pobres das duas ilhas morreram em multidão enquanto o Javé das punições vomitava seus hinos. As bandeiras tremulam e os púlpitos ressoam. Em Ypres. Em Dublin. Em Gallipoli. Em Belfast. As trombetas vomitam e os pobres morrem. Mas andam, os mortos, e sempre andarão; não como fantasmas, mas como soldados alistados à força, conscritos numa batalha que não é sua, seus sofrimentos metaforizados, sua própria existência traduzida, seus ossos fervidos no lodo da propaganda. Sequer têm nome. São simplesmente: Os Mortos. Pode-se dar a eles qualquer significado que se queira.

Que às vezes haja luta não é de se duvidar. Com que armas ela é travada ainda é a questão; e quem lutará com quem, e por qual terreno. Pois os pobres de uma tribo matam os pobres da outra, tudo em nome de um campo encharcado de sangue no qual os ricos alegremente enterrarão vivos a ambos no exato momento em que isso seja lucrativo: não há monumento adequado aos sem terra do passado. Mas isso é obra de outra história. Uma, talvez, que ainda está por ser escrita; com um final mais fraterno e bem menos horrores.

*

Como único repórter profissional no navio onde Lorde Kingscourt foi assassinado, meus artigos foram procurados no mundo todo. Em toda parte, é verdade, exceto no *New York Tribune*, de onde meu editor me demitiu por "tendências igualitárias". Houve propostas para livros; ensaios; turnês de conferências. Além disso, com a fundação do *New York Times* em 1851, aceitei o cargo de "Colunista Colaborador Sênior": o título, uma tolice mais ou menos traduzível por "ocioso loucamente bem pago". Nunca mais teria de contar com o dinheiro ensangüentado ganho com os crimes dos meus ancestrais. O que aconteceu também retirou o rótulo de adultério da mulher dele, insígnia que ela nunca gostara de usar. Parece insensibilidade dizer que sua morte me deu uma certa liberdade, mas seria pouco honesto deixar que esse fato continuasse sem reconhecimento. Talvez eu tenha errado ao escrever sobre o que aconteceu; talvez não tivesse escolha senão fazê-lo. Com certeza qualquer jornalista faria a mesma coisa; e pelo menos tentei fazê-lo com justiça.

Minha série sobre o Monstro de Newgate para o *Bentley's Miscellany* foi reeditado em minha coletânea *Um americano no estrangeiro*, publicada pela primeira vez por meu falecido amigo Cautley Newby, em 1849, juntamente com meu relato sobre o *Estrela* e seus passageiros e algumas anotações sobre uma viagem por Connemara. Insisti que três contos também fossem incluídos, mas nenhum resenhador os mencionou, nem para elogiar, nem para criticar. Parece que, não sei como, pendia à volta deles um silêncio educado. Foram removidos sem alarde das edições futuras. Newby nunca aludiu a seu desaparecimento, nem eu. A sensação era a de um sonâmbulo que, ao acordar, se vê num funeral e precisa se esgueirar rapidamente dali antes que alguém mencione que não foi convidado. Esses três contos medíocres e com justiça esquecidos foram os únicos textos de ficção que cheguei a publicar.

Discutimos muito, Newby e eu, sobre o título do livro. Eu queria chamá-lo "Reflexões sobre a fome irlandesa"; Newby defendia com vigor "Confissões de um canalha". "Um americano no estrangeiro" foi uma tentativa de acomodação; bastante covarde, nós dois achamos. Na capa da segunda edição, foi impresso, junto ao título, um pequeno subtítulo que dizia "Revelações monstruosas". Na época da quarta edição, o subtítulo crescera. Na décima, amesquinhara o título. E na décima segunda, o nome verdadeiro do livro mal podia ser visto sem a ajuda de uma lente de aumento.*

É claro que aquela pequena parte do livro que trata do Monstro de Newgate foi a mais amplamente resenhada e lida. Mais que isso, parecia encantar a imaginação do público. O lançamento do livro criou todo um novo público para o monstro. Histórias de seus feitos, quase sempre muito fantasiadas, saíram em todo tipo de publicação inglesa, de revistas de meio pêni a livrinhos pornográficos, do *Punch* e do *Tomahawk* ao *Arauto Católico*. Entrou na moda comparecer a festas a fantasia vestido de monstro, ou mesmo, incrivelmente, como uma de suas agora múltiplas vítimas. Certa época, havia duas versões diferentes de sua vida encenadas em teatros de Londres. Logo o monstro seria submetido à indignidade final. O horror dos horrores. Um musical.

O monstro então entrou no vernáculo da política. O parlamentar irlandês Mr. Charles Parnell, que liderou bravamente os pobres de seu país rumo a um certo tipo de libertação, foi certa vez descrito na Câmara dos Comuns como "pouco melhor que o Monstro de Newgate". Houve vários lembretes de que Daniel O'Connell, membro do Parlamento, expoente

*Foi Mr. Newby, e não o autor, que redigiu os chamativos textos de "abertura" que apresentavam os capítulos do livro original, com suas referências arrepiantes a "DETALHES CHOCANTES", "FAÇANHAS CRUÉIS", "SEGREDOS OCULTOS" e assim por diante. Depois de deixar o autor totalmente envergonhado na época da publicação, parecem hoje bastante inocentes (embora não sejam, é claro). Aqui ficaram inalterados como lembrança e tributo carinhoso a um amigo que às vezes podia ser um pouco inescrupuloso. — GGD

anterior de uma forma de emancipação, chamara os comícios em massa que organizava no campo irlandês não de encontros nem de assembléias, mas de "Reuniões Monstro". Esse batismo então tornou-se tema de discussão freqüente nos chafarizes e salões dos poderes constituídos. As charges grotescas que representavam os pobres irlandeses nos periódicos ingleses começaram a mudar. Se antes sempre os retratavam como idiotas e bêbados, agora era mais comum mostrarem-nos como assassinos. Parecidos com macacos. Cruéis. Bestiais. Selvagens. Como desenhamos o inimigo, aquilo que tememos em nós mesmos. Toda vez que eu via um deles, via o Monstro de Newgate, cuja triste reputação eu tanto fizera para difundir.

Durante tudo isso, tinha de me perguntar se valia a pena: andar disfarçado neste reino de mentiras. Usar a história chocante do Monstro de Newgate para contar outra história mais importante e ainda mais chocante. Durante muitos anos, convenci-me que era moralmente aceitável: os fins, de modo pelo menos defensável, justificando os meios. Agora, claro, não tenho tanta certeza. Quando somos jovens, essas coisas parecem tão simples. Mas não são simples. Nunca são.

Contaram-me que o livro chamou a atenção de parte do público leitor para os sofrimentos vividos na Irlanda na época da Grande Fome, mas, se assim foi, pouco fez para dar fim a esses sofrimentos. Aquela não foi mesmo a última fome da Irlanda e menos ainda daquela obra complicada de ficção barata chamada Império Britânico. Quantias modestas foram às vezes arrecadadas por leitores e suas famílias. Alguns centavos, uma moedinha de seis pence, raras vezes um xelim. Em geral, todas as quantias que recebemos vieram de mulheres ou pobres, embora talvez seja estranho (e talvez não) termos recebido às vezes doações de soldados britânicos em serviço, principalmente dos que estavam na Índia. Newby e eu criamos um pequeno fundo fiduciário para administrar os valores com o mui vilipendiado (e mui invejado) Mr. Dickens sendo por algum tempo nosso excelente diretor. A princípio, havia metas sublimes de gastar o que houvesse à disposição para ensinar os filhos de Connemara a ler. Foi Dickens que percebeu que uma criança morta não lê. Ele e eu discutimos com violência o que eu via como seu filistinismo complacente e, infelizmente, nunca mais nos falamos. A perda foi minha, assim como o erro. Ele estava absolutamente certo ao argumentar como argumentou; em termos políticos, morais e qualquer outro, aquele dinheiro tinha de ser gasto com comida, não poesia. Eu devia ter me lembrado de que a própria infância dele fora assombrada pela fome e pelo terror, mas não a minha — pelo menos, não pela minha fome nem pelo meu terror. Se talvez salvou uma única vida, o livro não foi um desperdício total do tempo de todos.

Houve reformas pequenas mas não totalmente sem valor no sistema penal britânico como resultado extremamente indireto do sucesso do livro. Os presos receberam trabalho menos humilhante. O número de visitas da família aumentou. Começou-se a questionar o "encarceramento solitário" praticado em algumas prisões da Rainha Vitória, mas isso só acabaria dali a muitos anos. Sem dúvida essas coisas aconteceriam de qualquer jeito e, embora eu fique feliz com isso e louve seus verdadeiros autores, não seria inteiramente honesto se eu dissesse que o altruísmo foi meu único motivo, nem mesmo o principal, para dizer a verdade. Eu era um jornalista. Queria a notícia.

David Merridith estava bem certo ao zombar de mim como costumava fazer. Acho que talvez eu quisesse ser admirado. É uma coisa tão embrutecedora a nossa necessidade de admiração. Que maravilha ter aprendido que ela esmaece com a idade.

*

Seamus Meadowes foi preso pelo assassinato de Merridith mas julgado inocente num veredicto unânime. Eu mesmo fui chamado como testemunha menos importante da defesa e declarei que o acusado não redigira o bilhete sobre a morte encontrado nos camarotes de Primeira Classe. Sabia disso com certeza e expliquei por quê. Naquela época, Seamus Meadowes não sabia ler nem escrever, fato que me confidenciara com um tipo estranho de orgulho na manhã em que tentei entrevistá-lo.

Não fui convidado a sugerir outro suspeito para o crime nem me ofereci para isso. Prometera anonimato a Pius Mulvey e, como todo jornalista respeitável, pretendia manter a promessa. Respondi a todas as perguntas, não disse mentiras e fui congratulado pelo juiz pela economia das minhas provas.

O julgamento ficou famoso na Nova York irlandesa e a publicidade transformou o réu em herói para muitos. Ele fez uma tentativa malsucedida de seguir a carreira de boxeador profissional, entrou para o Departamento de Polícia e depois para a vida política; primeiro como capanga do Chefe "Honey" Maguire, depois como arrecadador de fundos, coordenador de campanha e, finalmente, candidato. Como "Canhoto Jimmy Meadows, o campeão dos trabalhadores",* foi onze vezes eleito diretor da cadeia de East Bronx e por pouco não se elegeu prefeito, em 1882, resultado que sempre atribuiu ao pequeno número de cabos eleitorais em vez de ao desejo do eleitorado. As vicissitudes da democracia ele via como inconveniência de somenos importância. Era bastante comum, quando contavam seus votos, que o total se igualasse ao número de eleitores registrados em todo o setor eleitoral; e em duas famosas ocasiões chegou a excedê-lo. ("Um homem tem de exercer seus direitos com a maior freqüência possível", costumava dizer enigmaticamente. "Não é isso o que importa na América?")

Dois anos depois, foi processado por fraude quando o pegaram fazendo a prova escrita exigida dos candidatos a carteiros de Nova York usando o nome de um eleitor analfabeto a quem prometera um emprego. (O julgamento foi cancelado quando a principal testemunha de acusação caiu misteriosamente de uma janela e quebrou a mandíbula.) Meadows foi reeleito no ano seguinte, com sua já monumental maioria aumentada em um terço. "Eles não contam meus votos, rapazes, eles os pesam", disse aos repórteres. Morreu com muita paz, aos 101 anos, na mansão estilo neo-Regência que não se sabe como conseguiu comprar ganhando a vida inteira o salário de representante do povo.

Na época em que morreu, disseram que estava avaliando uma proposta da Empresa Cinematográfica Edison, de Orange, em Nova Jersey. Um dos

*Ele abandonou o "e" do final do sobrenome no início da carreira política, argumentando que "me deixava inglês demais". Ver Meadows, J., *Fifteen rounds for Justice: The Story of My Life* (Nova York, 1892). — GGD

executivos, um certo Edwin S. Porter, queria produzir um curto entretenimento de ficção baseado na vida e nas muitas aventuras de Meadows. O título provisório era "O selvagem corsário irlandês", mas as negociações tinham-se paralisado nos meses precedentes. (Parece que o Corsário queria representar a si mesmo.)

Seu funeral contou com a presença de uma enorme multidão de pobres, muitos dos quais idolatravam-no como sempre. Embora alguns deles o vissem como um lutador sujo, argumentavam, de modo bastante convincente, que um lutador limpo os teria abandonado para apodrecer nos cortiços. O Marquês de Queensberry, Seamus Meadowes, não era. (Mas, como sabem os admiradores de outro irlandês extravagante, o Marquês de Queensberry também não.)

A missa foi concelebrada por 15 padres, inclusive dois de seus cinco filhos e vários outros parentes. Um gaitista de foles tocou um antigo lamento de Connemara enquanto o cortejo fúnebre parava por um instante nas docas da rua Fulton: o ponto onde Canhoto Meadows pôs pela primeira vez os pés na América. O Arcebispo O'Connell, de Boston, que realizava o serviço fúnebre, lembrou: "Jimmy foi um democrata, do início ao fim. Para saber o que o povo queria, só precisava fitar com firmeza as profundezas do seu próprio e magnífico coração."

Surgiram algumas questões em seu julgamento pelo assassinato de Merridith que foram extremamente dolorosas para a família da vítima. Revelou-se que, na verdade, o estranho homem tantas vezes visto seguindo Merridith pelo East End não era um revolucionário irlandês, mas sim um detetive inglês contratado pelo pai de Laura Markham, que queria saber como o genro gastava tanto seu dinheiro. Sem saber que a propriedade de Kingscourt estava quase falida e que Merridith fora financeiramente cortado pelo próprio pai, Mr. Markham suspeitara da existência de uma amante. Surgiu no tribunal a verdade sobre as visitas de Merridith a bordéis e foi uma época difícil para Laura Markham e seus filhos. Foi inevitável que se revelassem também os detalhes de sua doença, lascivamente noticiados por todos os jornais, com a fácil lição de moral de sempre deduzida e explicada como se tal dedução e explicação ainda fossem necessárias. Nunca disseram que o que o afligia era uma enfermidade; nem uma maldição, uma vingança, um castigo; mas sim um germe. Era tão forte a ânsia popular de atribuir às doenças poderes sobrenaturais (assim como às fomes, talvez não por acaso) que foi tentador, quando chegou a hora de escrever esta história, deixar de lado sua doença, ou alterar sua cronologia, ou transformá-la, sei lá como, em outra coisa. Mas isso seria errado; uma aprovação tácita do jogo. Ele tinha o que tinha e foi considerado culpado por tê-la, embora na verdade não estivesse sendo julgado por nada. Foi postumamente condenado pelo violento zelo do juiz, estrela em ascensão na política de Nova York, que sabia aproveitar a avidez de vilões tão comum a vários dos meus mais santos conterrâneos. Se pudesse considerar Merridith culpado de assassinar a si mesmo, era o que faria; e enforcaria seu cadáver diante de uma capela.

Quanto ao bilhete que pretendeu empurrar Mulvey para o ato de homicídio, o leitor já terá identificado o autor; embora eu só o tenha feito pouco antes do julgamento. Mas, no momento em que realmente o vi, soube quem o compusera. Não foi Mary Duane nem Seamus Meadowes nem nenhum dos pobres imundos que sofriam naquele navio.

Como David Merridith costumava dizer, está tudo no modo como o material se compõe.

GET HIM. RIGHT SUNE. Els Be lybill. H.

Um especialista em *doohulla* logo perceberia o anagrama.

WUTHERING HEIGHTS by Ellis Bell.

Sendo o “M” de “get him” um W invertido.

Foi a vítima que montou aquele bilhete fatal, que redigiu a sentença de sua própria execução. Sua matéria-prima foi o romance que eu lhe dera, *O morro dos ventos uivantes*, presente do homem que já lhe roubara o que era seu. O livro foi mesmo encontrado numa de suas malas, tendo claramente visível o rasgão de onde a página fora arrancada. Quanto ao porquê da escolha, só podemos fazer suposições. Mencionaram a covardia, mas acho que isso o insulta. Também foram apresentadas idéias vagamente romanas: a queda do nobre sobre a própria espada e assim por diante. Acho que ele amava demais os filhos para gestos imperiais.

Minha própria crença é que David Merridith era um homem de notável coragem que sabia que sua vida logo terminaria e queria poupar à família a vergonha de uma morte de pária. Talvez tivesse outras idéias compreensíveis também, pois os documentos encontrados em sua escrivaninha pertenciam ao *Fundo de Auxílio* da Marinha Real, um fundo que cobria a educação particular dos filhos de oficiais falecidos, quer em serviço, quer na reserva. (Das filhas não; somente dos filhos.) Como em todos os sistemas do tipo naquela época de exuberante respeitabilidade, seria anulado em caso de suicídio ou sífilis. Mas não de assassinato. O assassinato nada anulava. O assassinato daria a seus filhos algum tipo de herança.

De qualquer modo, o dividendo ser-lhe-ia tomado pelos credores, com sua propriedade quase toda engolida pelas dívidas; o que restasse, pelos honorários advocatícios, impostos e taxas de transmissão. Só depois do assassinato descobriu-se que o processo de falência já se iniciara em Londres, mas que, a pedido dos advogados, fora retardado por pouco tempo. (Tinham ressaltado que, como falido, teria de demitir-se da Câmara dos Lordes. Uma cena chocante, como disse alguém.) As terras de Kingscourt foram compradas pelo Comandante Henry Edgar Blake, de Tully Cross, que dividiu-as, elevou tremendamente o aluguel dos últimos ocupantes e substituiu os fazendeiros e rendeiros por ovelhas. As ovelhas mostraram-se mais lucrativas que os problemáticos seres humanos e menos inconvenientes ao reivindicarem o direito de não morrer. Ele fez a enorme fortuna de que hoje gozam seus netos. Um deles atua na política irlandesa.

Numa visita a Connemara, em 1850, reencontrei-me com o Capitão Lockwood. Naquela época, ele e a esposa estavam morando na aldeia de Letterfrack, perto de Tully Cross, com outros membros da Sociedade Quacre que foram para lá em solidariedade aos irlandeses famintos. A esposa era prima de uma mulher chamada Mary Wheeler que se mudara com o marido James Ellis de Bradford para o norte de Galway, em 1849, na esperança de ajudar o povo do local. Não tinham nenhuma ligação anterior com Connemara; mas viam ligações onde os outros que deveriam vê-las simplesmente desviavam os olhos. Construíram casas, estradas, canais de drenagem, uma escola; pagaram seus trabalhadores com justiça e trataram-nos com respeito. Lockwood estava trabalhando com alguns pescadores locais, remendando redes e consertando barcos. Era um homem de coração modesto, Josias Lockwood, de Dover, e desdenharia ser chamado de herói. Ainda assim, foi um dos maiores heróis que conheci. Ele e seus irmãos e irmãs quacres ingleses — ele sempre insistia suavemente em sua palavra preferida, "Amigos" — salvaram centenas e talvez milhares de vidas.

Foi na última noite daquela visita que ele me deu um presente. Naturalmente, eu mais que relutei em aceitá-lo, mas mais uma vez sua gentileza tinha a insistência por trás. Ou talvez ele conseguisse ver que minha relutância era fingida. Muitas vezes tínhamos debatido questões religiosas; ele sabia que eu não era crente e eu sabia que ele era um crente apaixonado, e foi esta a linguagem que usou da última vez que o vi; ainda forjando ligações como sempre fizera.

— O senhor é judeu. Do povo do livro. Eis o meu livro — disse baixinho. — As coisas que aconteceram estão todas escritas aí. — E acrescentou, com um olhar que não esqueci mais: — Nunca deixe ninguém esquecer o que fizemos uns aos outros.

Foi como se ele soubesse o que eu mesmo fizera.

Talvez eu tenha achado que seu diário de bordo poderia conter alguma pista do que acontecera entre nós no navio; coisa que não estava nada clara na época. Talvez eu o visse como um *souvenir* horroroso dos trinta dias que determinaram o rumo do resto da minha vida. Talvez — por que não dizer isso agora, já que um velho precisa de confessar todas as suas vergonhas — eu achasse que poderia formar o esqueleto de uma história. O romance que sempre quis escrever e nunca consegui.

Mas aceitei-o deveras, e ainda o tenho comigo; aquele aterrorizante livro-caixa do sofrimento humano, as páginas ressecadas e amarelecidas pelo tempo, o pergaminho da capa desbotado com manchas de água salgada. O leitor viu as palavras de Josias Tuke Lockwood, que morreu com a febre da fome, em Dover, Inglaterra, quatorze meses depois da última noite em que o vi. Aquelas palavras têm a vantagem de ser contemporâneas, enquanto é inevitável que minhas próprias lembranças, por mais claras que me pareçam, devam ser questionadas tanto tempo depois do acontecido. Isso é total e propriamente como deve ser. Tentei não distorcê-las, mas sem dúvida nem sempre tive sucesso.

Gostaria de achar que sou objetivo no que escrevo, mas é claro que não é assim e jamais poderia ser. Eu estava lá. Eu me envolvi. Conheci algumas pessoas. Uma, amei; outra, desprezei. Uso a palavra com cuidado: realmente o desprezei. Tão fácil desprezar em nome do amor. A outros, mais uma vez, fui apenas indiferente e tal indiferença também faz parte da narrativa. E é claro que selecionei o que foi visto das palavras do Capitão para emoldurar e contar a história. Um autor diferente faria uma seleção diferente. Tudo está no modo como o material se compõe.

A partir de papéis encontrados, documentos descobertos, certas investigações e recordações e entrevistas; de indagações feitas a outros que viajaram naquele navio, de perguntas feitas em muitas visitas àquelas rochas que os mapas chamam de "ilhas Britânicas", vieram à luz outras questões que podem seguramente abrigar-se na conta dos fatos. Pelo bem dos curiosos, deixem-me citá-las:

Era uma vez um natural de Galway chamado Pius Mulvey, outro chamado Thomas David Merridith. Foram para a América em busca de novos começos. O primeiro foi acusado de matar o segundo, que foi responsabilizado pelos crimes de seus pais. Num mundo diferente, talvez não fossem inimigos; numa época diferente, talvez até amigos. Tinham muito mais em comum do que perceberam. Um nasceu católico, o outro protestante. Um nasceu irlandês, o outro britânico. Mas nenhuma dessas foi a maior diferença entre eles. Um nasceu rico e o outro pobre.

Era uma vez uma linda mulher chamada Mary Duane, natural de uma aldeia chamada Carna, em Connemara; filha do meio de Daniel Duane e Margaret Nee, o primeiro pescador e durante algum tempo pequeno fazendeiro, a outra babá e mãe de sete. Certa vez, amou um garoto que não sabia ser seu irmão. Antes de saber que era sua irmã, ele também a amou; ou teria amado, talvez, fosse ele capaz de amá-la. Ele e a moça que já gostara tanto dele ficaram separados no final, como talvez todos fiquem, não pelo que os dividia, mas pelo que tinham em comum — os fatos emaranhados de um passado que não fizeram. O que às vezes na Irlanda chamam de: "a mentira da terra".

Alguns julgarão que a falta daquela capacidade era culpa inteiramente dele; outros verão nisso que ele foi uma vítima. Quanto a mim, não ouso fazer nenhum julgamento dos pecados de outrem, sendo que meus próprios pecados consomem suficiente reflexão. Chamem-no de filho de um pai que o destruiu. Chamem-no de intocável, o mais vil dentre os vis. Foi um homem que poderia ter feito boas coisas, se soubesse disso. Acredito que Mary Duane viu nele essa capacidade milagrosa quando eram jovens o bastante para acreditar que o poder não importa; antes que a riqueza os separasse e a classe se intrometesse entre eles e depois fizesse com que ele abusar dela se tornasse uma possibilidade. Não eram Romeu e Julieta. Eram senhor e serva. Ele tinha opções na vida que ela não tinha. O fato de ele ter optado como optou está registrado. Que todo homem é a soma de suas escolhas nada mais é que a verdade. E todo homem, talvez, é também outra coisa.

Da família próxima de Mary Duane, seu pai, sua mãe e todas as três irmãs morreram de fome na terra em que nasceram, assim como o irmão mais novo e o mais velho. O único irmão sobrevivente morreu numa explosão quando tentava fugir da Prisão Clerkenwell, em Londres, em dezembro de 1867. Fora preso por pertencer a uma facção revolucionária que buscava dar fim ao domínio britânico na Irlanda. Na época de sua morte, esperava julgamento pela participação no assassinato de um policial de Manchester.

O que foi feito de Mary Duane na América não sei dizer. Ela trabalhou nas ruas da baixa Manhattan por algum tempo; foi presa duas vezes, ficou um breve período na cadeia e depois parece ter simplesmente sumido de vista. Sei que pedia esmolas em Chicago, no inverno de 1849, e foi internada na enfermaria de indigentes do hospital de doenças do peito de Minneapolis durante dois dias, em 1854. Quando viajamos até lá, tinha se mudado silenciosamente. Os anúncios perguntando por seu paradeiro ficaram sem resposta. As recompensas oferecidas ficaram sem ganhador. As pesquisas com detetives durante décadas localizaram mulheres que combinavam com sua nacionalidade e descrição em milhares de lugares de todo o país e com condições de vida muito diferentes. Nova Orleans, Illinois, Minnesota, Colorado, Wisconsin, Massachusetts, Maryland, Maine; irmã num convento fechado no norte de Ontario, varredora num lavatório, criada num bordel, cozinheira num orfanato, mulher de um homem da fronteira, faxineira de trem, avó de um senador. Qual delas, se é que alguma, era Mary Duane de Carna, simplesmente não sei dizer e jamais saberei agora.

Somente uma vez, em resposta a um anúncio de jornal, recebi alguma coisa que ela mesma pode ter escrito. Um relato na terceira pessoa (embora claramente autobiográfico) da vida de uma mulher que trabalhara como "moça da noite" na impiedosa Dublin dos "famintos anos quarenta", depois de seu abandono pelo filho de um aristocrata. Não estava assinado, a ortografia era irregular, sem endereço de remetente nem pista identificadora, mas cheio dos padrões discursivos do sul de Connemara. Foi enviado da agência dos correios de Dublin, New Hampshire, na véspera de Natal de 1871, mas uma busca naquela cidadezinha pelas autoridades locais não deu resultado; nem uma nova busca no estado todo, nem em toda a região da Nova Inglaterra.

Muitos sentirão que a história não está completa sem que se saibam todos os finais. Não há dúvida de que estão certos. Também me sinto assim. Olhando estas páginas de volta, elas parecem não dizer quase nada sobre Mary; é como se ela fosse meramente uma coleção de notas de rodapé na vida de outras pessoas mais violentas. Tentei encontrá-la durante tantos anos que agora, se a encontrasse, sentiria um tipo de perda. Mas não vou encontrá-la agora. Talvez nunca pudesse encontrá-la. Gostaria de poder dizer mais neste presente relato, fazer mais do que registrar os poucos fatos conhecidos de sua vida em termos da vida dos homens que a feriram. Mas simplesmente não estou em condições de fazê-lo. Algumas coisas inventei, mas não poderia inventar Mary Duane; pelo menos, não mais do que já fiz. Ela já sofreu composição mais que suficiente.

Houve vezes, no decorrer dos anos, que pensei tê-la visto. Numa plataforma de trem, certa vez, em San Diego, Califórnia. Dormindo num portal no centro de Pittsburgh. Enfermeira num hospital de Edenton, na Carolina do Norte. Mas eu estava sempre errado. Nunca era Mary Duane. Só se pode supor que ela não queria ser encontrada; que mudou de nome e começou nova vida, como tantas centenas de milhares de irlandeses na América. Mas não sei. Talvez seja apenas uma idéia otimista.

A última vez em que pensei tê-la visto foi em novembro passado em Times Square: uma sombra movendo-se lentamente numa floresta de guarda-chuvas pretos. Os teatros esvaziavam-se nas ruas; uma forte tempestade de inverno viera varrida do Atlântico. Uma grande multidão se reunira para saudar uma tropa de voluntários de ambulância que marchavam para a guerra na Europa; e foi na orla do povaréu que imaginei tê-la visto; sozinha sob um poste de luz na chuva perolada. Estava vendendo alguma coisa num tabuleiro — flores, acho. Mas era tão frágil e jovem a moça que vi naquela noite, e Mary Duane já seria velha agora, se ainda estiver viva. O único credo em que já acreditei é a razão, e esta fé deve me dizer que não foi ela quem eu vi. Mas se seu espírito percorre mesmo as ruas purpurinadas da Broadway, não andará sozinho; isso qualquer ator pode afirmar. Os fantasmas, dizem, são às vezes atraídos pelos teatros; assim como pela guerra.

O terrível destino de seu amante Pius Mulvey é mais fácil de contar. Ele morreu nalgum momento da noite nevada e sinistra de seis de dezembro de 1848, quase um ano depois do dia em que desembarcou em Nova York; cortado em pedaços num beco do Brooklyn perto da esquina da rua Water com a avenida Hudson, na miserável favela irlandesa de Vinegar Hill. Num muro quebrado estava a frase recém-caiada: A IRLANDA ACORRENTADA NUNCA TERÁ PAZ.

No bolso de seu sobretudo encontraram uma bíblia encadernada em couro, uma moeda de cinco centavos e um punhado de terra. Havia uma aliança barata de cobre no anular da mão esquerda, mas jamais saberemos com quem se casou na América, se é que se casou. Tinha usado vários nomes fictícios, entre eles Costello, Blake, Duane e Nee, mas muitos na vizinhança sabiam exatamente quem era. Disseram que fora expulso e muitas vezes agredido; que dormira nos bancos dos parques locais, mendigando restos de comida dos transeuntes. Foi visto muitas vezes à noite na beira d'água, fitando os navios que chegavam ao porto. Passara a beber e estava terrivelmente magro. Antes de morrer, fora torturado e horrivelmente desfigurado. O legista que examinou os restos mortais contou que o coração fora arrancado e jogado no esgoto, provavelmente enquanto a vítima ainda estava viva. Alguns dos mais supersticiosos nova-iorquinos de Connemara disseram ver algum significado na coincidência reconhecidamente estranha de o assassinato ter ocorrido no dia da festa de São Nicolau.

Ninguém foi acusado do crime e ninguém lembra com certeza onde a vítima foi enterrada. É difícil até acreditar que tenha existido. Eu mesmo duvidaria se não o tivesse encontrado e conhecido, esse monstro que assassinou seu inimigo na Prisão de Newgate e seu amigo numa floresta dos arredores de Leeds. Se tivesse assassinado David Merridith, poderia ter sido um herói. Assunto, talvez, de uma canção de valentia. Em vez disso, está esquecido: um pequeno incômodo. O covarde que não conseguiu se obrigar a matar por uma causa.

Parte da terra alguns quilômetros a oeste de Vinegar Hill foi comprada compulsoriamente pela cidade há uns 22 anos, inclusive um terreno baldio e decadente chamado Acre do Traidor, onde os pobres ou as prostitutas locais costumavam ser jogados em covas rasas. Alguns dizem que ele está lá: Pius Mulvey de Ardnagreevagh, filho mais novo de Michael e Elizabeth, irmão de Nicholas, pai de ninguém. Os túmulos não estão marcados; as pedras cobertas de mato. Naquele ponto exato e em suas muitas vergonhas enterradas estão hoje os suportes dos tirantes da Ponte de Manhattan no lado do Brooklyn.

Outros que viajaram no *Estrela* tinham seus próprios segredos. Encontrei um colega de viagem pela última vez em Dakota do Sul, em 1866, aonde fui mandado pelo meu editor-chefe para escrever uma série de artigos sobre imigrantes no Meio-Oeste. Minhas pesquisas tinham me levado até um Espetáculo Itinerante de Bandoleiros, que me disseram ter muitos trabalhadores irlandeses. Fiz algumas entrevistas interessantes com caubóis de Connemara e de outras regiões de Connaught. Mas, quando me preparava para partir, aconteceu uma coisa fascinante. Minha atenção foi atraída para um ringue de luta-livre no canto mais distante do terreno onde, pela quantia razoável de meio dólar, os bravos podiam testar sua habilidade contra "o maior conquistador que já viveu", um certo "Bam-Bam Bombaim, Sultão dos Estranguladores". Seu ex-mordomo (na verdade, seu irmão mais velho) fazia agora um trabalho admirável como técnico e apresentador.

Pareceram bastante felizes de ver um velho amigo e muitos copos de uísque barato foram levantados em Dakota do Sul naquela noite. Seus nomes eram George e Thomas Clarke e tinham nascido em Liverpool, filhos de uma auxiliar de cozinha de Galway e um marinheiro português, tendo este último dado a eles a pele escura (e visivelmente pouca coisa a mais). Passaram a maior parte da década de 1840 cruzando o Atlântico de um lado para o outro num disfarce imperial, cometendo pequenos furtos e outras pequenas façanhas no carteado; até que certo dia, em Boston, foram reconhecidos por um robusto policial irlandês, cuja perspicácia exigiu uma retirada nada imperial para os cortiços. Trocamos algumas reminiscências sobre os nossos dias no *Estrela*, viagem aparentemente menos lucrativa que as outras. (Foram o Marajá e seu criado que vasculharam a Primeira Classe, aliviando-nos do que consideravam simplesmente o seu tributo. Além disso, viam sua atividade como um serviço espiritual. "O budismo ensina a abrir mão das posses materiais", observaram.) Pediram-me sinceras desculpas, sinceramente aceitas. Levaram-me até a estação, deram-me adeus com muitos vigorosos apertos de mão e imploraram-me que mantivesse contato mais regular.

Foi só no trem de volta para Nova York que notei que meu relógio sumira.

Não lamento. Insistiram em pagar as bebidas. Mas onze anos depois, em 1877, chegou um envelope vindo de uma cidade longínqua com o nome melancólico de Desdêmona, no Texas. Dentro estava o meu relógio, agora tendo inscrita a memorável mensagem: *Saudações Carinhosas da Terra dos Índios.*

Com certeza existiu uma mulher chamada Laura Merridith, pois ela e eu viemos a nos casar um ano depois da morte do marido e mulher de coração tão bondoso nunca viveu. Na verdade, nosso casamento não foi feliz, mas agora nunca penso naquela época. Nós nos divorciamos 18 meses depois, mas nunca conseguimos nos separar. Ainda tenho os documentos finais nalgum lugar dos meus arquivos, sem as assinaturas necessárias. Durante 54 anos, fomos companheiros e camaradas, cada ano um pouco melhor que o ano anterior. O amor veio tarde; mas veio. Leva muito tempo até para saber o que significa.

Mais recentemente, se amigos perguntavam o segredo da nossa intimidade, ela observava que ainda pretendia assinar aqueles papéis, mas estava esperando que as crianças morressem.

Ficou cega num acidente de bonde em 1868, o mesmo acidente que a confinou numa cadeira de rodas pelo resto de seus dias. Mas isso pouco serviu para impedi-la de fazer o que queria. Durante toda a sua vida na América trabalhou pelo progresso dos pobres e foi uma vigorosa defensora principalmente das causas sufragistas e dos negros.

Envolveu-se em grande número de fatos importantes, mas acho que a realização de que mais se orgulhava foi a de ser uma das mulheres presas por tentar votar na eleição presidencial de 1872 (em Ulysses S. Grant). Quando o juiz perguntou como uma Condessa viúva se sentia dividindo a cela com a filha de um escravo, ela disse que era o mais profundo privilégio que conhecera. Combateu o preconceito e a hipocrisia sempre que os viu, com mais raiva ainda quando os via em si mesma, coisa que outros, inclusive eu, nunca conseguiram. Morreu em 1903, em seu 87º aniversário, na assembléia de inauguração do Sindicato das Costureiras Americanas, organização que ajudara a fundar. Conhecê-la foi a maior honra da minha vida; amá-la a única coisa verdadeiramente boa que já fiz.

Nossa linda filha nasceu prematura e só sobreviveu o bastante para ser batizada com o nome de duas mulheres corajosas que viveram antes dela: Verity Mary Merridith Dixon. Soubemos, pouco depois, que jamais poderíamos ter outro filho, fato que não foi nada fácil de suportar. Também não pudemos adotar. "Gente de cor" não tinha esse direito naquela época e, embora a cor do meu corpo seja a mesma do Presidente Wilson, a cor da minha alma legalmente não é. O fato de meu pai ser um quarto índio *choctaw* pesou muito contra nós. Quando os papéis voltaram do Juizado de Menores, o espaço intitulado RAZÕES PARA INADEQUAÇÃO tinha sido carimbado com uma única palavra: "negritude".

Os dois maravilhosos filhos dela são a alegria dos meus dias. Nunca falam sobre a Irlanda. Tendem a dizer que nasceram na América.

Robert casou-se três vezes, Jonathan nenhuma. Há muito tempo confidenciou que prefere a companhia dos homens; e sendo assim, sua vida parece mesmo ter-lhe trazido felicidade e talvez ajudado a fazer dele um dos melhores homens que conheço. Usam meu sobrenome, esses dois camaradas idosos, opção feita por eles mesmos com pouco mais de 20 anos; escolha tão inesperada quanto inteiramente imerecida. As pessoas até dizem que se parecem comigo e, sob certa luz, parecem mesmo. Muitas vezes, fomos confundidos com três velhos irmãos silenciosos, sentados do lado de fora de um café como se abraçássemos amigáveis o mundo. ("Sadraque, Mesaque e Abednego", diz o garçom quando acha que não conseguimos ouvi-lo.) Isso me dá tanto prazer que prazer não é a palavra certa.

No inverno, quando as folhas já caíram dos limoeiros, posso ver a lápide da mãe deles da janela onde agora me sento e escrevo. A linda filha que perdemos também descansa ali. Visito-as muitos dias; agora às vezes todo dia. Gosto de ouvir as rodas dos trens que passam; e os apitos dos rebocadores que vêm do rio — lembram que esta cidade barulhenta é uma antiga ilha; uma produção pré-histórica num disfarce de concreto. Pássaros estranhos cantam no jardim do cemitério toda manhã. O velho padre me disse várias vezes o nome deles, mas ultimamente nada parece ficar na minha cabeça. Talvez não importe. Seja como for, cantam.

É comum casais passearem por lá nas tardes de primavera, trabalhadores dos escritórios ou alunos da universidade. Às vezes, vejo um menino pegar na rede as espantosas borboletas que se aglomeram nas urtigas perto do fundo da capela. Ele as vende em vidros de compota em seu ponto de engraxate na Rua 12; este mulatinho esperto que assovia canções religiosas do Sul enquanto anda nas pontas dos pés entre as lápides rindo sozinho. Não demora muito e os pássaros cantarão sobre mim também. Meus médicos me disseram que tenho pouquíssimo tempo de vida. Gosto de pensar no menino assoviando canções religiosas acima de mim, e seus filhos assoviando quando ele se tornar homem. Mas sei que isso não vai acontecer. Então não ouvirei nada. Não há nada a esperar e nada a temer.

Todos os eventos acima aconteceram. Pertencem aos fatos.

Quanto ao resto — os detalhes, as ênfases, alguns artifícios de narração e estrutura, casos inteiros que podem nunca ter acontecido ou podem ter acontecido de forma bem diferente de como estão descritos —, esses pertencem à imaginação. Para isso não se apresenta nenhum desculpa, embora alguns insistam que uma é necessária.

Talvez estejam certos, pelo menos em seu próprio ponto de vista. Pegar os eventos da realidade e fundi-los noutra coisa é uma tarefa que não pode ser realizada com frieza ou descuido. Quanto à questão de tal iniciativa ser válida ou moral, os leitores hão de querer concluir por si mesmos. Tais questões devem pender sobre todas as descrições do passado: se a história pode ser entendida sem que se pergunte quem a conta, para que público e com que exato fim.

Quanto ao assassino de David Merridith, eis a sua resposta: na parede de seu escritório pende a imagem de um monstro que ele cortou de um jornal há 75 anos, quando era jovem o bastante para acreditar que os fins justificam os meios. Amor e liberdade são palavras tão horrendas. Tantas crueldades cometeram-se em nome deles. Era um homem fraquíssimo; e um homem racional: combinação capaz de realizar o indizível. Acreditava que não conseguiria viver sem o que desejava, e o que desejava pertencia a outrem. Quando chorava à noite, era por isso que chorava. E ainda chora hoje, mas por razões diferentes. Se teria desejado além daquele limite terrível caso o prêmio fosse livre, ele não sabe. Chama essa deformidade de "amor", mas parte dela era ódio; outra parte era vaidade e mais outra medo: as mesmas razões pelas quais os homens sempre assassinaram. Sua vida era inimaginável sem a posse do prêmio. Alguns chamam isso de patriotismo; outros de amor. Mas assassinato é assassinato, não importa a tradução.

Hoje ele está velho e pouquíssimo lhe resta. Todos são gentis quando o vêem na rua. Sabem que já escreveu alguma coisa, mas não sabem o quê. Houve uma época, há muito tempo, em que juntava citações para seu trabalho, quando se encontrava com presidentes e homens importantes. Mas a época não durou; e ficou feliz com seu fim. Visita o túmulo da esposa toda manhã. À noite, senta-se à janela e escreve; e o retrato de um assassino olha-o da parede. Às vezes, lembra-o de Pius Mulvey; às vezes, de Thomas David Merridith; mas principalmente de outros intocáveis que conheceu que viveram até idade avançada e morreram no próprio leito.

Muitos no *Estrela* tinham seus segredos: suas vergonhas. Poucos mantiveram-nos ocultos por tanto tempo.

O olhar do assassino anuncia muitas coisas, mas principalmente uma que ele às vezes esquece. Que toda imagem posta no papel contém o fantasma do autor que a criou. Fora da moldura, além da borda, costuma ser o espaço onde está o modelo. Presença inconstante e fugidia, com certeza, mas palpável apesar de suas camuflagens. Está ali, o matador, nos quadros que pinta. Mas eles também contêm as histórias não contadas, como todo homem que já odiou contém o sangue de seus inumeráveis pais. Toda mulher. Todo homem.

Desde Caim.

G. Grantley Dixon.
Cidade de Nova York.
Sábado de Páscoa, 1916.

FONTES E AGRADECIMENTOS

HISTÓRICO: Mary Daly, *The Famine in Ireland* (Dublin Historical Association, 1986); R.F. Foster, *Modern Ireland 1600-1972* (Allen Lane, 1988); Joan Johnson, James e Mary Ellis: *Background and Quaker Famine Relief in Letterfrack* (Religious Society of Friends in Ireland [Sociedade Religiosa dos Amigos na Irlanda], 2000); Helen Litton, *The Irish Famine: An Illustrated History* (Wolfhound, 1994); Kerby A. Miller, *Emigrants and Exiles: Ireland and the Irish Exodus to North America* (Oxford University Press, 1985); Cormac Ó Gráda, *The Great Irish Famine* (Macmillan, 1989); Tim Robinson, *Connemara: Map and Gazetteer* (Folding Landscapes, Roundstone, 1990); William V. Shannon, *The American Irish* (University of Massachusetts, 1963); Kathleen Villiers-Tuthill, *History of Clifden 1810-1860* e *Patient Endurance: The Great Famine in Connemara* (Connemara Girl Publications, 1997). Há bibliografias maiores disponíveis nas obras acima e no sítio na internet da Universidade do País de Gales [University of Wales], www.swan.ac.uk/history. Entre outros sítios na internet que apresentam fontes primárias e ilustrações, há www.ucg.ie/depts/history/famine0.html e www.historyplace.com/worldhistory/famine.

DESCRIÇÕES DA FOME EM PRIMEIRA MÃO: William Bennett, *Six Weeks in Ireland* (Gilpin, London, 1847)[1]; *Distress in Ireland: Narrative of William Edward Forster's Visit* (Friends' Historical Library, Morehampton Road, Dublin 4); *The Irish Journals of Elizabeth Smith 1840-1850* (Oxford University Press, 1980); Alexander Somerville, *Letters From Ireland During the Famine of 1847* (Irish Academic Press, 1994, K.D.M. Snell, org.); Asenath Nicholson, *Lights and Shades of Ireland* (1850)[2].

EXPERIÊNCIAS A BORDO: Detalhes de viagens individuais, algumas com listas de passageiros, em www.theshiplist.com. Há muitas baladas de emigrantes em "Irish Folksongs", www.acronet.net/_robokopp/irish. *Paddy's Lament: Ireland 1846-1847*, de Thomas Gallagher (Harvest, 1982), cita as lembranças não editadas de numerosos emigrantes, muitas da coleção do Folklore Department, University College Dublin. Há mais material guardado nos Irish

[1]Trechos em www.people.virginia.edu/~eas5e/Irish
[2]Citado com freqüênica em *Irish Famine*, de Litton.

National Archives, Bishop Street, Dublin 8 (www.nationalarchives.ie). *Voyage from Dublin to Quebec*, de James Wilson, está em "Immigrants to Canada", http://list.uwaterloo.ca/~marj/. *Journey of an Irish Coffin Ship, 1847*, de Robert Whyte, está em fortunecity.com/littleitaly/amalfi. Uma obra sobre cuja proveniência há dúvidas é *Famine Diary* (ou *Summer of Sorrow 1847*), de Gerald Keegan, publicada pela primeira vez em 1895.

ILUSTRAÇÕES: *Apes and Angels: The Irishman in Victorian Caricature*, de L. Perry Curtis (1971), é uma obra pioneira sobre o assunto, embora alguns de seus pressupostos sejam questionados em www.people.virginia.edu/~dnp5C/Victorian/index.html, onde há uma galeria de imagens irlandesas "simiescas". O sítio na internet de Steve Taylor, "Views of the Famine", em www.vassar.edu/~sttaylor, também apresenta uma coleção de peças visuais. Agradeço-lhe por fornecer cópias de algumas ilustrações e dar permissão para o uso. Os artistas, datas e publicação original são listados quando conhecidos. (*HW*: *Harper's Weekly*. *J*: revista *Judy*. *ILN*: *Illustrated London News*; JM é James Mahony, artista irlandês fixo do *News*. *PT*: *Pictorial Times*. *PU*: revista *Punch*; JT é John Tenniel, principal cartunista do *Punch*.)

Frontispício: "Racismo científico", *HW*. De www.nde.state.ne.us/SS/irish/unit. **Prólogo:** "Emigrantes a bordo de um navio nas docas de Waterloo, Liverpool", *ILN*, 6 de julho de 1850, assinado "Smyth S". **Capítulo I:** "Casa pobre de Galway", *HW*; W.A. Rogers. De www.people.virginia.,edu/~eas5e/lrish/Famine. **II:** "O porco e seu par", *PU*, 7 de agosto de 1880; JT. **III:** "Carroça de provisões sob escolta militar", *PT*, 30 de outubro de 1847. **IV:** "O feniano Guy Fawkes", *PU*, 28 de dezembro de 1867; JT. **V:** "Sob o convés — hora da refeição". De http://vassun.vassar.edu/~sttaylor/famine. **VI:** "Rochedo de Brian Connor, perto da Kilrush Union House", *ILN*, 22 de dezembro de 1849; JM. **VII:** "Keillines, perto da propriedade do General Thompson", *ILN*, janeiro de 1850; JM. **X:** "Atrás de batatas num campo depois da colheita", *ILN*, 22 de dezembro de 1849; JM. **Xl:** "Um rochedo em Caeuermore", *ILN*, 29 de dezembro de 1849; JM. **XIII:** "A aldeia de Tullig", *ILN*, 22 de dezembro de 1849; JM. **XIV:** "Bridget O'Donnel e filhos", *ILN*, 22 de dezembro de 1849; JM. **XV:** "Menino e menina em Cahera", *ILN*, 20 de fevereiro de 1847; JM. **XVI:** "Funeral em Skibbereen", *ILN*, 30 de janeiro de 1847; "De um esboço de Mr. H. Smith, Cork"; [a assinatura é "Smyth"]. **XVII:** "Interior de uma cabana", *PT*, 7 de fevereiro de 1846. **XVIII:** Detalhe de "Três tendências irlandesas: força, loucura e fraude", *J*, 8 de dezembro de 1880. **XIX:** "Pátio de Pentonville", de *The Criminal Prisons of London and Scenes of London Prison Life*, de Henry Mayhew e John Binny, Londres, 1862. **XXII:** "Família de agricultores defendendo seu lar", *PT*, 2 de janeiro de 1847; e "A expulsão", *ILN*, 16 de dezembro de 1848, assinado "Landells". **XXIII:** Capa de *Harriet Staunton; or married and starved for money* [*Harriet Staunton; ou casada e morta de fome por dinheiro*]. Artista e data desconhecidos. **XXVI:** "Miss Kennedy distribuindo roupas em Kilrush", *ILN*, 22 de dezembro de 1849; JM. **XXVII:** "Mendigando em Clonakilty", *ILN*, 13 de fevereiro de 1847; JM. **XXVIII:** "Camponeses irlandeses armados à espera da chegada de uma carroça de provisões", *PT*, 30 de outubro de 1847. **XXIX:** "O dia seguinte à expulsão", *ILN*, 16 de dezembro de 1848. **XXX:** "O leão britânico e o macaco irlandês", *P*, 8 de abril de 1848. **XXXI:** Detalhe de "Duas forças", *PU*, 29 de outubro de 1881; JT. **XXXII:** Detalhe da antologia de *PU*, Vol. LXXXII, 1882; JT. **XXXIII:** Detalhe de "Tudo pela paz e tranqüilidade", *J*, 13 de abril de 1881. **XXXV:** "O tipo de emigrante auxiliado que não podemos nos dar ao luxo de aceitar", de F. Graetz, data desconhecida, possivelmente de *HW*. **XXXVI:** "O falso americano", *J*, 15 de janeiro de 1868. **XXXVII:** "O Frankenstein irlandês", *PU*, 20 de maio de 1882; JT, segundo obra semelhante de J. Kenny Meadows em *PU*, 3 de março 1843. **Página 371:** "Menino pastor de Purple Mountain", *ILN*, 1849. **XXXVIII:** Detalhe de "O gambá irlando-americano", *J*, 3 de agosto de 1881. **XXXIX:** "Idiota e mãe", *ILN*, 12 de agosto de 1846. **Epílogo:** "A aldeia de Moveen', *ILN*, dezembro de 1849; JM.

CITAÇÕES: Muitas palavras de Mulvey para "roubar" são citadas em *The Fatal Shore*, de Robert Hughes (Collins Harvill, 1987). As observações dos comerciantes de Londres (pp. 211 e 263) foram registradas por Henry Mayhew em seu *London Labour and the London Poor* (1861) e citadas em *The Victorian Underworld*, de Donald Thomas (John Murray, 1988). Essa obra fascinante também descreve o sistema de "solitária" nas prisões britânicas da época e a fuga em 1836 de um prisioneiro de Newgate que escalou o *cheval-de-frise*; tomei emprestado este último detalhe para a fuga de Mulvey, e assim agradeço novamente a Donald Thomas. As cartas da vida real que aparecem ao longo do romance são citadas em *Emigrants and Exiles* e *Out of Ireland: The Story of Irish Emigration to America*, de Kerby Miller (Aurum, 1994, com Paul Wagner). Agradeço ao Professor Miller pelo seu auxílio na identificação dos proprietários de alguns documentos e agradeço às instituições e indivíduos abaixo pelas permissões de publicação. **Capítulo II:** De Patrick Dunny, 1856; Coleção de Arnold Schrier, Professor Emérito de História, Universidade de Cincinnati. **IV:** De Mary Brown; Coleção Schrier. **V, VI e VIII:** De Mrs. Nolan (primeiro nome desconhecido); com permissão do Deputy Keeper of Records do Public Records Office da Irlanda do Norte (PRONI) T2054. **XI e XIII:** De James Richey; citado em Miller; propriedade do documento original desconhecida. Possivelmente em PRONI T/2035/2345/2671 ou D3561 (Documentos da Família Richey). **XVII:** De Daniel Guiney; Irish National Archives (Famine Letters from the Quit Rent Office [Cartas da Fome do Escritório de Aluguéis Suspensos], Kingwilliamstown Estate). **XXXIII:** De Maurice Woulfe (ou Wolfe), por volta de 1870; cópia em microfilme na National Library of Ireland (mf p. 3887); propriedade atual do documento original desconhecida.

AGRADECIMENTOS: Agradeço à minha esposa, Anne-Marie Casey, por tantas gentilezas que não poderia catalogá-las sem escrever outro livro. Por sua paciência, sabedoria e encanto interminável, sou mais grato do que a dedicatória deste romance poderia começar a transmitir. A Geoff Mulligan, meu editor na Secker, declaro mais uma vez meu agradecimento por sua visão e seu talento. À minha agente literária, Carole Blake, acrescento minha gratidão, assim como a Conrad Williams, meu agente dramatúrgico, também da Blake Friedmann Literary Agency de Londres. Agradeço a Caroline Michel, minha editora na Vintage; a Hans Juergen Balmes, da Fischer Verlag, Alemanha; a Lolies van Grunsven, na Nijgh and Ditmar, Holanda; a Jean Pierre Sicre, nas Éditions Phebus, na França; a Luigi Brioschi, na Guanda, Itália; e a Drenka Willen, minha editora na Harcourt Books de Nova York. Devo agradecimentos especiais ao meu pai, Seán, cujos passeios comigo em Connemara há três décadas foram a alegria da minha infância. Recebi conselhos sobre certas traduções irlandesas da Dra. Angela Bourke, do Dr. Diarmuid Breathnach, de Peadar Lamb e de Niall Mac Fhionnlaoich. Dou a cada um deles o sincero *maith agat* de um quase monolíngüe cujos próprios balbucios serão identificáveis para falantes cuidadosos do irlandês. O livro teve a programação visual feita com grande talento por Peter Ward.

Também agradeço a: John e Monica Casey; Denise Clack; Dr. John de Courcy, Irlanda; Philomena Connolly, dos Irish National Archives; Ciara Considine; Dr. Mike Cronin, da De Montfort University; Joe e Jillian Cunningham; Isobel Dixon; Adrienne Fleming e Anthony Glavin; Seamus Hosey; Beth Humphries; Professor Declan Kiberd; Grainne Killeen; Noel Kissane (responsável pelos manuscritos na National Library of Ireland) e seu colega Justin Furlong; Michael McLoughlin; Ann McVeigh, do PRONI; Kim Miley; Eimear O'Connor; Viola O'Connor; Faith O'Grady; Jonathan Owens (Oxford University Press, Nova York) e Shelagh Phillips (OUP, Londres); Professor Robert Patten, da Rice University, Houston; Deirdre Shanahan; Stuart Williams, da Secker; e Barbara Walker. Kay McEvilly, do Cashel House Hotel, em Connemara, discutiu comigo sobrenomes locais e agradeço à família McEvilly pela hospitalidade durante vários anos. Agradeço ao Arts Council da Irlanda por me conceder, em 1995, a Bolsa Macaulay, que me permitiu fazer a pesquisa inicial deste romance em Nova York. Agradeço ao Dr. Philip Smyly, do National Maritime Museum, em Dun Laoghaire, que me deu acesso à extensa coleção do museu apesar de o prédio estar fechado para reformas. Os erros de marinheiro de água doce e todos os outros são só meus.

HISTÓRIA: *O morro dos ventos uivantes*, de Ellis Bell, foi realmente publicado por Cautley Newby, em dezembro de 1847 (não muito bem e de forma bastante inescrupulosa). V.S. Pritchett, num ensasio de 1946, foi um dos primeiros críticos a discutir a ligação entre a obra-prima de Emily Brontë e a Irlanda. Esta foi mais investigada por Terry Eagleton (*Heathcliff and the Great Hunger*, Verso, 1995), John Cannon (*History of the Brontë Family from Ireland to Wuthering Heights*, Sutton, 2000) e Christopher Heywood (apêndices à sua edição da obra de 2001, Broadview Press). Ousei permitir que Pius Mulvey sofresse o sistema de "separação", em Newgate, no final da década de 1830, mas na verdade ele só foi iniciado em 1842, e em Pentonville. Nunca existiu uma organização chamada "Os Confiáveis" ou "Vai-Pagar", mas houve muitas outras com nomes enigmáticos e atividades violentas, que vêm existindo na

Irlanda há pelo menos oitenta anos[3]. O envio de cartas ameaçadoras, anônimas ou com pseudônimo, a senhores de terras era freqüente. Litton, em *Irish Famine*, cita várias. Muitas vezes seus autores não conheciam bem o inglês escrito e assim seus textos continham erros de ortografia ou uma escrita fonética do tipo que aparece na carta a Merridith. O diagrama do caixão foi tomado de empréstimo de um bilhete enviado a um senhor de Kildare em janeiro de 1848[4].

MÚSICA: O capitão Francis O'Neill não contribuiu com nenhuma obra chamada *Miscelânea de Antigas Canções da Irlanda.* Policial de Chicago e natural de Cork, seus *Dance Music of Ireland* (1907) e o carinhosamente intitulado *Waifs and Strays of Gaelic Melody* (1909) muito fizeram para resgatar um belo repertório do desaparecimento fatal. Os admiradores do canto irlandês saberão que o paradigma da balada do sargento recrutador de Mulvey é "Arthur McBride", canção do século XIX devolvida ao cânone por Paul Brady e mais tarde gravada por Bob Dylan. (A versão de Brady está em *Andy Irvine and Paul Brady*, Mulligan, 1976; a de Dylan, em *Good as I Been to You*, Columbia, 1992). A balada que Mulvey canta na página 122 é "In the Month of January" ["No mês de janeiro"]. Há uma versão em *The Irish Edge*, de Paddy Tunney (Ossian Recordings, 1991). A versão de Tunney não é "macarrônica" (a de Mulvey é), embora existam muitas canções assim na tradição *Sean-Nós* ou "Estilo Antigo" de Connemara. Várias foram gravadas por Seosamh Ó hÉanai (como Mary Duane, natural de Carna). Podem-se encontrar exemplos em *Joe Heaney: Irish Traditional Songs in Gaelic and English* (Topic, Londres, 1988). "Revenge for Skibbereen" ["Vingança por Skibbereen"] (or 'Skibereen') (Capítulo XXXIX) costuma ser cantada ao vivo pelo Caruso do gênero, Seán Keane, de Galway. Está em seu disco muito elogiado *Seánsongs* (Circín Rua Teo, 2002). *Last Night's Fun*, de Ciaran Carson (Cape, 1996), é um trabalho brilhante com base na música tradicional irlandesa. Menciona um tamborileiro legalista, Right McKnight, que tomou seu tambor emprestado de uma banda nacionalista e esqueceu-se de devolvê-lo. Tomei seu nome emprestado para o parceiro de Mulvey, em Glasgow. Aqui, portanto, devolvo-o.

---

[3] *Emigrants and Exiles*, de Miller, e *Modern Ireland*, de Foster, listam várias.

[4] Ver Litton, pp. 42 e 101. Expressões semelhantes às citadas aqui estão no bilhete a Merridith.

Este livro foi composto na tipologia Minion, em corpo 11,5/15,5, e impresso em papel off-white 80g/m², na RR Donnelley Moore.